# 中国神话故事

马昌仪 编

上海三联书店

**图书在版编目（CIP）数据**

中国神话故事 / 马昌仪编 . —上海：上海三联书店，2020.7

ISBN 978-7-5426-6981-0

Ⅰ. ①中… Ⅱ. ①马… Ⅲ. ①神话－作品集－中国 Ⅳ. ① I277.5

中国版本图书馆 CIP 数据核字（2020）第 031804 号


**中国神话故事**

编　　者／马昌仪
责任编辑／程　力
特约编辑／蔡时真
装帧设计／鹏飞艺术　周　丹
监　　制／姚　军
出版发行／上海三联书店
　　　　　（200030）中国上海市漕溪北路 331 号 A 座 6 楼
印　　刷／三河市中晟雅豪印务有限公司
版　　次／2020 年 7 月第 1 版
印　　次／2020 年 7 月第 1 次印刷
开　　本／640×960　1/16
字　　数／325 千字
印　　张／37

ISBN 978-7-5426-6981-0/I · 1607

定　价：68.00元

# 前　言

　　本书奉献给读者的是当代在我国各民族民间口头流传的 163 篇神话故事，包括活形态的神话和含有神话素的神话故事两大类。

　　神话是人类童年的梦，是人类走出混沌的第一声呐喊，是人类从自然走向文明所采摘的第一批果实。神话是民族生命力的源泉，是民族文化的根，是民族精神之所在。每个民族都有自己的神话，每个民族都为自己的神话而自豪。

　　中国是一个多民族的国家，神话蕴藏十分丰富，神话类型和品种齐全。像开辟神话、人类诞生神话、天体神话、洪水神话、文化推源神话、动植物神话等，不仅形态各异，而且各具风采。就拿人类诞生神话来说，只要略加浏览，便可举出下列十来种：

　　一、天神造人。仅以造人的材料而论，就有：（1）泥土造人。汉族有女娲造人、兄妹造人、盘古用鼻血和泥造人。哈萨克族天神迦萨甘在造人以前，先在大地中心栽种了一棵生命树，待树长大，结出许多"灵魂"之果后，才用泥做了一对空心的小人，然后把灵魂吹进小人的心中，这便是哈萨克人的始祖。（2）木头刻人。满族支系恰喀拉人是老妈妈神用石刀片在木头上刻出来的。苦聪人也是神刻木而造的。（3）土家族的依罗娘娘造人，是用竹竿做骨，荷叶做肝肺，豇豆做肠，萝卜做肉，葫芦做脑壳，通七个眼眼，再吹一口仙气，人便做成了。（4）皮绳做人。四川白马藏族是用拉马的缰绳砍成许多节，抛向各处，便成了人。

　　二、播种生人。居住在台湾阿里山区的邹人说，哈莫天神在土地里播植人种，长出来的便是现在人类的祖先。所以人叫作"滋木非多久阿"，就是"从土里长出来的"意思。

三、女神嘴中吐人。维吾尔族神话故事《女天神创世》中说，女神吸了一口气，把宇宙的尘土和空气吸入肚子里，然后使劲吐出了日、月、地球、星星和人。

四、声音回响变人。云南流传的苗族神话故事《造人烟传说》中说，天神让洪水后的遗民母子二人结合繁衍后代，把母亲变成一姑娘，于是二人便结合。儿子得知后狂跑，母子二人的回声响彻山川原野，声音传到哪里，哪里便有了男人和女人。纳西族的《人类迁徙记》中也有人是声音与气息所生的情节。

五、天神投影生人。上述云南流传的苗族神话中说，人是男神敖玉、女神敖古的身影投射而生的。

六、神膝相擦生人。台湾雅美人说，男人和女人是两位天神的膝相擦生下来的。

七、动物变人。瑶族的《密洛陀》中说，蜜蜂可变人。白族的《人类和万物的起源》中说，海底的大金龙吞食了太阳，自身炸开成无数碎片，其中的肉核变成了男人和女人。摩梭人的神话《昂姑咪》说，猴子吞了神鹰蛋，蛋从猴肚中飞出，蛋核变成了摩梭人的女祖先昂姑咪。

八、植物变人。台湾邹人神话说，人是树上的果子变的，枫树果变成了邹人的祖先，茄苳树果变成了汉人的祖先。云南苗族神话说，神把桃花洒向四方，变成了人。德昂族认为，人是茶叶兄妹变的，树上的百片树叶变成了百个人。

九、石头生人。畲族的《石神保人种》中说，人类的祖先是从石头中走出来的。

此外，如石洞出人、葫芦生人、动植物生人、人与神交生人、人与动物交生人、太阳生人、动物虫类或巨人尸体化生为人……都可以在我国各民族的神话故事中找到对应。

除了人类诞生神话以外，其他如天地开辟神话、文化推源神话等，也很有特色，不仅给读者以原始生活的知识，而且能给读者以艺术的享受。

中国神话是中国传统文化中极富特色的组成部分，通常以三种方式得以保存。第一种方式是保存在文献典籍之中。汉民族的经、史、子、集中保存有大量的神话，其中以《山海经》《楚辞》《淮南子》等保存的神话最为丰富。像女娲、伏羲、夸父、精卫、羿、鲧、禹、黄帝和蚩尤、西王母、日月山、昆仑墟等，都有生动的记载。纳西族的《东巴经》、彝族的《西南彝志》以及大量的古彝文典籍，傣族、满族、蒙古族、藏族等民族的经典，都保存有大量神话。上述典籍中的神话，经整理、翻译后，常常重新流入民间，成为当代民间口头流传的神话故事的一个重要来源。

第二种方式是保存在民间的口头上，活在民众的记忆里。这便是本书所精选的各民族民间流传的神话故事。这类含有神话素的口述故事常常伴随着仪式，在一定的场合由一定的人员讲述，部分包含信仰的因素。故事大都是叙事性的，有相对完整的故事情节，都是集体创作，以口耳方式传播与保存，具有流动性、变异性、多种异文并存的特点，带有比较浓厚的民族特色和地域色彩。

第三种是以实物的方式保存。我国大量的岩画、画像石、壁画和地下出土的考古艺术文物如马王堆的帛画，等等，以形象的方式向子孙后代述说着远古发生的一个个并未消失的动人故事。这是了解中国神话的不可忽视的一个途径。

本书所选的神话故事大都是当代在各民族民间口头流传，经采录写定的。主要包括活形态的神话和含有神话素的神话故事两大类。我国是一个民族众多、地域辽阔的国家，由于社会经济发展的不平衡，一部分地处边疆的民族，数十年以前还处于刀耕火种、采集游猎的社会阶段。对于这些民族来说，神话是神圣的，是他们始祖的化身，他们对之信以为真，奉之为经典，是人人都要遵守的规矩、不成文的法律。据民俗学家调查，云南西盟佤族曾经有猎人头祭谷的习俗。每年三四月播种之前，他们外出猎头，祭祀开天辟地的大神莫伟和谷神。猎头祭谷仪式上的一项重要内容，便是由巫师向全族人讲述本民族的创世神话《司岗里》。景颇族举行婚礼时，常常由本族的斋瓦（最大的巫师与歌手）向族人讲述本民族的创世故事和洪水神话，让大家都知道同姓通婚是被禁止的。哈尼族在为亡者举行异礼仪式时，也要由巫师向亡者和族人讲述本民族的创世神话，其目的在于引导亡者的灵魂沿着祖先迁徙的路线，返归祖先起源的地方去。

云南永宁的摩梭人保存着母系制的残余，至今仍实行暮合朝离的"阿注"婚。他们实行"阿注"婚是以女神的行为为依据的。摩梭人的神话《黑底干木（永宁女神）》和《格姆女神的故事》里，对这种婚姻有着真实的描写。

上述这些活在民众信仰中的活形态神话，随着时代的变迁、文化的发展，已经日渐衰微，以至逐渐消失了。故事被采录下来，整理成文字，从口头进入书面，但活形态神话的本质特征——信仰因素却相对淡薄，甚至荡然无存了。目前我们所见到的，是一部分为数不多的、仍然活在民众信仰中的活形态神话，以及曾经是活形态神话而今已经失去信仰功能的神话，还有数量很大的、含有若干神话素、具有认识价值和美学价值的神话故事。

大量的神话故事在当代我国各民族民间口头流传，是中国独有的文化现象。这些神话故事的特点是：

第一，一些民族的创世神话从单一型向以某一主神为中心的故事系列发展。如满族的《天神创世》包含了天神阿布卡恩都里创造天地、开辟山岭、区分药草和毒草、拯救人类等系列故事。普米族的《巴米莫列》（"巴米"是普米人的自称，"莫列"是系列故事的意思）是由"采金光""洪水潮天""青蛙舅舅""与仙女成亲""百鸟求神""狗找来了谷种"等系列故事组成的。其他如拉祜族的《牡帕密帕的故事》、壮族的《布洛陀》、纳西族的《人类迁徙记》、景颇族的《创世记》、撒拉族的《天地人诞生》、独龙族的《独龙人创世》等，都属于这一类型。

第二，一些作为一个民族创世神话主体的神话故事，常以韵文体和散文体同时在民间流传，各具风采。阿昌族的《遮帕麻与遮米麻》、四川凉山彝族的创世神话史诗《勒俄特衣》便属于这种类型。收在本书中的《遮帕麻与遮米麻》和《开天辟地》（彝族）便是这两部创世史诗的散文本，后者是近年民间文学三套集成普查中采录的。

第三，神话、传说、故事之间并没有不可逾越的鸿沟。自 20 世纪 80 年代以来，包括上述三者在内的"民间叙事"（德文 Marchen，英文 Folk Narrative，俄文 Сказка）一词已经为国内外学者所接受和使用。美国神话学者阿兰·邓迪斯所编的收集了西方神话学代表作的论文集，便取名《神圣的叙事》（Sacred Narrative，汉文译本《西方神话学论文选》，朝戈金等译，上海文艺出版社 1993 年版）。因此，用"神话故事"这一术语是否能够概括当代民间口头流传的上述两类故事，还希望得到读者和研究者的指教。

要了解一个民族，最好从她的神话入手！

马昌仪

# 目录

# 盘古王开天

民族：汉族
讲述：张宣元
采录：周耀明
流传地：浙江省东阳县

老早老早以前，没天，没地，没日，也没夜，通天下就像个硕大的大鸡子（方言，鸡蛋）。大鸡子里头是鸡子清，中间是鸡子黄，外头包着个石头一样硬的鸡子壳。也不晓得是什么缘故，这鸡子黄里头孵出个盘古，盘古长着鸡的头、龙的身，整个身子就像只盘龙鸡①在里头盘着，双脚蹲着，所以叫作盘古。盘古慢慢大起来，没天地、没日夜的生活使他闷得受不了。于是，他便把盘着的身子伸了伸，跍（kū）着的双脚蹬了蹬，直挺挺地站起来，然后又拳打脚踢、嘴啄肩拱地四处乱冲乱砸。打打踢踢、啄啄拱拱地一连闹了七七四十九日，把鸡子壳给砸了个稀烂，鸡子清、鸡子黄都流出来了。鸡子清轻，浮在上面变成了天；鸡子黄重，沉在下面变作了地；鸡子壳呢，被盘古砸了个粉碎，都碎到清和黄里去了。掺在鸡子黄里的变成了岩石，掺在鸡子清里的就变成了星星；鸡子清中有两块稍大的碎壳，一块变作太阳，一块变作月亮。从此便有了天，有了地，有了日，也有了夜。盘古呢，活到十万八千岁，死后身子变成昆仑山，魂灵变成雷公，所以后来雷公的画像都是人的身子鸡的头。

---

① 盘龙鸡：指蜷曲在卵壳内不能啄虫的小鸡。

# 盘古兄妹

民族：汉族
讲述：姚义雨
采录：马卉欣
流传地：河南省桐柏县

盘古开天辟地，造出许多大山。他实在太累了，就躺在桐柏山歇息。当他一觉醒来的时候，碰上了玉帝的三女儿，便和她以兄妹相称。这时，刮了一阵大风。大风过后，兄妹俩忘掉了天上的一切，开始了人间生活。

盘古兄妹二人住在自己用树枝和野草搭的茅房里，经常有妖怪、野兽来侵扰。他们就费了七七四十九天的工夫，做了一个又大又威风的石狮子，放在桐柏山顶上，还把这座山叫作石狮子山。从此，这一带有石狮子镇守，妖怪野兽不敢来侵扰了。

有一天，石狮子忽然对盘古说："盘古啊！从今天起，你每天给我嘴里放一个馍，可不能忘了啊！"盘古答应了。妹妹每天烙馍，盘古每天送馍。过了七七四十九天，盘古往石狮子嘴里放了四十九个馍。

这天，石狮子又说话了："盘古，别再放馍了，等我的眼一红，你就赶快喊上你妹妹，一块往我肚子里钻。"

不久，盘古果然见石狮子的两眼发红，便立即跑回去喊妹妹。这时候，天昏地暗，乌云翻滚，石狮子两眼发光，像闪电一样照着盘古兄妹。他俩紧跑慢跑，刚跑到石狮子跟前，天空就下起雨点了。石狮子大嘴一张，就把他俩吞到肚子里。霎时间，天空火闪雷劈，大雨伴着狂风像瓢泼一样倒下来。雨越下越大，天被划破了一道好长的口子，大雨一直哗哗往下流。树也淹没了，山也泡塌了，只有石狮子山随着暴水长高，越长越高，高得就快挨着天了。

大雨下够七七四十九天，兄妹俩在石狮子肚里吃完了四十九个馍。石狮子张开嘴，把他俩吐了出来。

盘古见大水漫地，就问："石狮子呀石狮子，是不是我们兄妹造孽了，玉帝降祸惩罚我们？"

石狮子回答说："不是！你妹妹是玉帝的三女儿，她来到地上以后，天上有个面善心恶的天将也要跟下来。玉帝没答应，他就私自串通雷公、雨公和风婆，一齐作恶。他们趁玉帝不在家时，撕破天幕，降下滔天洪水，想把你们兄妹淹死！"

盘古兄妹齐说："多亏你的搭救，要不然俺哪能活命呀！"

石狮子说："要想永远活下去，还得把天补好！"

兄妹俩问："用啥补呢？"

石狮子答道："开天辟地用的斧子把儿就能当补天的金针，这山顶上的葛藤就是补天的金线。快补吧！再过会儿水就淹没山尖了。"

盘古和妹妹听了，马上往石狮子背上一站，顶住狂风，一人拿针，一人扯线，补了起来。补啊补啊，从这边补到那边。尽管天破了个大窟窿，最后总算补好了。凡是补过的地方，一个针眼儿就是一个星点儿，天河上密密麻麻的星点儿就是盘古兄妹补天的痕迹。

天补好了，雨不下了，大水还是遍地翻滚。仔细一看，原来地下有九条恶龙在作怪，水咋会退呢？盘古手持神斧，妹妹拉了些葛条扭成粗绳，和这九条龙搏斗起来。盘古力大无穷，将九条龙捆在一起，坐在屁股底下，水终于消退了。

盘古兄妹见大水消退，又高兴地相聚在石狮子跟前。石狮子望了望他们兄妹的笑脸说："我能说话，是玉帝的旨意。他给我灵魂，让我替你们兄妹办事。回天上之前，我要管一次闲事儿！"

兄妹齐说："什么事儿？只管说吧！"

石狮子说："如今，天下只有你们二人。你们也许能活几百岁、上千岁，可到你们身后，人间烟火岂不断绝？所以我劝你俩结为夫妻，延续后代。"兄妹俩把头一扭，说："不中，不中！"

"咋不中啊？"

"我们是兄妹，咋能成夫妻？"

石狮子说："天下这么好，你们不让自己的后代子孙掌管，能让妖魔、怪兽横行吗？"

妹妹听着笑了笑。盘古说："妹妹，千万莫答应啊！"他有点生气，猛一转身，被一只刚从水里爬上岸的乌龟绊了一跤。盘古一怒，拿起一块石头把乌龟的壳砸碎了。

妹妹心疼地蹲在乌龟旁边哭了起来。盘古想了想说："这样吧，如果乌龟能复活，兄妹就可成亲。"妹妹哭得更伤心了。

石狮子说："别哭了！你就把乌龟壳拼起来吧！"妹妹听罢，便把大小四十五块龟壳拼在一起。接着，石狮子·跳，土溅在龟壳上，龟壳立刻合拢了。从此，乌龟壳上便留下了一块一块的花纹。乌龟复活了，兄妹该成亲了，可是，盘古又说："不行！再让我们滚滚石磨吧！俺二人在东西山上各推一石磨，石磨若滚在一起能合拢，俺兄妹就成亲！"

石狮子说："天上裂缝都能补，滚磨成亲也能行，开始滚吧！"

盘古兄妹各扛一扇石磨，分别站到东西山上，石狮子一点头，两个人就把石磨推下山。石磨骨碌骨碌地滚动着，天空也出现了一道鲜艳的彩虹。彩虹升起以后，二人的石磨一齐滚到石狮子面前，倒下来，只听"咔喳"一声，两扇石磨合到一起，彩虹也随之散了。

盘古兄妹高兴极了，便结为夫妻。后来生了八个孩子，取名东、南、西、北、东南、西南、西北、东北。

这八个儿子长大以后，被盘古分配到八个方向去生活。八个儿子去八方，盘古在中央，以后这八方加中央，就称为九州。

盘古的八个儿子出生不到一百年，就相继死去了。盘古很伤心，就到处奔走，寻找八方儿子的灵魂。盘古不知走了多少年，走遍了天南地北，把八个儿子的灵魂都找到了，就埋在石狮子山下。现在，盘古山以南约三十里有座"八子山"，有八个山峰，非常壮观，还能分清哪个山峰分别是盘古的大儿、二儿、三儿……

盘古夫妻失去了八个儿子以后，就捏泥做人。今儿捏，明儿捏，捏了成千上万，晒了满场满院。

盘古把泥人一摆弄，泥人就能走会跑了，妹妹朝泥人一吹气，泥人就会说话了，又喊爹，又喊娘，盘古夫妻心里乐开了花。

这一天，盘古夫妻商量，打算给每个泥巴人起个名字。泥人一个个从场院里跳出去，有的爬到桃树上，有的爬到李树上，有的坐到石头上，还有的站到河边上……盘古一看，说："好！你们的名字有了。爬到桃树上的叫桃，爬到李树上的叫李，坐到石头上的叫石，站在河边上的叫河……"

后来，这些泥人到四面八方生活去了，他们有的去种田，有的去打猎，有的去捕鱼……他们有了子孙后，便将名字当作姓了。

# 杞人忧天

民族：汉族
采录：王怀聚、王宪明
流传地：河南省杞县

很久很久以前，杞县是天地的中心。那时候，杞县一带叫中天镇。中天镇坐落在中天山上，离天只有三尺来高。这么说，人不是可以随意上天吗？不能。因为那时候的人只有几寸高，最高也不超过一尺。只有镇长的四个孩子不同，一个个都是三丈多高，可以任意到天上走动。

镇长的大儿子叫共工，二儿子叫祝融，三儿子叫气人，另外还有个闺女叫女娲。老大长得一头红发，青面獠牙，样子十分难看。他嘴里会喷水，和海龙王是朋友，人们都叫他"水神"。老二祝融，脑瓜子一丈多长，脸红得像团火，嘴一张，能往外吐火，人们叫他"火神"。老三气人和女娲都长得眉清目秀，一表人才。

兄妹四人，相貌不一样，秉性也不大相同：共工和祝融脾气火爆，气人胆小怕事，女娲善良、聪明、灵巧。

有一天，妹妹捡到一个天鹅蛋，兄妹四人都争着要吃。一争一吵，共工和祝融互不相让，就打起来了。不知打了多少时间，还是不分胜负。弟兄俩越打越急，共工一喷水，洪水遍地滚；祝融一吐火，烈火漫天烧。

不知又打了多少时间，祝融吐的火把天地烧红了，水也烧干了。共工一看不好，扭头就向西方奔跑。共工在前面跑，祝融在后面追。共工只顾向西方逃命，一不留神，把头撞在西天镇下面的不周山上，

"轰隆"一阵巨响，西方的"顶天柱"不周山便被共工撞塌了。

这一来，西天就跟着塌了。这时，洪水遍地流，石头到处滚。后来，西方堆满了石头，成了山陵地；洪水往东流，东方就成了大海洋。

天一塌不当紧，胆小的气人可吓傻了。他直挺着脖子，瞪着眼，在中天山上没命地跑着，边跑边喊："天塌了！天塌了！"

女娲眼看这个样子，老百姓都没法过日子了，就遍山找五色石熔炼，补起西方的天来。就这样，不知又过了多少年，女娲总算把天补好了。回家又费了不少力气，才算把气人劝说得清醒了过来，也不再喊叫了。

安生日子没多久，偏偏又遇到黄帝战蚩尤。天地间打得一片黑雾腾腾，啥也看不见。再加上天鼓咚咚响，双方杀红眼，气人又吓傻了，他还是每天狂奔乱叫："天塌了！天塌了！"

据说，一直到周朝，中天镇才改名叫杞国。这时老百姓都长高了，也会盖房子、建造宫殿了，日子也安稳多了。可是，气人还是经常喊："天塌了！"老百姓很不安宁，人人都埋怨气人是"无事忧天倾"。有一天，他竟然像瞎子一样，撞塌了国王的宫殿和望天楼。国王一怒之下，就把气人这个废物杀了。

# 女娲补天

民族：汉族
讲述：王生伟
采录：河南大学"中原神话调查组"
流传地：河南省王屋山

太行、王屋山一带，每年夏秋时节，雷雨频繁，如果遇上丰水年，三天两头有雷阵雨。只要西北角出现了黑云，响几声闷雷，人们就忧虑起来了。因为从这一方向来的雨，常常是疾风暴雨，还夹带着冰雹。雨点大如铜钱，冰雹有黄杏大小，庄稼苗最怕这种雨。那么从西北角来的雨，为啥会夹带冰雹呢？

传说，我们头上的青天，是很古很古的时候一位名叫女娲的神人补的。她在人间采了五色石，把石头炼成汁以后，从东南向西北，在很高很高的天空上补起天来。也不知她炼成了多少石汁，补了多少年月，可是，当补到西北角上空时，石汁用完了。这时补天的期限也到了，天上就从东南向西北下起大雨来。凡是补过的天，下的雨点均匀；而没有补的西北角，是个窟窿，大雨就从上面倾倒下来。女娲急了，连忙捡起地上的冰块，在西北方天上填补起来。就这样，整个西北方上空被女娲神补成了像宝盖一样的苍天。

天算补住了，女娲为人类建立了一大功劳。只是由于石汁炼得少了点，西北角的上空是用冰块堵的，所以多少年来，从西北角来的雨都是狂风暴雨，里面还夹带着冰雹呢！

# 二郎担山赶太阳

民族：汉族

讲述：董品勤、兰志尧

采录：王纯五

流传地：四川省都江堰市胥家、天马等乡镇

四川西部灌县（今都江堰）胥家场附近有两座孤零零的小山，相对着立在柏条河两岸。右岸边是涌山，左岸的叫童子山，前面不远处就是起伏不断的七头山。这一带流传着"二郎担山赶太阳"的龙门阵。

据说，李冰父子降伏了孽龙，用铁链把它锁在伏龙潭底，叫它吐水灌田，川西坝于是四季都有流水，庄稼长得绿油油的。但七头山一带的丘陵山坡，还有火龙在作怪。一到五黄六月，它便张开血盆大口，吐出团团烈焰，把山坡的石骨子烤得火燎燎的。草木枯焦了，禾苗干死了，人们找口水喝都很艰难。

李冰听说后，叫二郎前去制伏火龙。李二郎领了父命，一路上想：那孽龙会七十二变，都被我降伏了，制伏火龙该不算回事了吧？谁知火龙虽不善变，却很会溜，每当太阳偏西，它就一溜烟地随着太阳躲藏起来了，第二天晌午，又重新抬头吐火害人。二郎一连几天捉不到火龙，十分焦急，但他却看清了火龙的落脚处，决心担山改渠，截断火龙逃跑的去路。

为了抢在太阳落山前把水渠修通，他急忙跑上玉垒山巅，寻来神木扁担，又去南山竹林，编了一副神竹筐。嗬，这真是一副好行头！扁担长十丈，磨得亮堂堂；竹筐可不小，大山都能装。二郎头顶青天，腰缠白云，扁担溜溜闪，一肩挑起两座山，一步就跨十五里，快步赶太阳。他一挑接一挑地担着，一口气跑了三十三趟，担走了六十六个山头。

　　在担山的路上，二郎换肩时，一个堆在筐顶的石块甩落下来，它就变成了现在崇义铺北边的走石山。二郎歇气时，把担子一撂，撒下的泥巴堆成两座山，那就是涌山和童子山。有一趟，二郎的鞋里进了泥沙，他脱鞋一抖，鞋泥堆成了个大土堆，就是今天的马家墩子。

　　李二郎越担越起劲，不觉太阳已偏西了。他回头一看，火龙也正急着向西逃窜。火龙怕二郎担山修成的水渠拦断了它的归路，便吐出火焰，向二郎猛扑过来。二郎浑身火辣辣的，汗流满面，顾不上擦；嘴皮干裂了，没空喝水；一心担山造渠，要赶在太阳落山前完工。忽然"咔嚓"一声巨响，震天动地，神木扁担断成两截。二郎把扁担一丢，提起筐筐，把最后两座大山甩到渠尾，这水渠就修通了。那甩在地上的扁担、石头，变成了弯弯扭扭的横山子。火龙被新渠拦住了去路，急得东一扳、西一碰，渐渐筋疲力尽了。二郎忙跑回家去，取出一只宝瓶，从伏龙潭里打满了水，倒入新渠。眼见渠内波翻浪涌，大水把火龙淹得眼睛泛白，胀得肚皮鼓起，火龙拼命往坡上逃窜，一连扳了七次，就再也溜不动了。在火龙扳命①时，每抬一次头，便拱起一些泥巴石头，这就是起伏不断的七头山。二郎担山修成水渠，把火龙困死在那里。至今，这儿的黄泥巴里，还夹杂有红石子，据说，那是火龙的血染成的。再深挖下去，能拣到龙骨石，据说那就是火龙的尸骨呢！

---

① 扳命：四川方言，临死前的挣扎。

# 祝融胜共工

民族：汉族
采录：茆文斗
流传地：淮河地区

远古时代，世上到处都是森林，一片荒凉，人们连毛带血地吞吃着打猎得来的禽兽。据说，昆仑山顶有一个光明宫，光明宫里住着火神名叫祝融。祝融很慈祥，他教给人们用火的方法，把打来的野兽放在火上烤熟了再吃，这样不仅好吃，而且也减少了疾病，因此人们非常崇拜火神祝融。

这样一来，便触怒了水神共工。共工住在东海里，性情很暴虐。他说："世人真可恶，水与火都是人生活需要的东西，为什么光敬火神不敬我水神呢？"于是他率领水族，向祝融居住的光明宫进攻，把光明宫周围常年不熄的神火弄灭了，搞得大地上一片漆黑。这一下把火神祝融惹怒了，他驾着一条火龙出来迎战。那火龙全身发光，烈焰腾空，把大地照得通明，光明宫里的神火又复燃了。水神共工见没有扑灭神火，便调来了五湖四海的大水，直往祝融和他骑的火龙倾泻。可是，水往低处流，大水一退，神火又燃烧起来。祝融骑着那条火龙，烈焰腾腾地直向共工扑去，长长的火舌把共工烧得焦头烂额。共工抵挡不住，退到大海里，祝融骑着火龙直冲大海，共工慌忙逃到天边，回头一看，祝融已追上来了，便一头撞在不周山上，只听"轰隆隆"一声巨响，不周山竟被他拦腰撞倒了。

# 洪水的传说

民族：汉族
讲述：周仓
采录：稚翁
流传地：江西省南昌市

很古很古的时候，天和地是由两兄弟管着的。弟弟叫雷公，管天上；哥哥叫高比，管地下。兄弟两个互相依赖，互相帮助。雷公带领天上的神，打雷下雨，给地上带来好处；高比带领地上的人，种植五谷，饲养六畜，拿斋饭供奉天神。那时候，地上人口很多，非常繁华热闹。

有一年，地上有一户人家，错把狗头当猪头，供奉雷公。雷公认为受了欺骗，非常恼怒，整整六个月不下一滴雨。树木都枯了，野兽都饿死了。人们没有法子，去求雷公的哥哥高比。高比对人们说："如果三天之内还不下雨，我要那雷公跌下地来。"

过了几天，雨就来了。地上又恢复了原来的样子，河水流起来，草木长起来，人们快活得围着高比又跳又舞。

原来高比会作法念咒，他私下把天上的雨偷到地上来。这桩事可丢了雷公的面子，他又气又恨，向地上发了一个火雷，想把高比劈死。哪知正在地上作法念咒的高比早有防备，他顺手拿起一个鸡罩，从天上罩到地下，把雷公罩在里面。

高比有一双儿女，儿子叫作伏羲，女儿叫作女娲，两兄妹替父亲看家。这天，高比叮嘱伏羲和女娲说："我不在家的时候，千万不要给雷公喝茶喝水，好好看着他。"

高比出门去了，雷公对伏羲兄妹说："娃娃，给叔叔喝点茶水。"

伏羲说:"不行,爸爸出门时交代过了。"雷公没法,想了一想,又说:"不给茶水,给我喝一口喂猪的潲水吧,不然,我就要干死了。"兄妹两人看得雷公可怜,便抬了一桶潲水到雷公面前,又在地上捡了一根稻秆交给雷公。雷公就从鸡罩里面伸出稻秆吸桶里的潲水,吸了第一口,鸡罩便动了一下;吸了第二口,鸡罩摇晃起来;吸了第三口,鸡罩破裂了,雷公便跳了出来。原来,雷公只要有了水,便力大无穷,法力无边。

雷公出来后,从口里拔出一个牙齿来,酬谢侄儿、侄女:"娃儿,你俩拿这牙齿去种植。人们给禾苗壅肥,你俩去壅这个牙齿就可以了。等它长出果子,成熟了,摘下来挖去里面的心,晒干后再保存起来,日后自然有用。"说完,腾云驾雾走了。

雷公跑到天上,命令雨神日日夜夜下雨。雨下得多了,河水涨起来,淹没了平原,淹没了村落,又淹没了山岳,最后一直淹到天上。这时候,伏羲兄妹种下的那个牙齿,长出一根长藤,藤上结了一个葫芦,葫芦成熟了,摘下来,挖去心,晒干了,碰巧铺天盖地的洪水来了,兄妹两人就钻进葫芦里去,在水里漂着,被一阵风送到天上。"嘭"一声响,碰到了天,兄妹两人就从葫芦里钻了出来。雷公看见他们两个,便问道:"地上的人死光了没有?"兄妹两人说:"地上的生物死光了,只有我爸爸还骑着犀斗,跟在后面来了。"雷公听了,便叫帮手在水中把犀斗掀翻,把高比掀到洪水里。

洪水退了,世间只剩下两人——伏羲和女娲。天上的太白金星劝兄妹两人结为夫妇,再生出人类来。但是伏羲、女娲不肯,他们说:"要我们结婚,除非把那洪水退后剩下的竹子一节一节割断,再重新接起来,让它长出青枝绿叶。"

原来的竹子是没有节的,通过神仙这一割一接,从此便有节了。伏羲和女娲从树林里爬到昆仑山上,想在那里结成夫妻,但又觉得羞耻。于是,两人在不同的地方各烧了一堆柴,两人祝祷说:"天若要我二人结为夫妻，两股烟就合在一起，否则，两股烟各奔东西。"两股烟当真缠到一起来了。女娲从此便和她的哥哥伏羲做了夫妻。

　　过了一年，女娲生下一个怪物—— 一块磨刀石，两人非常生气，就把这块磨刀石打碎，从昆仑山顶撒到山下。这些碎石，跌到山里的，就变成了飞禽走兽；跌到村子里的，就变成了人；跌到水里的，就变成了鱼虾。天下从此又有生灵万物了。

# 鲧山禹河

民族：汉族
讲述：邬绍荣
采录：麻承照
流传地：浙江省

盘古开天辟地，大地是平的，无沟无洼，无山无河。一年后，洪水泛滥，天帝派鲧（gǔn）去治水。鲧说水是北方生，就偷来天帝息壤（一种止水的土），从北到南四处筑堤，土越筑越高，筑起了一座座高山，就是现在一列列东西向的山脉。天帝见鲧没有制伏洪水，反而把水平的大地弄得高高低低，一气之下就把鲧杀了。

鲧死后，从他肚皮里爆（方言，跳出来的意思）出了禹。天帝又派禹去治水。禹说水是西方生，就改换了方法，从西到东开沟挖渠，挖出一条条江河，就是现在的长江和黄河。

天帝见大禹治服洪水，挖出江河，与鲧筑的山脉相对，非常高兴，就把王位让给大禹。

# 大禹王和巨灵神

民族：汉族
采录：唐宗龙
流传地：浙江省丽水市

盘古开辟出来的大地，就如一只大盘子，四沿高凸，中间低凹，天上落下的雨水，全都积盛在地中间，泄流不出去，越积越多，成了一片汪洋大海。

后来，大地上出了个很能干的人，名叫大禹。他和大家齐心合力治水，又采石又搬土，修堤堵水。可是，天不断落雨，江河湖泊的水不断上涨，大家只得不停地抬石掩土加高堤岸。堤岸太高了，不时会倒塌，日子还是没法安宁。

后来，有个大汉出了个主意。他说，在大地四沿高凸的"边"上开缺口，把洪水泄流出去，才是根本的治水法子。主意是好，可是谁能打通坚硬厚实的大地沿边呢？那个大汉说，他身强力大个子壮实，愿意试试，但是现在还不行，他要养精蓄锐三年。大汉三年里要闭目张嘴睡觉，叫大家把吃的喝的倒进他那张开的嘴中，说罢，就卧倒睡去了。

三年里，大家不停地给大汉喂饮食。第一年，由日进十斗增到日进百斗；第二年，由日进百斗增到日进千斗；第三年，由日进千斗增到日进万斗。到了第三年，这卧躺着的大汉身子长得几乎和大地一样长短。大汉醒了，他浑身是劲，翻身站起来，举起巨掌，用力一劈，把坚硬厚实的地沿劈开了个大缺口。随后又抬脚，奋力一蹬，把坚硬厚实的地沿蹬开了个大缺口。盘子一样的大地有了两个大缺口，积水就哗哗向缺口涌泄出去。这大汉也耗尽了他全部精力，倒了下去，永远起不来了。为了纪念这个大汉，就把他用巨掌劈开的那股水流叫"掌江"，把他用大脚蹬开的那股水流叫"皇河"。后来，年代一久，就被叫成"长江"和"黄河"了。

从此，大禹就仿照这大汉的法子，带领大家在地沿打了许多大大小小的缺口，把积水排泄出去，世人才消除了水患。

因为治水有功，后来大禹就被大家推举当了皇帝，称"大禹王"。大禹当了皇帝后，为了纪念那位大汉，就尊封他为"巨灵皇帝"，也就是深受后人崇敬的"巨灵神"。

# 尧封防风国

民族：汉族
讲述：沈益民
采录：钟铭、钟伟今
流传地：浙江省德清县三合乡

尧王的时候，起初天下太平，后来共工撞倒了不周山，天下就遭灾了。天"哗"的一下发起了大洪水，地混混沌沌的，不晓得沉到了啥地方。只有白茫茫的洪水荡来荡去，不周风吹呀吹。

洪水荡来荡去，荡出了一只玄龟，不周风吹呀吹，吹出了一个防风。防风和玄龟交了朋友。防风长得又高又大，眼看就要碰着天了。他看看脚底下，全是白茫茫的洪水，看看头顶上，全是稀稀的青泥，很是稀奇，就举起手来一摸。只听得"嗖"的一声，落下来一点点小灰尘，那灰尘一落到地上就变成了一座巨大的山。尧王高兴极了，把它封给了防风，防风就把它叫作封山。尧王看看防风本事这样大，就对防风说："我叫鲧治水，鲧上天入地寻不着一个好搭档，你去帮帮他吧。"

防风和玄龟一起找到了鲧。防风看鲧绝细绝细①的，身高不及自己的一个手指头，真是不起眼，只是游水的本事蛮大，就对玄龟说："你去帮他出出主意吧。"玄龟游到鲧跟前，说："天上有青泥，防风碰下来一点点就变成了一座大山，要是取下来一大块，准会把洪水填掉。"鲧听了，顺着滔天的洪水游到天上去了。一上天，就咬下一块青泥，吐了下来。青泥见风就乑（zhà），遇水就长，呼哗一乑，呼哗一

---

① 绝细：很小。

长，很快就比封山高了，而且越夯越高，猛地撞到了天上，把天顶得"嘣嘣"直响。尧王火啦，一把抓起鲧，说："叫你治水，你要顶天，难道洪水发得还不够吗？"说着，"啪"的一下把鲧扔进了一个不见阳光的山谷角落里，鲧就不明不白地摔死了，连一句回话也没得讲，真叫人伤心哪！玄龟流着眼泪爬到了防风身边，说："青泥山要把天顶破了，你还不快点去把它挖掉啊！"防风火急火燎地三脚两步跑到青泥山脚，伸手一挖，"轰隆"一声，青泥山塌了。防风对玄龟说："鲧死得好惨呀，现在只有你来帮我了！"玄龟问："怎样帮你呢？"防风说："帮我驮青泥填洪水呀！"玄龟点点头，尾巴一挥，一座小山就在背上了！玄龟驮呀驮，驮了九九八十一趟，驮来了九九八十一座山，驮得腹也裂了，背也碎了，直叫吃不消了，就到天上歇力去了。这九九八十一座山，可真填平了不少低洼地。加上防风自己长手长脚，搬座小青泥山一扔，再搬座小青泥山一扔，扔了九天九夜，终于把大片洪水挤到海里去了，出现了一大片有山有水的好地盘。

尧王见防风治水有功，就把封山周围方圆几百里的地方封给他做了防风国。

# 女娲造人

民族：汉族
讲述：申屠荷兰
采录：周耀明
流传地：浙江省东阳市

盘古开出了天和地便死了，天地间空荡荡的，什么也没有。后来，神农造了百草和树木，伏羲造了飞禽走兽，于是天地间便热闹起来。谁知热闹反不好，百草、树木、飞禽、走兽都吵成一堆了，你争你大，你该吃我，我争我大，我该吃你，谁也不服谁。神农和伏羲商量该定个主。定谁呢？商量来商量去总是定不下来。这时女娲走来说："我造些人，让人当主吧。"神农和伏羲答应了。

于是，女娲开始造人。用什么造？用黄泥造。先是揉，再是捏，揉揉捏捏，揉揉捏捏，共捏了三百六十个泥人。捏好后就放在太阳底下晒，只要晒七七四十九天，泥人就会活。谁知到了第四十八天，飞来只鸡，看看泥人的两腿间多了点东西，以为是虫，就一个一个地啄着吃。女娲发现了，赶走了它，但已经晚了，有一半泥人被啄过了。原来那东西不是虫，是女娲特地捏上的，由于被鸡啄过，后来就叫它为鸡巴。有鸡巴的就是男人，被啄了鸡巴的就是女人，男女是老早以前就分定的。到第四十九天，泥人都活了，女娲很高兴，对人说："你们叫人，是天地万物的主子，天地间的东西你们应有一份。"女娲的话刚说完，那些被啄了鸡巴的人就嚷开了："我们缺点东西！"女娲真为难，因为再补已来不及。但转念一想，好办，就说："你们本来该两人合一条，自己寻对象拼合吧。"人一听就纷纷找对象拼合了，这是结婚。拼得对的就什么东西都有，有儿有女有子孙，一代一代往下传。人就是这样来的。

　　人的确是黄泥做的，不信你可以擦擦自己的身子，保证还有黄泥掉下来。

# 盘古血泥造人

民族：汉族
讲述：王有山
采录：王更元
流传地：山西省闻喜县峪堡村

传说在很早很早以前，混沌的宇宙有如一只巨型的蛋，此蛋不知来自何方，不知经过了多少个世劫。一天，不知何缘故，巨蛋破壳了，从里边跳出一个顶天立地的人来，后世人叫他盘古。那破裂的蛋壳上端便做了天，下端便做了地，天上自然就有日月星辰、风雨雷电，地上自然就有山河树木、鸟兽鱼虫。

盘古在这大地上不知生活了多少时日，他感到十分孤寂。一天他愤懑地用手向自己的脑门拍去，一不小心，将自己的鼻血拍出来了。由于盘古人很大，他的鼻血流成了小河。他为了消遣时日，便用自己的血和泥捏了许多血泥人儿，有男人也有女人。他把这些血泥人放在太阳底下晾晒。

一天，狂风大作，乌云翻滚，大雨眼看就要来了，盘古慌忙将泥人一股脑儿全堆放在一个山洞里。待雨过天晴之后，盘古又将这些泥人儿搬移到太阳底下。这些血泥人儿采天地之灵气，受日月之精华，经过了七七四十九天，便都成了会活动有思维的血肉之躯、万物之灵——人。

# 黄帝和炎帝

民族：汉族
采录：刘子英
流传地：湖南省洞庭湖一带

很古很古的时候，轩辕和神农合兵追赶蚩尤。蚩尤头上戴的牛角也被打掉了。眼看就要被捉住，他吐出了漫天大雾，使轩辕和神农的人马迷住了眼睛，分不清东西南北。蚩尤率领残兵败将逃到哪儿去了呢？轩辕气得叹气，神农急得顿脚。后来，轩辕发明了指南针，便和神农商量好，做了一辆指南车，一直朝南追。

他们追过一座座高山、一条条大河、一片片平原、一块块草地，带着部落人马，死死地追蚩尤。男人们持着石矛，举着骨刀，妇女小孩背着粟米、兽肉，一个个都赤膊光脚朝前赶。

不知又追赶了多少日子，饿了便听轩辕和神农的安排：女人们在露天烧着柴堆，架起陶鼎煮粟，男人们用树棍叉着鹿腿、熊掌、野猪屁股，烧呀烤呀，先让轩辕和神农吃好的，再就是强悍的男人们享受，女人和老弱的男人们分得少点。

不知又追赶了多少日子，冷了便听轩辕和神农的吩咐：男人们忙着割草、打猎，女人们在山洞里铺上枯草做床，用骨针缝制兽皮做衣裳。好床好衣先给轩辕和神农，再就是强悍的男人们享受，女人和老弱的男人们睡得差些，穿得也差些。

人们都知道，打仗靠轩辕、神农指挥，他们两人是部落推选出来的首领。强悍的男人们呢，要冲呀杀呀，一旦打赢了，就可以得到蚩尤的粮食、衣裳、武器、住房。如果捉到敌方的人，就可以牵着他们做工，自己也就可以清闲一些了。

一天，轩辕和神农率领人马来到了云梦泽。云梦泽是一个大得了不得的湖，湖北的那一部分叫云泽，湖南的这一部分叫梦泽。他们望着漫无边际的湖水发起愁来，就在附近山上转来转去。忽然发现大片树林只剩下树桩，树干不见了，树枝杂七杂八地堆在地上；树桩旁边留下了许多石片碴子、蚌壳片子，这些都是石刀、石斧、蚌刀的碎块。他们又在周围察看，发现山脚下有几条独木船，还有一副鲤鱼骨项链。

轩辕对神农说："我看，蚩尤是坐船逃走了，只有他们才戴这种项链呀！"

神农答道："我们也砍树做船吧，船做成了，你我各赶一方。"

二人商量好后，马上派人上山伐木，挖空树身做船。也不知道费了多少时日，也不晓得砍断了多少石斧，凿断了多少石凿，压伤了多少人，好不容易才把独木船做成。

轩辕和神农各自带领部落向南出发了。不晓得花了多少时日，翻了多少船只，淹死了多少人，好不容易到了梦泽的一个河口——沅水口。大家登上了河岸，果然发现了蚩尤部落的尖顶木架茅棚，搭在向阳背风的山脚下、湖水边。

一场混战发生了，蚩尤经不住两支部落的包围痛打，自己头上换的两只新牛角也掉了。他的人马受了伤，被冲成两股，一股扑水逃进沅水南岸的芦苇荡，另一股上山逃入北岸丛林。

为了庆祝胜利，轩辕对神农说："我们吃一餐好饭吧。"神农回答："行呀！烧制一些大鼎，煮上蚩尤的稻谷。"轩辕就带男人们做坯子、挖窑洞，要女人们去南岸割稻；神农就带男人们砍柴、烧窑，要女人们去南岸舂米。

没几天，十几口特别大的鼎坯做成了，轩辕和他部落的男人们，满头满脸满身都有黄泥，一个个变黄了。神农指着轩辕笑着说："你这轩辕，干脆叫黄帝好了。"

鼎坯上窑生火了，神农和他部落的男人们，满头满脸满身都被烟熏火烤，一个个变红了。轩辕指着神农也笑了："你莫笑我，你呀，干脆叫炎帝吧！"

不久，大鼎锅烧成了，黄帝和炎帝两人抱在一起笑了。两个部落的男人们都欢喜得又唱又跳，狂呼着："黄帝，炎帝！炎帝，黄帝！"南岸割稻、舂米的妇女们听到欢呼声，跑到山头上，伸着脖子张望，见窑场上火熄了，一口口大鼎锅摆在平地大灶上，也唱呀跳呀，高呼着："黄帝，炎帝！炎帝，黄帝！"

这就是轩辕称黄帝、神农称炎帝的由来。

两个部落吃了胜利饭，要回北方去，大鼎锅不好带，就留在原地了。后人把这烧鼎锅的地方叫作鼎港，把对岸山头叫作看灶山。直到现在，洞庭湖地区的人民还喜欢用铁鼎锅煮饭呢。

# 黄帝战蚩尤

民族：汉族
采录：郭诚
流传地：陕西省黄陵县

传说轩辕黄帝打败了炎帝，那些诸侯都想拥戴他当天子。可是炎帝的子孙却不甘心向黄帝称臣，于是就先后起来为炎帝报仇，前仆后继，不肯罢休。其中最著名的一次就是蚩尤伐黄帝了。

蚩尤姓姜，是炎帝的孙子。据说蚩尤非常残暴，肆虐人民，长得像个怪物——人身牛蹄子，有四只眼、六只手，鬓发竖起来好像剑戟一样。有的说蚩尤是天神，他有八十一个兄弟，都是能说人话的猛兽，一个个铜头铁额，把石头铁块当饭吃。蚩尤他们原来都臣属于轩辕，可是在炎帝战败后，蚩尤在庐山偶然发现了铜矿，他把这些铜采来冶炼，制成剑、铠、矛、戟、大弩等兵器，使得军威大振，便不甘心让轩辕当天子了。开始，蚩尤在南方煽动苗民跟他造反，苗民不愿服从他，蚩尤就想出了种种残酷的刑罚来逼迫苗民。久而久之，苗民受不了这种种酷刑，被胁迫着跟他作起乱来。蚩尤又联合风伯、雨师和夸父部族的人，一同前来攻伐黄帝，要给炎帝报仇。

轩辕生性爱民，不想战伐，一直想劝蚩尤休战。可是蚩尤不听劝告，率兵攻城陷战，使得边界警报频频传来。轩辕叹息着说："照这样下去，如果连我都感觉到了危险，下面的老百姓更会感到不安。我如果失去了天下，那我的臣民都要变成他人的臣民，我如果姑息蚩尤，那就是养虎为患了。现在蚩尤不行仁义，一味前来侵犯，真是欺人太甚！"于是轩辕亲自带兵出征，与蚩尤对阵。

轩辕首先派大将应龙出战。应龙长着两个翅膀，口中能够喷出大量的水。它一上阵，就居高临下向蚩尤阵中喷水，霎时间，大水汹涌，波涛直向蚩尤冲去。蚩尤慌了手脚，忙命风伯、雨师上阵。风伯和雨师上了阵，一个刮起满天狂风，一个把应龙喷的水收集起来，两人又施出神威，一个刮风，一个下雨，反过来把狂风暴雨向轩辕打去。那应龙只会喷水，不会收水，于是大败而逃。轩辕败了一仗。

　　不久，轩辕整好军队，再次与蚩尤对阵。轩辕领兵奋勇当先，冲入蚩尤阵中。这一仗，蚩尤没有直接跟轩辕交战，而是施展法力，喷烟吐雾，把轩辕和他的军队团团围住。轩辕率军在大雾中东奔西突，四面只听见杀声阵阵，可就是看不见蚩尤的兵在哪里。轩辕迷失了方向，整整三天突不出重围，军心大乱。

　　轩辕心中很着急，他想如果有什么东西能始终指着一个方向，就能突围了。他想啊想，猛然想起天上的北斗星，斗柄转动而斗始终不动，于是根据这个原理发明了指南车。这样，不论轩辕领兵冲到哪里，指南车上的磁人的手指始终指着一个方向。靠着这种指南车，轩辕才冲出了重围。

　　就这样，轩辕与蚩尤打了七十一仗，胜少败多。轩辕只好暂时休战，回泰山去休整军队。这一天，轩辕心中闷闷不乐，不觉昏然睡去，梦见一个金甲神人前来请他。他飘飘然跟着那个金甲神人来到一个地方，原来是西天王母的住所。王母在门口把轩辕迎进去。问他："圣上在下方为何闷闷不乐？"轩辕回答："蚩尤势大，久战不下，为此心中烦恼。"王母说："圣上不必愁闷，我命九天玄女授你兵法。"于是王母命九天玄女给轩辕教授兵法《阴符经》三百言。九天玄女领命，交给轩辕一部兵书，说："帝回去把兵书熟记于心，战必克敌！"轩辕打开一看，只见满目恍惚，书上一个字也没有，他大吃一惊，猛然醒来，竟没有听清玄女教授的用法。

　　轩辕醒来，睁眼一看，只见玄女授的《阴符经》还在手里，忙把大臣风后招来，跟他说了这件事。风后高兴地说："这是天意！"两人观看兵符，看了一百多天，仍然不能全然领悟。于是，轩辕命人在盛水旁边筑起高台，祈祷天地。这时，有一只黑色的大龟从河里慢慢爬出来，这黑龟口里含着一张符，这符说是皮子又不是皮子，像一种粗厚光滑的丝织品而又不是丝织品。符长有三尺，宽一尺。轩辕再次拜受，命人接过一看，只见上面画着几个象形文字，写的是"天一在前，太乙在后"。轩辕顿然领悟，于是按照玄女兵法设九阵，置八门，阵内布置三奇六仪，制阴阳二遁，演习变化，成为一千八百阵，名叫"天一遁甲"阵。轩辕演练熟悉，重新率兵与蚩尤决战。

这一次，蚩尤从山林中驱赶来一群怪物，名叫魑魅、魍魉，向轩辕的兵扑来。那魑魅长着人的脸、野兽的身子，叫起来凄惨吓人；魍魉个子矮小，红眼睛，散头发，红皮肤，人一见它，就会被它迷住吃掉。轩辕这次一点也不慌乱，等那些鬼怪冲入阵地，轩辕一声令下，他手下的兵一齐吹响号角，那号角模仿着龙吼的声音，犹如在军中埋伏着几千条巨龙。魑魅等鬼怪一听，吓得屁滚尿流，浑身瘫软。轩辕领军上前，把他们全部消灭了。

为了振奋军威，轩辕决定用军鼓来鼓舞士气。他打听到东海中七千里外有一座流波山，山上住着一头怪兽，苍灰色的皮，长得像牛一样，头上没有角，只长着一只蹄子。当它进出海水的时候，伴随着大风大雨；它的眼睛像太阳、月亮一样明亮，吼叫的声音就像打雷一样。这个怪物叫"夔"（kuí）。轩辕派人去把夔捉来，把它的皮剥下来做鼓面，声音大得很。有了鼓还要鼓槌。这天，轩辕正在犯愁，猛然听到有什么东西发出"咚咚"的响声，他循声寻去，原来是雷泽中的雷兽在无忧无虑拍打自己的大肚子玩耍。轩辕顿时计上心来，命人捉住雷兽，把它杀了，从它身上抽出一根最大的骨头当鼓槌。传说这夔牛鼓一敲，能震响五百里，连敲几下，能连震三千八百里。轩辕又用牛皮做了八十面鼓，使得军威大振。

为了彻底打败蚩尤，黄帝又把自己的女儿女魃（bá）招来助战。这女魃是个旱神，专会收云息雨。她身上能散发出极大的热量，每到一处，云散雨收，烈日当空，赤地千里，到哪儿就给哪儿的百姓造成灾难。所以轩辕平时不让她出来，让她住在遥远的昆仑山上。这次为了对付蚩尤，轩辕特意把她招来助战了。

　　轩辕布好阵容，再次跟蚩尤决战。两军对阵，轩辕下令擂起战鼓，那八十面牛皮鼓和夔牛皮鼓一响，声音震天动地。轩辕的兵听到鼓声勇气倍增，军威大振；蚩尤的兵丧魂落魄，惊慌失措。蚩尤一看自己要败，两只手拿着戈，两只手拿着矛，两只手拿着剑，两只脚还蹬着弩和弓，凶悍勇猛地杀上前来。两军杀在一起，直打得山摇地动，日抖星坠。蚩尤施起神威，轩辕与他战得难解难分。

　　轩辕见蚩尤这家伙果真厉害，没人能抵挡住他，就命应龙喷水。应龙张开巨口，江河般的水流从上至下喷射而出，蚩尤没有防备，被冲了个人仰马翻。蚩尤也急忙命令风伯雨师，掀起狂风暴雨向轩辕阵中打来，一刹那地面上洪水暴涨，波浪滔天。轩辕一看情况紧急，急忙命女魃迎战。那女魃接到命令，迎上前去，施起神威，霎时从她身上放射出滚滚的热浪。她走到哪里，哪里就风停雨消，烈日当头。风伯和雨师这下没办法了，慌忙败走。轩辕率军追上前去，大杀一阵，蚩尤大败而逃。

　　蚩尤的头跟铜铸的一样硬，平时把石头当饭吃，还能在空中飞腾，在悬崖峭壁上行走如履平地，轩辕率军追赶，可就是逮不住他。追到冀州的中部，黄帝猛然想起仙人广成子教他的办法，忙命人把夔牛皮鼓使劲连擂九下，说也怪，蚩尤顿时魂丧魄散，既不能飞也不能走，这才被逮住了。轩辕命应龙给蚩尤戴上枷铐，把他杀了。因害怕他死后还作怪，就把他的身子和头分别埋在两个地方。蚩尤死后，他身上的枷铐才被取下来抛掷在荒山上，变成了一片枫树林，那每一片枫叶，都是蚩尤枷铐上的斑斑血迹。

在这场大战中，女魃和应龙都立了大功，但因为用尽了神力，他俩不能再重新回到天上去了。女魃在世上，到哪儿，哪儿就干旱，一滴雨都不下，给人民造成很大的旱灾，人人都不欢迎她。女魃只好到处乱跑，没有固定的住处。后来，轩辕的孙子叔均向轩辕说了女魃在地上的危害，轩辕便让她住在赤水以北，再不准她到处乱跑了。但是女魃跑惯了，有时忍受不住约束，还是经常偷偷逃出来，自由自在地闲逛。

　　应龙和女魃情况不一样，他到哪儿，哪儿就一定发生涝灾，人们也不欢迎他。轩辕就安排他住在遥远的南极。后来，由于女魃经常偷跑出来，给人民造成灾害，轩辕又派应龙去管教她，催着她回去。这样，世上每当旱灾之后，总会伴有涝灾，这都是女魃和应龙的缘故。

　　轩辕打败蚩尤后，诸侯都尊奉他为天子，代替了神农氏，这就是轩辕黄帝。这年，轩辕黄帝才三十七岁。

# 五谷帝

民族：汉族
讲述：黄逢煊
采录：黄淑贞
采录地点：台湾省台中县石冈区

人类以前用树叶裹身，和虎、鹿等禽兽共同生活，以水果为食，并不吃米饭，而且都不会生病。

人因为头颅是黑的，所以称为"黑头虫"。和动物分开居住之后，在凡间，人仍然是最聪明的，因此必须掌管动物。

男人用树叶做衣服，女人用棕叶蔽体，直到黄帝发明了衣服、裤子，人们才明白衣服的功用，以及男女之别、礼仪等。

后来改吃五谷时，人们才开始生病。

五谷帝的肚子以前是琉璃肚，透明的，吃什么都能看得到，五脏六腑都能看清。

人吃了五谷之后会生病，这时五谷帝就必须尝药草，所以药是五谷帝发明的。那时候看得到肚子里哪个位置生病，吃的药会通往肚子哪个方向。用什么药草有效，可治哪种病，这些五谷帝都很认真地实验。后来他误食毛毛虫，毛毛虫吞下肚里，霎时琉璃肚不复透明，再也看不到肚子里面的情形了。

现在，农民节就是从五谷帝那儿来的，他是农民的祖师爷。

# 女娲造六畜

民族：汉族
讲述：杨明春
采录：宋虎
流传地：湖北省孝感市

相传女娲娘娘造万物，先造六畜后造人。

一开始，天是一团混沌，地是一堆泥巴，女娲娘娘掺水盘泥巴玩：

　　　天泡，地泡，哪个要不要？

第一天，女娲娘娘把泥巴摔来摔去，摔出一只鸡子：

　　　一只船，两头趣，只屙屎，不屙尿。

鸡子一叫，天门开了，日月星辰齐出来。第二天，女娲娘娘把泥巴摔去摔来，摔出一只狗子：

　　　瓜子脸，尖巴颏，走路梅花脚。

狗子一跑，地门开了，出现东南西北四方。

第三天，女娲娘娘拿泥巴摔出一只猪子：

　　　走路扭啊扭，嘴里吹笛笃。

猪为家中宝，无豕不成家。第四天，女娲娘娘又用泥巴摔出一只羊子：

一竿扬叉，白胡子拉撒。

用羊子祭天神，天神才赐福气，吉祥如意。第五天，女娲又用泥巴捏出一只牛：

四个铜结，两把铁钻，一人扫地，两人赶扇。

第六天，女娲娘娘又捏出马来。这样，马牛羊，豕犬鸡，合为六畜。六畜六畜，关六天就喂家了。造出六畜，但无人管理，鸡乱飞，狗乱跳，尤其是蛮牛力气大，用触角打架：

触山山崩，触水水浑，触石头冒火星，触土巴冒草根。

为了照管六畜，女娲才又造人，由人做主，所以叫主人。主人叫鸡司晨，狗守门，牛耕田，马拉车，羊上山，猪满圈，六畜兴旺，五谷丰谷。人是第七天用泥巴拌水捏出来的。捏成后，女娲娘娘又吐唾沫、吹口气，所以，人就有了灵气，称为万物之灵。为了纪念，每年正月初七，家家户户要吃一顿糊面羹。糊泥巴田埂，不钻黄鳝。

女娲娘娘在七天里造出了人和六畜，第八天就要酬谢土地神——万物土中生嘛。所以每年正月初八，地方有风俗要敬土地佬，给泥巴菩萨洗澡，到土地庙敬奉猪首，还要扮演"触牦牛"给土地老爷看，求土地老爷保佑六畜兴旺。

# 神农制四季节令

民族：汉族
讲述：黄友祥
搜集：杨奉纯
流传地：四川省大竹县

从前，人吃的粮食很杂，有吃果木的，有吃庄稼的。种庄稼的人不晓得四时节气，不分春夏秋冬四季，乱栽乱种。对了节气的，就有收成，不对的，就颗粒不收。没吃的常去抢有吃的，经常打仗，乱纷纷的。

神农皇帝一看，这样下去不行，便制定出春夏秋冬四季为一年，一季三个月，一年十二个月。又制定出一年四季二十四个节气。他还教人们哪个季节种什么庄稼，按节令下种。这样，种地的有了收成，有了吃的，就不再乱抢了。

# 仓颉造字

民族：汉族

讲述：赵国鼎

采录：张永林

流传地：河南省新郑市

新郑市城南关有座凤台寺，寺塔高耸入云。相传，古时候的仓颉就在这里造字。

古时候，人们结绳来记事。大事打个大结，小事打个小结；横绳表物，竖绳记数。轩辕黄帝在统一中华之后，感到这种记事方法不够用，就命大臣仓颉造字。仓颉不敢怠慢，就在洧水河南岸的一个高台上造屋住下，专心造字。可他造了好长时间，也没造出字来。

一天，黄帝和常先等大臣来看他，见他愁眉苦脸、闷闷不语，就安慰他说："你不要着急，慢慢造吧，只要有恒心，终究会造出字来的。"黄帝走了，仓颉坐在茅屋前，两眼望着天空出神。突然，他看见天上飞过来一只凤凰，在头顶上鸣叫一声，又飞回去了。凤凰嘴里衔着的一片东西，飘飘悠悠地落到了他的面前。仓颉拾起来一看，是一片树叶，上面有个明显的蹄印。他辨不出是什么兽的蹄印，正要扔掉，台下走上来一个老猎人，伸手接过树叶，看了看说："这是貅的蹄印。熊、罴（pí）、貔、貅、虎、豹、豺、狼，它们的蹄印都不一样。我一看蹄印，就知道有什么野兽在山上活动。"

仓颉听了，很受启发。他想：世界上的万事万物，都有它的特征。抓住事物的特征，画出图像，不就是字吗？打这以后，他就注意观察各种事物，日、月、星、云、山、河、湖、海、天上的飞禽、地上的走兽，取其特征，画出图像，造出许多字来。

黄帝听说仓颉造出了字，就同常先、风后等大臣一起来看。见仓颉积劳成疾，卧床不起，就命雷公取来草药，亲手煎熬，治好了仓颉的病。仓颉病好以后，拿来他造的字像叫黄帝他们看。黄帝看了，非常高兴，说："你真是聪明过人，劳苦功高呀！"仓颉把凤凰飞送衔树叶、老猎人善辨蹄迹的事说了一遍，黄帝听了说："这是上天在帮助我们造字呀！"

　　后来，黄帝召集九州酋长，把仓颉造的字像传授给他们，字像很快在各地应用起来。

　　后人不忘仓颉造字的功劳，把仓颉造字的高台起名为"凤凰衔书台"。宋朝人还在这里建了寺、筑了塔，人称"凤台寺"。

# 伏羲造字

民族：汉族
采录：周耀明
流传地：浙东地区

　　往昔时候，人是用结绳记事的。多少只羊，打个小结；多少只牛，打个大结。结满十几个打个圈，十个圈便是一百。绳圈挂在墙上，一家的账目全在那里了。

　　可是，这办法用着用着便不灵了。啥缘故？那时老鼠多，绳圈被咬烂，账目便乱得一塌糊涂了。账勿清，便要相争；争勿赢，便要动手。你打我也打，天下便大乱。

　　有个大神叫伏羲，急了。再乱下去，人会灭种的。伏羲坐在山顶忖主意。望望天，天上有日头、月亮。日头只一个，画一个小圈便是一；加上月亮是两个，画两个小圈便是二；三个小圈是三，四个小圈是四……比结绳方便多了。可是，画圈还是太繁，便改用点。点太小，又改作线。这样，一字是一划，二字是二划，三字是三划……数字造出来了。照这法子，十字得画十划，百字得画百划，还是太烦。伏羲又忖开了。他望望自己的手，有五个指，四指并拢是一条线，拇指横生就成了"丫"，伏羲便用这表示五，简便多了。"丫"字一造出，"十"字、"廿"字也出来了。

　　要记清账，光有数字还不行，还得有其他字。伏羲又看看天，看看地，按万物的形状造出了日、月、水、火、山、石、田、土、羊、鱼、牛、人等几百个字。伏羲想想很得意。

伏羲正得意，有个小孩来找他，说："伏羲王，你造的字贴宜①不贴宜？""你说贴宜不贴宜？""我说有好些不够贴宜。""哪一些？""比如说牛字只一个角，鱼字却有四只脚，羊字有六只脚。"伏羲一听，呆了，忙问："你是谁？"

小孩应："仓颉。"

"啊！仓颉，你就把我造错的字改过来吧。"伏羲叹口气说。

"伏羲王，已造的便不必改了，人们用惯了，改也难。以后你便不必再造，还是让我们人自己造吧。"

伏羲没法，只得让人自己造了。人自己造的字一个个都很贴宜。据说仓颉造的字最多，后来，人们就只说是仓颉造字了。

---

① 贴宜：东阳方言，恰当、合理的意思。

# 女娲做笙簧

民族：汉族

讲述：冯雨杆

采录：钟铭

流传地：浙江省湖州市德清县莫干山、长兴县空山和市郊

古时候，世上有三皇：天皇、地皇、人皇。天皇管天，地皇管地，人皇管人。天皇叫黄帝，地皇叫炎帝，人皇叫女娲。女娲一天到晚领着子孙们种田。

一天早晨，女娲正在种田，天的东面升起了一个太阳，天的西面也升起了一个太阳，女娲看呆了。这时候，黄帝从天上飞了下来，炎帝从地下钻了出来。黄帝对女娲说："女娲，天要发水啦，我给你一支通天竹吧，它会对你有用的。"

炎帝对女娲说："女娲，地要沉啦，我给你一个葫芦、一把黄沙吧，它们会对你有用的。"

女娲点点头，接过了通天竹，抱过了葫芦，抓过了黄沙。她抬头看看天的东面，东面的太阳没了，看看天的西面，西面的太阳也没了。她还没来得及招呼子孙们，天顶"轰隆隆"地响起了雷，"哗哗哗"地下起了雨，一眨眼，地就沉了。女娲急了，赶紧骑上葫芦，拿起通天竹撑了起来。她手里的黄沙顺着通天竹"唰唰唰"地落到了水里，水里"呼呼呼"地升起了高山平地。葫芦经过的道路呢，变成了一条长长的长江，地上立刻长满了青草和树木。女娲漂呀漂，不知漂了多少路，黄沙漏光了，水也不涨了，女娲跳到黄沙变的土地上。地上空荡荡的，没有一个人，没有一丝声音，女娲的子孙们死光了。女娲孤单冷清极了。她手捏通天竹，呆呆地站着，一阵风吹来，通天竹发出

"呜呜呜"的声音。女娲听了心里一动，把通天竹折成七段，用手指把管子打通，把竹管一根根并排插在葫芦上，又把薄薄的竹叶嵌在竹管口，用嘴一吹，这东西"呜呜呜"地响了。女娲可高兴啦，给它取名叫笙簧，一天到晚吹着它。吹着吹着，一个太阳从东面出来了；吹着吹着，百鸟从天外飞过来了；吹着吹着，女娲愁了！为啥？没有人跟她讲话呀。女娲就挖了块泥土捏人，她捏呀捏，捏了整整一千对，然后把它们放在太阳下晒，晒干后，人活了。女娲又快活地吹起了笙簧，吹着吹着，她又愁了！为啥？没有吃的呀。女娲想到了稻谷，可稻谷都沉掉了呀，女娲就找稻谷种子。她找呀找，在一丛草边，看见一只蜘蛛在结网。女娲想，鱼是可以给人吃的呀，就撕下树皮，搓成绳，照着蜘蛛网结了一张网，到水里捕鱼。没想到鱼的肚子里还有先前吃下的稻谷种，女娲就把稻谷挖出来撒在地上，用心浇灌，浇着浇着，稻谷慢慢地发芽了，慢慢地又长出了穗。经过几次撒播，地上又有稻谷啦。有了人，有了稻谷，世界又热闹起来啦。

# 女娲芘的来历

民族：汉族
讲述：贾松才、王明勋
采录：高友鹏
流传地：河南省西华县

从前，天塌了，地陷了，世上光剩下女娲姐姐和伏羲弟弟俩了。

女娲对弟弟说："咱俩做人吧。"

姐弟开始挖泥巴，就着一棵大树，说着就捏起来了。

他俩谁也没想到，泥人儿被风一吹，嘿！都会跑咧！

捏呀捏呀，姐弟俩越捏越多，越捏越喜欢。女娲上树折了根树条子，对着泥巴堆使劲儿抡起来，泥巴星子飞得四处都是，一会儿，遍地都是人了。女娲累了，躺下一睡，就睡了好几天。女娲醒来一看，也不知道弟弟上哪儿去了，地上的孩子死了一堆又一堆，她难过得捂着心哭了几天几夜。

哭呀哭呀，泪水淌了一地，地上有了小河，捏剩下的泥巴成了山。

孩子越死越少，女娲找不着弟弟，也没劲儿捏了，薅了棵草嚼起来，越嚼越有味儿，脸上热乎乎的，浑身净是劲儿。

女娲叫孩子们吃草，也不知怎的，吃了草，人就不死了。这草传下来，成了药，人们叫它"女娲芘"。

# 麦德尔神女开天辟地

民族：蒙古族
采录：姚宝瑄
流传地：新疆卫拉特蒙古族住地

　　很早很早以前，天将要形成，地将要生长，人将要投胎，马将要生驹，万物将要繁殖的时候，整个天地经历了一次残酷的浩劫，蒙受了灭顶之灾，滔滔的洪水铺天盖地，淹没了世间一切生命。

　　不知过了多少年，麦德尔神女跨着闪光的白色神马，来视察三千色世界。只看到蓝色的天水中，微露出须弥宝山的山尖。须弥宝山是原来大地上最高的山，是登天的梯子，如今它的山峰插在天里，而身子淹没在蓝色的云雾中了。麦德尔发现须弥宝山山顶旁还有一个山洞，洞中住着一些人。这些人不足半尺高，马也只有兔子那么大。早晨生下来的孩子，晚上就骑着马接火送火，在须弥山洞中来回奔驰着。

　　麦德尔神女骑着白色神马，往来奔驰在蓝色的水面上，神马的四蹄踏动水面，放射出耀眼的火星。尘土燃烧后变成了灰，撒落在水面上。后来灰越积越厚，渐渐形成了一块无边无际的大地。大地压着水面往下沉落，天与地慢慢地分开了。

　　大地形成了，是一块大大的平板。因为地浮在水面上，不稳定，经常晃动，麦德尔神女就派一只大神龟下水去，用龟背顶着大地，不许它离开。有时候，神龟太累了，舒展腰脚的时候，就会发生地动。

　　麦德尔神女的马踏过的地方燃起大火，烤得蓝色的大水不停地蒸发。这些水汽在天地之间飘来飘去，就成了云彩。马蹄踏水溅起的火星，飞上高空成了星星。

麦德尔神女怜惜须弥宝山上那些又小又矮的人，就派了神男、神女每天去给他们照明。神男白天值班，发热发红光，这就是太阳；神女晚上值班，发白光，这就是月亮。他们两个每天按着麦德尔神女指定的路线，环绕须弥宝山转一圈，神男转到山后，就成了黑夜，神男转到山前，就成了白天。他们两个从来也见不到面。

　　麦德尔神女的化身，每年三次到大地来巡视，时间分别是正月十五、四月十五、七月十五。这三天是卫拉特蒙古人的节日，人们杀牛宰羊，举行祭祀，迎接麦德尔神女的到来。

# 蜘蛛吃日月

民族：蒙古族
采录：那木吉拉（蒙古族）、姚宝瑄
流传地：新疆卫拉特蒙古族住地

以前有个神人，看到一年有春夏秋冬四季，很不高兴，他想：如果一年四季都是夏天多好啊！于是他拿来一只碗，在碗里放了符咒，盛满了水，摆在身前，然后闭上眼睛，端端正正地站在碗跟前念动咒语，要让一年四季都变成夏天。

他的咒语念了一大半，眼看夏天就要占满全年时间了，没想到从他身后爬来一只大蜘蛛，蜘蛛跑过来把那碗符水全都喝了。蜘蛛喝了符水，顿时觉得身子轻飘飘的，不一会儿就离开了地面，向天上飞去，而且越飞越快，吓得它拼命喊叫。

神人的咒语念完了。他想，只要一睁开眼睛，全年都会变成夏天了，心里非常高兴。他慢慢地睁开眼睛，一看，世界还是原来那个样子。他感到很奇怪，低头看那碗符水，一滴也没有了。这时候，蜘蛛的惊叫声惊动了神人，他一看就知道这碗符水是蜘蛛偷喝了，要不然蜘蛛是不会上天的。神人气得急忙提一把宝剑追了上去。

蜘蛛一看神人追来了，吓得不敢再叫喊了，一个劲地逃命。由于蜘蛛身子特别轻，一会儿就从太阳面前跑过去了，不一会儿又从月亮面前跑过去了。

神人拿着宝剑追蜘蛛，来到了太阳跟前，问太阳："哎，太阳，你看见那个混蛋蜘蛛往哪儿跑了吗？"太阳没有说话，只用下巴颏指了一下蜘蛛跑去的方向。不一会儿，神人追到了月亮面前，问月亮：

"哎，月亮，你看到蜘蛛往哪儿跑了吗？"月亮用手指了指蜘蛛跑的方向，神人又挥动着宝剑追去。

蜘蛛从月亮跟前跑了一段，回头看看，神人没有追上来，就以为没事了，便躺下来喘气、休息，等神人追上来了，它也没有发觉。突然，它感到一道寒光，抬头一看，原来是神人的宝剑正朝自己劈来，它慌忙爬起来逃命，谁知它跑慢了一步，后半个身子被神人的宝剑砍掉。蜘蛛顾不得疼痛，急忙用前半个身上的八条腿，拼命地逃跑。

被砍掉的后半截身子里，流出了蜘蛛偷喝的符水。符水从天上往地下落，正好落到了松树和柏树上。从那以后，松树和柏树一年四季都是青青的。

神人砍断了蜘蛛以后，没有再追，便回到地上，照常过着一年四季的日子。

蜘蛛受伤以后，休息了很长一段时间，后半截身子才长好。他回想当时自己逃跑的时候，神人怎么会知道自己逃跑的方向呢？一定是太阳和月亮告的密！便气呼呼地去找太阳和月亮算账。

蜘蛛来到太阳跟前，大声问太阳："哎，太阳，那个神人追我的时候，是不是你告诉他我朝哪儿跑的？"

太阳说："我没有说话，只用下巴颏点了一下，没有给神人指出你跑去的方向。"

蜘蛛听完太阳的话，又跑到月亮面前大声问："哎，月亮，那次神人追我的时候，是不是你给他指的方向，才使我断了后半截身子。"

月亮说："我没有给神人指你跑去的方向，是太阳指的。"

蜘蛛非常生气，又回到太阳跟前，说："太阳，月亮说是你指的方向，你为什么不老实？"太阳一听，气得脸都红了，愤怒地说："胡说八道！明明是月亮用手指的方向，神人才追上你的，为什么偏偏要赖我呢？"蜘蛛听了太阳的话，想了想，认为太阳说得有理，因为自己逃跑时，先经过太阳，后经过月亮，神人追到太阳跟前时，自己早跑得没影儿了，只有月亮才知道自己跑的方向。于是便说："好吧，月亮用手指我跑的方向，那我就一年吃它一次，你用下巴颏指我跑的方向，我就三年吃你一次。"从那以后，太阳三年出现一次日蚀，月亮一年出现一次月蚀。①

现在每到月蚀时，人们就以为是蜘蛛吃月亮了。地上的人为了不让蜘蛛把月亮吃掉，就敲锣打鼓放鞭炮，大喊大叫，想让蜘蛛误以为神人又追来了，好赶快逃跑。

① 此处解释不确切，或许是指太阳黑子和月亮每月的圆缺。

# 苍狼和母鹿

民族：蒙古族
讲述：阿·太白
采录：姚宝瑄
流传地：新疆卫拉特蒙古族住地

很早很早以前，没有蒙古人，也没有人类，只有动物和植物。

一天，从天上闪过一道金光，落下一只苍灰色的雄狼，它在草原上四处奔跑，寻找自己的"和玛尔勒"。"和玛尔勒"就是一头美丽的母鹿。

一天，狼和鹿在湖边相遇了，苍狼并不吃母鹿，而是亲切地靠近母鹿，和它说话。后来，雄苍狼和美丽的母鹿在草原上交配，生下了苍狼般英武的后代，这些后代就是蒙古人。

后世的蒙古人都认为苍狼和母鹿是自己的祖先。还有白色的天鹅，也是蒙古人的祖先。白天鹅都是美丽的姑娘，她们和地上的人结婚，使蒙古人越来越多。白天鹅和美丽的母鹿都是蒙古人的母亲。因为蒙古人的祖先是苍狼，所以打仗的时候，只要喊"苍狼的子孙们，前进！"就能取得胜利。

喇嘛来到草原以后，苍狼被喇嘛从天上打了下来，在深山草丛中生活。喇嘛把苍狼变成了我们的敌人，直到现在，苍狼总是吃我们的牛羊。

# 人祖阿旦

民族：回族
口述：王甫成（回族）
采录：谢荣（回族）
流传地：宁夏银川市

传说在很早很早以前，大地一片漆黑：没有鲜花，没有鸟鸣，没有人类，没有生机。一天，天地之间突然响起轰隆隆的声音，一团红光闪起，红光里渐渐地出现了一男一女，男的叫阿旦，女的叫韩吾。

阿旦和韩吾原来是安拉①的天使和天女。一次，他俩到红霞深处的仙果园游转。在百步外闻到一阵奇香。他俩如痴如醉，走过了彩虹般的天桥，来到一片果林旁，只见麦果红亮亮、黄灿灿、香喷喷的，万般迷人。阿旦高兴得随手摘了两个，给了韩吾一个。韩吾接到手中张口要吃，谁知吃急了，囫囵吞进了肚内。阿旦刚咬一口，才进喉咙，就被发现了。

天仙是不能吃任何东西的，吃了就不圣洁了。阿旦和韩吾犯了天规，于是被安拉贬降大地。

漆黑的大地，苦海无边无尽，他俩在艰难中痛苦地挣扎，每天五次跪在冰川上向上天诵经祈祷。一百年过去了，五百年过去了。阿旦和韩吾的虔诚感动了万能的安拉，仁慈的真主降下了口唤②。顿时，天开地裂，东方发白，天空出现了光灿灿的太阳，夜晚也出现了亮晶晶的月亮和星星。人间出现了光明，他俩相互看见了对方，惊喜地抱

---

① 安拉：阿拉伯语，真主。
② 口唤：命令，允许。

在一起。韩吾在兴奋中滑倒了，尻子坐在冰川上，阿旦也滑倒了，两腿跪在冰川上。他们每天仍然祈祷，每次祈祷前都要洗净拿了麦果的手和那双碰过麦果树的脚，漱净吃了麦果的口。又过了五百年，安拉知道他们悔过，又降下"口唤"饶恕了他们。但是他们的身上却留下了痕记：阿旦没吞下麦果，喉头因此大了一些，他曾在冰川上滑倒，所以双膝是冰凉的；韩吾把麦果吞进了肚内，因此肚子就大了，因为她滑倒，尻子坐在冰川上，所以屁股是凉的。他们两人都想吃东西，安拉就给他们饥饿的感觉，让他们结为夫妻，相互帮助，在大地上朝夕相依，用劳动去满足自己的需要，并让大地按他们付出的劳动公正地赐给他们福分。

从此，阿旦劈山引水，开荒造田，按照天堂的样子改造大地；韩吾摘下云霞，剪成天园中的各式小花撒满了大地。他俩偷吃的麦果，安拉也赏赐给他们，由他们勤俭耕作，成了主食。古老荒芜的大地在他们勤劳的手里变成了山川河道，壮美如画。

阿旦和韩吾生了七十三胎，前七十二胎都是一男一女，第七十三胎却是个独生子，名叫师司。全家都为这个独子没有媳妇犯愁。这广阔的大地还有许多地方没有人烟，于是阿旦和儿女们商量，决定派一个人去天堂求摘水果，让大家吃了好多生儿女，同时讨得真主的旨意。可是大家你看我、我看你，默不作声。只有师司无挂无牵，勇敢地说："慈祥的父母啊！为了仁爱的兄长和姐姐们，纵然九死一生，我也要去把安拉的旨意和仙果讨回来！"

师司跋山涉水，几经严寒酷暑，忍饥挨饿，不知过了多少天，走了多少路，脚上起了血泡，腿上走得红肿，都没有打消他要去找"安拉"的意志，他每走一步都在祈祷着。一天，他走在一座高山的山顶上，实在困乏不过，一头栽倒在地，迷迷糊糊地睡着了。他梦见了一条身躯有百丈来长、缸口那么粗的白蟒，举头摇身地对师司说："英俊的少年呀，你不要怕，我是安拉派遣来的天仙，是来迎接你进天堂的。请你骑在我的身上，闭上眼睛吧！"师司就骑在白蟒身上，一阵风似的到了天堂的大门前，门口站着天仙浩勒，问明了情形，默默地向安拉祈祷，不一会儿，只见他摇动白胡子叹了一口气，顿时刮起了狂风，天昏地暗。阿旦和他们一百四十四个儿女被刮到天上，接着又飘落在大地的各个角落。接着安拉又降下了五谷六畜，人间从此像天堂一样兴盛起来。那勇敢无私的师司却被安拉留在天堂里，成了天使。

# 阿当寻火种

民族：回族
采录：贵州民间文学工作组
流传地：贵州省回族聚居地区

很古很古的时候，世间还没有火，人们吃的是生冷的食物。有一回，火山爆发了，山野里一片火海，草木化为灰烬，也烧死了很多豺狼虎豹。人们去捡这些烧死的野兽来吃，觉得怪香的。从那以后，人们才晓得火的用处。可是，没有谁留下火种。山林烧过以后，人们仍然过着生吃冷喝的生活。

人们对火产生了兴趣，大家议论纷纷。有的说，火种是天上掉下来的；有的说，火种是风从别处吹来的。多数人认为火种是风从别处吹来的说法有道理，就派了个年轻的小伙子——阿当去寻找火种。

阿当带着大家的心愿去寻找火种，决心找不到火种不回家。但是，他不知道什么地方有火种。他想：只要我把天下都走遍，总会找到的。于是，他到处走，翻过了七十七个大坡，渡过了七十七条大河，穿过了七十七个不透阳光的大森林。他不怕任何艰险困难，到处找啊寻啊，山里找遍了，水里也寻遍了，就是找不到火种。看见血红的树叶，他以为是火种，一摸是冷冰冰的，就丢下了；看见红色的岩石，他以为是火种，一摸又是冷冰冰的，他又丢下了；看见红羽毛的飞鸟，他以为一定是火种，就拼命追捕，等到用石头砸下来了，一摸那羽毛不烫，又不是火种；看见红色的小动物，他以为一定是火种，就拼命追捕，逮住了，一摸不烫手，也不是火种。这样经过了一千次一万次，每次希望都落了空。可是，阿当并不失望，他还是到处走呀找呀，一刻也不停歇，累了他就在山林里歇，饿了他就摘野果吃。

阿当心里想：一个人这样盲目地乱走、乱找，看来是不行的呵！得想个办法才成呀！鸟里边要数燕子飞得最远，它们也许知道哪里有火。他立刻问燕子："燕子呵，燕子！你春夏秋冬到处不停地飞，你可看见哪里有火种吗？你告诉我吧。要金子，我给你金子，要银子，我给你银子。"燕子说："哪有火种，我会告诉你。我不要你的金子，也不要你的银子，只要将来你们盖起了房子，让我在你们的屋梁上做个窝巢，遮风避雨；我的孩子们拉屎拉尿，弄脏了你们的房子，你们不要生气就行了。"阿当说："这不要紧，你们就住在我们的屋梁上好了。哪里有火种，你快告诉我吧！"燕子说："在西边天脚的火焰山里有火种。不过，那里太远了，你这一辈子也走不到的。"阿当说："我非走到不可！"

阿当往西方走。走啊走，走了三十三天、三十三夜，还看不见火焰山的影子。但是他并不灰心，还是继续前进。不过，聪明的阿当又在想办法了。他想：这样凭两条腿走，不知要到哪年哪月才能取到火种呵！野马跑得最快，我去请它带我走吧。阿当找到了野马，告诉它他要去西边天脚取火种。野马说："我可以背你走，不过，将来你得割草喂我，造个马圈给我住，别让老虎伤害我。"阿当说："这一定可以办到！"于是，他骑上野马，向西边天脚飞奔而去。

走了很多天，阿当骑着野马来到了天地相合的大河边上，对面是通红透亮的火焰山，隔着河都感到热得很。摸一下河里的水，烫得不得了。河里飘着煮熟了的死鱼，大的小的，长的短的，方的扁的，红的花的，真叫多呀。阿当捞了一些来吃。哎哟！比火烧过的兽肉还要好吃。阿当捞呀捞呀，捞了一大堆。野马对他说："你捞鱼，可别把取火种的事忘了呀！"阿当说："不会，不会。我要多捞些带回去给大家吃嘞。"阿当捞了一阵，他对野马说："河水太烫了，怎么过得去呢？"野马告诉他说："河岸上有个石洞，石洞里有一把雷公斧，有一条恶龙把守着，你斗倒那条恶龙，拿到那把雷公斧，往河里一指，河水会变成一条大路，你就可以很顺利地走过去了。但你要是斗不过那条恶龙，就会活活被它吃了。"

阿当是不怕死的，但是怎么才能斗得过这条恶龙呢？他想：我一个人死了算不了什么，取不到火种回去，大家没有火来烧东西吃，这可是一件大事。大家的心愿都寄托在我身上，我得好好想个办法战胜恶龙才行。他想了又想，头都想昏了，就是想不出个办法来。于是他问野马有什么能战胜恶龙的好法子。野马说："你赤手空拳，怎么斗得过它？你得想法子把它引出来，让它追你，你兜着圈子跑，它也就兜着圈子追，等它跑得身体蜷作一团，你就直奔石洞去拿雷公斧。雷公斧一拿到手，你就能降服它了。"野马这样一说，阿当立刻明白了，就照着野马的话引出恶龙，兜着圈子跑。恶龙果然追上去，追着追着，恶龙就蜷作一团，追不动。阿当飞也似地直奔龙洞，取下了雷公斧，走出洞来。恶龙看见了雷公斧，害怕得连叫饶命，并且对阿当说："聪明的阿当，你不要杀我，我告诉你怎样带火种回去，不然，火种非常烫，你是拿不得也带不走的。"阿当一想，这有道理呀，就说："你先把那个办法说给我听听。"恶龙说："那雷公斧的背上，有一片钢盖，你把盖子拨开，里面有个盒子，只有把火种装在这盒子里，才能带回去啊。"阿当想：对哇！这恶龙有功劳，不该杀它。他就让恶龙自己回石洞去了。

阿当拿着雷公斧，往大河一指，倏地一下，那奔腾的河水立刻变成了一条宽敞的方石板路。野马连忙喊道："阿当啊，快快跑过去取火种吧！等久了就不行了。"阿当立刻跑过石板路，在火焰山下，夹了两个大火种，装在雷公斧背上的盒子里，盖上钢盖，就急急忙忙地跑回来。刚走上岸，"哗啦"一声巨响，天摇地动。石板路一下不见了，波涛滚滚的大河又闹哄哄地奔腾起来。"怎么搞的呀？"阿当惊奇地问。野马说："雷公斧装上了火，就要响雷下雨，这石板路原是河水，火烫的雷公斧一照见它，它就还原成水啦！"

阿当取得了火种，带着煮熟了的鱼，骑上野马，走上回家的路。野马跑得很快，阿当只见两边的山坡树林飞一般地向后退去，耳边呼呼地响着，那马是在飞啊！走了三天三夜，阿当就到家了。

阿当取来了火种，从此，人们晓得用火烧东西和煮东西吃了。那野马也变成了家马。阿当的功劳很大，后人为了纪念他，每人都在身边的裤带上挂个火镰包。据说，那就是阿当装火种的盒子，火镰包里头的火石和火镰子就是阿当取回来的火种，那把火镰子就是阿当带回来的雷公斧。

# 蚂蚁开天辟地

民族：藏族
讲述：大夺戈（男，藏族歌手）
采录：阿强（汉族）、达戈（藏族）
流传地区：四川省若尔盖县藏区

很早很早的时候，天地还没有形成，大地好像一个圆圆的酥油盒子，上面的盖子把下面盖得严严实实的。因此，里面的水流不出来，只好积在中间，树木也伸不起腰杆，像盘发芽的麦苗，弯曲着在中间生长。

过了很久，有只蚂蚁在圆圆的酥油盒上钻出一个洞来，外面的空气不停地从这个小洞灌进去，大地开始膨胀，这个洞也越来越大。又不知过了多少年，大地起了裂缝，有只力大无穷的"穷青鸟"（神鸟）出世了。它展开双翅，伸直腰，大地盖子被这只"穷青鸟"顶了上去，就成了天。蚂蚁变成了"夏都"（天神名），它用双手推平大山，使大地出现了平坝；它又变成了一条"其惹"（娃娃鱼），用两只脚划了一道道沟，把水引走，成了弯曲的河流。

这只蚂蚁创造世界后，头变成四方的了。因此，天也有东南西北四方。有时，蚂蚁到天空去遨游，它就是天神；有时，蚂蚁在地上爬，它就是禽兽。这只蚂蚁很勤劳，天天推磨，磨圆了屁股；天天背水，勒细了腰。它终于死了，它身上的毛变成了无数的野草和树木。

# 大鸟创天地

民族：藏族
讲述：陈安礼（藏族）
翻译：陈青贵（藏族）
采录：李汉森、何桂林
流传地区：四川省木里藏族自治县

很早很早的时候，没有天，没有地，到处是昏昏沉沉、迷迷糊糊、苍苍茫茫、朦朦胧胧的样子。

不知又过了多少年，就在这昏暗、缥缈的世界上，出现了一只长着人脸的大飞鸟，名叫马世纪。它把左翅膀一摇，就有了天空；把右翅膀一摇，就有了地球；它的右眼叫作月亮，它的左眼称为太阳；它身上的骨骼成了地球上的石头，身上的筋络成了地球上的山脉，身上的血液成了地球上的水，身上的肉成了地球上的泥巴，头上的头发成了现在地球上的森林、禾苗、花草……

# 创世传说

民族：藏族

讲述：扎嘎才礼（白马藏族）

采录：谢世廉、周益华、姜志成、周贤中

流传地：四川省平武县白马藏族乡

天是怎么来的？地是怎么来的？这个事情，哪个都说不清，只有又白又胖的木日扎该①和红头黑身的木日兹哥②看见了。

很早很早以前，世界上没有天也没有地，到处是一片混浊。木日扎该在混浊状态中拱动，寻找着光明。突然，从哪里传来了一阵闹声，仔细一听，有两个声音在争吵。

一个说："杀拉甲伍③，你先绷。把地绷好以后，我再绷天。"另一个说："罗拉甲伍④，你先绷。天绷好了，再来绷地。"

木日扎该急忙向发出声音的地方钻过去，看见罗拉甲伍正在绷天，天绷好了，是圆拱形的，在上方。后来，杀拉甲伍又绷地，地是圆球形的，在底下。天和地都绷好了，现在要把天和地扣合起来。可是一比，天绷小了，地绷大了，怎么也盖不严。罗拉甲伍抱怨杀拉甲伍说："你看，叫你先绷你不听，这下子怎么办？"他没有办法，只好使劲挤地把地挤小点，这样，天和地终于扣严了。在挤的时候，地面上有的地方鼓了出来，有的地方陷了下去。鼓出来的地方，就形成了山坡、高地；凹下去的地方就形成了沟壑、海子。

---

① 木日扎该：老母虫。

② 木日兹哥：蜈蚣虫。

③ 杀拉甲伍：白马藏语，管地的皇帝。杀，地；甲伍，皇帝。

④ 罗拉甲伍：白马藏语，天老爷。罗，天。

木日扎该看见了这一切。在木日扎该后面钻出来的是木日兹哥，他也看见了这一切。后来，木日扎该和木日兹哥把罗拉甲伍怎样绷天、杀拉甲伍怎样绷地的事传了出来，人们才知道天和地的来历。于是，大家都公认罗拉甲伍就是天老爷，杀拉甲伍就是地老爷。

# 人类三始祖

民族：藏族
讲述：索朗（藏族）
采录：阿强、达戈
流传地：四川省若尔盖县藏区

很早的时候，大地上只有树木、花草、禽兽，还没有人类。

一天，在一口像鸡眼大的泉水里，长出了一朵美丽的花。花中间跳出了个小男孩，他的名字叫格拉角。格拉角来到人世间以后，就把这草坝当成自己的家。他一个人感到很孤单，就在大草原上走来走去，寻找伙伴。他看见野马就抓着野马骑，看见野牛就抓着野牛骑，骑过的野马、野牛慢慢地就听他的使唤了。

有一天，他来到长满荆棘的山谷里，立起一块白石头。这时，他忽然听见刺丛中有人的说话声："是上去的往上走，是下去的往下走，是客人就请进来。"格拉角走进去问："你是什么人，在这里干什么？"那人说："我就生长在这里，我叫刺拉角。""那很好，我们做个朋友吧！"格拉角和刺拉角成了好朋友，他们天天在一起放牛、放马。

有一天，他俩来到草坝中间，立起一块白石头。他们忽然听见草丛里有人的说话声："是上去的往上走，是下去的往下走，是客人请进来。"格拉角和刺拉角走进去问："你是什么人，在这里干什么？"那人说："我就生长在这里，我的名字叫草拉角。""那很好，我们做个朋友吧！"格拉角、刺拉角和草拉角成了好朋友，他们天天在一起放牛、放马。

太阳姑娘、月亮姑娘还有星星姑娘，看见人间有三个英俊的少年，她们就变成三只鸟飞到凡间，悄悄地为三个少年烧火煮饭。

三个少年每天放羊放马回来，屋里已经有人把饭煮好了。他们感到很奇怪：究竟是谁在帮我们煮饭呢？

有一天，三个少年早晨照例一同出去放马，又赶紧回来，悄悄地躲在屋子背后偷看：他们瞧见有三只美丽的鸟儿飞进屋头，脱掉了鸟衣，立刻变成了三个美丽的姑娘，忙着做起饭来。

三个少年走进屋，先把鸟衣丢进了火塘，接着，格拉角抱住了太阳姑娘，刺拉角抱住了月亮姑娘，草拉角抱住了星星姑娘。后来他们就成了亲。

从此，人类就繁衍起来了。直到现在，有的人的名字还叫尼玛[1]、达瓦[2]、朵尔玛[3]，就是怀念祖先的意思。

---

[1] 尼玛：藏语，太阳。

[2] 达瓦：藏语，月亮。

[3] 朵尔玛：藏语，星星。

# 人种来源

民族：白马藏族
讲述：扎嘎才礼（藏族）
采录：谢世廉、周益华、姜志成、周贤中
流传地区：四川省平武县白马藏族乡

天也有了，地也有了，动物植物都有了，就是没人。

天老爷先派来了"一寸人"。"一寸人"长得太小了，老鹰要叼他，乌鸦要啄他，土耗子要咬他，连小蚂蚁也要欺侮他。"一寸人"实在太软弱，庄稼也种不出来，后来就慢慢地死绝了。

天老爷又派来了"立目人"。"立目人"太懒惰，不会种庄稼，又不学，天天坐起吃喝。身边能吃的东西都吃光了，"立目人"也渐渐地饿死了。

天老爷又派下来"八尺人"。"八尺人"身高力大，食量也大得吓人。种的庄稼，三年的收成还不够他一年吃。开始他还能捕野兽、禽鸟，采野果、野菜吃。后来这些都吃光了，"八尺人"没有充足的食物，知道自己只有死了，于是不断地哭，也逐渐灭亡了。

天老爷没有办法，最后才派来了我们现在的"人"。


## 采录者附记

另据该乡农民旭世休（白马藏族）在《皮绳造人》中讲，洪水涨起来后有两兄妹，牵着瞎眼爷爷往山上走。爷爷说："哪一座山高，我们就上哪座山上去。"他们走走走，走到了雪山顶上，爷爷摸摸、闻闻泥巴和石头，坐了下来。爷爷对哥哥说："我走累了，要睡了。

一会儿天上要打雷下雨，我们的地形就要变，你们不要怕，要注意看着些。雨过后这里会经过很多人，骑白马的白人过一群，骑红马的红人过一群，骑绿马的绿人过一群，最后是骑黑马穿黑衣服的，等他们来了你就把爷爷喊醒。"

不一会儿，天空开始打雷闪电，下雨过后，地形变了。兄妹俩看见白人白马、红人红马、绿人绿马走过后，黑人黑马过来了，他们连忙把爷爷喊起来。

爷爷牵着兄妹俩拦在黑人黑马前，说："请你做做好事。我们的地形变了，洪水潮天了，人也断种了。"骑黑马的看他们实在可怜，就把一卷皮绳（拉马的缰绳）给了他们，又用灰画了个圈圈，让他们三个人住在里面。

后来，爷爷死了，兄妹成亲，妹妹生出来个肉坨坨。哥哥拿刀划开一看，原来是骑黑马的送的一卷皮绳子。他用刀将皮绳子劈成许多节，到处乱甩。

第二天，山里就这里一户人、那里一户人，到处都冒起烟火了。

# 格萨尔和龙王的故事

民族：藏族
讲述：苏郎（藏族）
采录：李锦川
流传地：四川省木里藏族自治县

很久很久以前，天上有九个太阳，一个管陆地，八个管海洋。

有一天，管陆地的太阳对大家说："我管这么宽的陆地，太吃亏了。我要和你们交换，我来管海洋。"由于它执意要换，另外八个太阳只得同意试试看。在太阳还没有交换岗位的时候，一个活佛对格萨尔说："明天要出八个太阳，会把所有活着的东西晒死，接着还会发大水把陆地全都淹掉。你用一张牦牛皮缝成口袋，还要准备一只鸽子、一只公鸡和一个盐棒槌①，这样你就能活下来。"活佛说完后，翻过山就不见了。

第二天，太阳交换岗位了。八个太阳挂在空中，火辣辣的，像要把整个大地烤焦。大水上来了，淹了田，淹了地，淹了屋，淹了树。格萨尔带着公鸡、鸽子和盐棒槌钻进了皮口袋。

他在水上漂啊漂啊，漂了三天三夜后，他把鸽子放出去，一会儿，鸽子就飞回来了，说没有它停留的地方。又漂了三天三夜，他把盐棒槌丢出去，只听得"咚"的一声响，水已经浅了。又过了三天三夜，他把公鸡放出去，一会儿，听见了公鸡"喔喔喔"的叫声，大水已经消退了。

这时，太阳又恢复了原先的分工。格萨尔从皮口袋里钻出来。他

---

① 盐棒槌：用来捣臼的长形石头。

向四周一看，没有一间房屋，没有一棵树，没有烟火，没有人迹，没有鸡叫，也没有狗叫，世界上就只有他一个人了。他在茫茫的大地上走啊走啊，想看看大地上到底还有没有人。

一天，他看见一个山沟在冒烟，便走近查看，看见有一男一女两个老人。他们的头发、眉毛全白了，男的胡子很长，也全白了。奇怪的是他们的眼皮很长，吊下来遮住了眼睛。男的在捏糌粑，女的在煮酥油茶。

格萨尔又渴又饿，便悄悄地来到他们中间。男的递糌粑过来，他接过来吃了；女的递酥油茶过来，他接过来喝了。一会儿，两个老人互相埋怨："你捏的糌粑呢，咋不给我吃？""你煮的酥油茶呢，咋不给我喝？"又一起回答："给你了不是吗？"

他们都觉得奇怪，就用一根短棍把眼皮撑起来看，格萨尔被吓跑了。他们发现了格萨尔很高兴，把他喊了回来。两位老人告诉格萨尔："海边有一头白牛和一头黑牛在打架。明天，你带着弓箭去海边，把那头黑牛射死。"

第一天，格萨尔到了海边，确实有一头白牛和一头黑牛在打架，打得难分难解。他不忍心射死任何一头牛，看了一天就回来了。回来后给两个老人说："他们打得很好看，我只顾看就忘记射死黑牛了。"

第二天，两个老人又叫他去射死黑牛，可是他还是没有射。

第三天，两个老人说："你今天一定要射死黑牛。"怕他又忘记了，就把弓箭绑在他的背上，箭头正对后脑勺。格萨尔在海边看了一天，起身回来，一抬头脑壳被箭头戳了一个凹槽（所以现在人的后脑勺是凹下去的），想起了老人的叮嘱，他就抽出这支箭射死了黑牛。

原来，两位老人是神仙，而打架的两头牛，白牛是龙王，黑牛是妖魔。龙王派人把格萨尔请到龙宫，要重重地报答他的救命之恩。

他在龙宫玩了三天。走时，龙王要他挑选喜爱的东西。格萨尔想：世上只有我们三个人了。我虽年轻，却没有一个女人，将来人类会灭绝，我要那些金银珠宝有什么用呢？将来世上虽然没有人，却可以有很多鸡呀。于是，格萨尔说要龙王身边的那只小白母鸡。龙王答应了，派人把格萨尔和白母鸡送回地上。格萨尔回到地上后，两位老人不见了。

有一天，他回来看见糌粑捏好了，酥油茶煮好了。他高兴极了：原来地上到底还是有人的呢！他顾不得吃也顾不得喝，便到处去找，却没有找到那个人。他很失望，也很惊奇。

第二天，照样如此，他更惊愕了。

第三天，他早早就回来躲在一旁，看究竟是怎么回事。一会儿，白母鸡抖了三下，脱下鸡皮变成了一个美丽的姑娘。他乘姑娘不注意的时候，把鸡皮丢到火塘里烧了。

原来，小白母鸡是龙王的女儿变的。从此，地面上才有了第一对夫妇。之后，他们有了六个儿女：三个男的，三个女的。为了繁衍人类，他们要六个儿女结成三对夫妻。儿女们说："同胞兄妹怎能结成夫妻呀？太不好意思了。"他们说："三个儿子朝东走，三个女儿朝西走，当你们再见面时，互相都不认识了，就可以结成夫妻了。"

三个儿子和三个女儿真的朝不同方向走了。

当他们再见面时，互相已不认识，就结成了夫妻。他们养儿育女，繁衍了大地上的人。

格萨尔从神仙那里学来了吃糌粑和酥油茶，这种生活习惯也就一代代地传下来了。

# 十个神鸡蛋

民族：藏族
讲述：藏珠（藏族）
采录：川大中文系采风队吴蓉章等
流传地：四川省甘孜藏族自治州乡城县

很久以前，一只神鸡第一次下了一个蛋，第二次下了三个蛋，第三次下了六个蛋。结果，三个蛋飞到天上，变成了太阳、月亮和星星；三个蛋飞到中间，变成了白云、高山和树木；三个蛋飞到地上，变成了水、泥土和岩石。最后，只剩下一个蛋了，那个蛋在天上、空中、地上飞来飞去，后来变成了人。这就是世界上万事万物的由来。

# 女天神创世

民族：维吾尔族
口述：牙库布（维吾尔族）
采录翻译：阿布都拉（维吾尔族）、姚宝瑄
流传地：新疆喀什地区

很早以前，整个宇宙里没有太阳、月亮、地球和星星，也没有人，更没有牛、驴、马、羊等家畜和妖魔鬼怪，只有茫无边际的灰蒙蒙的天。整个宇宙间只有一个女天神，她和人长得差不多，但比人要大得多。平时她都静静地睡觉，醒来后，舒展一下身体，就把整个宇宙塞满了；伸开胳膊（或翅膀），就把整个宇宙盖住了；睁开眼睛，宇宙一下子就亮堂堂的了；眼睛一闭，宇宙就全黑了；一打呼噜，雷声就震动整个宇宙。

后来，她很寂寞，就鼓足力气吸了一口气，把宇宙间所有的尘土和空气全吸进肚子里了。然后，使足力气一吐，吐出来个又大又圆又亮的东西，飞起来挂在了东边的天上，这就是太阳；又一吐，吐出来个月亮；再一吐，吐出来个地球；她不停地吐呀吐，唾沫星子都飞了起来，挂满了天空，变成了星星。

因为这些太阳、月亮、星星等与女天神都不一样，也不会说话，女天神就想按照自己的样子再创造一些人，便又使劲一吐，把吸进肚子里的尘土都吐了出来，成了许多小泥巴点点。这些泥巴点点飞起来落在地球上，就变成了许多又小又矮的人。这些人不会走动，也不会说话。女天神又一吐，吐出来无数只小昆虫。这些小昆虫去推这些小泥巴人，推呀推，小人们会走会跑了，但还是不会说话。女天神就给他们吹气，女天神的气一吹进这些小人的嘴里，他们就会说话了，又说又笑，还会唱歌跳舞。但是女天神太大，他们又太小，女天神就用手一个一个地抚摸他们、拉扯他们。很快，这些小泥人就长大长高了。女天神把人分为男女两种，让他（她）们分散到各地，住在一起，繁衍后代，就成了今天的各个民族。

后来女天神又创造了野兽、家畜、河水、湖泊等。由于没有给昆虫创造吃的东西，昆虫就变成了妖魔鬼怪，专门和人作对。女天神又给人类吹进了智慧，人便成了地球上最聪明、最有智慧的能主宰一切的主人。

# 顶地球的公牛站在哪里？

民族：维吾尔族

讲述：亚库甫（维吾尔族）

采录翻译：阿布都拉（维吾尔族）、姚宝瑄

流传地：新疆伊犁哈萨克自治州

女天神创造地球的时候，吸了宇宙间的空气和尘土，然后使劲一吐，尘土就变成一个大大的地球，从天神嘴里滚了出来。地球被吐出来后，就从天上往下掉。因为它特别大、特别重，所以掉得特别快，离天越来越远了。

女天神看到地球飞似的往下掉，怕地球掉得找不着了，自己心里会难受的，就命令一头公天牛下去顶住地球，不让它继续往下掉。公天牛急忙从天上飞下去，越过往下掉的地球，钻到下面，用一只角把地球顶住了。

从此地球再不往下掉了。现在我们住的地球，离天那么远，就是这样造成的。

公天牛用一只角顶地球，时间长了就累了，脖子也酸了。但又不敢扔，一扔地球就不知道掉到哪里去了，怎么向女天神交代？只好把地球从这只角换到那只角上。每当公天牛换角的时候，地就要动，有时动得厉害，有时动得不厉害。现在的地震，就是公天牛顶地球顶得累了，在倒换角呢！

你们一定会问，地球往下掉，因为下面是空的。公牛顶住了地球，不让地球往下掉，那顶地球的公牛站在哪里呢？

实际上，女天神早就想到了。她又派了一个大大的乌龟，这乌龟比地球和公天牛大得多。女天神让它从天上飞下来，趴在公天牛的蹄子底下。公天牛就是站在乌龟的背上顶着地球的。

你们肯定还要问：那乌龟趴在什么上面呢？其实，女天神早就想到了，乌龟趴在水面上嘛！

你们必定还会再问：那水在什么地方呀？那水有多大呀？这些女天神也早就想到了。水是女天神吐出来的气变的。整个宇宙都是气，那乌龟还愁没地方趴吗？

# 天佬和地佬

民族：苗族
讲述：杨黑济（苗族）
采录：杨正林（苗族）
流传地：广西隆林各族自治县常么乡

很古很古以前，有两兄弟，哥哥叫天佬，弟弟叫地佬。那时候，天地不分，整个宇宙都是混沌一片。

天佬和地佬为了改造天地，议定把天和地分开，老大划为天，老二划为地。从此以后，天地分开了。

过了好久，天佬和地佬又在地上造人。但是那时，天上有九个太阳和九个月亮。日和月太多了，人们分不清白天黑夜，人和物都被太阳和月亮晒焦了。地佬对天佬说："怎么办？"天佬说："好办，把它们搞掉就是了。"兄弟俩造了两个弓箭，射落了八个太阳、八个月亮，只留下一个太阳和一个月亮。

为了使人类能掌握时间，天佬和地佬决定叫太阳早上从东方出来，晚上从西边回去，这样定为一天；月亮从缺到圆，又从圆到缺，定为一月；将暖、热、凉、寒四季定为春夏秋冬，从春到冬便是一年。

这就是年月日和四季的由来。

# 造人烟的传说

民族：苗族
讲述：罗正明（苗族）、杨正方（苗族）
搜集：王忠林（苗族）、刘德荣
流传地：云南省文山壮族苗族自治州富宁县、麻栗坡县、马关县

　　远古的时候，没有天，菠媲造了天；没有地，佑聪造了地；没有太阳和月亮，农董勾造了太阳和月亮。

　　那么，人烟又是谁来造的呢?

## 神造人烟

　　天上有个大神，名叫生老。他满头白发，慈眉善眼，和蔼可亲。

　　生老见凡间没有人烟，冷冷清清，就派女神敖玉、男神敖古下到凡间成亲，繁衍人烟。

　　敖玉生得如花似玉，美丽无比，敖古身材高大，面容极为丑陋。敖玉见敖古长相难看，心中不悦，虽同他到凡间很久了，但一直都没有和他成亲。

　　生老听说敖玉不愿嫁敖古，大为不安，就踏着祥云，从天上来到凡间，劝说敖玉。

　　敖玉听了生老的劝说，不仅不同意嫁敖古，反而破口大骂生老。骂了一阵，一挥长袖，就朝天空飞去。

　　生老抬头看了敖玉几眼，走到敖古身旁嘀咕了一阵。敖古听了，嘻嘻地笑了几声，也飞上天空，追赶敖玉去了。

　　敖玉飞上天后，不敢回天宫。见敖古追来，慌慌张张，东奔西跑，不断躲闪。

敖古嘻嘻哈哈，穷追不舍。

这天，太阳当空，金光灿烂，那一束束金光，将敖玉和敖古的身影双双投射到地面上。

敖玉飞到东，敖古追到东；敖玉飞到西，敖古追到西；敖玉飞到南，敖古追到南；敖玉飞到北，敖古追到北……

也就在这一天，地面上奇迹出现了：敖玉和敖古身影投射到的地方，眨眼间，就出现了女人和男人！

生老见了，哈哈笑着飞回天上去了。

从此，凡间就有人烟啦！这就是第一朝人。

## 神和人造人烟

凡间有人后，没有住的，就住在岩洞里；没有穿的，就割芭蕉叶做衣裳穿；没有吃的，就摘野果充饥。

有一年，凡间到处起黄瘟①。一夜间，人一群群地死去。没几天就死光了。到处尸横遍野，臭气熏天。

生老知道凡间发生黄瘟，人全死了，到凡间四处察看，寻找人种。

生老见到一棵松树，问松树还有没有人种，松树不理睬。生老怒了，就将松树掰弯，并放火烧了它。

走到岩脚，生老见到一蓬竹子，问竹子还有没有人种，竹子不回答。生老怒了，就拿起大刀连砍了竹子几刀，使竹子留下一道道疤痕。

走到河边，生老见到一只乌龟，问乌龟还有没有人种，乌龟一动也不动。生老怒了，抬起脚连踩乌龟几下，将乌龟壳踩成碎块。

找了几天，生老在一个岩洞里找到一个小伙子，名叫蒙老。此后，走遍山山水水，再也找不到人了。

生老回到天上，就派女神博苔，飞到凡间与蒙老成亲，繁衍人类。

---

① 黄瘟：流行病，瘟疫。

博苕到了凡间，见蒙老长得挺漂亮，就走进岩洞，与蒙老成了亲。

没过几天，博苕就觉得凡间枯燥，她常常丢下蒙老，飞回天上。有时一去几天，有时一去几个月，凡间的人类总是繁衍不起来。

生老见此，就拿铜鼓、芦笙、金笛、响篾等乐器送给博苕，让她带到凡间娱乐。可是，博苕照常飞回天上。生老又拿水稻、玉麦、小米、麻籽等种子送给博苕，让她带到凡间栽种。然而博苕还是眷恋天上，总是常来常往。

有一天，博苕又回到天上，生老拿出一条五光十色的裙子，笑着说："阿苕，你喜欢这条裙子吗？"博苕咯咯地笑着，说："喜欢！"生老说："你喜欢，我就送给你吧！"博苕接过裙子问："这裙子，有什么用处呀？"生老笑着说："这裙子系在腰间，既好穿，又漂亮。不信，你穿上看看！"博苕听了，满心高兴，咯咯笑了一阵，就将裙子系在腰间。

博苕一系上裙子，不好啦！她身不由己，摇晃了几下，就飘出天庭，降落在凡间，落在蒙老的岩洞门口。

从此，那裙子再也脱不下来，她也飞不回天上啦！

博苕和蒙老在凡间生活烦闷时，就吹奏生老送给她的乐器，唱歌跳舞；没吃的，就栽种生老送给她的种子，靠粮食过活。

有天清晨，博苕和蒙老走到一座大山上，看见一棵桃子树，开着红艳艳的花朵。他俩无比高兴，博苕取出响篾，呜哩呜哩地吹，蒙老取出金笛，布哩布哩地和。他俩一边吹，一边围着桃花树不断地跳舞。

吹了一阵，跳了一阵，博苕和蒙老就爬上桃树，采了很多花，不断地向四面八方撒去。那花朵抛到空中，一朵变两朵，两朵变四朵，纷纷扬扬，漫天飞舞，落在山川原野上。接着，金光一闪，就变成无数的女人和男人。

从这一天起，凡间就有人烟啦！这就是第二朝人。

生老见人间有了人类，高兴极了，飞回天上，不断地喝酒。

## 母子造人烟

不知哪一年，凡间起了大火，把山上的树、地上的草都烧光了，凡间的人也全被烧死了。

生老知道这种情况，又到凡间寻找人种。

生老不知找了多少天，东西南北都找遍了，也没有找到一个活人。但生老没有泄气，仍然继续寻找。

有一天，生老来到一座大山上，见岩洞口坐着一女一男，喜出望外，就朝岩洞走去。

女的是母亲博巴，男的是她儿子右略。右略对母亲极为孝敬，博巴对儿子也极为抚爱。母子俩相依为命，共度日月。

博巴见到生老，惊奇地问："凡间的人都被大火烧死了，只剩我们母子两个啦！你是从哪里来的？"生老笑着说："我？告诉你们，我是天上的神人！"博巴问："那么，你下凡来找我有什么事呢？"

生老看了博巴一眼，不回答。他又看了右略一眼，说："小伙子，我口渴了。你去河里背水来给我喝吧。"

右略答应了一声，背起竹筒，去河里背水。

生老见右略走远了，对博巴说："凡间只有你母子两个啦！你母子俩一死，人类就灭绝啦！"博巴叹了一口气，说："阿爷，人类不能灭绝！为了繁衍人类，你想个办法吧！"生老说："办法倒是有，就看你愿不愿意啦！"博巴急切地问："你有什么办法呀？"生老说："你与儿子成亲。"博巴说："不行！"生老说："不行？那么，人类就繁衍不起来啦！"博巴想了一阵，说："为了繁衍人类，也只有这样。但右略他不会答应。"生老说："只要你同意，就好办啦！"生老附在博巴耳边，讲了一阵悄悄话。

傍晚，右略背水回到岩洞，见一个穿着花衣花裙的姑娘，举着一把花伞将头紧紧罩住。他感到奇怪，就问："姑娘，你是谁呀？"博巴说："我是天上的仙女。"右略说："那么，你来这里干什么？"

博巴说："天神生老说，凡间只有你一个男人了！他叫我下凡，与你成亲，繁衍人类。"右略说："那么，你看见我阿妈了吗？"博巴说："她老人家心好，让刚才的那个天神生老接到天上去了。"右略听了这番话，乐了，笑了。

当晚，博巴就和右略成了亲。

第二天，右略见和他成亲的不是别人，而是他的母亲，就吓呆啦！呆了一阵，他用手捂着脸，奔出山洞，一边跑，一边狂呼乱叫。博巴也奔出山洞，一边追赶右略，一边狂呼乱叫。母子俩的声音清脆响亮，一阵又一阵，不断在山间回响，传遍了凡间的山川原野。母子俩的声音传到哪里，哪里就有了女人和男人，他们也同样在不断叫唤。

从此，凡间有了人类。这就是第三朝人。

生老见了，微笑着飞回了天上。

## 兄妹造人烟

又不知哪一年，凡间大水翻滚，漫到了天上，又把人类全淹死了。

生老见大水漫到天上，急得直叹气！

有一天，生老听见猪厩有当啷当啷的响声，就走出去察看。

猪厩边的水面上，漂着一个大葫芦，随着不断卷来的波浪，不停地来回撞击。大葫芦里坐着兄妹俩，哥哥叫志男，妹妹叫志妹。

生老见到这情况，转身进家，抬出一根金棒，把葫芦往凡间捅，累得气喘吁吁，汗流满面。

这一捅，大水慢慢地消退，最后全部流到海里去了。那个大葫芦也随着大水的消退，慢慢地落到了地上。

生老到了凡间，找到了志妹和志男，说："呀，大水登天后，除了你们兄妹，人类都死完啦！为了繁衍人类，你们结成夫妻吧！"志妹说："阿爷，我们是一母所生，怎能成亲呀！"生老说："你兄妹若不成亲，人类就繁衍不起来了呀。"志妹说："那么，我和阿哥在大河两边各栽一棵树，如果两棵树的树枝连接在一起，我们就成亲；若不相连，就还是兄妹。"生老高兴了，说："可以。"

于是，兄妹在一条大河两边，各栽了一棵树。那两棵树栽下后，眨眼间，就长成大树，耸入云端。眨眼间，又长出无数的树枝，紧紧地相连在一起。

生老笑着问志妹："河两边的树相连在一起了，你们兄妹可以成亲了吧？"志妹说："还不行。我拿着针，阿哥拿着线，各自站在河的一边，相向抛出。若线穿了针，我们就成亲；若线穿不了针，就照样是兄妹。"生老说："行。"

于是，志妹拿着针，志男拿着线，二人分别站在河两边，同时相向将针、线抛出手。

线和针在河中间相遇时，线闪了几道金光，就把针穿上了。

生老笑着问志妹："隔河穿针也穿上啦！姑娘，你们兄妹可以成亲了吧？"志妹说："还不行。阿哥拿上扇磨，我拿下扇磨，站在山头上，一齐朝山脚滚。若两扇磨滚落在一起，上扇磨压在下扇磨上，我们就成亲；若上扇磨不压在下扇磨上，就还是兄妹。"生老说："好！"

于是，志妹抬着下扇磨，志男抬着上扇磨，站在山顶上，二人一齐松手，两扇磨朝山脚滚去。

两扇磨从山头滚到山脚，上扇磨呼地一跃，就严丝合缝地压在下扇磨上。

生老见到这情况，哈哈大笑，说："为了繁衍人类，你们兄妹就成亲吧！"志妹红着脸，只好答应了。

当天，两兄妹就成了亲。

成亲后，志妹怀了七年孕，生下一个没头没脚的肉疙瘩，有南瓜那般大。志妹生气了，用刀把它砍成九九八十一坨！志男也生气了，用力把每坨砍成九九八十一块！接着，兄妹对着这些肉疙瘩，越看越心烦，就拾了起来，向四面八方撒去，撒满了山川原野。

第二天，志妹听见有人说话，走出岩洞一看，普天下都有女人和男人啦！

于是，凡间又有人烟了。这就是第四朝人。

生老见凡间有了人烟，哈哈笑着，飞回天上去啦！

不知又过了多少年，第四朝人分成了几个族：住在山顶的叫苗族，住在山腰的叫彝族，住在森林边的叫瑶族，住在水边的叫壮族，住在街上的叫汉族……一族中，又分成很多姓：住在桃树边的姓陶，住在李树边的姓李，住在河边的姓何，住在树林边的姓林，住在石山的姓石。

从古到今，人间共有四朝人。我们是志妹、志男的后代，就属于第四朝人啦！

# 洪水的故事

民族：苗族
采录：（美）葛维汉①、熊朝蒿（苗族）
流传地：四川省苗族聚居地区

　　一场特大洪水把世上的人都淹死了，只有一对姐弟幸存下来。弟弟咪罗各从山上走下来，滚下来一个白石头，姐姐土里姬也从山上走下来，滚下来一个黑石头。两个石头滚下山来，滚到了一堆。姐弟俩见到这情景，十分惊奇。第二天，姐弟俩站在两座山上，弟弟抛下一根线，姐姐扔下一根针，恰好线穿过了针眼。这又使姐弟二人大吃一惊。他俩把此事报告了天地后，便结成了夫妻。第二天清早，他们生下了一个相貌奇特的儿子。这儿子形似一块木头，无脑袋，不大小便。夫妻俩一边议论，一边把这个奇特的儿子劈成许多小片，然后把其中一片扔到桃树巅上，另一片扔到柳树尖上，剩下的扔到各种各样的树上或东西上。

　　第三天早晨，夫妻俩来树林里，看见到处烟雾弥漫，地上有许多人，这些人叫他俩为父亲母亲。他俩又给万物起了名字。

---

① 葛维汉（D.G.Graham）：美国人类学家。20世纪二三十年代曾到四川，任四川华西大学博物馆馆长。他曾多次在川南苗族中进行田野调查，搜集了约七百篇传说故事和歌谣。从1932年开始，在川苗熊朝蒿的协助下，把其中的659篇译成英文，发表在《华西边疆研究会杂志》（第十卷，1938年，英文版）上，1954年结集为《川苗的传说和歌谣》，在华盛顿出版。这里所选的《洪水的故事》见《中国民间故事集成·四川卷》（中国民间文学集成四川卷编委会编，1991年5月，第929页）。

# 阿陪果本

民族：苗族
采录：滕树宽（苗族）、龙炳文（苗族）等
流传地：湘南、湘西、贵州省松桃苗族自治县

很古以前，世间有个人名叫阿陪果本，他有顶天立地的力气，生了一男一女。阿陪果本和天上的雷公打老庚①，雷公因此时常去阿陪果本家里做客。雷公最恨鸡，他不但不吃鸡肉，连鸡屎壅的菜他都不吃。有一次，阿陪果本起房子，故意炖几只鸡来招待雷公。在喝酒吃肉的时候，雷公边喝边吃说："好，好，这肉味真好。"阿陪果本听了急忙说："刚才你吃的就是鸡肉呀！"雷公听了勃然大怒："你是个忘恩负义的人！你去我家里时，我摆大酒大肉款待你，今天，你故意这样对待我，还有什么老庚情谊。嘿！我非把你劈成两半不成。"阿陪果本听了后笑笑说："随你的便。只是，你要劈我，得依两个条件：第一，先要降七年毛毛雨；第二，你来劈我的时候，要从我的屋顶上下来。"雷公都答应了，没有立即劈阿陪果本，"轰隆"一声回天上去了。

阿陪果本为了使雷公劈不着他，就天天上山去，剥来了很多梧桐树皮和构树皮，盖在屋顶上，房子的周围用石头固封，屋檐下还挖了很深的壕沟。屋顶上的树皮，被细雨淋了七年，起了一层滑溜的青苔。到了约定的期限。雷公果然"轰隆轰隆"打着大锣大鼓，拿着大板斧劈阿陪果本来了。哪知雷公的脚跟刚刚踩到屋顶上，就一滑滚到壕沟里去了。阿陪果本听到响声，赶忙抬起一口大铁锅，把雷公罩住，

---

① 打老庚：结拜弟兄。

把它关进一个铁笼里。阿陪果本吩咐他的女儿和儿子德龙、爸龙说："你们在家好好守住雷公，我去买盐来腌他。千万要记住，不要给他火子。"说完自己上盐河司买盐去了。

雷公被关在铁笼里，任他有天大的本事，也无法施展出来，只好低着头，闷闷地坐着。坐着坐着，从铁笼缝隙里看见德龙、爸龙两兄妹，就苦苦地哀求说："好孩子，你们给我一个火子抽杆烟吧！"德龙、爸龙说："阿爸交代过，不准给你火子。"雷公继续哀求道："你们不肯送我火子，那么，先把火子丢到水里去浸熄了，再拿来给我，好吗？"德龙、爸龙问："你用来做啥呀？"雷公说："我要来耍把戏，耍个很好看的把戏呐。"德龙、爸龙想看它耍把戏，便夹了一个火子，放到水里浸了一下就递给雷公。谁知火子没有浸熄，雷公在铁笼里"噗噗"地吹起来。火子吹燃了，烧毁了铁笼，"嘎咚咚"一声响，雷公逃跑了。

这时，阿陪果本买盐回来，正走在半路上，忽然听见雷声响，知道是雷公逃脱了，心里很着急。

雷公逃出铁笼后，慌慌张张地朝前跑，不巧，在半路上看见阿陪果本回来了。他心里害怕，看见路边有半截一抱多粗的梧桐树干，就钻进树心里躲藏起来。阿陪果本边走边想，要怎样才能再抓住雷公，正好走到那截梧桐树旁，就坐下来歇气。坐了一会，他想：雷公逃脱了，到哪里去抓它呢？今天耽搁了一天工夫，空着手回家去不划算，不如顺便把这截干梧桐扛回家去做柴烧。他把那截干梧桐扛到了家里，也懒得劈成细块柴，就整个放进火炕里烧起来。可是，干梧桐总是烧不燃，反而飞起火花来，把阿陪果本的衣服烧了几个小孔，满屋青烟熏得他睁不开眼。阿陪果本生气了，把树干扛起来往院坝里一丢，雷公从梧桐树里钻出来，又"嘎咚咚"一声上天去了。

雷公寒心极了，决定降漫天洪水来淹死阿陪果本。这时，他又想起德龙、爸龙两兄妹救了自己的性命，不忍心淹死他们，就趁着阿陪果本不在家，悄悄地下来送了德龙、爸龙一颗南瓜种子，叫他们赶快拿到后园里去种。两兄妹照着雷公的话拿去种了。刚转身回来，雷公就叫他们去看长出秧苗没有。两兄妹回答说："刚种下地，怎么就会长呢？"雷公催着说："你们尽管去看！"德龙、爸龙就跑到后园里去看，果然，瓜秧生了出来，还长了两片小嫩叶。兄妹俩高高兴兴地跑回去跟雷公说："庚叔叔，瓜秧真的生出来了！"雷公又问他们："开花了没有？"德龙、爸龙说："刚才生出土的南瓜秧，怎么就会开花了啊？"雷公说："你们再去看一趟，一定开花了，快去吧！"德龙、爸龙又跳跳蹦蹦地往后园里跑去，一看，真的牵起了几庹①（tuǒ）长的瓜藤，瓜藤上开满了瓜花。两兄妹心里更加高兴，又回来向雷公说了。这样一来一去，往返好几趟。到最后一次，德龙、爸龙看见结了一个南瓜，哥哥爸龙想摘回家去，妹妹德龙说："雷公不让摘，你摘回去会被他骂的。最好去问他一声再来摘。"哥哥经妹妹这样一说，就乖乖地回去和雷公说："庚叔叔，结一个大南瓜啦，我们去摘回来吧！"雷公说："摘不得，现在还很小很嫩，摘了可惜啦！等它长得像大木盆一样大，再去摘吧。"德龙、爸龙听说南瓜能长得像个大木盆，有些不相信，说："我们的阿爸年年种瓜，没见瓜长得像大木盆，也没听说过世间有那么大的瓜！"雷公说："你们不信，现在就去看吧，如果已经长得有木盆那样大了，就把它摘回来吧。"德龙、爸龙急忙跑到后园里去看，见那个南瓜真比木盆还大得多哩。他们把它摘下，可是瓜太大太重，扛不动，就去请雷公来帮忙。雷公把大南瓜扛了回来，德龙、爸龙说："庚叔叔，今晚把它煮了给你吃，好吗？"雷公说："这瓜要保存起来，以后对你们兄妹二人有用处。"德龙、爸龙说："种瓜不拿来吃，拿来做什么？往年我们家种的南瓜很多，搁久了就烂了。"雷公没有回答他们，动手把瓜柄取掉，挖了

---

① 庹：成人两臂左右平伸时两手之间的距离，约合五尺。

一个洞，将瓜瓤、瓜子掏得一干二净，接着告诉德龙、爸龙说："以后涨大水了，你们就钻进去坐着，可以保全性命。"说完，霹雳一声就上天去了。

再说，阿陪果本在山上听到雷响，认为是雷公下地找他来了，就跑回家来。到了家里，却不见雷公的踪影，就问德龙、爸龙说："刚才是雷公来我们家了吗？"德龙、爸龙把雷公到他们家来教种南瓜的事原原本本地讲给他听。阿陪果本预料到，雷公一定是要降雨来淹他了，就上山去砍了棵古树，锯下一节来，掘成了一只小木船，以备后用。

雷公回到天上不久，突然昏天黑地，飞沙走石，天就像压在头顶上一样。不一会，大雨如注，日夜不停，洪水滔天，世间的人都淹死了。只有阿陪果本和德龙、爸龙分别坐在木船、南瓜里面，随水漂浮，在洪水上面漂啊荡啊，顺着水流一直漂荡到南天门。阿陪果本看见南天门有棵日月树，高得碰天。他跳下木船，抱住日月树，要爬上去找雷公拼命。

这时，雷公默道①：下了七七四十九天大雨，世间定是一片汪洋了。他就差天将到南天门去看阿陪果本淹死了没有。天将打开南天门一看，阿陪果本正顺着日月树爬上天来了。他慌了，急忙把天门关上，回去对雷公说："哎哟！不好了，阿陪果本没有死呀！他现在正爬着日月树上天来了。你说怎么办？"雷公听后，叹了一口气，说："劈也劈不死他，淹也淹不死他，我实在没有办法了！"天将一皱眉头，想出了一个主意，对雷公说："我们只有打开天门，请他上天来。到了天上，一面好酒好肉请他吃，不要提起往事；一面放出十二个太阳来晒死日月树，他就无路回地上去了。趁他不防的时候，再想办法害死他。不这样做，他久住天上，可不得了啊！"雷公听了直点头，说："快点去打开天门迎接。迟了一步，他冲上来就不好了。"他们刚打

---

① 默道：方言，暗想。

开天门，阿陪果本已经到门边上来了。雷公装作久别重逢的样子，高高兴兴地接待阿陪果本。阿陪果本到了天上之后，雷公就放出十二个太阳，晒死了日月树。从此，阿陪果本就不能回到地上来了。阿陪果本暗暗地想：如今世上的人，都被他用洪水淹死了，他还在设计害我呢。这样没有良心的东西，我一定要和他拼了。想着想着，就一手抓住雷公的脖子打起来。可是，雷公的力气也不小，一扳就挣脱了。雷公慌慌张张，东跑西窜，想找个躲避的地方。阿陪果本紧紧地追撵着，要打死雷公，为世间的人报仇。阿陪果本追打雷公，一下子追到西，一下子追到东，追来追去，追得雷公满头大汗，手里拿的铁棍也丢掉了。阿陪果本就拿起铁棍到处乱打乱敲，拨了一下水，就成了江河；敲了一下土，就成了丘陵。从此，地上才有山坡河流。至今，人们还时常听到雷声一时响到东，一时响到西，这是阿陪果本还在天上追打雷公哩！

回头再讲德龙、爸龙两兄妹的事吧。他俩坐在南瓜里，随水漂流。一直等到十二个太阳晒了九九八十一天，洪水也消了，两兄妹才从瓜里走出来找东西吃。可是，一个人也找不到，就连一只鸟都没看见。妹妹德龙哭起来了。哥哥爸龙问她为什么哭。德龙说："哥哥啊！只怪我俩不听阿爸的话，放走了雷公，他把世上的人全都害死了。"德龙这样一说，两兄妹就哭作一团。最后德龙说："哥哥啊！光哭没用，得想个办法接续后代。"爸龙说："人都死完了，只剩我们兄妹两个，我看没有办法了。"德龙说："哥哥啊！我看只有我们兄妹配成夫妻。"爸龙急忙说："这个不行，除非竹子破开又合拢，磨子分开又相重。"

于是妹妹德龙就拔出一根竹子来，破成两块，兄妹俩各拿一半，爸龙站在东山，德龙站在南山，把竹块同时抛下山去，两块竹块就陷进泥里去了。

兄妹下山去看，妹妹德龙就从泥里拔出另一根完整的竹子来给哥哥爸龙看，说可以成亲了。爸龙说："这还不行，再试一盘看看。把两扇石磨各从东西山顶滚下去，两扇石磨得自己合拢了才行。"

德龙就叫哥哥先扛一扇磨上山去等着，她自己趁机把一副完好的石磨在山脚下摆好，然后才把另一扇石磨抬上山去。兄妹俩同时从东西山上将半扇石磨滚下山去。

兄妹一起下山去看，果然见到一副重合的石磨。爸龙没话可说了，可是他又想起雷公说过"兄妹结婚，躲不脱雷打火烧"的话来，心里很害怕，不肯和妹妹结婚了。德龙很伤心，就在摩天岭上哭个不停，整整哭了三七二十一天。

阿陪果本在天上听到德龙的哭声，就从南天门伸出头来，对爸龙说："你兄妹俩就配成夫妻吧。雷公现在累得瘫痪了，没有本事劈人了。听阿爸的话吧，乖孩子！"接着又对德龙说："乖女崽，快与哥哥成亲吧。婚后若是生下磨岩儿，就用刀把磨岩儿劈个稀烂，抛散到四野去。"阿陪果本说着就把头缩进门里去了。

德龙、爸龙两兄妹结婚一年后，生下一个儿子，眼、耳、口、鼻都没有，真像磨岩一样。晚上，德龙照着阿爸的话，将磨岩儿砍得稀烂，一块挂在屋上，一块抛到垄坡上，一块缠在麻秆上，一块丢进田里……剩下一小块没地方放，她就随便埋在山上。第二天起来一看，四处炊烟，满是人家，儿女子孙像鱼虾一样多。挂在屋上长成的子孙姓了吴，丢在垄坡上的姓了龙，缠在麻秆上的姓了麻，悬在蓼草上的姓了廖，摆在石头上的姓了石……剩下一小块埋在山上的，就成了白芨①。十冬腊月脚后跟开裂口，人们就去挖它来补塞裂口。

从此，每年秋收后，子子孙孙们挑笼来纪念德龙、爸龙。没有生儿育女的夫妻，还向德龙、爸龙求子嗣。代代相传，形成风俗。直到今天，苗族还一年一度地隆重纪念祖先德龙和爸龙哩！

---

① 白芨：一种有黏性的植物。

# 与熊虎蛇鼠毛虫结婚的人

民族：苗族
采录：陈明钊、杨政、刘立云、谯菲
流传地：四川省筠连县高坪苗族乡等地

　　乌约占和乌不占有五个女儿。大女儿长到十七八岁时，乌约占带她到大山老林里去捡柴。老熊看到了，一个纵步跳到乌约占面前，说："乌约占呀，把你的大女儿嫁给我好吗！"乌约占吓到了，说："你是个畜生呀，我咋能把女儿嫁给你？"老熊说："你不把女儿嫁给我，我就把你咬死！"大女儿就说："你不要咬阿妈，我跟你走就是了。"大女儿就跟老熊走了，以后取名叫"熊氏族"。

　　二女儿长大以后，乌约占又把她带到林子里去捡柴。老虎看到了，一步跳到乌约占面前说："乌约占呀，把你的二女儿嫁给我吧。"乌约占又吓到了，说："哎呀，你是个畜生，我咋能把女儿嫁给你呢？"老虎说："你不答应，我就把你咬死！"二女儿就说："你不要咬阿妈，我跟你走就是了。"这样，二女儿就跟老虎走了，以后起名"虎氏族"。

　　过了一段时间，乌约占很想念二女儿，就去找她，结果在山洞里头找到了她。老虎出去抓了些猪呀、牛呀拿给她吃，乌约占不吃生的，老虎就送她回了家。她煮饭给老虎吃，老虎也不吃，就回去了。二女儿见老虎回来了就问："阿妈给你吃啥子了？"老虎说："她煮些饭给我吃，我吃不来，没得办法。"第二次乌约占又来看二女儿。二女儿就说："阿妈，这次老虎送你回去，它最喜欢吃的是酒。你再拴条狗在一边给它吃。"这回老虎送她回去，乌约占当真给它吃酒，又找条狗拴起来给它吃。老虎回来，二女儿又问它："这回阿妈给你吃啥子了？"老虎说："她打酒招待我，还有一条狗，我很高兴。"

三女儿长到十七八岁后，乌约占又带她到大山老林捡柴。有一条很大的蛇钻出来说："把你的三女儿嫁给我吧。"乌约占吓到了，说："哎呀，你是个畜生呀，我咋能把女儿嫁给你呢！"蛇说："你不答应，我咬死你！"三女儿说："你不要咬，我跟你走就是了。"三女儿就跟蛇走了。过了一段时间，乌约占去林子里找到蛇和她的女儿，三女儿就对她说："阿妈，我们去做活，你等我娃儿哭了，帮我看下子，我娃儿在筐子里头。"三女儿和蛇做活去了，乌约占听到筐子里头"扑通扑通"的声音，打开一看，原来是一窝小蛇。她"哎哟"了一声，赶忙去烧一锅水把蛇全都烫死了。她三女儿回家来就问："阿妈，我娃儿哭没哭？"乌约占就说："你有啥子娃儿哟？我打开筐子一看，里头尽是些蛇，我把它们都烫死了。"三女儿急了，说："阿妈哎，你赶快跑！你把娃儿都弄死了，蛇回家来要咬死你的。"乌约占连忙跑回家去了。过了一会，蛇回家来看到娃儿死光了，气昏了，就跟三女儿离开了这个地方。后来又生了一窝娃儿，改名"蛇氏族"。

四女儿长到十七八岁以后，又和阿妈乌约占去林里拣柴。遇到一只耗子，耗子跳出来说："乌约占呀，把你四女儿嫁给我。"乌约占不干，耗子说："如果你不干，我就咬死你！"四女说："你不要咬，等我跟你走。"四女儿又跟耗子走了，改名为"鼠氏族"。

之后，第五个女儿长到十七八岁，又和乌约占到山林里去拣柴。遇到了毛虫，它一下落到乌约占的面前说："乌约占呀，把你的五女儿嫁给我。"她不干，毛虫说："不干我就咬死你！"五女儿就说："大毛虫，我跟你走就是了，你不要咬阿妈嘛。"五女儿也走了，取名叫"虫氏族"。过了不久，乌约占去看她。只见一株大树上有好多毛虫，乌约占一去，毛虫都掉下来，就把她害死了。

后来，这五个氏族都认乌约占是他们的祖先。

# 彝族开天辟地

民族：彝族
讲述：保木和铁（彝族）、毕尔念尔（彝族）
翻译采录：芦夫阿梅、白芝、柳拉和、赵富香、卡以
采录地：四川省凉山彝族自治州雷波县、喜德县

　　远古的时候，天地雾蒙蒙地相连着。天上没有太阳、月亮、星星，也没有天亮，没有天黑，白天和黑夜都是一个样；地上也没有高山、深谷和平坝，既不长草，也不长树；天地间没有风，没有水。天地间黑沉沉的没有光亮，浑浊一片什么也看不清。坎下的蛇和坎上的蛙互相商量说："这样下去不是办法，我们应该请天神把天地分开。"天神恩体谷兹听到了蛇和蛙说的话，他正好也有这个想法。这时，东南西北四方降生了四个神仙孩儿：东方杉林生了个神孩儿叫如惹古达，西方柏林生了个神孩儿叫苏惹赫达，南方的红云生了个神孩儿叫斯惹底尼，北方的熊神生了个神孩儿叫阿俄苏补。

　　这一天，恩体谷兹派鸽神登补阿赫去喊东方的杉树神如惹古达，如惹古达又去喊西方的柏树神苏惹赫达，苏惹赫达又去喊南方的云神斯惹底尼，斯惹底尼又去喊北方的熊神阿俄苏补，阿俄苏补又去喊来工匠的始祖格莫阿赫。他们一齐来到天神恩体谷兹家，会同别的神仙一起商量开天辟地的事。天神恩体谷兹说："今天请各位神仙来商讨开天辟地的事，请各位神仙们献计献策。"于是，众神仙商量了九天九夜，杀了九条牛做小菜，喝了九坛酒润嘴皮，没有商量出一个好的办法来。又杀了七只羊做小菜，喝了七坛酒润喉咙，商量了七天又七夜，还是没有商量出一个好的办法来。又杀了三头牛做小菜，喝了三坛酒润嘴皮，又商量了三天三夜。风神赫史阿俄把他的想法和地仙阿

依苏尼商量了以后，牵来两条大牯牛，想用牛角把天地顶开。两条牯牛顶了很久很久，也没能把天地顶开。智神波立阿约把他的想法和柏树神苏惹赫达商量以后，赶来两只猪，想用猪把天与地拱开。柏树神苏惹赫达和杉树神如惹古达商量后，捉来两只鸡，想用鸡爪把天与地刨开，却只刨出来一对铜弹子、一对铁弹子、一升铜沙子、一升铁沙子。后来，云神斯惹底尼找来九块铁锅那么大的铜块和铁块，交给工匠的始祖格莫阿赫。格莫阿赫接过铜块和铁块，用手指当铁钳，用嘴当风箱，用拳头当铁锤，用膝盖当铁砧，打造出四根铜叉铁叉来，交给四位神仙。东方的杉树神如惹古达，拿了一根铜叉将它插入天地之间，使劲地一撬，东方撬开了一条缝，一丝风从缝隙里吹了进来。西方的柏树神苏惹赫达拿来了一根铜叉，将它插入天地之间，使劲一撬，西方撬开了一条缝，一股风从缝隙里吹了进来。南方的云神斯惹底尼拿了一根铁叉，将它插入天地之间，使劲地一撬，南方撬开了一条缝，水从缝隙里流了出来。北方的熊神阿俄苏补拿了一根铁叉，将它插入天地之间，使劲地一撬，北方撬开了一条缝，水从缝隙里流了出来。他们一齐用力把天往上掀，把地往下按，天掀上去了，地按下来了，天地分开了。刨开地下的泥土出现片片大地，东南西北四方也划清了。天神恩体谷兹四方查看了一遍后，说："天和地离得太近了，还得把天再升高一些，把地再压低一些。"他见地里还有四块铜和铁，就让七匹骏马去把铜块和铁块刨出来。骏马用蹄子刨了很久很久，没有刨出来。天神恩体谷兹派了黄黑四头猪去把铜块和铁块刨出来。四头猪去拱了很久很久，才把铜块和铁块拱出来了。

云神斯惹底尼又去请来工匠的始祖格莫阿赫。格莫阿赫用铜块和铁块打造了九把铜扫帚和铁扫帚。斯惹底尼就把这九把铜扫帚和铁扫帚交给了九个仙女。仙女们非常勤快，她们手执铜扫帚和铁扫帚，把天往高处扫，天愈升愈高，变成蓝悠悠的天空。斯惹底尼用四根顶天柱把天托住，不让它往下落。东边的顶天柱木勿哈达立在天边，西边的顶天柱木克哈尼立在地角，南边的顶天柱尼木和萨立在彝区，北边的顶天柱和木底尼立在汉区。后来这四根顶天柱就变化成四座高山。九个仙女又手拿铜扫帚和铁扫帚，把地往低处扫，地愈落愈低，变得黑油油的了。斯惹底尼用四根大绳把地绷住。这四根大绳从东拉到西，从南拉到北，互相交叉着，把地绷得紧紧的，再用四块压地石压住地的四角，不让地往上冒。

　　天地分开了，但没有太阳和月亮。斯惹底尼将鸡刨出来的两个铜弹子，一个丢向东方，东方升起了太阳；一个丢向西方，西方现出了月亮。他又将两个铁弹子，一个甩向南方，地打凹了，成了湖泊；一个甩向北方，地打凹了，成了江河。他又将一升铜沙子撒上天，天上有了星；再将一升铁沙子撒上天，天上有了云雾。波立阿约神仙负责万物的生长，他打了九把铁斧头来打山，一山打平养羊，一山打平养牛，一山打来种田，一山打来撒荞，一山打来做战场，一山打来流水，一山打平住人家。

# 天蛋

民族：彝族

讲述：双妹

采录：聂鲁

流传地：云南省新平彝族傣族自治县

古时候，天地没有分开，人神没有分家。天地粘在一起，黑黢黢、低沉沉的。人和神伸手可摸着天，高兴蹦跳时，常常头碰在天上起一个大包。

人和神齐心协力，打成四根金柱，把天顶起来。从此，天和地分开了，天宽地阔。

天地分开后，人和神住在一起，很拥挤。走路摩肩接踵，缺衣少食，住的房子也不够。于是人和神分了家，神住在天上，人住在地上。

过了很久很久，神怕天柱经久失修，派出神去找天柱。人也怕天柱年久失修，派出人去找天柱。天柱是金子打的，神和人互相猜忌。神怕人偷了天柱，天垮下来把神攒死。人怕神偷了天柱，天垮下来把人压死。人和神成了仇家。神扒开天河口子，想淹死地上的人。人也扒开江河口子，想淹死天上的神。可是，天河水可以淌到地上，江河水淌不到天上。顿时，大地上洪水滚滚，越涨越高。

于是，人们跑到山头上，造船度洪灾。官人打金船，富人打银船，穷人打木船。查决是个孤儿，砍了一节空心的麻栗树干做成木桶，躲进里面，各用七块粑粑把两头堵起来度洪灾。

洪水淹没了大地，金船、银船和木船被大浪掀翻沉没了，只剩下了查决的木桶。洪水不断往上涨，一直淹进神的门槛。众神慌了手脚，赶忙关住天河口子，又请来了七个太阳晒水。洪水渐渐退去，大地、山峦和河流又恢复了正常。

神以为地上的人已死绝，没人再去偷天柱了。可是，一缕火烟袅袅从地上飘到天上来，神感到奇怪，派接生神去大地察看。

原来，查决的木桶没有沉，他吃着粘在木桶两头的荞粑粑度日，当吃到最后一块的时候，水也退尽了。他从木桶里钻出来，只见万物都被淹死，大地上只剩他一人和一些水生的稻谷、茭瓜、蓼草和鱼儿。他一人在空阔的大地上搭窝铺，开水田，种稻谷，捕河鱼，生火做饭过日子。

接生神来到查决的窝铺里，查决煮米饭、炖鱼汤款待他。接生神望着查决孤单一人，顿生恻隐之心，说："以前人神本是一家，和睦相处，现在弄成这个样子。这样吧，我给你一只神笛，当你感到寂寞时，你就吹响神笛，我下来陪你玩儿。"

这天，查决感到寂寞，拿出神笛吹起来。接牛神来到身边说："查决，我来陪你玩儿，你是要对弈还是讲故事？"

查决说："你来玩一会儿又得走，把寂寞留给了我。现在我没有鸡狗做伴，你能不能从天上弄些家禽牲畜给我？"

接生神说："只要你保守秘密，我可以弄给你。"

接生神从天上扛来一只麻布口袋交给查决。查决打开口袋，鸡、猪、狗、牛、羊从里面钻了出来。查决盖厩舍喂养它们。天明有鸡啼，夜间有狗守门，鸡鸣狗叫，查决感到不孤单了。

这天，查决出门望着光秃秃的山岭，伤感起来，掏出神笛吹起曲子。接生神又来到他跟前说："查决，你是要跟我玩儿，还是要我帮你做什么事？"

查决说："我看这远山近岭都光秃秃的，你能不能从天上弄些树种来？"

接生神说："只要你保守秘密，我可以弄给你。"

接生神从天上扛来一只麻布口袋交给查决，查决打开口袋，掉出了各种各样的树种。查决把它撒在山岭上，山岭上长出了森林，他感到不孤单了。

这天，查决来到森林里，看到森林静悄悄的，又拿出神笛吹起曲子。这时接生神又来到他跟前说："又要我帮你做什么事了吧？"

查决说："森林里静悄悄的，你能不能帮我从天上弄些鸟兽来？"

接生神说："只要你保守秘密，我可以弄给你。"

接生神从天上扛了一只麻布口袋来交给查决。查决打开口袋，从里面走出老虎、豹子、老熊、麂（jǐ）子和各种鸟儿来。查决把它们放进森林里，森林里有兽吼鸟叫，他感到不孤单了。

这天，查决到山野里喊叫，只能听到自己的回声，就掏出神笛吹起曲子。这时接生神来到他跟前说："又有什么不开心的事啊？"

查决说："我在山野里喊叫只有自己的回音，想到孤单一人无法生育后代，你能不能从天上弄个女神来同我做人家？"

接生神说："只要你保守秘密，我可以帮你。"

接生神回到天上，扛着口袋想偷个仙女，可是仙女会喊叫，转来转去下不得手。最后，他偷了一枚天蛋交给查决，说："这是一枚仙女下的天蛋，你把它孵开，就会孵出一个女人来。"

天蛋足有一只箥箩那样大。查决交给鸡孵，鸡飞上去试了试，翅翼罩不住，天蛋孵不开。查决自己伏在天蛋上孵，因为是男的没有女人的阴柔之气，孵不开。

查决在山顶的大树上搭蛋窝，把天蛋搬上去交给太阳孵，太阳用温暖的光线孵着天蛋。在天上，孵天蛋只需要二十天，可拿到地上来孵，天上一日，人间三年，一直孵了六十年，天蛋才被孵开来，从里面孵出一个"哇哇"大哭的小女孩来。人间有了女人，查决非常高兴，把这个女孩取名为查媚。

小查媚"哇哇"张嘴讨奶吃，查决没有奶水喂查媚，掏出神笛吹起了曲子。接生神来到跟前说："查决，又要我做什么事了吧？"

查决说："天蛋孵开了，人间有了女人，可小女孩哭着讨奶吃，我没有奶水喂她，你能不能从天上弄一只天奶来给我？"

接生神说："只要你保守秘密，我可以帮你。"

接生神从天上扛来一只麻布口袋交给查决。查决打开口袋，里面装着一只天奶，像石碓嘴一样。查决用天奶喂查媚，查媚不哭了。

查决细心地养育着查媚，十六年后，查媚长成了一个聪明美丽的大姑娘。查决常常看着查媚发愣。查媚问："爷爷，你发呆干什么？"

"小孩不懂老人的心事。"查决回答说。

查媚长大成人，可查决已经成了老翁，对男女之事已无心思，也不好意思向一个小女孩提出非分要求了。想到有了女人仍不能生育后代，他掏出神笛吹起了曲子。接生神来到他跟前说："查决，又为何事忧伤？"

查决说："地上虽然有了女人，但我已经成了老人，既无匹配需要也无生育能力，人类仍将无后代，我为此感到忧伤。"

接生神说："那枚天蛋壳是不是还好好的？"

查决说："只是查媚出壳时凿通了一个洞，别的倒是好好的。"

接生神说："要么这样办，你钻进天蛋壳里叫查媚重新孵一孵。"

按照接生神的吩咐，查决钻进天蛋壳里，查媚用糨糊把洞口封起来，夹在胯裆底下孵着。查媚是女人，可以孵开天蛋。查决是地上人，只孵二十天蛋壳就裂了，从里面孵出了一个男孩来。

查媚很高兴，给他取名为查窝。

查媚用天奶喂小查窝，只喂了六天，查窝便长成了一个十八岁的英俊小伙子，反而比查媚大了两岁。原来，天奶是天上物，查窝是地上人，用天奶喂一天，查窝就长大三岁。

查媚喊查窝哥哥，查窝叫查媚妹妹，他们情同手足地过着日子。

这天，他俩在陡坡地上干活，查媚滑了一跤，滚下坡去，查窝伸手去拉，也滚下坡去。滚到箐底，他俩已经抱作一团，就像两扇磨重合了一样。查媚叫着："哥哥真坏！"一切都顺理成章了。从此，查窝和查媚结为夫妻，生儿育女，地上的人种繁衍起来了。

# 人类的起源

民族：彝族撒梅人
讲述：李成文
采录：杨毓骧
流传地：云南省彝族撒梅人聚居地区

古时，大地被洪水淹没，形成一片汪洋大海，只有一个人活了下来，住在山上。天上有位神仙告诉他说："你赶快爬到山顶上去避难。要挖一个坑，嘴里要含一把米，两腋下各夹一个鸡蛋。"这人便照着神仙的话去做了。

发洪水时候，整个世界都是白浪滔天，海洋中只露出一个山峰顶，这人便一直在山峰顶上躲避洪水，一直躲到三七二十一天时，洪水才慢慢退下去，这人便从土坑中爬起来。不料，腋下夹着的两个鸡蛋摔在地上碎了。他用刀割开其中一个蛋，却不见什么，知道蛋坏了。他又用刀割开另外一个蛋，蛋里却生出一对男女来，原来是两兄妹。

当时，世界上已经没有了人烟，大地是一片荒野，兄妹俩走到哪里也找不到人成亲，只有山头上摆着一对石磨。于是抱蛋的那人说："世上的人早被洪水淹死了，只剩下你俩，现在有这副石磨，由哥哥滚上磨，妹妹滚下磨，把它滚到山脚，若两扇磨盘滚在一起，你俩就成亲，两扇磨合不在一起，就不能成亲。"

两兄妹按照抱蛋人的话，同时把磨盘滚到山下，两扇磨恰恰合拢在一起，于是他们结婚了，人类才得到繁衍。

# 阿霹刹、洪水和人的祖先

民族：彝族撒尼人①
采录：王伟
流传地：云南省路南彝族自治县

　　古时候，有一户人家，三个兄弟带着一个小妹妹过日子。有一年春天，他们出去开荒，遇到了一件奇怪的事情：明明是他们头天犁过的地，第二天却复原了。他们商量了一会儿，以为一定是什么坏人存心捣蛋，就决定半夜里拿着棍子去地里看守，准备把那坏人揍一顿。果然，这天夜里，有个模样十分威严的老头子拄着拐杖来到他们白天犁过的地里，他用拐杖指一指，犁起来的草皮就会自动翻转过来，回到原来的样子。大哥和二哥看见这种情形，便跳起来要打这个老头，三弟赶上去拦住他们说："不应该打老人家，还是先问问他为什么这样做吧。"

　　老头子听见三弟的话，说："你是个又聪明又心善的娃娃，你一辈子都会有福的。"接着他又说："你们知道我是谁？我就是雷神阿霹刹。你们听我的话，莫要开荒了，世上就要发大水了。"大哥和二哥听说要发大水，感到很害怕，就央求阿霹刹救他们。阿霹刹笑了笑，回答道："我当然要救你们，可是，真正能救你们的还是你们自己。好吧，我给你们三只箱子，一只是金的，一只是银的，一只是木头的，你们躲在箱子里；箱子只有三只，可是你们还有一个小妹妹，你们当中，谁愿意带着小妹妹？"

①　撒尼人：彝族的一个支系，居住在云南石林彝族自治县圭山镇等地。

097

大哥低头想了想，说："我不愿意带她。"

二哥低头想了想，说："我不愿意带她。"

三弟想都没有想，说："我愿意带她。"

说罢，阿霹刹便用拐杖在地上顿了三下，立刻，就出现了三只大箱子，一只是金的，一只是银的，一只是木头的。

大哥贪心，他要了那只金的。二哥贪心，他要了那只银的。三弟和他的小妹妹，一句话也没有说，要了那只木头的。

阿霹刹又给了他们一人一个鸡蛋，叫他们夹在胳肢窝里。嘱咐他们说："什么时候听见小鸡叫，就什么时候揭开箱子盖。"说完，叫他们躲进箱子，又替他们一一关上箱子盖。洪水立刻就来了。

过了七天七夜，大哥胳肢窝里的蛋壳破了，小鸡在叫，他便把金箱子的盖揭开，洪水灌了进去，他和箱子一起沉到水底去了。

又过了七天七夜，二哥胳肢窝里的蛋壳也破了，小鸡在叫，他便把银箱子的盖揭开，洪水灌了进去，他和箱子一起沉到水底去了。

再过了七天七夜，三弟和小妹妹胳肢窝里的蛋壳也都破了，小鸡在叫，他们便把木头箱子的盖揭开，洪水灌了进来，他们把水舀干净，箱子又浮起来了。

他们在水上漂呀漂，漂到一座石山上。山上生着一丛野毛竹，几株青枫树。他们便攀着野毛竹和青枫树，带着小鸡，跳上石山尖，在那里住下来。这时，洪水渐渐退去，三弟和小妹妹便对着野毛竹和青枫树说："多谢你们搭救了我们兄妹俩，我们世世代代都会把你们当神主来供奉。"

这一场洪水把世上的人全都淹死了。谷种没有了，菜籽没有了，牛也没有了，三弟和小妹妹感觉活不下去了，哭了起来。

忽然，阿霹刹又来到他们面前，给了他们谷种、菜籽，又给了他们一把黄豆、一把青豆。阿霹刹说："要黄牛就撒黄豆，要水牛就撒青豆。"三弟把黄豆一撒，果然就变成一群黄牛；小妹妹把青豆一撒，果然就变成了一群水牛。

鸡有了，谷种有了，菜籽有了，黄牛、水牛都有了，三弟就对小妹妹说："让我们成个家吧。"小妹妹不答应，说："问问老天爷的意思吧。"于是小妹妹拿起一根针，三弟拿起一股线，对着老天爷说："如果世上还有旁的男人女人，就不要让线穿过针眼，要是穿进针眼，我们兄妹便可以成亲。"他们把针和线向天上抛去，结果，线穿进了针眼。

小妹妹想了一下，又说："再问问老天爷的意思吧。"于是她爬上一个山坡，把磨盘的下扇推下山去；她哥哥爬上另一个山坡，把磨盘的上扇推下山去。他们对着老天爷说："如果世上还有旁的男人女人，磨盘就不要合到一起，要是合到一起，我们兄妹便成亲了。"结果，两扇磨盘合到了一起。

兄妹两个便结了婚。过了三年，小妹妹怀孕了，生下来一大团血肉。他们两人难过得很，心想：怕是老天爷不愿我们成亲吧。他们便把这一大团血肉剁成好多块，挂在树上。过了几天，再去一看，那些血肉都变成了青年男子和青年女子，成双成对，有说有笑，在树上吃果子。

从此，世上的人就一天比一天多起来了。

# 哥自天神①

民族：彝族撒梅人
讲述：黄玉石
采录：思清
流传地：云南省昆明市等彝族聚居地区

在距昆明南郊一百二十公里的路南县境内，有一片突起的石峰，有的像竹笋，有的像骏马，有的像雄鸡，有的像莲花，有的像利剑，一个个直刺青天，千姿百态，气势雄伟，这就是闻名天下的石林。穿越石峰中弯弯曲曲的小路，登"览峰亭"，攀"莲花峰"，俯瞰"剑峰池"，成为旅游者的一大快事。石林已成为我国著名的游览胜地之一。

这撒尼人聚居的石林，还有一个美丽动人的神话呢！

传说，很古很古的时候，哥自天神来到路南，看到彝家穿的是羊皮褂，吃的是苞谷饭、老苦荞，而且三顿饭还吃不饱，过年了，也只能吃苞谷粒粒，再掺上几粒大米。哥自天神看后感叹地说："啊呀！撒尼、阿细太可怜了，让他们种上谷子，吃上大米吧！"于是，哥自天神回去后立即赶着一大群石头，挑着一担土来了。他打算把长湖的水堵起来，淤成平坝，让这里的高山变成良田，让苦难的撒尼人种上谷子，能吃上大米。

这天晚上，哥自天神拿鞭子赶着石头，肩上挑着土，前面一匹小骡子也驮着土，悠悠缓缓地赶着夜路，他要在天亮鸡叫以前赶到长湖。

恰好这天晚上，有一位撒尼老阿妈半夜起来磨豆腐。她独自推着小磨"吱——吱——"地转动。突然传来了轰隆隆、轰隆隆的声音，

---

① 哥自天神：彝族传说中的创世、开辟神。

声音响个不停，把她的小茅草房震得抖动起来。老阿妈心中好生奇怪，把眼睛凑近门缝往外一瞧，只见许多大石头遍山遍坳地滚来了！响声越来越大，脚下的地在震动，小茅草房越发抖得厉害了。老阿妈吓坏了，忙喊她的姑娘："阿囡，阿囡呀！"没有人答应，原来姑娘到公房①里唱调子去啦。老人家心里更是慌作一团，生怕大石头滚过来砸了她的茅草房。她想："这么多的大石头滚下来，随便碰上一个也要房倒屋塌。"她突然想起姑娘走时说过"只要大公鸡一拍翅膀我就回家来啦"的话。她定了定神，急中生智，忙把大簸箕拿到正堂房里使劲地拍打起来。大公鸡以为别的鸡扇翅膀了，也就不甘落后，发出"喔喔喔"的啼声。声音一响起，大石头一个个都停下来细听，想辨别到底是什么声音。恰好大公鸡又拍拍翅膀，发出"喔喔！喔喔喔！"的啼声，这可把石头们吓坏了，一个个交头接耳地说："大公鸡在骂我们啦！它说我们'可恶，太可恶'！"大石头还竖起耳朵，它要听听大公鸡到底还在骂些什么。

见石头们都停下不走，哥自天神火冒三丈，扯起他的长鞭子，朝石头们猛抽。大石头虽挨了鞭子，却仍然认为大公鸡叫后是不能再走了，索性躺在地上赖着不走。而今，石林的大石头腰间还留着哥自天神的鞭痕哩！哥自天神的小骡子也被大公鸡的叫声吓住了，呆若木鸡似地站着，变成了狮子山。

哥自天神看着众石头不肯走，气得"啊呀"喊了一声，挑着土往前猛跨一步，担子一闪，只听得"咔嚓"一声响，扁担折断了。哥自天神的那担土没有挑到长湖，而变成了双肩山，永远陪伴着雄伟的石林。

那些站着不动的大石头，就变成了今天的大石林。你看，那些像剑锋一样指向青天的石头，它们一个个挺直了腰，似乎正呆呆地听着大公鸡的咒骂呢；那坐在地上赖着不走的石头，就变成了周围的小石

---

① 公房：彝族青年男女唱调子、娱乐和谈情的场所。

林，好像正在偷看那些大石头的脸色呢；那些躺在地上不动的石头，就变成了附近那些大大小小的方石、圆石、条石……有的大石头为什么会拦腰分成两段呢？那是怒气冲冲的哥自天神对这些顽石的教训！

哥自天神的善良愿望虽然没有实现，但是撒尼、阿细等彝族人民看到了这世间少有的拔地而起的石林，纵然是吃苞谷、种荞地，也永远忘不了哥自天神对他们的一片美意。

# 英雄支格阿龙的传说

民族：彝族
流传地：四川省凉山彝族自治州

## 认妈妈

民族：彝族
讲述：比雀阿立
整理：上元、邹志诚

古时候，彝族出了一位英雄，名字叫支格阿龙。

他是怎样出世的呢？传说他的母亲有天在屋檐下织布，忽然天空飞来一只岩鹰，滴了一滴血在她的裙子上。后来，她怀了孕，生了支格阿龙。支格阿龙生下来，一年不吃妈妈的奶，两年不和妈妈睡在一起，三年不听妈妈的话。妈妈想：这一定是个怪物，我不能留他。就把他扔到山沟里去了。

支格阿龙在山沟里天天和蛇住在一起，一住住了三年。一天，一个打羊皮鼓的苏尼①从沟边路过，支格阿龙对他说：

"好心的苏尼，把我拉起来吧！"

苏尼说："我没工夫，好有很多病人等我救命呢！"说完就走了。

第二天，一个做生意的人从沟边路过，支格阿龙对他说：

---

① 苏尼：巫师，一般只能打皮鼓、念咒语。

"好心的商人，把我拉起来吧！"

商人说："我没有工夫，我要去赚钱呢！"

第三天，沟边来了个农夫，他从沟里把支格阿龙拉起来了。

支格阿龙回到家里，对妈妈说："阿妈，你认识我吗？我是你的儿子支格阿龙。"

儿子长大了，妈妈认不出，说："如果你能给我找回三四庹长的人的头发来，我就认你做儿子，不然你就不要再来。"

支格阿龙很爱自己的妈妈，就答应了。于是他出发去找三四庹长的人的头发。晚上，他住在一个汉人家里，汉人想好好招待他，就说："兄弟，你辛苦了，我今夜杀一只花公鸡给你吃吧！"

支格阿龙说："谢谢你，大哥，我不吃鸡肉，因为我是岩鹰的儿子，凡是有翅膀的我都不吃。"

汉人没有杀公鸡。第二天，支格阿龙出发了，走在路上，遇见了昨夜汉人准备杀的那只公鸡。公鸡对他说："善良的支格阿龙，昨夜你救了我的命。现在，我要帮助你，你需要什么，我都可以办到。"

支格阿龙说："我需要三四庹长的人的头发。"

公鸡听了，就用脚在地上抓了一个瓶子交给支格阿龙说："这是一个宝瓶，你要什么有什么。"并且还告诉他怎样可以得到三四庹长的人的头发。

支格阿龙接过宝瓶，谢了公鸡，又出发了。他来到一座大山边，照着公鸡说的话，用宝瓶向山上一指，忽然大山分成两半，支格阿龙大着胆子往中间走去。走了一程，看见一个蓄着很长很长头发的白发人，支格阿龙对他说："可敬的老人，你能赐我一根三四庹长的头发吗？"

老人说："能。有了这根头发，你们母子就能团圆了。"说完，就在头上扯了一根头发交给支格阿龙。

支格阿龙回到家里，把头发交给妈妈。妈妈说："我的儿子，这头发是哪里来的？"支格阿龙把公鸡给宝瓶和老人送头发的事告诉了妈妈。妈妈非常高兴,对儿子说:"我的儿子,向宝瓶要点金子银子救救穷人吧!"支格阿龙很听妈妈的话,向宝瓶要了金银和粮食分给穷人,大家过着非常幸福的生活。


## 寻找天界

民族:彝族
讲述:吉木吉哈
采录:萧崇素

从前,人们都说天和地是相连的,支格阿龙骑了匹马,拿了一根铁拐杖,要替人们寻找天地相连的地方。走了许多年,他的铁拐杖已经磨得很短了,他的马已经走得足跖 (zhí) 毛都脱光了,但还没有走到天地相连的地方。

有一天,他投宿在一户人家里,这家人有三只鹅:一只公鹅,一只母鹅和一只仔鹅。主人准备杀一只鹅款待支格阿龙。支格阿龙懂鸟语,这一夜他听见三只鹅在一起哭泣。公鹅一边哭,一边说:

"明天主人要杀我们中的一个来待客了,还是我去,让你们母子俩在一起吧!"

母鹅哭道:"不,还是我去,让你们父子俩在一起吧!"

仔鹅哭道:"不,还是我去,让阿达阿姆在一起吧!"

支格阿龙立刻起来,摘了一根蒿草,走到主人面前说:

"主人,你千万不要宰鹅给我吃。"他说着就用手把蒿草折断,"若我吃了你家的鹅,会像这蒿草一样折为两段。"

于是,主人就不杀鹅款待他了。

第二天黎明,支格阿龙就动身赶路。这时,三只鹅已经在路旁草地上吸露水吃,一见支格阿龙,三只鹅跑到他面前说:

"你支格阿龙真是一个好心肠的人。昨晚若不是你，我们不是父子不能相见，就是母子不能相见了，你把我们救了，我们才能在一起。你要到哪里去，告诉我们吧，看我们能不能给你帮忙。"

　　支格阿龙告诉它们他要到天地相连的地方去。鹅说："你到那里还要走许多年，路上有许多危险。就在前面森林边，有一块大石板，那里住着塔布阿玛怪，它常把长舌头伸在石板上面吸食来往的人，从来没有人能从那里走过。你现在去非常危险，但是，因为你救了我们，我们应当帮助你。"

　　于是，公鹅伸出它的翅膀拍着，一拍就从翅膀里落出一撮针。鹅把针交给支格阿龙说："这针你拿去，走到那大石板面前，就用这些针把塔布阿玛怪的舌头钉在石上。这样，它不单不能吃你，你还能就此征服它。"支格阿龙向鹅道了谢，带着针走了。

　　走了许久，来到一个大得无边的森林边，林边有一块很大的金色石板，这时，塔布阿玛怪正把它布匹一样大的红舌头放在石板上，不断发出吱吱的声音。支格阿龙急忙用针将它的舌头钉在石板上，并用铁杖打它。塔布阿玛怪不断求饶，支格阿龙问它："你以后还吃不吃人？"

　　塔布阿玛怪说："我从今以后再不吃人了，但是人们不要向着我们张口的方向走。"

　　支格阿龙问："你们一共是几人？你们的口张在什么方向？"塔布阿玛怪说："我们一共有三个：一个是塔布阿布，是个男怪，每三个月在一个方向，它龙月、蛇月、马月在东南方（鲁地火），羊月、猴月、鸡月在西南方（由西果），狗月、猪月、鼠月在西北方（克地火），牛月、虎月、兔月在东北方（纽黑果）。一个是我塔布阿玛，是个女怪，每三年在一个方向，龙年、蛇年、马年在东南方，羊年、猴年、鸡年在西南方，狗年、猪年、鼠年在西北方，牛年、虎年、兔年在东北方。还有我的儿子塔彼惹，是个仔怪，它每天在一个方向，初一在东方，初二在东南方，初三在南方，初四在西南方，初五在西方，初六在西北方，初七在北方，初八在东北方，初九在地上，初十在天上。之后以此类推。这就是我们张口的方向。若人们不向着我们的口走来，我们就不吃他们了。"

支格阿龙看它说得很诚恳，就放了它，仍往前走。从此，人们有了出门卜方向的习惯。

他又走了很多年，有一天碰见一个须发雪白的老人，他的胡须几乎长到膝头上了。老人看见支格阿龙，问道：

"年轻人，你要到哪里去？"

支格阿龙告诉他要到天地相连的地方去。

老人笑了笑，微微把两眼一闭，忽然天地上下一片漆黑，什么也看不见了。不久他又睁开了眼。支格阿龙非常吃惊，急忙向他请教，问他究竟哪里才是天地相连的地方。

老人回答他说：

"天地没有真正相连的地方。你闭着眼那一刻就是天地相连的时候，但你一睁开眼，天地就又不相连了。"

支格阿龙不相信他的话，说他荒唐，仍往前走。

又走了很久，他来到一个大森林里。这一带苍蝇很大，能够吃人。当支格阿龙歇下来时，成群的苍蝇向他攻来，支格阿龙拔出他身上的剑，向飞来的苍蝇砍去。不久，他的前后左右都堆满了苍蝇的尸体，但苍蝇仍不断向他进攻，直到天亮，这些苍蝇才散去。一看他的马，只剩一副可怕的白骨倒在那里，全身的肌肉都没有了。

支格阿龙又继续往前走，走到一处碰见一只大水牛。大水牛问道：

"客人，你到哪里去？"

支格阿龙告诉了它要去的地方。

水牛说："客人，你若能调九盘炒面给我吃，我就告诉你天地相连的地方。"

支格阿龙果然调了九盘炒面给它吃。它吃后就昂起头来，唔唔地叫了一声。它的叫声很大，当它叫第一声时，立刻地动山摇，鸟兽骇得到处乱飞乱跑。连叫两声三声时，天立刻阴暗，阴云布满天空，黑雾罩着大地，看不清周围，如像天地都连在一起一样。这样过了一会，牛又叫了第四声，立刻云消雾散，四周又晴朗清明起来，地也不动，山也不摇了。

这时，水牛对支格阿龙说："客人，你要看天地相连吗？刚才那一刻，就是天与地相连了。你若想要看另外的天地相连，纵然走到头发白，人老死，也不会看见的。"

支格阿龙有点相信了，决心暂时回去。动身时他对水牛说："唔，你的话也许有道理。但你叫时声音太大了，把鸟也惊动了，兽也惊动了，以后，你的叫声还是小一点吧！"

说完，就用一根绳在牛的脖子上勒了勒。从此，水牛的叫声就小了。牛叫时，鸟也不惊，兽也不惊了，而且脖子上至今还有一条白纹，这白纹就是支格阿龙的绳子勒出的。


# 射太阳和月亮

民族：彝族
讲述：赤哈子
整理：上元、邹志诚


古时候，天上出现了九个月亮和七个太阳，把地上的庄稼晒枯了，草木也晒死了。人们眼泪汪汪地看着太阳和月亮，没有法子。

这时，支格阿龙骑着四匹仙马来了。他左手提弓，右手拿箭，决定要把太阳和月亮射下来。

第一天，他站在虫树上射。虫树枝遮住了他的眼睛，没有把太阳射下来。支格阿龙生气了，对着虫树骂道："背时的虫树，你两天要断根绝种。"后来，虫树就不再发小枝了。

第二天，他又站在索马树上射。叶子又挡住了他的眼睛，没有把太阳射下来。支格阿龙生气了，对着索马树骂道："背时的索马树，你以后永远也长不高。"

后来，索马树就长得很矮小了。

第三天，他站在蕨芨草上射。连发七箭，射下了六个太阳，另一个被射瞎了一只眼，便躲起来了。

第四天，他又站在蕨芨草上射了九箭，射下了八个月亮。另一个月亮被射跛了腿，也躲起来了。

支格阿龙站在蕨芨草上，因为用力太猛，把草给踩平了。从此，蕨芨草长出来都是平的。

太阳和月亮躲起来后，地上九天没有光亮，成了漆黑世界。

支格阿龙站在高山上对太阳说："快出来吧，我不射你了。"太阳说："我瞎了一只眼，怕羞，不出来。"

支格阿龙说："我送你一包针，若有人看你，就用这包针刺他的眼睛。"

太阳同意了。

支格阿龙站在峡谷里对月亮说："快出来吧，我不射你了。"月亮说："我想是想出来，就是跛了一条腿，走不动。"

支格阿龙说："那好办，我送你一匹仙马，你骑着马走吧！"月亮同意了。

太阳和月亮又出来了，给人们带来了光明和温暖。

后来，人们在看太阳的时候，总觉眼疼，据说就是太阳在用针刺人们的眼睛。月亮在云里跑得最快，据说就是骑了支格阿龙送给它的仙马的缘故。

## 降雷

民族：彝族
讲述：墨色夫哈
整理：胡云、邹志诚

一天，晌午时候，支格阿龙肚皮饿了，想找点东西吃。他出门一看，东家不生火，西家不冒烟，觉得奇怪。于是走进一户人家，问主人道："你们为什么不煮饭？"

主人说："雷不准煮，它要打人。"

支格阿龙说："不要紧，你们煮吧。雷来了，我去对付它。"主人知道支格阿龙是英雄，便相信了，于是动手煮饭。刚把火点燃，雷果然来了。支格阿龙就和它打起来。雷打不赢跑上天去了，支格阿龙换了衣服，也追上天去。

到了天上，支格阿龙看见雷正在那里打铁锅、铜锤和铜网，就问它："你打这些干什么？"支格阿龙换了衣服，雷不认识他了，说："到地上去打支格阿龙。"

支格阿龙问："什么时候去打？"

雷说："蛇天（方言，阴天）去打。"

支格阿龙又问："怎么打法？"

雷说："用九口锅护身，用铜锤打，用铜网装。"

支格阿龙知道后，便想主意对付。到了蛇天，支格阿龙在门角挖了一个坑，自己藏在坑里面。

雷来了，用九口锅盖住头，铜锤放在支格阿龙家门口，铜网套在门上，等支格阿龙出来好打他。

支格阿龙从坑里爬出来，悄悄跑到雷的背后把铜锤拿走了。雷等了很久不见支格阿龙出来，他掀开铁锅一看，发现铜锤不见了。这时，支格阿龙抡起铜锤打去，雷的脑壳缩得快，没有打着，但支格阿龙把锅打得稀烂。支格阿龙又用铜网捉住雷，边打边问："你还打不打人？"

雷说再也不敢了。支格阿龙问："那你打什么？"雷说："我只打树子。"

于是支格阿龙把雷放了。从此，雷再也不敢打人了。


## 平地

民族：彝族
整理：沈伍己


有一天，支格阿龙父子二人各举了一只铜锤和一只铁锤去平地，决心在一天中把人世间不平的地都捶平。

支格阿龙和儿子说定一人平一边，走时吩咐儿子说：

"孩子，平地对人们很重要，一定要细心地平，不要偷懒睡觉。"

说完，就各自平地去了。

支格阿龙平得又认真又仔细，因此，他平的地都一望无际，非常平坦。

但是儿子睡着了。当他一觉醒来，太阳已经偏西，他急了，一手拿铜锤，一手拿铁锤，在四面八方胡乱地捶打着。

支格阿龙平完地走来看儿子，见他这样平地，非常生气，但没办法，因为他知道重新平已经来不及了。

从此，人世间有大平原，也有高低不平的山地。那大平原就是支格阿龙仔细平的，那高低不平的山地，就是他儿子偷懒睡觉起来，慌忙火急胡乱用铜锤、铁锤打的。

# 驯动物

民族：彝族
讲述：吉拉马恼
整理：胡云、邹志诚

古时候，世界上的动物都不劳动。支格阿龙把所有的动物都叫来，对它们说：

"从现在起，大家都要劳动。"

那些动物都不听支格阿龙的话，只有人最听话，天天自己上坡劳动，过着勤劳的生活。

支格阿龙见了非常高兴，对人说："你们听话，又能劳动，你们是最聪明的。"

从此，人们常常劳动，所以人最聪明，最富于智慧。

支格阿龙又对其他动物说："你们不爱劳动，就专门吃草，不准吃饭。"

从此，那些动物就吃草了。只有狼、豹子和老虎不听话，既不劳动，又不吃草。牛、羊、马、猪不服气，就去告诉支格阿龙。支格阿龙说："它们以后总要遭绳子套，总要遭枪打。"

狼、豹子和老虎知道了这件事，决定把牛羊马猪吃掉。支格阿龙就叫它们到人住的地方躲起来。后来，这些动物就住在人的家里，老虎、豹子和狼也不敢来吃它们了。

# 降马

民族：彝族
讲述：沈伍己
采录：萧崇素

从前，马常常吃人，非常凶猛。有一天，支格阿龙出外旅行，在路上遇见一群马。马看见支格阿龙只有一个人，觉得不够吃，问他："喂，我们肚子饿了，你告诉我们人在哪里？让我们去吃。"支格阿龙说："这附近没有，要很远很远的地方才有，我本来可以带你去吃，但是我走不动。"

马说："这不要紧，你骑在我背上，我驮你去。"

支格阿龙说："你背上那样滑，我怎么坐得稳呢？"

马说："你去找一个坐垫放在我背上，不就可以坐稳了吗？"于是，支格阿龙找了一个可以坐的鞍子放在马背上，又说："虽然这样，我还是走不了。因为坐在你背上，我会滚下来的。"马说："你找一根绳子让我含在口里，这样上下坡你也不会滚下来了。"

支格阿龙就去找了根绳子，做成笼头套在它的嘴上，然后骑上去，抓紧缰绳，勒住笼头，用鞭子重重地打它，边打边问：

"你还吃不吃人？！你还吃不吃人？！"

马因为被套了笼头，东摆也摆不脱，西摆也摆不脱，被他打得又嘶又叫，只好求饶说：

"饶了我吧，饶了我吧！我以后再不吃人了，再不吃人了！"支格阿龙这才下马来。从此，马再不吃人了，牧马人也不会轻易取下马嘴上的笼头。

# 打蚊子、青蛙和蛇

民族：彝族
讲述：赤哈子
采录整理：上元、邹志诚

支格阿龙四处旅行的时候，骑了四匹仙马，牵了四条仙狗，天天从地下到天上，从海洋到山谷，到处游玩。那时，蚊子有拳头那么大，青蛙有铧口那么大，蛇有柱头一样粗，人们随时被它们咬死。支格阿龙看了，非常气愤，就把蚊子、青蛙和蛇喊来，对它们说：

"从此以后，不准你们再吃人了。"

蚊子、青蛙和蛇根本不听他的话，还是去咬人。

支格阿龙把蚊子喊来，用拳头把它打得像菜籽一样大。蚊子连忙求饶：

"支格阿龙英雄，我再也不敢吃人了。"

支格阿龙把蚊子放了，从此蚊子再也长不大了。

支格阿龙又把青蛙喊来，用木棒把它打得像拳头一样大。青蛙连忙求饶，说以后再不吃人了。支格阿龙把它放了，从此青蛙只有拳头大了。

支格阿龙又把蛇喊来，用石锤把它打得像木棒一样细。蛇连忙求饶，答应以后不吃人。支格阿龙把它放了，从此蛇只有木棒细了。

从此，蚊子、青蛙和蛇再也不敢吃人了。

# 布洛陀

民族：壮族
讲述：周朝珍
采录：何承文
流传地：广西百色市右江区、红河哈尼族彝族自治州

## 造天地

远古的时候，天和地紧紧地重叠在一起，结成一块，不能分开。后来，突然一声霹雳，天地裂成了两大片。上面一片往上升，就成了雷公住的天，下面一片往下落，就成了人住的地。从此，天上就有了风云，地上就有了万物。可是那时候天很低，爬到山顶上，伸手可以摘下星星，扯下云彩。天地靠近，人们日子很难过，太阳一照，热得烫死人。雷公轻轻打鼾，就使人们不能入睡；要是雷公大吼大叫，就好像天崩地裂一样，使人听了又惊又烦。所以人们想要天地离得远远的。后来人们听说洛陀山有个老人，名叫布洛陀，他智慧过人、神力无限，便去找他商量治理天地的办法。

洛陀山起伏连绵，树高草密。山脚下有个精巧的岩洞，住着一位胡子花白的老头子，这就是"壮族三王"[①]中的布洛陀。人们不辞辛劳，跋山涉水，寻到这里来了。

来访的人在洞外喊道："布洛陀在家吗？"

"哎，我就来！"布洛陀非常热情好客，应声一落，人就乐哈哈地出现在洞口。

---

[①] "壮族三王"：指雷王、龙王、布洛陀。

布洛陀身材魁伟，体魄强壮。他虽然年纪老迈，鬓发斑白，但仍然满面红光，精神抖擞。他脸上时常带笑，两眼闪着智慧的光芒。当人们把天和地的情况向布洛陀陈述后，布洛陀若无其事地说："那我们就把天顶起来吧！"

"顶天？"人们从来不敢这样想，说："天这样大、这么重，怎么顶得起来呢？"

"能！哈哈哈！人多力量大呀！"布洛陀信心十足地说，"你们到树林里去选一根最高最大的老棕木来做顶天柱，我和你们一起把天顶上去！"

人们回来后，爬了九百九十九座山头，才找到了一棵十人抱不拢的老铁木。可是这棵老铁木长得很奇怪，人们砍不动它：砍这边，那边已经长合了；砍那边，这边又长出来了。大家一连砍了九十九天九十九夜，还是没有把它砍倒。人们去告诉布洛陀，布洛陀听说找到了又高又大的老铁木，非常高兴。他二话没说，扛起大板斧，就走来了。只见他往手心吐了口唾沫，运了运手，大板斧一挥，一阵狂风卷起，"哐"的一声，惊天动地，铁树被深深地砍进了一斧，人们目瞪口呆。布洛陀又连砍两下，铁树就"轰隆"一声倒下了。人们欢天喜地，无不佩服布洛陀的神力。原来他的大板斧是神斧，是让他为人类造福的。

顶天柱有了，可是太重，大家扛不起来。布洛陀抹了抹汗，说："大家齐心合力，跟我来！"说着，马步一蹲，就把顶天柱扛到肩上去了。大家跟着，一帮人扶头，一帮人抬尾，把它抬到洛陀山顶上去了。布洛陀把洛陀山当柱脚，竖起铁木柱，抵着天，用力一顶，硬把一个重重的天盖顶上去了，沉沉的大地被顶得往下沉落了。布洛陀再一顶，把雷公弹到高高的天上面去了，柱脚压得龙王不得不往下面跑。布洛陀再一顶，沉沉的上天就变成了轻轻的十二堆云，地下的龙王钻到地底下去了。新的天地就这样造成了。可是因为先造天，后造地，天的样子像把伞，盖不住大地，天小地大，怎么办呢？布洛陀想了个巧办法，他用手指把地皮抓起来做成了很多山坡。这样，地面就缩小了，天盖得住了。天地造好了。从此，风雨循环，阴阳更替，四季分明，万物兴旺。

## 定万物

　　天地造好了，可是天地间的花草树木、鸟兽鱼虫、人类畜类，都无名无姓，不知如何称呼，也不知如何生长和传宗接代。掌管万物生死大权的布洛陀就一一给它们安名定姓，规定：禾苗的叶子不能长得太繁盛，不能光长叶不抽穗；叶子之间不许窃窃私语；猪不能生独仔；狗不能生六七个仔；女人不能在娘家生仔；蛇不能横在大路上，也不能爬到人住的地方去；鸡鸭不能一次产两个蛋；母鸡不能啼夜，也不能到别的鸡窝里孵蛋；鹅不能长猫毛；龙不能滚猪槽；老虎不能到田里糟蹋禾苗；牛不能拱主人；狗不能坐板凳；鸡不能和鸭相配；黄牛不能和马相交，也不能和水牛交欢；母牛只许一年发一次情；兔子可以四十天生一窝。人们去问布洛陀：人的交欢是不是也要规定？布洛陀因为正忙着盘一个什么数目，顾不得回答。人追问个不停，布洛陀不耐烦了，随便应口说："你们喜欢怎么办就怎么办吧！"由于布洛陀一时疏忽，人类的交欢就没有时间的规定。布洛陀的这些规定，谁要是违反了，就要受到惩罚。

　　老虎不知一窝要生几个仔，去问布洛陀。布洛陀说："就一窝生十个吧！"老虎很高兴，在回来的路上，一路走一路数道："一窝十个，十窝百个，百窝……"再数下去，就数不清了，又从头数起："一窝十个，十窝百个……"数着数着，突然一只黄猄（jīng）从山崖上跳下来，吓了它一跳，把一窝生几个的数目忘掉了。它回头再去问布洛陀："布洛陀，黄猄把我记在心里的数目吓跑了，到底我一窝应该生几个仔呢？"布洛陀一听，生气了，说："这么一点简单的数目都记不得，就一窝生一个好了。"老虎不敢作声，只好夹着尾巴回去。从那以后，老虎一窝就只能生一个仔。因此，老虎对黄猄特别恨，总想吃黄猄。

## 取火

古代未曾有火的时候，人们像乌鸦一样吃生肉，像水獭一样吃生鱼。寒冬腊月一到，人们缩着脖子发抖，有的甚至冻死在野外。一天，忽然间天昏地暗，大榕树上出现一道闪光，紧接着"轰"的一声，大榕树倒下了，燃起了熊熊大火，映红了大地。传说这是上天派雷公把烟火送到人间来的。可是，那时候人们还不懂得火是怎么回事，被吓得魂飞魄散，天上的飞鸟吓飞了，地上的走兽吓跑了，人们也逃得远远的，躲藏起来。只有布洛陀不害怕，也不逃跑。他勇敢地走近大榕树，观看这个奇怪的东西。火"噼里啪啦"地燃烧着，它并不像猛虎那样凶狠扑人，布洛陀更加不害怕了。他站在火旁边，觉得很热，比太阳还热。他想，如果人有了这个东西，冬天不就不怕冷了吗？因此，他把火种取回来，在一堆干柴上点着玩，烘烘手，挺暖和。人们见布洛陀能在火旁边烤火，慢慢地也就不害怕火了。后来，大家都来跟布洛陀要火种，烧起火堆来。自从有了火，冬天，人们围在火堆旁烤火取暖。白天上山打来的野兽，下河捞来的鱼虾，都拿到火堆上烤着吃，再也不像乌鸦、水獭那样生吃了。山茹、野菜、野草也都拿来烧着吃，又香又甜又可口。吃饱了，晚上就围在火堆旁睡觉。老虎、豹子、野牛害怕了，不敢来靠近他们。火对人们实在太重要了，人们已经无法离开火。

可是，有天半夜，突然下起滂沱大雨来，人们在梦中还没有醒，火已经全部被淋灭了。人们又回到了没有火的时代，日子很难过。为了找火，大家冒着风险四处奔走。他们走到哪里就问到哪里，可是到处都不见一点火星。人们告诉布洛陀，布洛陀提起大板斧，亲自出门去找火。他巡遍了上方，又走遍了下方，全天下都走完了，也找不到一点火星。他来到天边的一棵榕树下，突然想起，上次的火是雷公劈大榕树劈出来的。雷公能把大榕树劈出火来，我布洛陀难道就劈不出火来？我手中也有神斧呀！他便运足了气，举起神斧，用力砍了大榕树一斧，这一斧果真砍出火星来了，火星像萤火虫那样大。布洛陀又大砍一斧，冒出的火花就有草蜢蚣那么大。布洛陀立刻刮来艾花壅上，添上干草，架上枯柴，不一会，火就燃烧起来了。从此人们又有了火。这一回，人们再也不在野外烧火了，他们把火拿到岩洞里养起来，不论风雨多大，火种仍然不熄。后来有了房子，他们又拿到屋里去烧。

古代的人倒是学乖了，可是也有笨的时候。他们有时候没有把火看管好，让蝴蝶拿扇子乱扇火，让萤火虫拿了到处去玩耍，让孩子拿到村口去点，又拿到屋檐底下去烧。结果失了火，烧了房又烧了寨。房屋被烧光了，家什被烧光了，占卜卦签也被烧光了，什么东西都被烧光了。人们没有想到火竟会给人造成这样大的灾难。人们去请教布洛陀，布洛陀就来教大家。他砍来木头，开成块，在屋中间架了一个四四方方的灶膛，里面铺上泥沙，规定火要在火灶里烧，不许随便玩火，火灾便减少了。萤火虫也被赶到山上去了。它逃走时，还在屁股后头偷点火，所以现在萤火虫的屁股后头总有点火光。

## 开红河

有一年，连绵不断地下着大雨，造成了大水灾，整个大地都被洪水淹没了。人们有的被水吞没了，有的坐着竹筏在水上漂泊，有的逃到高山上去寻找生路。水淹了九天九夜，再持续下去，人类就有灭绝的危险。布洛陀非常着急，决定带领幸存的人开凿一条河道，把水引进海洋。布洛陀制了一根赶山鞭，一根撬山棍。他用赶山鞭抽打成群的小山，把它们赶到两边去。所以有些地方，小山就像一群群山羊在路的两边跑。遇到大的山峰，就用撬山棍撬开。所以有些地方，大山

119

向南面或北面歪着，有的则平平地卧倒。

有一天，布洛陀来到一座大山前，一鞭把大山劈成两半，然后往西边撬开。恰在这时，有个跟着布洛陀造河的妇女掉到河里淹死了。人们下水，却怎么也捞不着她的尸体。死者的女儿对布洛陀说，这个地方河道开大了，她母亲的尸体被水冲走，就捞不着了。布洛陀同情她，就把那两半山撬回来，只留一个夹道，让水通过，叫她堵住山口，等着捞尸首。这个夹道的出水口就成了堵娘滩，即在这里堵住娘的尸体的意思。现在，堵娘滩水流十分湍急，是个凶险的地方。

布洛陀开河开到了一个很深的水潭，这个水潭前面被山挡住，水不能流，天上的雷公经常到这里来洗澡，所以叫雷公潭。布洛陀不受雷公的阻拦，把山撬开，让水流过去，雷公大怒，大吼大叫，因此这里变成了雷公滩。现在流经雷公滩的水，总发出轰隆轰隆的响声，好像打雷一样，很是吓人。

布洛陀带领人们开河道，治水患，感动了天帝。天帝见他们太辛苦，就送了一头神牛、一把神犁，好让他们一犁过去就成一条河道。有了神牛神犁，开河工程进展得很快。布洛陀驾着神犁犁到一个叫白马的地方，由于用力过度，犁头断了。神牛走得快，一吆喝就走了半里路，于是犁头断的地方出现了一个半里长的石滩，名叫断犁滩，水就从断犁滩两侧向东流去。

布洛陀犁到鹰山狗岩处，遇到了意外的困难。那山上有一只又老又大的恶鹰，岩洞中住着一只又凶又恶的山狗。那只恶鹰平时闭着眼睛养神，狗见了人就狂吠起来，鹰听见狗吠就张开眼睛，飞下来吃人。布洛陀和人们来到这里，岩洞里的那只恶狗狂吠不止，恶鹰飞下来，吃掉了不少人。这真是不得了。布洛陀想了一个办法，叫大家扎很多竹筏，竹筏上都搭上网篷，人就坐在竹筏上。这样一来，恶鹰几次飞下来，都吃不到人，就落到布洛陀的筏篷上，把利爪伸进网篷到下面去抓人。这时，布洛陀抓住恶鹰的爪子使它无法挣脱，然后用一根又尖又利的老竹签朝它的胸口猛刺，终于把它刺死了。刺死了恶鹰，又打死了恶狗，人们继续往前开河，这个地方出现了一个险滩，名叫鹰山狗岩滩。

在和恶鹰搏斗的时候，布洛陀放了神牛，让它歇一歇。神牛绕过鹰山狗岩，到前面地上歇息，不久便死去了。于是这里又出现了一个险滩，名叫卧牛滩，水下卧牛滩时会发出"哞——"的一声，好像牛叫一样。

神牛死了，只能靠人力开河。布洛陀选了一帮精壮的男子来拉神犁。由于人多，开始时没有经验，用力不均匀，时慢时快、时深时浅，浅浮的地方就成了滩，一共有十五滩，长十多里。有歌谣唱道："船过十五滩，十有九个翻。"可见十分险要。

河道开成之后，水就沿着河道流入海洋，各地的水位就渐渐下降，最后陆地终于干了。这条河就是现在的红河。水患消除了，人们安居乐业，都感谢布洛陀，纷纷赞颂他的功绩。

## 造米

壮族的祖先通过生产劳动，慢慢地懂得了挖塘养鱼、造田种地、播种五谷，逐步摸清了老天爷的脾气和庄稼的性子。每年三四月，阳雀一叫唤，他们就耕田种地。那时春暖花开，田里的水满了，地里的土湿润了，耕种正合适。那时种田，上块做秧田，下块做本田。在秧田里播下糯谷和粳谷种，二十五天后，就去拔秧，第二十六天拿到本田里去插。这样，七月初，谷子就抽穗，八月就黄熟，九月就收割，用扁担穿着挑回来。不过，那时的谷粒像柚子一样大，谷穗像马尾一样长，禾刀不容易割断。这么大的谷粒，三个人吃一粒就饱，七个人吃一穗就够。

这样的谷子，大家都说好，只是结得不多，养不起那么多的人。偏偏后来又遇到了大水灾，到处都被水淹没了，只有案州那个地方还没有被淹，郎老坡和遨山还露出水面，郎汉的房子还没有进水。谷米和青菜都跑到那里去躲水灾了，蛇和蜈蚣也都跑到那里去住。人们也纷纷逃难，也就无法种谷米了。

当时人有三百六十种，有善有恶，有穷有富，有聪明的也有蠢笨的。但有一点大家都一样，谁也没有米吃。大家拿山上的瓜果当饭，拿地里的草根当餐。这种东西，小孩吃了长不大，孤儿吃了长不白，姑娘吃了脸不红，头领的儿子吃了就瘦死。人们听说案州那边还有米谷，谷子就长在郎老坡上，黄熟在遨山边，粮就堆存在郎汉的屋子里。人们为了再种谷子，就撑着竹筏，漂洋过海去要谷种，但总是一去不复返。他们不是被海浪吞没，就是被海鱼吃掉。怎么办呢？大家又去找布洛陀，布洛陀出了个主意：派斑鸠和山鸡飞过大海，派老鼠游过大海，两路并进，一定能把谷种要回来。大家听了觉得很好，就派遣斑鸠、山鸡和老鼠去要谷种。在它们临行时，再三嘱咐，不管困难多大，都要想办法把谷种拿回来。

它们就去要谷种。斑鸠和山鸡在浩瀚的天空中穿云破雾，老鼠在茫茫的大海里劈波斩浪。斑鸠和山鸡飞了三七二十一天二十一夜，老鼠游了三九二十七天二十七夜。它们到案州一看，果然郎老坡上稻禾勾头，遨山上谷子黄熟，郎汉的屋子里堆满谷米，心中高兴极了。斑鸠和山鸡飞落稻穗上，拼命地啄着吃。老鼠把稻秆咬断，把谷子吃到肚子里去了。斑鸠和山鸡吃饱了，就到树上去筑巢；老鼠啃够了，就到林里去做窝。它们再也不想回去了。它们白天吃，晚上到窝里去睡觉。吃完了郎老坡的，又去吃遨山的。山上的吃完了，又去偷吃郎汉屋里的。这样吃了一天又一天，混过一日又一日。人们在家里左等右等，总不见它们回来。人们问怎么办，布洛陀说："我帮你们去要回来。"说着，砍刀往腰间一插，他就出门上路去了。

布洛陀走了九十九座山头，跨了九十九条道，抓住了一条蛟龙，骑上蛟龙就往案州去了。大海宽又广，无风三尺浪。布洛陀和风浪搏斗了二十七天二十七夜，才到达案州，可是往山上一看，什么东西也没有——谷子被斑鸠和老鼠吃光了。稻草被弄得乱成一团，散开一地。他到郎汉的房子里一看，全是斑鸠屎、山鸡屎和老鼠屎，谷子只见空壳不见米。布洛陀恼火极了，他要去找斑鸠、山鸡和老鼠问罪。他在郎老坡上见到了老鼠，在遨山上见到了斑鸠和山鸡。可是布洛陀抓不着它们，它们吃饱了米谷，翅膀和脚硬起来了。一抓，斑鸠和山鸡就飞走，飞得顶快；一捉，老鼠就钻进地洞，钻得顶狠。几次捉不到，布洛陀不捉了。他砍麻秆和柴枝，用麻皮搓成了三十个圈套，用柴枝做成了七十个木夹子。把圈套布在遨山的路口上，拿木夹摆在郎老坡的草丛里。摆完了圈套，布下了鼠夹，布洛陀就走开了。

布洛陀的办法真好真妙，老鼠一过来就被夹住，斑鸠和山鸡飞过来就被套住。布洛陀把它们抓住了，问它们把谷子藏在什么地方，它们说吃到肚子里去了。布洛陀叫它们吐出来，斑鸠和山鸡你望我、我望你，不出声。老鼠胆子小，全身发抖，先吐出来了。可是吐出来的全是稻秆，谷子已经一颗没有了。布洛陀叫斑鸠和山鸡吐出来，它们把嘴巴闭得紧紧的。布洛陀很恼火，一脚踩住它们的下巴尖，用手掰开它们的上巴尖，发现里面还有前年的陈谷和去年的新谷。布洛陀把它们的嗉囊全翻出来了，但只有三颗旱谷和四颗稻谷能做种。布洛陀拿了谷种，骑上蛟龙，漂洋过海，回到壮乡来了。

有了谷种，人们欢天喜地。他们选了吉祥的日子，把谷种撒到田垌里，三天后便发了芽。二十天后，便拔秧苗到整好的田里去插。七月谷子就扬花抽穗，八月就黄熟了。结的谷粒仍然像柚子那样大，结得仍很少。后来人们用木槌去敲，用杵子去舂。谷粒被敲裂了，米粒被冲碎了。他们拿到山坡上去撒，什么地方都撒了一遍。撒在山上的，长成了芒草；撒在园里的，长成了喂牛的草；撒在台阶下的，长成了玉米；撒在地里的，有的长成稗草，有的长成黏米、黄心米、籼米、粳米和糯米。这些谷米又有早熟、中熟和晚熟三种。谷粒再没有以前那样大了，每穗的粒子却很多。人们收回来，并不吃，全留下来做种子。第二年春天到了，二三月里，所有的人都早早起来，有的犁田，有的运粪肥。把谷种浸泡三天后，第四天晾干，趁好天气就拿到田里去播种，种了很多块田。这回的谷种真不错，撒到泥里就生，播到水里就长。播下二十五天后，女人就去拔秧。拔了扎成把，又捆成摞，由男人拿到田里去插。插了秧苗的田块，远远看去，整个田垌就像一幅美丽的图画，既整齐，又好看。插下三天后，禾苗就转青，第五天就可以耘田了。农活一项接一项，工序一环扣一环。那时候正是雨季，天上雷响个不停，雨不停地落。雨有时候下三四天，有时候连下八九日。山上的水都流到了田里，水灌满了田，又往外流去。有些稻田被水淹了，大人就去开沟，小孩跟在后面清渠。就这样把禾苗挽救了。到了七月份，稻谷就扬花抽穗，八月可以指望大丰收了。可是，秋分到，寒露又过去了，田里的禾苗不是长棵不抽穗，就是抽穗不结粒。有的旱谷甚至一扬花就枯死，有的稻苗没有扬花就枯萎了，有的长成了恶苗。结果种多收少，差一点连谷种也收不回来，大家不知如何是好，去问布洛陀，布洛陀告诉他们："长棵不抽穗的，是地瘦粪肥少。撒上骨头灰，穗多粒饱满；苦楝叶泡田，病虫不敢闹。"大家记住了，第二年按布洛陀说的去种，果然得了大丰收，大家欢天喜地。

从此，人们再也不吃野果草根了。后来大家努力生产，粮食逐年增产，老米还没有吃完，新谷又成熟了。人们越来越富足，吃米不用看谷仓，吃鱼不用吃鱼头。百姓平安，欢乐自在。每到过年过节的时候，人们都拿糯米做粽粑，送给布洛陀，表示对他老人家的尊敬。布洛陀看到壮乡热气腾腾一片繁荣，心里感到非常高兴。

## 造牛

自从神牛死去了以后，没有牛犁田，只得由人来拉。一个人扶犁，几个人拉，地犁得不好，田也耙不平。为了耕田种地，人们年年都要死去活来。布洛陀看了十分难过。

　　一天，他到池塘边，试用黄泥捏了一头黄牛，又到河边用黑泥糊了一头水牛。黄牛身和水牛身糊成了，就用枫木做脚，摘奶果做奶，用弯木做牛头，用野芭蕉叶的秆做肠，用风化石做肝，用红泥做肉，用葵扇做耳朵，用千层树做角，用苏木泡水做血。各部位都安好了后，就拿到嫩草地里去放。这嫩草地离家不远，布洛陀三天去看一次，九天去瞄一回。后来，泥牛真的长成活牛了。牛的眼睛会转了，嘴巴会动了，牛角叉开了，牛尾巴翘起来了。布洛陀多么高兴啊！他赶忙回来告诉大家，要大家去把牛牵回来。人们带上了麻绳，来到嫩草地牵牛，可是黄牛怎么也牵不来，水牛怎么也拉不动。他们去问布洛陀，布洛陀说："你们用麻绳去穿它的鼻子，在脖子后面打个结，一个人拉，它就会起来，轻轻地牵，它就跟着走。"人们按照布洛陀说的去做，果然一牵，黄牛就"哒哒哒"跟着走。人们把牛牵到嫩草地和田峒里，牛就"唰唰唰"地吃起草来了，吃得非常欢快。太阳快要下山的时候，人们就把牛牵回来，拴在屋前木桩上。附近的男女老少都跑来看稀奇。

　　这两头牛都是牛种，满一年后，它们就生了崽，后来崽又生崽，慢慢地繁殖起来了。

　　自从有了牛，人们再也不用肩膀去拉犁了，多开了很多田地，多种了很多谷米，可以养活更多的孩子了。黄牛和水牛越生越多，多得像虾米一样，牛栏都住满了。

　　可是，古代的田没有什么遮挡，四周没有什么围栏，牛可以随便进地里吃东西。百姓的地它进，皇帝的地它也进。庄稼被牛吃了，皇帝知道了很恼火，派人到处去杀牛，杀得遍地都是死牛，还把牛头割下来，排在田坎上，把牛肠扯出来，丢在荒野里。活牛看到了，吓得魂飞魄散，从此，牛就开始得病。三五年后，牛瘟流行，有的口吐白沫，黄瘦而死；有的脖子肿胀，流脓而死。病牛死得横七竖八，到处都是。有的死在野外，有的死在田间，有的死在草堆里，有的死在栏内。后来，牛死光了，牛种灭绝了。从此，种田种地又要人去拉犁拉耙。大家都想念牛，吃饭的时候想，走路的时候想，睡觉的时候也想。后来他们学着布洛陀用泥捏了一头黄牛和一头水牛，三天去看一次，九天去瞄一回，但看来看去，泥牛怎么也长不活，他们灰心了。这时，有个老头子说，皇帝杀死了牛，别的牛也跟着死，一定是五海神把牛魂勾去了，便叫大家煮糯米饭和鱼肉，拿到牛栏去祭五海神。人们又是跪又是拜，祭了七天七夜，还不见牛魂回来，死牛一只也没有活过来。人们不再祭了。收祭的那天晚上，有个做买卖的人来到村里，他告诉东家说："郎中那个地方有牛可以买，郎寨那个地方有牛出卖。"东家父子俩听了，第二天早上，天还没有亮，就出门去买牛，到郎中和郎寨一看，果然有牛出卖，父子俩选了一头公草牛、一头母草牛，交换了货品，便把牛牵回来了。

人们把买回来的牛当宝贝，割草给它们吃，还煮米饭来喂。但养来养去总是不生崽，不但不生崽，反而一天天地瘦下去。后来公牛和母牛都拉稀屎，口吐白沫，倒在地上起不来了。大家没有办法，又叫布洛陀来看。布洛陀打开牛的嘴巴，翻了翻舌头，又看了看它的眼睛和屁股，说："牛得了瘟病，内脏和血液都有问题。"说着，便去摘了灵芝草和其他草药来喂。第一次喂完，牛的眼睛睁开了；第二次喂完，牛屙的屎结了。经过精心喂养，牛慢慢地肥壮起来，交配生崽了。以后每年生一头。崽生了子，子又生孙，越养越多。和过去的一样，牛有黑的、白的、黄的和花的，什么样都有，满山遍野都是牛。从此，生产有了大发展，人们的生活又好起来了。

## 打鱼

古时候，河里的鱼很多，有白有黑，有红有黄，有青有绿，有大有小，有长有短。这些鱼很笨，见人来了也不会逃走，人们随便捉来玩耍和生吃，后来又拿到火上去烤。渐渐地，鱼成了人们不可缺少的食物。但后来不知为什么，河里的鱼突然无影无踪了，人们想吃鱼吃不到了。人们去问布洛陀，布洛陀说："鱼学乖了，藏起来了，不过等大水一到，它们一定会出来找吃的。你们先到河里去筑起水坝，架起鱼帘，到时候自然就得鱼。"人们不懂鱼帘怎么做，到处去问。问佛，佛不懂；问官，官不懂；问教书的，教书的不懂；问女人，女人也不懂。没有办法，大家又回去问布洛陀，布洛陀说："我的话还没有说完，你们就高兴地跑了，怎么会做呢？鱼帘这东西还没有人做过，我一教你们就懂。不过，架鱼帘要用很多木头，你们先去把木头砍好，放到河边，我抽空去和你们一起做。"

听布洛陀这样说，大家就上山去砍木头。可是，一天、两天、三天……很多天过去了，还不见一根木头运到河边。布洛陀到林里一看，原来大家的石斧都砍不得树木，斧口全被砍崩了。布洛陀叫大家不要砍了，因为实在太费力气。这样，架鱼帘的事便搁了起来。

布洛陀回来后，打点干粮就出门去，他要去找硬硬的石头给大家做斧头。他从东走到西，从南走到北。天下走遍了，硬硬的石头一块也没有找到。回到半路，布洛陀到一位老人家里去投宿，碰巧，这个老人正炼铸铜刀铜斧。布洛陀喜出望外，就去和他商量。老人家把布洛陀带到工房里去。工房里堆满了矿石和木炭，火炉上还架着一个风箱。老头子往炉里放了矿石，加上木炭，风箱"呼呼"响，炉中蹿起了青绿的火苗。不一会，矿石就开始熔化，渣子沉到炉底，铜水浮上来，而且不断地往上冒。矿石熔化完了，老头子把铜水往铸模里一倒，刀斧便铸成了。这种斧头比石斧硬且韧。布洛陀连连拍手叫好。老头子把铜斧送给了他，还详细地把技术教给他。布洛陀学会了，就高高兴兴回家。回到家里，他马上生火开炉，铸了很多斧头和砍刀。从此，壮族人才开始用起铜刀铜斧来。

铜斧真好，铜刀真利，樟木砍得下，桦木砍得倒。什么木都砍得，小的砍得，大的也砍得。大家砍了很多很多的木头，鱼帘可以开始做了。布洛陀叫大家先在河里用石头垒起拦河坝，然后在山水口下面打上木桩，架上细木条，鱼帘就这样做好了。人们每天早上都去看。三天过去了，还没有一条鱼。到了第九天，有鱼了，来了很多的大鱼。它们的鳞片像盆子，胡子像麻绳，肋骨像耙齿。看到这么多的大鱼，大家高兴啊！

后来鱼都逃到上游和下游去了，鱼帘再也没有鱼了。这时人们发现，拦河坝和鱼帘旁边经常有大蟒和各种各样的蛇游来游去。这些蟒和蛇行动变幻无常，三天变三样，五天变五种。有时候它们在水里慢慢游动，有时候箭一般地在水面飞行，有时候高高跃出水面，有时候深深潜入水底，有时候在水里一动也不动，有时候又在鱼帘上盘爬，吐出可怕的舌头。后来这些蛇都跑到鱼帘里去，慢慢死光了。三天后，蛇就腐烂发臭，臭气冲天，人们不敢近前。去问布洛陀，布洛陀说："就是这些蛇要吃鱼，鱼才害怕得躲藏起来，鱼帘才没有鱼了。现在它们吃不到鱼，饿死了，你们去把鱼帘打扫干净，鱼就会来了。"

人们把死蛇清走，用水把鱼帘冲洗得干干净净。臭味没有了，但鱼帘还是没有鱼来。大家去问布洛陀，布洛陀也莫名其妙，他亲自去查看。他上河走，下河看，上河走了九十九，下河走了三十三，最后把原因查明了。原来是大蟒蛇在作怪。这条大蟒很有本领，不但力气大，还会放毒烟。人畜鸟兽鱼虫，只要误入它的毒圈，就会中毒昏迷，乖乖地让它吃掉。蟒蛇的本领大，布洛陀的本领更大。布洛陀找到了蛇洞，藏起来观察，发现蟒蛇最怕葛麻藤。于是，趁蟒蛇出洞觅食，布洛陀悄悄来到洞前，布下葛麻藤圈套，当大蟒吃饱了得意扬扬回来的时候，就被布洛陀套住了。大蟒被捉了，大家砍头的砍头，剥皮的剥皮，还吃它的肉解恨。

大蟒除掉了，河里的鱼出游了，鱼帘里的鱼也满了。大家吃不完，又拿来熏制。后来还选了鲤鱼、草鱼、鲮鱼等，拿到池塘里去养，一年后，鱼就长大了，满塘都是。每年九十月间，新谷登场的时候，人们就下塘打鱼，一网就是十担八担，真叫人高兴啊！

## 养鸡鸭

伏羲造了鸡鸭后，派一位姑娘送来给壮民做种，但因为找不到人，这位姑娘把鸭丢在河里，把鸡甩到山上，就回去了。后来，人们下河打鱼，上山打猎，见到了鸡鸭，本想捉回来喂养，可是捉鸭，鸭潜到水里；抓鸡，鸡飞到树上。后来，人们想了一个办法，他们把糯米撒在河里，把粳米撒到山上，鸭见了糯米就来吃，鸡见了粳米就来啄，人们用笼子一罩，鸭捉到了，鸡也抓着了。

大家把鸡和鸭装到笼里，拿回家里喂养。开始，它们住不惯，后来慢慢地就驯服了。它们不怕人了，喂东西它们也吃了，而且吃得饱饱的。把它们放出来，它们每天晚上都懂得回到笼里。不久，鸡就下了蛋。不过它到处乱下，在墙角下，在草堆里下，在树根也下。一天一个，一连下了二十天，鸡下了二十个，鸭也下了二十个。后来，母鸡三十一天孵出小鸡，母鸭三十二日孵出小鸭，小鸡小鸭各有十只公的，九只母的。鸭崽一出壳，就跟母鸭到河里去耍，到塘里去游，见鱼吃鱼，见虾吃虾，吃饱了就上岸晒太阳，绒毛长得蓬松松的，样子非常可爱。鸡下不了水，只好跟母鸡去扒泥巴，寻吃小虫和蚯蚓。可是那时的蚯蚓不笨，母鸡一扒，它就钻地，小鸡吃不饱，母鸡只好带着它们东扒西扒。它们扒了这里扒那里，一天到晚扒个不停，但还是"叽叽咕咕"地喊饿。那时候的米谷并不多，主人也没有办法把它们喂饱，鸡崽长大了，也只好自己去扒。可是它偏钻到人家的菜园里去扒，扒得青菜枯萎了，大蒜也枯死了。主人见了就用木棍打，抓到鸡就摔，鸡被吓怕了，公鸡飞走了，母鸡也飞走了，全部飞到树林中。人们无论怎样哄，它们硬是不愿回来。

鸡一到树林里，鹞鹰就飞到上空盘旋，抓走了五只项鸡，抢去了六只公鸡。鹰把鸡叼到山崖上，啄吃它们的肉；鹞把鸡抓到大树上，啄吃它们的肝。鸡毛到处飞，鸡血到处洒。人们看见了，告诉布洛陀。布洛陀拿了弓箭到树林里，射下了九只鹰，打死了十只鹞，鹰和鹞不敢来抓鸡了。布洛陀在树林里布下了网罥，两只公鸡和两只母鸡被网着了，还有两对没有抓到，后来就变成了山鸡。布洛陀把鸡抓回来给大家做鸡种。

抓回来的鸡被关在笼里喂养。不久，项鸡生蛋，孵出小鸡来了。人们把菜园围好后，再把鸡放出来，鸡就进不了菜园了。但小鸡总是吃不饱，越闹越凶，母鸡发了愁，对公鸡说："你不能光顾自己玩耍，自己找吃的，也得和我一起喂养孩子呀！"可是公鸡却不理睬，照样自寻快活。母鸡将这事告诉了主人，主人也来劝公鸡，公鸡也不听。没办法，人们只好请布洛陀帮忙。布洛陀先是好声好气地问公鸡为什么不喂养崽。公鸡只顾忙着踩母鸡，理也不理。布洛陀火了，大声喝道："你为什么不喂养崽？"

"我不懂！"公鸡十分傲慢地回答。

布洛陀一巴掌打过去，打得公鸡满脸通红。从那以后，公鸡的脸就一直红到现在了。公鸡挨了打，恼火地飞到树林里去，再也不肯回来了。母鸡孵蛋抱崽，因为没公鸡，一直孵不出小鸡来。人们只好到树林里去请公鸡回来。可是公鸡不愿回来，想抓也抓不到。人们又去请教布洛陀。布洛陀说道："你们叫母鸡去请它吧。"人们把母鸡带到树林里一放，公鸡见了便扑过来。这样，公鸡就被抓到了。抓到公鸡，人们又对它吼道："你到底养不养崽？"

公鸡说："我不懂，我不养！"

人们听后更火了，威胁它说："你不养崽就阉！"

"阉就阉！"

人们把公鸡放了，由它自己玩去，这样，鸡才慢慢地发展起来，而且越养越多了。据说正因为这样，骄傲的公鸡一直到现在还不会也不愿带崽。

## 造屋

鸟有巢，蜂有窝，可是古代的壮民没有屋。他们不像现在的人会造房子，他们像石头一样躺在山路旁，像柴枝一样横在草丛里，像猴子一样住在山洞中。那时候，他们在坪坝上耕田种地，往返都要爬山，收完谷子也要往山上搬。非常辛苦。他们对爬悬崖、住山洞感到越来越厌烦，但是也想不出什么办法。后来有个聪明的老头子用木头在树蔸间搭起了三脚架，架上横条，上面盖上树叶、茅草，便成了简单的房子。这就是远古壮民的第一间房子。这间房子非常原始，却很实用，日晒不着，雨打不漏，热天凉快，冬天温和。后来人们都学着这个老头子，到平地上来盖房子，不再住崖洞了。这种房子虽好，但不牢靠、不耐久，碰到狂风暴雨，屋顶上的茅草常被卷走，有时还会崩塌，很不安全。布洛陀看到这种情景，就想办法建造更好的房屋。他很快就造出了很多漂亮的木屋，使周围的人们都住上了新房。因为他一直忙着替别人造屋建房，自己的屋子反而没有时间造，仍旧住在原来那个山洞中。人们听说他会造新式的房屋，都请他去帮忙。布洛陀一向乐于助人，有求必应，他只要能使大家都住上新房就万分高兴。

布洛陀做房子很讲究。他说："春不伐木，秋冬砍树。"建造房屋要选择良日吉辰。造屋之前，妈妈要先把米谷拿来晒，舂它三四箩，拿一箩煮饭，其他的用来酿酒，还要送一小袋给择课先生。动工那一天，大人进大山，小人进小林，大人拿斧头砍大树做柱子，小人拿砍刀砍小树做桁条。弯的、直的都砍下来搬回去，直的做柱子和桁条，弯的围屋边。材料备好了，布洛陀就择吉日发墨。发墨第一天，刨好了所有的主柱；发墨第二天，刨好了所有的边柱。柱子上下都凿好，上面用来安桁条，下面用来架横梁，中间用来架横担；发墨第三天，屋架组合起来了；发墨第四天，合成了所有的屏风；发墨第五天，木屋造好了。这一天，大人小孩都来看，人人喜气洋洋、欢天喜地。布洛陀的手艺高强，个个都争着请他帮忙造屋。布洛陀一天忙到晚，一年忙到头，造了一座又一座房子，建了一个又一个村庄。不幸的是，有一天晚上，他回到自己的岩洞里，睡到三更半夜时，一块大岩石裂开落下来，正压在他的身上，布洛陀就这样死了。壮民永远也忘不了他，把他的事编成故事，世世代代流传下来。

# 妈勒①访天边

民族：壮族
采录：广西壮族文学史编辑室
整理：农冠品
流传地：广西壮族聚居地区

相传，古时候的人看天，天就像锅头一样，圆圆的，盖着大地。

于是大家都说，天一定是有边的。谁都想去看看天边，看它到底是个什么样子。

有一天，人们聚到一块，商讨去找天边的事。老老少少、男男女女都来了。让谁去呢？每人都摆出自己的理由。

老人说："我们年纪大了，重活干不了，但路是可以走的。"他们要求去访天边。

年轻人说："我们年轻力壮，不怕天高水深，不怕毒蛇猛兽，什么困难也吓不倒我们。"他们说让他们去访天边最为合适。

小孩子说："天边离得很远很远，说不定要走三五十年甚至八九十年才能走到。"他们说他们现在刚好十几岁，走到八九十岁，一定能走到天边。

小孩说得有理。于是，大家赞同让小孩去访天边。正在这时候，有一位年轻的孕妇站出来，说：

"让我去最合适，我年纪还轻，可以再走五六十年，如果到那时候还走不到天边，我生下的孩子可以继续向前走。"

她这么一说，人们认为她的理由比小孩子的理由更充分，就同意

---

① 妈勒：壮语，母子。

让这位年轻的孕妇去寻找天边。

第二天，太阳刚升起，她就向人们告别，离开自己的家乡，朝着东方走去了。

临走的时候，男女老少都来到村边送行。有的送衣物，有的送干粮，有的把最利的刀子送给她途中护身。

年轻孕妇一直朝着东边行走。不知走了多少天，生下一个男孩。这个孩子一生下来就哇哇啼哭，长得又壮又粗。她带着自己的孩子，继续朝着东边走去。

母子一路走着走着，太阳不知升落了多少回，月亮不知圆缺了多少次。母子俩走过高山峻岭，涉过大江小河，穿过莽莽苍苍、荒无人烟的森林。一路上，还和许多毒蛇猛兽搏斗。

母子沿路经过许多村子，每经过一个地方，都有人盘问。当人们知道母子不怕重重艰难，为了要去寻找天边，都深受感动。于是，大家都帮助他们解决途中的困难，鼓励他们坚持下去，为人们找到天边。

母子表示，不辜负人们的期望，一定要把天边找到。

母子俩一直走了几十年，天边还是没有找到。妈妈头发已经雪白，走不动了，人们劝她留下来。她不得不留下，叫儿子继续向前走。

母子分离的时候，儿子满怀信心地说：

"妈妈呀，我要走完你没有走完的路，一定要把天边找到！"

说完，他一个人又继续向前走了。

# 力戛撑天

民族：布依族

讲述：王燕、春甫、班告爷

流传地：布依族聚居地区

在很古很古的时候，天和地只相隔三尺三寸三分远。春碓的时候，碓脑壳碰着天；挖地的时候，只要轻轻一用力，锄头也碰着天；挑水的扁担只能横着放，不能立着拿，不然，也要碰着天；人们去干活，成天弓着身子，腰杆都不能伸一下。

大家都抱怨，天地离得这么近，做什么也不方便。那时，有个后生，名叫力戛，长得浓眉大眼、腰粗臂圆，身长九尺九寸九分，力气很大，九十九条犀牛都比不上他。力戛和大家一样，成天都弓着身子干活，弄得脚酸腿痛不算，脊背上还被天擦脱了皮。他见大家都抱怨，自己也实在忍不住了，就挽衣捞袖地对大家说："你们躲开点，让我把天撑高一些。"

力戛说完，用力把天撑了一下，可是天和地只被他顶撞得晃荡了几下，天并没有变高。他又对大家说："看来我一个人的力气不行。我看这样吧，你们都准备好锄头和扁担，我也把力气养养足，到时候大家一起来撑天。"

力戛说完，就去吃了三石三斗三升糯米饭，喝了三缸三壶三碗糯米酒，睡了三天三夜。第四天起来，他伸了个懒腰，周身筋骨绷得"咯咯"响。随后，他就叫大家来帮助他一齐撑天。

大家聚拢来了，都用锄头扁担抵住天，力戛鼓了鼓气，喊了声"一——二——三——"众人"嗨唷"一声，同心齐力往上一撑，就把天撑上去了三丈多高。可是力戛觉得天还不够高，就又对大家说："天这么高还不行，你们大家合力再撑一刚刚①，让我换口气，再使劲把它撑高一点。"

力戛说完，就狠狠地吸了一口气，榕树叶子、木棉树叶子、茶花、夹竹桃都被他吸进肚子里去了。他眼睛鼓得有海碗大，浑身筋脉也都胀得像楠竹那么粗。随着一声"起"，他使劲用两手把天往上一撑，天就被撑上去了九万九千九百九十九丈高，地就被蹬下去九万九千九百九十九丈深。

天是撑高了，可惜固定不住，只要一松手又会塌下来。怎么办呢？力戛想了想，就用左手撑住天，右手把自己的牙齿全拔下来，用牙齿当钉子，把天钉住。于是，力戛钉天的牙齿，就变成了满天星星；拔牙齿流下的血，就变成了彩虹。

力戛不辞劳苦，一直做着钉天的活，累得他又是喘气，又是淌汗。喘出的气，就变成了风；淌下的汗，就变成了雨；他一不小心，头上的花格帕掉下来了，就变成了银河；他眨眨眼睛，就变成了闪电；他咳嗽一声，就变成了雷响；他热了，把白汗衫脱下来，就变成了云朵。

天钉稳了，可惜没有太阳和月亮，世间没有光明，庄稼不能生长。怎么办呢？力戛想了想，又毫不犹豫地用右手挖下自己的右眼，挂在天的东边，就变成了太阳；用左手挖下自己的左眼，挂在天的西边，就变成了月亮。

力戛一直忙了九九八十一天，什么都安排好了，才"咚"的一声跳了下来。他落到地上时，整个大地被震得晃晃荡荡的。他落下的地点是东方，东方的地势就倾斜了九尺九寸九分，从此，水就一直朝东方流淌。力戛忙着钉天那段时间，九九八十一天都没有吃喝，牙齿拔完了，血也流尽了，落在地上时，又跌得过重，不久，他就死去了。

---

① 一刚刚："刚"音"港"，方言，一会儿。

力戛死了以后，大肠变成红水河①，小肠变成花江河②，心变成鱼塘，嘴巴变成水井，膝盖和手腕变成了山坡，骨骼变成石头，头发变成树林，眉毛变成茅草，耳朵变成花，肉变成田坝，筋脉变成大路，脚趾变成各种野兽，手指变成各种飞鸟，他身上的虱子变成牛，跳蚤变成马。

从此以后，天高了，地低了，天地隔得很远很远了。天上有了太阳，有了月亮，有了星星，有了银河，有了彩虹，有了云，有了风，有了雷，有了闪电；地上有了山，有了河，有了田，有了井，有了路，有了树，有了草，有了花，有了兽，有了鸟，有了牛，也有了马。

世间样样都有了，大家心中说不出的高兴，种起庄稼来都很带劲。人们世世代代永远都不忘力戛撑天的功劳。

---

① 红水河：即南盘江中游。
② 花江河：即北盘江中游。

# 伏哥羲妹和洪水

民族：布依族
讲述：班琅王（布依族）、王鲁文、刘阿季
流传地：布依族聚居地区

在很古很古的时候，盘古王开了天，又辟了地。世间有了山坡，有了河流，有了树木，有了人烟，有了万物。

有一年，整整一年没有落过一滴雨，井里没水了，河沟和水凼（dàng）都没水了，地干得起了裂口，像娃娃张着的嘴，树木花草干枯了，螃蟹躺在干河底，青蛙趴在田坎上，水蛇横在干沟边，全都干死了。

那时，布依族有个叫布杰①的祖先，他的脚比木棉树还大，手像大榕树枝一样能摩天。他还长有顺风耳和千里眼，本事大得很。布杰经常到天上去玩耍，因此，天上玉皇大帝和众神仙们说什么、做什么坏事，他都知道得一清二楚。这一天，布杰在天上玩够了，打开了南天门就大摇大摆地回到地上来。他到地上一看，到处干出了大裂缝，凡间受了灾难，他心里气得直冒火。布杰粗声大气地骂道："天上那些众昏神，成天只晓得吃喝玩乐，不管凡间的苦难，实在太可恶了。哼！我要到天上去找雷公，问他为什么不布雷下雨？"

布杰说完，又到天上去了。他走到雷神殿里，只见雷公正在"呼噜呼噜"睡大觉。布杰气得两眼直冒金星，急忙跑到太上老君的炼丹炉边，捞来一把大火钳，先把雷公的腰杆夹住，然后又揪住他的耳朵，

---

① 布杰：传说中的布依族祖先。

把他从床上提起来。雷公耳朵被揪痛了，醒来一看，见是布杰。正想发火，可是腰杆被夹住了，只好改口说："布杰呀，你来了，失迎失迎！"见布杰光冒火不讲话，他又胆怯怯地问："咦，布杰，你为啥揪我耳朵呀？"

布杰更是生气，说："你一天光是吃了睡、睡了吃，睡着了还扯鼻鼾打闷雷，却不去给凡间布雷下雨，怪不得凡间说只听闷雷响，不见雨点落哩。"

雷公耍赖说："我只睡了一天呀。"

布杰说："你晓得不？天上一天，凡间就是一年呀。"布杰说完，右手拿着大火钳紧紧地夹住雷公腰杆，左手揪着他的耳朵，又说："走！你跟我到凡间去看看，凡间遭灾都成什么样子了！"

布杰把雷公拉到凡间。大家见了雷公，都恨他睡懒觉不布雷下雨，一个个围拢来揪的揪、掐的掐，要把他打死。布杰说："不忙打死他，先把他关在笼子里，让他也尝尝干旱的味道。记住，大家千万不要拿水给他喝。"

布杰有一个儿子和一个姑娘，儿子叫伏哥，九岁；姑娘叫羲妹，八岁。两个娃娃年纪小，不大懂事。布杰把雷公关在笼子里以后，就叫伏哥和羲妹来看守，自己出去打野兽、摘野菜吃。

这天，布杰出门打野兽去了，雷公就对站在笼子边的伏哥和羲妹说："小娃娃呀，我实在口渴得很，你们兄妹行行好，舀点水给我喝嘛。"伏哥羲妹说："不成不成！阿爹说过，你懒得很，光睡大觉，不布雷下雨，凡间遭受灾难，你也不管。现在就是不给你水喝，看你还睡不睡懒觉！"

雷公再三要求，伏哥羲妹就是不拿水给他喝。雷公也狡猾得很，他使劲把干涩的眼睛眨了眨，闪出了一小股白光。伏哥羲妹见了，觉得好玩，问道："雷公，你在搞什么呀？"雷公忙说："这是我变的宝贝，你们要是给我一点水喝呀，我再变更好的宝贝给你们看。"

伏哥羲妹只顾好玩，忘记了阿爹的话，想去拿水来给雷公喝。可惜天干地旱，去哪里得水呢？雷公精得很，忙说："没有水不要紧，你们撒泡尿给我喝也行。"伏哥想看宝贝心切，就撒了一泡尿给雷公喝。雷公喝了以后，喉咙润滑了，眼睛也不干涩了，就打了个呵欠，平地刮起了一股狂风。接着他又使劲眨了几下眼睛，只见一道道金光一闪一闪的，实在好看，伏哥羲妹更是喜欢。雷公又说："这还不算，要是你们再撒一泡尿给我喝，我变个更好的宝贝给你们看。"

羲妹就也撒了一泡尿给雷公喝。雷公喝了以后，完全恢复了元气。他大吼一声，响起了轰隆隆的雷鸣；眼睛一眨，扯出了一道亮闪闪的金光。接着他三下两下把笼子扯烂，"呼呼"地逃回天上去了。过了一会儿，雷公又回到地上，从荷包里拿出一颗葫芦籽给伏哥和羲妹说："多谢你两兄妹救了我的性命，没什么可以报答你们，这颗神葫芦籽送给你们吧。记住，把它栽下以后，三年才发芽，再过三年才开花，又过三年就能结个大葫芦。到那时候，若有洪水淹来，你们就把葫芦挖空，躲到里面去就是了。"说完就回天上去了。

雷公回到天上雷公殿，一觉睡了九天。醒来后，就把布杰如何如何厉害，又如何如何把他揪去关在笼子里，凡间的人们如何打他的经过，一五一十地讲给玉皇大帝和众神仙听。大家听了，有的伸舌头，有的瞪眼睛，都很害怕凡间的人，更害怕布杰的厉害。玉皇大帝说："若不赶快把布杰整死，我们说什么坏话，做什么坏事，他都晓得得清清楚楚，就会来打我们的。这样，我们的宝座就坐不成了，清福也享不长了。"众神仙听了，一齐说道："嗯，得赶快把布杰和这些凡人整死才好。"玉皇大帝和众神仙想了好久，也想不出整死布杰和这些凡人的好办法。这时，雷公恶狠狠地说："让我把天池水变成洪水放下去，把这些凡人都淹死算了。"大家听了，齐说："要得！要得！"

再说布杰正在地上领着大家向东方走去，打算到东海去找水喝。忽然，他看到雷公在天上又跳又吼，雷声轰轰隆隆；眼睛眨个不停，发出一道道耀眼的闪电；张嘴哈着大气，变成一股一股龙卷风；又用葫芦瓢舀水往地下倒，变成了竹竿雨。布杰以为雷公回心转意布雷下雨了，心里很高兴。可是，一连九天九夜，雷声不停，火闪不断，狂风不止，大雨不住，洪水哗哗往上涨。这时，布杰才恍然大悟，对大家说："不好，一定是该死的雷公来报复了。大家赶快爬到山顶上去躲一躲吧。"

又一连九天九夜，大雨还是不停，布杰叫大家在山顶躲好，自己到天上去看个究竟。他来到天上，看见雷公只管一瓢一瓢地舀天池里的水往地下倒。布杰很生气，急忙到炼丹炉旁捞起大火钳，把雷公腰杆夹住，大声骂道："你这个该死的畜生！吃饱喝足无事做，只会坑害凡间的众生，看我夹死你！"雷公吓慌了，急忙跪下求饶说："布杰公公，布杰公公，饶了我吧，这回我再不敢睡懒觉了，一定按时布雷下雨。也再不敢乱舀天池的水往下倒祸害凡人了。"布杰夹得更紧，骂道："你这该死的畜生，话说得好听，干恶事最毒心！你晓得吗？天池三瓢水倒到地上，就能变成三天三夜的大雨！今天我决不饶过你！"看到布杰真要夹死雷公，玉皇大帝也吓得直哆嗦。他急忙带领众神仙向布杰下跪求饶，说："万望布杰公公饶雷神一命，我们大家担保，以后一定叫他每年三四月间打响雷，下竹竿雨；六七月间打温和雷，下纷龙雨就是了。"

布杰本想把可恶的雷公夹死，见玉皇大帝和众神仙替他磕头求情作担保，再一想：要是把他夹死，今后没得人布雷下雨，凡间也是不能过日子的。想罢，就松开火钳，指着雷公的脑门心说："好，看在玉皇大帝和众神仙的面上，饶你这回，你以后一定要照他们的担保做，按时布雷下雨，若有迟误，看我夹死你！"雷公又赶忙磕头作揖说："谢布杰公公大恩，以后我一定照你的吩咐办，一定照办。"所以，从那以后，每年三四月间，雷公就打响雷下竹竿雨，人们就有水种庄稼；六七月间打温和雷下纷龙雨，庄稼就有雨露滋润。

布杰放了雷公，打算回到凡间。他打开南天门一看，哎呀呀，整个大地一片水汪汪的，洪水已淹抵南天门口了。布杰火冒三丈，转身来到金銮宝殿找玉皇大帝说："洪水已淹到南天门了，你快想办法退去洪水，救救凡间的生灵。"

玉皇大帝带领众神仙走到南天门一看，慌了手脚，摇着他的龙头打杵说："快叫一个人拿着我的这根龙头打杵，氽水到东边天脚去捅几个洞，好让洪水顺着洞消干。"众神仙听了，你看看我，我盯盯你，一个都不出声，看见滔滔洪水，浪头比谷仓大，早吓得三魂七魄出了窍，哪个还敢氽水到东边天脚去捅洞？

布杰见了众神仙一个个丑样子，又气又想笑，骂道："看你们这些衣冠楚楚的畜生，一个个只晓得登莲台宝座，享清福，坑害人，原来都是一点本事也没有的贪生怕死鬼，还不如我们凡间喂的猪狗有用！"说完，一把从玉皇大帝手里拿过龙头打杵，指着玉皇大帝和众神仙又骂了声："畜生们，看我的吧！"说着，"扑通"一声跳入巨浪滔滔的洪水里，直朝东边天脚游去。

布杰几下子游到东边天脚，用龙头打杵捅呀捅呀，一连捅了九九八十一个洞。他越捅劲越大，一心要早点退干洪水，搭救凡间生灵。由于他用力过猛，一头扎进一个大石缝里，拔也拔不出来，就死在东边天脚了。据说，布杰死后，手脚变成了四根撑天柱，立在东方天边，把天撑牢，嘴巴变成了东海龙王的大宫殿，牙齿变成宫殿里的白玉柱。

布杰虽然死了，但他捅的八十一个洞，却使洪水顺利地流走了。九天九夜以后，洪水消干了，现出了大地。可惜，大地上已是一片荒凉，没有人烟了。

大树两个杈，修了一杈又一杈。说完了洪水滔天的事，再来讲兄妹成亲成家。

再说，伏哥羲妹自从那年撒尿给雷公喝，雷公打破笼子回天上，又从天上拿来一颗神葫芦籽，教他们兄妹两个栽种以后，果然三年才发芽，再过三年才开花，又过三年就结了一个像囤箩大的葫芦。这时，伏哥已是十八岁，羲妹已是十七岁。也就在这个时候，雷公在天上又吼又跳打炸雷，眼睛一眨一眨扯火闪，哈气成龙卷风，舀天池的水往地上倒，造成了洪水滔天。伏哥羲妹照雷公的话，把葫芦挖了个洞，掏空以后就急忙钻进里面去躲藏。葫芦随着洪水漂呀漂呀，不晓得漂了多少天。后来洪水消了，葫芦才落在地上。

伏哥羲妹觉得葫芦不漂了，才从里面钻出来。一看，哎呀呀！世间冷清清的，人全被淹死了，雀鸟百兽也死完了。兄妹二人说不出的伤心，急得大哭起来。

当伏哥羲妹哭得正伤心的时候，天上太白星君杵着打杵驾着一朵彩云，飘呀飘地来到他们面前。对他们说："伏哥羲妹呀，现在世间的人畜飞鸟都被洪水淹死了，为了繁衍子孙后代，你两兄妹成亲吧。"

伏哥羲妹听了，哭得更是厉害，不肯成亲。他们对太白星君说："老人家呀，我们布依人自来不兴兄妹成亲的呀。"

太白星君说："为了繁衍子孙后代，就这一回吧，以后还照你们布依的规矩，兄妹不成亲好了。"

伏哥羲妹还是不肯，太白星君就想了个主意。他拿出一根针和一条线说："这样吧，伏哥拿着这条线，羲妹拿着这根针，我数一二三，你们两个同时向空中抛去，若是线能穿进针眼里，你们就成亲吧。"伏哥羲妹悄悄商量说："就是手拿着针和线也难穿进针眼里，向半空丢，怎会穿得进呢？"于是就答应了。当太白星君数完一二三时，兄妹俩一齐把针线往半空丢去。也就在这个时候，太白星君轻轻吹了一口仙气，只见线径直穿进了针眼里。

太白星君就叫他们成亲，他们还是不肯。太白星君又想出了一个办法，对他们说："伏哥拿一扇石磨从南山上滚下来，羲妹拿一扇石磨从北山上滚下来，若是两扇磨子合在一起，你们就成亲。"

伏哥羲妹又悄悄商量说："我们一个朝南山南面滚，一个朝北山北面丢，磨子就不会滚在一起了。"商量好后，就答应了太白星君的办法。当他们从南北两山滚下石磨时，太白星君轻轻用手一指，只见两扇磨子轱辘辘从两山滚下来合在一起。太白星君又叫他们成亲，他们还是不肯。

太白星君捋了捋花白胡子，又想了个办法，他指着面前一架山，对伏哥羲妹说："这样吧，你们两个绕着这架山跑一圈，一个在前，一个在后，若后边的追到了前边的，你们就成亲。伏哥又对羲妹悄悄商量说："羲妹，你跑不快，就在后面跑，我跑得凶，在前面跑，这样，你就追不到我了。"商量好后，就答应太白星君的办法。

开始绕山跑了，伏哥在前面狠劲狠劲地跑，羲妹在后面动也不动一步。这时，太白星君把一口仙气轻轻吹到伏哥背上，伏哥像架了云彩一样，身子轻飘飘的，刹也刹不住，一下子就绕过山来，跑到羲妹的背后了。这时，太白星君大喊一声："羲妹快回头看哪个来了？"羲妹听到喊声，猛地回转身一看，恰和伏哥碰了个满怀。太白星君合掌哈哈大笑说："看你们还有什么话可说？说话要算数呵！快成亲吧。"

伏羲兄妹再也无法推脱，只好成了亲。太白星君也回天上去了。

伏羲兄妹成亲半年后，就生下个无手无脚的肉坨坨。他们很生气，就用柴刀把肉坨坨砍成九十九块，丢去四道八处。第二天起来一看，肉坨坨全都变成了人，每坨肉变的人组成一个寨子，一个寨子的人就同一个姓，挂在桃树上的人就姓陶，挂在李树上的就姓李，挂在杨树上的就姓杨。九十九坨肉变成了九十九个寨子，九十九个寨子成了九十九个姓，加上伏羲兄妹一个姓，就成了百家姓。

伏哥羲妹繁衍子孙后代，就对子孙后代们说："太白星君已答应我们兄妹只成这一回亲，从此以后，你们千万要记住，同姓不要成亲，兄妹更不能成亲啊！"所以直到如今，布依族都是遵守这个规矩的。

可惜，自从布杰死了以后，就没有哪个凡人能上天去了。

# 阿祖犁土

民族：布依族

讲述：韦绍珍、韦绍景（布依族）

采录：积全、之侠等

流传地：贵州省镇宁布衣族苗族自治县

开天辟地那阵，洪水潮天，满世界成了一片汪洋。大水过了七七四十九天才消退，但大片地方还是淹在水中，无边无际，活像一块望不到边的大水田。

这"大水田"水深齐胸口，不能种庄稼，人们只有捉点鱼虾吃，勉强度日。

布依后生阿祖心想，天天捉鱼吃不是长久之计，得想方法使水消退。这阿祖是布依的一个英雄，他高得像座大山，眼睛像囤箩，力气大得可以把山搬走。他拉来自己的水牛，这水牛也不同一般：身子就有一里路长，牛角活像山峰，打个响鼻就是一串炸雷，喷口气就是一团雾。阿祖套好水牛，"噼叭"一声响鞭，撵牛犁起田来。

他一犁头插下去，起码有丈把深。犁头一过，地上就划出一道深沟沟，满坝子的水一下子涌进沟里。沟沟里积满了水，坝子里的水便退了下去。犁铧翻起的泥巴堆在一起，后来就变成了一片连绵起伏的高山；被翻起的泥巴盖住的水，就变成了不见天日的阴河。

阿祖犁了西头犁东头，犁了一片又一片，总算把大地全都犁遍了。他看见满坝翻过的泥土，心里很高兴，连气都来不及喘一下，又套起木耙耙土。木耙一过，地上出现了一坦平原；还没耙到的地方就还是高山起伏。阿祖撵牛耙得正起劲，突然"咔嚓"一声，像天崩地裂一样，原来是牛牵索断了。正在奋力向前的水牛一发势跌倒在地，把地都跌歪了。它是在东边跌倒的，大地一下子歪向东边，犁沟里积的水立马顺着沟朝东方哗哗地淌了下去，这些沟沟就成了奔腾的河流。

　　阿祖一看牛牵索断了，还有好多地方没有耙到，就让牛休息，自己去找藤子来做牛绳。哪晓得阿祖这一去就不知下落了。水牛到处转着吃草，吃饱了就倒在地上睡着了。它一睡好多年都不醒，木耙长了菌；它下的牛崽都又下了崽，它还在睡。后来听说它不是睡着了，而是变成了一座最大最高的山。

　　现在地上有高山，有河流，还有阴河，有的地方平坦，有的地方山多，这就是阿祖犁田耙土留下来的。

# 檀君神话

民族：朝鲜族

讲述：黄龟渊（朝鲜族）

翻译：朴赞球

采录：金在权

流传地：吉林省延边朝鲜族自治州龙井市八道乡

在很古很古的时候，天帝桓因治理着天国。

桓因有一个妃子生了一个儿子，叫桓雄。桓雄梦寐以求的一件事，就是下到人间，建立一个新的国家。

父亲猜到了儿子的心思。有一天，他把桓雄叫到自己面前，问道："你好像有什么心事。是不是想到凡间，建立一个新的国家？"

"爸爸，小儿很想去试试，但不敢说。"

"你既然那样恳切，那就去吧！到凡间去建立一个新的国家，治理人间，从善积德吧！"

"谢爸爸，我一定报效父老！"

天帝打开天窗，往下一瞅，就看见三危太白①一带。天帝认为此地山清水秀，土地肥沃，是个天造地设的造福人间的好地方，就让桓雄携带三个天符印，率领三千个天兵天将，下到了长白山顶的神坛树下。后来人们称桓雄为天王，天王第一个来到人间的地方，叫神市。

桓雄天王带领风神、雨神和云神，主管人间的农事和人的生命，统管人类北稷的三百六十多项事情，彰善瘅恶，教育感化着人们。

当时，同住在一个洞里的一对老虎和黑熊，经常向桓雄天王祀求准许它俩化为人类。桓雄天王也同情它们，将一绞灵艾和二十瓣蒜赐

---

① 三危太白：三危，今川陕甘交界处；太白，即长白山。

给它俩，说："你们把这些吃完，待在洞里一百天，不要出来见日光，就会变化为人类。"

老虎和黑熊感激涕零。它俩吃完了艾蒿和蒜，老老实实地待在洞里，祈祷苍天恩赐，使它们尽早化为人类。

但是老虎性情暴躁，洞里没有阳光，又阴又潮，忍饥挨饿，它实在待不下去了，没过几天便跑出洞去，不再回来了。而那黑熊呢，是个慢性子，能忍，能挺，他饿了用舌头舔自己的脚掌来充饥，到底坚持住了。

桓雄天王看到老虎脾气暴烈，还不肯改悔，就没准许它化为人类；而黑熊听话、可爱，到了第二十一天，就让它提前化为人类，变成了一位漂亮的姑娘。因为她是由熊变成的，所以取名为熊女。

熊女看到自己映在水里的影子，很漂亮，心里很高兴。可是总她孤单单一个人在深山老林里，连个伴儿都没有，怪闷得慌的。于是到神坛树前向桓雄天王合十祈祷，深望她能身怀有孕。桓雄天王使了个法术，一会儿工夫就化身为小伙子，同熊女成了亲。熊女生下了一个男孩儿，取名为檀君王俭。

有着天帝血统的檀君王俭从小聪明过人。在中国的上古帝王尧王即位的第五十年，王俭定都平壤，建立了国家，起国号叫朝鲜，做起了古朝鲜的第一代国王。王俭治理了朝鲜国整整一千五百年。后来隐退到叫阿斯达的地方，做了山神。听说，那时候，檀君已经一千九百零八岁了。

# 东明王的传说

民族：朝鲜族

讲述：金德顺（朝鲜族）

整理：裴永镇

流传地：东北朝鲜族聚居地区

高句丽是公元前1世纪至公元7世纪在中国东北地区和朝鲜半岛存在的一个古代政权。你知道高句丽国的第一个国王是谁吗？他就是东明王。说起东明王，还有一段动人的传说呢。

传说很古很古以前，我国东北有个扶余国，扶余国的国王七老八十了，还没有儿子。他就天天上七星堂①去拜大山，请求神赐给他一个儿子。

有一天，国王拜完了七星神，回来路上，看见有块大石头在"吧嗒吧嗒"地掉泪。国王觉得奇怪，赶忙叫人把大石头翻开一看，发现石头底下有个小男孩，长得像个金色的青蛙。国王大喜，说这是天帝赐给他的儿子，便把孩子抱回去养了起来，并把他立为金蛙王子。

话分两头。有一年，天帝派他的儿子解慕漱下界巡视。传说解慕漱身坐天车，有五条龙拉套，一百多个随从骑着仙鹤，吹着洞箫，从天而降。他们白天下界巡视，夜晚返回天宫。

一天，解慕漱巡视到鸭绿江边，忽然看见碧绿的江水上有三个漂亮的姑娘在玩耍。那天宫里的仙女就长得够美的了，可是这三个姑娘哪一个都比天上的仙女漂亮。解慕漱看得入了迷，刚想派人去叫她们

---

① 七星堂：从前，朝鲜族民间信奉七星神，认为七星神可以给人们赐儿赐女，因此，民间就有了拜七星堂的习俗。七星堂一般设在名山大川。

上岸来，这三个姑娘扎了个猛子就没影儿了。

这三个姑娘是谁呀？传说鸭绿江上有个河伯神，这三个姑娘就是河伯神的女儿，老大叫柳花，老二叫萱花，老三叫苇花，三人中数老大柳花最漂亮。

天王郎解慕漱见到这三个姑娘就不想走了，挥起鞭子，在地上画了一座宫殿。一眨眼的工夫，画在地上的宫殿变成真的了——高台广室、雕梁画栋，金翅金鳞，要多阔气有多阔气；宫殿里头，红毡铺地，金碧辉煌，桌上金杯玉盏，飘散出一阵阵酒香。

三个姑娘扎进水里待了一会儿，又钻出水面来。她们钻出水面一看，嗬！一眨眼的工夫，哪来这么一座大宫殿？这可比水中的宫殿好上太多倍了。这么好的宫殿是谁住的呢？她们想看个究竟。就这样，三个姑娘一个接一个地上了岸，朝宫殿里头奔去。

这时候，英俊的天王郎解慕漱从里边迎了出来。三个姑娘害羞地想往回跑，门口早有天兵天将把她们拦住了。解慕漱热情地邀她们喝酒，喝了酒又一起跳舞，玩得很痛快。天帝的儿子也好，河伯神的女儿也好，有生以来第一回玩得这么开心。

这时候，河伯神怒气冲冲地来到宫殿门口，指着解慕漱的鼻子骂开了：

"你是什么人，竟如此大胆，敢来戏弄我的女儿？"

解慕漱赶忙施礼说："我本是天帝的儿子，下界巡视，只因仰慕您美丽的女儿，才邀请她们来赴宴。"

河伯神一听大怒，厉声喝道："你既是天帝的儿子，理应懂得规矩，要求婚就得派媒人来找我，怎敢如此无礼？"说着，河伯神喝令三个女儿赶快回水宫。

老二、老三吓得麻溜儿跑了回去，唯有柳花，站在那儿就像没听见爸爸的话，一动也不动。原来，她是看上天王郎解慕漱了。

河伯神一气之下，甩着袖子走了。

柳花对解慕漱说："你若想同我结为夫妻，就请你坐着你的天车，带我到水宫里，亲自向我爸爸求婚吧！"

解慕漱说好，当下就带着柳花进水宫求婚去了。

这河伯神不相信解慕漱是天帝的儿子，对他说："你想娶我的女儿吗？那就看你有没有本领了。你若有战胜我的本领，我就把女儿嫁给你。"

河伯神说完，"扑棱"一声变成一条鲤鱼钻进了鸭绿江。解慕漱也摇身一变，变做一只水獭追了上去。眼看鲤鱼要进水獭肚子了，河伯神又钻出水面，变做一只小鹿飞快地逃走了。这时候，解慕漱又变成一只豺狼，追啊，追啊，眼看就要追上了，河伯神又变成一只野鸡，飞上了天空。解慕漱灵机一动，一下子变成了一只老鹰，"扑棱棱"飞了上去，不一会工夫就把野鸡抓住了。

河伯神见解慕漱果真神奇无比，相信他就是天王郎，答应了这门亲事，置酒款待。

河伯神为啥这么痛快就把女儿许给了解慕漱呢？原来河伯神有个小心眼。天有天帝，地有地佬，河有河神，河伯神只能在水里称神，要是再有了升天的本事，那不就更神了吗？为此，他给解慕漱喝了烈性酒，一般人喝了，没有七天工夫是醒不过来的。

果然，解慕漱喝了酒，就醉得像死人一样，什么事也不知道了。河伯神趁这工夫，赶忙拉着柳花，把解慕漱抬进了天车，向五条龙吆喝了一声："升天！"

五条龙扬开爪子一躬腰，天车就升起来了。眼瞧着天车要钻出水面了，解慕漱也醒了。他一看河伯神和柳花在车上，顿时吓出了一身冷汗。他怕啥呀？既然想娶柳花，把她带上天宫得了呗！不行！因为这门亲事没有得到天帝的允许。再说，天神是不许同地神、河神结婚的，这若是让天帝知道了，他解慕漱能好过吗？解慕漱一机灵，拔下柳花头上的黄金钗，在天车上扎了个眼儿，顺着眼儿就跷①了。因为天王郎不在车上，五条龙扔下车就飞回天宫去了，河伯神也就升不了天了。

这一来，可把河伯神气坏了，他一生气，就冲着柳花骂开了："都是你这个不要脸的臭丫头，不听我话，在天王郎面前丢尽了我的脸！"

河伯神骂完，怕柳花再凭着她好看的容貌去招惹是非，便叫手下的人用大钳子扯住柳花的嘴唇，一扯就是三尺长，接着又把她绑在一块千斤巨石上，贬进了长白山的天池，永远不许她出来。

日子如流水一样过去。柳花在长白山天池底下，不知被困了多少年，反正花开花落有十遍，燕去燕来有十回，先前说的金蛙王子也成了东扶余国的国王，又有了七个儿子。长白山就归东扶余国的金蛙王管辖。

有一天，天响晴②响晴的，日头照得长白山天池头一回见了底。天池边上有个老渔翁，一眼看见天池底下有个长嘴唇、散头发的怪物，便连忙去禀告金蛙王。金蛙王下令手下人立即捕捞。

可这天池的水足有百丈深，拿什么去捕捞？金蛙王下令国内所有的渔夫都来织网。织啊，织啊，足足织了三个月零十天，一张大网织成了。可是往天池底下一捞，网被那个怪物给撞破了。

金蛙王又下令叫渔夫们织一张铁网。渔夫们织啊，织啊，织了三个月零十天，铁网织成了，往天池底下一捞，真的捞上来一个怪物，是一个长嘴唇、披头散发的女人，她屁股底下绑着一块千斤巨石。

金蛙王叫手下人给她卸去了大石头，问她："你是个什么人，为啥被压在天池底下呀？"

怪女人摇摇头，指指嘴唇，意思是说：我的嘴唇太长了，说不了

---

① 跷：北方方言，跑。

② 响晴：晴朗。

话。金蛙王又命令手下人给她剪去了长嘴唇，这才知道她原来是河伯神的长女，天帝的儿媳妇，柳花。

知道她是天帝的儿媳妇，金蛙王哪敢怠慢她呀？金蛙王在王宫里造了个别宫，把柳花奉养起来。

说来也怪，柳花一个人被关在别宫里，没有一个男人接触她，她却怀孕了。怀胎满十个月，从左胳肢窝下生了一个肉蛋子，足有五升大。

金蛙王说："人生了个肉蛋，可不是个好东西。"忙下令叫手下人把肉蛋子扔进了马圈。奇怪的是，这群马都惊慌地望着肉蛋，没有一个去踩它。后来这个肉蛋又被他们扔进了长白山。山上的飞禽走兽都来保护它，不准谁伤害它分毫。到了阴天和晚上，这肉蛋还闪闪发光。

下人们看到这怪事，就去报告金蛙王，说这是个神奇之物，不能伤害它，金蛙王就又把它给了妈妈。

有一天，这个肉蛋子在地上直蹦跶，妈妈寻思：我倒要看看这肉蛋子里是个啥怪物。便拿过一把宝剑，照肉蛋子上一拉，"噗哧"一声，里面冒出一个胖胖的男孩子，长得模样俊俏、肉皮白嫩，妈妈给他起名叫高朱蒙。

这孩子神奇得很，刚满月就会说话，就能走路了。有一天，孩子正在睡觉，有只苍蝇落在孩子的眼角上。孩子醒来就说：

"妈妈，妈妈，这苍蝇叮得我睡不着觉，你给我做张小弓吧，我要把这些可恶的东西都射死。"

妈妈就给小朱蒙做了一张巴掌大的小弓，又拆了笸子上的竹签给他当箭。苍蝇落在纺车上，这孩子一箭射死一只，箭箭不落空。

朱蒙越长越聪明。长大以后不单箭射得好，而且力大无比。

有一回，金蛙王的七个王子邀朱蒙去狩猎。他们一同进了长白山，一整天只猎到一只鹿，还是朱蒙射死的。回家的路上，七个王子好生嫉妒，抢了朱蒙的鹿不说，还把朱蒙绑在一棵大树上。哪成想，朱蒙"嘿"的一声，把大树连根拔了起来，把大伙儿都吓傻了。

金蛙王的大儿子回来就跟父王说，朱蒙这小子神勇得很，射箭准得百步以外能射穿针鼻，力气大得能连根拔起大树，留着早晚也是个祸害，不如趁早除掉他算了。金蛙王想，别叫这小子夺了王位，非得把他除掉不可。又一想，这是天帝的孙子呀，可不能轻易动他，就叫朱蒙到草原上跟奴隶们一块儿去放马。

朱蒙对妈妈说："我是天帝的孙子，现在却让我去当奴隶放马，这么活着还不如去死！妈妈，我想到南边的土地上去建立一个国家。"

妈妈听了这话，流着眼泪说："孩子啊，看到你受到贱待，我心里也难受，到南边去建立国家好是好，可这么远的路程，没有骏马你是走不了的。"接着，妈妈贴着朱蒙的耳朵，悄悄地告诉他得到骏马的办法。

这一天，朱蒙一大早就来到了马场。他走进马圈，把马圈门关得严严实实的，接着挥起鞭子对着马猛抽。那些马挨了鞭子，连叫唤带尥（liào）蹶子<sup>①</sup>，纷纷往圈外头蹦。那马圈栏杆足有两丈高，这么多的马，只有一匹马蹦了出去。

朱蒙脸上露出了笑容，他心里想：这就是妈妈说的那匹骏马呀！他牵过这匹马，掰开马嘴，拽出舌头，把早就预备好的钢针扎进了舌尖里。

这马舌尖一疼就不吃草料，吃不了草料就瘦了下去，没过多少日子，这匹马就瘦得皮包骨头、毛发稀疏，耷拉着脑袋没精神了。

有一天，金蛙王来巡视马场。他看朱蒙把这群马喂得滚瓜溜圆，乐得合不上嘴，当场就把那匹最瘦的马赏给了他。

金蛙王一走，朱蒙就把那匹骏马舌头上的针拔了出来。日后又精心调养，加草添料，过了些日子，这匹马眼看着就龙兴<sup>②</sup>起来了。

---

① 尥蹶子：尥，走路时足胫相交。尥蹶子，牲口用后腿向后踢。
② 龙兴：北方方言，健壮、精神。

朱蒙平时待人厚道，结交了三个最要好的朋友，一个叫乌伊，一个叫摩离，一个叫陕父。他们三个人一个比一个聪明，都是国家丞相的材料。

朱蒙一看，有了上等的骏马，又有了聪明的好朋友，机会到了。一天清早，他对妈妈说："妈妈，我一定不辜负您老人家的养育之恩，今天要去南边的土地建立起一个强盛的国家，再不受人气，望妈妈多多保重。"朱蒙说完，深深地朝妈妈鞠了一躬，起身就要走。

这时候，妈妈在慌忙中想起一件事来，把几个小布包递给朱蒙说："傻孩子，要建立新国家，没有粮食你吃啥？快把这粮种带上。"

朱蒙接过粮种，往前衣襟里一揣，洒着眼泪告别了妈妈。

俗话说：白天说的话鸟儿能听见，晚上说的话耗子能听见。朱蒙要逃离扶余国去南方建立国家的事，不知怎么让金蛙王知道了，他立刻点了精兵强将前去追赶。

朱蒙和他的三个好朋友一直往南跑啊跑，金蛙王带领士兵们在后边追啊追。

朱蒙跑着跑着，眼前忽然有一条又宽又深的大江挡住了去路。这可真是要上天没有路，要过河又没有桥，眼看金蛙王的追兵就到跟前了，急得朱蒙勒住马缰团团打转。

朱蒙没有办法，翻身下马，举起长鞭指天长叹道："我是天帝的孙子，河伯的外孙，今天来到这个地方避难，要是天帝有情，就快快降船，要是河伯长眼，就快快搭桥！"

话音未落，眼看着大江里就像开了锅一样，"咕嘟""咕嘟"滚开了。这是怎么啦？原来无数的鱼鳖虾蟹浮出了水面，从南到北搭成了一座浮桥。

"这是天帝和河伯来救我呀！"朱蒙说着，同他的伙伴策马扬鞭，一会儿工夫就过了江。

金蛙王的追兵刚上到桥半截儿，鱼鳖虾蟹一沉底，这些兵马"扑通扑通"全都掉进水中，鱼鳖虾蟹回头就把他们给吃掉了。

朱蒙和三个朋友跑到江对岸，又饿又渴，靠在一棵大树上喘着气。忽然，有两只布谷鸟飞来，一声接一声地喊着"布谷""布谷"。朱蒙搭上箭，"嗖"的一声射了出去，两只布谷鸟应声掉地，随后咕噜噜吐出一堆麦种。

朱蒙当时就明白了：这是妈妈派鸟儿送麦种来了。朱蒙感激这两只布谷鸟，他含了口水朝鸟身上一喷，鸟儿醒了过来，拍着翅膀又飞走了。从那以后，朝鲜族人才开始种麦子，有了麦子吃。

朱蒙和他的三个朋友在鸭绿江的上游定都建国。朱蒙当上了国王，他的三个朋友是开国的丞相，起国号叫高句丽，朱蒙的王号叫东明王。这东西南北的老百姓听说是天帝的孙子来建立国家，纷纷前来投奔。

民间还有一段传说不可不讲。说是朱蒙在东扶余国的时候娶了一个妻子，前往南土建立高句丽国时，没能把她带走，后来她生了一个儿子叫类利。

那类利也像他爸爸一样，自幼聪明过人，特别是弹弓打得好。他专打麻雀，打得那个准，打鸟头不打鸟尾，无论是天上飞的，还是树上落的，指哪打哪，百发百中，大家都说他是神弹弓。

有一天，类利又出去打麻雀，半道上碰到一个顶水的妇人。类利没鸟可打，便拉开皮条，朝妇人的顶水罐弹去。说来也准，"当"的一声，就把顶水罐打穿了个窟窿，"嗤嗤"地直往外喷水。

那妇人见是类利，便气愤地骂道："你这个没爸爸的小崽子，怎么这么淘气呀？"

类利知道自己做错了，赶忙上前赔不是，并用泥巴把顶水罐给补好了。

类利听了这妇人的话，心里总不是个滋味，就问妈妈："我到底有没有爸爸呀？"

妈妈对他说："你呀，就没有爸爸。"

类利一听，抹着眼泪说："我连个爸爸都没有，还有什么脸去见人！"说着拔出宝剑就要自杀。

妈妈这才夺下宝剑告诉他，高句丽的国王东明王就是他爸爸。接着把一张纸条交给了儿子。类利展开一看，上面写着：

吾有藏物，七岭七谷石上之松，能得此者乃我之子也。

类利一看"藏物"在"七岭七谷石上之松"，这一定是在深山里了。他就进了长白山，翻过七道大岭，又越过七道深谷，又找遍了石砬（lá）子上的每一棵松树，足足找了三个月零十天，就是找不见爸爸藏起来的东西。

这一天，类利耷拉个脑袋回到自己家里。妈妈问他："孩子，找到没有哇？"

类利抬起头刚想答话，忽然眼前一亮，瞟见眼前的一根大柱子，怔住了。

原来，屋里的柱子虽然多，唯有屋当腰这一根柱子是带棱的。类利上前一数，整整七道棱（岭）七道沟（谷），而这根柱子是松木的，柱脚又立在一块圆石上。类利一拍大腿乐了："这就是'七岭七谷石上之松'啊！"

可是藏物在哪呢？类利在柱子上找啊找啊，果然发现柱子上有四四方方一道缝子，类利拿刀插进缝里一撬，"啪搭"从里边掉出半把宝剑来。类利想：这就是爸爸的藏物了。

找到了爸爸留下的藏物，类利就直奔高句丽国去找爸爸。到了高句丽国，类利把半把宝剑递给了东明王。东明王从怀里掏出另外半把宝剑一合，眼看着从缝里渗出血来，把宝剑给粘上了。类利就这样，靠着自己的聪明找到了爸爸，后来成了高句丽国的第二个国王。

**整理附记**

　　这篇传说在朝鲜族中流传比较广泛，在《二十四史》中有简要的记载。但是随着近年来民间传说、故事的失传，现在的年轻人知道的已很少，只是在老年人中还流传着。这篇传说实际上是一篇始祖传说，因而带一定的传奇色彩。整理时，根据闵永斌老人（民间医生）的口述稍有补充。这篇传说带有"君权天授"，即天命论的色彩，这一点我们需要用历史唯物主义的观点对待它。为使故事内容更准确完善，在整理过程中，我查考了一些其他有关资料。

# 天神创世

民族：满族
讲述：傅英仁（满族）
采录：余金
流传地：黑龙江省宁安市

## 天和地

天有十七层，地有九层。人住的地方叫地上国，神住的地方叫天上国。主宰十七层天和九层地的，是至高无上的天神阿布卡恩都里。

世上原本没有地。天连着水，水连着天。是天神阿布卡恩都里照着自己的样子，造了一男一女两个人，然后把他们放在一个石头罐子里，又把石头罐子放到了水里，罐子就在水面上漂着。

这一男一女婚配生了许许多多的人，一代又一代，这个罐子也跟着越长越大。后来，石头罐子里的人太多了，太挤了，阿布卡恩都里就想给自己造的人再筑一个可以栖身的地方。他用土做了一个很大的地，把地放在水面上，又命令三条大鱼驮着它。还打发一个天神，每隔几天给三条大鱼送一次食物。有时，送食的小天神偷懒，没按时送食物，驮地的三条大鱼饿了，忍不住要晃动身子，地也就随着晃动起来，这便是地震。

再后来，地上的人越来越多，又住不下了。阿布卡恩都里就把天上的一棵最粗大的树砍倒了，接在土地的边缘，人类从此沿着树的枝丫发展下去，所以世界上才有了各色各样的人种。

## 山和岭

最初，地是很平很平的。

至高无上的天神阿布卡恩都里在创造人类的时候，就想：派谁去保护他们呢？后来他选中了心地善良的大弟子恩都里增图，命他降临地上国做保护人类的神。

阿布卡恩都里的二弟子叫耶路里，他见恩都里增图做了人类的保护神，很不服气，心想：我比师兄的能耐大，该派我去才是，为什么派他去呢？这家伙便私自跑下天来，在地上国造了一群恶魔兴风作怪，专门残害人类，暗中同恩都里增图作对。

无所不知的天神阿布卡恩都里知道了耶路里干的坏事，勃然大怒，就派他的最小的一个名叫多隆皋子的弟子到地上国，帮助恩都里增图除掉耶路里。多隆皋子力气很大，一枪把作恶多端的耶路里刺死了。耶路里的尸体化作碎片，落到大地上，变成了高山峻岭。

## 药草和毒草

耶路里被刺死后，他的灵魂无处可去，就造了一个地狱——八层地下国。他恨地上国的人，看到他们在太阳底下活得那么安宁自在，就想出了一条毒计：在地上国播撒了天花、斑疹、伤寒等多种瘟疫。

疾病开始在地上国蔓延，成千上万的人被瘟疫夺去了生命，开始还有人给死者火葬,后来连送葬的人也没有了——人类眼见要灭绝了！

人们哭着、喊着，向天神阿布卡恩都里祷告："至高无上的天神啊，您既然仁慈地创造了我们，就应该保护我们啊，快来搭救我们逃出耶路里的毒手吧！"

天神听到了人类的祈祷，感到震惊，赶紧把他最忠厚诚实的弟子纳丹威虎里叫到面前："我所造的人类正在遭受那么大的灾难，你快去替我解救他们吧！"

纳丹威虎里受命离开天上国，到了瘟疫流行的地上国。这位天神的肚子与他的为人一样，是通明透亮的，从外面一眼就能看到五脏六腑。为了搭救濒临灭绝的人类，他四处采草药、尝草药，他很快就发现了治疗天花、伤寒的草药，配成了许多灵验的方子，又收了好多徒弟，让他们为别人治病。不久，瘟疫停止蔓延了。

耶路里一看纳丹威虎里拯救了人类，非常恼怒。他又想出了一条毒计：偷偷在地上国播种下七种毒草。

忠厚诚实的纳丹威虎里毫无防备，一天，在尝草药的时候误食了耶路里播种的一种毒草。他马上感到一阵腹痛，低头一看，发现毒草已经破坏了他的肝脏。他自己知道活不长了，但不能就这样倒下。他忍着疼痛在土地上疾走，日夜不停地奔波，拼命寻找耶路里播种的毒草。一天天过去了，他找到了六种毒草，尝了六种毒草。他的肝、胆、脾、心、胃、肾，都被毒草破坏了。他走不动了，就要死去了。临终前，纳丹威虎里把徒弟们叫到面前说："我知道耶路里播种了七种毒草，我已经找到了六种。可惜我已经走不动了，剩下的那种毒草会给人类带来多少灾难啊！"见徒弟们记住了毒草的形状，他才慢慢闭上了眼睛。

纳丹威虎里为了人类不幸死去了，他教出来的徒弟们还在按着他留下的药方给人们行医治病。只是那种没有找到的毒草，到今天还在危害着人类。

# 天宫大战

民族：满族
讲述：富希陆（满族）
采录：富育光（满族）
流传地：吉林省长春市满族聚居地区

自从出了恶魔耶鲁里，天宫就再也平静不下来。耶鲁里仗着自己的魔力，欺凌天神阿布卡赫赫、巴那姆赫赫、卧勒多赫赫三姊妹，被福特锦力神捉住。可是他恶心不死，在黑夜里又悄悄冲向青空，口喷黑风恶水，淹没了宇宙大地。阿布卡赫赫升到天上，得到天神报告，知道耶鲁里逃出，可是已经晚了。这时候，耶鲁里把兴恶甲鼠星女神捉住，并放走了神鹰，阿布卡赫赫迎面冲上来，他又把阿布卡赫赫身上用九座石山、九座柳林、九条溪流、九副兽骨编成的战裙给扯了下来。阿布卡赫赫丢了护身的战裙，只好逃了出来，身体疲乏，支持不住，昏倒在滚动着金光的太阳河旁。

太阳河旁有一棵高大的神树，神树上住着一只名叫昆哲勒的九彩神鸟。它一见阿布卡赫赫倒在河边，连忙扯下身上的羽毛，给她擦腰上的伤口，又衔来太阳河水冲洗，还用九彩神羽临时给阿布卡赫赫编了个战裙，护住腰部。阿布卡赫赫的伤很快好了，慢慢苏醒过来。巴那姆赫赫赶来，见到阿布卡赫赫失去原来的战裙，立刻把自己身上生息的虎、豹、熊、鹿、蟒、蛇、野猪、蜥蜴、鹰、雕、江海牛鱼、百虫等的魂魄摄来，让每一个兽、禽的神魂献出一招神技，帮助阿布卡赫赫。又让它们每一个都从自己身上取下一块魂骨，由昆哲勒神鸟在太阳河边用彩羽重新为阿布卡赫赫编织成护腰战裙。天神阿布卡赫赫穿上新的战裙，天空才变成现在这种颜色，她又有了寰宇无敌的神威，姊妹三个在众神禽、神兽的帮助下打败了九头恶魔耶鲁里。

不知又过了多少万年，洪荒远古的人们把阿布卡赫赫称为阿布卡恩都力大神。可是，大神性喜酣睡，高卧九层云天之上，呵气为霞，喷火成星，所以北地总是冰河覆地，雪海无边，万物不生。巴那姆赫赫见到这种情景，教人掘地穴居住。

不知怎么回事，阿布卡恩都力额上突然生出个红瘤"其其旦"，脱落下来化为美女，脚踏火烧云，身披红霞星光衫，嫁与雷神西思林为妻。后来，风神把"其其旦"抢走，想和她繁衍子孙，送到大地上去。"其其旦"见大地上冰厚齐天，子孙无法在那里生存，就盗出阿布卡恩都力心中的神火下凡。她怕神火熄灭，把神火吞进肚里；嫌自己两脚行走太慢，又以手当足帮助奔驰。就这样，天长日久，她在运送神火下凡的途中被神火烧成虎目、虎耳、豹头、豹须、獾身、鹰爪、猞猁尾的一只怪兽，变成拖亚拉哈大神。她四爪蹬火云，巨口喷烈焰，奔驰如同闪电，驱赶冰雪，逐去寒霜，光照群山，为大地和人类送来火种，带来春天。拖亚拉哈大神虽然来到大地上，可是，因为她曾嫁给雷神，所以雷神时常到处找她，每逢天上打雷，那就是性情暴烈的雷神西思林在向风神索要妻子呐！

# 海伦格格补天

民族：满族
讲述：李成明（满族）
采录：张其卓、董明
流传地：辽宁省岫岩满族自治县

这是祖辈传留的故事，谁也说不上有多少年了。那时候的天可不像现在这样。那时候天上龇牙咧嘴，大块小块的石头一个劲地往下掉。人们躲在地窖子里，又黑又潮，可又不敢出来，怕被石头砸伤。

谁能把天遮上呢？天又怎么个遮法呢？大家都发愁。

一天，不知从什么地方来了个小姑娘，年纪有十四五岁，长得虽然瘦小，却很伶俐俊俏。她对大家说："你们都不用愁，我到西天去请佛祖来补天。"大伙见是个小姑娘，本来就瞧不起她，听她说这话，这个说："噢哟哟，看她这小小年纪，她要是能请来佛祖补天，咱们谁都能去！"那个说："别听她瞎咧咧，补天哪是那么容易的？"这时人群里有个老人站起来问："姑娘，你叫什么名字？"小姑娘告诉他，她叫海伦。老人说："好心的海伦格格，你去吧，西天佛祖是不负苦心人的！"

海伦格格说走就走。她一直朝西走，逢山翻岭，遇水过河。一天，两天，也不知走了多少天、多少个月，到底走到了西天，见到了如来佛。海伦格格对如来佛说："英明的佛祖啊，人间正在受难，请佛祖怜悯，把天遮上吧。"如来佛说："路太远了，我不能去。"说完佛眼一闭，睡着了。

海伦格格在如来佛身边等着，干等不醒；等急了就喊，干喊还是不醒。怎么办呢？干脆背他吧，海伦格格把如来佛背在后背上。她身子本来就瘦小，如来佛又那么高大，她怎能背得动呢？背不动也得背，她背起如来佛，一步一步往回挪，走不动了就爬。脚磨破了，腰累弯了，膝盖和胳膊肘不知脱了多少层皮，终于把如来佛背了回来。

如来佛睡醒了，睁开佛眼一看，人世间真的太苦了：有的饿死了，有的被砸伤了，有的瘫痪了。再看看海伦格格这一片诚心实在难得，就说："好吧，我来帮助你。"

如来佛送给海伦格格一盆神火，告诉她说：用这盆火炼七七四十九块石头，炼到七七四十九天，能炼出一块五色神石，你再站到火盆里，把神石举起来，就能把天补上。

海伦格格按如来佛的指示，一直炼了四十九个白天黑夜，一块四四方方有五样颜色的薄石板终于炼成了。海伦格格高兴地踏在火盆上，用双手举起石板，那火盆突然变成一朵金莲花，托着她和石板向高空飞去，挡住了天上往下掉的石块，天被补上了。人们从地窖子里出来，望着补好的天，乐得直蹦跶。大家一齐向天上看，盼望海伦格格回来。一天，两天，三天过去了，却不见她的影子。海伦格格哪里去了呢？传说她到天上去了。

# 天鹅仙女

民族：满族
讲述：李成明（满族）
采录：张其卓、董明
流传地：辽宁省岫岩满族自治县


传说在很久很久以前，天上住着三个美貌的仙女，她们是同胞姐妹。老大叫恩固伦，老二叫正固伦，老三叫佛库伦。三个仙女玩够了天上的宫殿和彩云，听说地上果勒敏珊延阿林①山上有个天池，池水像镜子一样清澈透明，池周围飞禽走兽、树木花草样样都有，就想到那个地方去玩。怎么才能从天上下来呢？三仙女佛库伦聪明伶俐，她用采来的白云做羽毛，用披上羽毛的胳膊当翅膀，摇身变成一只雪白的天鹅。两个姐姐也学着她的样子，从天上飞下来，落在果勒敏珊延阿林山上的天池旁边。

三个天鹅仙女下凡来，正巧被三个猎人看到了。这三个猎人是同胞三兄弟，都能射箭、斗兽，他们整年在果勒敏珊延阿林山里钻来钻去，靠打猎为生。

三兄弟朝天鹅落地的地方奔去，追到天池边上，见三只天鹅变成了三个美貌天仙，脱下衣服跳进了天池水里。这可把三个兄弟惊呆了：长这么大还没见过这么漂亮的姑娘呢！老大说："让她们给咱们做媳妇该有多好啊！"老二说："就怕人家不干。"别看老三小，心眼最机灵，他说："咱们把她们的衣裳偷偷拿走，她们回不去天上，就得留在地上。"老大、老二觉得老三说的办法好，就一起悄悄来到天池

───────────
① 果勒敏珊延阿林：满语，长白山。

166

旁边，将三个姑娘的衣服拿走了。

三个仙女在天池里洗澡，边洗边玩，边玩边乐，等到日头快落山了，大姐恩固伦说："咱们该回去了。"正固伦、佛库伦说："走吧！"可上岸一看，衣服没有了，三个仙女急得哭了起来。这时候，兄弟三个走到三姐妹跟前，老大脱下自己的衣服，披在恩固伦身上；老二脱下自己的衣服，披在正固伦身上；老三脱下自己的衣服，披在佛库伦身上。

三个兄弟领着三个姐妹离开了天池，在大森林中架起干柴，烧烤野鹿、野牛、野猪的肉。再拿出石刀把烤熟的肉割成小块，请三个姐妹吃。吃完，老大扯着大姐，老二扯着二姐，老三扯着三姐，各自进了自己的小马架子。

三个姐妹过腻了天上的生活，从来没穿过这么暖和的兽皮衣服，没吃过这么香的烤肉，更没有过丈夫的恩爱。她们舍不得这人间的生活，干脆不走了。

三个姐妹在人间一年，学会了钻火、烤肉、缝皮衣，又各自生了一个大胖小子。她们和丈夫相亲相爱，过得很美满。

一晃又过了两年，一天，大姐对两个妹妹说："天上一天地上一年，咱们已经出来三天了，要是给玉帝知道了，就要受到天规惩罚。趁时间不算长，快回去吧！"

两个妹妹也觉得不回去不行了，弄不好丈夫、孩子也得受牵连。三个姐妹找出了丈夫藏起来的衣裳穿在身上，胳膊一抬，两脚腾空飞起。地上的三个孩子，都两岁多一点，刚会说话，见三只大鹅在头顶来回飞，一齐扎撒①着小手，说："鹅，鹅！"

兄弟三人打猎回来，不见了妻子，只听孩子说："鹅，鹅飞走了！"一找衣服也没有了，就知道三个仙女回天上去了，便对孩子说：

---

① 扎撒："张撒"的变音，摊开。

167

"那鹅，就是你们的娘，知道吗？"

传说满族人管母亲叫鹅娘（额娘），就是从这儿开始的。后来受到汉族人称呼母亲为"妈妈"的影响，才叫成了"讷讷"。

兄弟三人的妻子走后，三个孩子渐渐长大了。这三个孩子顺着松花江走到与牡丹江汇合的地方，觉得那里宽敞，就在那里定居下来。后来，兄弟三人的后代家口越来越多，三支人分开，各支都有自己的姓，分为三姓。因此这地方就叫作三姓①了。

三个仙女回到天上，吃饭不香，喝水不甜，日夜想念人间的生活；可又不敢把真情泄露出去，只好藏在心里。就这么过了九百九十九天，正赶上王母娘娘开蟠桃会，天兵天将们把守不严，姐妹三个一合计，无论如何也得到人间看一看，就是看上一眼也行，免得这样牵肠挂肚。

姐妹仨还是采天上的白云做羽毛，变成三只天鹅飞了下来，落在果勒敏珊延阿林山上。她们的丈夫、孩子都找不见了。她们在人间夏天住的小马架子也没有了影子，冬天掘的避风寒的地窖子也早已填满了泥土。姐妹仨不禁落下泪来，边哭边沿着松花江往下飞，发现在一处密林中有个百十户人家聚居的部落。一打听，才知道这地方叫三姓，正是她们姐妹三人的后代。天上九百九十九天，地上九百九十九年，不但她们的丈夫早已不在人世，儿子也早就死去了，已不知经过了多少代了。三姐妹见三姓人虽然像自己的丈夫一样勇敢，却不像三兄弟那样和睦相处。他们生性好斗，常常互相抢刀动棒，打得头破血流。仗越打越凶，仇越记越深。

怎么才能让他们不打仗呢？三姐妹很着急，她们一边往回飞，一边想，不知不觉飞到了天池边。她们脱去外衣，跳进天池里，一边想着心事，一边洗起澡来。

正洗着，三仙女见天边飞来一只喜鹊，飞到天池上空，将嘴里衔

---

① 三姓：今黑龙江省依兰县，在佳木斯西南。

着的东西吐在她的衣服上。她本来已经不想在水中多待了，就游着上了岸。见衣服袖上放着一枚熟透了的红果，大得出奇，红得透亮。她在山上待过三年，还没见过这样的果子，捡起来含在嘴里，准备穿好衣服等大姐、二姐上岸给她们看。谁知红果一含进嘴里，马上哧溜一下从嗓子眼滑进肚子里去了。

大姐、二姐穿好衣服要回天上了，三仙女身子发沉，说什么也飞不起来。大姐、二姐知道她是误吃红果怀了孕，劝她不要着急，等生完孩子再来接她，说完后先飞走了。

三仙女留在人间，渴了喝天池水，饿了捕野兽、采野果，冷了点篝火，一下过了十二个月，生下一个浓眉大眼的孩子。这孩子生下就会说话，不一会儿就满地跑，没过几天，竟和十七八岁的小伙子长得一般高大、一样英俊了。三仙女见孩子这么快就长大了，心想这一定是天意。她知道人间最贵重的是金子，就说："孩子，你就姓爱新觉罗①吧。"她又望望眼前的布库里山，说："你的名字就叫布库里雍顺吧。"她想起成天打仗的三姓人，又说："天生你，是要你停止械斗，平息战乱，统领人民过安定日子，你懂吗？"

爱新觉罗·布库里雍顺点点头，三仙女指着松花江说："孩子，你就顺这条江下去吧！"说完，她变成一只天鹅飞走了。

爱新觉罗·布库里雍顺砍下天池旁的小树做成筏子，折下柳树枝叶盘成圈戴在头上，然后跳上筏子，盘膝端坐上面，顺着山口进了松花江。小筏子穿过九十九道湾，闯过九十九道滩，经过九十九天的漂流，来到了三姓这个地方。

小筏子搁浅了，岸边一个汲水的姑娘看见他，跑回村子，告诉了村里的人们。大家争着来看，见他头戴柳枝围成的圈，盘膝端坐在筏子上，那模样很像一尊天神，便问："你从哪儿来的？"布库里雍顺

---

① 爱新觉罗：满语，金子。

一指江上头，说："从上边来的。"大家寻思，这是说他从天上来。布库里雍顺想起讷讷嘱咐的话，就势说："我是天女生的天童，来管理你们的。"大家见他英俊魁伟，确实与众不同，就相信了他的话。布库里雍顺又指着汲水的姑娘说："是她先看见我的，我就到她家去。"大家把他让进了姑娘家，姑娘的父母听说布库里雍顺还没成家，就把姑娘许给了他。几位穆昆达（氏族首领）也认为这样合适，就做了主婚人，当天举行了婚礼。他们将猪在祖先前领了牲，在院子里架起火堆，全村的人都来上礼，通宵唱歌跳舞，从此以后也不再打仗了。

布库里雍顺在三姓居住下来，劝大家和好。各家之间发生纠纷，经他排解，都和和乐乐。大家拥戴他，推举他为部酋长。后来，他带领三姓地方的人们建立了鄂多哩城。

布库里雍顺就是满族的祖先，他的传说一直流传到今天。

# 龟婆孵蛋

民族：侗族
讲述：吴生贤、吴金松
采录：杨国仁、涛声
流传地：贵州省黎平县

上古时候，世上没有人类。有四个龟婆在寨脚孵了四个蛋，其中三个坏了，只剩下了一个好蛋，孵出一个男孩叫松恩。那四个龟婆不甘心，又去坡脚孵了四个蛋，其中三个又坏了，剩下了一个好蛋，孵出一个姑娘叫松桑。从此世上有了人类。

后来松恩、松桑开亲，生下了王龙、王蛇、王虎、王雷、丈良、丈美、王素等兄妹十二个。由于兄妹人多，时常淘气，终于闹出一场大灾祸来。一天，这十二个兄妹上山去游戏玩耍，斗智比法。最小的兄弟王素，用锯子锯珙桐树发出火来，他悄悄地把火绳拴在王蛇尾巴上，恫吓王蛇取乐。王蛇惊慌往青山里躲，结果使大火在山林蔓延酿成火灾，烧伤了雷婆，惹得雷婆动了气，连续用沉雷打烂王素九座房屋。王素被激怒后，暗中设计新修了一座铁屋，并用青苔敷在铁屋顶上，引诱雷婆再来。雷婆不知有诈，看见王素的新屋已经建成，又来破坏。谁知刚刚落在铁屋顶上，脚下被青苔打滑，倒在铁屋顶上，铁屋顶上的盖板全部下陷，囚住了雷婆。雷婆被关在铁屋内多日，饿得奄奄一息，就快死了。（传说雷婆从此害怕青苔。因此，凡在暴雨、雷鸣闪电多的季节，侗家老人就在小孩脑门上贴几绺青苔，雷婆见而怯退，能防雷击。）后来，雷婆趁王素和丈良都不在家，家中仅有丈美一人看守她时，向丈美讨得水喝，浑身顿添力量，发出雷鸣闪电，冲破铁屋而出。为了报答送水救命之恩，雷婆拔下一颗牙齿变成瓜种，送给丈美，并要丈美在天上开始落大雨时，把瓜种种到土里去，说是可以避免灾难……雷婆上天以后，施展出她最拿手的报复手段，在天宇中发出电光闪闪，响起隆隆雷声，大雨连续下了九个月，天昏地暗，星月无光，洪水滔天，浊浪滚滚，世上人群埋沙底，坡上大树沉下河……

丈良、丈美两兄妹在天落大雨之时，将瓜种种在土里，这颗奇异的瓜种果然落地生根，寅时种，卯时发，长出了藤又结瓜。兄妹二人还用扇子扇风助它往上长，它越长越快，瓜长得有三间房屋那么大。这时，天空又飞来啄木鸟，用尖嘴帮助丈良、丈美在瓜上啄开一个洞，当作进出的门，再把瓜内隔成三间，当大地上开始涨水时，丈良、丈美躲进瓜中。大瓜在滔滔洪水中漂浮，丈良、丈美救起七百条蛇、七千只马蜂和黄蜂，将它们统统收进瓜内，各分一隔层让它们住下。老蛇和蜂子也决心帮助丈良、丈美去斗雷婆，退洪水。洪水涨到了天上，大瓜也浮到了雷婆的门前。这时，兄妹二人斥责雷婆不该如此狠心，发下滔天洪水祸害人间，要她退掉洪水。但雷婆不肯。于是，丈良挽弓搭箭向雷婆射去，老蛇和蜂子也随着丈良射出的箭奔向雷婆。丈良的箭射中了雷婆的眼睛，流血不止；老蛇把雷婆的身子缠住，使她动弹不得；黄蜂往她耳里钻，马蜂叮在她的脑壳上，头肿得比笆斗还大。雷婆疼痛难当，无力招架，只得答应退去洪水。雷婆想在猛退洪水时，让大瓜撞破在岩石上，淹死丈良、丈美。丈良、丈美识破了雷婆的诡计，规定雷婆只能一个时辰退去一丈洪水，缠在她身上的老蛇和叮在她头上的蜂子也退去一层，疼痛减轻一分，这样使洪水慢慢地消退；如若再生邪念，老蛇咬，蜂子叮，箭疮发，无药可医，无人可救。雷婆害怕了，不敢再要花招，于是放出十二个太阳来晒洪水，使其上升变为云霞。一个时辰后，大水果然退去一丈，就这样，洪水慢慢退完了，丈良、丈美的大瓜落到名叫平俾铁团的地方。兄妹从瓜中出来。可是这时，十二个太阳像十二团火球，早已把大地烤得田土开裂，树木枯焦，世上已不能种庄稼。兄妹又得到长腰蜂相助，一连把十个太阳射下，只留两个在天上，白天黑夜分开挂。白天的是太阳，照得万物生发；晚上的是月亮，映得湖泊晶莹。

丈良、丈美斗败雷婆、智退洪水以后，在平俾铁团多方寻找，不见一个人影。这时兄妹发愁了。丈美想：世上的人死绝了，哥哥同谁结亲呢？丈良想：世上已经无人烟，妹妹和谁做伴呢？一天，兄妹外出，看见一对岩鹰歇在河边，兄妹忙问岩鹰："你俩飞得高、看得远，日飞千里不歇气，夜飞八百不眨眼，在这天底下，在那云下边，可曾见有别的男女活在世间吗？"岩鹰回答："我俩四面八方都飞遍，现在只剩下你兄妹俩活在人世间了，只有你兄妹俩开亲结成夫妻，人种才能往下传啊！"丈美接口说："岩鹰的话太荒唐，我俩本是亲兄妹，同吃一个母亲的奶，同是一根带子背在娘身上，怎能做夫妻？兄妹开亲，见面也羞惭啊。"岩鹰又劝说："你俩莫要憨啦，现在你们兄妹若不开亲，世上人种就会断绝，这天大的罪过你们能够承担吗？"这时，兄妹二人有些犹豫了。岩鹰又说道："你俩莫要迟豫和拖延了，不信，可以天意为准：你俩同去高坡顶上滚磨子，丈良滚磨盖，丈美滚磨盘，然后再去山脚下看，若是磨盖合在磨盘上，那就是天意要你们开亲续嗣，不能违抗。"丈良、丈美依照岩鹰的话去做，果然，反复三次，磨盖都是合在磨盘上的。（有的地方传说是：哥拿刀在河东，妹拿刀壳在河西，哥在河东甩出刀，刀子飞过河西，落入妹的刀壳内。）于是，丈良、丈美无可推脱，只得兄妹开亲成了夫妻。不多久，丈美怀了孕，九个月后生出一个肉团团，长得完全是个怪样——浑身都长着眼、鼻、嘴巴。丈美嚼饭去喂，却是众口齐张。丈良、丈美见了这个怪物，心中真是为难，两人怀疑怪胎是鬼怪变的，于是，下了狠心，一定要除掉怪胎，除掉这个后患。为了防止鬼怪再次来捉弄，他们把那肉团剁成碎肉末，然后丢进大深山，撒在坡头和冲脚。过了几天，事情变得稀奇了：丈良听见坡头有娃娃哭，丈美听见冲脚也有娃娃喊，有的山冲（方言，山间的平地）还冒出青烟，人声、笑声不断。丈良、丈美觉得很奇怪，便去山顶眺望，只见一条条山冲中，一片片坡背上，成群的娃娃蹦蹦跳跳，到处热气腾腾、闹闹嚷嚷，有的讲汉语，有的讲苗语，有的说侗语，有的又说瑶语……丈良和丈美对着娃娃仔细端详，只见有的像丈美，有的像丈良，原来都是自己身上的血肉变成的，难怪又像爹来又像娘。汉族娃娃是那父母身上的血，长大以后，喜住大江大河旁；侗族娃娃是父母身上的肉，有硬也有软，喜欢住在依山傍水的地方；苗族娃娃本是父母身上的骨头，硬如青枫，住在高山顶上；瑶族娃娃原是父母心肺变成的，颜色有红又有白，所以至今仍然喜欢穿花衣裳。

# 捉雷公

民族：侗族
讲述：杨引招
采录：龙玉成
流传地：贵州省天柱县

## 捉雷公

从前，有兄弟四人：老大叫长手杆，老二叫长脚杆，老三叫顺风耳，老四叫千里眼。四弟兄都生得稀奇，正像各自的名字一样，各有一套本事。他们要是凑在一起，那本事就更大了，什么事情都做得到。

一天，他们的老妈妈得了重病，听人说，要吃雷公胆才会好。几弟兄就想法子捉雷公。顺风耳竖起长耳朵一听，就听到有人说，灶神是个耳报神，但凡人世间的善恶，他都要到天上去禀报；谁要是有了过失，或是糟蹋五谷，天王老子就打发雷公下来惩罚。顺风耳把听到的话告诉了弟兄们。为了要给母亲治病，大家就商量出一个捉雷公的法子来。

长手杆和长脚杆到山上剥了许多滑皮椰①来铺满屋顶，用水泼得滑溜溜的，又拿了些糯米饭故意糟蹋。灶神见了，就到天上去禀报。天王老子听到有人糟蹋五谷，很生气，马上打发雷公来惩罚他。顺风耳听到雷公要来了，千里眼看见雷公动身了，长手杆、长脚杆就准备好。顿时，霹雳火闪，震得天摇地动，雷公怒气冲冲飞了下来。他本想一锤一铲就把四弟兄的房子砸烂，哪晓得他刚落到房顶上，一脚踩

---

① 滑皮椰：一种树木，它的皮剥下来沾上水会产生一种很滑腻的浆，因此又叫鼻涕椰。

着滑皮榔，"刺溜"一下，就从房顶滑下来，摔了个四脚朝天。雷公刚跌到地上，就被长手杆抓住，这时长脚杆大步赶来，一同把雷公捆了。他们夺下雷公的锤子和火铲，把他关进铁笼里，只等找来盐巴，就取雷公胆给妈妈治病。

长脚杆去东海边找盐，三弟兄留在家里看守雷公。长脚杆刚走，兄弟三个由于太累，慢慢地都睡着了。

雷公关在铁笼里，正在发愁，恰好姜良、姜妹兄妹俩挑水路过，他就苦苦央求他们给一口水喝。两兄妹见雷公可怜，就答应送他点水，雷公就送给他们一颗葫芦籽，说："你们把这瓜种连夜种下，守在旁边念：'寅时种，卯时生；辰时开花，巳时结瓜。'长出瓜来，你们自有好处。"雷公说完，接过水，叽里咕噜念了几句，"噗"的一口喷出来，铁笼顿时"乓"的一声炸开了。雷公出了铁笼，抢回他的铁锤和火铲，轰隆隆、轰隆隆，风风火火地飞上天去了。

## 洪水滔天

雷公跑到天上，在天王老子面前告状，说世人如何如何可恶，求天王老子发洪水，淹死世上的人。天王老子听了，就给雷公一瓜瓢水，说："倒一半，留一半，免得世人把后断。"雷公吃了亏，哪里肯听天王老子的话，把一满瓢水哗啦啦全倒了下来。

再说姜良、姜妹得了雷公送的葫芦种子，就连夜把它种下，守在旁边，"寅时种，卯时生；辰时开花，巳时结瓜……"念个不停。也真怪，葫芦种立马就发芽、牵藤、开花、结瓜，很快，瓜就长得像个大庞桶。

这时，雷公倒下了一满瓢水，世间顿时洪水滔天。眼看山岭沟壑、飞禽走兽，连同世人，都要被洪水淹没了，姜良、姜妹就把葫芦开了个洞，一齐钻进葫芦里，随着洪水到处漂流。

长手杆、长脚杆、千里眼、顺风耳看见雷公逃走了，晓得他一定会来报仇，就商量对付的办法。顺风耳伸长耳朵听，千里眼观察动静。顺风耳听到雷公要放洪水下来把人淹死，就赶紧和弟兄们讲了。长手杆和长脚杆急忙找来木头，扎成了木排。雷公把水倒下来时，他们正坐在木排上，随洪水漂荡。洪水涨呀涨呀，涨登天了；他们的木排漂呀漂呀，也漂到了天上，碰着南天门。雷公听到响声，问是哪个。他们大声回答："长手、长脚，来捉逃脱的雷公。"

雷公听了，吓得赶紧钻到天王老子的屁股底下，战战兢兢地说："天王爷，不得了喽，他们上天来捉我啦，你赶快把天升高吧。"天王老子也慌了手脚，一屁股坐下来，把雷公压得眼睛都鼓出来了（所以现在有些地方塑的雷公像都是鼓眼睛）。天王老子一时没有办法，只好把天升得高高的。可是，已经来不及了，他们弟兄四人，已从南天门进到天上来追赶雷公。雷公东躲西藏，他们紧追不放。如今天上忽而这里轰隆隆，忽而那里轰隆隆，传说就是他们在捉雷公哩！

天王老子见洪水淹不死四弟兄，没办法，只好下令退水。泼了的水收不回来，他就放出十二个太阳，要把洪水晒干。

## 射太阳

十二个太阳就像十二团火，白天黑夜不停地晒，不久就把洪水晒干了，也把石头晒得开裂了。姜良、姜妹回到地上，热得难过日子，就找来桑木做弓、矢竹做箭，顺着上天梯①爬到树尖上去射太阳。离太阳越近，晒得就越厉害。姜良上到树巅，晒得他喘不过气来，但他忍耐着，鼓着劲拉满弓，连射了十箭，把十个太阳射落下来。姜妹见了忙说："不要射了，不要射了，留下一个照哥哥犁田，留下一个照妹妹纺花。"姜良这才收了弓。哪晓得还有个小太阳吓得躲在蕨芨叶下，后来就变成了月亮。

————————————
① 上天梯：即现在的马桑树，传说在很早以前长得很高，所以叫它上天梯。

姜良射落了十个太阳，天王老子慌了，打开天门一看，原来姜良是顺着上天梯爬上去把太阳射落的。他埋怨上天梯长得太高了，就咒骂说："上天梯，不要高，长到三尺就勾腰。"所以，后来上天梯就长不高了。

## 找伴配对

姜良射落了十个太阳，地上凉快了，也有了白天和黑夜，白天太阳出来，夜晚月亮当空。可是，洪水滔天以后，地上没有房屋，没有人畜，没有鸡鸭。他们重新造房架屋，开田开地，种瓜种豆，种棉种粮。不久，姜良、姜妹年纪都大了，没有人来配对成双，他俩就到处去找。姜良找拉越①，姜妹找拉万②。找呀找呀，找了三年六个月，走遍了东南西北，也没有找着。实在无法，他俩就去问竹子："竹子啊，你各处都住过，四季常青，长命百岁，数你见多识广。请你告诉我们，世上哪里还有人？我们要配对，我们要成双。"

竹子说："洪水满天下，世人都死光。你们要配对，你们要成双，只有兄妹来配上。"

姜妹听了，很生气，羞得满脸红，就挥起砍刀砍竹子，边砍边骂："竹子太可恨，顺口胡乱讲。家家都有兄和妹，哪有兄妹配成双？我把你砍成节节，把你破成缕缕，看你以后还乱讲！"

竹子又说："实话对你讲，你反把我伤，若是今后找不着，你要来把我接上。"后来姜良、姜妹找不到配偶，兄妹结了婚，只好来把砍断的竹子接上。所以，现在竹子才长成一节一节的，人们还把它划成缕缕，用来编织物件。

他俩又去问松树："松树公公啊，你坐在山岗上，站得高，看得

---

① 拉越：侗语，青年姑娘。

② 拉万：侗语，青年后生。

远，四季常青，数你年纪大，数你见识广。请告诉我们，世上哪里还有人？我们要配对，我们要成双。"

松树开口说："洪水满天下，世人都死光。你们要配对，你们要成双，只有兄妹来配上。"

姜妹听了，怒气冲冲，指着松树公公骂："松树讲话不合情，哪有兄妹配成亲？你厚着脸皮就乱讲，以后砍一根绝一根！"姜良赶忙说："那要不得！"姜妹又补上一句："这边飞种那边生。"所以，后来砍了松树，树桩上就不能再发芽生长，全靠树种四处飘落来繁衍。

他们又去问石头老人："石头公公你听清，世上哪里还有人？我们要配对，我们要成双。"

石头老人说："天地初生我也生，千百万年记得清，自从涨过满天水，世上再无别的人，你们想要成婚配，只有兄妹结成亲。"

姜妹听了，虽不像前回那样生气，但心里还是不舒服："兄妹怎能配成亲呢！"

## 兄妹成亲

姜良、姜妹走遍天下，问过竹子、松树和石头老人，都说没有人了，只有兄妹成亲。

姜良为了繁衍后代，就向姜妹提出成亲。姜妹说："羞死人！兄妹成亲羞死人，从小同父又同母，如今怎好配成亲？"接着就对姜良提出三个条件："东西两地两堆火，火烟要会合；岭南岭北两条水，河水要会合；东山西山两扇磨，滚下坡脚要会合。三件事情能做到，兄妹成亲无话说。"

姜良听了很为难，抱起脑壳天天想，走到哪里问到哪里。想呀想，问呀问，总找不出头绪。他去问棕树，棕树摇着大蒲扇不理睬。姜良很生气，撕烂了它的大蒲扇，说："看你这样子，真是气人。我要剥

179

你的皮，抽你的筋。"所以，现在的棕树叶子都是细绺细绺的①，人们每年都要剥棕皮、抽棕丝。

姜良又问乌龟："乌龟乌龟，请问你：东西两地两堆火，火烟怎么能会合？"乌龟说："等到东风起，先点东边后点西。"他仔细想着乌龟的话"先点东边后点西"，先把东边点燃，火烟往西边吹去，西边后燃，烟子升起来，正好同东边的烟子会合。第一件事解决了。

他又问："乌龟乌龟，请问你：岭南岭北两条水，河水怎么能汇合？"乌龟说："水往低处流，西边高来东边低，岭南岭北两条水，自然得相会。"

他又问："乌龟，乌龟，再问你：东山西山两扇磨，滚下坡脚怎能合？"

乌龟笑着说："姜良啊姜良，你怎么这样老实。你先合一副磨子放在山脚，然后再到山上去滚磨子，山上的磨子滚下山来，你还找得到吗？然后你带姜妹去合上的磨子，不就行了吗？"

姜良很感谢乌龟的帮助，就请乌龟蹲在他的头上，随时给他出主意。姜良在乌龟的指点下，把那三件难事办好了，姜妹再也无话可说。但兄妹结婚是很羞人的，姜妹就用雨伞遮住脸面，才进到屋里去。现在侗族有些地区，新娘子进屋时都用雨伞遮脸，传说是沿袭姜妹的做法。乌龟帮助姜良、姜妹结亲，人类才有了后代。所以，现在给姜良、姜妹塑像时，总是把姜妹塑成红脸，说是兄妹结亲时羞红的；把姜良塑成暴眼睛，说是射太阳时晒暴的；还要塑一只乌龟在姜良的头上，以纪念乌龟对人类繁衍的功劳。

姜良、姜妹成亲三年，生下一个肉团，无头无脑像个冬瓜。他俩心里很发愁，又去问乌龟。乌龟说："你们磨好刀，把它砍碎，骨肉分开丢，心肝肚肠分开放。"姜良、姜妹就把肉团砍成几大块，骨头

---

① 传说以前棕树叶子又圆又大，被姜良撕了过后，才成今天的样子。

丢在田坝，肉丢在河边，心肝丢在岩洞边，肚肠丢在山坡上。第二天起来一看，田坝里头到处冒烟，河边上、岩洞边有人在走，山坡上有人唱歌跳舞。从此，世间便有了人烟。

# 密洛陀

民族：瑶族
讲述：蓝有荣（瑶族）
采录：黄书光、覃光群、韦编联
流传地：广西巴马瑶族自治县


是谁创造了天地和人类呢？是用什么造的？经过又是怎样的呢？

几万年以前，密洛陀用师傅的雨帽造成天，用师傅的两只手和两只脚做了四条柱，顶着天的四个角，用师傅的身体做大柱撑着中间，天地就造成了。接着她就造大河、小河，造花草树木，造鱼虾和牛马猪鸡鸭……

密洛陀叫诰恩造山。他休息的时候，诰恩取火烧烟，不小心失了火，大火烧掉了地上所有的树木花草，地面变成了光秃秃的一片。密洛陀知道了很伤心，她用白色和黑色的布铺在地上，但已不像原来的样子了。她就叫牙佑带着银子，走了很远很远的路，买回树种，然后拿上山去撒，大风一吹，就撒遍了所有山岭。

第一次，牙佑走到山坡上一看，树种都发芽长成小树了，回来告诉密洛陀，密洛陀听了非常高兴。

第二次，牙佑从山上回来对密洛陀说："树木开花结果了，果子又红又大个，我摘了一个来吃，又甜又香，好吃得很。这么多的果子派谁去看守才好？"密洛陀听了就挑派野狸、白面去看守。

第三次，牙佑从山上回来，告诉密洛陀："树木都长成大材了，可以拿来起房屋啰！"密洛陀就同牙佑、诰恩商量，边砍树边运到"六里"起房屋。不久，就砍了许多树，起房子用的大柱、中小柱等都做好了，但是大家不懂得怎样锯开木头，商量了几次，都没有想出个办法。一天，牙佑走到一个山坡上，看见芭芒叶子上有一只大蝗虫，后脚上的刺又尖又利，能刺破东西，便伸手去捉，蝗虫捉到了，但因为不小心，自己的手被芭芒叶割了一道口子，鲜血直流。他不顾疼痛，心里很高兴。他想：如果用铁打成芭芒叶和蝗虫后脚的样子，不是可以把木头锯开吗？他把这两样东西拿回来，模仿着打成了锯子。锯子做成了，把木头锯成板子，房子很快盖好了。

有了房子住，密洛陀要造人了。她先用泥土来造人，没有造成，却造出了水缸；她拿米饭来造人，却酿成了酒；她拿芭芒叶来造人，却造成了蝗虫；她拿南瓜、红薯造人，又变成了猴子……

经过多次失败，她觉得，要造出人必须选个好地方。叫谁去找地方呢？第一次，她派一只聋猪去。聋猪到了山坡上，老是去拱土找蚯蚓吃，吃饱了就回来。密洛陀很是生气，用棍子打它，正好打在耳朵上，聋猪便跑了出去。第二次，叫野猪去，野猪走到半路，也去拱土找红薯、木薯吃，没有去找地方。密洛陀用锅里的开水泼它，它被开水烫脱了皮，也跑出去了。第三次，派狗熊去。狗熊到了半路，看到很多蚂蚁，用脚扒来吃，吃饱了便回来。密洛陀正在染布，见狗熊回来，一生气就用蓝靛水泼它，狗熊被染得一身黑，也跑出去了。第四次，她叫獐子去。獐子到了山坡上，见了又嫩又肥的青草，只顾吃，把找地方的事丢一边了。当獐子回来时，密洛陀正在烧火，顺手抓起一根燃烧着的柴火扔过去，正好打在獐子的肚皮上，燎起了一个泡，它就跑出去了。

密洛陀派了四个走兽出去，都没有帮她找好地方。她又派四个飞鸟出去。第一个是啄木鸟。它飞到树林里，只管在树上找虫吃，吃饱了便回来。密洛陀见了，一手抓起花背带扔过去，打在它的背上。啄木鸟被打得慌了神，只顾飞逃，背带在背上也不管了，所以啄木鸟的背是花的。第二个是长尾鸟。长尾鸟到了山坡上吃野丝瓜，它回来时，密洛陀用箭来射它，正好射在尾巴上，它也顾不得疼痛，夹着箭只管飞，所以长尾鸟的尾巴很长。第三个是乌鸦。乌鸦飞到一个地方，看见火烧山，它便在上面飞过来飞过去，寻找烧死的动物吃，全身都被熏黑了。它回来时，密洛陀见了很生气，便将一颗石子塞进它的嘴里，乌鸦痛得难受，但又叫不出，只是"哇哇"地乱喊着飞走了。第四个是老鹰。老鹰吃过早饭，又带上午饭，它飞上天空，找呀找呀，好不容易找到了一个最称心如意的地方。密洛陀随老鹰去看。呵！这个地方确实是个好地方。气候温暖如春，杜鹃花满山开放。她走到树林里，停在一棵树下，见到蜜蜂在树洞里做窝。蜜蜂们正在繁忙地运送花粉，个个勤劳可爱，她就去将那棵树砍下来，连树带蜜蜂窝一起扛回，白天炼三次，夜晚炼三次，然后装进箱子里。过了九个月，密洛陀听见箱子里有哭声叫声，热闹得很。啊，这回有办法了，打开箱子一看，见个个都成人了，她不禁叫喊起来："成了！成了！"可是这群人哭哭闹闹，拿什么东西给他们吃呢？密洛陀急得不知怎样办才好。后来想了想，说："噢，有啦！有啦！"她用水把这群小娃仔一个个洗干净，做抱裢把他们包好，然后用自己的奶水喂他们。这些人就一天天长大。他们长大以后，分别到各个山头建村立寨，开山种地。从此，村村寨寨冒起炊烟，山山峦（lòng）峦长满庄稼。他们就这样勤勤恳恳、高高兴兴地过着男耕女织的生活。

# 伏羲兄妹的故事

民族：瑶族

口述：巴柏

采录：刘保元、苏胜兴

流传地：广西金秀瑶族自治县

雷王住在天上，专门管雨。大圣住在地下，想种庄稼。大圣问雷王："我种庄稼，你保证风调雨顺，行吗？"

雷王答："行，但我要收租。"

"收多少？"

"你一半，我一半。"

大圣心想：收得太高了，你雷王想嘴巴抹石灰——白吃！但它又有求于雷王，只好答应。他找来穆（cǎn）子、芋头、苞谷三样种子。头一年耕种，问雷王："收获时你要上面还是要下面？"

"我要下半截。"雷王答。

头一年，大圣就种穆子，精耕细作，施足肥料，苗苗长得又高又粗壮。秋天，大圣把穆子收得干干净净，一担担挑回家里，然后将下半截送给雷王。雷王大怒："岂有此理，不给穆子给秆秆？"

"你不是讲过了吗，收获时要下半截，秆秆就是下半截啊！"大圣理正词直地回答，雷王无可奈何。

第二年，大圣又问雷王："你要上面还是要下面？"

雷王心想：头年吃了亏，第二年再不做傻瓜事，便说："我要上面的。"

这一年，大圣种芋头，芋头长得特别好，一个有四五斤重，挑回来堆满堂屋。他把芋苗叶送给雷王，雷王气呼呼地问："怎么一个芋头也不留给我？"

大圣说："你不是讲收获时要上面的吗？上半截是芋苗叶，下半截才是芋头啊！"

雷王知道理亏，张口结舌，无言以对。

第三年，大圣问雷王："今年你要上面还是要下面？"

雷王心想：这一回再也不能上当了，说："上下我都要。"

这一年，大圣种苞谷。风调雨顺，苞谷长得很好，秆秆像南竹那么高，每秆都结三包，包包像手腕那么粗。深秋时节，大圣把苞谷全收了。他把秆秆和叶子全部挑给雷王，雷王火冒三丈："你怎么老是骗我呢？"

大圣说："我讲话算话，你要上面我给上面，你要下面我给下面，你要两头，我就给两头，怎能讲我骗你呢？"

雷王哑子吃黄连——有苦难言，无理反驳，但心里有了疙瘩，对大圣怀恨在心，想把大圣害死。大圣对雷王早有戒备，两人暗中各自练法术，准备斗打。

一天，雷王想把大圣害死，约大圣去看庄稼。到了半路，雷王从口袋里取出一包芝麻，向空中一撒，芝麻纷纷落下草坡，瞬时变成一大群地龙蜂，嗡嗡地乱飞乱舞，向大圣扑去。大圣眼明手快，从口袋里取出一把豆子向空中一撒，豆子霎时变成一群乌鸦去追地龙蜂，把地龙蜂吃得干干净净。

走了一程，雷王又施展法术，把白手巾向空中抛去，瞬间变成鹅毛大雪，纷纷扬扬，天寒地冻，乌鸦全部被冻死了，大圣吃了败仗。

大圣不甘心失败，躲在屋里练法，准备再战。哪知雷王一刻都不放松，每天都跑到大圣屋顶上挑战，雷声隆隆，电光闪闪，几乎把大圣的耳朵震聋，大圣一刻也不得安宁，骂道："雷王呀，你别猖獗，有朝一日抓到你，我叫你碎尸万段。"他走到河里，捞了很多滑溜溜的青苔，铺在自己的房顶上。不久，雷王又来挑战，从天上飞下来，一脚踏在屋顶上，脚跟未站稳，骨碌碌一个跟跄，"啪哒"一声跌下地来，大圣赶紧用水缸把他盖住，关在禾仓里。雷王气势汹汹地说："我要大地干旱三年，禾苗不生，要你们凡人饿得硬条条。"雷王嚣张的性情不改，大圣非常恼火，便打算把他杀死，做成腌肉。可是家里没有这么多盐，也没有这么多坛子，于是决定到圩场上去买盐和坛子，回头再杀雷王。临行的时候，再三叮嘱他的一对儿女——伏羲兄妹："好好看守雷王，不要给他水喝。"

大圣离家之后，狡猾的雷王便设法诱骗伏羲兄妹："小弟弟，小妹妹，我口渴得厉害，请你们给我点清水解渴。"伏羲兄妹说："父亲出门时曾经嘱咐过，不能给你喝清水。""不给我喝清水，就给我点潲（shào）水①止渴吧！我实在口干难受。"雷王哀求着。

伏羲兄妹想了想，父亲并没有吩咐不给潲水他喝，便舀了一瓢潲水给雷王喝。

雷王得水，喝了第一口，解渴；喝了第二口，使劲一喷，轰隆一声，禾仓立刻破裂，他跳出仓来急忙从前门逃走了。刚走到屋后，忽然想起伏羲兄妹对他的好，临去时，拔下一颗牙齿送给他们，并嘱咐他俩说："到了有难之时，你们就把它种在地里，会长出个大瓜来救你们。"说罢，回天上去了。

雷王回到天上，要报仇雪恨，想用大水来淹死大圣，雷声震撼万里长空，顿时狂风大作，乌云密布，瓢泼大雨哗哗下个不停，河里涨了水，渐渐淹到墙脚。伏羲兄妹见势不妙，赶紧把雷王送给他们的牙齿种到地里，转眼间，从土里长出瓜秧，接着牵藤、开花、结果，长出个像禾仓般大的葫芦来，兄妹俩急中生智，把大瓜凿开一个孔，这时大水已淹进屋里来了。大圣匆匆地赶回来，兄妹二人来不及照顾父亲，赶忙钻进葫芦瓜里，一个浪头打来，大瓜漂浮而起。大圣见一个

---

① 潲水：饲猪用的泔水。

猪槽浮在门外，慌忙中踏上猪槽，随水漂流。大水越涨越高，一直淹上天门。伏羲兄妹的葫芦和大圣的猪槽漂到天门附近。雷王见大圣乘着猪槽而来，心里有些害怕，便又下了一阵大雨，水满槽沉，大圣淹死了，死后变成一条七星鱼，钻进海底，把海底钻了一个大窟窿，水从窟窿漏去，洪水渐渐消退。

伏羲兄妹躲在瓜里度过了七天七夜，葫芦随着大水漂到昆仑山上。两兄妹爬出葫芦，举目四望，树木花草和村庄都被洪水荡尽，找来找去不见一个人影，心里无限悲伤。为了找到人烟，兄妹各挂一丈二尺长的铁棍，走访天下。走到山边，遇到了一只乌龟，他俩便问乌龟："世上还有没有人？"乌龟答道："天下人都被大水淹死了，最好是你两兄妹结为夫妻。"兄妹听了很生气，挥起铁棍把乌龟壳打碎，说："如果你能碎壳复合，死里复生，我们就结婚。"兄妹俩走了几天，在路上又遇见先前看见的乌龟，它的碎壳果然复合了，正在慢慢爬行，只是背上多了一些碎片合成的痕迹。

兄妹二人又继续往前走，一天，在路上遇见一根竹子，他俩便问竹子："世上还有没有人？"竹子回答："天下的人都被洪水淹死了，只剩下你兄妹俩啦，你们快快婚配，再造人吧。"兄妹听了大怒，抽出腰刀，咔嚓一声把竹子砍成多段，说："断竹呀断竹，如果你能接合，我们就结婚。"跨青山，过绿水，他们在路上又撞见先前那根竹子，断竹果然再生，竹梢像凤尾般垂着，与前不同的是多了节痕。兄妹还是不服，不肯结婚，迈开双脚，继续往前走。一天在路上见到一只乌鸦，他俩又恳切地问："乌鸦乌鸦，请你快告诉我们，世上还有没有人？"乌鸦拍拍翅膀说："天下的人都被洪水淹死了，你兄妹俩快结婚，再造人丁。"兄妹俩抽出腰刀把乌鸦颈砍断，并说："如果你能把断颈接合，我们就结婚。"说罢，兄妹手拉手继续去找人，在路上又碰见乌鸦，乌鸦断颈吻合，死后复生，只是颈上多了一圈白色痕迹。兄妹还是不服，翻悔前言，不愿成婚。

走了七七四十九天，涉过八八六十四条大河，爬过九九八十一座高山，兄妹手里的铁棍已磨尽，还是找不到一个人影，两人伤心透了。

一天，太白仙人下凡，拦住兄妹的去路，劝他们两人结婚，他们两人仍然不答应。太白仙人说："你俩各搬一扇石磨，各上一个山头，两人同时把石磨从山上滚下，如果两扇石磨仍旧合在一起，你俩就结婚吧！"兄妹心想：天下哪有这样的巧事？便答应照做。两人各拿一扇磨盘，登上山坡，把石磨骨碌碌地滚下山，石磨很自然地合拢起来。兄妹二人又翻悔前言，不肯结婚。太白仙人又说："你俩各上一个山头，面对面梳头，如果头发连在一起，你俩就结婚。"兄妹不相信天下会有这样巧合的事，便又点头答应。两人隔山梳头，梳呀梳呀，头发慢慢长长，垂到腰间，又延伸到脚跟，山风吹来，兄妹的头发随风飘扬，愈来愈长，像天上的彩虹，从这边山飘到那边山，两人的头发梢自然地绞结在一起。兄妹俩这才死了再找世人这个决心，说："我们愿成亲配婚！"这时，头发才自然地解散。

兄妹结了婚，妹妹怀孕生育，但是生下来的不是小孩，而是一个像冬瓜般的肉团，没有眼睛，没有耳朵，也没有屁股，夫妻二人觉得太难看，便把肉团砍碎，放在晒棚上曝晒。经过七天七夜的曝晒，变成芝麻和青菜籽，夫妻俩拿到山上去撒，多数落在平地上，平地火烟升腾，成了百家姓，变为汉人。少数散落在山上，落在河边茶林里的，成了茶山瑶；落在山坳的，变成了坳瑶；落在麦糁地的，变成了山子瑶；落在花竹篮的，变成了花篮瑶；盘子里还剩下的，夫妻又拿到山里乱撒，变成了盘瑶。从此，大瑶山有了五类瑶族，他们住在深山里，开荒种地，过着艰苦俭朴的生活。

# 神农救米

民族：瑶族
讲述：蓝年、蓝扣然、蓝华祥、蓝玉通
搜集：陈志良
流传地：广西上林县镇圩瑶族乡

　　人吃的粮食传说是神农王创造的。从前，大旱三年，田地干裂，树木枯黄，神农王见如此灾情，心中十分焦急，想尽一切办法去抢救稻田。他用自己的乳汁去灌溉稻田。起初流出的乳汁是浓白的，就得了白米；后来乳汁流完了，流出来的是浓血，因此得了红米。所以现在瑶族称红粒的米叫"酒米"。

# 开天辟地

民族：白族
讲述：杨国政
搜集：杨亮才
流传地：云南省大理白族自治州洱源县、剑川县一带

有两个弟兄，一个叫盘古，一个叫盘生。两弟兄每天都去砍柴，砍回来拿到街上去卖。一天，盘古在街上遇着一个叫妙庄王（观音父亲）的算命先生。他便请庙中王算了算命。庙中王对他说："从你的命数看来，你砍柴不如去钓鱼。"

盘古说："我也喜欢钓鱼，但是到什么地方去钓呀？哪天去好呢？"

妙庄王说："钓鱼要到金沙江边，八月初三太阳出来的时候就去。"庙中王还嘱咐他："在钓鱼的时候，第一条不要，第二条也不要，专拣那条红鱼捉。"

盘古又问："捉回来以后能不能把它煮了吃呢？"

妙庄王说："捉回来你千万不要把它煮了吃！要到街上去卖，也不要随便就把它卖掉，人家要零买，你就说要整卖；人家要整买，你就说要零卖。谁能出上三百六，你就把鱼卖给谁！"

原来那条红鱼就是龙王的三太子，被盘古钓去以后，龙王非常着急，每天到街上去寻找，好不容易才找到了卖鱼的盘古。龙王生怕卖鱼的把红鱼割开卖，很爽快地加钱，最后加到三百六，终于把这条红鱼买到手了。龙王心里觉得很稀奇，他想："怎么这个卖鱼的偏偏钓了这条红鱼呢？一定是有人教他的！"他便问盘古说："是谁叫你钓红鱼的呢？"

盘古说："是算命先生妙庄王。"龙王想，妙庄王怎么会这么神

机妙算？我也去找他算算吧！

龙王找到妙庄王，问道："先生，请你算一下，今年的雨是怎么个下法？"

妙庄王屈屈手指，便说："城内两点，城外三点。"龙王想，雨怎样下，完全由我说了算。你说城内两点、城外三点，我偏要在城内下三点，城外下两点，看你怎么样！

谁知，这么一来，大雨一直下了七年。天连水，水连天，造成了大灾难，结果天崩了，地裂了。从此，天地没有了，人类没有了，日月也没有了，天下变得黑洞洞的。

就这样没天没地过了许多年，盘古、盘生才又出来。盘古对盘生说："阿弟，我来变天，谁来变地？"

盘生说："阿哥，你变天，我来变地好了！"

于是，弟兄俩一个去变天，一个去变地。天从东北方变起，地从西南方变起。盘古在鼠年变成了天，盘生在牛年变成了地。

他们变出来的天和地还不完整。天在西南方不圆满，地在东北方还有缺陷。盘古、盘生都非常忧虑，天天盘算着怎样去补满天，怎样去填平地。后来，他们终于想出了一个法子：天不满，用云来补；地不平，用水来填。从此，天圆满了，地也平了。可是，盘生变的地，比盘古变的天大。怎么办呢？后来还是盘生想出了个法子，他对盘古说："我的地和你的天不配，我把地缩小一点好了。"

盘古很赞同弟弟的法子，盘生就用缩地法把他的地缩小了。这一缩，地面上就出现了许多皱纹，这些皱纹便是大地上的山。

天地修成以后，盘古、盘生就死去了。盘古死时，身长足有一丈八尺。他横躺在观音寺里，头朝东，脚朝西，眼有碗大，嘴有盆大，十分魁伟。说也奇怪，观音叫他怎样，他就怎样。观音的手指到哪里，他就变到哪里。他的左眼变成了太阳，右眼变成了月亮。张开眼睛是白天，闭上眼睛就是黑夜。小牙齿变成了星星，大牙齿变成了石头，睫毛变成了竹，嘴巴变成了村庄，汗毛变成了草，头发变成了树木；小肠变成了小河，大肠变成了大河，肺变成了大海，肝变成了湖泊，鼻子变成了笔架山；心变成了启明星，气变成了风，油变成了云彩，肉变成了土，骨头变成了大岩石，手指脚趾变成了飞禽走兽；两手两脚变成了四座大山：左手变鸡足山，右手变武当山，左脚变点苍山，右脚变老君山；筋变成了道路，手指甲变成了屋顶上的瓦片。

这时，洪水把地面上的东西冲得精光，只有兄妹两个人，观音把他们藏在金鼓里，不知被洪水冲到哪里去了。观音四下找这两兄妹，走了九十九天、九十九夜，越过了九十九座大山、九十九条大河，东边找到汉阳口，西边找到胡三国，北边找到雷音寺，南边找到普陀岩，最后在洱海才找着他们。可是他们藏在金鼓里，金鼓漂浮在水面上，没有法子把他们打捞上来。

观音正束手无策的时候，鸭子来了，老鹰也来了，它们都愿意出力帮助。于是，鸭子浮在水面上推，老鹰也展翅来帮忙，费了很大的力，才把金鼓捞了上来。

金鼓虽然捞上来了，可是这两兄妹藏在金鼓里面还是出不来。后来观音又去请啄木鸟，把顶子大帽许给它戴，请它啄开金鼓，啄木鸟答应了。不料，啄木鸟啄起来声音很大，观音生怕它把兄妹吓死，不让它再啄，顶子大帽也就白送给它了。现在，啄木鸟头上的红缨就是那一次观音送的。

金鼓啄不开，观音又去请老鼠帮忙。老鼠来了，它说："我愿意咬开金鼓，可是你得给我衣禄①呀！"

观音说："只要你把金鼓咬开，就把五谷分给你。"

老鼠答应了，咬呀咬，把金鼓咬开了。于是，观音就把五谷分给它。所以，现在老鼠到处吃人的粮食。

---

① 衣禄：衣食俸禄。

金鼓咬开了，两兄妹出来了，可是他们的身子却连在一起不能分开。观音只好去请燕子帮忙，并且说，只要它把兄妹分开，就准许它住人们的房子。燕子答应了，它用那比刀子还快的翅膀把两兄妹割开了。从此，燕子就和其他鸟不同，可以住在人们的屋檐下。

这两兄妹，男的叫赵玉配，女的叫邰三妹。观音要他们两人结为夫妻。兄妹听了观音的话，急得哭了起来。两人对观音说："我们是兄妹，怎么能做夫妻！"

观音说："现在世上只有你二人，你们成为夫妻，就能生儿育女，繁衍后代。"

两人不依。观音就叫他们一个到东山烧香，一个到西山烧香。不一会，两山的香烟便徐徐会合。观音指着会合到一起的香烟，说："你们看，这兆头证明你们可以结为夫妻。"

两人还是不答应。观音又叫他们各拿一根小木棒，双方一齐往河里丢。两根小木棒一丢到河里，很快就变成两条美丽的金鱼，在水中游来游去。

观音对他们说："河里的那两条金鱼，一条是公的，一条是母的，我看你们还有什么话说。"

可是，两人还是不答应。观音又说："你们一人搬一扇磨盘，从山顶滚到山箐里。如果两扇磨盘合在一起，你们就得成为夫妻。"兄妹没有办法，只好各搬一扇磨盘，从山顶滚到山下。结果，磨盘合起来了，两兄妹没有话说，只好答应结为夫妻。

两人结婚了。没有房子，就用栗树的枝叶搭成喜房；没有主婚人，就请松树来做主婚人；没有媒人，就请梅树做媒人；没有交杯的，就请桃树来交杯。

至今，白族人在结婚的时候，习惯在喜房里挂栗树叶，门前种松树，交杯时用桃花，据说就是由此来的。

结婚那天，还请了许多雀鸟来帮忙，梅花雀做提调①，鸽子待客，乌鸦挑水，喜鹊做饭，作子板昭②做厨子，家雀招待茶水。

　　兄妹结婚以后，十个月就生下了一个狗皮口袋，口袋里有十个儿子。后来，十个儿子又各生了十个儿子，成了百家。从此，他们各立一姓。这就是百家姓的由来。

---

① 提调：婚丧和迎神赛会期间专门负责人事调度的人。

② 作子板昭：白语，鸟名。

# 人类和万物的起源

民族：白族
口述：李剑飞（白族）
采录：李缵绪、章虹宇
流传地：云南省大理白族自治州鹤庆县、丽江市永胜县

老人们讲，在远古时代，天和地连在一起，是一个黑咕隆咚的混沌世界，没有人类和万物。

在天和地中间，夹着一个无边无际的大海，海水像滚烫的烈火，咕噜噜、哗啦啦，咕噜噜、哗啦啦……一刻也不停息地翻滚着。冲天撞地的浪涛，冲得天摇摇摆摆，撞得地晃晃荡荡。一天，海水喷潮，潮水吼啸着，直往天上冲，把天冲开了一个大洞。潮落后，从天洞里冒出了一大一小的两个太阳来。两个太阳像两个火球，在天上追逐撞碰，飞迸的火星把天地照得红彤彤的。

两个太阳在天上撞呀、碰呀，撞出的火星飞迸出去粘在天上，变成了满天星斗；两个太阳在天上撞呀、碰呀，小太阳的外壳被撞破了，脱落下来，钉在天上，变成了月亮。

两个太阳在天上越撞越猛。突然一声惊天巨响，小太阳被撞落到大海中。小太阳落进了大海，掀起了滔天巨浪，震得天摇地陷，海啸潮涌。九万层海潮，把天冲抬得高高在上；九万层海涛，把地冲陷得往下降落，从此，天和地分开了。地陷出现了高和低，海水不停地往低凹处流淌；高耸的地成了山和岭，低凹积水的地方成了江河湖海。当小太阳坠落海中时，从海中心冒出了一峰石柱，这石柱上顶天、下顶地，把天地撑住了。从此，天不摇了，地不晃了，天不升了，地不陷了。这石柱像一个倒竖着的大海螺，后人就把它叫作螺峰山。

太阳坠落进海中后，把海水全煮沸了。沸滚的海水把沉睡在海底的大金龙惊醒了，它翻滚呼啸，双眼圆瞪，在海中到处寻找掀巨浪和煮海水的怪物。它推狂波，驾巨浪，从海南寻到海北，从海底寻到海面，弄得翻江倒海。当它搜寻到海西的螺峰山下时，看到一个红彤彤、热腾腾的大火球，在浪峰上翻滚，在波涛中沉浮。大金龙大吼一声，冲上前去，张开血盆巨口，一口把火红的太阳吞进肚里去了。

太阳被吞进龙腹后，浪不涌了，潮不喷了，整个大海被烟雾笼罩着。太阳在龙腹中更炽热地燃烧起来，把龙肠烧得像黑栗炭，把龙肚烧得像胭脂菌，把龙心烧得像紫茄子，把龙肝烧得像雏荷包……烧得大金龙像油煎脏腑刀绞心一样痛。

大金龙受不了，腰身一弓，尾巴一摆，全身用劲，大吼一声，想把太阳从腹中吐出来。谁知太阳不但没有被吐出来，反而不上不下地梗在了喉咙中，把大金龙卡得喘不出气、呼不出声，使它头昏脑涨，眼睛发花，周身无力。大金龙再也受不住了，脑壳一甩，一头撞在螺峰山上。梗在喉咙中的太阳，变成了一个大肉团，从龙腮中迸出来，撞在螺峰山上炸开了。

炸开撞碎的肉团，变成了无数肉片、肉丝、肉粉末，到处乱飞。飞进到天上的，变成了云朵；悬在空中的，变成了雀鸟；落在山岭上的，变成了树木花草；落在山箐里的，变成了走兽飞禽；落在地上的，变成了昆虫；落在海底的，变成了鱼虾龟鳖；落在水面的，变成了海藻……

撞不碎的肉核核，滚进了螺峰山半腰的螺洞中，滚到洞底一着土也炸开了。左边一半核先落地，变成了一个女人；右边半个核后着土，变成了一个男人。后人把先出现的女人叫作劳泰[①]，把后出现的男人

---

① 劳泰：原指祖母，在这里作女始祖解。

叫作劳谷①。从此,世上有了人类。

劳谷和劳泰结成了夫妻,住在螺眼洞中。渴了就到山泉里喝泉水,饿了就采摘些山茅野果充饥,冷了就摘些树叶茅草围在身上,遇到下雨下雪天,就躲在山洞里避寒。

螺峰山顶上的杜鹃花开了三次,螺眼洞外的布谷鸟唱了三回,劳泰怀孕了,一胎生了十个女儿、十个儿子,女儿先出生,男孩后出生。十双儿女生得又白又胖又俊俏,乐得劳谷、劳泰两口子睡梦中都笑醒了好几回。孩子生下地后,马鹿跑来给他们喂奶,蜜蜂飞来给他们送蜜,画眉给他们催眠唱歌,蝴蝶为他们跳舞逗乐。不到一年,十双儿女就长成了大人。十个儿子长得比牯牛还壮实,十个姑娘生得比孔雀还俊美,乐得劳谷、劳泰两口子都合不拢嘴。劳谷、劳泰商量了九天九夜,给自己的儿女取了些又响亮又吉祥的名字:大姑娘取名雌吾——红云,大儿子取名岛锁——大山,二姑娘取名舍忽朵——鲜花,二儿子取名巨鲁王——雄鹰,三姑娘叫锁虚——山泉,三儿子叫岛召困——大石头,四姑娘叫害脑些——星星,四儿子叫岛稿——大海,五姑娘叫圭忽——桂花,五儿子叫毕什——风,六姑娘叫班卓芝——白鸟,六儿子叫亨卓枝——黑雀,七姑娘叫吉介——金鸡,七儿子叫舞努——黄龙,八姑娘叫亨老——黑虎,八儿子叫弗整——栗树,九姑娘叫谷卓——弓弩,九儿子叫亥特——打雷,十姑娘叫几米然——闪电,十儿子叫细肝飘——心肝宝贝。

俗话说,人上十口,敲下牙齿有一斗。劳谷、劳泰一大家有二十多口人,一个月要吃光一个岭的果树,三天穿的叶裙草衣,要拔完一片坡的茅草。一日三,三日九,螺峰山上,山前山后的野果摘尽了,

---

① 劳谷:原指祖父,在这里作男始祖解。

198

青藤、茅草也都被扯拔光了。到了下雨下雪天，一家人只能躲在螺眼洞中挨饿受冻。十个儿子饿得头昏眼花，十个姑娘冻得脚摇手抖。爹妈心疼儿女，如刀绞心肝、油煎肚肠。

劳谷同劳泰商量："让我带上十个男孩外出去寻找一个果多林密的地方吧。等找到了这样的地方，我安排好了儿子们，再回来接你们母女去安家吧。"

劳泰听了劳谷的话，头摇得像风吹摆动的果子，对劳谷说："一出洞就是鹅毛大雪，石头土块都冻硬了，你们父子怎么受得了？这时出洞，冰天雪地，你去哪里寻找果多林密的地方？还是另想别的法子吧。"

十对儿女听了爹妈的话，像归窝的喜鹊，七嘴八舌地一齐回答："螺峰山、螺眼洞是爹妈生养我们的地方，我们爱它，永远不离开这里！眼下没有吃的，我们咬咬牙就过去了。等到雨停了、雪化了，我们兄妹一齐外出去寻找吃的、穿的。等找到吃穿的东西，我们就搬些回来存在洞中。有了吃穿，再下雨下雪，一家子就不再挨冻受饿了。"

劳谷、劳泰听了儿女们的话，心里像喝了蜂蜜一样甜丝丝的。阿爹夸儿女们有志气，阿妈夸儿女们办法多。连歇在岩洞中的白鹤也拍着翅膀夸奖娃娃们。

白鹤边拍翅膀边对劳谷、劳泰和他们的儿女说："我们朝夕相处在一起，现在你们有了难处，我也要助你们一把力，让雨止雪化。明天，就让十对娃娃出外去寻找充饥御寒的东西吧。寻到了这些东西，你们就幸福了！"

劳谷、劳泰和他们的儿女们听了白鹤的话，又惊又喜，一个个乐得像喝了十碗蜜、吃了百个果子一样。

这天夜晚，劳谷、劳泰一家都睡熟了，白鹤王飞出螺峰洞，对天一声长鸣，霎时间，千万只白鹤从四面八方飞来，在鹤王的带领下，在天空中飞来飞去。它们一边拍打翅膀，一边长鸣，不到天亮，雨住了，雪化了，现出了青山绿水和无边无际的大海。

第二天，劳谷、劳泰醒来，出洞一看，嗬！天晴了，雪化了，山山水水又像往常一样。劳泰进洞叫醒了儿女，儿女们随着阿妈的喊声跑出洞一看，一个个乐得你抱着我的腿、我搂住你的腰，在地上打起滚来。

为了寻找幸福，阿爹、阿妈只得让十双儿女离开自己。阿爹在洞口拔了十棵小树，给十个儿子一人一根树枝；阿妈在洞口捡了十个石蛋，给十个姑娘一人一个石蛋，让她们在路上作防身用。临走时，阿爹对儿女们说："你们是刚出土的笋子，还受不住太阳晒，不要遇到一小点难处就折回头。哪天找到了幸福，哪天才回来！"阿妈对儿女们说："你们是刚出窝的小鸟，还经不住风吹雨淋，只要舍得吃苦，就会找到幸福。往山高林密处去，就会寻到好东西。若迷了路，请来往的雀鸟给我们捎个信，爹妈会来接你们。"

十双儿女各自拿着树枝和石蛋，记住了爹妈的话，每人亲了亲爹妈的额头，就分成两个一伙走了。

劳谷、劳泰站在洞口，望着远去的儿女，直到白云遮盖了他们的身影。

儿女走后，劳泰从洞口捡了一些小石块，过一天就往凹坑里放一个；劳谷捡了一些薄石片，过一天就在洞口的树上划一道，记录下儿女们离家的日子。

离家后的第三天，雌吾和岛锁姐弟俩来到了一个黑黝黝的大山谷中。山谷里有一大群猴子，它们有的在削竹箭，有的在一根弯树枝上系藤条，有的在磨石片，有的在挖好的土坑上边掩盖树枝和泥土……猴子们吱吱呀呀地喊叫着，真够热闹和好玩的。姐弟俩不知它们在干什么，大着胆子走上前去，问一个老猴子："猴儿猴儿，你们这是干什么呀？"老猴子看了看姐弟俩，放下手中正在打磨的石片，搔了搔嘴巴回答说："我们在做打麂子、射鹞鹰、捕老熊的东西。"

姐弟俩不解地又问："你们捕捉这些东西干什么用？"

老猴用手拍了拍肚皮回答说："填肚子嘛！"

姐弟俩追问："要不要我俩和你们一起做？"

老猴子看了看它的伙伴，伙伴有的搔腮帮，有的搔肚皮，龇牙眨眼地齐声回答："要！要！要！"姐弟俩欢喜得跳了起来，走到猴群中去，和它们一起忙开了。

猴子教姐弟俩做石刀、弓弩，削竹箭，挖陷坑；用石块打獐子，用弩箭射鹞鹰，用陷坑下老熊，还把打来的野味分给他俩吃。姐弟俩从来没摆弄过这些玩意，从来没吃过这么好吃的东西，心里着实感激猴子，就和猴子交上了好朋友。

姐弟俩不但学会了张弓射箭、下熊捕獐的本事，还会用石片剥皮、开肚杂，用剥下的兽皮、鸟毛遮身御寒取暖。雌吾和岛锁虽然吃饱了肚子、暖和了身子，可他俩一刻也没有忘记自己的爹妈和兄弟姐妹。过了一会，他俩告别了猴群，背上猴子送的兽肉、兽皮，挂着弓箭和石刀，回螺峰山了。


舍忽朵领着弟弟巨鲁王在深山密林里走呀走呀，一刻也不停歇，爬过了一座座比牛角还崎岖的山岭，走过了一条条像羊肠一样难走的山路。一天，姐弟俩钻进一座黑得像锅底一样的大山林里，无路可走了。姐弟俩又怕又急，搂着肩，抱着颈，坐在一棵大树下歇息。他们还从来没见过这样的景象：呜呜呜的狂风，刮得树木像在号哭；轰隆隆的炸雷一个接着一个，震得大山直打战；哗啦啦的大雨像瓢浇桶倒，淋得山崖矮下半个头。姐弟俩借着闪电看到狂风、炸雷、大雨，一个劲地朝他们对面崖子上的一只凤凰身上落下来，打得凤凰毛落体伤，就快要死了。姐弟俩可怜凤凰，想解救它，便相互搀扶着，朝凤凰身边爬去。爬到凤凰身边，看到它被一条大藤子缠住了双脚，没法脱身。他们找了两个石块，借着电光，一人拿一个石块往缠着凤凰的藤条上砸去。

藤条被砸断了，凤凰得救了。它一拍翅膀，飞上高空，一声长鸣，风马上停了，雨也不下了；再一声长鸣，电止雷停了；又一声啼叫，云消雾散了，天上出现了光亮，山林变得五光十色。

凤凰为了报答舍忽朵和巨鲁王，从身上抖落下一根羽毛，送给姐弟俩。凤毛一落地，变成了一把燃烧着的火炬，照得山林亮堂堂的，烤得姐弟俩周身暖烘烘的。凤凰一边在空中飞舞，一边说：“好心的人呵，我没有什么好东西报答你们，送给你们一把火种，用来烧煮食物和御寒取暖吧！你俩把火种带回去，加些树枝、草根，它就永远不会熄灭了！”

凤凰唱着歌向东飞走了，姐弟俩赶忙拿起火炬，高举着它往螺峰山方向走去。


月亮跟着太阳转，星星绕着月亮行。害脑些和岛稿姐弟俩追着太阳走，撵着月亮行，走了九天九夜，岛稿再也走不动了，姐弟俩便在歇满燕子的大山崖下歇脚。

姐弟俩准备在岩下的一蓬茅草窝歇息，抬头一看，见岩上有一群燕子，老燕子在给小燕子喂食，小燕子用嘴和脚给老燕子梳洗羽翼，实在惹人喜爱。燕群戏闹够了，叽叽喳喳地叫唤着飞走了。

过了一会儿，飞去的燕群又飞回来了，有的衔着树枝，有的衔着草，有的衔着泥土，一趟又一趟，来往不停地飞着，用树枝、茅草和泥土在岩缝中垒起了一个又一个窝。

看着看着，岛稿一骨碌从茅草窝中翻身爬起来，拉住姐姐的手直甩：“阿姐，阿姐，快起来，我们去跟燕子学垒窝，学到本事回家，像燕子一样垒些大窝在螺峰山上。到那时，我们就再也不怕下雨下雪天，再也不怕长虫和虎豹了。"

姐姐听了阿弟的话，觉得蛮有道理，便牵上阿弟，爬到大岩子上，向燕子学垒窝。

火越拨越旺，地越翻越肥。害脑些姐弟不但学会了燕子垒窝的本事，还跟野猪、猩猩学会了砍树、破竹、拔茅草的本领。这样，姐弟俩辞别了燕子、野猪和猩猩，回到螺峰山来。

螺峰山上的映山红，七十二朵开一蓬，一朵更比一朵艳，一蓬还比一蓬红。劳谷、劳泰的儿女们离开爹妈后，像山泉中的流水，淌到很远很远的地方，像空中的大雁，飞到很高很高的天空。待阿爹在树干上划了一百条道道那天，待阿妈的石子放满一百个那天，儿女们陆续回到了阿爹、阿妈身旁。

十对儿女外出走过的路，像石磨内膛中的纹路，数也数不清；渡过的江河像黄牛身上的毛，数也数不完；爬过的山岭像树上的叶子，多得没法说；遇到的难关，像天上的云朵，没完没了。如今，各人都学了一套生存的本事，学到了使阿爹、阿妈高兴的手艺回来了。

阿爹欢喜得拍巴掌，阿妈欢喜得直搓脚。老两口你一言、我一语，问完老大问老二，问完三妹问四弟……十双儿女好像一窝花喜鹊，争着讲，抢着说，不停地应答着。

雌吾和岛锁学会了用弓箭、陷坑猎捕飞禽走兽，成为猎手。舍忽朵和巨鲁王得到了火种。害脑些和岛稿学会了伐木、破竹，学会了垒窝、架屋，成了木匠。圭忽和毕什跟野蚕学会了抽丝、纺线，跟纺织娘学会了织布、裁衣的手艺，成了裁缝。亨卓枝和班卓芝仿照着蚂蚁乘木过江、蜘蛛织网，学会造船扎筏、编织渔网、捞鱼捕虾，成了渔夫。舞努和吉介心灵手巧，跟阳雀一起去天宫寻来了五谷种，向啄木鸟学会了打锄、造镰，跟小蚯蚓学会了造犁头，同老牛、锦鸡交上了朋友，一同烧荒、翻地、播种、收割，种出了食粮，成了农人。锁虚和岛召困得到了松鼠、锦鸡的帮忙，寻来了瓜果种、百花苗，学到了栽花种果的本领。弗整和亨老跟蝴蝶学会了酿酒，向蜜蜂学会了采花酿蜜。从此，一家人吃上了甜蜜蜜的糖和香喷喷的酒。千棵树，万重山，外出时要数亥特和谷卓走的路最远，吃的苦最多。口渴时，他俩误把毒汁当水饮，肚饿时，错把草乌当饥粮。他俩吃过九十九种毒草，尝过九十九种良药，明白了哪种草不能吃，哪些根苗能治病，成了草医。几米然好像画眉鸟，细肝飘赛过花喜鹊，姐弟俩走起路来又蹦又跳，说起话来嘻嘻哈哈，一路上学八哥鸟说话，学画眉鸟唱歌，学山泉弹弦，学蝴蝶跳舞，懂得了鸟语，学会了歌曲，还会造弦子，给生活带来了欢乐。

劳谷、劳泰的十双儿女都外出学到了各种技能。这样，全家人一齐动手，在洞口烧起了几堆大火，用来取暖、照明、烧食物。火堆点燃后，有的去砍树，有的去破竹子，有的去割茅草，有的去断青藤，不到一天工夫，就在螺眼洞口扎起一间又一间的茅棚。搭好了棚子，十双儿女打猎的，扎筏造船的，织网捕鱼捞虾的，纺线织布的，栽花种果、烧荒翻地的，播种育苗的，采花酿蜜的，摘果酿酒的，挖药炼丹的，各忙各的活。他们白天干活，到了晚上，全家人围着火堆，跟几米然和细肝飘学唱山歌，学跳舞。欢乐的歌舞引得百鸟来和声，逗得走兽来跳舞，大家更是欢乐了！不到一年，整座螺峰山，就被劳谷、劳泰一家子改变成了一个大乐园。

为了繁衍人类，劳谷、劳泰叫十双儿女配成夫妻，各搬到一个地方住下来。后来，儿女们生育了儿女，儿女的儿女又配婚，一代又一代，螺峰山出现了十个部落。千万年后，劳谷、劳泰的后代儿孙在螺峰山和四围的大山中建起了十个大村寨，形成了一个勇敢、勤劳的民族——白族。

白族的后代儿孙忘不了自己的祖先，便把劳谷、劳泰和他们的十双儿女尊奉为本主——本境之主。

　　劳谷、劳泰是开天辟地的老始祖，人们尊称劳谷为天公、劳泰为地母，雌吾和岛锁是猎神，舍忽朵和巨鲁王是火神，害脑些和岛稿是木神，圭忽和毕什是纺织神，亨卓枝和班卓芝是鱼神，舞努和吉介是农神，锁虚和岛召困是花神，弗整和亨老是灶神，亥特和谷卓是药神，几米然和细肝飘是歌神，他们永远享受人们的供祭。每年中秋节，白族人民都要穿上民族盛装，端着各种果品、饼子和新割下的谷穗，唱着山歌，跳着民族舞，到螺峰山上的螺眼洞中，朝拜劳谷、劳泰和他们的十双儿女。人们把这个节日称为献新节，也叫献心节——把新收获的果子粮食，连同自己怀念祖先的心意，敬献给自己的本主——创造人类和万物的神。

# 龙神人祖

民族：白族
讲述：罗娜枝（白族）
采录：章虹宇
流传地：云南省大理白族自治州鹤庆县、剑川县白族聚居地区

相传，很久很久以前，大地分为五大块：东方叫妻沃，是飞禽居住的地方；南方叫灰沃，是走兽居住的地方；西方叫谷沃，是昆虫居住的地方；北方叫虚沃，是鱼虾居住的地方；中央叫弓沃，只住着一只三头六臂的大母猴。居住在东方的鸟王凤凰、居住在南方的兽王老虎、居住在西方的虫王蜜蜂、居住在北方的鱼虾王鳌鱼经常来同母猴玩闹、交媾，天长日久，母猴怀孕了。

母猴怀孕怀了9900年，生下了99个大蛋。东、南、西、北方的四个王悄悄把母猴生下的蛋偷走，只把那个它们运不去的最大的蛋留给母猴。母猴怕剩下的这个蛋又被偷走，便随时把它抱在怀中。到了农历二月初二这天，母猴抱着的蛋中爬出了一条蟒蛇。母猴把四个王偷走98个蛋的事告诉蟒蛇，蟒蛇便离开母猴，爬遍天下，去寻找被偷走的蛋。

蟒蛇一刻不停地爬，从天上到地下，从高山到大海，所到之处，飞禽、走兽、甲虫、鱼虾都来欺负它。这可惹恼了蟒蛇，它使出浑身力气同它们拼斗，终于把一个个对手打败，还把它们都吞食了。这以后，蟒蛇的相貌全变了，头上长出了角，颈下长出了翅膀，翅膀下长出了手脚，眼中喷出了火，嘴上长出了胡子，浑身长出了鳞甲……成了个牛头、鹿脑、猪嘴、鹰爪、鸭脚、蛇身的大怪物。这一变，它本领更大了，成了能上天入地、腾云驾雾、呼风唤雨的神龙。飞禽、走

兽、甲虫、鱼虾都惧怕它，就把偷走的蛋送回来了。神龙带着蛋，飞回到它出生的地方。可是，母猴不见了，它飞遍天涯海角去寻找母猴。

太阳换了90个，月亮更了90回。神龙爬遍了天下所有的山，寻遍了天下所有的海，都没有见到母猴的踪影。它自己也老了，再也不能远行了，便在途中选了一块山清水秀的地方落脚。这地方就是今天鹤庆县境内的倒流箐村。倒流箐村有一股会上坡的水——因神龙住在这里，常常登山游玩，故水随神龙流淌，出现倒流，村子因倒流水而得名。

神龙在倒流箐安身后，没有说话和玩耍的伙伴，很寂寞，它便把寻回来的98个蛋逐个敲开。敲开第一个，蛋内飞出一只老鹰，拍拍翅膀飞走了。敲开第二个蛋，里边出来一只老虎，摇摇尾巴走了。敲开第三个蛋，里边钻出一只蜜蜂，理理胡须飞走了。敲开第四个蛋，里边跳出一条鱼，摆了摆尾巴，也游走了……蛋里出来的活物看到偌大一个世界，都不愿意留在神龙身边，各自走了。神龙伤心地淌下了眼泪，两股眼泪成了两眼泉水，这就是今天倒流箐村后胎柯崖下的丹泉和柯泉。神龙敲开了最后两个蛋，蛋内分别爬出了一男一女两个人。这两个人出来后，一齐跪在神龙面前。神龙可欢喜了，拉住女的"希妞、希妞"地笑，拉住男的"彭虾、彭虾"地叫。后人便把女的叫作希妞，男的叫作彭虾，意思是男老祖公和女老祖太；又把神龙称作"农胎柯吐"，译作汉语就是龙神人祖。

希妞和彭虾整天守候在神龙身边，神龙看他俩没趣，就叫他俩外出游玩。当时，他俩的长相可不像今天的人，头上长着一对马鹿角，脑壳像牛头，浑身长鳞又披毛，嘴像猪嘴，还吐出一对獠牙，脖子像蟒颈，手像鹰爪，脚掌像虎掌，行走很不方便。其他动物很同情他俩，就各捐出自己身上的一件东西，为他俩改变相貌。老鼠把自己的皮衣换给他俩穿，黄牛用自己的头换下他俩的头，老虎换脚，兔子换眼睛，马换身子，羊换耳朵，猴子换肚子，鸡换手，狗换尾巴，猪换牙齿……

这样，原来生得漂亮的动物们，一个个变丑了，成了今天这个模样，而希妞和彭虾却变成了秀秀气气的人。希妞和彭虾为报答这些动物，同它们结为弟兄，自己甘愿做小弟，答应养活它们一生。后人遵照希妞和彭虾的遗训，把鼠、牛、虎、兔、龙、蛇、马、羊、猴、鸡、狗、猪尊为神，刻成石像供奉，这就是白族十二生肖的由来。

几万年后，神龙老死了，尸骸变成了山崖，后人称之为胎柯崖。它的灵魂护佑着人类，人们便把它尊为龙神龙祖，世代供奉。每年春节，还要用纸、篾扎裱它的模样舞耍，借以驱邪逐魔，求吉兆瑞。这一做法沿袭至今，成了白族舞龙的民俗活动。希妞和彭虾也在倒流箐定居下来，他俩结为夫妻，生儿育女，传宗接代。千万年后，大地上住满了人类，他们是龙的传人，自称龙的子孙。为纪念先祖，逢年过节，都要举办祭龙活动。

# 造天造地

民族：土家族

讲述：向廷龙（土家族）

采录：彭勃

流传地：湘鄂川土家族聚居地区

上古洪荒之世，天地连成一片。地上的黄葛藤一牵，牵到天上去了，害得天上到处是绊脚的黄葛藤，惹得天上的人发了火，把黄葛藤刷了下来，从此黄葛藤只能贴着地面长了。地上的马桑树一长伸到天上，地上的人顺着马桑树到天上去玩耍，惹得天上人不耐烦，把马桑树压了下来，从此马桑树长到三尺高就要勾腰了。地上的蛤蟆一叫，声音传到天上，吵得天上人睡不好觉，惹得天上人不耐烦，要赶蛤蟆，蛤蟆就躲到岩板脚下叫去了。地上有个大鳌鱼，鳌鱼的背顶住天，有一天，鳌鱼翻了个身，把天撞通了，把地撞漏了，天通了，地漏了，日夜不分，四季不分，地上一团漆黑，怎么过日子呀？

天上的玉帝把张古老喊来，说："张古老！张古老！你造一个天吧。"又把李古老叫来，说："李古老！李古老！你造一个地吧。"张古老听了玉帝的吩咐，把白胡子挽成一个结，把衣袖卷了起来，捆了一根黄葛藤，就动手做起天来。他搬来五色岩石补在天上，这五色岩头就是五色云彩哩；这五色岩头用铜钉紧紧钉住，这铜钉闪闪发光，就是今天天上的星星哩。张古老做天，日里做，夜里也做，夜里把灯笼挂在天上，这灯笼就是今天天上的月亮哩。张古老做天实在辛苦，他做天时流了很多汗水，这汗水就是今天的露水哩。张古老辛苦了七天七夜，把天做得平平整整，天做成了。

张古老回头看看李古老，哪晓得李古老还没动手，正在睡着扯鼾哩。张古老喊道："李古老！李古老！我都完工了，你快起来做地呀。"喊也喊不醒，摇也摇不醒，越喊，他"呼呼"的鼾声越大。张古老实在没有办法，只好在南天门擂起天鼓，"隆隆"几个炸雷，才把李古老惊醒。李古老揉起眼睛一看，才晓得张古老做天做成了。他慌张了，慌慌张张地用两手把地一捏，捏成了一些疙瘩，这就成了今天的山山岭岭哩；用棍棒在地上一戳，这就成了今天的洞洞坑坑哩；地上的水流不出去，他慌慌张张地用脚划来划去，这就成了今天的溪涧河流。李古老做地虽然做成了，但是地面上高高低低，坑坑洼洼、坎坷不平，都是李古老毛手毛脚造成的。

李古老因为瞌睡误了大事，以后玉帝要鸡公催人早起，每一更天催一次，免得再像李古老一样误事。

# 布索和雍妮

民族：土家族
采录：覃仁安
流传地：湖南湘西北、湖北土家族聚居地区

## 捉放雷公

古时候，雷公山下住着一个阿妈，她有八个儿女，除了小儿子布索、小女儿雍妮外，六个儿子都长大成人了。大儿子是个铁汉子，脸乌黑乌黑的；二儿子是个铜汉子，脸金黄金黄的；三儿子手长过膝，脸青蓝青蓝的；四儿子腿长一丈，脸上像涂了朱砂；五儿子长有顺风耳，两耳垂肩；六儿子长有千里眼，眼珠好像铜铃。他们力大无比。六个儿子都很孝敬母亲，凡是天底下好吃的东西，都要想方设法找来给她吃。

一天，母亲想尝尝雷公肉。八兄妹商量了一阵，想出一个引雷公下地的办法。他们舂好三斗三升小米，蒸熟以后，把它倒在天井里。又把小米饭当作泥巴，一边用脚踩，一边高声唱：

> 蒸了小米三斗三升，
> 一股脑儿倒进天井。
> 搂手搂脚踩了起来，
> 我们哪怕五雷轰顶！

妹们糟蹋粮食的事被玉皇大帝知道了，玉帝非常气愤，忙派遣雷公去把糟蹋粮食的人用五雷劈死。

地上，兄妹们早已做好了准备。五哥顺风耳和六哥千里眼等雷公一动身，就告诉大家：

> 乌云滚滚来了，
> 狂风呼呼吹了，
> 大雨哗哗下了；
> 天摇了，地动了，
> 五雷鸡公下来了，
> 操起板斧劈来了。

在噼里啪啦的电闪雷鸣声中，雷公扬起长把斧头，恶狠狠地劈下来。天井里的小米饭，早被踩成了糯糍粑，一下子把斧头粘住了。雷公用劲抽板斧的时候，不怕雷打火烧的铁汉子大哥和铜汉子二哥上来了，手快脚快的三哥四哥也上来了，他们齐心协力把雷公捉住了。八兄妹高兴极了，他们一边关雷公，一边唱道：

> 五雷鸡公捉住了哩，
> 铁索铁链捆住了哩，
> 把它关进铁柜了哩，
> 一把大锁锁上了哩。

把雷公关好以后，哥哥们叫七弟布索和八妹雍妮看守，还叮嘱他俩："不能给雷公送水送火，有了水和火，雷公要逃脱。"雷公被关在铁柜子里，急得哭了。怎么办呢？雷公想，布索和雍妮毕竟是小伢儿，哄骗哄骗他们吧。

雷公喊道："小阿可①！"

----
① 小阿可：土家族语，小弟弟。

212

布索装作没听见。

雷公又喊道："小阿达①！"

雍妮也装作没听见。

雷公苦苦哀求："你们行行好吧，给我送个火啰！我三天三夜没吸烟了，喉咙管里要结蜘蛛网了。"

布索对雷公说："哥哥们讲了，火送不得。"

雷公哀求道："行行好吧，给我送点水啰！我三天三夜没喝水了，喉咙里要起火了。"

雍妮对雷公说："哥哥们讲了，水送不得。"

"小阿可，小阿达，你们把火炭在尿泥坑里浸熄了，让我闻一闻烟子啰！你们给我一点点尿泥水，让我沾一沾水汽啰！"

小兄妹俩以为火炭熄了，就不会有火了，尿泥巴水喝不得，送一点没关系。兄妹俩就这样上当了。雍妮把一颗红火炭丢进尿泥坑，"嗤"的一声，白烟子冲进铁柜子，雷公得火了；布索用一节小草沾一点尿泥巴水，插进铁柜子，雷公得水了。霎时间，烟雾腾腾，电光闪闪，铁柜一下子烧熔了，铁链烧断了。哥哥们回来的时候，雷公已逃回天上去了。母亲没吃到雷公肉，八兄妹反把雷公得罪了。


## 齐天大水

雷公回到天上，把地上的事一说，玉皇大帝气炸了，下起瓢泼大雨，涨起潮天大水，要淹死世上人。

玉皇大帝圣旨一下，世间人类就要绝种，众仙又怕又急，但哪个也不敢开口。只有太白金星跪下来请求说："有人捉雷公，也有人放雷公。有仇要报仇，有恩要报恩呀。"玉帝一听，这话也有道理，就

---

① 小阿达：土家族语，小姐姐。

命太白金星救布索和雍妮。

太白金星想了个办法，叫麂子给两兄妹送金瓜种，让他们躲在瓜种结出的葫芦里逃过洪水。但是麂子把金瓜种丢在老高老高的山顶上，兄妹俩没得到；太白金星又叫老鹰送金瓜种，老鹰把金瓜种丢在很低很低的山谷里，兄妹俩又没得到；太白金星又叫燕子送金瓜种，燕子一翅飞到布索、雍妮家的屋檐下，张口叽哩哇啦一叫，金瓜种吐出来了。布索、雍妮见了，赶快把瓜种拣了起来。燕子又对他们叫道："洪水要发，快种金瓜！"连叫三遍，飞上天去给太白金星报信去了。

布索和雍妮把金瓜种种在后园。他们一个挖窝子，一个点种子。又撒火土灰，又盖细泥巴，还在地边上围了一道竹篱笆。

第一个早晨，种子发芽了。第二个早晨，种子牵藤了。第三个早晨，藤上开花了。第四个早晨，藤上结出葫芦瓜了。第五个早晨，葫芦瓜长得木桶大了。第六个早晨，葫芦瓜裂开口子，像一叶船了。

雍妮说："哥哥，我们坐进葫芦玩一玩吧。"布索说："好哩，好哩！"兄妹俩坐进葫芦，觉得非常有趣，嘻嘻哈哈笑开了。

忽然，天黑了，地暗了，一声炸雷把布索和雍妮吓昏了。大雨倒下来，不到一顿饭的工夫，普天下全成了汪洋大海。在齐天大水中，天底下的人都被淹死了。

布索和雍妮坐在葫芦里，漂浮在水面上。水涨葫芦升，大水涨到南天门，葫芦撞在南天门的门槛上，"轰隆"一声，把兄妹俩惊醒了。他们睁眼一看，天下大变样了。走出葫芦，跑到人世间，东看西看，找不到一个人，他俩惊呆了，哭起来：

了——了——怎么得了！
听不见公鸡啼了，
听不见黄狗叫了，
人的影子看不见了，

人的骚气嗅不到了，

妈妈吆，你到哪里去了？

哥哥吆，你们到哪里去了？

## 兄妹成亲

突然，一阵风吹过，迎面走来了云母婆婆，她从怀里取出两个粑粑，递给布索和雍妮。她说："齐天大水退了，你俩莫悲伤了。七天七夜你们没东西吃，饿得肠子贴上了背脊骨，快吃吧！"

布索和雍妮接过粑粑，正要道谢的时候，又起了一阵轻风，云母婆婆眨眼不见了。

兄妹俩吃了一口粑粑，脸上就现出了喜色。粑粑吃完后，一下子就长成大人了。布索看着雍妮觉得好笑，雍妮看着布索也觉得好笑。一只喜鹊飞过来，在他们身前背后跳个不停，还叽叽喳喳地唱着：

布索哟，雍妮哟，

你们两个知道啰，

凡间没有人了啰，

快点快点成亲啰。

布索听了喜鹊唱的歌，脸红到耳根了；雍妮听了喜鹊唱的歌，脑壳勾到胸口了。他俩讨厌喜鹊的歌声，一齐唱道：

生我们的是一个娘呢，

养我们的是一个爹呢，

你这多嘴巴的喜鹊，

肮脏话好讲不好听呢！

兄妹不愿成亲，风父公公、云母婆婆、乌龟伯伯、石尼徒嘎这些仙人都走过来了，他们围着布索和雍妮，一劝再劝，但布索和雍妮怎么也不愿成亲。于是，仙人们想出了预兆兄妹有缘的种种办法来劝导。

风父公公搬来一副岩磨，要兄妹两个各搬一扇，朝山下滚去，如果两扇岩磨合上了，就该成亲。兄妹两人从山上把岩磨滚下去，岩磨一直朝低处滚，最后两扇磨子重合了。

仙人们嘻嘻哈哈笑着，大声唱道：

> 岩磨滚下山坡，
> 两扇合在一起了；
> 岩石都要找个伴，
> 你们应该成亲了。

布索摇头，雍妮也摇头，两人都不愿成亲。

云母婆婆拿来两根葫芦秧，要兄妹俩各栽一根，如果两根葫芦藤缠在一起了，就该成亲。兄妹俩把葫芦秧栽在园圃里，两根葫芦藤从篱笆两端长拢来，最后缠在一起了。

仙人们大声唱道：

> 两根瓜，藤相牵，
> 两蔸长成一蔸了；
> 草木都有情有意，
> 你们应该成亲了。

布索摇头，雍妮也摇头，两人都不愿成亲。

石尼徒嘎扛来一根竹子，叫兄妹俩各拿一把刀子，分别从两头劈起，如果刀口相对，竹子刚好破成两半，就该成亲。兄妹俩劈竹子，两把刀子劈在一条线上，竹子破成两半了。

216

仙人们又嘻嘻哈哈笑起来，大声唱道：

> 两把刀子破竹子，
> 恰巧破在一起了，
> 一根竹子成两半，
> 你们应该成亲了。

兄妹俩还是摇头，不愿意成亲。乌龟公公唱道：

> 两扇磨子合拢了，
> 两根藤子打绞了，
> 竹子破成两半了，
> 好听的话都讲尽了，
> 嘴巴皮子也讲干了，
> 怎么还不愿成亲呢？

乌龟公公又说，你们俩到山上去，围着山跑吧，要是两只手相握，两双眼睛相看，就定要成双成对了。

布索和雍妮走上一座老山界。雍妮围着山头在前面一个劲地跑，布索在雍妮后面一个劲地追。跑呀，追呀，两天两夜过去了，兄妹还没有碰到一块儿。乌龟公公走来，蹲在兄妹俩要过的路上，布索撞见了他，问道："乌龟公公，看见我妹妹没有？"

乌龟公公向布索跑的相反方向一指，笑着说："见了，见了，就在那方。"

布索马上调转方向，跑呀跑呀，跑到一株高大的红槐树下，结果看见妹妹了。雍妮赶快转身往回跑，不料她的头发和耳朵被倒钩刺钩住了，雍妮跑不了了。布索站在雍妮背后，伸手给她取耳朵上的倒钩刺，雍妮也伸手取头发上的倒钩刺，两只取刺的手握在一起了。取掉刺，雍妮扭过头去，兄妹俩四目相对了。

雍妮情知不成亲是讲不过去了，只好一个劲地责怪耳朵和手。她一边梳妆打扮，一边唱道：

> 背时的耳朵害了人，
> 用银耳环把你穿起来，
> 用金爪子把你吊起来。
> 背时的手呵乱捏人，
> 用银圈子把你套起来，
> 用金戒指把你箍起来。
> 背时的头发害了人，
> 打个辫子把你挽起来，
> 扯根红藤把你捆起来。

雍妮打扮成了新娘的模样，乌龟公公高兴得哈哈大笑，连声说："成亲！成亲！"

这桩婚事无法推脱，布索只好点头答应。

雍妮害羞，嗔怪乌龟公公出了主意。

这时候，风父公公、云母婆婆、石尼徒嘎也一起走了过来，向布索、雍妮贺喜：

> 红槐树下相碰了，
> 倒钩刺边相接了，
> 布索雍妮成亲了。
> 给你们盖土花铺盖，
> 给你们铺水竹垫子，
> 见天见地不见丑；

给你们挂麻布帐子，

给你们蒙绿色帕子，

见了人也不害羞。

仙人给他们精心安排，布索和雍妮成亲了。

## 百日以后

百日以后，雍妮生下来一个红血球，无头无脑，无手无脚，无声无息，是从来没见过的东西。布索叹气了，雍妮呜呜咽咽地哭起来了。他俩很着急：怎么处置它？是往水潭里沉了呢，还是朝岩坎下面丢了呢？

布索和雍妮正在不知怎么办的时候，云母婆婆笑呵呵地走来了。她说：

这个血球是人种，

不可沉入水潭，

不能丢下岩坎；

砍成坨坨撒到天边，

切成片片甩到地边，

叫它三处发人去吧！

布索按照云母婆婆教的办法，用刀子把血球切成九九八十一块。然后，将这些血块分别和上三斗三升火谷子（旱稻）、三斗三升细沙子、三斗三升细泥土，和匀之后，就脚不停手不空地撒呀撒。和火谷子的血块撒出去，就有了苗家人；和细沙子的血块撒出去，就有了客家人；和细泥土的血块撒出去，就有了土家人。从此，荒凉的世界上，这里歌声绕绕，那里炊烟袅袅，客家人像树木一样长起来，苗家人像苗苗一样长起来，土家人像笋子一样发起来，大地上到处都有了人。

# 佘氏婆婆

民族：土家族
口述：谭大玉、姚大圣
采录：方筱君、金应东、向宏云
流传地：湖北土家族聚居地区

很久很久以前，大山里的两个部落大拼杀，一方人被杀光了，窝棚也被烧光了，只逃出一个姑娘，才十八岁，名叫佘香香。她一连逃了七七四十九天，来到了沙帽山上。见尽是老林蔽日，虎豹成群，没有人烟，她就爬进一个大岩洞里。望着外边的荒山野岭，她大哭了三天三夜，不断盘算："能不能活下来呢？"

这时候，追兵又赶来了。她连忙捡了许多石头，爬上来一个人，就用石头砸一个。追兵爬不上来，就把洞口团团围住。香香心一横，躲在岩旮旯边，一连守了几天，追兵上不得洞来，就退走了。临走时，他们把一匹马拴在石柱上，马饿得摇头摆尾，颈上的铜铃不停地叮叮当当响，这叫"饿马摇铃"；又放一面皮鼓在石头上，鼓上用绳子吊了一只活羊，羊的两只后脚正挨着鼓皮。羊不住踏动双脚，鼓声不歇，就像有人擂鼓，这叫"悬羊击鼓"。香香在洞里以为追兵还没走，一直不敢出来。

又过了几天，香香姑娘看到追兵没有上来，自己也不敢出洞，就在洞里面摸来摸去。那洞里面漆黑一团，冷风刺骨。忽听得有"哗哗"的水声，原来是一条阴河。她用双手一摸，在水边摸到了一只金盆，就连忙爬到盆里坐着，任金盆往前漂去。也不知漂了多少时辰，忽见前面有一线光亮，原来已穿过山腰，到了神仙洞口。香香姑娘趴在洞口往外一望，只见洞口正在一面巨大的峭壁中间，上下都是刀尖崖。

阴河里的水从洞口流出，成为悬崖上的飞瀑，一片轰鸣，惊天动地。香香以为来到了绝地，再也活不成了，就仰天大哭起来。正哭得伤心的时候，忽见一只苍鹰从远处飞来。这鹰的两只翅膀像两朵五彩云霞，那背脊就跟马背一样宽厚，两只眼睛像两颗明珠。这鹰在洞口绕来绕去，香香姑娘看在眼里，好生奇怪，她对鹰说："畜生呵畜生，如果你是无意飞来，你就飞走吧。如果你是有意飞来要搭救我下山，你就歇在洞口。"香香刚说完，那鹰果然歇在洞口不动了。香香姑娘就爬到鹰的背上，鹰轻轻展开翅膀，把她驮下了悬崖，歇在一块平地上。那鹰子向姑娘点了三下头，就飞走了。

香香姑娘一步一歪往前走着，没走几步，又饥又渴，实在走不动了，就坐在一块石头上。她见不远处，有一只锦鸡寻食，就说："锦鸡呵锦鸡，我渴啦，给我弄点水喝吧！"那锦鸡就连忙用爪子在地上刨，不一会就刨出了一个窝坑，冒出了一股泉水。香香姑娘用双手捧着泉水饱喝了一顿。人有力气了，就四周望望，想找一条生路。只见四周都是高山大岭，陡壁悬崖，香香无路可走了，就在这里歇下。

太阳快落山的时候，那鹰又飞回来了，歇在香香的身边。香香一看，它爪子下抓着一个牛皮口袋，就连忙打开，原来里面装着苞谷粑粑和各样种子，还有一把镢头。香香很高兴，她用手摸着鹰的翅膀说："鹰哪，你是我的救命恩人啰！"香香太饿了，狼吞虎咽，吃了几块苞谷粑粑，又捧了几捧泉水喝了。晚上她睡在一个岩坎底下。那鹰就站在她身边，一动也不动地守着。

香香姑娘一个人过着艰苦的日子。幸亏那老鹰不离身前身后，始终陪伴着她，香香姑娘才活了下来。

一天晚上，香香姑娘睡在草棚里。她做了一个梦，梦见两只斑鸠大的小鹰，一头撞入她的怀里。她吓了一跳，惊醒过来，用手一摸，什么也没摸着。没过多久，香香姑娘就发现自己怀孕了。十月怀胎，生下了一男一女。她抱着两个娃娃又喜又愁。想到那天晚上做的梦，她就给男娃取名天飞，是弟弟；给女娃取名芝兰，是姐姐。她又指着锦鸡刨出的绿莹潭说："让娃儿们姓谭吧！"

许多年过去了，天飞和芝兰长大了，香香也老了。不久香香得了重病，就把天飞和芝兰喊到床边，嘱咐道："在我危难之际，是鹰救了我的命，你们今后见了鹰不能打，要以礼相待。（所以如今谭姓子孙保留着不打鹰的风俗）对救我命的鹰，要尊为'鹰氏公公'。"说完她就死了。天飞和芝兰把母亲安葬在锦鸡刨水的北面，又在坟前栽了一棵小白果树。母亲死后不久，那只鹰也死了，天飞和芝兰哭着把它安葬在锦鸡刨水的南面，称它为"鹰氏公公"。

从此，天飞和芝兰两姐弟相依为命。又过了一段日子，他们都长大成人了。可这荒无人烟的地方，哪里能找到配偶呢？一天，天飞和芝兰两人在山上割草，天飞说："姐姐，这里荒无人烟，只有我俩，我俩就结婚吧！"芝兰脸上羞得通红，用手捂着脸，蹲在地上哭了。哭了一阵，心想：弟弟也是出于无奈呵！就说："弟弟，我们来看看天意吧！如果上天允许，我俩就结婚。"天飞说："好，只是怎样才知道天意呢？"芝兰说："我俩各拿一炷香，我站在这边山上，你站在那边山上，如果两股烟子接成了桥，就是天意。"芝兰拿来两炷香点燃，天飞拿了一炷，跑到那边山上去了。只见两股烟子随风飘呀飘呀，果然接成了桥，变成了一条彩虹。天飞高兴地跑了回来。芝兰又说："我俩用一副磨，我拿一扇从这边山上滚下去，你拿一扇从那边山上滚下去，如果两扇磨合起来了，就是天意。"芝兰搬来了一副磨，天飞扛了一扇跑到那边山上去了。两扇磨滚下去后，紧紧合了起来。天飞又高兴地跑了回来。芝兰还是拿不定主意，想了想，又说："我俩下山去，背对着背，绕着山转，如果两人碰到了面，就是天意。"姐弟俩就来到山脚，背对着背走开了。天飞走了一程，不知走到哪里去了。山又大，林又密，他在树林里钻来钻去钻迷路了，急得要哭了。正在这时，好像有人在叫唤："跟我来！跟我来！"天飞抬头一望，原来是前面树丫上一只山雀在叫。它飞一飞，停一停，天飞就跟着雀子往前走，走到一棵大青树旁。正巧这时芝兰也来到这里，两人碰了面，于是天飞和芝兰就结成夫妻。他们生了八个儿子：长子谭桂寅，住苴蓿坪；二子谭桂传，住大田坪；三子谭桂芳，住水流坪；四子谭桂旺，住双社坪；五子谭桂甫，住家社坪；六子谭桂林，住三羊坪（在四川）；七子谭桂芝，住磨石坪（在长阳）；幺儿子谭桂海，住落婆坪。这就叫"所生八子，坐落八坪"。子孙们尊天飞公为谭氏始祖，尊佘香香为"佘氏婆婆"，也尊称救命恩鹰为"鹰氏公公"。从此，谭氏子孙繁衍，世居鄂西山区，是土家族中一个庞大的家族。

# 神的古今

民族：哈尼族
口述：朱小和（哈尼族）
采录：史军超、卢朝贵
流传地：云南省红河哈尼族彝族自治州金平苗族瑶族傣族自治县、元阳县、红河县

## 神的诞生

远古的时候，世上什么也没有，上面没有天，下面没有地，到处是白茫茫的雾露滚过来翻过去。这些雾露像牛打滚一样一刻也不停，不知翻滚过多少年代，慢慢地在下面变出一片望不见边的大海，雾露像一口黑锅罩在平平的大海上。

这个时候世间一样活物也没有吗？不是。在大海里生活着一条老实粗大的金鱼，名字叫密乌艾西艾玛[①]，它就是生下万事万物的金鱼娘啊。

金鱼娘是世间最大的了，它的身子最长处有九千九百九十九掌，最宽处有七十七个缅花戚里[②]。它在大海里沉睡着，不知过了多少年月。每过一百年它就翻一回身子，翻过七十七回身子，就醒过来了。它的右鳍一扇，把上面的雾扫干净，露出蓝汪汪的天；它的左鳍一扇，把下面的雾露扫干净，露出黄生生的地，天有了，地有了，只是这个天地不是给人住的，天是天神的住处，地是地神的住处，人住的大地还没有。

---

① 密乌艾西艾玛：哈尼语，地下最大的金鱼娘。

② 缅花戚里：哈尼语，一眼所看的最大极限。

又不知过了多少年，金鱼娘开始生养大神。它把巨大的鱼鳞张开，一片片鱼鳞透出万道金光。它的鱼鳞一抖，从脖子那里抖出两个大神，这就是太阳神约罗和月亮神约白；它的鱼鳞又一抖，从背脊那里抖出两个大神，这就是天神俄玛和地神密玛；它的鱼鳞又一抖，从细腰那里抖出来两个大神，这就是人神，男的叫烟蝶，女的叫蝶玛。这些大神出来以后，就飞到天上和地上去了。

　　金鱼娘的尾巴里又出来一个大神，名字叫密嵯嵯玛，她是力气最大的一个神了。密嵯嵯玛望见大神们一对一对地出去了，实不服气，赌咒说："你们爱走就走吧，我要独自留在大水里，我要独霸这一方。哼，你们在天上的，天天在我头上闹；在地上的，天天在我边上闹。不要认为你们能当万能的神王！你们这些神啊，瞧瞧你们的住处吧，天和地只占世间三分里的一分，三分里的两分还是大水，还是我管，万能的神王还是我当！"

　　密嵯嵯玛骑上鱼背，伸出巨手来搬动鱼尾，鱼尾动一下，天就摇一下，地就晃一下，她搬动得快就摇晃得快，搬动得慢就摇晃得慢，她就这样和天上地下的神捣乱。我们今天说的"地动了"（指地震）就是她在搬鱼尾巴啦。

　　密嵯嵯玛的衣裳老长，拖在地上望不见头，她用两只手"哗啦哗啦"地抖衣裳，抖得天昏地暗，日月无光。她用鼻子吹出的气把最大的石头抬走，用嘴巴吹出的气把大树连根拔起来甩到天上，屁股里吹出的气更大，大山都吹得倒……她身上有洞的地方都会吹出气来，这就是世上的大风。天神俄玛来到天上以后，住在三层高天的烟罗神殿里。她生下了至高无上的神王阿匹梅烟，阿匹梅烟又生下第二代神王烟沙，烟沙又生下第三代神王沙拉。大神烟沙又生下了风神、雨神、雷神、土神、籽种神、水神、田神、地神、水沟神，以及金银铜铁锡神等大大小小的神，天上地下的神就多起来了。

## 造天造地

那个时候，金鱼娘扇出来的天叫作"奔梭哈海"，金鱼娘扇出来的地叫"罗梭梭海"，这是天神、地神所在的地方。中间空出来的这层，叫作"涅嵯嵯海"，这里一样也没有，天神到地神那里去串门，要经过涅嵯嵯海，地神到天神家里做客，也要经过涅嵯嵯海，这里被大神们的脚巴掌踩出七十七条通天通地的大路小路。

但是中间的涅嵯嵯海一样活物也没有，一样死物也没有，没有天，没有地，没有太阳，没有月亮，实在不好。天神地神们走来说："嗯，这样好的地方不要给它空着，也要给它有天有地，有太阳月亮，有好吃好住的东西。"他们决定来造天造地了。

造天造地的话是阿匹梅烟说出来的。她抬手唤来战神扎略阿则，叫他召集天上地下的神，战神扎略阿则就拔出召神的牛角号吹起来：

> 哒哒呜——哒哒呜——
> 话的大门打开了，
> 阿匹梅烟说话了；
> 高天的神不要动了，
> 地下的神不要走了，
> 所有的神来集合，
> 造天造地的时候到了！

听见扎略阿则的号声，烟罗神殿动起来了，神殿里走出一窝一窝的神：日神月神、风神雨神都出来了，地下的龙宫也像打摆子一样动了，龙王欧罗、水神阿波、地神密玛都出来了……大神们的队伍黑压压的望不见头，大家都来造天造地了。

大神们先来造天。造天用什么料呢？用金子银子。用金银做什么呢？用金银做天架，因为只有金银才不会被蚂蚁啃、被蛀虫蛀。

三层高天的大神集齐了，他们来造天架。大神里手最巧的工匠有两个，一个是罗德，一个是埃依，他们领着大神们一起造。

造天架还要金扎绳和银扎绳。大神烟沙砍来九捆金银竹，破出九捆金篾银篾，又派两窝银燕样的飞神扇着翅膀来绑绳，把天架绑牢。

造天还要绿石头，不然造出的天不会蓝汪汪的那么好看。大神们赶紧扛着金撬杆，撬来大块大块的绿石头。最大的神王领着天边来的三伙神，像老鹰一样飞来飞去，背着背篓运石料造天。他们的手艺很好，留下了筛子一样的天眼，这就是满天的星星。他们还挖出两条银河，东边一条，西边一条，东边一条是留给雨水过的路，西边是留给露水过的路。他们又留下了四道天门，是天神进出的路口。

造天的时候，还造出了三个最能干的人，一个是头人，一个是贝玛①，一个是工匠。头人叫查听德门，贝玛叫罗赫阿波，工匠是天神摩米的姑娘。

造好天又来造地。造地请来了罗梭海的大神、龙宫的龙神和地下的蛇王。

造地要下地脚，地脚下在十条大江汇集的江尾，下在十条大水汇集的水尾，这个地方就是涅嵯嵯海的边上，就在人眼望得见的那边，在天的那边和地的那边，在天和地连接的地方。

来造地的地神王有三个，一个是密则，一个是达拉，一个是阿尼，他们领来了龙王和蛇王的工匠，三层高天的工匠罗德和埃依也来了。大神们扛来一个最大的风箱，拉出七十七股狂风，拉出百种颜色的浓烟。他们要是不拉风箱，地上就不会有气，人也不会呼吸，万物也不会呼吸；万木不会发芽，野兽不会出门。

大神们又背来了金子、银子、黄铜、黑铁，化成红水来造地柱。打出的地柱，到十条大江汇集的江尾和十条大水汇集的水尾蘸水，就

---

① 贝玛：亦称摩批、摩匹，原始宗教祭师，传统文化的保存者。

变成了最牢的地柱。

打成的地柱支在哪里？支在金鱼娘的身上：头一根，支在它的头上，不让它抬头；第二根，支在它的尾巴上，不让它摇尾巴；第三根、第四根，支在它的两边鳍上，不给它划水。这样地就稳了。

大神们又来造地梁，地梁用龙王头上的金珠和蛇王下巴上的银珠打成。

金珠银珠打成的地梁架在哪里？架在地柱上面，地梁架上去，地壳一天也不会倒。

地壳用什么造？用黄土黑土来造。大神们又背着背箩，从土神密嵯媳妇的九个大仓里背来好土造地。抬土的时候，蚂蚁也来抬了，土狗也来抬了，蚯蚓也来抬了，草鞋虫也来抬了。

造地还留下了许多地眼，给地气走路。人老吸不着地气，三天就死了，草木庄稼吸不着地气，一早就死了。

大神们原先不会造地，一个问一个："是不是要造得像天一样平呀？"蜂子听见了赶紧说："不是不是，造地要造得像蜂饼一样才好，要有高有低，有高山河坝，有老崖平地，有凹塘深箐，这些一样不能少！"大神们明白了这个道理，就扛来金犁金耙，来犁地、耙地。

拉犁拉耙的是哪个？大神们先拉出老虎来试试，老虎说："不行啊，我的皮是滑，只是不会扛犁耙。"又拉出兔子来试试，兔子说："我的耳朵是长，只是耳朵不会拉犁耙。"龙也试过，蛇也试过，冠子最大的公鸡也试过，都拉不动犁和耙，最后拉出长角宽身子的牛，它会犁会耙，所以造地就造在属牛的日子。

三个地神王架起牛，把地犁耙得高高低低的，犁下去的沟沟，变成峡谷的老箐，翻过来的土垡变成高山和矮山，耙手的地方变成坝子，耙凹的地方变成水塘和龙潭。

地造好了，这是谁的功劳呢？是三个地神王的功劳，是九个天神的功劳，是三头牛的功劳啊！

# 查牛补天地

民族：哈尼族

讲述：朱小和（哈尼族）

采录：史军超

流传地：云南省红河哈尼族彝族自治州元阳县、红河县、绿春县、金平苗族瑶族彝族自治县

古时候，天神造出天和地，造出太阳和月亮，造出万事万物，天神和地神可欢喜了。

可是这天早上，十二个乌摩来到神王烟沙面前，说出了吓人的话："高能的大神，万神的大王，你没有看见吗？造天造地的事情，三分只完成了一分呢！"

神王烟沙说："什么事情呀，亲亲的阿尼①？"

乌摩们说："去吧，神王烟沙，你到烟罗神殿门口望一望，就知道了。"

神王烟沙走下金子打的大椅，来到烟罗神殿的门口一看，哎呀，事情怪了！他看见太阳虽然是亮的，却是灰灰的，照不出七掌远，月亮明是明了，只是雾雾的，照不出三掌远，太阳神约罗使力发热，再热也晒不熟庄稼，月亮神约白挣白了脸，也照不明黑夜里的小路。天是造成了，只是歪歪倒倒的，地也造好了，只是摇摇晃晃的。烟沙大神说："不得了！不得了！要补天补地，要补太阳和月亮，万事万物都要补了！"

听见神王烟沙这样说，七十七个工匠神又忙起来了。他们背的背，扛的扛，背来金银铜铁锡，扛来一次可烧九山干柴的大铁炉，架起风

---

① 阿尼：哈尼语，弟兄。

229

箱炼起料来。

他们先补太阳，补太阳用金料。七十七个工匠神把金子打成太阳那样大，抬着去补太阳，可是补了七天，还是补不好。

他们又去补月亮，补月亮用银料。他们把银子打成月亮那样大，拿去补，还是补不成。

七十七个工匠神又来补天补地，这回大神烟沙和十二个乌摩也来帮忙，可是造出的天梁不稳，打出的地柱不牢，天地还是补不好。

七十七个工匠神没有主意了，十二个乌摩没有主意了，神王烟沙也没有主意了。

这时，第一代神王阿匹梅烟走来说："补天补地的神，你们戆啦，补太阳补月亮的神，你们愣啦，补天地日月不能用金银铜铁锡，要用查牛①来补啊！"

阿匹梅烟说："听着，我的儿孙们，补天的查牛早已养着了，高天的大神俄烟和龙宫里的龙王欧罗已经把杀牛补天地的事情说定了。听呀，查牛的牛种是天神俄烟给的，查牛的草料是烟罗神殿后山的七蓬青草，肥壮的查牛啊，就养在龙神欧罗家的牛圈里。"

"哦，阿匹，是这样吗？知道了，知道了，我们牵去！"

补天地的一窝神来到龙王欧罗家里："阿波②欧罗，天摇地动了，太阳不热月亮不亮了，不是得闲的时候了，赶快把查牛拉出来杀掉，要补天地日月了！"

龙王欧罗是个懒人，查牛的事情早就忘记了："尊敬的神王烟沙，亲亲的乌摩神和工匠神，你们说杀查牛，查牛在哪里呀？"

"啊，你这个忘性比记性好的人，查牛在哪里应该问你，反倒来问我们！查牛不在你家牛圈里面吗？"

---

① 查牛：本意为土牛，这里指天地神专养的神牛。
② 阿波：哈尼语，阿爷，另一意为对男性尊称。

"哦，是呢是呢，赶紧瞧去，赶紧瞧去！"

他们一窝神来到欧罗家牛圈里，一瞧，啊呀！只见一条又脏又黑又难看的大牛站在那里——这样的牛也能拿来补天地日月吗？原来，查牛本是一条白白的大牛，身子像缅桂花一样白一样香，牵来养在欧罗家的牛圈里，没有人管，没有人瞧，它吃饱喝足，天天在烂泥塘里打滚，白生生的牛滚成黑黄黑黄的牛，天上最好的神牛，变成地上的土牛啦！

补天地、补日月的一窝神把查牛拉出来，龙王欧罗赶紧舀来三瓢清水洗它，三瓢清水用完，黑牛又变成白牛了。

补天地补日月的一窝神把查牛牵到杀牛场，叫叫嚷嚷地杀牛了。天神杀牛的地方，比哈尼族的六月年还要热闹啊！

七十七个工匠神来杀牛，打金打银的小锤拿出来，打铜打铁的甩锤拿出来，倒锡舀锡的模子拿出来，可是工匠神的大锤砸不倒天神的查牛，七十七个工匠神锤了一通，查牛还是"哞——哞——"地叫。

十二个乌摩神来杀牛。绑人的索子拿出来，可是十二条大索绑不住天神的查牛，乌摩杀过的查牛还是"哞——哞——"地叫。

神王烟沙来杀牛了，高能的神王用什么杀牛呢？用他至高无上的话。他对查牛说："啊，神牛，补天补地补日月的查牛，今天我站在你面前，你倒在地上淌血的日子到了，你喘气喘不过来、嚼草的嘴闭不拢的日子到了，你死吧，快死吧，这是我至尊的神王烟沙大神说出的话！"这样的话说出三遍，查牛还是"哞——哞——"地叫。

哦，亲亲的哈尼弟兄，神王也杀不死查牛，杀牛补天地的一窝神没有主意了。

这个时候，天神俄玛走来了。俄玛阿匹走过的地方，没有一个神不低头让路，神王烟沙也要恭恭敬敬——天神俄玛是所有神的阿匹呀。

"我亲亲的儿孙，高能的大神们，你们要杀查牛补天地补日月吗？要杀，就去找我亲生的姑娘俄白和俄娇去吧，除了俄白和俄娇，一个也杀不了查牛。"

杀牛补天补地补日月的一窝神来到天神俄白、俄娇面前："俄白俄娇啊，快去把查牛杀掉吧！你们不见太阳像要熄的火塘，没有一点热气，月亮像生病的人，脸是寡白寡白的，天地像十年没有翻盖的秋房①，风一吹就要倒了！快去吧，两位高能的女神啊！"

"查牛我们会杀，只是杀牛的道理我们不会讲。众神啊，你们要杀查牛，为什么不去问问杀牛的道理呢？"

"谁懂道理？我们去问他。"

"懂道理的神，是胡子像茅草一样多的乌孔拔森，他的智慧像他的胡子一样多。"

"智慧的乌孔拔森住在哪里？"

"住在北方的地角上。"

众神去到了北方，那里到处白茫茫，他们在冰雪搭成的宫殿里找到了睡在冰床上的乌孔拔森。

"阿波乌孔拔森，你的家这样冷，你好住吗？"

"哦，亲亲的兄弟，热地方来的众神，我的家不好，你们为什么来不好的地方？"

"阿波，你的胡子比箐沟里的罗比草还密，你的智慧比胡子还多，你能不能告诉我们，杀查牛补天地是什么道理？"

乌孔拔森指着自己的身子说："瞧瞧我的身子吧，众神！我这样冷，身子都结成冰柱子了，我这样抖，手脚就像被大风吹着的树叶。我再聪明，七个聪明也被冷掉七个，十个聪明也被抖掉十个。众神啊，不杀查牛补日月，世人的聪明会被冷掉；不杀查牛补天地，天神的聪明也会被抖掉；不杀查牛，世上一样物种也不能存活，世上一样道理也不会懂，这就是杀牛的道理了。"

---

① 秋房：哈尼族六月年杀牲献祭之所，一年翻盖一次。

"噢，是呢，是呢！阿波乌孔拔森，是你的智慧救了世上的人和天上的神啊！"

众神赶紧把杀牛的道理说给俄白和俄娇，她俩便大步走向杀牛场去了。

俄白俄娇两个女神来杀查牛了！俄白拿着天神俄玛的金刀来了，俄娇拿着龙王欧罗的银盆来了。这金刀是拿来杀牛的，而银盆是拿来接血的。

听到要杀查牛，天上地下的神都来了。头一伙来的是三个地神王和天神俄玛的小儿子，这是四个力气最大的神，他们来干什么？他们来按牛脚。

第二伙来的神是那退鬼的贝玛。贝玛来干什么？来遮牛眼睛。贝玛不用三把树叶遮住牛眼睛，查牛是杀不死的。

第三伙来的神是高能的罗波和俄窝。他们来做什么？来分查牛的皮肉五脏，不分割查牛，天地日月还是补不好。

大神俄白抬起金刀，把神圣的查牛杀掉了。啊呀！那高大的查牛"轰隆"一声倒下来了！

大神俄娇赶紧拿过银盆，查牛的红血像七月涨水的大江，"哗哗哗"地淌出来了，龙王欧罗的银盆再大，也装得漫出来了。

查牛的红血接来做什么？接来抹天。大神俄娇把满盆的红血抹在天空上，抹出鲜血般的满天彩霞；穿上彩霞的衣裳，光漉漉的天不光了；穿上彩霞的裤子，害羞的天也不害羞了——天懂得道理了，天补起来了。

天神杀查牛时，查牛喷出了三股白气。白茫茫的鼻气拿去做什么？拿去做乌天乌地的雾露。穿上雾露的披火披斗①，天也热和了，地也热和了。

---

① 披火披斗：大襟衣，哈尼族常穿的衣服。

众神杀查牛时，查牛的眼睛眨了三下。三道眼光拿去做什么？拿去做三道闪电。三道闪电是缝合天边和地边的银线，银线一缝，天和地就连起来了。

众神杀查牛时，查牛流出了三滴鼻涕。三滴鼻涕拿去做什么？做成七月间的雨水，七月间不下大雨，天地就要干死啦。

众神杀查牛时，查牛哭出了两颗眼泪。两颗眼泪做什么？做银河里的露水。每天早晚，银河不降下亮晶晶的露水，树也不会绿，草也不会发，庄稼也不会低头。

哦，亲亲的哈尼，一寨的弟兄，世间的人，不是想着亮堂堂的月亮照夜路吗？不是想着热乎乎的太阳照白天吗？赶紧瞧哦，天神俄玛的姑娘，高能的大神俄白伸出手，把查牛的右眼摘下来。她摘右眼做什么？做成热和的太阳；太阳神约罗赶紧接过右眼，放进了太阳的金圈里，这下子，太阳变得热乎乎的了。龙王的媳妇俄娇①摘下了查牛的左眼。她摘左眼做什么？做月亮。月亮神约白赶紧接过左眼放进月亮的银圈里，月亮变得亮堂堂的了。嗬嗬，世上的人们啊，太阳、月亮都补好了，白天有了太阳照晒，不熟的庄稼也会熟了，不发的青草也会发了！夜晚有了月亮照路，大鬼不敢来拉你的衣裳角，小鬼不敢摇着树枝吹口哨，你不用害怕了。

众神杀查牛时，俄白姑娘拔下了它两边的偏牙。偏牙拔去做什么？左边的拔去做早上最亮的启明星，右边的拔去做给世人指路的北斗星。启明星不亮，黎明不会来到；北斗星不出，认不清方向。

众神分查牛时，俄娇姑娘又拔下了查牛的七十七颗板牙。板牙拔去做什么？做满天的星星。俄娇姑娘把七十七颗板牙朝天上一撒，天上变得亮晶晶的了。

查牛身上的千百样东西，都一样一样地分割开了。血槽分出来，

---

① 俄娇她不光是俄玛之女，也是龙王的媳妇。

做成山洼里的沼泽地。舌头分出来，做成世上动物的声音。嘴皮分出来，做成所有动物的嘴巴。耳膜分出来，做成世上动物的听觉。胆汁分出来，做成世上的勇气。脑髓分出来，做成地上栽田种谷子的黄土。牛肉分出来，做成箐沟山坳里的黑土。

嗓管做什么？做风吹的大路，那是风神半沙最爱去的地方。肝肺做什么？做震天的大鼓，那是雷神俄妥努祝最爱的玩具。肚子做什么？做成聚雨水的湖泊。尿泡做什么？做成冒清水的龙潭。

大肠做成银河，小肠做成江河，直肠做成大路，岔肠做成小路。

脊梁做什么？做成支天支地的天梁地梁。肋骨做什么？做成撑天撑地的大椽子。

还有牛角呢？做成打仗的号角①。弯弯的牛角纹做什么？做成天边的瓦云。

尾巴砍下来，做扫星星的扫把。膝盖骨砍下来，做石杵和碓窝。脚杆劈下来，做高高的大树。脚趾割下来，做大树上的树枝。指尖掰下来，做满山的绿叶。胡子拔下来，做树上盛开的花朵。

查牛身上分出来的东西太好了，它们像春天的花一样，布满天上和地下。

大肠还剩一截，天神拿来做称天称地的秤杆，牛心拿来做称天称地的秤砣——为什么要称天称地呢？因为天有九个九的重量，地也有九个九的重量，天地要匀匀地称好，太阳月亮才不会走歪走斜。

千千万万节骨头呢，拿去做世上层层叠叠的大山。查牛骨有大块小块，做出来的山也像狗牙一样高高矮矮不整齐。最大的两节骨头，一节是红骨，一节是黑骨，是最宝贵的两节骨头啦。拿去做什么？拿去做成虎尼虎那高山②。红骨变红石，黑骨变黑石，红石头黑石头堆

---

① 哈尼族作战时常吹牛角号。
② 传说哈尼族最早的祖先诞生在这高山上。

起的虎尼虎那，是哈尼族最古最老的家乡。

最小的骨头还有三节，做什么呢？做了三样好东西：一节做成写字的笔，送给汉族人写字做生意；一节做成划船的桨，送给傣家兄弟去划船；一节做成吆牛棍，送给哈尼放牛放马的小娃。

还有那大大的牛皮做什么呢？七十七个天神争着要拿去做天的披毡，七十七个地神也争着要拿去搭地的田棚，争了七天，相持不下。俄白、俄娇说："阿波阿匹，你们不要争啦，拿去做绷天绷地的皮吧。"众神一齐点头："哦哟，还是杀牛的姑娘会说话！"俄白俄娇两个姑娘拖着牛皮绷天去了，她们在宽宽的天庭转来转去，把牛皮拖得"嘎啦啦——嘎啦啦——"地响，这吓人的声音，把天神的耳朵都震聋了。她们又拖着牛皮去绷地，"轰隆隆——轰隆隆——"的声音，把地神的头也震昏了。她们终于把天和地绷好了。

俄白俄娇看见大地上颜色很少，就拔下密密的黑牛毛撒下去，黑牛毛变成黑青黑青的蓝靛。今天老林里，蓝靛密密地生着，就是她们那个时候撒下的。

她们又拔下黄牛的牛毛撒到田坝里，黄牛毛变成金黄的稻谷。[①]今天的大田里，金谷像牵牛的马尾巴，就是她们那时候撒下来的。

两个姑娘又拔下白牛毛撒到凹塘里，白牛毛变成白白软软的棉花。今天凹塘里的棉花，就是她们那时候撒下来的。

两个姑娘又拔下油亮的牛毛撒到半山上，变成乌黑油亮的荞子。她们又拔下灰亮的牛毛撒向高山和平地，灰亮的牛毛变成了密密的草木，这些草木嘛，像两个姑娘的头发一样又密又厚。

查牛的身体分到最后，还剩下四条牛腿。查牛的腿很肥壮，该做什么呢？俄白和俄娇两个人商量了半天，最后决定拿去埋在地柱脚，因为香甜的牛腿是世上最好的饭食，埋在地柱脚，金鱼娘密乌艾玛吃

---

① 关于棉花稻谷、草木等的来源有多种传说，此其一。

了它，身子就不会摇，尾巴也不会甩，这样地柱就稳了。

　　好了，查牛分完了，天地日月、万事万物都好了，天上地下都妥当了，亮了，一千年也不愁了，一万年也不怕了。

# 三个神蛋

民族：哈尼族
讲述：鲁然
采录：黄世荣
流传地：云南省红河哈尼族彝族自治州红河县、绿春县、元阳县，元江哈尼族
彝族傣族自治县，墨江哈尼族自治县等


我们先祖莫元那个时代，大地上的人们还不会栽田种地，只会像猴子一样在山上摘野果吃，像野猪一样在箐沟里采野菜填饱肚子。后来，大地上的人逐渐多起来了。人越多，坏事也不断地涌现。为了争一个野果，为了争一个女人，经常互相打架，今天打过来，明天打过去，打死的人不少，被打死的人变成鬼后又害人吃人，闹得地上很乱很乱。人们不能生活了。

有一天，莫元请求天神摩咪说："慈祥的摩咪，请你可怜一下我们地上人，地上人闹鬼闹得不能生活了，请你来好好安顿一下。"

慈祥的摩咪回答说："我知道了，我已叫神鸟在很远很远的山上下了三个蛋，你去山上找吧。那三个蛋里有三个人，就是管你们的人，你把蛋拿回来后把他们孵出来，从此，你们地上人就会平安无事。"

莫元听了很是高兴，谢过摩咪，就去四处寻找神蛋。他从东找到西，不知翻过了多少座山，不知跨过了多少条河，每一座山都找过了，都没有见到神蛋的一点影子；从北边找到南边，不知太阳升了多少回，星星落了多少次，每一座山都搜遍了，也没见着神鸟的一点脚迹。他没有主意了。正当他灰心丧气地抱头坐在一块大石头上发愁的时候，地上突然有个巨大的黑影掠过。他抬头一看，只见天上有只一块黑云样大的鸟很快朝东南方飞去，那鸟越飞越小，最后消失在天边了。他想，这一定是摩咪说的那只神鸟了。想到这里，他来了力气，一直朝

神鸟飞去的地方走去。他走呀走呀，饿了吃野菜，渴了喝泉水，日夜不停地朝前走。当他走了十二个白天十二个黑夜的时候，面前被一堵万丈高的悬岩绝壁挡住了去路。他退也不是，走也不是，心里生起了怒火，便抱起一个牛身子粗的石头，狠狠朝绝壁砸去。只听"轰"的一声巨响，绝壁炸开了一条裂缝，裂缝中有一根从岩顶垂下来的树枝。莫元见了，紧紧抓住树枝往上爬，刚爬到岩顶，只听"嘭"的一声响，一个巨大的黑影从头顶掠过，他一看，是那只巨大的神鸟。他高兴极了，急忙在岩头山顶上寻找神蛋。当太阳快要落山的时候，他终于在一个草坪上找到了三个神蛋，一个是红的，一个是绿的，一个是白的。莫元高高兴兴地带着三个神蛋回到了家。

不久，莫元做好了抱蛋的鸡窝，可是没有抱蛋的母鸡。他找过好几只母鸡，但它们一只也不敢抱，一见到神蛋就惊叫着飞跑了，莫元只能到很远很远的地方去寻找抱神蛋的母鸡。可是找遍了每一道山梁，踩遍了每一条河沟，四方八面都找遍了，也找不到一只敢抱神蛋的母鸡。他发愁了，只得回家另想办法。他到家一看，只见一只大黑母鸡静静地躺在鸡窝里抱神蛋。莫元心里说不出的高兴，他捉来肥肥的蚂蚱和狮子虫喂它，可是大黑母鸡一口也不吃；他打来清清的山泉水给它喝，可是大黑母鸡一口也不喝。就这样忍饥挨渴，整整抱了三轮[①]三十六天，终于抱出三个男人。说来也很怪，这三个人一抱出来就会说话走路，并且一见风就长成了三个大人。大黑母鸡望着刚抱出来的三个人，"咯咯咯"地欢叫了一阵，就展翅飞上天去了。

莫元问那三个人："你们三个各说一说，哪个管哪样？"

红蛋抱出来的那个人说："我来当官，给地上的人断事。"

绿蛋抱出来的那个人说："我来当贝玛，给地上的人驱鬼治病。"

白蛋抱出来的那个人说："我来当工匠，给地上的人制造工具，

---

① 三轮：红河地区哈尼族以天干地支的十二属相为轮，一轮为十二天，三轮三十六天。

盖房子。"

从此，三个弟兄各自管起各自的事情，官人天天忙给人们断事情，吵闹、打架、残杀的事情少了。人们为了感谢他，把最俏的女人送给他做老婆，把最值钱的东西送给他用，把最好吃的东西送给他吃。贝玛天天忙给人们驱鬼治病，并用黄泡刺挡住寨门。鬼害怕了，躲到了很远的地方，人们的疾病少了。人们为了感谢他，把鸡腿、牛脚送给他，把吃的东西送给他。工匠制造了锄头、斧子、锯子、砍刀等各式各样的工具，教会了人们盖房子，人们挖田种地省了力，住上房子不怕风吹雨打。人们为了感谢他，把好吃的东西送给他。这样一来，地上的人们无灾无难、安居乐业，人一天比一天多起来了。

不知过了多少世多少代，人们认为世间无灾无难、太平无事，白白养着官人、贝玛、工匠吃闲饭划不来，就吹起牛角把他们赶到很远很远的地方去了。不久，人们为了吃为了穿，为了争女人，互相争吵打架甚至互相残杀，今天打过来，明天打过去，谁也管不了谁，整个大地都乱糟糟的。拦寨门的黄泡刺掉了，成群的魔鬼也从很远的地方来到寨子吃人害人。地上的人病的病、死的死，一天比一天少了。锄头、斧子、砍刀等各式各样的工具坏了，没人修理，房子倒了烂了没人盖，人们不能栽田种地了，过不了好日子了。从此，人们知道没有官人、贝玛和工匠就不能过日子，想把他们三兄弟请回来，便到处寻找，可是哪里也找不到他们，人们急得聚在一起伤心痛哭。就在这个时候，突然飞来一只燕子，问道："出了什么事，使你们这样伤心痛哭？"

人们把原因一五一十地告诉了燕子，燕子听了很同情人们，便说："我去找找看，找着了，我代你们请他们回来。"说完，燕子飞走了。

整整过了一年，燕子飞回来了，人们问它："找着了没有？"

燕子说："找着了。"

人们又问："他们在什么地方？"

燕子说："他们住在天边边，我找遍了东西南北，昨天才找着

240

他们。"

人们又问："那为什么不把他们请回来？"

燕子说："他们三弟兄在那里盖了房子，安安心心地栽田种地，不愁穿，不愁吃，不愿离开那地方。他们还说，过去他们三弟兄麻烦了大家，让大家生气，他们不愿再回来给大家添麻烦又惹大家生气。"

"过去是我们错了。没有他们三弟兄，我们一天也不能过，以后我们再也不赶他们了，还是麻烦你给我们多说说情，帮我们请回他们三个兄弟吧。"人们苦苦哀求说。

"我想还是你们亲自去请他们好。只要你们给他们当面认个错，也许他会回来。要是你们有心去，我就给你们带路。"燕子向人们说了真心话。

人们听了，觉得燕子说的有道理，决定亲自去请他们三弟兄回来。于是燕子在前面带路，人们跟在后面，请三弟兄去了。

翻过一山又一山，跨过一河又一河，足足走了半年才走到三弟兄住的地方。人们见到了三弟兄，承认了自己的过错，诉说了自己所处的困境，然后请求说："尊敬的官人、贝玛和工匠，没有你们我们不会过日子，请可怜可怜我们，回到我们那里去。"官人听了后说："我当官是天神摩咪的安排，我按照天神摩咪的主意办事，心都操碎了，却得不到你们的拥护。现在我们三弟兄自己栽田种地，安安稳稳地过日子，官我不愿当了。"

贝玛说："我当贝玛，也是天神摩咪安排的，我按照天神摩咪的主意办事，天天驱鬼治病，弄得我口干舌燥、头昏眼花，却得不到你们的支持，这样的贝玛我不会当。"

工匠说："我当工匠也是天神摩咪安排的，我按摩咪的主意办事，天天忙着制造工具盖房子，累得我吃睡不安，却得不到你们的同情，这样的工匠我不当了。"

人们听了，一起跪在地上，流着眼泪苦苦哀求说："你们不回去，我们就活不成了。请救救我们，跟我们回去吧！要是你们不回去，我们就跪在这里死去算了……"

官人、贝玛和工匠看在眼里，听在耳里，被深深感动了。官人说："既然大家真心要我回去，以后样样都得听我的话，不听我的话，就得让我打、让我杀。"

人们连忙磕着头说："好好好，我们一定听官人的话，把命交给你管。"

贝玛说："既然大家要我回去，驱鬼治病要按我的要求办，还要给我吃肉喝酒，不然我不回去。"

人们连忙磕头答应说："好好好，我们一定按你的要求办。"

工匠说："既然大家要我回去，造工具、盖房子时要让我吃饱肚子，还要给我一点吃的东西，养活老婆孩子。"

人们连忙点着头说："是啰是啰，我们一定不会让你家里一个人饿着。"

就这样，人们把官人、贝玛和工匠三个弟兄接回去了。从此，人们把最好吃的东西送给官人吃，最金贵的东西送给官人用，最俏的女人送给官人做老婆。官人好吃好住，想尽办法给人们断事情，遇着不听话的，想打就打，想杀就杀。这样一来，人们再也不敢乱说乱动，都老老实实听官人的话。人们把好酒好肉拿给贝玛吃，还送鸡腿、牛腿给贝玛带回家献天神。贝玛好吃好住，天天给人们驱鬼治病，把魔鬼赶出了寨子。这样一来，人们无灾无难，生下来的娃娃养得活了，地上的人又一天比一天多起来，一天比一天热闹。人们给工匠吃得饱饱的，还把吃的东西送到他家，给他的老婆儿女吃，这样一来，工匠安安心心造工具、盖房子，人们有了工具就好栽田种地了，有了房子不怕风吹雨打了。从此，人们无灾无难、安居乐业，日子一天比一天好过起来，人们再也不敢得罪官人、贝玛和工匠了。

## 附记

《三个神蛋》的故事，广泛流传于红河哈尼族彝族自治州南岸的哀牢山区。哈尼语称故事中的三个人为"咀""其""克"。"咀"即官人，"其"即贝玛，"克"即工匠。讲的是官人、贝玛、工匠的来历，各地的传说大同小异。

绿春、元江、墨江等地传说：官人、贝玛、工匠是由三个不同颜色的神蛋孵出来的，但各地流传的一些细节有所不同。有的说是红蛋、绿蛋、白蛋三种，有的则说是红蛋、白蛋、花蛋三种。关于孵蛋，各地的传说也不尽相同，有的说是太阳和月亮孵的，有的说是天和地孵的，有的则说是神鸟孵的，等等。

# 奥颠米颠①

民族：哈尼族僾尼人
讲述：飘马（僾尼人）
采录：白章富
流传地：云南省西双版纳傣族自治州

很古很古的时候，既没有天，也没有地。

谁来造天？谁来造地？老人们说，是女天神阿波米淹派加波俄郎造天造地。加波俄郎身材高大，力大无比，聪明能干。他的手长得可以伸到天空，他的脚大得可以踏平山川。他用三颗马牙石造天。天造好后，他又在天上镶嵌了日月星辰，布置了雷雨闪电、浓雾露水、五彩云霞。天不会下雨，他就在天上挖了三指大的口子，作为雨的通道。据说天上的雨就是从那个口子里落下来的。

天虽然造好了，可是没有支撑的东西。天就像一个空背篓悬在半空中，摇来晃去，很不稳当。为了让天有依托，加波俄郎马不停蹄、一鼓作气，开始用三坨泥巴造地。在造地的过程中，他一连三次接到女天神阿波米淹的传话。第一次传话说，他的嫂嫂病死了，要他赶快回去料理丧事。他回答说："大地还没有造好，我不能回去！"不久，又来了第二次传话，说他妈妈病死了，要他立即回去料理丧事。他想了想回答："大地还没有造好，我不能回去！"大地快要造好了，只差三个巴掌大的风道口还没有修好。他正聚精会神地修整风道口，第三次传话又来了，说他的父亲病死了，要他立即回去料理丧事。这时，为了让大地不留风道口，他心里一急，用力一拉，拉拢了风道口。可是，平坦的大地

_____

① 奥颠米颠：造天造地。

上也被拉出了高山和河川。这就是今天山川平地的来源。

　　大地造好了，天有了支撑，便不再摇摇晃晃，大地也稳稳当当。但是大地上还没有人，应该造人了。这时，天神阿波米淹就用吊篮将踏婆从天上放到大地上。踏婆胸前七只奶，胸后也有七只奶。她来到大地上不久，不知为什么，从头到脚，周身上下，就连头发和毫毛都怀孕了。怀孕的时间因部位不同而有长短，不同部位所生的动物也各不相同：胸以上生出的是会飞的雀鸟，腿以下生出的是会跑的禽兽，只有在肚子里怀了十个月生出的才是人。她一次就生下了七百个子女。之后，万物成对生长，男女成对生儿女，大地上的人一天比一天多起来。那时的人们，不会开田地，不会种庄稼，吃的是野果、兽肉，住的是树林、山洞。人和兽同居，虎和猪同窝，鹰和鸡同巢。人吃飞禽走兽，飞禽走兽也吃人。后来，人和飞禽走兽争斗，飞禽走兽斗不过人，就搬到深山野岭去住。人们的生活这才一天比一天过得好。

　　这样的好日子不知过了多少年。突然，一天早晨，乌云密布，闪电雷鸣，暴雨倾盆而下。暴雨一连下了九天九夜，洪水淹没了大地，漫上了天，连星星也泡在洪水里。大地上的人全部淹死了，只有两兄妹躲进大葫芦里，随洪水漂流，从东漂到西，从南漂到北。后来，暴雨停了，洪水落下去了，葫芦漂到阿牢山上停下来，兄妹俩才没有被淹死。

　　兄妹俩走出葫芦，看到大山光秃秃的，天空没有飞鸟，地上没有走兽。哥哥越过九座大山，没有看到一个人影；妹妹蹚过九条大河，也没有看到一个人影。他们感到孤单、寂寞，又想念亲人，就坐在山梁上哭诉。这时，天神阿波米淹满面笑容地出现在他们面前，亲切地对他们说："天下的人都被洪水淹死了，就只剩下你们两个。为了繁衍后代，你们成亲吧！"

兄妹俩害羞地答道："阿波①天神，我们是同一父母生，同一父母养，只能成兄妹，不能成夫妻。"

天神见他们不肯成亲，就想了一个办法，叫他们分别在河两边的山头上往河中滚磨盘，如果两扇磨盘合在一起，他们就可以成亲了。听了天神的话，哥哥背着一扇磨盘走上河东山头，妹妹背着一扇磨盘走上河西山头。他们各自将磨盘滚下山去，结果两扇磨盘果真合拢成一副磨了。傈尼人有句俗话："好路十二条，好话十二句。"无路可走了，无话可说了。同巢的鸟儿可以做一家，一个娘生的公鸡和母鸡也可以成双对。为了繁衍人类，兄妹俩同意结成夫妻。

哥哥到东山砍来木头，妹妹到西山割来茅草，他们盖起了新草房。就在当天，他们成亲了。天神阿波米淹非常高兴，立即给他们送来了种子，并教会他们开荒、播种、收获。

一年以后，妹妹生下了五对儿女。第一对儿女就是后来的傈尼人，第二对儿女就是后来的傣族，第三对儿女就是后来的彝族，第四对儿女就是后来的布朗族，第五对儿女就是后来的汉族。没有几年工夫，五对儿女都长大成人了，人口一天比一天多起来。树大要分桠，人多要分家。第一对儿女继续留在阿牢山区，第二对儿女分在河谷平坝，第三对儿女分在半山区，第四对儿女分在深山密林，第五对儿女远走高飞，分到了遥远的北方。他们各走一方，独自谋生去了。

---

① 阿波：阿爷，有时也作为一种尊称来称呼尊崇的人。

246

# 迦萨甘创世

民族：哈萨克族

采录翻译：尼合迈德·蒙加尼、校仲彝

流传地：新疆哈萨克族聚居地区

远古的时候，世界混沌一片，无所谓天，无所谓地。那时候，只有创世者迦萨甘。

迦萨甘五官齐全，有耳能听，有眼会看，有舌头可以讲话，长相和人差不多。后来他创造了天和地。最初，天只有圆镜那般大，地像马蹄一样小。迦萨甘把天地做成三层：地下层、地面层和天空层。后来，天和地各增长成七层，而且在不断地长大。

那时候，天和地漆黑一团，寒冷无比。迦萨甘用自身的光和热，创造了太阳和月亮。从此，天和地便得到了光明和温暖。

起初，天在上，凝然不动；地在下，不大甘心，总是摇晃不定。迦萨甘拉来了一头硕大无比的"青牛"，把地固定在牛的犄角上。大青牛生就犟脾气，只愿意用一只犄角支撑，地仍然不时晃动。尤其每逢大青牛将地从一只犄角调换到另一只犄角上的时候，地就震荡起来，发生强烈的地震。迦萨甘十分气恼，顺手抓起一些高山，当作钉子，把大地牢牢地钉在了大青牛的犄角上。

迦萨甘住在天的最上层，所以，迦萨甘就是天，天也就是迦萨甘。迦萨甘把太阳和月亮都放在天的中间，在太阳和月亮的照射下，大地亮堂堂、暖融融。可是，当时的大地上空旷无边、寂然无声，什么也没有。迦萨甘寻思着给大地创造一些有生命的东西，还要给大地创造主人。于是，迦萨甘在大地的中心栽了一棵"生命树"。生命树长大了，结出了茂密的"灵魂"。灵魂的形状像鸟儿，有翅可以飞。这时，迦萨甘用黄泥捏了一对空心小泥人，小泥人晾干以后，迦萨甘在他们的肚子上剜了肚脐窝。然后取来灵魂，从小泥人的嘴巴里吹进去，一对小泥人便倏然站立，欢腾雀跃。他们就是人类的始祖，男的名叫阿达姆阿塔，意思是"人类之父"；女的唤作阿达姆阿娜，意思是"人类之母"。

两个小人长大了，迦萨甘让他们俩婚配。他们前前后后共生了二十五胎，每胎都是一男一女的双胞胎。后来，迦萨甘又主持了这些孩子的婚礼。男女共五十人，同胎的男女不婚配，最后组成了二十五对夫妻。从此，人类便逐渐繁衍起来。他们以二十五个男性为主，发展成了二十五个部落，以后又进一步发展成为各个不同的民族。

为了人类的生存和享用，迦萨甘在创造人的时候，还创造了各种飞禽走兽、花草树木。起初，迦萨甘用从小泥人肚脐窝里剜出的泥屑创造了狗，又创造了一切有益于人类的其他动物，还创造了种种有益的草木虫鱼，并且给它们注入了灵魂，使它们都有了生命。因为迦萨甘给人类最先创造了狗，所以，直到今天，狗对于人类依然是十分忠实而驯顺的。

自从大地上有了人类和万物，便呈现出一派生机勃勃、无限美好的景象。这时，巨型恶魔黑暗，对大地上光明、美好的生活十分憎恶，对大地的主人——人类得到的殊遇十分嫉妒。它违抗迦萨甘的旨意，从天外偷偷地闯进来，把大地变得一片漆黑。它用各种灾害、疾病威胁大地的主人和一切生物，尤其可怕的是，它还用死亡大量残害生灵，使人类陷入极度的惊恐不安之中。

迦萨甘见恶魔如此凶残，把平静的人间闹得很不安宁，立即派遣太阳和月亮去征战恶魔。

太阳原是强悍刚烈的男性，月亮本是温柔恬静的女流。他们高悬空中，久久相望，早已产生了爱情。太阳和月亮正在热恋之中，但还是欣然接受了迦萨甘的旨意，承担起拯救人类的重任，并肩战斗，去迎击恶魔。但由于恶魔来势凶猛，气焰嚣张，太阳和月亮只好不停歇地驱赶恶魔，战斗十分艰苦激烈，弄得这一对恋人没有聚首相见的机缘。有时候它们难免伤感而流下相思的泪水，这些泪水就是天上下的雨和雪。

迦萨甘看到太阳和月亮伤心落泪，十分同情。他怒不可遏地拿起自己那张叫作"迦扎依勒"的弓箭，狠狠向恶魔射去。天上打雷，那就是迦萨甘弯弓射箭时发出的响声；空中闪电，那就是箭矢喷出的火光；箭镞飞过天空落下，那便是划破长空、飞速闪过的陨石。

因为有迦萨甘的佑助，太阳和月亮便日而继日、无所畏惧地追逐着恶魔。恶魔黑暗非常害怕迦萨甘，对太阳和月亮的穷追不舍，也心虚胆寒，总是东逃西躲。所以，直到今天，黑暗还在害怕太阳和月亮迸射出来的光芒。

# 英雄坎德巴依

民族：哈萨克族
翻译：李雍
流传地：新疆

很早很早以前，在卡拉搭吾山的卡拉苏河边，住着一个名叫卡桑卡甫的穷汉，靠打猎钓鱼过活。有一年，卡桑卡甫的老婆怀孕了，到了九个月九天时，老婆就分娩了，生了个身子白胖、脑袋溜圆的儿子，起名坎德巴依。小坎德巴依生下来后，六天就会笑了，十天就会走会跑了，六岁就长成了一个壮实的小伙子。他力大无穷，是个摔跤能手和百发百中的神枪手。他每天能打许多许多的黄羊、羚羊、斑马和梅花鹿。居住在卡拉苏河边的所有穷人，都在他的帮助下过着安居乐业的生活。

一天，坎德巴依出外打猎，在卡拉搭吾山悬崖下，他看见一只像狮子一样的灰鬃狼正在追扑一只怀孕的骒马。坎德巴依赶紧跑上前去，抓住灰鬃狼的尾巴，用力往后一拉，便把它扔到悬崖下去了。狼连叫都没叫一声，就咧着嘴死了。坎德巴依用金钢剑划开已被咬死的骒马肚子，取出一个小雄马驹，抱回家里，用斑马的奶来喂养它，给它取名叫克尔库拉。

小马驹长得很快，不到六个月，就有六尺长了，黄褐色的皮毛油光水滑的，跑起路来简直是一匹千里驹。有时候坎德巴依骑着它，一转眼就能把隔了六座山的斑马追赶上。

坎德巴依靠着克尔库拉在各处打猎，成了个很有名的猎人。他经常用猎物周济附近的穷苦人。因此，被人们誉为"巴图尔①"闻名于四方。

一天，坎德巴依到远处去打猎，在路上碰到一个牧羊的小孩，头上生着癞癣，衣服破破烂烂。小孩子看到人来了，满眼含泪，号啕大哭起来。坎德巴依同情地问道："小孩，你为什么流泪痛哭？"

"被人夺去亲爱的母亲，还有幸福吗？被人夺去慈祥的父亲，还能过活吗？"孩子高声诉说着。

他的眼泪打湿了衣裳，沉重地叹息一声，又接着说道："我的父亲叫麦尔干，我是他的独生子。前日有人抢走了我家所有牲畜，连个马蹄都没给留下。我爸爸是个只会睡觉的'巴图尔'，一睡就是六天。我就是在他睡觉时，被他们抓走的。我妈妈上去护我爸爸，也被他们带走了。于是，我成了孤儿，没穿的，没吃的，没有办法，只得给塔西卡拉巴依放羊。弄得我满头生癞，浑身长蚤……"说着说着又痛哭起来。

"小孩，你别哭了。我去帮你找回爸爸妈妈，好吗？"当天晚上，坎德巴依就住在牧羊小孩的主人家里。

第二天，孩子照例到草原上去牧羊。晚上，却不见回来。坎德巴依到村外寻找，见他昏倒在村外草地上。孩子醒过来后，坎德巴依向他探问底细，他闭口不说。这下，坎德巴依有点生气了。孩子见他生气，就胆怯地回答说："自昨天起，每当太阳落山，就有六只天鹅飞到我头顶上问我：

这里有个善良的坎德巴依吗？

克尔库拉马在他手里吗？

他的光芒照在花园里吗？

―――――――
① 巴图尔：哈萨克语，英雄。

251

他的马腿在走动吗？

我答道：

　　　善良的坎德巴依就是我，
　　　克尔库拉马就在我手里，
　　　花园里照着我的光芒，
　　　我的马腿在走动。

于是，天鹅扇动翅膀，把我打倒在地，我就昏迷过去了。"

第三天，坎德巴依身穿牧童衣服，去替牧童放羊。太阳落山了，果然有六只天鹅在夜幕中飞到坎德巴依的头顶。飞旋六圈后，低飞下来向他问道：

　　　这里有个善良的坎德巴依吗？
　　　克尔库拉马在他手里吗？
　　　他的光芒照在花园里吗？
　　　他的马腿在走动吗？

坎德巴依回答道：

　　　我就是坎德巴依，
　　　克尔库拉马就在我手里，
　　　花园里照着我的光芒，
　　　我的马腿在走动。

这下惹怒了天鹅们，它们用翅膀来打坎德巴依。他不慌不忙，伸手抓住一只天鹅的爪子，天鹅拼命挣脱爪子飞走了，在他手里留下一只金鞋。仔细一看，金鞋面上还留有几个模糊不清的字迹。这以后，再也没有看到天鹅的影子了。

坎德巴依身穿铠甲，带着武器，拿上六十只马驹的马肠，出发去寻找牧羊孤儿的父母。

克尔库拉马是一匹神马，跑起来如鹰飞一般，别的马一个月的路程，它六十步就跑完了。一天，坎德巴依骑马来到一座高入云端的大山面前，神马克尔库拉马忽然说起话来了：

"我的朋友，坎德巴依，我们要去的地方已经不远了。你翻过这座山，就可见到一条河。河的正中有个孤岛，岛上住着一个神王。你身上带的黄金鞋，就是这位神王的女儿的鞋子。孤儿牧童的父母也被关在神王的地狱里。地狱门的钥匙藏在一条由六十条小河汇合成的大江底下。

"在山坡上，有个牧放奶牛的巨人，他是在打仗时被俘的，后来成了神王的奴隶。你见到那人，向他说明来意，给他足够的路费，释放他回家，换上他的衣服，去牧放奶牛。现在，你从我尾巴上拔一根毛，把铠甲武器都驮在我的身上，把我放了。因为现在我和铠甲武器都对你没有用处。一旦需要我时，你就把我尾巴上的这根毛点燃，那时我就会出现的。以后的事情，你到那里，自会知道。"

坎德巴依照着克尔库拉马说的做了。傍晚的时候，他赶着牛过河，谁知牛怎么都不肯下水。坎德巴依一气之下，抓起一头牛的后腿，摔进河里。奶牛被扔到河中，发出咚咚的响声，惊动了正在河边玩耍的神王的女儿。她惊奇地叫道："唉，你发疯啦，怎么糟蹋我家的牲口啊！你怎么不喊'开路的水，快开路'呀！"坎德巴依一听，恍然大悟，赶忙喊了声："开路的水，快开路！"这时，只见河水分开，中间闪出一条路来，奶牛顺从地过了河。坎德巴依就这样天天为神王牧放牲畜。

一天，神王叫来自己的两个儿子，吩咐他们道："今天，黑骝骒马要下马崽，这是第九次了。以往，生下的马崽一到夜间就不见了。今晚，你俩去看守骒马，看看到底是怎么回事。"

这席话也让坎德巴依听到了。

夜晚，神王的两个儿子去看守骒马，玩疲倦了的两个小儿子，没过多久就呼噜呼噜睡着了，只有坎德巴依精神奕奕地注视着骒马的动静。天快亮时，骒马生了个金尾巴的马崽子。突然一阵乌云滚来，把小马驹卷走了。坎德巴依急忙跑上前去，一把抓住马驹的金尾巴，一用力，把马驹的金尾巴拉断了。坎德巴依只得快快回去睡了。

次日清晨，神王唤来两个儿子，询问骒马产驹的情况，两个儿子扯谎说："骒马没有产仔，也没发生什么事情。"

神王听了，正在纳闷时，坎德巴依走进门来，说："陛下，大事不好！"

"怎么啦，你快说吧！"神王惊奇地问。坎德巴依把夜间骒马产崽的前后经过说了。神王还没等他讲完，就急不可待地问道："那马驹的金尾巴呢？"

"陛下，请你等一等！"说着就从怀中摸出马驹的金尾巴。眨眼之间，整个屋内光芒万丈。

"现在，我命令你们三个人马上去把金马驹找回来。倘若找不到，就不要回来见我！"神王气愤地说。

坎德巴依过了河，悄悄把克尔库拉马身上的那根尾巴毛点燃了。于是，克尔库拉马出现在眼前。他骑上马，身穿铠甲，带上武器，上路去了。过了一会，克尔库拉马对坎德巴依说："前边那冒着火焰的火河，就是你要去的地方。现在你要闭上眼，我把你驮过河去。"

坎德巴依闭上了双眼，果然不一会就来到水中的岛上了。八匹金尾马驹和一匹无尾马驹，正在金槽边吃草、喝水。

克尔库拉马又对坎德巴依说话了："在那棵高大的白杨树上，有只苏木鲁哦恶鸟。它六个月出去寻找一次食物，十五天才会回来。现

254

在离回来还有六天。为了逃脱它的危害，必须在六个钟点内，走完六个月的路。现在你骑上我，把金水槽放在你身前。这样，那些马驹子就会跟在我们后面，一步不离。同时，我们过火河时，必须拐着弯走。在我们回来的路上，还有三道难关。先要遇到的是九头妖怪，再就是白狮子，最后是巫婆。这些都要靠你的智慧与胆识战胜它！"

于是，坎德巴依骑着马上路了。那些马驹子果然紧跟在后面。走着走着，一座大山横在他们的前面，它像七头巨兽似的摇动着向他们逼近，这正是七头魔怪。坎德巴依将金水槽放在地下，那些马驹团团围在金水槽周围。

坎德巴依拿起一百帕特曼重的狼牙棒，跃马而起向魔鬼奔去，一棒就把魔鬼的一个头打落在地。接着又一棒接一棒打下去，魔怪的另六只头也一一落地。坎德巴依从容地把魔怪的眼睛一只只剜出来，塞进裤裆里。

坎德巴依把金水槽驮上马，又上路了。只听克尔库拉马"唔——唔——唔——"高叫三声，眨眼工夫，就翻越过了六座高山，来到一片森林面前。一头狮子吼叫着向他扑来，他像先前一样，毫无惧色地拍马向狮子奔去，突然感到有一种不可抗拒的力量把他吸过去了。眼看就要被吸进狮子的嘴了，他手握金刚大刀，只听"咔"的一声，狮子被劈成两半，躺在地上不动了。他拔下狮子的牙齿，装进裤裆里。

坎德巴依又继续上路。一座座高山峻岭，一道道河流长江，被一一甩在后边。忽然，整个大地又被重重浓雾笼罩。幸喜金马驹们的金尾放射出道道光芒，照亮了他前进的道路。

跑着跑着，忽见一个俏丽姑娘出现在雾中。姑娘看他一眼，微笑着对他说："走了这么远的路，一定辛苦了，请到我家里歇歇吧！"这个姑娘正是妖婆变的。

坎德巴依表示同意。姑娘在前面引路，趁她不备，坎德巴依举起金刚宝剑当头劈了下来，只见金刚宝剑发出一束强烈的火光，再看时，那个"姑娘"已横尸两半，血淋淋地躺在路上。坎德巴依把妖婆的头割下来，装进褡裢里。

克尔库拉马这时说话了："你的大功即将告成，我们可在这里歇息三四天了。"

休息之后，坎德巴依收拾好行装，骑上宝马，领着所有金尾马驹，很快平安地来到神王那里。

神王喜出望外，摆出盛大的筵席欢迎他。正在欢饮之时，神王的两个儿子也空手回来了，他们疲困不堪，身子瘦得像干柴，两眼无神。神王狠狠地责备了他们一顿。

三巡过后，坎德巴依说话了："尊敬的神啊，今天打扰你了。我有一件事，不知可不可以说？"

"说吧，说吧，我的孩子！"神王喜形于色。

"几年以前，你的部下抢掠了我们的家乡，不仅抢走了我们的牛马羊群，连我们的巴图尔也被你们绑架走了。我就是为解救巴图尔而来的，这是第一件事。第二件是有一天，我在放牧时，有六只天鹅飞过我的头顶，其中有一只天鹅的金鞋掉在我的手里。听说只有你的家人才配穿这种金鞋，今天我就是来把它交还给主人的。"说完他把金鞋恭敬地递给了神王。

神王说："谢谢你为我送来遗失的金鞋。我久闻你的大名，很早以前就想找你去除掉那个糟蹋我们金马驹子的怪鸟，但始终找不到你，没办法，我才派手下去抢掠你的家乡，绑架你们的巴图尔。心想，你要有骨气的话，一定会找来的。可是你没有来。我只得又派我的六个女儿去找你。这只金鞋就是我小女儿有意丢给你的。"

停了一下，神王又接着说："现在，我有一个条件：世上有个七头魔怪、一头白狮子、一个妖婆。如果你能把这三个怪物杀死，砍下他们的头来作证，我就放回你的巴图尔，退还你们的牲畜财产，并把我的六女儿嫁给你。"

坎德巴依听后从马背上取下褡裢，把白狮子的牙齿、妖婆的头、七头魔怪的眼睛一齐倒在神王面前。神王很高兴，立即把关在地狱里的麦尔干夫妇和其他俘虏都一起释放了，归还了全部牲畜财产，并把六女儿嫁给坎德巴依。

　　坎德巴依回到家乡，乡里众人个个欢天喜地，举行盛会，大摆欢筵，欢迎坎德巴依胜利归来。从此，人们过着安居乐业的生活。

# 哈萨克族源的传说

民族：哈萨克族
讲述：尼合迈德·蒙加尼
翻译整理：校仲彝
流传地：新疆哈萨克族聚居地区

古时候，有一位首领统率大队骑兵，从国都出发，浩浩荡荡地向西方进军，途中遇到了一片无边无际的戈壁沙漠。因为军情十万火急，他们日夜不停地向沙漠腹地挺进。那时正值盛夏季节，烈日炎炎，好似火烤。茫茫沙漠里找不到一点水，很多将士和战马都渴死在黄沙之中。饥饿和干渴，使将士们乱了队列，他们一个个拉开了距离，彼此分散了。一天，一名将领因过度疲劳和饥渴，嘴巴干裂，迈不开步子，体力也支撑不住，最后倒在沙漠中，奄奄一息。官兵们虽然都同情他，但谁也无力帮助他，谁也无法营救他，大军只好丢下他继续前进。

只身留在戈壁上的将领，因为天气炎热，没有水喝，没有东西吃，已经濒临死亡。

意识模糊中，他看到一只白色的天鹅从远处天边飞来，落在他的身旁。白天鹅是栖息在水边的鸟，快要渴死的将领脑海里升起了一线求生的希望，他鼓足气力了站起来。说也奇怪，惯于飞行的天鹅当时竟不飞了，只是慢吞吞地移步往前行走。就这样，他跟随着白天鹅一块向前行走，居然走到了一条潺潺的河边。

将领贪婪地喝着甘甜的河水，顿觉神志清醒，全身也慢慢有了活力。等到他恢复健康之后，那只白天鹅却消失了，转而一位袅娜多姿的女子站在他的面前。原来这女子就是白天鹅的化身。后来，这位将领与姑娘结了婚，成了夫妻，生了一个男孩。为了表示纪念，他们给孩子起名"喀子阿克①"。后因读音的演化，便成了"哈萨克"。

哈萨克长大以后，有了三个儿子。这三个儿子就是后来哈萨克族三大部落——大玉兹、中玉兹、小玉兹的始祖。

---

① 喀子阿克：哈萨克语，白天鹅。

# 神与灵魂

民族：哈萨克族
采录：尼合迈德·蒙加尼
流传地：新疆哈萨克族聚居地区

迦萨甘是哈萨克族神话传说中的创世者。天、地、人类和其他万物都是他创造的。

万能的迦萨甘给世间的万物赋予了灵魂，使它们都有生命，而且还派了众多神司掌万物、庇护万物，使之得以生长，造福于人类。这种能给人间赐予好处和幸福的神被哈萨克人尊为慈善之神。

这些神神力无边，无处不有；灵魂不死，永远长存。这是迦萨甘的安排。迦萨甘派了雷神、风神、水神、火神、山神、土地神等。主宰各种牲畜的神还有具体的尊名：主宰羊的神是"巧潘阿塔"，主宰牛的神是"臻恩格巴巴"，主宰马的神是"坎巴尔"，主宰骆驼的神是"奥依斯尔哈拉"。这些神保护着羊、牛、马、驼四畜的生长。

迦萨甘种了"生命树"，树上茂密的叶子是培植出的灵魂。每一片叶子代表一个人的灵魂。新生命诞生就会长出一片新叶，同样，有人死去，便会有一片叶子枯萎掉落。凋谢的叶子落下时碰到别的叶子，叶子所代表的人就能听到响声，就会知道有人死了。人死了之后，他的灵魂在另一个世界仍然存在，而且死者的灵魂还会保护自己的子孙后代，能给他们以佑助。尤其是那些英雄人物和声名显赫的人物的灵魂，还能保护整个部落。

赛马、摔跤甚至打仗时，人们往往把自己部落祖宗的名字当作口号呼喊，或者呼唤本部落已故的英雄们的名字，意思是祈求他们大显神灵，前来佑助。牲畜得了传染病，要赶往祖坟去过夜，托祖宗的灵魂为其除灾灭祸。

迦萨甘让众多的慈善之神降临人间的时候，恶魔——黑暗也派来了使人类和万物遭受磨难的恶神。人间的灾害、饥饿、疾病和死亡都是恶神造成的。

世界上，善神与恶神一直在争斗。人们向天神、地神、水神、火神等祈祷，尤其认为火是光明的象征，是驱除一切恶魔、妖怪的神，是屋内锅灶的保护神。所以，牲畜发病时用火熏；新娘进门时先拜火，还要给炉火内倒油，油燃起时，在座的人都念："火娘娘，油娘娘，给我们把福降。"由冬窝子向夏窝子搬迁之前，首先净身，也叫"驱邪"。在搬迁的途中，要在两处点燃起篝火，然后将驮载东西的驮畜和牛羊等畜群从两堆火之间吆赶过去，通常还有两位老婆婆站在火堆旁，口中念念有词："驱邪，驱邪，驱除一切恶邪！"

# 傣族始祖的传说

民族：傣族
采录：岩温扁、杨胜能、吴军
流传地：云南省傣族聚居地区

传说，在天地最初形成的时候，地球上没有人，没有动物，也没有花草树木，只有光秃秃的土地和茫茫无际的海水。整个地球到处是一片沉寂与昏暗。

为了使地球有活力，蓬勃兴旺起来，英叭神王就让德高望重、心地善良、神通广大的布桑该、雅桑该夫妇携带着仙葫芦来到地球上，创造人类和万物。

布桑该、雅桑该来到地球上以后，把仙葫芦从中间破开，把仙葫芦籽撒向天空，撒遍整个地球。仙葫芦籽撒到了天空，天空顿时繁星满天，日月光亮；仙葫芦籽撒到地上，地球顿时草木葱茏，鲜花盛开，瓜果喷香。整个地球呈现出一派欣欣向荣、绚丽多彩的景象。

可是，地球上仍然没有人和动物，因为仙葫芦种子里，没有孕育人和动物的生命。布桑该和雅桑该心想："地球上既然有了这样一个宽阔富庶的世界，就得有主宰和开发这个世界的另一种生命。"于是，他们按照神仙的意志，决定花费一百年的工夫，亲手创造人和自然界的千万种动物。老夫妇日夜不停地工作着。首先，他们用泥巴来捏造人形，布桑该捏造男人，雅桑该捏造女人。泥人造作成功后，布桑该、雅桑该就让他们结成一对夫妻，赋予他们生命、灵魂与活力，让他们承受日光风雨的洗礼。经过很长的一段时间，这对泥巴夫妇终于变成了活人，开始在大地上行走。然而，他们还没有语言，不会说话，布桑该、雅桑该又赋予他们语言能力，教他们说话和动脑筋，还给他们取了个特别的名字，叫作"人"。从这个时候起，地球上就有了人。他们在布桑该、雅桑该的保护和指点下，逐步学会了劳动、觅食。在变幻莫测、错综复杂的地球上，开启了人类的历程。

接着，布桑该、雅桑该又用泥巴捏造了象、马、牛、羊、猪、狗、鸡、鸭、虎、豹、豺、狼、麂、鹿、鸟、虫、鱼等千万种动物，并分别给它们起了名字，给它们设计不同的语言和声音。从此，海洋里就有了鱼虾蟹贝等水生动物，陆地上就有了成千上万种大动物、小动物和虫类。死气沉沉的地球，变成了一个有人类和千万种动物、植物的生机盎然的世界了。

# 天地打架

民族：傣族
采录：岩温扁、杨胜能、吴军
流传地：云南省傣族聚居地区

传说古时候，天和地本来是两兄弟，后来哥弟俩闹翻了脸，成了冤家对头。

由于天长得高，看不起自己脚下的弟弟，天天朝弟弟身上吐唾沫，不断向弟弟身上吹去刺骨的冷风，使居住在山洞里的人整天缩在山洞里，不敢出去。这种难熬的日子，整整持续了三年。

一场冷风刮过，两个冤家又对垒起来。天空暴跳，指责弟弟忘恩负义；大地怒吼，大骂哥哥心肠狠毒，独霸了太阳和月亮。骂着骂着，天和地就打起架来了。霎时，山摇地动，寒光闪闪，巨石被他们踩碎，大树被他们劈倒。厮杀了一阵之后，哥哥看自己不能取胜，恼羞成怒，发誓说："我打不死你，也要把你烧死！"怒吼一声，就朝弟弟身上投下一把火。由于弟弟身上长满茅草、树木和野藤，很容易着火，所以，火把一落下来就熊熊燃烧起来。但是，哥哥万万料想不到，弟弟竟惊喜地高声呼叫：

"我有火了，我有火了，再不向你乞求太阳的火光啦！"

人们听说大地上有了火，纷纷跑出山洞，把着火的草木拿回山洞里。从此，人类就有了火，再也不吃生食，再也不怕冷了。而天和地兄弟俩，却互不往来，永远各居一方。

# 英叭神王造天地

民族：傣族

采录：岩温扁、杨胜能、吴军

流传地：云南省傣族聚居地区

据说，很久很久以前，天地是一个无边无际的空间。在这个空间里，只有气体、云雾和大风。

经过一万亿年，一些气体、云雾在大风中翻腾滚动，紧紧挤拢，凝结成了一团，又经过千变万化，变成了一个巨大的黑色气球。接着，云雾中又产生了一个蒸气人。他不吃不喝，神出鬼没，忽而腾云，忽而驾雾，整日遨游在无限的空间里。这个蒸气人就是英叭神王。

无比神灵的英叭神王，看到茫茫空间飘动着的气球，担心它被大风吹散，打算把身上的污垢糊在它的表面，让它具有厚实的土地。英叭神王用双手在周身一搓，污垢就像山塌地陷似的滚落下来。他把污垢一一糊在了气球上，气球变成了一个污垢球。糊完污垢，英叭神王念道："让我的污垢球增大吧！"英叭话音一落，污垢球就慢慢扩张，变得有七万亿庹宽、七千亿庹厚。英叭神王给它取了个名字叫罗宗补（地球）。英叭神王还把罗宗补上面的天划分为十六层，自己住到最顶层的阿嘎纳塔捧上面去了。

# 谷魂奶奶

民族：傣族
采录：崔亚兰
流传地：云南省傣族聚居地区

　　一天，佛祖要在宫殿大厅里诵读经文，天上的神仙，地下的地祇，水下的龙王，还有人间的达官贵人，一走进大厅，见到佛祖，立刻纷纷合掌下跪，表示自己对佛祖、教规、经文的崇拜和虔诚。但是，有一个穿统裙的老年傣族妇女却昂首站着。她没有合掌，也没有下跪。

　　这个老年妇女的举止和神态，使在场的天神、地祇、龙王和人们十分惊异，他们议论纷纷。佛祖也因此愤怒了，大声质问道："站着的是什么人？为什么不下跪？"

　　老妇人脸上露出轻蔑的微笑，说："我叫雅欢毫①。地上的人和一切动物都离不开我。我比一切天神地祇都要伟大。我是不能弯腰下跪的。我折下腰来，人类就要挨饿。"

　　"你从什么地方来？"佛祖余怒未息地说，"为什么不崇拜我？"

　　雅欢毫慢慢答道："我并非从远方来，我就住在本地。从天上到地下，只有我是不求任何神仙，而对人和动物却有不能忽视的贡献的。空话不能充饥。我不崇拜天神地祇，也不崇拜纸上写的经文。"

　　佛祖怒吼了："我是最伟大的。既然你这么傲慢无礼，就离开这个地方吧！"

　　雅欢毫自信地警告说："我说过了，世间没有我是不行的！"但

————————————
① 雅欢毫：即谷魂奶奶。

266

是，佛祖和帕雅英（天神）还是把雅欢毫赶走了。

雅欢毫离开了宗补（亚洲），去到十分遥远的只有无边黑暗的地层底下。地面上的庄稼很快枯萎了，一年到头颗粒无收。人和动物缺少粮食，饥饿越来越严重，不久就大批死亡了。饥饿威胁着幸存的人们。他们呼唤着谷魂奶奶，对赶走她的佛祖和天神越来越不满了。他们没有食品贡给神祇，神祇也挨饿了。

以帕雅英为首的天神，看到人间发生了这么巨大的灾难，目不忍睹。他们一起跪在佛祖的脚下说："伟大的佛祖，世间缺乏粮食，发生了意想不到的灾难，天上地下一片饥饿，十分凄惨。请万能的佛祖赐给人们食粮，拯救生灵。"

佛祖万能，就是拿不出一粒粮食。他也急了，可是毫无办法。帕雅英说："这都是赶走雅欢毫的结果，还是请她回来吧！"

佛祖不得不同意请谷魂奶奶回来。他到谷魂奶奶躲藏的黑暗的地方，对她说："雅欢毫，事实证明你是对的。你是天上地下最伟大的，谁也不能和你相比。现在人类、动物和神仙都无法忍受饥饿了。请你回去吧，回到你喜欢的充满阳光的地方！"

雅欢毫回到地面上，庄稼又长出来了，粮食又丰收了。佛祖和众神不得不承认，雅欢毫是唯一不求任何神仙而对世间有不可忽视的贡献的神。

从此以后，在佛祖面前，谁都要下跪，只有谷魂奶奶是昂首直腰站着的。

# 人类的起源

民族：黎族
采录：云情生
流传地：海南省黎族聚居地区

很久很久以前，地上长着一个葫芦瓜，日日夜夜不断长大，后来长得比山还要高大，由五座山托着它。有一年天下大雨，地上到处都是水。有个神仙想救人和动物，正愁没有办法，看见了这么大的瓜，说道："哈，可以放很多东西进去呀！"但是怎样开一个口呢？他想了一会，就叫穿山甲去咬。穿山甲爬到葫芦瓜上，咬呀咬呀，咬了很久，把牙齿都磨掉了，才咬开了一个洞口。神仙很高兴，正要称赞它，只见它愁眉苦脸地说："我的牙齿全都磨掉了，今后怎样吃东西呢？"神仙说："你不要愁，我教你一个法子：你以后用爪子来扒土，把舌头伸出来，当蚂蚁一爬上舌头，你就把它吞下去。这样舒舒服服地吃东西不是很好吗！"

瓜口开了，里面很大，神仙叫哥哥和妹妹两个人进去，又把水牛、黄牛、猪、狗、猫、四脚蛇、螳螂等一雌一雄的动物放了进去。当把蛇放进去时，哥哥和妹妹说："蛇会咬人的，不要放进来。"蛇说："放我进去吧，人不踩我，我是不会咬人的。"于是才把它放了进去。那时四脚蛇肚子饿了，正愁没有东西吃，转眼看见螳螂坐在它旁边，心中大喜，一张口就把螳螂吞了。神仙见了，发起怒来，骂道："你不该这样贪心。你想逃生，它也想逃生，你为什么吃了它？"一巴掌打过去，蛇一张嘴，螳螂就跳出来。蛇的头被打红了，所以现在四脚蛇的头是红的。各种动物都进去后，雨下得更大了，起初的雨点像拳头那样大，后来竟像盆一样大。一连下了五日五夜，大地上的水漫过了山，几乎漫到了天上。

雨停以后，天上出了五个太阳和五个月亮，很快就把水晒干了。葫芦瓜内的人和动物也出来了，大家都觉得天气很热，白天太阳晒在身上，像火烤一样，晚上月亮出来，光亮得连眼睛也睁不开。那时神仙就问道："谁能把太阳和月亮去掉几个呢？"山猪应着说："我的牙齿长，可以去咬下来。"哥哥和妹妹叫山猪快点去咬，可是山猪说："我咬下来你们要给我稻吃才行。"哥哥和妹妹都答应了它，并说："五个太阳晒得太热了，咬掉四个吧！五个月亮照得太亮了，咬掉四个吧！"山猪便去咬了，结果把四个太阳咬掉，而四个月亮则咬碎了，变成许多星星。山猪回来后，因为当时没有稻给它吃，兄妹两人只得说："这样吧，你以后看见哪里有稻，就到哪里吃好了。"所以现在山猪到处吃人的稻。

哥哥和妹妹从葫芦瓜出来后，走过了一座又一座山，经过了一条又一条河，看见到处都是荒芜的土地，始终找不到一个人。他们感到孤单和忧愁，不禁哭了起来。恰好天上的雷公从这里经过，听见了哭声，就下来问他们："你们为什么哭呢？有什么悲哀的事吗？"他们说："现在世上都没有人了，只有我们兄妹两人。到处都是荒山野岭，到处都是荒草杂树，今后怎样过日子呢？怎样活下去呢？"雷公说："不要怕，不要愁，我帮助你们。这样好了，你们就结成夫妻吧！等到生了孩子后，我会来帮助你们的。"兄妹俩听他这样说，急了起来，忙说道："不行，我们是兄妹，不能成为夫妻，雷公会劈死我们的。"雷公说："你们不要怕，我就是雷公，不会劈你们的。"他们只是摇摇头，不相信。雷公为了使他们相信就发起威来，一会儿，天上响起"隆隆隆"的声音，一阵更比一阵响，震得地也动起来。只见河水被分开了，树木被劈倒了。雷公笑着对他们说："看见了吧，相信我好了。"他们听雷公的话，结成了夫妻。

后来，兄妹俩生了一个男孩，长得白白胖胖的。这时雷公来了，笑着问他们："你们日子过得好吧！生小孩了吗？"他们一见雷公，心里慌起来，忙说道："还没有生孩子。"雷公说："已经生了，我知道的。交给我吧，我可以变出很多人来，你们就不会愁没有人了。"他们不肯将孩子交给它，雷公只得抢过来。他们急得抱头大哭。雷公把小孩砍碎，然后用筛子来筛，只见筛出的肉块一下子就变成了四个男子和四个女子。雷公给他们穿衣服，第一个男子穿上了衫和裤，便成为汉族人。要给第二个男子做衣服时，布不够了，只能给两块布片，前后各一块系在腰间遮盖下体，做成"吊裆裤"穿，这个便成为杞黎人。等到给第三个男子做衣服时，布更少了，只能做成三角裤的样子，这个便成为侾黎人。最后一个男子只得一小块布，做成的三角裤比侾黎人的还要小，这个便成为本地黎。四个男子和四个女子相配成婚，以后生子生孙，子子孙孙一代一代地生存下来。

# 大力神

民族：黎族

讲述：林大陆

采录：龙敏、林树勇、陈大平

流传地：海南省黎族聚居地区

远古时候，天地相距只有几丈远。天上有七个太阳和七个月亮，把大地烧得滚烫，像个大热锅。白天，生灵都躲到深洞里去避暑；夜间，人们也不敢出来，只有在日月交替的黎明和黄昏，才争先恐后地走出洞穴，去找一些吃的。大家都叫苦连天。

有一个大力神想：这种日子，人们怎么活得下去？于是，他在一夜之间，使出全部本领，把身躯伸高一万丈，把天空拱高一万丈。

天空被拱高了，但天上七个太阳和七个月亮热烘烘的，仍然威胁着人们的生存。于是，大力神做了一把很大的硬弓和许多支利箭。白天，他冒着猛烈的阳光去射太阳，一箭一个，把六个太阳射了下来。当他射第七个太阳的时候，人们纷纷说："留下这最后一个吧！世间万物生长离不开太阳呢！"大力神答应了人们的请求，留下了一个太阳。夜晚，大力神又冒着刺眼的强光去射月亮，他张弓搭箭，射落了六个月亮，射第七个月亮的时候，因为箭射得偏了，只射落了一小片，当他准备重射时，人们又纷纷说："饶了它吧！让它把黑暗的夜间照亮！"大力神又答应了人们的请求。这样，月亮后来便有时候圆，有时候缺。

大力神拱天射日月以后，心想：平展展、光溜溜的一片大地，没有山川森林，人们又怎样生息繁衍？于是，他从天上取下彩虹当作扁担，拿地上的道路当作绳索，从海边挑来沙土造山垒岭。从此，大地上便出现了高山峻岭，那大大小小的山丘，是从他的大筐里漏下来的泥沙。他还把梳下来的头发往群山上一撒，山上便长出如头发般茂密的森林。山上的鸟兽们都摇头摆脑，非常感谢大力神为他们造林筑巢的恩德。

有了山岭，还得造鱼虾水族生息的江河湖泊。大力神拼尽力气，用脚尖踢划群山，凿通了无数大大小小的沟谷，他的汗水流到这些沟谷里，便成了奔腾的江河。这中间最大的一条，就是从五指山一直流入南海的昌化江。

大力神为万物生息不辞劳苦，当他完成了造化大业后，已经精疲力竭了，他终于倒了下来。临死前，他怕天再倒塌下来，便撑开了巨掌，高高举起，把天牢牢地擎住。传说那巍然屹立的五指山，就是黎族祖先大力神的巨手。

# 雷公根

民族：黎族

采录：广东民族学院中文系 77 级采风组

流传地：海南省黎族聚居地区

在美丽富饶的七指岭脚下，有个村寨，寨里有个名叫打占的青年。他身体魁梧，为人正直。因此，他不但在世上有很多朋友，天上的雷公也和他结交，雷公还教会了他上天的本领。

有一次，雷公邀请打占上天去做客。在酒席上，雷公问打占："天下的人最怕什么？"不等打占回答，雷公就站起身来擂动大鼓，一时鼓声隆隆，雷公好不得意。雷公打罢，又问打占："这声音天下的黎民百姓都怕吗？"打占回答说："只是震耳罢了。"

不久，打占回请雷公，雷公很高兴来到人间。打占在火塘边热情地接待雷公，按照黎家的风俗习惯，敬了雷公九大碗糯米酒，为雷公洗尘。酒后，打占站了起来，从火塘边的火架顶上拿下了红白藤条和豹尾，在地上"啪啪"地猛抽猛打。藤条和豹尾与地面相撞，迸出一阵阵耀眼的火星。打了一阵，打占问雷公："这火光你怕不怕？雷公眼见这一宝贝厉害得很，心中害怕，但不愿自灭威风，便摇摇脑袋表示不怕。

次日早晨，打占牵着牛犁田去了。雷公起床之后，看见架顶上放着的豹尾和藤条，起了贪心。他心里想：如果把这些宝贝弄回去，隆隆的响声和刺眼的强光我就都有了，天底下的人一定会更怕我！于是，他慌忙从架顶上拿了藤条和豹尾，驾着云头飞上了九天。打占回到家里，发现雷公偷走了他的豹尾和藤条，举起钩刀"嗖"的一声，飞步冲上天去追赶雷公。雷公看见打占追来，心里十分慌张，赶忙施展本领逃跑，一直跑到南大门，想钻进天府里去。打占也是紧追紧赶，毫不放松。就在雷公要跨进天府门槛时，打占一把抓住雷公的左脚。雷公号叫着："放开我！放开我！"打占哪里肯放，他抓得更紧了，气呼呼地说："要放你，先得把东西还我！还我！"两人正相持不下的时候，南天门的门神来了，他看见雷公把凡人带上天来，赶紧关起天门。雷公被夹在门缝里哇哇直叫，使劲往门内钻。打占手脚快，他拔出钩刀，用力一砍，一下子就把夹在门外的雷公的左脚砍了下来。

打占拿着雷公的左脚，在天门外游了七七四十九天，寻找雷公算账。但天门紧闭，他无法进去，只好把雷公的左脚拿回家里，用刀一节节剁下来。打占每剁一下，雷公在天上就一阵剧痛。雷公忍着痛擂打一阵大鼓，抽打一阵藤条和豹尾。于是天上便有了阵阵电闪和雷鸣。

打占把雷公的左脚剁烂了，又架起土锅，将脚肉放在锅里烧，烧熟后把它吃掉，让雷公永世残废。正当打占大口大口地吃着雷公的脚肉时，突然感到一股苦味。打占一气之下，连锅带肉全都倒到田埂上去了。经过七七四十九天，田埂上忽然长出了一种叶子圆圆的植物。后来人们就叫它雷公根。

# 冰天鹅、冰蚂蚁造天地

民族：傈僳族

讲述：张长贵（女，傈僳族）

采录（翻译）：李国才（女，傈僳族）

流传地：四川省德昌县金沙傈僳族乡

很古的时候，没天没地，只有风在吹，一年里结冰的时间很长，天气很冷。不晓得过了多久，半空中慢慢聚成一根很长很长的冰葫芦藤，藤子上相隔很远结着冰葫芦，总共结了五个，有四种样子。头个是细腰杆葫芦，长得最大。葫芦里，上一层住着一对天鹅，下一层住着一对蚂蚁。第二个是圆葫芦，里头装的是一个太阳。第三个还是圆葫芦，里头装的是一个月亮。第四个是长葫芦，里头长有一棵松树。第五个是椭圆形的长葫芦，里头住的是俄沙扒莫①。

冰葫芦越长越大。有一次，吹过一阵大风，细腰杆葫芦爆开了，从上层飞出一对很大的天鹅，从下层爬出一对很大的蚂蚁。它们出世以后，亲亲热热地聚起来商量，天鹅问蚂蚁："你们朝上走还是朝下走？"蚂蚁说："你住上层葫芦，我住下层葫芦，还是你走上，我走下吧。"天鹅说："要得。那我去上头造蓝园②，你在下头造绿园③。"它们说定了，各走各的。

天鹅的翅膀很长很宽，往上飞遮住很多很多的风；它身上又白又细的毛被风吹掉了些，变成一朵朵白云；它用自己的口涎，把蓝羽毛

---

① 俄沙扒莫：傈僳语，造天地的神，与汉族传说的盘古王相似。

② 蓝园：蓝天。

③ 绿园：绿地。

粘连成蓝色的天。天鹅的子孙很少，没啥帮手，蓝园造得很慢，任它怎么忙，也赶不上蚂蚁造的绿园宽。

有一次，天鹅飞到绿园来，跟蚂蚁说："你们累了有歇处，我累了没得歇处，一天到晚都在飞，今天才来歇一口气。"蚂蚁说："绿园倒是造起了，就是光溜溜的很难看。把你的长毛给我们一点，做个绿景来看看。"天鹅一看，真的不好看，就给了蚂蚁四根很长的毛。蚂蚁把长毛拿去，东一根，西一根，南一根，北一根，插在四方；又搬来很多碎冰片，一块一块地绑在上头。蚂蚁的子孙很多，大伙都能干，绿园造得比蓝园大得多。

天鹅第二次飞来歇气时，看了看地坝，有些担心，跟蚂蚁说："绿园造得又大又平，几天冰雨落下来，水流不走，就会淹死你们。我们造的蓝园小些，跟绿园合不起，是不是把绿园收小点？"蚂蚁觉得这话对，大声一喊，小蚂蚁密密麻麻地爬满绿园，使劲地拉。东一拉，西一拉，绿园皱了起来，有了山，有了沟，有了梁子，还有平坝。天鹅飞来一看，绿园跟蓝园合得起了，着实喜欢，说："阿呗①——做得好，做得好，帮了我的大忙！"蚂蚁说："你们送长毛给我们做绿景，绿园才变得好看一点。你们喜欢绿园，多下来玩耍吧。"

蓝天、绿地造出来了，蚂蚁的大事做完了。天鹅飞去飞来，看见到处都是黑黢黢的，很不方便，又扇着大翅膀飞呀飞，飞去找到第一个圆葫芦。它们用翅膀撞破壳，葫芦里滚出了个圆圆的太阳。太阳一照，这方亮了，但那方还是黑的。天鹅又飞呀飞，飞到黑的那方去，找到第二个圆葫芦，用翅膀一扇，葫芦破了，里头滚出一个月亮；包在月亮外面的冰片碰碎了，变成了大大小小的星星。天鹅想：天上有了太阳、月亮和星星，地上还是冷清清的，再想点办法去变一下。它又飞呀飞，飞到长葫芦旁边，用翅膀撞破壳，里面现出一棵松树，它

---

① 阿呗：方言，表惊叹。

276

就把松树衔到地上去栽起来。松树越长越大，树上结起了各种各样的树种和粮食种子。这些种子在大树上结呀结，不晓得结了多长时间才饱米①了。天鹅又飞去用翅膀扑扇扑扇，各种各样的种子飞到四面八方，撒在了大地上。不多久，地上长出了各种各样的植物和庄稼，到处绿油油的，变成真正的绿园了。

天鹅又想：天、地、太阳、月亮、星星、树林、庄稼都有了，再找谁来把天地分开又统管起才好？它们又飞呀飞，飞到最后一个椭圆形的长葫芦旁边，用大翅膀一扇，葫芦破开，滚出一个很大很大的人。天鹅跟他说："我给你取一个名字，叫俄沙扒莫。你去分开天地，管好蓝园和绿园。"俄沙扒莫很喜欢，说："要得，要得！"他站在空中，伸开大手说："都听我说：从今天起，我手底下的绿园为大地，手上面的蓝园为蓝天。空中没有冰星②的叫太阳，有冰星的叫月亮；太阳白天出来，月亮晚上出来。"

从此以后，天和地分开了，太阳就白天出来，月亮就晚上出来。

---

① 饱米：方言，籽粒饱满、成熟。
② 冰星：碎冰碴变成的星星。

# 创世神话

民族：傈僳族
口述：李有华（傈僳族）
采录：黄云松、任玉华、陈梅
流传地：云南省德宏州陇川县邦外村


传说在很久很久以前，没有天也没有地，世界是一团混混沌沌的气体，就像甑子里的蒸气一样飘浮不定。

天神看着这单调混沌的世界，决定派男女二神去开天辟地。

造地的女神左思右想，想出了用梭子织地的好办法，但造天的男神自己却拿不出主意。他看女神织的地经纬分明、平坦整齐，而且还有一个个湖泊和一片片树木，也照着女神织大地的办法去织天。但是，梭子到了男神的手中，却不听使唤。他本来想在天上织一些美丽的图案，却织出了一些谁也无法看清的东西。只见天上到处是一团一团的，这就是我们今天看到的云和雾。

女神聪明勤劳，不停地织地，日子一天天过去了。有一天，天神把男女二神叫到一块，准备把天地合拢。可是，任凭天神使多大的力气，也无法把天地合在一块儿。原来，造天的男神经常偷懒，常常放下手中的活计四处游玩，而且贪吃贪睡，把织天的事丢到一边，这样，他造出来的天就比地短了好长一截。

天神十分着急：如果让男神重新织一块天，那要等多长时间啊！他围着地看来看去，终于想出了一个办法。他一把抓住大地的筋脉猛力一拉，大地真的缩小啦，变成了皱巴巴的一块，高的地方形成了高山峻岭，低的地方形成了河流、峡谷。这样，天和地总算勉强凑在一起了。

虽然有了天地，但天神感到天地之间还少了点什么。于是，他试着用泥捏了一个男人。一开始这个男人只是一个泥人，天神看他很好看，就把他放在手上仔细玩赏，心想要是能让他活过来就更好了，就对着泥人吹了一口气，泥人竟真的活起来了。天神多得意啊。但他转念一想，世界上只有一个人，那不是太孤独了吗？我再为他做一个伙伴吧。于是天神用剩下的泥做了一个女人。可这个女人任凭天神吹多少口气，她都纹丝不动。天神想，可能是做女人时用的泥太少了，就从男人身上取下一根肋骨放在女人身上，果然这个女人也渐渐活了起来。天神让他们繁衍后代，从此，世界上才渐渐有了人类。由于男人身上比女人少了一根肋骨，所以女人总是比男人聪明些。

天神为了让人们生活得愉快，就让地上长出了一种奇特的树。这种树顶尖上长着高粱或稻谷，下面长着芋头，中间还挂着苞谷，因此，人们不愁吃不愁穿。那时的稻谷是不带壳的，就跟现在的米一样，只是比较粗糙，人们总是要舂了才吃。天神看到后有些生气，心想：你们爱舂就舂吧！他干脆让谷子穿上了衣裳。从此，谷子就有了一层金黄的谷壳，舂米这个习惯也就一直延续到今天。

那时，地上的野草也像鸡、猪一样会到处乱跑，到地里捣乱，人们只能把它赶跑。人们为了撵草，常累得筋疲力尽，于是想出一个办法：不再把草撵走了事，而是把草弄死。这又一次触怒了天神。天神撒下了一把草籽，从此，草在地上深深地扎了根，虽然它不能到处乱跑了，但人们却不得不经常锄草。

那时，风调雨顺，万物都茂盛地生长着，苞谷、谷子、芋头几乎同时成熟，许多粮食都因来不及采收而烂在地里。天神一怒，把树上的粮食从上到下全部收走。这一来大地可闹起了饥荒，狗饿得瘫在地上，夜夜不停地对着天哀号。狗的叫声终于感动了天神，天神撒了一把粮食下来，人们急忙收集起来把它们留作种子，重新栽种。天神为了惩罚人类，谷子、芋头、苞谷等作物再也不是长在一棵树上了。因为是狗要回了种子，所以谷穗的样子很像狗尾巴。人们为了感谢狗，每当吃新米饭的时候总要先盛一碗给狗吃。

在那时，天与地之间的距离很近，天上和地下的人可以互相往来，人们很容易就可以去天上。地上的人到天上的多了，宁静的天界嘈杂起来，正常的秩序被打乱了，并且人们吃起饭来不知饱足，于是天神把凡人统统赶回地面，而且派了一个差官来告诉人们："用金碗、银筷，三天吃一顿饭。"这个差官粗心大意，误传为："用土碗、篾筷，每天吃三顿饭。"从那以后，一日三餐的习惯就一直延续下来。由于人们吃得多了，屙的屎也就多起来，臭气一直熏到天上，天神就把天升高。从此，天地之间的距离越来越大，人就不能随意到达天界，天上人间成了两个世界。那个差官违背了天神的旨意，天神把他贬为牛屎拱公，罚他一辈子吃屎。因此，现在人们一碰到牛屎拱公，它就会说："我错，我错……"

人类在大地上繁衍着。由于人越来越多，心眼也就越来越多，不但人心不齐，而且还不敬天神，该纳的贡品也不纳了，有的人甚至还咒骂天神。因此，天神决定发洪水毁灭人类，重新造人。

于是，大地上爆发了洪水，淹没了一切。只有两兄妹心地善良，天神指点他们躲进一个葫芦里，在水上漂荡了三个月。后来洪水渐渐退了，兄妹二人便成了世界上仅有的幸存者。他们又开始了辛勤的劳动，一切都从头开始。为了繁衍人类，他们去滚石磨、滚簸箕，见两扇磨盘、两个簸箕都合在一起，就顺从天意成了婚。以后，他们生下了九男九女，人类渐渐多起来。

但是，一件奇怪的事发生了：地上的石头会一天天长大。人们只要吃进一粒沙子，沙子就会越长越大，最后把人胀死。因此，七个太阳决定聚在一起，燃起熊熊烈火，烧地三尺，把石头烧死。眼看人类又要葬身火海，天神又把男女二神找来，吩咐他们留下一男一女两个太阳，把其余的五个太阳全部捉回天宫。留下的两个太阳很少见面，因为男太阳胆子特别大，他总是白天睡大觉，晚上才出来走动，久而久之，人们就不再叫他太阳，而叫他月亮了。相反，女太阳胆子特别小，夜里从来不敢出门，只有白天才敢出来走动走动，只要天一黑，她就赶快回家了。因为太阳姑娘长得美丽极了，她一出来，人们就停下活计看她，太阳姑娘害羞极了，连白天也不敢出门了，天神就给了她一把金针，告诉她："你出门的时候，如果人们再看你，就把金针撒出去，这样人们就不敢看你了。"太阳姑娘照着天神的话去做，果然没有人再敢对着太阳看了。

自从五个太阳被捉走以后，地上的火才渐渐熄灭，人类也被保存下来。这时，兄妹二人的子女都已长大，他们两两成婚，又各自生了九个孩子，九九八十一，再加上各自的父母，就成了百家姓。人上一百，很难住在一起，九兄弟只好分家。这九兄弟，变成了九个民族：老大是傈僳族，老二是景颇族，老三是汉族……傣族是最小的一个兄弟，不能上山，分得一根扁担，所以今天的傣族人善于挑担，并且居住在坝子里。傈僳族分得一支弩，景颇族分到一把长刀，因此他们都比较强悍，都居住在山上。汉族分到一些书和笔，所以他们长于书写计算。之后，九兄弟就各自回家了。但他们仍有一个共同的习惯，就是经过一年的辛勤劳动，都要举行庆祝活动，景颇族跳"木脑"，傣族赕佛念经，傈僳族唱歌跳舞，汉族过春节。

# 盘古造人

民族：傈僳族
讲述：李国才
采录：禾青
流传地：四川省德昌县


　　远古时代，人的眼睛长在头顶上。人们走起路来非常困难，只好你拉着我、我揿着你，一步一步向前移动。干活时，锄头扬起的尘土直往眼里落。休息时围在一起，一面互相抠眼睛、掏沙土，一面七嘴八舌地发起牢骚来："盘古呀盘古，你为何这样折磨人！让我们的眼睛长在额头上多好，那要省多少事！"

　　这话恰被盘古听见了。于是一声霹雳过后，人们长在头顶上的眼睛突然搬了家，长到额头上来了！眼睛不是横着生，而是竖着长，而且头皮是活动的，可以揭下来。头发里生了许多虱子，咬得人们非常难受，常常要把头皮揭下来，放在膝盖上捉虱子，一捉就好半天。久而久之，人们就渐渐变懒了，爱睡懒觉了，一睡就要睡到锄把生菌子才醒过来。

　　一天，盘古出门巡察，看见人们懒洋洋的样子，说："这怎么行？眼睛长在头顶上不行，长在额头上也不行，那只有把人们收掉。"于是，他在天上挂了七个太阳、七个月亮。没几天，地上的水晒干了，树木晒枯了，庄稼晒死了，人也晒死了。

　　隔了四个九十九天，盘古又出门巡察，走了七七四十九天，没见到一个人影子，到处是一片荒凉景象。他也觉得太热了，于是就收回了六个太阳和六个月亮。从此，地上就不那么热了。盘古心想，地面上没有人，一点生气也没有，也不行。于是他骑着一匹神马，边走边想办法。不知不觉来到一条沟边，沟旁边有一个火塘，他见了心里一动，便跳下马来，走近火塘，用一根树枝在灰烬里刨呀刨，刨出三颗南瓜子，顺手种在路旁。

七天过后，盘古骑马转来看，南瓜子长出了芽瓣；又过了七天，南瓜秧在打叉叉；过了第三个七天，南瓜秧长出了粗叶；第四个七天过后，南瓜秧开始牵藤；到第五个七天，南瓜苗开花啦，结了一个小南瓜；又过了七天，南瓜叶子长得斗笠那么大，南瓜已长成囤箩那么高。不久，南瓜黄了，熟了，盘古看了非常满意。过后，他又听到了南瓜里面有叽叽咕咕的声音，更是高兴起来。他从腰间抽出长刀，对着南瓜的瓜蒂横削过去。刀过蒂飞，从里面扑扑飞出一对蝴蝶来，浑身花纹斑斓、色彩鲜艳，绕着南瓜上下飞舞，不停地吱吱鸣叫，好像是说："谢谢盘古，我们一定勤传花粉，繁茂花木，代代相传。"

这时，南瓜里仍然叽叽咕咕响个不停。盘古举刀又向瓜砍去，刀过瓜开，里面走出一对人来，是兄妹俩，没有眼睛。盘古很高兴，立即用刀在兄妹俩的额下轻轻地划了两刀，说："这次的眼睛要横着生，头皮与脸要连在一起。"他找来四把锁，在兄妹俩脸孔的两边各上一把锁。从此，头皮与脸再也分不开了，这两把锁就成了两只耳朵。

人是有了，可光有兄妹俩不行。盘古又骑着他的神马，翻山越岭，四处去找人与兄妹俩婚配。可是，他找了七年七个月，走遍了四面八方，仍不见一个人影。人不婚配不能传宗接代，盘古非常焦急。最后他想让兄妹俩成亲，可是又一想：兄妹俩成亲能行吗？

盘古为这事又想了七天七夜，最终决定给兄妹俩出三个难题，如能办好，就是天作之合，便让他们成亲。盘古对兄妹俩说："你们兄妹现在已经长大了，我本想去找人来同你们婚配，可是找了七年七个月，找遍了四面八方，都未找着。现在你们如果能做到三件事，那就让你们兄妹俩成亲，繁衍子孙后代。"

兄妹俩连忙问："盘古爷爷，是哪三件事？"

盘古说："现在有一副石磨，你们俩各背一扇，去到对面的高山上，然后将它滚下山去。如果两扇磨合在一起，算是你们做到了第一件事。"

兄妹俩照着盘古的要求，各背一扇石磨上了山，然后把石磨滚下山。说来也巧，两扇石磨滚到山下，合在一起了。盘古看后，连声说："天意，天意。"

兄妹俩问："盘古爷爷，那第二件事呢？"

盘古说："妹妹拿簸箕，哥哥拿筛子，还是到高山上，将它们滚下山去，如果滚到山脚，簸箕在下，筛子在上，合在一起，那算你们做到了第二件事。"

兄妹俩登上高山顶，将手中的簸箕、筛子滚下山去，结果簸箕在下，筛子在上，合拢得一点不差。盘古看后，连连点头，说："造化，造化。"

兄妹俩又问："盘古爷爷，第三件是啥事？"

盘古用手指着山沟说："你们看，那沟的右岸有棵罗汉松，左岸有棵杉树。哥哥爬上罗汉松，妹妹爬上杉树，如果能将两棵树的树梢梢扳拢，算是你们办到了第三件事。"

兄妹俩按照盘古的吩咐，分别走到沟的两岸，各自抱着树向上爬，爬呀爬，爬了七个时辰，才爬上了树顶，两人抱着树摇呀晃呀，荡来荡去，树梢总是相距两三尺远。忽然，一阵狂风吹来，三摇两晃，兄妹二人终于将树梢扳拢在一起了。

盘古咧着嘴笑着说："如今三件事都办成了。你们快下来，我让你们成亲。从今以后，你们是兄妹，也是夫妻，可要好好耕作，让荒山变成青山，使荒野变成良田。"

一晃七年过去了。兄妹俩结成夫妻后，勤耕苦作，原先光秃秃的山岭现在郁郁葱葱，原来野草丛生的荒野现在稻香扑鼻。夫妻俩生了三个儿子。三个孩子十分聪明，不管什么，一学就会，只是三个孩子都不会说话，夫妻俩为此非常着急。

有一天，盘古骑着马来看望他们，夫妻俩向盘古诉说了他们的忧虑。盘古听后微微一笑，说："现在你们夫妻二人去办三件事：第一，孩子的父亲出去砍一根竹子回来，锯成三段一掌长的竹竿；第二，把在外面玩耍的三个孩子喊回来；第三，在屋子中间烧一堆火，我自有办法。"

夫妻俩把三件事办妥后，盘古叫孩子们围着火堆坐着，然后将三根竹竿放在火堆上烧。突然，乒乒乓乓三声，毛竹爆炸，三个小孩惊叫起来，老大喊："妈吔！"老二叫："阿戈之者！"老三唤："阿拉也！"这三种不同的叫喊声，后来就成了相邻的汉族、彝族和傈僳族三个民族的语言。

三个孩子会说话了，可是他们都是男孩，婚配又成了问题。到哪里去找三个女孩呢？盘古骑着马又四处奔波起来。

一天，盘古来到一座大山脚下，看到一个宽敞的岩洞。他翻身下马，进到洞内，发现有三颗葫芦籽。盘古又像种南瓜一样，把葫芦籽种在路旁。一日三，三日九，七七四十九天以后，葫芦瓜成熟了。盘古抽刀在瓜底上一旋，里面走出三个姑娘来。三个姑娘都是瓜子脸、柳叶眉，圆圆的眼睛，薄薄的嘴唇，红红的脸蛋，细高的身材，笑声像银铃，十分逗人喜爱。盘古高高兴兴地领着姑娘，来到三个男孩家，帮助他们配了婚。从此，人类就一代一代地繁衍起来了。

# "黄金国土"的故事

民族：傈僳族
采录：朱叶
流传地：四川省德昌县傈僳族聚居地区

盘古王是傈僳族最尊敬的神王。传说，盘古王给了傈僳族九根金拐杖，引导傈僳族人去寻找"黄金国土"。

## 一族就是一家

古时候，傈僳族没有住地，整年到处迁徙。盘古王拿出九根金拐杖，交给傈僳族九兄弟，叫他们去寻找天边和地边，在那里安家落户。他说："天边有富贵，地边堆宝石，弯腰抓一把，泥土全是金。"

九兄弟跪别了盘古王，拿着灿烂夺目的龙头拐杖，真像王子出巡那样庄严、威武。九兄弟是傈僳族九勇士，族人听说他们要去天边地边，男女老幼携家带眷，都一齐赶来。东巴（宗教神职人员）对九位英雄唱道：

"盘古神王有规矩：'麻布衣服大家穿，粗粮粗饭大家吃。'要到天边去住家，要到地边去定居，傈僳族应当一同去。"

队伍浩浩荡荡出发了，到处都有人称赞他们是"寻找黄金国土"的勇士。不知向前走了多少年，桃花开了多少春，江河冻结了多少冬，仍然没有找到天边和地边。英雄们的头发白了，但他们的决心并没有动摇，仍然边走边唱：

"身上背着盘古王的圣谕，双手捧着盘古王的神旨，不到天边地边不回头。"

长年累月在艰苦的风雨里跋涉，他们养成了"一族就是一家"的优良习俗。队伍停下来歇脚时，女的就给大家打草鞋、缝补衣服、做饭，男的就去给大家找水、找柴、狩猎，谁都不会只想到自己。在行进路上，大家互相照顾，老少互敬互爱。这习俗一直延续到现在，傈僳寨子里一人有病，大家就都上山找草药；一家有困难，一寨子人就都来帮助……

## 金拐杖是神王的灯

走啊走啊走，找不到"黄金国土"不回头。山愈走愈高，河越走越深，路愈走愈远。金拐杖磨光了，龙头不见了。屈指背诵族谱，天啊，他们已经走了九代人了。领路的九兄弟换了九代，东巴换了九代，族众也全是第九代了。天边地边还渺渺茫茫。大家害怕了，一齐跪在地上恸哭：

"金拐杖是神王的灯，指路灯灭了，我们陷进死谷……"

东巴像悟到了什么真谛，忽然站起来大声说：

"愚蠢啊愚蠢，我们没有领会神王的智慧。神王不是真的让我们寻找天边地边，是让我们选择好住的地方，世世代代定居。哪里好住哪里就是黄金国土！"族众像从梦境里走出来，一齐向东巴欢呼颂赞。东巴又说：

"傈僳走过的路上金光闪闪，那是金拐杖的痕迹，金拐杖渡过了金沙江，越过了碧罗山，沿途都留下勇士的脚印。这里是怒江，英雄在这里繁衍生息。"

勤劳的傈僳族就在这里搭房筑寨居住下来。乘木筏过河，编竹索桥过山，不再四海奔波了。在金沙江北岸，雅砻江下游，还有很多傈僳寨子，就是他们从前行进时沿途留下的。

# 司岗里<sup>①</sup>

民族：佤族
讲述：随戛、岩扫、岩瑞等（佤族）
采录：艾荻、张开达
流传地：云南省西盟佤族自治县、沧源佤族自治县

天刚形成的时候，像个癞蛤蟆的脊背，疙里疙瘩，很难看。里<sup>②</sup>伸出巴掌不停地磨呀磨呀，不知磨了多少年，终于把天磨得像山白鱼的肚皮一样滑溜溜亮晶晶的。里在光滑平坦的天上安了太阳，安了月亮，安了星星。从此，天变得好看了。

地刚形成的时候，像个知了的肚囊，空落落的，很别扭。伦<sup>③</sup>用泥土不住地堆呀堆呀，堆出了高山，堆出了深谷，堆出了河道，堆出了海堤。从此，地变得像马鬃蛇的身子，有高有低，有沟有坎，很顺眼了。

里磨天磨地的渣渣掉进了大海，吸住了海水，从此，江河湖海变得规矩了。

那个时候，天和地是用铁链拴在一起的。天地离得很近。

地上的万物不自在了，不歇气地向里和伦抱怨。里和伦派达能<sup>④</sup>用巨斧砍断了拴着天地的锁链。天高高地升上去，地低低地降下来。从此，天地分开了。

---

① 司岗里：司岗，石洞；里，出来。司岗里即石洞里出来。又译"西干里""赛岗里"。此洞据传在今西盟县岳宋乡对面不远的区格底附近。

② 里：传说中的天神，旧译"利吉神"。

③ 伦：传说中的地神，旧译"路安神"。

④ 达能："达"即爷爷，"能"是他的名，是传说中的动物神。

天和地原本是一对夫妻。他们舍不得分开，哭啊哭啊，不知哭了多少天、多少年，流不完的眼泪化成了雨露和云雾。

那个时候，只有白天，没有黑夜。太阳落了月亮升，月亮落了太阳升。饭是太阳晒熟的，水是月亮晒沸的。地上的生物活不下去了，不歇气地向里和伦抱怨。里和伦商量，把一棵大树放进月亮里。月亮变得阴凉了。从此，才分出了白天和黑夜。

达能一顿要吃三亢①小红米饭，一步能跨千里远，一个指头能拎起一只大象，十个人搬不动的木鼓，他拈起来塞进耳垂当耳柱。他砍断了拴着天地的铁链后，生怕天又掉下来，砸死大地上的生灵，就双手托着天，从西盟一直托到昔薄、安瓦②。到安瓦时踩塌了大地，掉进地里去了。他在地下看不见光，望不到亮，黑咕隆咚的不知过了多少年。他怕大地上的生灵都死光了，每隔一些日子，就要摇动一次大地，问一问大地上是不是还有生灵。后来，人碰上了地动，就敲锣打鼓、鸣枪放炮，大喊大叫。达能听见这些声音，就放心了，不再摇大地了。

天下万物的创造，都是按照事先安排好的顺序进行的。里和伦创造了天和地以后，又创造了植物和动物。里和伦派普冷③管植物，派达能管动物。


莫伟④创造了人，把人放在石洞里。

有一天，差从石洞旁飞过，听见石洞里轰轰地响，就跟打雷一样，还听见了人的声音。差飞遍大地，把这个发现告诉了所有的动物、植物。

差说："人要出来了，我听见他们的声音了。"

---

① 亢：佤族量计单位，一亢为 60 公斤。

② 昔薄、安瓦：地名，今属缅甸。

③ 普冷：传说中的植物神。

④ 莫伟：传说中的人神，旧译"木依走""慕依走"。

动物植物听到人要出来的消息，都很紧张。大家议论纷纷：该不该让人出来？人出来咋办？

大树说："不能让人出来，人出来会砍死我。要是人出来了，我就倒下去把他压死。"

豹子说："我也不同意让人出来，人出来会打死我。要是人出来了，我就咬死他们。"

但大多数动物植物都同意让人出来。

"不能让人出来，人出来我非把他们都压死！"大树坚持说。

蜘蛛生气了："哼！你连我的一根丝都压不断，还想压死人？不信我们打个赌：要是你压得断我的一根丝，就不准人出来。要是压不断呢，就得让人出来。"于是蜘蛛就在树林里拉了许多丝。

大树一棵接一棵地倒下来，要把蜘蛛的丝压断。蜘蛛的丝不仅没有被压断，反而越扯越长。

大树认输了，只好同意让人出来。

人要出来了，可是石洞没有门，出不来。

动物们决定帮助人打开石洞，让人出来。

大象卷着长长的鼻子来撬，打不开。

犀牛晃着尖尖的犄角来抵，打不开。

野牛伸着粗粗的嘴筒子来拱，打不开。

麂子扬着硬硬的蹄子来蹶，打不开。

老熊甩着厚厚的巴掌来拍，打不开。

鹞鹰、臭雕、猫头鹰、啄木鸟用锋利的嘴壳来啄，打不开。

鹦鹉和犀鸟的嘴壳都啄弯了，也打不开。

差只好去求莫伟，请他来帮忙。莫伟说："请小米雀去啄吧。"

小米雀去找苍蝇，对它说："莫伟叫我去啄开石洞让人出来，只有你能帮我的忙。"

苍蝇问："我怎么帮你呢？"

"我啄一口，你就在我啄过的地方吐上一口唾沫就行了。"

小米雀带着苍蝇来到了石洞。小米雀的身子只有橄榄果那么大，嘴壳黄灿灿、嫩生生的。动物们都有些不相信地看着它。

只见小米雀"呼"地飞到枇杷果树上饱饱地吃了一顿枇杷果，蹲到岩石上蘸着山泉水"刷刷"地磨了一阵嘴壳。叫苍蝇拿一根细藤子把它的嘴壳绑牢了，然后攀到石洞上，"笃笃笃"地啄了起来。它啄一口，苍蝇就在啄过的地方吐上一口唾沫。渐渐地，石洞裂开了。

"轰隆"一声，石洞终于打开了。人从石洞里挤挤攘攘地走出来。

本来就不同意让人出来的豹子，早就龇牙咧嘴地守在洞旁边。人出来一个，它就恶狠狠地扑上去咬死一个。一个、两个、三个，豹子已经咬死三个人了。老鼠生气了，"嗵"地跳到豹子身上，使劲咬住豹子尾巴不放，豹子痛得"嗷嗷"叫着在地上打滚，这样人才一个接一个出来了。豹子见人越出越多，害怕了，拼命甩掉老鼠，逃跑了。

从第四个人起，人类才活了下来，这个人就是佤族。之后出来的是拉祜族、傣族、汉族，也就是岩佤、尼文、三木傣、赛口。再往后出来的就是其他民族了。

人出来后，想感谢小米雀。小米雀说："你们要感谢我，我不要。以后你们种出粮食来了，田边地角抛撒掉的给我吃一点就行了。"

人要感谢苍蝇，苍蝇说："你们要感谢我，我不要。以后你们吃剩的汤汤水水、渣渣涝涝给我吃一点就行了。"

人要感谢老鼠，老鼠说："你们要感谢我，我不要。以后你们收得了粮食，米仓旁、囤箩边泼掉的给我吃一点就行了。"

人要感谢蜘蛛，蜘蛛说："你们要感谢我，我不要。以后你们盖了房子，让我在房檐下搭个窝、张个网，能避避风、躲躲雨就行了。"

现在，佤族人帮了朋友的忙，不兴要报酬，给一点吃的就行了。这个习惯，就是向小米雀、苍蝇、老鼠、蜘蛛学的。

人从司岗出来时，身上灰扑扑的，面貌模糊不清。老大跑去抱住了一棵大椿树，老二跑去抱住一棵竹子，老三跑去抱住一棵芭蕉树，老四跑去抱住一棵大车树。

莫伟吩咐妈农①说："你带他们去洗洗澡吧。"于是妈农领着人来到阿龙黑木洗澡。洗完澡，人的面貌就看得清楚了。佤族像大椿树一样，黑红黑红的；拉祜族像竹子一样，青黄青黄的；傣族像芭蕉树一样，白嫩白嫩的；汉族像大车树一样，又白又高大。


人从司岗出来时，不晓得该住在哪里，人们去问莫伟。

莫伟对岩佤说："你是勒佤②，凡有大椿树的地方就是你的住处。"从此，佤族就住在阿佤山上，总是离司岗不远。

莫伟对尼文说："哪里竹子多，你就到哪里去住吧。"从此，拉祜族就住在竹子多的半山腰上。

莫伟对三木傣说："你到芭蕉树多的地方去住吧。"从此，傣族就住在热带平坝地方。

莫伟对赛口说："哪里大车树多，你就到哪里去落脚吧。"从此，汉族就像大车树一样，分布很广，热地方、冷地方都住了下来。


人从司岗出来时，不会说话，只会像独弦胡③一样哼哼。人就去找莫伟要语言能力。

莫伟对岩佤说："以后牛是你们的伙伴，你去向牛学说话吧。"从此，佤族说话就拗嘴拗舌的。

莫伟对尼文说："你的话在斑鸠那里，你去向斑鸠讨吧。"从此，

---

① 妈农：传说中人类的第一个母亲。
② 勒佤：守大门的人。佤族人自称勒佤，意即守住圣地的人。
③ 独弦胡：佤族弦乐器，似二胡，只有一根弦，发音低沉。

拉祜族说话就紧一声、慢一声的。

莫伟对三木傣说："你去向细蜜蜂学说话吧。"从此，傣族说话就像蜂蜜一样甜甜的。

莫伟对赛口说："你嘛，就去请教画眉鸟吧。"从此，汉族说话像是在唱歌。


人从司岗出来时，不晓得生娃娃，也不晓得该由男人生娃娃还是由女人生娃娃。他们去问莫伟。

莫伟喝多了水酒，正在打瞌睡，他迷迷糊糊地说："让男人去生娃娃好了。"

这下，男人可为难了。男人家平素要打猎、撵山、盖房子、砍木鼓，做的都是重活，在哪里怀孕生娃娃好呢？肚子里肯定不行，怀里揣着一个娃娃，咋个好去干重活呢？想来想去，男人就决定在膝盖上怀孕生娃娃。九个月过去了，娃娃从男人的膝盖上生下来了。可是生出来的娃娃只有蟋蟀那样一点大，而且怎么长也长不大。娃娃倒是聪明，一生出来就会喊爹喊妈，会走路，成天蹦蹦跳跳、叽叽喳喳。

有一天，大人叫蟋蟀娃娃去守晒场。娃娃很听话，抬了一根竹竿蹲在簸箕边守着。太阳火辣辣的，几只饿馋了的公鸡"咯咯咯"地叫着跑来偷吃谷子。娃娃举起竹竿敲打，公鸡不怕蟋蟀娃娃，打一下跳一下，公鸡被打恼了，跳起来把蟋蟀娃娃吃了。

娃娃的爹妈很伤心，去找莫伟。

莫伟这才明白自己把话说错了，就对女人说："以后就由你们女人去生娃娃吧。"

从此，怀孕生娃娃才变成女人的事。


人从司岗出来时，没有文字，也不懂得用文字记事情。莫伟拿出一块牛皮递给岩佤，拿出一匹芭蕉叶递给尼文，拿出一片贝叶递给三木傣，拿出了一张纸递给赛口。对他们说："这是我给你们各自的文字，日后你们会用得着的，千万要好好保存。

后来，有一次闹饥荒时，岩佤把牛皮烧了吃了。从此，佤族的学问全在肚子里了。尼文有一次撵麂子撵到江边，拿芭蕉叶盖了窝铺，夜雨把芭蕉叶淋坏了，一些字变得模糊不清，辨认不出来了。从此，拉祜族的文字就变得残缺不全。三木傣和赛口的贝叶和纸保存得好，傣文、汉文就流传下来了。

人从司岗出来时，莫伟怕人类日后为贫富争吵打闹，就打开一个金盒子，把"富"拿出来，照人头均匀地分成几份，摆在地上。他对人们说："这是我给你们的'富'，每人一份，谁也不多，谁也不少，你们赶紧找东西来装吧。"

赛口拎来一只箱子，把"富"装进去，锁起来。

三木傣拿来一只筒帕，把"富"装进去，双手捂起来。

尼文找来一只背篓，把"富"装进去，用芭蕉叶盖起来。

岩佤太粗心了，他的竹筒早叫蚂蚁蛀通了底。

从此，汉族、傣族富，富的时间长。拉祜族的"富"漏掉了一些，不如汉族和傣族富。佤族的"富"全漏光了，一直很穷，富不起来。

人从司岗出来后，找不到东西吃，只能吃土，就去找莫伟要吃的。

莫伟说："你们去和野兽赛跑，哪个跑出屎来，就吃哪个的肉。"

野兽跑在前面，人跟在后面。野兽跑得屁股流出屎来，从此，人就捉野兽来吃。野兽害怕人，和人分开了。

起初，人没有火，也不懂得用火，捉到野兽只会吃生的。人去向莫伟讨办法。

莫伟说："去找达赛①帮忙吧。"

达赛住在太阳寨。起先，人派猫头鹰去求火。猫头鹰瞧见达赛家炕笆上挂着许多老鼠干巴，肚子饿了耐不住，偷吃了老鼠干巴。达赛很生气，把猫头鹰给赶走了。人又派萤火虫去求火。萤火虫闻到达赛家竹筒里的水酒香味，口渴了忍不住，偷喝了水酒。达赛很生气，又把萤火虫给撵走了。人派蚱蜢去求火。蚱蜢很守规矩，没过多少日子就和达赛交上了朋友。达赛很喜欢蚱蜢，就教它说："你把干藤子放到石头上敲，火就会出来了。"从此，人学会了取火，懂得用火取暖，烧东西吃。


人从司岗出来后，大地上的野兽渐渐不够吃了。人去求莫伟帮助。

莫伟说："我把种子忘记在海里了，你们去拿回来吧。"

人派老鹰去拿种子，老鹰的嘴巴太短，够不着海水里的种子，拿不出来。

人派鹭鸶去拿种子，鹭鸶的脚杆太细，夹不住种子，拿不出来。

人派蛇去拿种子，蛇卷起尾巴把种子打捞上来了。

种子拿回来了，莫伟很高兴，说："以后你们就种庄稼吃吧。"莫伟拿出夺铲、锄头、小犁、大犁、背索、背篓、扁担、鞍子，放在地上叫人们挑拣。

岩佤挑了夺铲和背索。从此，佤族就用夺铲种懒火地，用背索背东西。

尼文挑了锄头和背篓。从此，拉祜族就用锄头种山地，用背篓背东西。

三木傣挑了小犁和扁担。从此，傣族就用小犁种水田，用扁担挑东西。

---

① 达赛：传说中的雷神。

赛口挑了大犁和鞍子。从此，汉族就用大犁耕田种地，用牲口驮着东西，走南闯北。

安木拐①的母亲妈农死了。安木拐在芒杏垭口②为母亲吊丧。丧礼上让动物比赛唱歌。

安木拐拿着一块金子对动物们说："哪个的歌唱得最好，就把这块金子奖给它。"

比赛开始了。第一个出来的是戏帅（春蝉）的大合唱。只见一群戏帅扑喇喇飞上一棵大椿树，放开嗓子"戏帅——戏帅——戏帅——"地唱起来。歌声清脆整齐，受到了安木拐的夸赞。后来，佤族就把戏帅叫的日子定为撒旱谷撒秧的节令。

第二个出台的是额列（绿青蛙）的小合唱。只见三只翠绿色的小青蛙"扑通扑通"跳上草台，"咕呱——咕呱——咕呱——"地唱起来。歌声厚实洪亮，得到了安木拐的表扬。后来，佤族就把额列叫的日子定为薅旱谷的季令。

第三个出台的是格朗晚（一种秋虫）的独唱。只见它摁了摁脖子，"晚晚——晚晚晚——对！晚晚——"地唱起来。歌声婉转甜美，受到了安木拐的嘉奖，安木拐把金块奖给了它。后来，佤族就把格朗晚叫的日子定为秋收的节令。

安木拐那个时代，洪水猛兽经常威胁着人的安全。安木拐召集人和动物来商量办法。

马说："洪水它涨就给它涨，涨得多高都不怕。怕的是人和野兽不团结，你吃我，我吃你。只要大家团结了就什么都不怕。到那时，小红米会有我的头一样大，谷子会有我的尾巴一样长。"

马鬃蛇不同意马的看法，它说："洪水不能让它涨。人和野兽要

---

① 安木拐：传说中氏族社会的第二位女首领。
② 芒杏垭口：地名，在今云南省西盟县岳宋乡。

打架，你吃我，我吃你。到那时，小红米才会有我的头一样大，谷子才会有我的尾巴一样长。"

安木拐采纳了马鬃蛇的意见，领着佤族向洪水猛兽作斗争。人生存下来了。后来，小红米当真有马鬃蛇的头一样大，谷子有马鬃蛇的尾巴一样长。以后，佤族形成了一种习惯，开地时，总要在地里找一条马鬃蛇，把它打死，划开脖子放出血来。据说一滴血就是一堆谷子，要是不见有血，这块地就不要了。

有一天晚上，安木拐已经睡了，忽然听见林子里有一种声音在响，就跟唱歌一样，好听极了。出外察看，什么也不见。第二天晚上，又听见了同样的响声。她就顺着声音去寻找，发现了一个小土洞。她守住洞口，逮住了洞里的主人——团（蟋蟀）。她问团："你是咋唱歌的？"团不搭理，一抽身跑了。安木拐想一定还有别的什么东西，就扒开土洞来瞧，看见洞里摆着一些光滑晶亮的小石头和一些圆圆整整的小木头。安木拐想：团能把石头、木头搬进去，让它放出那样好听的声音，人为什么不能把石头、木头搬来，让它为我们唱歌呢？于是就叫人搬来一些大石头，照着洞里小石头的样子做成石鼓。一敲，不响。不知敲了多少年，石鼓依然不会响。安木拐想：唱歌的准是那些小木头。就叫人砍来大树，照着洞里小木头的样子做成木鼓。一敲，果然"咚咚"地响，就跟当初听到的那种响声一样好听。不过响声很小，十几步外就听不见了。安木拐不晓得要怎么凿木鼓响声才会大，心里很苦恼。有一天晚上，她做了个梦，梦见莫伟笑眯眯地拍了拍她的肚皮。肚子立即发出"咚咚"的响声，声音很大，把她都给震醒了。安木拐明白了。第二天，她指了指自己的下身对人们说："以后你们就照着它的样子凿木鼓吧。"后来凿出的木鼓，果然响声很大，声音传得很远很远。从那以后，佤族就有了木鼓，成了能歌善舞的民族。

那个时候，佤族没有弩弓，没有标子，只会使用石头和木棒，围捕一只野兽，要靠大伙的力量。白天，人们敲响木鼓，集中起来，一齐上山打猎。夜晚，人们敲响木鼓，唱歌跳舞。野兽听见木鼓声，吓得躲得远远的。木鼓保护了人的安全，给人们带来欢乐和温饱。从此，佤族很敬重木鼓。凡猎到野兽，就把兽头砍下来供祭木鼓。

那个时候，打猎全靠人的勇敢。安木拐为了培养佤族的勇敢精神，就把活捉来的野兽拴在石头桩上，让人们比赛把它们活活撕死。谁撕抢得的肉多，谁就是英雄，就受到安木拐的表扬和人们的敬仰。这项活动一代一代流传下来，后来演变成了"砍牛尾巴"的习俗。


有一回，一阵大风刮倒了一棵大树，挡在安木拐家的门上。安木拐进进出出很不方便，于是她就对人和动物说："哪个有本事把大树搬开，以后人和动物都要听它的话。"

人来搬，搬不开。

马鹿来搬，搬不开。

老熊来搬，搬不开。

乌龟来搬，搬不开。

大象来搬，搬不开。

没有哪个人和动物搬得开。

大家蹲在树干上咿哩哇啦地商量办法。

这时，木丙领木①来了。它望见大家蹲在树干上，想出了个办法。它使劲摇动着树枝，尖着嗓门大叫起来：

"大树要断了，大家快躲开呀！"

大家看见树枝摇晃，又听见这突如其来的喊声，吓得一齐从树干上跳下来。

"咔嚓"一声，大树被蹬断了。

_____

① 木丙领木：一种像云雀的小鸟。

这样，大家毫不费劲地就把大树搬开了。

从那以后，木丙领木的话就成了大家必须听从的金口玉言。后来，佤族就形成了这样的习惯：凡离家外出，都要听听木丙领木的叫声。叫声好才出门，叫声不好就不出门。直到今天都是这样。


安木拐死了，牙董①为她举办葬礼。

牙董通知所有的动物都来参加葬礼。她特别关照豹子说："你的样子太难看了，大伙都怕你，你要等大家走完了才能来。"

猪和牛带着肉来了，鸡带着蛋来了，蜜蜂带着水酒来了……牙董家的屋子挤不下了。

牙董尝了尝蜜蜂带来的水酒，对它说："你的水酒很甜，很好吃。等大伙来齐了一起吃吧。屋子太小了，你就在门外休息吧。"

从那以后，蜜蜂就住在外屋了。佤族水酒很甜，很好吃，就是学蜜蜂酿的。

豹子蹲在路边等啊等啊，动物们长长的队伍老是走不完，等得瞌睡都上来了，队伍还没有走完。豹子等得实在不耐烦了，就插到队伍中间来了。豹子后面的动物瞧见豹子的眼睛绿茵茵的，吓得一个个转身跑了。从此，来到牙董家的动物就成了家畜家禽，被豹子吓跑了的就成了野生动物。


豹子不听牙董的话，牙董很生气，就罚豹子去背盖房子的茅草，豹子背不动，在路边休息，又捡起石头敲着玩，石头和石头碰出了火花，燃着了茅草，烧着了豹子，豹子痛得到处乱跑。

坡上碰着了黄牛，豹子问："黄牛兄弟，黄牛兄弟，我身上着火了，该往哪里跑？"

---

① 牙董："牙"即奶奶，"董"是她的名，传说中氏族社会第三位女首领。

"往山上跑！"黄牛说。

豹子往山上跑，身上的火越烧越旺。

箐边遇到了水牛，豹子问："水牛大哥，水牛大哥，我身上着火了，该往哪里跑？"

"赶快跑到水塘里去！"水牛说。

豹子跑进了水塘，身上的火熄了。

豹子被烧得花里胡哨，身上留下了一股难闻的糊臭味。从那以后，豹子恨死了黄牛，专逮黄牛，不逮水牛。


有一回，金子、银子和小红米、旱谷为争地皮吵架。

金子和银子说："世界上的东西就数我们兄弟最贵重，人要想生活得好，准离不开我们兄弟，这块地皮我们要住！"

小红米和旱谷说："人活在世上首先得有吃的。没有吃的，人就会饿死。这块地皮我们要住！"

吵来吵去，金子、银子吵不赢小红米和旱谷。

"啪！"金子、银子抄起巴掌打了小红米和旱谷："哼！不要脸的东西，还不赶快滚开！"

小红米、旱谷哪受得了这种闲气，抬起脚来就跑了。

小红米跑到河底藏起来，旱谷跑进森林里躲起来。

于是，人没有吃的了。刚开始吃树叶，树叶吃光了剥树皮，树皮吃光了只好吃土。人们把山梁都啃凹下去了，眼见着就要吃金子和银子了。

牙董很着急，发动所有的人和动物去找小红米和旱谷。不知找了多少年，才把旱谷从森林里找回来了。可是小红米却一直藏在河底，找不着。牙董派大蛇去找。大蛇把尾巴伸到河里去搅，才发现小红米和泥沙在一起。可是大蛇没有办法把小红米拿出来。牙董又派蚂蟥去拿，蚂蟥把小红米吸在屁股上拿出来了。

小红米和旱谷被请回来了，金子和银子因为做错事害羞了，于是就钻进土里去了。从那以后，小红米和旱谷就住在地上，金子和银子就住在地下了。

有一年，寨子里突然发了洪水，房屋被冲毁了，许多人畜被淹死了。洪水退了以后，人畜又遭瘟疫，谷子长不好。牙董把这个情况报告了莫伟。莫伟亲自下来察看，发现是因为达赛和牙远[1]兄妹通奸触怒了天神降下的灾祸。于是，牙董找来达赛和牙远审问。达赛和牙远都不承认。这时，着（一种虫）出来证实，说它瞧见了。莫伟很生气，叫牙董派人抄了达赛的家，把达赛撵到天上去了。临行时，达赛对大家说："以后哪个再犯我的过失，我就要用雷打死他！"牙远害羞了，钻到地里去了，变成了彩虹，每年只好意思出来两三回。从那以后，佤族就形成了同姓不能结婚的习俗。

克列托[2]和颇托结婚后，婆娘颇托一直不会生娃娃。两口子就找了一个同姓的孤儿岩朗来做养子。

两口子待岩朗就像自己的亲生儿子一样，自己舍不得吃的给岩朗吃，自己舍不得穿的给岩朗穿。两口子巴不得岩朗赶快长大成人，好继承自己的家业。日子一天天过去，岩朗渐渐长大了。

有一天，克列托出门到一个远方亲戚家做客。晚上，他做了个梦，梦中听见木鼓"克列托，叮咚！克列托，叮咚！"叫着自己的名字。醒过来后，克列托觉着奇怪，他想：木鼓为什么会喊自己的名字呢？莫不是家里出了什么事吧？第二天一早，他匆匆辞别了主人，心神不安地回到家来。

---

① 牙远：传说中的虹神。
② 克列托：传说中佤族最早的部落头领，具有半神半人特征。

家里果真出事了，婆娘颇托病倒在床上。克列托去找魔巴瞧卦。

魔巴对他说："你出门后，你家的大梁歪了。你回去把大梁砍断，婆娘的病就会好了。"

克列托回家砍断了大梁，房子垮了。可是婆娘的病依旧不好。

克列托又去找魔巴。

魔巴笑了笑说："克列托呀，你真蠢。我不过是打个比方。""莫非是我的养子……"

魔巴点了点头。

克列托砍了岩朗的头，婆娘颇托的病好了。为了感谢木鼓神，克列托把岩朗的头供在木鼓房。

从那以后，佤族就兴砍人头祭祀木鼓的习俗了。


芒杏大王子岩展和允恩①大王子岩可士是好朋友。有一次，他们相约到很远的地方去游玩。在回来的途中，允恩大王子岩可士不幸得急病死了。岩展很伤心，背着朋友的尸体走啊走啊。路程实在太远了，天气又热，岩展背不动了，只好砍下了岩可士的头背回来。岩展怕岩可士的父母太伤心，一直不敢把岩可士的头送回去。留的日子长了，只好把岩可士的头埋在自家的园圃里。

岩可士的父亲听说芒杏大王子岩展回来了，独独不见自己的儿子岩可士回家，就找到岩展家来。

"你的朋友岩可士哪里去了，咋不和你一起回来？"

"他——他有些事，走在后面……"岩展怕说出真情吓坏朋友的父亲，只好扯个谎暂时遮掩一下。

朋友的父亲来了，岩展急急忙忙泡酒、杀鸡、煮稀饭招待客人。稀饭煮好了，没有佐料下饭，岩可士的父亲吩咐手下人说："去园圃

_____
① 允恩：地名，今属缅甸。

地里找些姜巴来吧。"

手下人在掏姜巴时，发现了岩可士的头。

岩可士的父亲怒不可遏，指着岩展大骂："你害死了我儿子还不敢承认，算什么汉子！"

任岩展如何解释，岩可士的父亲都不相信。

岩可士的父亲回家后，组织允恩部落的人对芒杏部落发动突然袭击，砍走了芒杏部落不少人的人头。芒杏部落组织报复，又砍走了允恩部落不少人的人头。砍来砍去，仇越结越深。双方部落的朋友也参加进来，冤家越打越多，世间越打越长。从那以后，佤族就形成了长期打冤家的局面。然而，这个冤家打得实在冤枉啊！

## 附言

"司岗里"是佤族关于天地形成、人类起源、某些风俗来历的解释性神话传说故事，过去主要由魔巴口头讲述传之后代。

"司岗"，西盟佤族解释为石洞，"里"为出来。即人是从石洞里出来的。沧源佤族解释为葫芦，即人是从葫芦里出来的。

"司岗"，西盟佤族认为实有其地。此洞在今西盟县岳宋乡对面不远的边戛底附近。据到过边戛底的人讲，此地森林茂盛，草木葳蕤，巉岩耸峙，奇石林立。绿茵茵的草坪间积一洼清幽幽的水塘，此水塘即是传说中出人洞遗址。因年深日久，石洞风化沉陷而为水塘。当地佤族每隔五年就要带上丰厚的物品到此举祭，剽一头玄色黄牛以飨神灵。西盟佤族自称"勒佤"，意即奉神之旨守住圣洞的人。

沧源佤族认为"出人"的"葫芦"生长在山道，约在养贺、岳宋等地方，和西盟佤族所传"石洞"基本同属一个地方。这说明，"司岗"是佤族的共同祖地。

# 把天顶高的人

民族：佤族
采录：李学宏（佤族）
整理：李学宏等
流传地：云南省佤族聚居地区

在很远很远的年代，天和地相距很近，人们随时都可以到天上去玩。太阳、月亮、星星都可以和地上万物通话，它们时常有说有笑，天和地更是相处得很好。

一天，太阳和月亮不知为了什么事，相互争吵起来，都想显耀自己的本领高强。

太阳说："世上的万物都离不开我。"

月亮说："世上的万物同样需要我。"

太阳又说："我能给万物温暖。"

月亮又说："我能给万物光明。"

……

太阳和月亮争吵不休。太阳又对月亮说："我的光比你的强，白天万物是看不到你的光的。"月亮也对太阳说："夜里万物是看不到你的光的。何况我是个女的，每当漆黑的夜晚，你和万物都睡着了，我还在独自行走，你还是个男子，不害羞吗？"①太阳仍不服气："你说你的能耐大，那我俩比试比试，看谁的热气更大。"月亮毫不示弱："好，我们就比比看吧！"于是，太阳、月亮各对准一塘水，发出自己最大的热气来。太阳和月亮比能耐，可苦了地下的万物，它们被热

---

① 在佤族神话中，太阳、月亮分别由一个小伙子、小姑娘所变。

气烤得四处奔跑。

正在这时，地上有一位妇女正在春米，她看到太阳和月亮这么无理，不顾万物的死活，就大声骂太阳、月亮，可是太阳和月亮却说："我们的热气已放出去了，现在已无法收回来了。"这位妇女气得举起杵棒往碓里使劲一春，却捣着了天。她干脆用力一顶，真的把天顶高了。这时，天像个巨大的倒扣着的锅，摇摇晃晃的要掉下来了，吓得万物仓皇奔逃，纷纷寻找可藏身的石洞。这位妇女看到摇摇欲坠的天，索性又举起杵棒猛地朝天连连捣了几下。这下，天被捣得老高老高，再也不摇晃了，太阳和月亮的争吵也听不到了，地上再也不热了……

那些吓得要死、烤得快活不成的万物，纷纷从四面八方跑出来，围着这位妇女跳呀跳、唱呀唱。此后，大家都管她叫"倍绝若玛①"。

---

① 倍绝若玛：佤语，把天顶高的人。

# 雷公与雷婆

民族：畲族
讲述：蓝俊德（畲族）、蓝开雅（畲族）
采录：蓝振河（畲族）
流传地：福建省福鼎市硖门畲族乡

古早时，有个细妮仔叫雷公，没爹没娘，性情像烈火，一条腹肠直直的；嗓门大得很，喊一声天摇地动。

十六岁那年，他上山砍柴，跌落深山沟，被茅山法主救活，带去做徒弟。一连在茅山住了三年，茅山法主没教他什么，只是天天叫他提水劈柴。三年过去了，提水的水桶由小到大，不知提坏多少个；劈柴的斧头由轻到重，不知用坏多少把。日子过得真快，这天，茅山法主忽然对雷公说："徒儿，你跟我学艺三年，现在可以下山了。"雷公说："我跟你三年，你只是叫我提水劈柴，没学到什么，怎么就叫我下山呢？"法主说："你三年提水、劈柴，已经练就一双好臂力，可以下山了！我现在送你一把斧头，千万要记住，只能使用斧背，莫用斧口。"雷公听了，接过斧头，拜别法主下山。

雷公一路上走呀走，走到一棵几十人揽的大树下歇气，拿着法主赠的斧头看了看，想试一试这斧头的威力和自己的功夫。不巧，"扑"的一声，歇在树上的乌鸦刚好屙了一块屎在他肩头。他一生气，就抡起斧背，向大树打去。这一下好厉害，震得这棵几十人揽的大树剧烈摇动，老鸦窠全都震落下来，撒满一地。"哇呀！哇呀！"乌鸦惊得飞走了。他感到自己这三年没白学，这斧头好厉害！他心里实在快乐，扛起斧头轻快地赶路。

走呀走，走到日头快落山，忽然面前跳出一个手持一把大铁凿的女子。雷公看看这个女子，又高又大又粗壮，像一座金刚拦在路中。女子要他赔那棵被他用斧头打坏的大树。雷公说："谁晓得半路上这棵树是你的？"女子说："这树是我祖公种的，几千年了。你不赔，我这把铁凿也不肯！"雷公一听真气，就说："你要我赔，我这把斧头也不肯。"说着就一斧头向那女子劈去，谁知道铁凿、斧头一来一去没几下，雷公被打败了，两个眼珠都被那个高大女子的铁凿凿得挂在眼皮下。这女子问雷公服不服。雷公说："服是服了，可是我没钱赔！"这女子说："没钱赔不要紧，只要答应我一个条件。"雷公问："什么条件？"女子说："你给我做老公！"雷公说："你要我做老公，为什么把我眼珠凿了？"女子说："眼珠凿坏了不要紧，我教你去一个地方可以医好。"雷公问道："到哪儿去治呢？"女子指着南方说："只有天上的闾山法主才能治好你的双目。"雷公当下就应承了做她丈夫。那女子高兴地扶起雷公说："等你治好双眼，我来接你。"说着在雷公背后拍一巴掌，一阵风就把雷公吹到闾山，"嘭"的一声跌落地上。雷公一骨碌爬起来，只听得面前有个老人家的声音问道："你这个野孩子的眼睛，大概是给那个布女仔挖坏，又叫你来找我求医的吧？"雷公点头称是。原来这个老人就是闾山法主，法主接着说："好，好，好！总算我们有缘，我答应给你医，可是医好后，你可要留在我这里做我徒弟呀！"雷公听了非常高兴，连声说："可以！可以！"雷公答应，闾山法主就用双手捧起雷公两粒眼珠按入他眼眶，搓几下就好了，只是眼珠凸出了一点。这时雷公向法主求艺，法主说："你就给我舂米吧！"舂呀舂，一连舂了三年。这天闾山法主就和雷公说："徒儿，你跟我三年，现在可以回去了。"雷公讲："师父，这三年我没学什么艺，怎能叫我回去呢？"法主说："你替我舂了三年米，就是学艺。现在你的臂力比以前更好了，我再赠你一把舂臼槌，你要好好使用。你要记住：一是你的眼珠突出来，要保护好自己的双目，莫随便眨眼睛，不然，眼水不止；二是给你的这把舂臼槌，一定要一口气扛到家，莫在半路放下，不然会出事的。"听了法主这样交代，雷公只好接过春臼槌，拜谢法主，离开间山。一路上，他记着法主的吩咐，走了一天又一天、一夜又一夜，眼睛皮合下来又睁开，合下来又睁开，实在辛苦，实在犯困。这夜，他走呀走，眼睛皮一合就睁不开了，人一跌倒，春臼槌掉在地上。这一下，只听得"哗啦啦"响，天摇地动，原来平整的大地给春臼槌震裂得凹凸不平，变成高山深谷。雷公一看，天地全变了，眼睛一眨，只见一片火光，连眨几下，天地照得光亮亮。只听霹雳一声大响，树林劈倒的劈倒，起火的起火，连天庭都震动起来。玉皇大帝大惊，就派四大金刚带领天将捉拿雷公。雷公看见天兵天将来捉，拿起春臼槌就打，天兵天将一个个都打不过雷公。玉皇大帝就叫自己的大女儿，就是那个要雷公做老公的又高又大又粗壮的女子去捉雷公。雷公见她来，才老老实实地跟她上天庭，给她做老公。这就是现在人间讲的雷公与雷婆。

雷婆和雷公性情一样刚直，嗓门一样大，两人在天上一看人间有不平事，雷公眼睛就禁不住一眨，火光一闪，就是闪电。两个人一个拿铁凿，一个拖春臼槌，"哇啦啦、哇啦啦"地大喊，要打坏人，就是隆隆响的雷声。所以人间坏人都怕电闪雷响，都怕雷公雷婆。

# 日头月亮和人祖

民族：畲族

讲述：吴兰妃（畲族）

采录：刘善林

流传地：福建省宁德市寿宁县畲族聚居地区

远古时候，天上有十个日头，把天地间照得亮堂堂，没白天，也没黑夜。那时，人的祖宗还长着毛茸茸的长尾巴。他天性勤快，低着头掘地，累极了，放下锄头倒头就睡。那一回他倒在大榕树下，醒过来一看，咦，长尾巴没了，让白蚁群给啃掉了。

人最难熬的就是天上曝晒的十个大日头。人的祖宗手也很巧，他抽来神牛的筋，砍来若木做成弓，磨利苍石簇做成箭，爬到昆仑山顶，弯弓搭箭，"嗖嗖嗖"，一箭射裂一个日头，一口气射裂了八个日头，碎片迸散苍天，就变成大大小小的星斗。祖宗还要开弓搭箭，射第九个日头，他老婆正好送饭来，就把弓交给老婆。老婆闲着，瞄准第九个日头，把强弓扯圆，只听"嗖"的一声弦响，一直战战兢兢的第九个日头吓一大跳，应弦翻了个跟斗，就变成了煞白的浑身凉冰冰的月亮。

祖宗吃饱，又要来射日头。老婆心软，劝他放手，让第十个日头留在天上做个种。他觉得老婆说得有理，就依了。从此天上一个日头、一个月亮。

# 皇天爷和皇天姆造人

民族：畲族
讲述：蓝升兴（畲族）
采录：蓝俊德（畲族）、蓝清盛（畲族）
流传地：福建省福鼎市桐山畲族聚居地区

上古的时候，天和地刚刚分开，天上有天神，地上是一片广阔、平坦的无边无界的五色土，看不到半个人。天神皇天爷和皇天姆看世间没人做世界，就下凡到地上造人。怎么造呢？皇天爷和皇天姆商量来商量去，决定就用地上的五色土来捏人。

皇天爷专门捏男孩，皇天姆专门捏女孩。他俩就这样蹲在地上，捏着捏着，捏得手都酸了，蹲得脚也麻了。皇天爷说："这样捏，要捏到何时才能够把天下人都捏完呢？"皇天姆说："这样吧，拿个天筛来筛吧！我铲土，你筛！"只见皇天爷把身子伸直，有顶天高。他捧来一个湖面大的天筛，皇天姆也拿来一把大铲，一铲就是几百担泥土。两人你筛我铲，筛呀筛！东边筛黄土，西边筛白土，南边筛红土，北边筛棕土，四方筛过中央筛，中央筛的是黑土。筛呀筛！天筛圈圈转，土粒纷纷扬，纷纷扬，随风长，落地变成人模样，有手有脚有五官，男男女女几万几。黄土筛的变黄人，黑土筛的变黑人，白土筛的变白人，还有棕色、红色人。可是这些人痴呆呆没灵性，怎么办？皇天爷与皇天姆又商量着，鼓起大嘴吹出两大口像风一样的灵气，一股是阳气，一股是阴气，这么多男男女女全都手舞脚蹬，睁开眼睛看着皇天爷和皇天姆哇哇大哭。皇天爷和皇天姆一看，高兴得哈哈大笑，笑声震天动地，这么多人也跟着笑个不停。

一阵笑声过后，皇天爷和皇天姆又忧头苦脸起来。皇天爷问皇天姆愁什么。皇天姆说："我们辛辛苦苦造出来的子孙，只知道傻哭傻笑，不会说话像哑巴。这样不行，应该教他们说话。"皇天姆也问皇天爷愁什么。皇天爷说："我俩辛辛苦苦造出来的子孙，一个个都贪懒躺着不动，要教教他们站起来，勤勤恳恳做世界。"于是，皇天爷掏了一大把竹枝，"啪啪"抽打着各色男男女女，赶他们到原来各色泥土的地方去做世界。皇天姆也拗了七根长短不同的竹管，用竹管吹哨音，教人学讲话。每到一个地方吹一种调子，到许许多多地方，吹许许多多不同的调子，教会了各地方的人讲各种不同腔调的话。

从此，世间不论什么地方的人，都会讲话，哭声和笑声都是一样的。这是老祖宗当初向皇天爷和皇天姆直接学来的。也因为皇天爷和皇天姆取土造人，世间原本平坦的土地被挖得凸凹不平，高的变成山，低的变成江河湖海。

# 石神保人种

民族：畲族
讲述：钟瑞珠（畲族）
采录：郑万生
流传地：福建省福安市溪柄镇畲族聚居地区

这是很久远的事了。有姐弟俩，阿弟看鸭，日日坐在一块大石头上歇气，阿姐天天给他送饭吃。每次吃饭时，阿弟坐的这块大石头就张开嘴，嘴一开，阿弟就捏一团饭喂它。

有一天，这块石头开嘴讲起话："弟啊弟，天快末煞①了，你和你阿姐赶紧钻我嘴里来，要不就没命了！"石头刚说完，天一下子暗下来，姐弟俩就慌忙钻进石头嘴里去了。

真的，天火放下来，烧了七七四十九天，天下被烧成黑黑的一片。山烧尽了，海烧干了，姐弟躲藏的这块大石头也被烧得滚烫滚烫的，从山崖落下，一直滚到海土堆里。火停时，"嘭"的一声响，石头裂成两爿，姐弟俩从石中迸出来。

命是保住了，但吃什么呢？望山山成炭，望地地成灰，到处是黑黢黢的焦土，真把姐弟俩愁煞了。噢！有救啦！满海都是烧熟的鱼虾，他俩靠吃这些鱼虾活了三年，三年还没吃掉大海屁股大一块地的鱼虾哩！

天底下就剩他们姐弟两个人了，这是仅存的人种，可惜一个是姐，一个是弟，姐弟怎么好婚配呢？不婚配，后代又怎么繁衍呢？真难死他们了。这时候，那块石头又讲话了："弟呀弟，妹啊妹，你们一个

---

① 末煞：毁灭。

人背上我的一爿石，爬到山顶，把石头滚下来，若是两爿石头能合到一起，你们就成亲吧；合不到一起，天下人就绝种了。凭天意吧！"他俩听石神的话，各背着一爿石爬上山，两爿石同时滚落下来，正好合到一处。这样，姐弟就成亲了。

阿姐总觉得不好意思，惊没样人①，阿弟就掏一根柴枝给她遮脸面，这才拜天地结成夫妻。没多久，他们生男育女，以后一代传一代，子生孙，孙生子，发展成今天的世界。

直至今日，畲族人家结婚，女的脸上都要蒙一块遮羞布，这风俗就是那时留下的。另外，石头神保住了人种，畲族子孙感恩不尽，一代又一代都把石头敬为神明。到如今，有的人还把石头叫作石爹石奶；给孩子取名，要到岐头姆②面前问卜，用"石"字取名的特别多，如石弟、石妹、石成、石福、石贵……

---

① 惊没样人：怕没脸见人。
② 岐头姆：大石头。

# 人为什么要死

民族：畲族
口述：吴德明（畲族）
采录：吴红妹（畲族）
流传地：福建省宁德市柘荣县畲族聚居地区

最早的时候，人是不会死的。人老到牙齿落光了，就开始脱壳。一脱壳，人又重生起来。

单讲这脱壳，真惨！人要脱壳的时候，都要熏火烟。等熏过七七四十九天，全身的皮才会皱起变成壳脱下。真苦！都要炼几炉火，"皇天"都叫裂掉！

后来的人为什么会死了呢？因为出了个张果老。这个人活了两万八千岁。畲族有首歌："前世都从张果老，未曾生你先生我；千神我叫子，万仙我叫孙。"他不晓得脱了几次壳，受了几多苦。有一次，他又快要脱壳了，就想着，这次就不脱壳，看会怎样。

"不脱壳了做什么呢？对，环天下去！"他记起有人讲，天是四条柱撑着的，也不晓得是真是假，就去环天下。环到天边一看，真的有柱子撑着。这样，他看到了三条天柱，剩下最后一条没看到，因没脱壳死了。

张果老一死，天下人都跟他一样不脱壳死了。一代一代下来，人也不记得自己会脱壳，老了就会死了。

# 老鼠和谷种

民族：畲族

讲述：钟不富（畲族）

采录：郑锦明

流传地：福建省宁德市

很久以前，天降烈火，地上的庄稼草木都被烧焦了。

人间的皇帝问："谁要能寻出谷种，就给大大的封赏！"

人、禽、兽全都没有办法。唯独一只老鼠吱吱叫："我还有一小杯哩！"原来这老鼠打的洞在深土里，大火烧不到，它保存的粮食留了下来。

老鼠献出了无比珍贵的谷种。皇帝令人播到田里，从此黎民百姓又过上了好日子。人们为了报答老鼠，每到秋收时，都要在田角留下几兜稻子让老鼠度日。可是一代传一代，几代过后，人类的子孙竟忘了当年的规矩，不再在田头地角给老鼠留稻谷了。老鼠饿得眼花，吱吱叫着，官司打到皇帝那儿，皇帝就赐它一副利牙，不管仓间、箱、柜，老鼠都可以用皇帝赐的利牙咬开。

## 异文

武曲蓝步勤讲述：古时稻谷一年四熟，收割不尽，人们不当回事。天上皇帝生气了，叫天神用布袋全收了回去。从此，天下绝了稻种。人就求老鼠去偷谷种。鼠上了天，等天神睡着时，先在黄泥浆里打个滚，咬开布袋，粘一身稻谷回到人间。从此凡间才有了稻种。

# 天神造世界

民族：高山族邹人
讲述：汪老先生
采录：浦忠成
流传地：台湾省山美村

## 尼弗奴神改造地势

创造天地的神祇尼弗奴神有硕大无比的身体。她一脚踏在特富野，另一脚踏在达邦后山上；她走一步可以跨到阿阿在（公田）。现在的特富野社、达邦社和阿阿在一带平坦的山顶，都是尼弗奴神踩过之后形成的。西边的平原原本和邹人所在的地方一样有山峰、有深谷，经尼弗奴神走过之后，高山都崩塌了，深谷也被填平，变成一片平原。

相传最先创造邹人的神明叫作尼弗奴，她用播种的方法让地里长出了两个人，这两个人就是邹人的始祖。经过不断繁殖，人就越来越多。尼弗奴教他们学会了许多的事：她教人们认识可吃的粟米，再教大家如何打猎，还吩咐人们可以到溪里、河里捕鱼来吃，只是并没有教大家种菜；后来她又教人怎么编织竹筐、竹篓、竹篦等器具；等大家都有足够的饮食，她又指示邹人活动的地域。特富野社就是尼弗奴教人前往居住的地方。她在特富野上头的山脊上堆了一个石头，留下足印，并且叮咛族人："你们务必要记得这个标记。"做完了这些事之后，尼弗奴就离开了邹人。

过了一段很长的时间，尼弗奴又回来了，而另一个叫作梭也梭哈的神也跟着来了。他是一个心肠坏、脑筋却很笨拙的恶神，他做的事，大多会招来不好的结果。有一次尼弗奴捏碎一颗谷粒，再把谷粒丢到一口瓮中，嘴里说着："你要装满美酒！"旁人一打开瓮盖，美酒果真装满了整个瓮。梭也梭哈也想如法炮制一番，便向尼弗奴询问要领。尼弗奴告诉他："你只要向瓮说'你要装满美酒'，就成了。"梭也梭哈正想依样画葫芦施术，一不小心踢到地上的东西，忘了该讲的话，又去问尼弗奴，尼弗奴又讲了一遍。没多久梭也梭哈又忘了，他再询问尼弗奴的时候，尼弗奴觉得心烦，干脆回答："你向瓮说：'你要装满已经发霉的粪便！'事便成了。"梭也梭哈就依样做了。一掀开盖子，他的瓮里竟真的装满了发霉的粪便。

有一回，二位神明沿着河流，到伊弗古达那二水汇流的地方去洗头。尼弗奴洗头的时候，水面浮满了许多木石斛的花屑；而梭也梭哈洗头的时候，河面浮着的是大片的菌菇。

后来二神又向前走，梭也梭哈对尼弗奴说："我要让你成亲。"尼弗奴真的就随着梭也梭哈去找寻结亲的对象，而梭也梭哈替尼弗奴找来的是只有头而无身的怪人。尼弗奴无奈地与他结亲，但是始终盘算着要逃走。机会终于到来，尼弗奴对有头无身的怪物说："我要到外头去提水，很快就回来。"怪物不疑有他，就放心地让她出门。尼弗奴一走出门，就小心翼翼地在外将门锁住，然后问里面的怪物："你向外看能看到什么吗？"怪物回答："在里面什么都不见，你快去提水回来吧！"尼弗奴赶快就逃走了。跑了很久，她忽然听见后面也有脚步的声音，回头一看，原来是那个怪物追来了。尼弗奴就故意跑到布满岩石和裂隙的地方。那个怪物在奔跑的时候一个不留神，陷入了一个岩隙中动弹不得。尼弗奴走近去看他，他对尼弗奴说："虽然我被陷在这里，可以后我会变成有刺的茅草，在人们工作的时候，割伤他们的身体。"从此以后，人们工作的时候，他们的双手、双脚、脸颊会被茅草割伤。

尼弗奴不久又与梭也梭哈相遇。梭也梭哈仍然想算计尼弗奴，他偷偷地挖了一个坑，然后假意拉起尼弗奴同行。尼弗奴不知道梭也梭哈又想害他，仍然跟他一起走。到了预先挖好并且伪装过的坑洞旁，梭也梭哈突然把尼弗奴推入坑里，并立即压上了一块又平又大的石板。尼弗奴在坑里想不出逃走的方法，就发出声音，呼唤老鼠。许多老鼠赶来，尼弗奴叫它们把大石板四周的泥土掘开；一只老鼠把尾巴伸入坑里，尼弗奴就抓着鼠尾巴爬出来了。现在邹人不吃老鼠肉，就是这个原因。

尼弗奴从坑洞里逃出后，又碰见了梭也梭哈。两个人再度结伴，准备远行。走了很长一段路，尼弗奴便在草地上休息。这时，梭也梭哈想摆脱尼弗奴，便暗中离开她。尼弗奴等了好久，感到孤独，便想回家，于是她说："我屋前的刺竹啊，让你的末梢伸过来吧！"话刚说完，刺竹的末梢果真从远方伸了过来，尼弗奴一把抓住末梢，它就开始往回缩，没过多久，尼弗奴已经站在自家的庭院中了。回到家不久，尼弗奴想是时候离开了，便绕经特富野社，再度叮咛那里的人："我教你们的所有事情，千万牢牢地记住，这样你们才能永远有充足的饮食。"从此以后，再也没有人见到她了。

采录：浦忠成
流传地：台湾省邹人聚居地区

## 神播植人种

古时候哈莫天神从天上降临特富野社，播植人种。它播下的种子从土地里长出来，就成为现在人类的祖先，所以人叫作"滋木非多久阿"，意思是"从土里长出来的"。天神造人，就是指最初那一次，以后的人都是由泥土中长出来的人相互交配而渐渐繁殖增多的。

## 树果变成人

古时候哈莫天神摇着枫树，枫树的果实掉落地上，就变成人，是邹人和玛雅人的祖先。后来哈莫天神又撼动茄冬树，茄冬树的果实落在地上，也变成人，那是布杜（汉人）的祖先。

# 神膝相擦生人

民族：高山族雅美人
采录：陈国强

上古时代，拍普土陀山巅峰高耸，直插云端。山崖上有一块巨大的石头。一天，这块巨石突然裂开了，轰隆隆的巨响震撼着大地。在一片白茫茫的石粉烟尘之中，一位男神泰然自若地走了出来。

不久，海面上突然掀起了几丈高的大海啸，海啸引起的狂涛声像打雷一般。海面上小山般的巨浪滚滚向前，朝海边的奴奴沙提左岛袭来。岛上竹林茂盛密集，转瞬间，海浪涌进竹林，竹林前部的一枝大竹突然噼里啪啦地裂开，另一位男神仓皇地跳了出来，似乎生怕竹片夹住他。

因为这两位男神都是独生的，所以他们兴趣相投，往来密切，形影不离。有天晚上，他们正并枕安眠，睡得迷迷糊糊彼此的膝头相互摩擦了一下。奇迹出现了，一个神的右膝生出了一个活蹦乱跳的男孩，另一个神的左膝生下了一个面目清秀的女孩。这一男一女，就成了后来雅美人的远祖。

# 长毛公公和河神

民族：高山族邹人

讲述：石朝家（邹人）

采录：浦忠成

流传地：台湾省茶山村

从前有位梁氏妇人，她一共生了三十个男孩。后来这些孩子慢慢长大，仗着人多势大，行为渐渐放肆起来。有一天，他们看见外公静静坐在一旁，便对他说："外公，您到这里来，让我们拔你的头发。"他们就一起恶作剧，竟然把外公的头发全拔光了。头发被拔光之后，外公就一面吐口水，一面诅咒这些恶劣的外孙们。过了不久，这三十个兄弟统统生病，一个接着一个死去了，剩下他们的母亲一个人孤零零地过日子。

在一次大风大雨之后，这个妇人到河边，趁着河水混浊去网鱼，她网了很久，却网不到一条鱼。后来她捞到一根短小却很光滑平整的小木棒，她从网里拾起这根小棒子，向下游丢去，再移到上游去网鱼，不多久，又捞到了那根小棒子，一连几次都这样，她恼火了，随手把那根棒子放进裤袋里，心想着回家后丢到火炉里。那次网鱼连一条鱼都没网到，她只好回家。

回到家里，她赶紧升火煮饭，想到要把那根棒子丢入火中。她把手伸进口袋里，发现那根棒子已经不见了。正在纳闷的时候，她感觉到自己的身体不太舒适。第二天早晨起床，她准备系上腰带，发现腰腹已经胀大，不久就觉得腹部疼痛难忍，只好又回到床上休息。经过一番阵痛之后，她生下一个男孩。

这个男孩浑身长毛，一生下来就能坐着，引起旁人一阵笑声。他看见旁人笑，也张口笑着，而且两排牙齿都已长齐。只经过五天，他就长大成人，可是他的母亲怕他被别人欺负，只得把他藏着，因此社里大多数人并不知这件事。他很会打猎，捕捉大熊就如同捉一只鸡，怒吼一声，声音也能震动山林。每回猎获野兽，他的母亲会分些兽肉给邻近的亲友，由于这些亲友并不知道存在这么一个强壮而勇敢的人，所以总是以嘲弄的语气说："你又在哪里找到死野兽啊？怎么老是送这种别人不要的肉呢！"他的母亲不想辩解，只是难过地回去了。

有一次他的孩子又要上山打猎，她问他："你有没有办法活捉一只大的山猪回来？"孩子回答："我想那是没有问题的。"她就交代他捉到猎物回来之后，要把活抓的猎物抬到男子会所。她的孩子果然捕捉到一只又大又凶猛的山猪。他把这只山猪捆起来，抬到男子会所里，那里正好聚集着社里的武士们。他把捆绑山猪的绳索解开，再把大山猪丢进男子会所里。里面的武士们纷纷取出佩刀想杀死这只山猪。搏斗过程中，这只山猪伤了许多人，众人却仍然没有办法制服它。这个时候她的孩子才现身，轻易杀死了这只凶猛的山猪，由此大家才认识了这位杰出的英雄。

社里的男子原本对这个寡居而孤苦伶仃的妇女是非常瞧不起的，他们经常把垃圾抛进她的家里，甚至有人会在她家里的柱子上涂粪便，由于孤单一人，她也只有默默地忍受。当天众人知道她家出了一位值得尊敬的人，便有许多人自动前来，打扫并洗刷屋子内外，母子二人从此过着非常舒适的日子。

这个英雄以后就经常领着社里的武士狩猎、作战。夜里作战的时候，他全身会发出亮光，让敌人两眼昏眩；冲进敌社，全身会喷火，烧掉敌人的房舍，因此每回出征，都是大获全胜。由于他的英勇表现以及过人的智谋，全社的人就推举他担任酋长。他年老死去后，其灵魂还留在生前休息的石头上。每到家里的人要上山工作的时候，就在谷仓里升火烘干粟米，临走的时候说："老祖父啊！我们要上山工作了，请您在这里看着我们烘的粟米。"说完他们就安心地上山工作去了。回来的时候，粟米已经烘干了，而火炉里的柴火仍然与离家的时候一样多。

后来有一次，家里的年轻人正打扫家里内外，扫到他常常坐着的石头旁边时，有一个人竟然用轻蔑的语气大声地说："老祖父啊！你滚开这里吧！你不要碍着我们扫地！"他听后辈的子弟那样放肆，一气之下就离开了。从此以后，家里有什么事，再也不能请他帮忙，但是大家相信他的英灵仍然保护、庇佑着全社。

那块他常坐的石头，现在还在特富野社酋长家的谷仓里。有一次要移动它的时候，许多强壮的男子想合力抬起，却一丝一毫也动不了。后来请年长的老人在那里洒酒，并且恭敬地说着："老祖父啊！我们不得已要迁移您的座位，请您起身一下，让我们能够搬动它。"说完后，石头便能轻易地移动了。由于他浑身都长毛，而且一直受到众人的尊敬，所以大家都恭敬地称呼他阿给雅木麻，意思是"浑身长毛的老祖父"。

**附录：这一神话的异文**

讲述：石朝家（邹人）
采录：浦忠成
流传地：台湾省茶山村

**汪氏产子**

古时汪家有一女子，一日至溪中网虾，有一木棒流过，挂于网上，汪氏女便取而投于下游，不久木棒又逆流而至，再挂于网上，女子奇之，乃纳入怀中。待返家中，探手入怀，欲取棒，棒已不见。翌晨未明起床，重束腰带，觉腹部稍胀，以手按摩，顿觉腹痛，乃回床休息，不久即生下一男婴。男婴遍体生毛如熊，放置地上，即笑而起立行走，五日后已长成。狩猎中捉大熊如捕鸡，吼声震动山岳。作战时，夜间全身有光，望之目眩，如对太阳；入敌社则全身发火，将敌社一烧而尽，众人拟奉之以神，名之曰"阿给雅木麻"，且众人以为其人不死。惟其人后亦命尽而死，族人皆信其灵仍留族内，守护子孙。

## 亚艾布库

从前在佩翁西以有一个处女。某日她到河边撒网，捞上了一根棒子，将其往下游掷去，不可思议的是，棒子竟逆流再次入网，当时不觉异样。将棒子纳入怀中回到家后，却不见棒子，以为遗失在某处。然而翌日早晨却怀孕而产下一子。仔细一看，这孩子身体的一面长出毛来，宛如熊一般。不久后即能站立、步行，牙齿的数目与大人相同。往山上狩猎时，即使大熊也能如提小鸡一般轻松提回。只要一喊叫，山及岩石都会震动裂开，人们为之惊怖。当他死后，社人敬以为神，尊称他为"亚艾布库"，据说今日亦存在于庭石之下，令人感到害怕。某人于改建房子时，因嫌庭石碍眼而打算将其移至其他地方，奈何怎么也无法移动，只好请来知母胜社的头目，祈祷之后方可开始移动。

## 阿克耶牟麻

某家有一个少女，一天到河边抛网捕虾，有一支光滑的棒子流入网中。少女拾后，把它扔进河里，可是那棒子又入网来。再把它扔于斜远的地方，依然流入网中。如是，粘着不去。她遂将那棒子带回家，想作薪木烧，但是当她在炉旁想要烧火的时候，真奇怪，那根棒子却又不见了。

次晨，少女从床上起来，不知怎么的，腹部比平时膨大了几倍，真是不胜惊讶。且过了不久，开始腹痛，竟生出了一个男孩。男孩身上长着又黑又浓的粗毛，简直像熊一样。少女一看他怪样，就怕得连抱都不敢抱。可是男孩毫不介意似的笑着，能一个人行走。这样过了五天，他很快地长大成年，人家都称他为阿克耶牟麻（生毛的神）。

话说，在那时，达邦社内有人遭敌番杀戮。阿克耶牟麻闻悉此事，就对邻居说："我要去讨伐敌番。"说着，领率了同族，自己为先锋出发。入夜，他的躯体会发出太阳般炫耀夺目的光芒，险峻的山路都看得很清楚。他们顺利攻入敌社。这时阿克耶牟麻的身上又发出熊熊的火焰，一瞬间把敌人烧灭。由于出现这种种奇妙不可思议的事迹，社人都敬他若神明。他死后其灵则长留社内，庇护族人。例如正在煮粟时，偶因有事要外出，只需祈求阿克耶牟麻为之守火，这样外出回来，不但火照顾得很安全，而且饭也不会烧焦。虽如此灵验，然而后来族人不知崇德报功，疏于祭祀，自此起各种灵验遂逐渐消失了。

## 河神的手杖

从前有一个河神叫"也峨忽诸"，随身携带一支手杖，如果用它来击打水面，那么河水就会分开，河底干涸。族人要涉水或渡河，往往会向也峨忽诸河神借来手杖。有一天，也峨忽诸河神在一处田野间行走，那里的主人不知为什么发了脾气，并且要扑杀也峨忽诸河神。当时突然来了一阵大风雨，也峨忽诸的手杖就随着大水冲入河中，后又流入深渊。从此以后，族人溺水而死的人增多，而且都是溺死在这深潭之中，即使是在下游淹死的，也会漂流回这深潭，因为河神手杖在那里。

# 神鸟传火

民族：高山族布农人
讲述：竹山定
采录：陈炜萍
流传地：台湾省布农人聚居地区

　　阿里山上有一种鸟，叫起来"鸠鸠鸠、吉咯吉咯"，"吉咯吉咯、鸠鸠鸠"，声音清脆又悦耳。我们布农人称这种鸟为"嘿必士"。这是一种吉祥的鸟，人们每当听到这鸟的叫声，就会喜得手舞足蹈，跟着它唱歌。

　　我们布农人都很喜爱并尊重"嘿必士"，从老祖宗开始就是这样。这里面有个故事，说来年代已经很古远了。那时候，台湾的阿里山上不像现在这样一派好风光，而是一片汪洋大水。我们布农人的祖先被困在山上，生活在原始大森林里，以树叶兽皮作衣，以树穴石洞为房，人们都留着很长很长的头发，或披在肩后，或盘在头顶上，以捕猎为生，打到什么吃什么，连血带肉地生吃，过着动物一样的生活。

　　传说，有一天，几个布农人围捕一只山鹿。他们追到阿里山顶上，眼看就要抓到手了，不料那机灵的山鹿身子一晃，蹶蹶蹄子便冲出了人圈，窜进林子里再也找不到了。大家丧气地走出森林，人累了，肚子也饿了，便躺在一块坪上歇息。忽然，一个人"啊"的一声跳了起来，指着天边喊道："看呐！那是什么东西？"

　　几个人随着他指的方向看去，只见在远处天边，有一个亮光小点在浮动，飘忽着飞过来。他们也不知道那是什么东西，只见它金光四射，十分神奇，又很好看，便"噢——噢——"地盯着它欢呼起来。

　　那光点飘过来了，从天的那边悠悠地飞呀飘呀，越飞越近，几个人也渐渐地看清楚了：啊！原来是一只鸟！

这是一只非常非常美丽的小鸟！它的一对翅膀像闪光的黑缎子，一双脚像透明的红珊瑚，它的嘴里衔着一颗圆圆的东西，通红通红的，还会发光，发出来的金红金红的光芒把它旁边的白云映得像一朵朵红牡丹，好看极了。

这只神奇的小鸟飞呀飞呀，飞到了阿里山上，在森林的上空盘旋着。一圈，两圈，转到第三圈时，它向那些欢呼着的布农人扇了扇翅膀，便俯冲到他们的面前，把口中那颗红灿灿的东西吐了出来，四周立刻一片红光闪闪。

"噢——噢——"几个布农人喜得狂呼乱叫，都争着扑上前去抢那东西。不料，手刚碰到它，就"嗷"的一声连忙缩了回来，再也不敢去动它一下。为什么？原来这红灿灿的东西烫手，谁碰到它，就会被它烧得火辣辣的痛。

"这是什么玩意儿？还会咬人哩！"一个老人觉得奇怪，他不服气，又扑上去将它捧起，手上的老茧皮立刻被烧煳了。他痛得连忙将它摔开，那红灿灿的东西便滚进草丛里，一下子把那些枯枝败叶烧着了，烧起了一堆熊熊的火焰，使阴沉沉的森林转眼间变得明亮温暖起来。到这时，几个布农人才明白，这美丽的神奇小鸟给他们送来了火种。他们乐得围着火种燃起的篝火，"嗨噢嗨噢，哝哟哝哟"地哼着，手拉手地摇摆着身子跳起舞来。为了不让火种熄灭，他们把它埋在枯枝黄叶里，这里一堆，那里一堆，把火种埋放在他们生活的每一个地方。

从此，布农人有火了！他们用火烤熟猎取来的野猪、山羊，不再去吃那腥臭的兽肉了。他们举着火把去打猎捕鱼，去照明山洞和道路，并用火把赶走寒冷。

布农人的生活变了，他们感谢那衔来火种的小鸟，给它取名"嘿必士"，从此不去捕杀和伤害它。到今天，阿里山上还有许多这种鸟。

# 牡帕密帕①的故事

民族：拉祜族
讲述：李云保（拉祜族）
采录：扎约
流传地：云南省澜沧拉祜族自治县

## 造天造地

在很古的时候，没有天，没有地，没有日月和星辰，只有混混沌沌的宇宙。过了很多年，厄莎在混沌的宇宙中诞生了。

厄莎出生时只有头发丝那么细，只有脚毛那样长。他翻一个身就长大了，伸一伸脚就长高了。厄莎开始想事了，厄莎睡着想，睡塌了九张床；厄莎坐着想，坐烂了九个凳子；厄莎站着想，站穿了九双鞋子；厄莎苦思苦想，才想出要造天和地。

厄莎搓手搓脚，做了四棵大柱子：一棵是金柱子，一棵是银柱子，一棵是铜柱子，一棵是铁柱子。又做了四条大鱼：一条是大金鱼，一条是大银鱼，一条是大铜鱼，一条是大铁鱼。他把柱子支在鱼背上，又架上四根天梁和四根地梁，再把三百六十万根天橼放在天梁上，三百六十万根地橼放在地梁上。厄莎搓手搓脚，做了一对阿朵阿嘎和一对扎俚娜俚，阿朵织天网，织了三百六十万个网；阿嘎织地网，织了三百六十万个网。扎俚造天，娜俚造地，造天造地造了九年。

天造好了，地造好了，厄莎来合天地，发现天造小了地造大了。原来，扎俚认为自己力气大，造天就慢腾腾的，娜俚认为自己力气小，

---

① 牡帕密帕：拉祜语，意为造天造地，这里指拉祜族长篇诗体创世神话。

造地勤快又仔细。所以，扎倮的天造小了，娜倮的地造大了。厄莎只好把天撑大，把地缩小。天就变成了锅底一样的天，地变成了凸凹不平的地。天地合拢了，厄莎不知天有多高、地有多厚，派了两只穿山甲去察看，一只钻到天上，一只钻到地下，它们回来跟厄莎讲："天地厚薄都一样。"可是，天又裂了，地也裂开了。厄莎搓手搓脚，做了一对燕子来补天补地，做了一对点点雀来踩地。燕子补到哪里，点点雀就踩到哪里。补了三年整，天地都补好了，也踩圆了。厄莎搓手搓脚，做了一对扎耶娜耶来，让扎耶看天，娜耶看地。他们回来跟厄莎讲："天地都一样圆。"

天造好了，地造好了。有了天和地，可是没有太阳和月亮，没有日月和星辰。厄莎用三百六十万斤金子炼出太阳，用三百六十万斤银子炼出月亮。厄莎叫太阳姑娘晚上走，月亮小伙子白天走。太阳姑娘说："晚上我怕豹子咬。"月亮小伙子说："白天我怕青蛙咬。"厄莎又叫太阳和月亮互相拉着走。太阳姑娘说："白天我怕羞。"厄莎给太阳姑娘一把金针说："谁要看你，就用金针刺他的眼睛。"太阳姑娘高兴地拿起金针。月亮小伙子说："青蛙晚上也会来。"厄莎给月亮一根银针。银针又冰又凉，青蛙不敢来。厄莎告诉太阳和月亮：你们一个出来一个休息，走三十天是一个月，十二个月算一年。有了天，有了地，又有太阳和月亮，厄莎把碎银子撒上天，变成了满天的星星。

## 造物造人

天地造好了，有了日月星辰。可是，大地上有的地方水多，有的地方无水。厄莎做了一对鸭子，叫鸭子把湖水分匀，让大地处处都有水。鸭子分水分了九年整，把水分成九十九条大河。但是，水还是分不平，主要是挖沟的工程太大了。厄莎只好做了一对螃蟹来帮助挖水沟。螃蟹又挖了九年整，才算把水分完。

大地上到处都有水，可是，地上还是光秃秃的。厄莎搓手泥脚泥，变成各种各样的种子撒在大地上。第一把撒的是草种，第二把撒的是树种，第三把撒的是芭蕉和藤子种。撒下去的种子，过了三轮开始发芽了。长了三年，花草成片、竹树成林。

　　厄莎搓手泥脚泥，做了一对白鹇，让白鹇去照看那些种子的成长。白鹇飞了三圈，天边地角都看到了，飞回去对厄莎讲："花草长在高山上，树林长在半坡上，竹子长在江边，芭蕉长在箐边，只是不开花，竹树无枝也无叶。"厄莎叫扎俣娜俣去育苗。扎俣娜俣走到草丛中，张开手指草发蓬；娜俣走到花丛中，手指耳环百花开；扎俣进到树林里，伸开双手树发枝；娜俣进到竹林里，手指笋尖叶子长。

　　厄莎又数起手骨头、脚骨头，一年分出四季来；一季是暖和天，是发芽的季节；一季是热天，是成长的季节；一季是凉天，是成熟的季节；一季是冷天，是休息的季节。从此，大地上花开花落，果子结了又落。喜得白鹇飞到树林去安家。

　　扎俣娜俣四处察看后回报厄莎："茅草树林长得旺，只有泡竹长得瘦，茨竹长得短。"厄莎听后把话传：茨竹调到山垭口，泡竹调到山箐里。于是泡竹长大了，茨竹长高了。

　　有花有草有树林，厄莎又搓手泥脚泥，做出了各种飞鸟和走兽。可是，百鸟只会飞，百兽只会走，默默无言也无声。厄莎亲手挖开一条河，流水就像酒一样香，像蜜一样甘甜。百鸟来喝水，唱起婉转动听的歌；百兽来喝水，说起自己的语言。树上的百鸟闹嚷嚷，山中麂子叫，就是听不到人的声音。厄莎在大树下搭起窝棚，打开笼子，拿出一颗葫芦籽，种在地上，盖上草木灰。过了七轮零七天，葫芦籽发芽了。又过了七轮，开始伸藤，藤子就像手臂一样粗，叶子比簸箕还要大。又过了七轮，藤子爬满了大树，开了一朵白花，结了一个大葫芦。又过了七个月，叶子落了，藤子也干了，葫芦长老了。

　　一天，麂子来到大树下，猫头鹰正在树梢吃果子，果子一不小心掉下来，打在麂子的头上，麂子受惊踩断了葫芦藤，葫芦滚下山了。葫芦不见了，厄莎问麂子缘由。麂子说："是猫头鹰用果子打了我的头，把我吓到了，才踩断葫芦藤的。"厄莎问猫头鹰："为什么打麂子？"猫头鹰不回答。厄莎一生气，把猫头鹰的头打扁了，罚它白天不准出来。厄莎急忙去找葫芦。厄莎追到栗树林问栗树："见到葫芦没有？"栗树回答："没看见。"厄莎生气地说："等人出世，砍你去做柱子。"厄莎追到茅草林问茅草，茅草回答："没看见。"厄莎生气地说：等人出世，割你盖房子。"厄莎追到芭蕉林问芭蕉，芭蕉回答说："看见了，因我无手不好拿。"厄莎高兴地说："你将来结果多，子孙多。"厄莎追到竹林问竹子，竹子回答："没有看见。"厄莎生气地说："等人出世，砍你盖房子，编背篓。"厄莎追到鸡嗦果林寻问，鸡嗦果回答："看见了。"厄莎高兴地说："你将来不开花也可以结果。"厄莎追到黄栗树林寻问，黄栗树回答："没看见。"厄莎生气地说："等人出世，砍你做锄头把。"厄莎追到松树林寻问，松树回答："没看见。"厄莎生气地说："等人出世，砍你做明子火把。"厄莎追到芦苇丛去问，芦苇说："没看见。"厄莎生气地说："等人出世，砍你编墙壁。"厄莎追到荆竹林问，荆竹回答："看见了。"厄莎高兴地说："等人出世，用你做响篾。"厄莎追到江边问酸蜂，酸蜂回答："看见了，我的身子小，拿不动。"厄莎高兴地说："将来让你丰衣足食。"

厄莎追到海边，看见葫芦泡在海里，便叫鱼把它拿出来，鱼费了很大的力气也拿不上岸。厄莎又叫马鹿去拿，马鹿把角拗成几段也拿不上岸。厄莎又叫螃蟹去拿，螃蟹用两个大钳夹住葫芦，把葫芦拖上岸。厄莎高兴地对螃蟹说："你一辈子可以住瓦房。"螃蟹的背上就长起一个硬壳壳。

厄莎拿回葫芦放在晒台上，晒了七十七天，葫芦里有口哨的声音；又过了一轮，人在葫芦里说话了："哪个把我们接出来，我们种的谷子让他吃。"小米雀听见了，就自告奋勇地来啄葫芦。啄了很久，把九尺九寸长的嘴都啄秃了，还是没有把葫芦啄通。老鼠见了又来咬，咬了三天三夜，终于把葫芦咬通了一个洞，一男一女从葫芦里笑哈哈地走出来。厄莎高兴地给他俩取名，男的叫扎迪，女的叫娜迪。

## 扎迪娜迪结婚，繁衍人类

在厄莎的抚养下，扎迪长得结实健壮，娜迪长得苗条秀气。扎迪娜迪长大了，厄莎把筛子放到簸箕里让他俩看，又做了一对石磨合起来让他俩看，暗示他俩该结婚了。可是，扎迪娜迪不理会，厄莎只好对扎迪娜迪直说："你们两个要结婚，生儿育女。"扎迪娜迪回答说："我俩一处来，又是兄妹，不能做夫妻。"说完，扎迪害羞地跑到阿基山，娜迪害羞地跑到阿沃山。厄莎想了个办法，把迷药放在蜜蜂身上，飞到阿基山绕一绕，又飞到阿沃山绕一绕，扎迪娜迪闻到药味又回到一起，但仍不肯做夫妻。厄莎送来发情水，让扎迪娜迪喝。扎迪娜迪不知是什么水，扎迪喝了两大瓢，娜迪也喝了两大瓢，觉得好喝，又都偷喝了三大瓢，于是扎迪娜迪结合了。

扎迪娜迪结合后，相亲相爱形影不离。他俩来到竹篷下，被老鹰看见了，老鹰说："哟！你们在这里干好事，我要去告诉厄莎。"扎迪娜迪哀求说："请不要告诉厄莎，等我们有了儿女，养出的小鸡供你吃。"老鹰答应着飞走了。他俩来到树林里，又被老虎看见了。老虎说："好！你们在这里干好事，我告诉厄莎去。"扎迪娜迪哀求说："请不要告诉厄莎，等我们有了儿女，喂养的小猪你来抬去吃。"冬去春来，娜迪的脸开始红润，身子也重了，全身酸软无力，不想吃，不想喝，只想吃酸的。她跑到山上吃完了三蓬酸苔菜，还是没有力气，又跑到岩洞掏吃了三窝蜂蜜，也还是没有力气。厄莎看了娜迪的脸和身子后说："你是不是怀孕了？"娜迪回答："只想吃酸的和甜的，没有怀孕。"过了半年多，胎儿长大了，娜迪要生孩子了。娜迪把身子靠在枇杷树上养气，枇杷树也结果了；她双手扶着橄榄树养气，橄榄树也结果了。最后，娜迪走到靛林①，孩子生在靛林里了。血把靛叶、靛根都染红了。娜迪生出的孩子不像人，一节一节的，共生了十三节。

厄莎掰着手指算了算，生孩子的日子到了。厄莎问娜迪："孩子生了吗？"娜迪不回答。厄莎只好叫土蜂去寻找。土蜂飞到九山聚拢处，九条河水汇合处②，看见孩子生在靛林里。它怕拿不动，没有对厄莎说实话。厄莎生气了，一金棍打去，把土蜂身子打成两节。厄莎可怜它死期未到，才用丝线把打断的身子连起来，土蜂就变成腰杆细细的了。厄莎又叫喜鹊去找。喜鹊飞到九山九水汇合处，回来也不说实话，厄莎生气了，罚喜鹊不准在低处搭窝，只能在高高的树枝上。厄莎又派酸蜂去找，酸蜂飞到九山九水汇合处，看见孩子生在靛林里，里来告诉厄莎。厄莎高兴地说："让你将来丰衣足食，有吃不完的蜜。人要动你，你就咬断他的头发，让头发顺着河水淌走。"

十三个节子成了十三对孩子。厄莎叫来虎、兔、龙、蛇、马、羊、猴、鸡、狗、猪、鼠、牛十二个动物，叫它们各自领去抚养一对。厄莎又说："你们谁养大的谁取名。"虎养大的男孩取名扎拉，女孩取名娜拉；兔养大的男孩取名扎妥，女孩取名娜妥；龙养大的男孩取名扎倮，女孩取名娜倮；蛇养大的男孩叫扎斯，女孩叫娜斯；马养大的男孩叫扎母，女孩叫娜母；羊养大的男孩叫扎约，女孩叫娜约；猪养大的男孩叫扎袜，女孩叫娜袜；鼠养大的男孩叫扎发，女孩叫娜发；牛养大的男孩叫扎努，女孩叫娜努；最后一对是扎迪娜迪亲自养大的，男孩取名扎哩，女孩取名娜哩。此后，拉祜族就以出生时的属相取名。

---

① 靛林：染料科植物，拉祜族用来制作成染料，青蓝色。

② 九条河水汇合处：拉祜族迁徙传说中的地名，在今金沙江一带。

## 火的发现

地上有了人类，但没有火，过着茹毛饮血的生活。厄莎搓手泥脚泥做了一支火枪，打出一团白云，又打出一团黑云；厄莎又做了两股风，一股吹白云，一股吹黑云。两股风吹在一起，白云和黑云相碰起炸雷，火星飞到山坡上，各种动物都去抢，结果被飞鼠抢去了。那时飞鼠没有翅膀，人有翅膀，人想要飞鼠的火，飞鼠想要人的翅膀。飞鼠不敢来找人，人又找不到飞鼠。后来，尖嘴老鼠来说合，说："飞鼠有翅膀能飞到树上吃果子，人有火种好做活。"就这样，飞鼠得了人的翅膀飞走了，人得了飞鼠的火种到山上放了四把火：一把放东山，一把放西山，一把放南山，一把放北山。火越烧越大，烧光了草，烧死了树木，烧得飞鸟无处歇，走兽无处躲藏。

厄莎又拿出火枪，打出一团白云，打出一团黑云，白云和黑云又碰在一起，下起大雨来，要把山火全灭掉。火星急得去找石头求救藏身，火烟去找默扎草①求救藏身。石头和草碰在一起就会发出火星来，火种保留了下来。

## 狩猎、分民族

百鸟在天上飞来飞去地叫着，百兽在地上走来走去地吼着。它们想要吃人肉，人们害怕极了。厄莎看穿了兽心，担心它们会把人吃掉，叫来百鸟和百兽，对它们说："想吃人肉不难。大鸟小鸟做扣子，老熊、豹子、老虎、野牛挖深坑；麂子、马鹿、岩羊做夹子，大鱼小鱼织大网。"飞禽走兽忙了好几天，完成得又多又好。厄莎叫它们等着，他去领人来。它们等了很久，有的打起瞌睡来，这时，人们拿着石头、木棒从四面赶来，大吼一声，吓得它们四处奔逃。鸟被扣子勒住了，

---

① 扎默草：俗称必草，取火的助燃物，即火草。

334

老熊、豹子、老虎、野牛陷进深坑，鱼儿钻进网罩，麂子、马鹿被夹子夹住，自己害了自己，其余的吓得飞的飞、跑的跑了。从此以后，它们也就不敢见人了。

十三对孩子长大后每对又生了九百人，九百人住一个梁子，九百人住一条箐。吃草草光，吃土成坑。他们相约去打猎，做了九百根套绳、九百支竹签、九百张弩、九百把石刀。他们带了九百只黄狗、黑狗，打得许多麂子、马鹿，还有飞鸟无数。他们追赶一只大虎追了三百天，有一天，突然下了大雨，九百个人在大树下躲雨，成了拉祜族①；九百人在芭蕉树下躲雨，成了汉族②；九百人在花树下躲雨，成了傻尼人③。雨停了，他们又去追老虎，追到母必垭口，九百支竹签一齐投，九百张弩一齐射，九百根套绳一齐套，九百把刀一齐砍，虎骨分四截，虎肉分四块，烧起火来分着吃，各说各的吃法。有人说："糊糊力的拃（把肉烤到发香可口时吃）。"这群人成了拉祜族。有人说："过过力的拃（烘熟，保持鲜味时吃）。"这群人成了傻尼人。有说："刹的不缅（不见了一份）。"这群人成了老缅人。有人说："刹期搓拃（烤到焦黄时吃）。"这群人成了傣族。有人说："袜袜力的拃（离火远一点烤着吃）。"这群人叫佤族。有人说："海得力的拃（拿水烫一下吃）。"这群人成了汉族。

民族分出来了，厄莎把鸭子、马鹿、喜鹊、山雀分出来。鸭子领着傣族到坝子里住，马鹿领着拉祜族到深山里住，喜鹊领着傻尼人去半山上住，山雀领着佤族到山头上住，汉族到处都有得住。各族都分了住处，大伙欢欢喜喜过日子。

---

① 比喻拉祜族衣服少，像树皮一样，只有一层。
② 比喻汉族衣服多，像芭蕉树皮一层又一层。
③ 比喻傻尼人爱花，常在头上戴花。

## 盖房子

鸟有窝，鼠有洞，人也要有房子。扎哩娜哩走到栗树林砍树做柱子，一天砍四棵，五天砍了二十棵。扎哩娜哩又到东瓜（树）林，砍了五棵东瓜树做梁。他们翻过四架山，劈了四根花枇树做牵手。四棵牵手三架梁，二十根柱子栽四行。扎哩来到坝子边砍竹子，砍了几大堆黄竹；娜哩上山割茅草，割了几大堆茅草。芦苇墙壁编四块，两块长来两块宽。龙竹做楼板，山垭口的茨竹做椽子；黄竹勒巴一行行，九把茅草竹上铺。小小掌楼四个角，大门朝着太阳开。新房盖好了，扎哩娜哩心欢喜。大家学着扎哩娜哩的样式盖房，盖满三山和九岭。拉祜族的房子一个样，人人有房住，个个喜洋洋。

## 农具

有只大黑土蜂来黄栗树上抬食，人们想要掏它的窝，便拿来一朵白色的芳划花，拉祜族叫它列娥花。人们把花用头发丝拴在这只大黑土蜂的腰杆上。大黑土蜂捉了一只大蚂蚱，它抬起大蚂蚱，飞过勐博坝子尾，飞向白吉山，飞过冬瓜林，穿过绿树林，飞到雾谷坝头深山里，飞到密谷爬进窝。蜂窝找着了，大伙一块烧土蜂。一烧烧了四个月，洞里淌出一股血。土蜂烧死了，洞里大火灭了，淌出的不是血，而是铁娘子。大伙用手抓，手指都拉出血了也扒不动。一只马鹿跑过来，见人就惊，一头撞在树柱上，把鹿角碰断了。马鹿的角尖又硬，大伙拿来挖铁矿。铁矿挖得一大堆，砍倒一林栗树烧成炭，在蚂蚁堆上挖个洞，一直烧了四个月，铁矿变铁水淌出来，一饼一饼就像牛屎块。找来铁匠张力八，剥来麂子皮做风箱，麂子蹄子做火钳，腿骨做大锤，头骨做铁砧，照着白花树的果子，打出第一把铀刀，照着牛屎虫的样子，打出第一把犁头。从此，拉祜人就会生产了。

## 种谷子、分节令

扎哩娜哩照着厄莎的话，把龙的鼻子穿好，绕着山坡转，分出水田和旱地。割倒茅草放把火，撒上谷种做旱地。水田不知如何做，厄莎教给他们，照着水牛角上的刻度做。田埂不会糊，扎哩娜哩请燕子来帮助，请小土狗来耙田。田耙好了，地犁好了，没有种子下，厄莎叫布谷鸟送来四颗谷种，两颗是田谷，两颗是旱谷。扎哩娜哩嫌种子少，厄莎对他俩说："四颗种子种四方，一颗是饭谷，一颗是糯谷，一颗是香谷，一颗是旱谷。春天种一粒，秋后收几大箩。"扎哩娜哩高兴地在白花开时撒下谷种，田头种饭谷，田尾种糯谷，旱谷、香谷撒在坡地上。谷种撒下过三轮，厄莎洒给一场雨，三月来到谷发芽，四月谷苗绿油油，正是薅锄的季节；五月谷子发蓬，蚂蚱飞来谷打苞；七月谷子低头平；八月谷子黄澄澄；谷子黄，拉祜狂；九月十月打谷忙，女的割来男的打；冬月舂米进腊月，今年备好明年粮；腊月过完正月到，正月就是拉祜年。一年三百六十天，最好的日子算今天。寨头桃花开，寨尾李花白。吹起芦笙跳起舞，欢度拉祜年。

# 扎努扎别

民族：拉祜族
采录：杨铜
流传地：云南省拉祜族聚居地区

传说在很古的时候，地上还没有人，从地下钻出来一个人，名叫扎努扎别。他长得高大结实，身子有天一样高，地一般大，一手可以拔掉一棵大树，一步可以跨七八里路，为人忠厚老实又勤劳。据说天本来很低，像大铁锅一样罩着大地，扎努扎别舂米的时候，他的杵棒举起来碰着天，就把天顶上去了。天神厄莎见了很高兴，想把他收做自己的儿子，教他种地。但他不愿意做厄莎的儿子，也不愿用厄莎教的办法种地。

扎努扎别力气很大，他用芟刀①铲地，一天能铲一架山，吆牛犁地，一天能犁三架山。他一连七天七夜，一刻也不停地犁地，把田地开了出来，撒上谷种。不久，谷子发芽了，谷子抽穗了，庄稼获得了丰收。八月十五，扎努扎别用新米供祭犁头，拌给牛吃。他说："犁头帮我帮活，牛也帮我种田，应该先吃新米。"却偏偏不奉献给天神厄莎。

厄莎知道后，大发雷霆，就跑来质问扎努扎别："天是我派人造的，地是我派人做的，世上的万物都是我派人创造的。你胆敢不把粮食奉献给我？谁要是不听我的话，谁就要受到严厉的惩罚。"扎努扎

---

① 芟刀：一种坚韧锋利的大刀。拉祜族过去在刀耕火种时，先用芟刀把地面的灌木树丛砍去，然后放火烧毁。

别理直气壮地反问厄莎："田是我开的，地是我种的，我自己种庄稼自己吃，你没有帮我半点忙，我为什么要奉献给你粮食？"厄莎被驳得无话可说。厄莎表面上不说什么，心里却暗暗地想了一个毒计，想把扎努扎别害死。

厄莎使法让扎努扎别的田地里长满了大树和石头，想让扎努扎别种不成庄稼，把他饿死。但扎努扎别力气大，田里的大树他只要轻轻一拔就拔掉了，地里的石头他也用箩筐挑了三天就挑完了。厄莎的第一个计谋失败了。

厄莎一看整不着扎努扎别，于是他就放出七个太阳，想把扎努扎别晒死。但扎努扎别一点也不怕，他做了像大铁锅一样的一顶七层帽子戴在头上，遮住了太阳光，照样种庄稼。

厄莎一看晒不死扎努扎别，就又把太阳、月亮和星星一齐收藏起来，把大地变成了漆黑一团。可是扎努扎别并没有向厄莎屈服，他上山去找来了蜂蜡，粘在黄牛角上，砍来了松明，捆在水牛角上，点着蜂蜡和松明，照得田里亮堂堂的，照样犁田种地，有吃有穿。

厄莎看见扎努扎别还没有被整死，急了，又一连刮了三天三夜的狂风，下了三天三夜的暴雨，打了一个大炸雷，一心想把扎努扎别劈死。扎努扎别见势不妙，就赶忙把一口大铁锅和一块大石板顶在头上，雷打下来时虽把铁锅和石板打碎了，他却一点也没有碰伤。厄莎更加怒了，又放出洪水，想淹没整个大地，冲走所有的庄稼。扎努扎别连忙开沟排水，疏通河道，搬山填洼，所以厄莎放的洪水没有冲走谷子，也没有冲走田园。

厄莎感到用硬办法不行，便想了一个更加狠毒的计谋。他做了一个很大的牛屎虫，在它的角上安上又尖又硬的银针，然后再涂上毒药，叫牛屎虫在夜里飞到扎努扎别住的地方。牛屎虫嘴里不住地"勐谢勐谢"地乱叫，吵得扎努扎别一刻也不得安宁。扎努扎别非常生气，骂道："连厄莎我都不怕，你这个小东西竟敢在我面前乱叫。"说着，他一脚向牛屎虫踩去，牛屎虫角上的毒银针戳进了扎努扎别的脚板了，不一会，他的脚就肿起来，扎努扎别忍住疼，咬着牙到处去找药，都没有找到，只好到厄莎那里去求救。但狠心的厄莎却拿出一包事先准备好的苍蝇卵包在扎努扎别的伤口上，并嘱咐说："不到七天不能打开，等发痒发痛时再打开，伤口就会好了。"扎努扎别是个老实人，真的照着厄莎说的做了。等到七天后，脚发痒发疼时，打开一看，伤口上爬满了蛆，脚板已经烂了。最后毒药发作攻心，扎努扎别这个巨人就这样被厄莎活活地害死了。

扎努扎别死后，各种动物都感到很悲痛，百鸟都来吊孝。厄莎知道了，大发雷霆，马上赶走了来吊孝的动物和百鸟，然后命令老鸹和老鹰来啄扎努扎别的肉，啄了到处丢。剩下的骨头，厄莎又把它晒干，用石磨来磨碎，用筛子筛成灰。风一吹，一些灰吹到河里变成了鱼；一些灰吹到空中，变成了飞虫和蚂蚁，它们成群结队地飞向天空去，和厄莎搏斗。它们去了一批又一批，长久不断，厄莎都抵挡不住。

# 一娘养九子

民族：拉祜族
讲述：李小余
采录：尚正兴
流传地：云南省双江拉祜族佤族布朗族傣族自治县

远古，洪水淹天，人类灭绝。只有两兄妹躲在葫芦里，随波逐流地漂泊。天神派使者来找人，找到了这个大葫芦，听见葫芦里有人说话，便知道有人在里面。天神叫麻雀去啄开葫芦，麻雀飞去啄，嘴都啄秃了也啄不开。天神又叫老鼠去咬，一咬就咬通了，并且咬着了人的鼻梁，因此人的鼻梁是凹下去的。兄妹俩钻出葫芦后，不知道怎样繁殖人类，天神便滚出两块石磨，石磨在地上重合在了一起。天神让兄妹俩婚配，生出了九个儿子。天神怕洪水再发，就让九兄弟盖房子，那时他们共同说一种语言，齐心协力，把房子越盖越高，快要顶着天了。天神看着不对头，就让九兄弟说九种不同的语言。后来盖房子的时候，由于彼此听不懂对方的话，影响了协作，房子也就盖不到那么高了。从此，九兄弟各走各的。天神让拉祜族住在山上，让傣族住在坝子里。

# 造天造地

民族：拉祜族苦聪人
讲述：范清连（苦聪人）
采录：自力
流传地：云南省镇沅彝族哈尼族拉祜族自治县

　　混沌年代，没有天，没有地，没有人，也没有山川河流、树木花草，没有禽鸟，世界都是空荡荡、昏沉沉的。

　　一团仙火飞来，把空荡荡的世界燃烧起来了，到处烟雾腾腾。后来，火烟上升以后，慢慢地就变成了天，天就这样造出来了。不久，升上天的烟灰又慢慢飘落下来，四处铺开去，变成了地，从此，地就这样造出来了。

　　天地造出来以后，慢慢地，地上就长出了树木花草。有了树木花草，慢慢地又有了野兽禽鸟。但是没有人，这个世界显得很单调。后来，树叶上亮晶晶的露水珠一颗一颗滴落下来，落地后不见了，却从树根上变出了一个一个的人。人就是由露水珠变成的。这样，世间不仅有了野兽禽鸟，也有了人群。

　　但是，那时由于天上没有太阳、月亮、星星，大地一片漆黑，没有白天、黑夜之分，人们无法进行生产劳动。

　　一天，大地突然一阵抖动，一座高山被震垮了。从震垮了的大山肚子里滚出了一块发亮的白石头和一块红得刺眼的红石头，闪光的红石头刺得人们连眼睛也睁不开。后来，那块发亮的白石头和红石头先后飞上了天，先飞上天的那块白石头变成了月亮，高高地挂在天上，后飞上天的那块红石头变成了太阳，高高地挂在天上，把世间照得亮堂堂的，多远的地方也能看得清楚。

有了太阳，有了月亮，从此世间就分成了白天、黑夜。世间的人们就跟着太阳、月亮从事生产劳动和睡觉休息。太阳升起来了，人们就开始下地劳动；太阳落山了，就收工回家；月亮升起来了，就休息睡觉。但是，那时天上没有星星。

　　一次，一个老人劳动收工回家晚了，不小心就把一碗煮熟的稀饭碰翻了，稀饭浇到靠在门后的犁底上，犁底就像箭一样飞上了天，天上就升起了犁底星；稀饭浇到犁把上，犁把也像箭一样飞上了天，天上又升起了犁把星；后来稀饭又浇到了磨后的鸡窝箩里，鸡窝也像犁底、犁把一样飞上了天，在天上变成了鸡窝星。

　　从此，天上就有了星星，世界就这样形成了。

# 刻木造人

民族：苦聪人
讲述：王有德
采录：郑显文
流传地：云南省镇沅彝族哈尼族拉祜族自治县

传说，很早很早以前，凡间的人只有生，没有死，于是人多得像蚂蚁一样，种粮的田地也没有，只得把土抓到大石头面上铺起来种庄稼吃。

后来，世间就来个世换朝、人换代。四面八方的水都涨起来，汇在一起，高山、平坝、人群居住的地方都成了汪洋大海，世间的人也都淹死了。

有兄妹俩种了囤子大的一个葫芦，他俩在葫芦身上凿通一个洞，磨了些沙玛面①放进葫芦里，人也跟着钻进去，在大葫芦里靠吃沙玛面过日子，随着洪水漂。最后，漫天的洪水终于退了下去，葫芦落地，兄妹俩已经在葫芦里住了三年。

兄妹俩爬出葫芦一看，整个世界空荡荡的，没有可以与兄妹俩配婚的人。兄妹俩为了传下人种，就按照天神的安排，各背了一肩磨，让磨从两个山头上滚落下山脚，结果两扇磨合拢了，他俩就婚配成了夫妻。但是，兄妹俩虽然成了夫妻，天神却说不能生儿育女。不能生儿育女，就没有世界。于是，兄妹俩就商量造人传人种的办法。他们想用木头刻人偶，把木人变成真人。这样，哥哥就进到深山刻木人，造人种，妹妹在家为哥哥煮饭。每天饭一煮熟，妹妹就背起饭进到深

---

① 沙玛面：玉米磨成的面。

山给哥哥送去。

妹妹每天去送饭，一路上见到处都是小木人。她走了大半天的路，总是找不到哥哥的住处。妹妹走不动了，就把那些挡路的小木人，一个一个地拿起摆在路两边。结果，这些小木人一经妹妹的手，就活起来了，变成了一个一个的真人，跟她说话，围着妹妹团团转。妹妹就把带的冷饭打开，拿出来摆在路上，给那些小木人吃。

第二天，妹妹又去为哥哥送饭，她走呀走，还是找不到哥哥。这时，一个小木人就对妹妹说："阿耶，你走在路上要细细地看，鼻子上有三滴汗水的那个，就是我阿爸。"

妹妹站起身，背上冷饭，照着小木人说的去找，果然找到了哥哥。

妹妹一见哥哥就说："我找你几天都找不到，你咋会鼻子上淌出三滴汗？"

哥哥听了就说："世上只有我俩多孤单，只有很快造出人来，人间才会热闹起来，我俩也才会有孙儿孙女。所以，自从离开你进到深山以后，我坐也不坐，一股劲地埋头刻木人。等我抬起头来时，已经走了三天路，鼻子上也就淌出了三滴汗！"

世间上的人，就这样由兄妹俩刻木人造出来了。

# 猴子婆

民族：苦聪人
讲述：王二（苦聪人）
采录：郑显文
流传地：云南省镇沅彝族哈尼族拉祜族自治县

　　传说，很古很古以前，一场大水漫天之后，良田庄稼全被毁了，人类也被漫天的洪水淹死了，唯独剩下兄弟二人，他们没有阿爸阿耶，没有姐妹，两兄弟孤孤单单地住在大山里，靠采集野果山菜过日子。

　　后来，两兄弟慢慢长大了，到了婚配年龄了。但是，世间只有他兄弟二人，没有一个女子，怎么婚配成家、繁衍后代呢？

　　一天，弟兄俩商量一阵后，想出一个办法：一个顺河头上去，一个顺河尾下去，去寻找能婚配的女子；找不到婚配的女子就不回来，谁先找得后就谁先回家。办法想定之后，哥哥年纪大，力气、胆量也比弟弟大，就顺河头寻找上去；弟弟年纪小，力气、胆量也比哥哥小，就顺着河尾找。

　　两兄弟走呀找呀，不知走了几天几夜，都没有找到一个女子。他们又不知走了几个月，一天，哥哥突然在河头的山坡上看见一块苞谷地，一个一个的苞谷也快成熟了。哥哥十分高兴，苞谷是人种出来的，有苞谷地必有人，哥哥就走到苞谷地里去寻找。可是，地头找三遍不见人，地中找三遍不见人，地脚找三遍仍不见人。哥哥想，可能是种苞谷的人离这里很远，回家去了，一时回不来。

　　哥哥为了等种苞谷的人，就扯来树枝、绿叶，在苞谷地头搭了个窝铺住下，一边看守苞谷地，一边等待种苞谷的人到来。后来，哥哥每天都看见一只大母猴经常跑到苞谷地里，沿苞谷地边走一圈后就进山里去了。

一天早上，哥哥刚刚睡醒，觉得整个身体都热乎乎的，他摸摸身边，却是空荡荡的啥也没有。一抬眼，只见那只大母猴在他的窝铺门前几步远。从此，每天夜里，那只大母猴都到窝铺里来同他睡觉，不但不抓他、咬他，而且对他很温顺。原来这片苞谷地就是这只大母猴种的。后来，哥哥就找这只大母猴做了他的婆娘。

哥哥找到了这个猴子婆娘后，就很快给走向河尾的弟弟带信去。他和猴子婆娘一起，扯了些光棍叶丢进河里，顺河水漂去，又在河边煮了一锅苞谷米饭，让苞谷米饭的香味跟着河水一块漂向河尾。

弟弟沿着河尾不知走了多长时间，一个可以婚配的女子都没找到，就是一只小雀小鸟也没见到，便绝望地倒在河边上。突然，一阵苞谷米饭的香味把他熏醒了，他睁开眼睛一看，只见一串串的光棍叶顺着河水向他漂来了。

弟弟闻到苞谷米饭的香味，再看到河中漂来的光棍叶，就知道哥哥已经找到了婆娘，给他带信来了。弟弟心里十分高兴，就顺着河水向河头找去，终于在河头苞谷地里找到那间茅草窝铺。弟弟进去一看，只见一只大母猴睡在哥哥的床上，弟弟就拿起一块柴打去，哥哥一把挡住了弟弟的手说道："弟弟，你不能打，她就是你的睐玛，你看她现在已经怀孕了。

传说人类就是这样由两兄弟与大母猴婚配以后，逐渐繁衍起来的。

# 雷公和人争天下

民族：水族
讲述：吴庭昌
采录：姚富祥等
流传地：贵州省三都水族自治县

在古老的时候，人和雷公、金龙、老虎是四兄弟，雷公排行老大，人是老二，虎是老三，龙是幺弟。起初，兄弟四人互敬互爱，和和睦睦过生活。后来，因为食物享用不均闹翻了脸，一个不服一个，争着掌管天下。他们争来吵去，没个休止，就来找神仙评理。神仙叫他们在山顶上盖间草屋，四人都住在草屋里，哪个能把其他三个赶出这间草屋，就算他的本事大，江山让他坐，天下叫他管。

幺老弟龙朝着雷公喊："大哥，你是长兄，带个头，先来比试一下。"老虎一听，心里慌了，他想：雷公的本事比自个儿厉害，先让他动手，不是该他坐江山了吗？哪里还有我的份呢？不如我先下手为强，要是赶走了他们三人，天下就归我了。于是，老虎一个纵步抢先跳出门去。只见他在门外，一会儿用爪子"唰唰"抓墙壁，一会儿张开嗓门大声长啸，一会儿又摆动尾巴，把门拍得"咚咚"响。可是，草棚里的三兄弟不但没被老虎赶出来，反倒哈哈大笑起来。老虎大失所望，气鼓鼓地钻进了草屋里。

雷公一贯自命不凡，轻蔑地对老虎说："你这算什么本事哟！"说完，他跳出草棚，腾云驾雾，在太空打响雷，扯起火闪。雷声震得屋子东摇西晃，连屋基脚都抖动了起来；闪电照得人和老虎眼花缭乱。可是，尽管他大耍威风，仍然不见屋子里有谁跑出来。他自感没趣，也只得垂头丧气地回到屋中。

第三个显本事的是金龙。他二话不说，身子一伸，就窜到屋外去了。雷公和老虎都知道金龙是有两下的，有点惧怕，只有人还是稳稳当当地坐在那儿。金龙跑得老远老远，运足气力，接连吹气，顿时狂风四起，遍地飞沙走石，草屋被吹得摇动起来。这时，金龙又飞到天上，张开大嘴，倾盆大雨立刻哗啦哗啦地泼下来。被狂风吹得破破烂烂的草屋哪能挡得住暴雨？这时，老虎的毛已被雨水淋透，蔫巴巴的只有狗一样大了，急忙夹起尾巴钻到桌子底下去了。雷公也慌了手脚，躲到墙角。人看看老虎，又瞧瞧雷公，脸上露出微笑。金龙这样闹了一大阵，得意洋洋闯进门来，一见屋里的三人一个也没少，四肢发软，蜷缩着身子瘫在地上。

　　最后该轮到人了。人站起身来正准备往外走，雷公说："我和金龙、老虎都不成，你这个小个子老弟莫非还比大家强？不必出去白费力气了吧！依我看，我们几个平分天下算喽！"人没搭腔，只是笑了笑，自个儿走了出去。他走到外面，捡来一捆一捆柴禾堆在屋子四周，然后从身上掏出两块火石头，两只手各捏一块，用力相互磨擦了几下，石头发热了，再擦几擦，就冒出了火花，火花点燃了事先准备好的火草，火草又引燃了堆在屋子四周的柴火，转眼之间，浓烟翻滚，烈焰冲天。不一会儿，那间草棚烧着了，一团团的火苗直往屋里扑。老虎披一身毛，首先被火燎着了，烧得毛焦火辣，没办法，只好冲出屋子，跑进老林深处。雷公虽未被烧着，但被浓烟呛得睁不开眼、喘不过气来，也跑出了屋外，腾云飞到天上去了。幺弟弟金龙要忍得些，挨了一阵，但火越烧越猛，烤得他的龙鳞都卷了起来，再也经受不住了，便头一摇，尾一摆，一头扎进了深潭，忙着去冷却被烫的伤口。

　　四兄弟争天下的比赛，最终是人以火攻取胜了。于是，神仙哈哈大笑，下了判断，把管理天下的大权交给了人。

　　雷公和金龙、老虎谁也不明白，个子小小的人怎么会有那样的本事？他们去问苍蝇，苍蝇说："我也没有看仔细，只是老远看见人的两只手拿着东西，紧紧靠拢擦来磨去，冒出了红点点。"苍蝇说着还一边比画着给他们看。直到现在，苍蝇只要一停下来，就老用两只前脚不停地擦摩。据说，这就是学人打火的动作哩！

# 空心竹的来历

民族：水族
摘自何愈《西南少数民族及其神话》

在伏羲以前，世界上已有了人类，可是那时候的人极矮小，生活极苦。伏羲女娲兄妹从小就没了父母，孤苦伶仃，十分穷困。神想重新制造人类，就摘下一个牙齿交给伏羲兄妹，并嘱咐他们将此牙与瓜种埋在地下。伏羲兄妹照法种下，第二年得了一个大瓜，女娲便留下来做种。不久，地面洪水泛滥，不能居住，兄妹二人便将大瓜挖空，携带五谷进入了瓜中，随水漂流。过了多时，洪水还未退却，兄妹向天大喊求救，于是天神放下水鼠，到处挖洞疏道，洪水才退。那时候的人类早已灭绝，只剩下兄妹二人。天神命兄妹为婚，继传人种。妹妹不允，急急逃避他处，哥哥死追不放。妹妹情急，见前面树木，便问应避何处，树木都不答复；后来问及竹子，竹子说可避东方。妹妹避到东方，结果仍为哥哥追及。兄妹二人不得已成婚，世界上才有今日的人类。婚后，妹妹常常怨骂竹子说："我问过许多树木，它们都不肯说话，你却故意害我，叫我避在一个不能避的地方。竹子啊，你的良心太不好了！我叫你空心！"所以现在的竹子便空心了。

# 人类迁徙记

民族：纳西族
翻译：和志武（纳西族）
整理：和志武（纳西族）
流传地：云南省纳西族聚居地

上古时候，天和地在不息的动荡之中，树会走路，石头会说话。天地日月、石木水火、山川河流还没有形成，然而天地、日月、石木、水火、山川、河流的影子已经出现了。

后来由气息和声音的变化，生出了一个名叫依古阿格的神。依古阿格一变化，生出一只白蛋。白蛋一变化，生出一只白鸡。这只白鸡没有名字，自名为东①家的恩余恩曼。

过了一些时间，又出了一个名叫依古丁纳的神。依古丁纳一变化，生出一只黑蛋。黑蛋一变化，生出一只黑鸡。这只黑鸡没有名字，自名为术②家的负金安南。

恩余恩曼长得白生生的，非常好看！它用天上的三朵白云做被，用地下的三丛青草作巢，生下九对白蛋。白蛋孵化为神和佛。

负金安南长得黑黝黝的，非常难看！它也生下九对黑蛋。黑蛋孵化为鬼。

开天的匠师，是九个能干的男神；辟地的匠师，是七个聪明的女神。他们开天没有成功，辟地也没有成功，天和地依然在动荡不息。到了后来，他们才想出了办法。

---

① 东：古代纳西族部落的一个酋长。东是简称，正名是米利东主。
② 术：与东敌对的一个酋长。术也是简称，正名是米利术主。

他们在东方竖起白海螺天柱，在南方竖起碧玉天柱，在西方竖起黑珍珠天柱，在北方竖起黄金天柱，在中央竖起白铁天柱，用蓝宝石补天，用黄金镇地，于是天和地方始分开了。

不久，神和佛商量，能者们与智者们商量，要建立一座灵山。集合一切力量，在大力神九高那布管领之下，灵山终于建成，天和地再也不动荡了。

灵山还没有名呵！天神便为之取名，叫作居那若傈。

在居那若傈山上，原先就有了鹊鸰鸟。据说它是白的化身。然而它的尾巴有一根毛是黑的，可见它并不是白的化身呀！

在居那若傈山上，原先就有黑乌鸦。据说它是黑的化身。然而它的翅膀有三根毛是白的，可见它也不是黑的化身呀！

白蝴蝶呀，据说它是白的化身。可是它的生辰不好。它生在严寒的冬三月。它的翅膀呀，被冬天的大风刮得失去力气，飘飘荡荡，一直飘到山脚底下。这十足表现出它的纤柔衰弱，于此可见，它也不是白的化身呵！

黑蚂蚁呵，据说它是黑的化身。可是它的生辰也不好，它生在酷热的夏三月。它的细小的腰身呀，经不起夏天洪水的冲击，一直被冲到遥远的海洋之中，这样怎么会是黑的化身呢？

先在高处出现了喃喃的声音，低处出现了呼呼的气息。声音与气息相结合，生出三滴白露。三滴白露变成三片大海。大海中生出恨仇，恨仇生每仇。每仇以后七代，便是人类的祖先，他们是：每仇初初、初初雌玉、雌玉初居、初居九仁、九仁姐生、姐生从忍、从忍利恩。

到了从忍利恩一代，有五个弟兄和六个姐妹，他们没有适当配偶，就互相结了婚。这可秽气冲天，触怒了天神。这时日月无光，山和谷也啼哭起来。这是山崩地裂、洪水横流、灾难降临的预兆。

从忍利恩走到大山上去，想捕捉树上的白鹇鸟，可是他来得太晚了。他走到高原上去，想牧放白云似的羊群，可是已经太迟了。他本来不会做工，就去向蚂蚁学习。他本来不会玩耍，就去向白蝴蝶学习。他也不会耕田呀！但他带着一条黑眼的公牛、一具黄栗木的犁，走到东神和瑟神的地方开起荒来。东神和瑟神大为愤怒，放出一只凶恶的长牙野猪。他白天耕过的地，晚上全被野猪翻平了。于是从忍利恩带了下活扣①的器具，到新开荒地中，去下活扣。他白天等在地边，没有下着。晚上等在地边，也没有下着。直到第二日早晨，才下着野猪。他看到被困住的野猪，多么高兴呵！

他拔出腰间的大刀，正想愉快地开剥野猪，没想到有一个胡须长得如同麻束的白发老翁，和一个执着一根黄金拐杖的老婆婆，站在他的面前，脸上似笑非笑。从忍利恩一时手足无措，全身渗出冷汗，急忙抬起犁来，想逃回去。由于举动慌张，犁梢撞着白发老翁，差一点把老翁头上戴着的白银笠帽撞破。老翁叫了一声，声音震天。他去取犁铧时，一不小心，又碰了老婆婆的拐杖，差一点把拐杖碰折。老婆婆也叫了一声，声音动地。

从忍利恩害怕极了，他对老翁恳求道："老人家，你痛不痛呵？我给您按摩一下吧！"他又对老婆婆恳求道："老人家，撞坏您没有？我给您包扎一下吧？"

老翁说："从忍利恩呀，你想到树上去捕捉白鹇，去得太晚了。你想到高原去牧放羊群，也太迟了。你们兄弟姊妹负的罪太重，苦难即将到来。"

利恩闻听，就跪在两位老人面前，恳求他俩搭救他的生命。两位老人看见利恩真心悔悟，于是对他说道：

"你要杀一头白蹄的公牦牛，剥下牛皮，做成皮鼓。要用细针粗线来缝合，鼓上起十二根长绳，三根系在柏树上，三根系在杉树上，三根系在高空，三根系在地底；把肥壮的山羊、金黄色的猎狗、雪白

---

① 活扣：捕捉鸟兽的工具。

的公鸡以及九样谷种，装在皮鼓之内；还有呢，当然你是不会忘记的，一刻不能离身的长刀和金火镰也要放进鼓里。这一切都准备好了，你也就可以坐在鼓里了。"

利恩回到家里以后，把这事告诉兄弟姊妹。于是他们也去恳求老翁。老翁叫他们宰一只猪，剥下猪皮，制成皮鼓，用粗针细线来缝合，什么也不要带在身上，什么也不要装进鼓里，只要坐在里面就行了。

利恩的兄弟姊妹各自照着老翁的话做了。

过了三天，天吼起来，地叫起来；上面山崩谷裂，连老虎豹子都不能存身；下面洪水横流，连水獭和鱼也不能通行；日月无光，白天黑夜都一样阴沉暗淡。

白松树被雷劈得粉碎，利恩金古[①]被抛到九霄云外，尸首丢在哪里、埋在哪里，都不知道。

红栗树被炸得粉碎，利恩夸古[②]被掷到七层地里，尸首丢在哪里、埋在哪里，也不知道。

从忍利恩坐在皮鼓里，又害怕又愁闷，皮鼓里漆黑一团，他感到恐怖。这时真是呼天不应，求救无门呵！皮鼓漂在大海中，过了很久，冲在一座新长出的高山旁边。皮鼓撞着山坡，震醒了从忍利恩，于是他拔出腰间的长刀，割开鼓皮，走了出来。他立刻呆住了：

左边一匹马没有了，右边一头牛也没有了，他的眼前只有高山和深谷。他看到这个情景，不禁恸哭起来。

他走到一棵大杉树下，从皮鼓里放出来的山羊"咩咩"叫个不休。

"你为什么叫呢？"

"我不是因为高兴才叫的！小时候给我青草吃，长大了不给我青草吃了。大地上的青草不知收到哪里去了。我是在叫唤青草呐！"

---

① 利恩金古：从忍利恩的兄弟。

② 利恩夸古：同上。

从皮鼓里放出来的小狗"汪汪"地叫个不休。

"你为什么叫呢？"

"我不是因为高兴才叫的！小时候给我白面汤吃，长大了不给我白面汤吃了。人间香甜的白面汤不知放到哪里去了。我是在叫唤白面汤呐！"

从皮鼓里放出来的小鸡"叽叽"地叫个不休。

"你为什么叫呢？"

"我不是因为高兴才叫的！小时候给我白米吃，长大了不给我白米吃了。村里的白米不知藏到哪里去了。我是在叫唤白米呐！"

大地上没有了人类，只见苍蝇满天飞；没有了牲畜，只有绿草遍地铺。从忍利恩到了这时又寂寞又伤心，眼泪汪汪，直往下流。高山融化的雪水非常寒冷，可是从忍利恩的心比雪水还要冷呵！

从忍利恩身穿毛布衣裳，背着皮制的箭囊，把桑木大弓当作手杖，嘴里唱着歌，但是没有人应和，只有山鸣谷应是他的伴侣。他就这样无精打采地走着，过着孤苦凄凉的生活。不知过了多少日子，他来到一座高山脚下，向前一望，看见了利从利那坝子。在那里，白天有火烟，像线香的烟子一样细微，从地上直向上升；到了晚上，火光像雄鸡的冠子一样闪亮着，火光虽小，却照得满天通红。

利恩于是走到那里去。有一个老人接待了他。那个老人胡子很长，如同麻束，而且白得像雪一样。他似在自言自语，说："世间没有人类了呵……"

利恩又惊又喜，立即跪在老人面前恳求道："老人家，您可怜我吧！我独自一个人，实在太寂寞了、太凄凉了！我要一个白天一同劳作、晚上一处谈心的伴侣，可是世上已经没有人类了呵！您说我该怎么办呢？"

老人说："在那美山根俺的一座高山底下，住着一对天女。那个直眼女是漂亮的，那个横眼女是不漂亮的。但是你千万记住：不可要直眼女，只可与横眼女结婚。"

利恩记住老人一切吩咐，满心欢喜，走到那座高山下面，果然看见两个天女正在嬉戏。一个是善良的，容貌却不好看；另一个是不善良的，却有一双勾人的媚眼。利恩身体虽很壮实，能够控制身外一切，但他控制不了自己的感情，控制不了自己的眼睛，他想：身巧不如心巧，心巧不如眼巧，于是违背白发老人的告诫，娶了貌美的直眼女。

结婚不久，天女怀孕，就要生育，利恩非常高兴。可是到了产期，天女生的不是人！她连生三胎：头一胎是熊和猪，第二胎是猴和鸡，第三胎是蛇和蛙。利恩满头大汗，又急又怕，就跑到老人那里去请教。老人说："不听老人言，吃苦在眼前。马跑的时候只顾逞兴，却不知跑得越快，越会把蹄子跑脱。你呀，真是个不知利害的小家伙！把熊和猪丢到森林里去！把猴和鸡丢到高岩中去！把蛇和蛙丢到阴森和潮湿的地方去！"利恩这回不敢违拗，就照着老人的话去做了。

米利东阿普是个聪明能干的神。他做了许多木偶，有男有女。有一天他变成一个老人，见到从忍利恩，把木偶交给他说："你的伴侣不久就会有了。你把这些木偶拿去，但是不满九个月，你不要去看他们。"过了三天，从忍利恩心里放不下，他很好奇，就去看看木偶。木偶有眼不会看，只会眨；有手不能拿，只会拍；有脚不能走，只会顿。从忍利恩又把这些情形去告诉米利东阿普。阿普听说后，生起气来，拔出腰间长刀，把所有木偶砍得七零八碎，拿一些丢到山岩中，于是山岩中便有了回声；拿一些丢到水里，于是水里便有了波浪；拿一些丢在森林里面，于是森林中便有了四脚的猛兽。

从此，从忍利恩便开始漫无目的的旅行，一路见蛇就宰、见猴就杀，心里懊恨，口中唱着歌：

　　　天空飘白云，
　　　白云养白鹤，

恩情深可思。
若能善珍摄，
云间独飞鹤，
顾影自依依。

大地广无涯，
乡亲养育我，
恩情实深长。
若能善珍摄，
逍遥孤栖者，
何故欲成双！

他一面走，一面唱，他的手不停地揩着泪水，漫无目的地往前走去……

利恩走着走着，来到高高的雪山山顶，用手摘下一片树叶，衔在口中，轻轻吹着。树叶越吹越响，但是他越听越觉无味。他问自己：到底吹给谁听呢？于是立刻把树叶啜在嘴中嚼烂。

他又来到滚滚的大江旁边。江水清澈，往里一看，使他又惊又怕。他看到自己的影子消瘦清癯，异常难看。他不敢再看下去，从地上拾了一个石子，用力投入江中便离开。

利恩来到了黑白交界的地方。这个地方美丽得难以形容。有一棵梅树，开着洁白美丽的花朵。其中有两朵花尤其引人注目，因为它们相对开着，仿佛一朵离不开一朵似的。他正看得出神，忽然看见一个极其漂亮的姑娘走了过来。她名叫衬红褒白命。利恩出了一身冷汗，不知如何是好。他想：这样的地方怎么会来一个漂亮的姑娘呢？正在犹豫，衬红褒白命用甜蜜温柔的语气跟他说话：

"黄莺孤独地飞翔，飞得跟平常不同，请问要到哪里去呢？"

"我曾听人说这里是个好地方，梅花呵，一年开两度，树下有一

358

个好姑娘，因此特地来找她。"

他俩互相介绍了自己的来历，谈得非常投机。

原来，衬红褒白命被她父亲子劳阿普许给了天上的美罗可洛可兴家。美罗可洛可兴家有九兄弟。衬红褒白命不愿嫁到他家去，但又不敢直接向父亲提出，所以很是苦闷。

这一天，天气非常晴好，天空明净得没有一朵云影，她就变了一只美丽的白鹤，从天上飞到地上来，翩跹翱翔，消消愁闷，不想在这梅花树下，竟遇见这么个刚强的青年。她想到从忍利恩的遭遇，对他十分同情，并且在心里爱上了他。

于是从忍利恩躲在白鹤翅膀下面，飞上了天宫，到了天神子劳阿普的家里。

衬红褒白命为了掩人耳目，便把从忍利恩扣在一只大竹箩中，再把竹箩隐藏在门后角落里。到了晚上，阿普放羊回来，他把羊群赶进羊圈，可是羊群惊得直往圈外奔窜；他把牧犬关在门外，可是牧犬反倒转头向家里狂吠。阿普生气地叫喊起来："有什么不祥的东西来到家里了！"于是从早到晚，只见他不停地磨刀、擦刀。

衬红褒白命对父亲说："父亲，你为什么磨刀呵？为什么擦刀呵？蜂巢的石板不热，蜜蜂不会搬家呵！主人不狠，奴仆不会逃跑呵！池水不干，游鱼不会离去呵！父亲呵，山崩地裂的那一年，他没有被炸死在山上；洪水横流的那一年，他没有被淹死在水里，他是多么能干而又勇敢的青年呵！我爱他，所以把他领进家里来了。父亲，请不要生气。天晴的日子里，可以叫他晒粮食，看管粮食，下雨的日子里，可以叫他挖沟灌田。这难道不好吗？"

子劳阿普不耐烦地说："他到底是一个什么样的人呢？我要亲自看一看，把他领来吧！"

从忍利恩用九条大河的水洗了澡，洗得又白又净；用九饼酥油来擦身，擦得又滑又亮。衬红褒白命把他从屋后插着九把利刃的桥上领了进来，见到了子劳阿普。阿普很仔细地对他打量了又打量，端详了又端详，从头直看到脚，看了好久才说："你呀，要不是手指甲和脚指甲，身上就没有一点血色啦！要不是手掌和脚掌，全身就没有一点纹路啦！你的家乡——阿扣鲁来坡的父亲并没有把自己的威灵传给儿子！你呀，水流在松林里，就没有松树生存的地方！有蒿草滋长的地方，就没有青草生存的地方！青草呀，终究会枯死的！"

从忍利恩听了这番话，觉得事情不妙，急忙跪在阿普面前恳求道："阿普呵，大地上的人类已经绝迹，单独剩下我一个。我要生活下去，您把您的好姑娘嫁给我吧！"

阿普说："我知道你是个能干的小伙子。好吧，你去给我把九片森林统统砍伐回来！"

从忍利恩晚上和衬红褒白命商量，衬红褒白命暗暗把办法告诉了他。第二天早晨，从忍利恩拿了九把大斧，放在九片森林之中，口中喊道："白蝴蝶来做工，黑蚂蚁来做工，从忍利恩自己也做工。"果然，九片森林都砍伐完了。从忍利恩高高兴兴地回去，对阿普恳求道："我要的姑娘请你给我吧！"

阿普说："你确实很能干！但是我的姑娘还不能给你，你去把砍过的林地烧干净！"

从忍利恩晚上和衬红褒白命商量，衬红褒白命暗暗把办法告诉了他。第二天早晨，从忍利恩把九个火把放在九片砍过的林地，口中喊道："白蝴蝶来做工，黑蚂蚁来做工，从忍利恩自己也做工。"果然，九片林地烧完了。从忍利恩高高兴兴地回去，对阿普恳求道："我要的姑娘请你给我吧！"

阿普说："你确实能干！不过我的姑娘还不能给你！你去把九片火地种上粮食！"于是交给他九袋粮种，叫他好好开荒、播种、浇水、灌田、看苗，直至收获完毕，再来见他。

利恩便去辛勤干活，一边工作，一边轻轻地唱歌。等到粮食成熟，他头顶大簸箕，手拿小筛子，肩上搭了九个口袋，前去收割。他到了田边，口中喊道："白蝴蝶来做工，黑蚂蚁来做工，利恩自己也做工。"然而这一次，他自己并未动手。他像獐子一样蜷缩在田边睡起觉来。一觉醒来时，庄稼都已收获完毕。回家之后，他还没有开口，阿普就说："你收的粮食少了三粒，两粒在斑鸠的嗉子里，一粒在蚂蚁的肚子里。能干的小伙子，你想法子去取回来吧！"

第二天早晨，斑鸠飞来停在阿普家园中的树上，衬红褒白命正在纺线，看见了斑鸠，急忙叫利恩来。利恩弯弓搭箭，想要射死斑鸠。但是他过度紧张，看了又看，瞄了又瞄，还是没有把箭射出。衬红褒白命看他这样，很是着急，便用织布梭子轻轻碰了一下他的手；利恩一箭射出，正中斑鸠的胸脯，两粒粮食便取了出来。据说，斑鸠胸前之所以有斑点，就是被利恩的箭射过的缘故。

利恩一时高兴，顺手就将旁边一块大石掀起，石头下面的蚂蚁立刻骚动起来。其中有一只蚂蚁，腰间有一个疙瘩，利恩便用一根马尾拴住蚂蚁腰部，用劲一勒，谷种就挤出来了。据说，蚂蚁的腰之所以这样细，就是被利恩勒过的缘故。

利恩拿了三粒谷种交给阿普，说："我要的姑娘请你给我吧！"阿普说："你确实很能干！但是我的姑娘还不能给你。今晚我俩一同到岩头去捉岩羊。"

利恩答应了，把这件事告诉了衬红褒白命，衬红褒白命悄悄对他说："利恩呐，你要当心！他哪里是要叫你去捉真岩羊啊，他是想把你变成死岩羊。"于是，她教了利恩一个办法。

晚上，阿普和利恩一同去捉岩羊。到了岩头之后，阿普说是倦乏了，叫利恩和他一同在岩洞里睡觉。阿普头朝洞里，从忍利恩头朝洞外。阿普打算乘从忍利恩睡熟时，一脚把他蹬下岩去。到了三更，从忍利恩没有睡着，阿普倒睡着了。从忍利恩悄悄起来，把一块大石包在白披毡里，放在阿普的脚边，自己悄悄溜回衬红褒白命的身边。阿普睡梦中用劲蹬了一脚，把那块大石头蹬下岩去，石头正打在一只岩羊的额上。第二天鸡叫之前，从忍利恩走到岩间一看，岩下有一只死岩羊，就把岩羊背了回去。

阿普睡醒，也往家里走。从忍利恩走的是直路，阿普走的是弯路，从忍利恩先到，阿普后到。从忍利恩对阿普说："岩羊肉已经挂在厨房里，请做阿普晚饭的酒菜，请做阿仔①早饭的汤菜。我要的姑娘请你给我吧！"阿普说："现在还不能给你！"

过了几天，岩羊肉吃完了，阿普对从忍利恩说："你确实很聪明，确实很能干，今晚咱俩到江里去捕鱼！"

从忍利恩答应了，把这事告诉衬红褒白命，衬红褒白命说："从忍利恩呐，你要当心！他哪里是要叫你去捕鱼呵，他是要把你变成死鱼。"于是，她又教了从忍利恩一个办法。

晚上，阿普和从忍利恩一同去捕鱼。到了江边，阿普说是倦乏了，叫从忍利恩和他一同在江边睡觉。阿普头朝着岸，从忍利恩头朝着水。阿普打算乘从忍利恩睡熟时，一脚把他蹬下江去。到了三更，从忍利恩没有睡着，阿普倒睡着了。从忍利恩悄悄起来，把一块大石头包在白披毡里，放在阿普的脚边，自己悄悄溜回衬红褒白命身边。阿普睡梦中用劲蹬了一脚，把那块大石头蹬下江去，石头正打在一尾鲤鱼的额上。第二天鸡叫之前，从忍利恩走到江边一看，江里漂着一条鲤鱼，就把鱼背了回去。

阿普睡醒，也往家里走。利恩走的是直路，阿普走的是弯路，利恩先到，阿普后到。利恩对阿普说："鱼已经放在水缸上了，请做阿普的酒菜，请做阿仔的汤菜。我要的姑娘请你给我吧！"阿普说："你很聪明，很能干！你真想娶我的姑娘吗？你如果能去挤三滴虎乳来，就算你能干、聪明到家，我的姑娘就可以嫁给你！"利恩听了这几句

---

① 阿仔：阿普之妻，衬红褒白命的母亲。

话以后，出了一身大汗。他对阿普说："无论什么绳子呵，都是人搓出来的，而且搓得很紧；可是呵，这一根绳子叫我怎么搓得紧呢！无论什么事情呵，都是人做出来的，而且做得很好；可是，这件事情叫我怎么做得好呢？"

利恩又生气又伤心，也没有和衬红褒白命商量，就一直跑到荒地里，挤了三滴野猫乳，拿回来交给阿普。他以为野兽的乳汁都是白花花的，怎么分辨得出呢？可是阿普自有办法。他把乳汁放在牦牛圈和犏牛圈上，牦牛和犏牛一点也不骚动。他又把乳汁放在马圈和牛圈上，马和牛也一点都不骚动。最后将乳汁放在鸡圈上，所有的鸡全都惊骇动乱起来。阿普怒喝道："这哪里是虎乳呢？小伙子，还是放老实些，不要学骗人！"

晚上，衬红褒白命知道了这事，悄悄来安慰他，并给他出了主意："明天早上，你到高岩间去。母虎在阳坡处找食，小虎在阴坡处酣睡，趁这时候，拿一块大石头把小虎打死，剥下虎皮，穿在身上。等到早饭时候，母虎会回来喂乳，母虎跳三跳，你也跳三跳；母虎吼三声'阿各米各'，你也吼三声，母虎便会躺在地下翻开肚皮喂乳，这样你就可以挤到三滴虎乳。"

利恩在这生死关头，心情十分沉重。衬红褒白命见他如此，就说："在那黑白交界的地方，说过的三句知心话，难道你忘记了吗？你既相信自己，也要相信我。俗话说：不经一苦，何来一乐？你已经经历了这许多难关，这是最后一次了，难道就不相信我了吗？"从忍利恩听着，伤心地哭了起来。

第二天早晨，从忍利恩到高岩间去，依照衬红褒白命教给他的办法，果然挤得三滴虎乳。中午，回到家里，交给阿普。阿普这次试验得格外仔细。他先把虎乳放在鸡圈上，鸡群安静如常。他再把虎乳放在牛圈和马圈上，牛马都骚动不安。他又把虎乳放在牦牛和犏牛圈上，牦牛、犏牛一齐惊惶动乱起来。阿普微笑着说："这才是真虎乳！"

这天晚上，阿普与阿仔商量女儿的事情。阿仔不停地说："衬红褒白命是你和我的好女儿，从忍利恩何尝不是你和我的好儿子呢？有什么办法能使他俩分离呢？"

阿普还是不大甘心。第二天，他问从忍利恩说："你既然这样聪明、这样能干，你有些什么父族、什么母族呢？"

从忍利恩说：

> 我是九位开天的男神的后代，
> 我是七位辟地的女神的后代，
> 我是连翻九十九座大山也不会感到疲倦的祖先的后代，
> 我是连涉七十七个深谷也不会感到疲倦的祖先的后代，
> 我是大力神九高那布的后代，
> 我是把若俣山吞下也不会饱的祖先的后代，
> 我是把江水灌下去也不能解渴的祖先的后代，
> 我是永远不会被征服的祖先的后代，
> 我是任何恶人都打不死的祖先的后代，
> 我是所有的利刀和毒箭都伤害不了的祖先的后代，
> 一切仇敌都想消灭我的宗族，
> 可是我毕竟生存了下来，
> 阿普呵阿普，我要的，你给我吧！

阿普听完，无话可答。他又说："你既然要娶我的女儿，你带来了什么聘礼呢？"

利恩说："天是高的，布满了星辰，地是大的，滋生着百草。这样辽远的路程呵，我怎能把羊群从地上赶到天上来？怎样背得动金银财宝？这些日子里，我曾经为你砍伐森林，烧辟火地，收了一季又一季的粮食。我曾经到岩头捉过岩羊，我差一点变成死羊；我曾经到江里捕过鲤鱼,我差一点变成死鱼;我曾经到阴坡剥过虎皮,到阳坡挤过虎乳,我差一点被老虎咬死。这一切恐怕比羊群和金银财宝更为宝贵,难道当不得聘礼吗?阿普呵阿普,我要的姑娘请你给我吧!"

阿普听了无话可说,而且已经改变了对利恩的看法,就答应把女儿给他。

> 云彩纷纷的天空里,
> 白鹤要起飞了,
> 可是翅膀还没有展开呐!
> 绿树丛丛的原上,
> 老虎要活动了,
> 可是威风还没有抖擞呐!
> 在天宫的村寨里,
> 在人类生存的大地上,
> 有一对男女要出行了,
> 可是男的还没有长刀呐!
> 女的还没有打扮好呐!

有一天,衬红褒白命看见一只火红色的老虎,她不敢收拾它,便赶紧回来告诉从忍利恩。过了几天,从忍利恩果然猎获一只老虎。他俩多么高兴呵!虎皮剥下来了,用来做什么好呢?样样都可以做呀!

虎皮的衣服,又威武又好看!虎皮的褥子,又绵软又鲜丽!虎皮帽子,虎皮带子,虎皮箭囊……样样都做好了,样样都齐全了!呵,不对不对!这些服装用具都是男子的,姑娘家哪有用虎皮做衣服的!

时间过得真快,秋天已经到来,高原上的羊群陆续回到坝子上。衬红褒白命是个能干的姑娘,怎么会落在男人后面呢?她剪了许多羊毛,织成许多毛料衣物。

五斤的披毡，十斤的垫毡，一斤的帽子，半斤的腰带……现在什么都不缺少，样样都已齐全，也不必再要父母的嫁妆了。

然而终究是自己身上的一块肉呵！他俩将要下凡时，阿普和阿仔依然给了她许多嫁妆：九匹走马，七匹驮马，九对耕牛，七对耙牛，九只银碗，七只金碗，九样种子，七样家畜……

样样都给了，可是七样家畜之中没有猫。能干的从忍利恩偷了一只猫，藏在怀中，带回凡间来。后来阿普在天上看到地下也有了猫种，十分气恼，就咒骂道："猫到人间之后，叫它肺里发出噪音，叫猫肉不能吃！"所以现在猫不算家畜，肉不能吃，以及猫会发出噪音，据说就是被阿普咒骂过的缘故。

九样种子都给了，可是不给芜菁种。聪明的衬红褒白命偷了一点芜菁种，藏在指甲缝里，带到了人间。阿普在天上知道了，十分气恼，就咒骂道："芜菁到了人间，叫它不能当饭吃！而且愿芜菁一煮就变成水！"现在的芜菁只能做菜，而且容易煮烂，一煮就变成一汪水，据说就是受了阿普咒骂的缘故。

从忍利恩和衬红褒白命从天上移居到人间时，原来没有带狗，分不清主客；后来回去牵来一只白狗，才分清了主人和客人。他们原先也没有带公鸡，分不清昼夜，后来回去带了一只大公鸡，才分清了昼和夜。他们用打油茶的木桶背了清水，取意清水满塘；又拿了点着柏柴的火把，取意光明普照。

他俩择定了吉日。到了那一天，很早就起来，黎明前，就辞别两位老人，从天宫下凡来了。走了一天又一天，到了第三天，左边起了白风，右边起了黑风，狂风卷起黑云，从云层中倒下了倾盆大雨，大雨中杂着核桃大的冰雹；顷刻之间，山谷里喧响不息，洪水遍地，无路可通，无桥可过。

这到底是怎么一回事呢？原来衬红褒白命原先已由父亲许给天上的美罗可洛可兴家，但是衬红褒白命不愿嫁给他，另找了自己心爱的利恩。现在他俩要下凡去了，美罗可洛可兴家当然很不甘心，所以施展他家所有的本领，下冰下雹，阻止他俩前进，作为报复。

事到如此，怎么办呢？衬红褒白命急中生智，用三瓶牛油、三升白面、三背柏叶，在高山上烧起熊熊的天香，以表示对美罗可洛可兴家的感谢①。不一会儿，天上的乌云慢慢消散，火红的太阳又暖暖地照在他俩身上，有路可走，有桥可过。呼呼的大风，滚滚的江水，没有什么东西可以阻止他俩前进！

从忍利恩夫妇高高兴兴下凡来了，他们走一步跳三步，今后他俩的命运结在一起，他俩将要共同生活，共同唱歌、谈心，永不分离。

不知走了多少路，翻了多少座山，走过多少平坝，渡了多少大河，他俩终于来到了有名的英古地，在那里立下了胜利的石碑，打下了胜利的石桩，男的搭了雪白的帐篷，女的烧起熊熊的篝火，煮茶做饭，开始了自由幸福的生活。他们把牛马羊群放牧在高原，九样谷物撒在坝子里，自己劳动，自己享受，自己挤奶自己喝，不知道痛苦和忧愁。

不久，衬红褒白命有了喜，一胎生下三个儿子。可是儿子养育了三年，不会讲话。这可把他俩急坏了。怎么办呢？叫井白井鲁（蝙蝠使者）去见阿普吧！问问他是什么原因。叫黄狗昼夜不停地叫吧，家里有了事，阿普会听到的。

井白井鲁飞到阿普家，把事告诉阿普。阿普听说后，不但不告诉他什么原因，反而生起气来，说了许多闲言碎语，发了很多牢骚。井白井鲁从天上回来，对从忍利恩夫妇说："阿普生你们的气哩！他说'喝水不忘挖井人，吃饭不忘庄稼汉'，你们两个呵，好像小鸟出窠，高飞远走，不再顾念生身父母了！"

---

① 美罗可洛可兴家是掌风雨雪雹之神，所以以下雨下雹来报复利恩夫妇。从那次烧了天香，利恩夫妇下凡以后，每年都要举行一次"斗布"，请"东巴"（纳西族巫师）念经，表示对美罗可洛可兴家的感谢，请求他家不要再来作怪，否则即会雨水过多、五谷歉收。新中国成立前纳西族地区仍有"斗布"的风俗。

从忍利恩夫妇商量又商量，考虑又考虑，到九布通耻大东巴那里去看了吉凶，然后请九布通耻大东巴斫黄栗木做"祭木"，砍白杨树做"顶神杆"，宰一头公黄牛，用一只大公鸡，还用祭米祭酒，在阴历正月十一日，举行一次极其隆重的"祭天"，一是感谢父母——子劳阿普和阿仔，二是感谢美罗可洛可兴家。

后来，祭天就成了纳西族风俗。从从忍利恩一代开始，代代相传，以至于今。

有一天早上，从忍利恩的三个儿子正在门前芜菁田里游戏，忽然看见有一匹马跑来偷吃芜菁，三个孩子一时着急，齐声喊出三种声音，变成三种语言：

长子说：打你羽毛妙。

次子说：软你阿肯开。

幼子说：买你苴果愚。

一母所生的三个儿子，变成了三种民族，正如一瓶酒有了三样味道。他们穿三种不同的衣服，骑三种不同的马，住到三个不同的地方去了。

长子是藏人，住到拉桑多肯潘去了。次子是纳西人，住到姐久老来堆去了。幼子是民家人，住到布鲁止让买去了。他们像星星那样布满了天空，像青草那样长满了大地，也像马儿的鬃毛那样成长，像芜菁的种子那样繁殖！他们的井水是满满的，他们听到的都是好消息！愿他们的后代光辉灿烂，万世昌盛！

# 东述争战记

民族：纳西族
翻译：李即善
整理：杨世光
流传地：云南省丽江市

很古很古的时候，还没有天地日月星辰，也没有江河湖海山川。在上方出现了声音，在下方出现了气息。声音和气息交合，刮起三股白风。白风变出白云，白云酿出白露，白露凝出白蛋。白蛋孵开，出现了最早的盘神、禅神、恒神、高神、曾神和米利东主、米利术主，出现了白、黑、红、黄、绿等各色天地山川和万物。三朵白云又酿出三滴白露，其中一滴化成米丽达吉神海。

在金汤玉液般的米丽达吉海里，长出了一棵神树。初生幼苗又细又软，像一根发辫在风浪里飘来荡去。恶鬼想来砍苗，被天神拦住。恶魔术、斯想来砍苗，善神东、哈连忙来守护。恶鬼不死心，偷偷约了术、斯，在半夜鸡叫前把神树苗砍倒。天神知道了，邀约了东、哈，找来天地如意药，点在神树的断口上，重新接活了神树，慢慢长成了高大的含英宝达树。这棵神树分成十二枝，从此世间有了十二属相，神树每枝生出十二片叶，于是世间有了十二个月。树枝上长出绸缎叶子，开出金花和银花，结出珍珠。为了这棵宝树，东、术之间结下了冤仇，酝酿着一场战争。

居那若倮神山顶着青天，太阳从它左边旋绕，月亮从它右边旋转。每过三十天，太阳、月亮在山顶相见。从此，世间有了一月三十日的规矩。这座山分黑白两界：东半光明，西半黑暗，树木不相缠，飞鸟不往来。善神米利东主住在神山东面的白界里，有九座用白石头砌的白房子；恶神米利术主住在神山西面的黑界里，有九座用黑石砌成的黑房子。一天，米利东家的银鼠打洞，一不小心，打穿了若俣山，白界的光明从山洞里漏出去，一直照到米利术家。米利术高兴极了，忙把黑猪叫来，把洞再拱宽拱大，又派遣能者把东地的太阳、月亮偷到手，从山洞里扛回来。米利术拿来粗大的铁链和铜链，把太阳拴在铁柱上，把月亮拴在铜柱上，叫黑鼠看守。

东地丢了太阳和月亮，米利东又气又闷，想着一定是米利术家偷去的，就派黄金蛙去找回。银鼠因为打错了山洞，正在悔恨，便自告奋勇，请求跟金蛙去找回太阳、月亮，立功赎罪。米利东答应了。金蛙和银鼠边走边商量，半夜前来到术家。它俩看见黑鼠守着太阳和月亮，米利术睡得正香，三绺头发垂在床边，便施个计，由银鼠用它尖利的牙齿把米利术的三绺头发咬断。天亮后，米利术起床去洗脸梳头，发现头发被咬断，梳也梳不起来，气得手抖脚颤。他见看守太阳、月亮的黑鼠正呲着尖利的牙齿，猜想是它咬的，更是火冒三丈，拿起棍子就劈头盖脸一顿打，把黑鼠活活打死了。拴在铁柱和铜柱上的太阳、月亮没人看守，金蛙和银鼠又高兴又好笑。金蛙跑去门边放哨，银鼠上前咬断铜链和铁链，放开太阳和月亮，一个扛一样，欢欢喜喜跑回东地来，米利东夸奖并赏踢了它们。为了防止再被偷，米利东左手托起太阳，右手托起月亮，念了三遍秘诀，把太阳、月亮重新挂起，东地又亮堂了。

米利东主和老伴茨爪金嫫有个能干的儿子叫阿璐，米利术主和耿拉纳嫫有个狡黠的儿子叫安生米委。米利东要提防术主来偷光明，派阿璐去黑白交界处巡防。米利术呢？他因为把偷得的光明弄丢了，很不甘心，叫儿子再去想办法偷。安生米委在黑白交界处碰见阿璐，要个伎俩，脱下白披毡铺在地上，掏出白螺做的骰子，不容分说拉着阿璐掷起来。安生米委故意每次都输给阿璐，让金子银子迷了阿璐的心眼，又挑逗地问道："阿璐，东的天空多光彩，东的大地长万物，到底是谁造出来的？"阿璐夸海口说："都是我造的。"安生米委奉承道："阿璐真像神仙一样能干，我诚恳地请你到我们那里开天辟地，金银珠宝随便你要。"阿璐不知是计，爽快地答应："放心，等我见过父母就来。"阿璐来见父母，米利东只管摇头："上山不提防，魔鬼会来缠；狐狸不小心，也会被虎伤。"母亲茨爪金嫫也苦苦相劝："你头上有三个鬼旋，手掌心有三道鬼纹，腰杆上有三个短命记，你去仇家我不放心。"可是阿璐一定要去，说："老虎吃肉不兴吐，男子说话不兴悔。要是我不去，可就要在安生米委面前丢脸了。"米利东无法，只得嘱咐他："天神、魔鬼不一样，东主、术主不一般，你要把术的天开得歪歪的，把术的地辟得斜斜的。到夜深人静的时候，你就悄悄地逃回来，在交界边栽起铜棘，安放好铁铡。"阿璐来到术地，大显身手，把天开得歪歪的，把地辟得斜斜的。米利术和安生米委拿出成斗的金银珠宝，假意谢他。他一高兴，睡得死死的，安生米委乘机越过边界去东地偷光明。到了深夜，静得没有一点人声，狗也不叫，米利术想偷偷把阿璐杀掉，阿璐却在梦中想起父亲的话，惊醒过来，忙把金银装上身，一溜风儿跑回来，在黑白交界处栽铜棘、安铁铡。这时，东家的"穿山眼"和"顺风耳"发现有个黑影来偷太阳、月亮，大喊一声，东兵东将便追了上来。安生米委心急如跳蚤，慌里慌张往回逃，不小心两脚挂在铜棘上，铁铡"咔嚓"一响，便丧了命。米利东把他埋在九层土下，上面开渠引水，不让安生米委的鬼魂翻身。

　　开渠工地上，金锄银锄漫天飞舞。狗獾子和吸风鹰干得十分卖力，乌鸦却贪玩怕灰，跳来跳去不扒土，只朝有火和肉的地方飞。米利东来渠边，乌鸦反来告状说："吸风鹰和狗獾子不扒土，光会向火吃烤肉；我一天到晚挖土巴，脚上满是泥土，腰杆弯得就像一张弓。"米利东听了，便不准吸风鹰吃饭（老鹰吸凉风的原因就在这里），不许狗獾子喝泉子（狗类用舌舔水出自这里）。金蜂和银蝶打抱不平，戳穿了乌鸦的谎话："鹰在使劲扒土，狗在埋头挖沟，乌鸦乱诬告，整天闲游浪荡的正是它。"米利东气得举起拐杖朝乌鸦打去，乌鸦吓飞了。

乌鸦跳到米利术家，挑拨是非："米利术主呵，你儿子被东主杀掉，当作死老鼠被埋在九层土下，上面还开沟引水，不让他的魂儿超升，难道你不想报仇？我开沟累得要死，米利东还要打我，你难道不可怜我？术主呵，蚯蚓没有骨头，你可不要当蚯蚓呀！"米利术听了，顿时哭声连天："我有九十九双猛虎样的儿女，谁都比不上米委这条黑龙。如今日月偷不着，反倒赔了命，真像砍了我的右臂，挖了我的左眼。米利东这么狠心，我不报此仇死不瞑目！"说着喊大将肯子丹由、那日左补、米麻生登来密商，并立即派人打矛造刀，做弓削箭，赶制藤甲铁盔，操演兵马，准备杀入东境。

米利东料到米利术要来侵扰，派蜜蜂去侦察。蜜蜂飞到术地黑屋顶上，被米利术的马蜂发现并包围。米利术把捉拿来的蜜蜂拷问了九遍，又劝诱了七回，蜜蜂都不搭理，术主便下毒手，把蜜蜂的舌头割掉。蜜蜂飞回来，只会"嗡嗡"地嚷（蜜蜂飞时"嗡嗡"地叫，原因在这里）。米利东只得又派鲤鱼去侦察。鲤鱼游到术地黑屋底，被米利术的黑鱼发现并包围。术主把捉来的鲤鱼拷问了九遍，又劝诱了七回，鲤鱼却半句也不吭。米利术又下毒手，割掉鲤鱼的舌头。鲤鱼游回来，嘴巴一伸一缩，再也说不出话（鱼嘴会伸缩，典故出自这里）。

米利东又派白风、白云去侦察。白风、白云在空中，什么都看得一清二楚，回来报告："术地有六寨鬼兵在操演，肯子丹由当总管，呆、拉、独、仄、蒙、恩等妖怪也在，机甲像树叶，刀矛像乱草，战马好像蚂蚁跑，飞箭就像蜜蜂搬家。"米利东听了暗暗发笑："叫他鸡蛋碰石头，飞蛾扑大火！"连忙在九山七谷设防布阵，派儿子阿璐去当镇守白海的大将："术兵胆敢来侵犯，就用牛刀斩鸡，杀他个片甲不留！"

果然，术将肯子丹由领兵来犯白海。阿璐施展法术，掀起千丈大浪，术兵被阻挡无法过海。术兵的长矛像乱蜂一样戳向阿璐，术兵的刀像闪电一样砍向阿璐，术兵的箭像冰雹一样射向阿璐，但有巨浪作护墙，伤不了阿璐一根毫毛。阿璐驾起山峰般的浪头，一头压向术兵阵营，术兵纷纷逃命。术主大骂丹由是蠢材，丹由像丧家狗急得团团转。后来，肯子丹由献了条美人计，术主才转忧为喜。

米利术主和耿拉纳嫫有个漂亮女儿，叫耿拉茨嫫。术主让她打扮得花枝招展，驾起一朵黑云去白海引诱阿璐。耿拉茨嫫知道米利东主的儿子阿璐是个好汉，心里很乐意去会他，但他又是仇家人，吉凶难卜。她想把阿璐当情人，但父母却要她把阿璐当敌人，一面脸难做两面人，她心里像十五个吊桶打水——七上八下，但父母之命难以违背，不得不照着去做。

阿璐正在看术兵逃跑，忽见天空降下一个花一样的美人，衣摆飘动，发出阵阵香味，对他眯眯笑着。阿璐好像掉了魂，但一想也许是米利术派来的妖精，转身潜入海底。茨嫫绕着海子，轻语柔声地呼唤阿璐。阿璐不回答，茨嫫便露出白手臂，边洗边唱："天仙世无双，来配英雄汉；白鹤会青松，来会好儿男。术兵早走尽，好汉快出来。银石陪金水，来陪天女玩。"

阿璐变只白鹰，向天上飞去，茨嫫就变只黑鹰追来。白鹰怕落网，甩开黑鹰又潜入海底。黑鹰气得尖声叫，术兵退得更远了。茨嫫露着胸脯洗澡，唱起甜蜜的情歌："仙女要配俊男子，我同阿璐要成双。术兵不会回来了，阿璐快来会天仙。"阿璐变只白虎，茨嫫变只黑虎追来。翻了九座山七片林，不见半个术兵，白虎就陪着黑虎玩，晚上又躲入海底。茨嫫见阿璐即将上钩，又一边洗身一边唱："哪有大鹏像老鼠？哪有蛟龙像鲫鱼？心爱人儿快来哟，等你等得我心苦。"阿璐变只白牦牛，茨嫫变只黑牦牛，一起玩了三昼夜，阿璐放心了。茨嫫说："有个好地方，绿玉的天，黄金的地，银子的树，银鸡会唱歌，石头会开花，我们去那儿安家吧。"阿璐半信半疑地跟她走了。走啊走啊，茨嫫作起法，前面果然出现这样美丽的地方，阿璐真的相信了。茨嫫又说："前面还更好，银角马鹿在跳舞，金鬃山骡在玩耍。"阿璐惊奇地跟她走了。走啊走啊，茨嫫又作起法，前面果然又出现如此美妙的地方。阿璐心花怒放地说："我们成家吧？"茨嫫摇摇头："前头更比这儿好，树木会走路，石头会讲话。"阿璐笑着跟她跑了。跑啊跑啊，茨嫫又作起法，果然出现了石头说话、树走路的地方，阿璐出了神："就在这儿成家吗？"茨嫫暗暗笑道："再走几步吧。"他们来到黑白交界处，茨嫫暗使黑云黑风去给术主报信，米利术派火烟鬼用浓烟罩住阿璐，再给他戴上铁镣铐。这时阿璐才知中了计，但后悔已来不及了。

海里没有蛟龙，无风无浪好划船。白海没有大将防守，肯子丹由率术兵卷土重来，轻易渡过白海，侵入东地。米利东急忙调兵遣将，堵在路上战了三天，顶在寨前斗了三夜，但由于事先没有准备，抵挡不住术兵。米利东是天族，退到天上。小儿依古根库躲到白山上，女儿色爪苟嫫逃到白山谷里藏起身来。茨爪金嫫是龙女，可以躲到水晶宫，但她不愿。她说："坏事有一百件，我没有做过一件。米利术有千斤石，不能压死我；米利术有千把刀，不敢来杀我。"术兵闯进米利东家，东主已无影无踪，只得把茨爪金嫫捉来审问："东主躲在哪里？珠宝藏在哪里？"茨爪金嫫宁死不说。气得术的兵将乱烧乱杀，把能找到的金银牛羊全部掳走。

阿璐被押到米利术的大本营尼青肯乌寨，关进一间黑屋里，叫纳补乌吕看守。米利术磨刀霍霍要杀阿璐，替儿子安生米委报仇。肯子丹由却来报告说，想摘取东地的太阳、月亮，要念秘诀，阿璐知道秘诀，要让他说出来。米利术收了刀，先拷问阿璐。问了九十九遍，阿璐一字也不说。米利术想来想去只有假装让茨嫫嫁给阿璐，叫她成亲后慢慢地从他口中套出秘诀来。

茨嫫不敢不依，对阿璐说："我的心肝，你快说吧，父亲要给你九座金山，母亲要给你九片银海，幸福享用不完呵！"阿璐上过一回当，这次一字也不对她说。茨嫫想了九十九个办法，劝了九十九回，阿璐还是不说。肯子丹由便来威吓："你是过年公鸡罩在竹篮下，你是祭神的羊子拴在木桩上，再不说就当作死鼠埋地下。"阿璐硬铮铮地回答："宁可饮毒水，宁可一人死，不能让东地失去光明。东族是不怕死的，你快来杀我吧，太阳和月亮，你们永远也得不到它们！"

米利术假装把茨嫫嫁给阿璐，两口子却成了真夫妻，生下两个儿子，大的叫哈布洛池，小的叫哈布洛沙。哥弟俩出来玩耍，看到囚禁阿璐的黑屋，便指着问："里面关的什么？"纳补乌吕笑呵呵地说："是你们的老祖宗。"孩子问母亲，茨嫫含悲微笑地说："是你们的真父亲啊。"阿璐在黑屋里听见儿子的说话声，想叫儿子去东地报信，便编个歌谣唱道：

> 夜空星星呀，是天好儿孙；
> 我的孩子呀，是东后代孙。
> 铮铮硬骨头，东族给了你；
> 圣洁的血肉，东族塑成你。
> 参天的大树，落叶要归根；
> 东族的子孙，快回东家里。

纳补乌吕听见歌声害怕了，拖着孩子来见米利术："家畜和野兽不能在一处吃草，主人和冤家不能在一桌喝茶。阿璐像个硬核桃，咬他反而断牙齿，茨嫫白嫁他了。我怕他迟早要跑，不如早早杀了他。"术主也没别的办法，就叫鬼兵把阿璐押到黑海边准备杀掉。茨嫫听到凶讯，急忙跑到海边来，哭着对刽子手说："阿璐漂亮能干，我爱他。我们曾是真对头、假夫妻，可是假的也会变真的。骗他我有办法，现在我却没有妙计救他。恨只恨父亲，恨只恨自己。你们一定要杀他，莫要让三滴血染污了他的脸，害他我有一份，死了我要来陪他。"说着在阿璐身旁殉情了。

米利东从天上回来，见东地成了一片焦土，失去父母的孩子在啼哭，失去儿孙的老人在悲伤。倒是青壮年们唱着激昂的歌："黑魔不久长，光明要回来。黑夜虽漫长，星星在闪光。杀尽黑魔兵，重建新家乡。"这歌声像火塘，驱散了东主心上的寒冷；像清泉，解了东主的饥渴。他在山头竖起火把，吹起牛角，召回兵将。儿子和女儿回来了，茨爪金媭逃回来了，焦土又发了芽，枯井又有了水。米利东安置好孤苦无依的老人小孩，发誓雪耻报仇。可是找遍了天南地北，不见阿璐的影子。想起这个能干的儿子，米利东不禁仰天悲啸："我儿阿璐呵，莫非被术杀了？"啸声传入海里，飞上云霄，洛池和洛沙也听见了。两兄弟躲过黑风黑云，跑到东地来见祖父，哭哭啼啼报告噩耗。米利东得知阿璐真被术家骗去杀了，气得像老虎一样跳，悲痛的泪水像冰雹一样落。

米利东要和米利术决战，请萨利委登当军师，派叶世恒丁去搬天兵。委登作法术，从天空降下许多大铁块，叫铁匠赶做铠甲刀箭；杀掉千百只犏牛牦牛，用牛角做硬弓，用牛皮做弓弦；砍来铁杉树，捉来白箐鸡，做成无数羽翎箭。叶世恒丁请来了天兵天将，请来了神通广大的优麻。白风白云去侦察，把术地九个黑堡垒和九个鬼兵寨打探清楚。

决战开始了。优麻磕磕牙齿，天空响起巨雷，术地像筛糠一样发抖；优麻把尾巴竖三下，高峰刮起大风卷向术地；优麻把发怒的胡子像森林一样散开，术地好像在打摆子。天兵像潮水般涌去，把术兵像赶羊群一样赶走。刀剑像星星闪耀，长矛像白浪滔滔，箭簇像落雪下雨，杀鬼像砍瓜切菜。金头白神狮咬死了黑龙，宝绿色的穿山甲咬死了黑虎，白脸豹咬死了铁头黑狗，金孔雀琢起黑蛇乱甩，红虎的巴掌按住黑鬼，使它射不成箭，神射手射死红甲黑妖魔，砍天刀斩断黑旋风，白铁锯子锯死了尖角黑牦牛。天兵天将像大风扫落叶，把术地九堡九寨一扫而光。骑水獭的天将斩了蛙头鬼，骑白狮的天将斩了马头鬼，骑神雕的天将斩了鸡头鬼，骑大熊的天将斩了牦头鬼，骑白狼的天将斩了羊头鬼，骑豹子的天将斩了狗头鬼，骑白虎的天将斩了鹿头鬼。东的白风白云压住术的黑风黑云，东的金翅鸟啄死术主的黑翅鹊，东的白铁斧砍尽术主的铜棘铁桩，东的白梭镖戳通术主的毒水池。米利东派灵巧的白猿猴把黑魔之首米利术和耿拉纳嬷拿住了，肯子丹由、那日左补也无法逃脱。杀尽术家鬼兵，烧了术家的营寨，把术家的黑地冲毁，把术家的黑水截断，把术家的火种灭绝！割下术主的头做石碑，取下术主的骨头做号角。术天割下来做地，术地翻上来做天，黑暗势力无法再逞狂了。

米利东和百姓一道庆功，用从术地夺回的金银珠宝犒劳天兵天将。从这以后，太阳和月亮永远挂在蓝天上，大鹏、白鹤自由自在地飞翔。大地上六畜像金丸滚动，五谷像珍珠铺盖，少男少女有了好婚姻，老翁老妇得了好寿岁，东地过上了安定的日子。

# 黑底干木①

民族：摩梭人
采录：李子贤、何真、邓启耀等
整理：李子贤
流传地：云南省永宁乡

    在永宁狮子山上，有一位女神②，人们称她为黑底干木。这位住在狮子山岩洞里的女神长得非常漂亮：天上的彩云是她头上戴的帕子，山上的青枫树叶是她的眉毛，绿色的松林是她的衣裳，白色的岩石是她的裙子，赤红的悬岩是她的腰带，绿油油的永宁坝子是她的坐垫。她不仅以美貌和温柔吸引了附近所有的男山神，还是众神之首，管辖着所有的男山神呢。黑底干木也有自己的"阿注"（即男女朋友）。她的第一个阿注是哈瓦山神。当时，哈瓦神与黑底干木总是定期约会，要么到湖边游玩，要么在岸边的花丛中谈心。有时还到泸沽湖中洗个澡，再到山上采摘野菜、野果吃。后来，黑底干木又与则枝山神及其他男山神结交为阿注。为此，还在一些男山神之间引起了许多纷争哩。

    据说，黑底干木最钟爱的阿注，是现今四川省境内的托波山神。这是一个年轻英俊的小伙子。每天傍晚，托波山神总要穿上漂亮的衣裳，骑上骏马，乘着五色的云朵，到狮子山去与黑底干木欢聚。第二

---

① 黑底干木：云南省永宁摩梭人中广泛流传的神话。黑底，永宁；干木，女山神。黑底干木即永宁女山神。干木山又称狮子山，因其状犹如一头卧狮而得名。
② 另外一则神话说狮子山是女神变成的。从前，永宁坝子住着两个天神，一个是黑底干木，一个是哈瓦男神。他俩情投意合，常在泸沽湖畔一起谈心。一次，黑底干木来晚了，两个神刚相会时天就亮了。由于他俩只能黑夜相会，日神为此大怒，将他俩变成两座大山，永远留在人间。

天一早，托波山神又匆匆返回自己的托波山去。黑底干木的美名传遍了四面八方，连远离永宁的丽江玉龙山男神，也慕名来与黑底干木结交为阿注，二神真诚地相爱了。可是，这件事遭到了周围众山神的反对。爱慕和嫉妒驱使大白岩①神不惜动武，干脆用一条银链将黑底干木拴起来，不让她走。所以人们今日仍可见到狮子山山腰有一道环绕的白石岩。

相传，永宁周围的众山神都围绕着黑底干木转来转去，希望得到她的青睐。在每年的夏历七月二十五日这一天，所有的山神都要来永宁聚会娱乐，唱调子，跳锅庄舞，向黑底干木问候取悦。所以在过去，人间也要在这一天到狮子山聚会娱乐，祭祀这位女神。

在很早以前，黑底干木守护着永宁坝子。那时，坝子里人丁兴旺，五谷丰登，牲畜都长得膘肥体壮，山上到处是茂密的森林，山坡上是绿茵茵的牧场；妇女们一个个长得健康、聪明、漂亮，都能说会讲、麻利能干。黑底干木看到人们过着快乐的生活，心中也十分高兴。

可是，人们在这优裕的生活环境中，渐渐变得懒惰起来，整天唱歌跳舞、饮酒作乐，不再起早贪黑地干活，也不再供祭黑底干木。黑底干木心里非常难过，一气之下便离开狮子山，到另外一个地方去了。黑底干木一走，各种鬼怪开始作祟了，永宁坝子变得一片荒凉：草木枯萎，鲜花凋谢，瘟疫流行，庄稼受灾。人们在惶恐之中才想起祈求女神庇护，也才知道黑底干木离开狮子山去别的地方了。于是，人们急忙挑选了几个聪明能干的女子，找到了黑底干木，并向她诉说了永宁坝子发生的事情，请求女神重返狮子山。慈善的黑底干木听了好不焦急，便返回了狮子山。女神回来后，永宁坝子又兴旺起来了。

---

① 大白岩：位于现今四川省盐源县前所。

# 月其嘎儿①

民族：摩梭人
讲述：达巴苏诺、阮衣底子（摩梭人）
采录：李子贤
流传地：云南省永宁乡

　　龙王鲁帕斯腊统管着地上所有的水神。他以为天下数自己最厉害，谁也斗不过他，所以，随心所欲，想下雨就下，想让大地干旱就一滴雨也不下。

　　有一次，鲁帕斯腊一连几年不下雨，弄得大地龟裂、草木枯槁，地上的飞禽走兽渴得四处乱飞乱跑，人也渴死了。就是那些山神，也喝不上一口水。鲁帕斯腊见了十分得意。他对众神说："我几年不下雨，看你们吃什么？你们有金有银，看看能不能吃？"

　　天神松基努突西见到这种情景，觉得不妙，就命众神来商议，决定派神去命令鲁帕斯腊下雨。天神松基努突西决定先派羌男独次神去劝说鲁帕斯腊快下雨。羌男独次骑着一只狮子来到了海边，手中摇着安夸②，叫鲁帕斯腊快出来听天神松基努突西的命令。龙王鲁帕斯腊从海中露出头，骄横地对羌男独次骂道："你这瘟神，骑一条癞皮狗来找我干什么？"羌男独次说："你几年没下过一滴雨，人也渴死了，山神也没有水喝，天神松基努突西命令你赶快下雨。"鲁帕斯腊听了，根本不理睬，在海中摆摆身子，便在浪涛中隐没了。

---

① 月其嘎儿：神鸟名，一直被摩梭人奉为保护神而加以供奉。在另外的神话中，说神鸟月其嘎儿系女性，会生蛋。

② 安夸：摩梭语，喇嘛念经时手中拿的银铃。羌男独次手拿银铃的情节，可能与喇嘛教的传入有关。

天神松基努突西得知羌男独次无法劝说鲁帕斯腊下雨，又派神鸟月其嘎儿去命令鲁帕斯腊下雨。

　　神鸟月其嘎儿有一对铁一般坚硬的翅膀，她那无比坚硬的嘴一旦啄住了谁，就休想脱身。月其嘎儿从神山上腾空而起，落到地上最高的鲁月甲白儿龙山上，对着大海厉声说道："老龙鲁帕斯腊，天神松基努突西命你赶快下雨，你到底听不听？"鲁帕斯腊从海中露出头来，仍然十分傲慢地对着月其嘎儿大声嚷道："天底下数我最大，到处的水神都归我管，我想下雨就下雨，我不想下雨就不下，你管得着我？"月其嘎儿眨了眨眼睛，说道："命你快下雨，你听不听？"鲁帕斯腊说："不听！"月其嘎儿又拍了拍翅膀，说道："命你快下雨，你听不听？"鲁帕斯腊说："不听！"这可激怒了月其嘎儿。她"呼"地飞了起来，飞到海面上时，用翅膀将海水朝东边拍打了一下，只见东边的海水顿时从海底翻腾起来。她又用翅膀将海水朝西边拍打了一下，只见西边的海水顿时从海底翻腾了起来。可是，骄横的鲁帕斯腊仍想反抗。他把身子一摆，刹那间大海白浪滔天，一股股水柱直冲云霄。鲁帕斯腊想用水柱将月其嘎儿卷入海中淹死，他哪里知道月其嘎儿的厉害？只见月其嘎儿在海浪中穿来穿去，趁龙王鲁帕斯腊正得意的时候，一嘴啄住了鲁帕斯腊的头。

　　为所欲为惯了的龙王鲁帕斯腊怎么也想不到会出现这样的情况，他感到自己的头被钳子夹住，周身更是动弹不了，整个身子仿佛被提在空中。果真是这样。月其嘎儿啄住龙王的头，把龙王的身子从海面上提出了一截，问龙王说："你下不下雨？"龙王鲁帕斯腊仍不服输，照样回答："不下！"月其嘎儿把龙王的身子又往上提了一截，问："你到底下不下雨？"龙王还是嘴硬："不下！"月其嘎儿索性将龙王往空中一拉，龙王的全身都被提出海面。这一下，龙王还没等月其嘎儿问他，就急忙求饶道："我立即下雨，我立即下雨。以后我一定冬天下雪，夏天下雨，不敢违抗。"可是，月其嘎儿已怒不可遏，

"唰"的一声将龙王提到了三层天上，它一边啄住龙王鲁帕斯腊在空中绕了三圈，一边警告龙王说："以后你若再敢违抗命令，就叫你粉身碎骨。"说罢，月其嘎儿一松嘴，龙王鲁帕斯腊就从三层天上摔下大海去了。

龙王鲁帕斯腊摔到大海里，摔得浪花四溅。浪花溅到了大地的山山岭岭、各个角落。凡是浪花溅到了的地方，就立刻出现了泉水、河流和湖泊。后来，龙王鲁帕斯腊果然就规规矩矩了，他在冬天下雪，夏天下雨，再也不敢为所欲为了。

# 老虎祖先

民族：摩梭人

讲述：巴采若、桑绒尼搓

采录：章虹宇

流传地：四川省、云南省摩梭人聚居地区

生活在云南宁蒗彝族自治县和四川盐源县的摩梭人（纳西族支系）中，有不少人姓喇[①]的。民间传说，这些喇姓人的祖先是老虎。

喇喇始祖是怎样创造喇氏族人的呢？说来话长喽！

天神格尔美创造了天地和万物后，各种飞禽走兽占据着山岭河海，自由自在地过着日子。一天，天神格尔美对众神说："大地上什么都有了，就是没有人类，我想派一个神到地上去创造人，不知谁下去最好？请大家说说嘛！"

一听说要到大地上去造人，众神都不吭声了。为什么？他们害怕。害怕什么？刚造出的大地根基还不稳固，成天老是不住地摇摇晃晃，就像是漩涡中的一片树叶。再说，那时的山会走路，水会爬坡，石崖子会炸，树木会飞，走在平地上地皮会凹陷，飞禽走兽互相残食……这样的地方谁敢去？

天神格尔美见众神都不出声，心里很不高兴，只得点名。他指着"拖咧"（即兔子神）说："你在天上是最机灵的神喽，又会说，又能道，去大地上造人，看来你最合适。""拖咧"急得头乱摇，耳直摆，装出一副哭相回答说："我这几天害眼病，什么东西也看不清，莫说下地去造人，连吃饭睡觉也要请其他神服侍。去不成，去不成，还是指派别的神去吧！"

---

[①] 喇：摩梭语，虎。

格尔美听了"拖咧"的回答，生气地说："看来，你只是个会说大话的胆小鬼。像你这样的神，有什么资格享受天上的仙果、仙肴？只得吃草！"格尔美是众神的王，他说的话最有魔力，怎么说就怎样应验。所以直到如今，兔子胆子最小，一听到风吹草动，就逃就躲，只得靠吃野草填饱肚子。

"化"（即老鼠）神平时最得众神的称赞，他会打洞，会登高攀援，很有本领。格尔美也喜欢他，决定派他到地上去造人："'化'呀，你的本领很高，看来，到大地上去造人的担子，只有你来挑喽？""化"神听了格尔美的吩咐，吓得半天说不出话来。最后，边哭边叫，撒了一个大慌："神王呀，你可能还不晓得，在这几天内，我的伴就要生娃娃了，我要侍候她。我恳求你，另选高手吧！"

格尔美听了"化"神的回答，火冒三丈，大骂道："平时你在我面前小心谨慎，一副君子相，在背后却干出神规不允许的事。神界中岂能准许添丁增口，岂能准许乱七八糟胡来？像你这样的神，有何面皮居住天界？有何面目在光天化日之下生存，滚你的蛋去吧！"从那时起，老鼠只敢在黑夜里出来，偷偷摸摸地干坏事——他心中有鬼，不敢见光明，怕在光天化日之下现出原形。

"情"（即猪）神是天界中的大力士，他嘴一拱，能掀掉三座大山，开出四个大海；耳一掮，飞沙走石。格尔美最后只得把下地造人的希望寄托在他身上。

"'情'神呀，你莫学那等只会说空话、遇事就后退的神，我相信你会去下地造人……"格尔美边说着，边在众神之中搜寻"情"神的影子，"情"神却不见了。他问众神："'情'到哪里去了？""值"神见格尔美脾气来了，不敢隐瞒，只得如实回答："早在一年前，它领着'情木'（即母猪神）到洪古倮①去了。它说受不了这儿的煎熬

_____

① 洪古倮：摩梭语，北方。

384

生活，要去'洪古倮'过安逸日子。"

格尔美听了"值"神的回答，大发雷霆："坏蛋！像'情'这类畜牲，有什么资格称神，应该挨刀才对！"自此，猪便成了供人杀吃的畜类。

格尔美的吼骂声惊动了守天门的"喇"神。他不知发生了什么事，忙跑到格尔美身边来询问："没有电闪惹事，是不会打雷的；没有黑云闹事，是不会下雨的。尊敬的格尔美王呀，难道是我们有什么疏忽，惹出什么乱子，让您生气了吗？还是您遇到了什么不顺心的事？要是我能为您分忧解愁，您又信得过我，您就吩咐吧！"

"喇"是天界中最不惹格尔美注意的神。他一年到头为天神把守天门，很少参加众神的聚会，也不爱出风头，难怪格尔美没想到他。格尔美听了"喇"的话，摇了摇头："你的话使我心中快活，但你挑不起为我分忧解愁的重担。"

"喇"神虽没有众神能说会道，但他生性忠厚、办事踏实。他又有一股闯劲，只要他想干的事就一定能做好。他向格尔美请求："我虽笨嘴笨舌，但有一身力气，就请您吩咐。不管叫我干什么，我一定干好。只要能为您分忧解愁，就是苦死累死也心甘情愿。"

格尔美被"喇"神的诚心打动了，就把下界造人的打算和刚才派神的事给"喇"讲了一遍，最后问："喇，这副重担你挑得起吗？""喇"神回答："我一定不辜负您的希望，到大地上造人造物，让万物赞颂格尔美神王的洪恩！"

格尔美心里暖烘烘的，高兴地说："你要是下地造出了人类，你和你的子孙将长生不老。不要三心二意，我定会让万物帮助你。我封你为大地之王，地下的万物由你统管，好好干吧！"格尔美边说，边用中指在"喇"神的额上写了一个"王"字。据说，老虎额顶上的王字，就是格尔美的神手描的；老虎不会老死，也是格尔美赐的。

"喇"神由格尔美和众神送出天门，独自一人日夜不停地向大地上走去。他走呀走呀，爬过了七十七座雾山，游过了七十七个云海，走了七千七百七十七天，"喇"神终于来到了大地上。这么长的路程，够"喇"神走的，但他没有一点怨气。一天，他来到一座大山脚下，前方没路了。山尖连着云天，山根扎在地心，爬不过去，绕不过去。要去到格尔美交代过的"刺踏寨干木"地方，不经过眼前的这座大山，是到不了的。"喇"神坐在山脚下想呀想呀，除了刨山打洞、穿山而过，别无他法。于是，他就用一双爪子不停地刨山打洞。刨呀刨呀，刨了七百七十七天，终于把大山打通了。后人便把"喇"神刨通的这个山洞，称作"拉垮"（即虎爪刨的地方，位于今天宁蒗彝族自治县巴耳桥区狗钻洞山峰的下边）。

"喇"神穿过了大山洞，又走了七百七十七天，来到了一片望不到边的沙漠。太阳像个大火球，烤得他浑身冒油。他想喝口水，却找不到，只得用一双爪子在沙漠中刨坑引水。刨呀刨呀，刨了七百七十七天，坑内刨出的泥土堆满一望无边的大沙漠后，坑内开始"咕噜咕噜"冒出清水。片刻工夫，坑内就积满了水，像是一片碧绿的海。这就是今天的泸沽湖。从前人们称"泸沽"为"喇沽"，是"虎湖"的谐音。刨坑挖出的黑泥土堆得东一堆西一堆，看着碍眼，"喇"神想了想，用爪三下两下把它扫平了，用泥土覆盖了沙漠。他有他的打算：这儿有水，刨出的泥土黑油油的，今后造出了人，把子孙迁到这里来不是正好吗？他用泥土掩盖的地方，就是今天宁蒗彝族自治县的永宁盆地。后来，"喇"神的子孙果然搬到这里来居住了，人们称这块地方为"阿拉瓦"（即虎村）。

"喇"神在扫平泥土时，用力过猛，把一小堆泥土扫进了"喇沽"中去，成了湖中的小岛，即今天泸沽湖中的里格岛，当地人称其为"喇克"（即虎肘）。

"喇"神引出了水，美美地喝了个够。他养足了神，便一步跃过湖面，跳到了湖对岸，落在一座奇秀的大山上。落地时把大山震得发抖，还震塌了几堵峰崖。峰崖刚裂开，便从里面走出来一个漂亮的姑娘。这姑娘比天上的仙女都美：她头戴星星编织的帽子，身穿彩霞缝制的衣裳，下系白云剪裁的裙子，腰系虹带，脚穿玛璃鞋子，眼睛比月亮还亮，皮肤像太阳一样发光，走路像风一样轻巧。她轻飘飘地走到"喇"神面前，红着脸问"喇"神："你这不懂礼貌的东西，是魔鬼还是妖怪？来到我居住的'刺踏寨干木'干什么？为何把我的住房破坏？"

姑娘一提"刺踏寨干木"，"喇"神乐坏了。乐啥？他到了格尔美神王指派他到的地方。他连连向姑娘赔礼："美丽的姑娘呀，天上的神仙没有你漂亮，神笛吹出的声音没有你的说话声动听。不知你是哪路神仙？请原谅我的唐突。我不是魔鬼，也不是妖怪，我是天神'喇'，奉格尔美神王的使命，来到大地上造人。"

姑娘听了"喇"神的叙述，被他的诚实、勇敢和礼貌感动，愠怒顿消，客气地说："我叫'干木'，是'刺踏寨干木'地方的山神。我在这里住了七千七百七十七年了。闲时，我栽树种花，驯养野兽，为万物造福。可雀鸟不能同我谈心，走兽不知我的心情，孤孤单单过日子，多寂寞哟。你既来到这里，就同我做伴吧，我俩一齐来造人吧！"

"喇"神听了干木女神的话，心里比吃了蜜还甜。从此，他同干木女神结成夫妻，住在石洞里，互敬互爱，干活玩耍，日子过得很顺心。过了十年，干木女神生下了一对儿女，从此，大地上有了人类。"喇"神喜得笑歪了嘴，干木乐得心里开花。夫妻俩商量了七天七夜，给一对儿女取了一个响亮又吉祥的名字：儿子叫"喇若"，姑娘叫"木喇"。后来，喇若和木喇长大成人，"喇"神和干木把他俩配成了夫妻，待喇若和木喇又生育了儿女，长大成人后，又再把他们配成夫妻。就这样，一代又一代喇氏成了一个大氏族。他们生活在自由自在的地方，过着快乐的日子。"刺踏寨干木"是喇氏氏族的发祥地，后人把这里称作"喇罗金米"（即虎氏的家园）。

千万年后，喇氏氏族分成了许多大部落，"喇踏寨干木"再也住不下那么多人，他们便慢慢往山下的盆地迁徙。沿"喇咕"周围，住满了"喇"神和"干木"的子孙。他们忘不了祖先，都用"喇"来给自己和居住的地方命名。至今，宁蒗县永宁乡的好些地方，还有许多袭用"喇"命名的村寨，如"拉瓦""拉垮"（都是"虎村"的意思）等地。

"花树能开出鲜艳的花朵，是它的根扎得深；喇氏的摩梭人人丁兴旺，是'喇'神和'干木'的庇佑。"凡是属喇氏氏族的摩梭人，不论老少，都会唱这首古老的民歌。他们不但用赞歌来歌颂祖先的功劳，还用行动来寄托对祖先的怀念。

凡是喇氏氏族的成员，自古沿袭着这样的习俗：在住房的门楣上悬挂虎图，作为避邪的神灵；在喇氏氏族中的婚礼上，长辈要赠送给新娘一张虎皮，绘成人首虎身，作为新娘的护身符；在达巴（即巫师）作法用的神棒上，刻有一个虎头，象征主宰一切；禁止猎人杀虎，违者问罪；土司家每年旧历正月初一，要在衙门里举行祭虎仪式，他们把一张虎皮悬挂在大堂之上，让属官、百姓和家奴瞻仰、膜拜，过后收藏起来，如传家之宝，秘不示人。

现今喇氏氏族中还流传着一首古歌：

> 我们的祖先是哪个？
> 是天神和山神！
> 我们的老家在哪里？
> 在"喇踏寨干木"地方！
> 我们的氏族是人类的主宰，
> 因格尔美神封我们是万物的王！

# 格姆女神的故事

民族：摩梭人
讲述：翁吉玛·鲁若（摩梭人）
收集翻译：拉木·嘎吐萨
流传地：云南省宁蒗彝族自治县永宁乡

在很早以前，者波村里有一个美丽迷人的姑娘。她出生七天就会说话，说起话来就像鸟儿唱歌一样动听；出生三个月后，就聪明得赛过天上的神仙，地上的什么事都明白。她长到三岁时，美得就像迎春花，美名已经传遍了九山十八寨，所有的人都跑来看她。长到十八岁的时候，天下所有的小伙子都来求婚，求婚的情歌像水一样流，送的礼物堆成了山，但是，姑娘始终没有开口，急得小伙子们一夜又一夜地守在她家屋后。她的名字叫格姆。

有一天，她来到地里帮母亲干活。这时，天上的男神看中了她，变作一股龙卷风突然刮下来，把她卷到了天上。她在半空中呼叫，男神紧紧地抓住她不放。

整个永宁坝的人都看到了她，也听到了她的声音，所有人在地上大喊起来，声音就像打雷一样响。男神听到那么多人的呼叫声，一下子慌了神，一失手把姑娘放了。格姆姑娘就掉了下来，落到了狮子山头，再也不下来了。她骑着一头白马，左手握着一棵珍珠树，右手拿着一只短笛，永远在山头上巡游，保护着永宁地方人畜平安。每当暴雨或狂风要来时，她就变成一朵洁白的云彩，飘到山顶上向人们报讯。人们永远感激她，每到七月二十五日过朝山节，会载歌载舞地朝拜她。

女神也有自己的"阿夏"（指情人），她的长期阿夏是瓦如卜拉男神，短期阿夏是则技男神、高沙男神。有一次，她的长期阿夏瓦如卜拉出远门，她就跟则技男神约会。到了夜半时分，瓦如卜拉男神风尘仆仆地归来，恰好看见了他们正如醉如痴地约会，一气之下拔出腰间的长刀，砍掉了则技男神的生殖器，自己则跟格姆女神一起过起生活。所以，直到现在，则技还是缺一个角。

还有一次，高沙男神趁瓦如卜拉男神不在，悄悄地走访格姆女神，但他们闹了别扭，高沙男神准备离开格姆女神，到远方去找苍山姑娘。格姆女神又舍不得让他离开自己，她就扯着高沙的衣襟挽留，就这样，一个往回拉，一个往后拉，拉来牵去，已经到了黎明时分，公鸡已经打鸣了，他们只好趴在地上。直到现在，高沙男神的衣襟还扯在格姆女神的手中，他们紧紧地连在一起了。


## 附记

女神崇拜在摩梭人中很盛行。每年七月二十五日传统的朝山节，就是朝拜女神的节日。在摩梭人神话中，有许多男神和女神，而众神中，格姆神的声名最高，这与现实生活是有关系的。女神的婚姻生活只不过是对摩梭人走婚制的反映，不是女神促成了现实的阿夏婚，而是现实的阿夏婚产生了女神的阿夏婚，又反过来影响现实的爱情生活。

拉木·嘎吐萨

# 景颇人开天辟地

民族：景颇族

口述：雷老大（景颇族）

采录：杨红昆、朱珊

流传地：云南省德宏傣族景颇族自治州陇川县景颇族聚居地区

远古时代，世界是一片蒸腾的雾气，没有天，没有地，混混沌沌的。这个时期，景颇人叫作"几应扎"。不知过了多少年，雾气升腾，进入了景颇人称之为"比应吧"的时期，这时，世界朦朦胧胧的，有了一些光亮，开始呈现出不太明显的轮廓，就好像现在天快亮时的样子。又过了很长很长时间，就到了"简应扎①"时期。也就是进入了"盘古"时期。"简应扎"是一个人，这时他正孕育在一个像鸡蛋一样的东西里面。孕育这个人的地方，在北方大海的一个海岛——才召。

也不知过了多少年，简应扎在这个海岛上睁开了眼睛。他看到的是一个天地不分的世界，随时都处在一种动荡之中，十分闷人。简应扎深深地喘了一口气，决定把天地分开，就从鸡蛋样的东西里升到了高高的上空。他使劲往下一踩，下面硬邦邦的就成了地；他又用双手往上一捧，就形成了天。就这样，天地造好了。但他怕天地会再次合拢起来，就用手顶着天，用脚踩着地，一直支撑了三十六万年，天地才渐渐牢固了。这时，简应扎的手软了，再也支持不住了，后来他就慢慢地死去了。

有了天地，但天地都是残缺的，龙木格萨②就派了两兄弟潘娃能

① 简应扎：景颇语。简，看得懂；应扎，感觉到。

② 龙木格萨：飞人。

桑①、简娃应扎②来到世上。哥哥潘娃能桑补天，弟弟简娃应扎补地。天从东方补下来，地从西方补起来。这时东边天上混沌的气体变成了九个太阳，其中六个比较接近地面。太阳似火，晒裂了大地，弟弟撒在地下的树种都没有种出来。弟弟去找哥哥商量："哥哥，你的九个太阳把我的地都晒裂了，我无法补地。你得想个办法帮帮我。"哥哥想了很多办法，最后用白云彩捂住了最下面的六个太阳。剩下的三个，一个离地面很远，两个在中间，地还是无法补。弟弟又去找哥哥商量。

弟弟对哥哥说："这两个太阳还是太辣了，你不帮我想办法，地上就什么也长不了。"

哥哥觉得弟弟说得对，决定用黑云彩来捂这两个太阳。结果一个太阳被捂住了，另一个太阳跑掉了，从此就只剩下一个太阳高高地悬挂在天上，离地面已相当远了。跑掉的那个太阳是公的，变成了月亮，所以不暖和。剩下的太阳是个母的，它的光亮是由七千兆个火塘拼成的，这些光亮照耀着大地，给万物以光和热。

可是这样，又形成了两层天、一个地。弟弟简娃应扎说："不要有两个天，一天一地就行了。"哥哥潘娃能桑听从了弟弟的话，把一层天拿掉了。逃跑到中层天的月亮还留在那里，当作晚上的火把。接着两人又商量，认为天应比地大，决定再补天，这次还是用云彩来补。云彩有灰、白、黑三种颜色，前两种用来补天，黑色的云彩让它在天空流动，冬天流到海洋，秋天又上升，落到海洋就吸水，升到空中就下雨。雨量以箩来计算，每年不能超过六箩，超过了就成灾。

这样天就补好了。但地的西边还缺着。兄弟二人请黑云彩带着水来补，所以西边海水多。天地补好了，兄弟二人就死了。哥哥死在谁

---

① 潘娃能桑：补天的人。

② 简娃应扎：补地的人。

也不知道的地方。弟弟死时，头朝着东方，脚伸向西方，头变成了巍峨的昆仑山；大肠变成了奔腾咆哮的大河，小肠变成了缓缓流动的小河；头发、汗毛变成了森林、草木；牙齿和下巴变成了坚硬的岩石；右手变成绵绵不断的大娘山[①]，左手变成美丽的景栋山；眼睛变成天上闪烁的星星，肺变成了碧波万顷的湖泊。

森林、河流、星星、草木的出现，给世界增添了生气。但这时世上还没有人类，没有出没在森林中的动物。龙木格萨又派了一个名叫智桐瓦的女神来到地上，让她创造人类，繁衍生命。智桐瓦来到地上后，就用泥巴捏人，捏了一个又一个。渐渐地，这些人都活了起来，在她周围蹦蹦跳跳的，跳着跳着就结成一对对，陆续走失了。智桐瓦很奇怪，就到处去找。在无边的大森林里，智桐瓦好不容易找到了一对。等智桐瓦把他们带回来时，发现其中一个头发变长了。她想这可能是天神安排的，短头发是男的，长头发是女的。从此，人类就开始分性别了。

智桐瓦年复一年地造人，造了许多人。当时这些人还不会劳动，肚子也不会饿。智桐瓦累了，就准备回天上去了。但龙木格萨不同意，他说："人类还在混混沌沌地过日子，你要继续帮助他们。"

智桐瓦又回到了地上，继续帮助人类。就在这时，大地上发生了一场战争，天上的黄龙和陆上的黑龙为了争东西打起仗来，打来打去，谁也不服谁。最后，天上的黄龙请了雷神来帮助，雷神把炽热的火焰喷到地上，整个大地燃起了熊熊的大火，大火整整烧了七天七夜。智桐瓦急忙请水神来帮忙，才扑灭了大火。这时，大地已被烧焦，人也被烧死了许多，只有一对兄妹被智桐瓦放在金鼓里，才没有被烧死。可是，水神洒下的水太多了，大地又变成了一片汪洋。金鼓浮了起来，

---

[①] 大娘山：在腾冲和盈江的交界处。

载着这对兄妹漂走了。智桐瓦就到处去找。她先到东边的景江给坎①找，又走了九十九天，翻了九十九座山，涉过九十九条河，没有找到。她又往西边找了很久。这时水开始退了，山峰已经露出来了，路也找不着了。智桐瓦只好请天神帮忙，天神派了一群动物来领路，动物把智桐瓦领到了南边的大海，果然，金鼓就在那儿漂着。智桐瓦虽然看见了金鼓，但没有办法拿到，就请鸭子来帮忙。鸭子游过去，但推不动金鼓。智桐瓦又请大鹰来帮忙，它俩一个推一个拉，终于把鼓拉到了岸边。两兄妹被封在鼓里，智桐瓦很焦急，就请啄木鸟来啄，但是啄不开；请老鼠来啃，可声音太响，怕吓坏两兄妹。最后智桐瓦请来了燕子，燕子的翅膀非常锋利，划开了金鼓（所以现在家燕的翅膀像刀一样）。两兄妹被救出来了，大地上终于又有了人类。这时智桐瓦又想回天空了，龙木格萨还是不准，他说："两兄妹还没有传代，你得再帮助他们。"

智桐瓦又留下来，并教两兄妹结成夫妇，繁衍后代。可是妹妹害羞不同意，哥哥也不同意。智桐瓦说了几箩筐的话，他们都不听。智桐瓦没办法，就拿出了两支点燃的香来，让他们一人拿一支香，哥哥到东边山上，妹妹到西边山上，一起把山上的草点燃，火焰如果燃烧接在一起，就要结成夫妇。两兄妹听后，照着做了，火一点燃后马上就接在一起了。可是兄妹还是不愿意结为夫妇。智桐瓦又想了一个办法，把一块石头分成两半，要兄妹二人将它们一起滚下山洼，如果滚下去的石头合成一块，就结成夫妇。兄妹二人同意了。真巧，滚下去的石头又合成一块了。可他们还是不干。智桐瓦又领着兄妹俩来到河边，折下一截树枝，再断成两节，让他们各拿一节，一起丢到河中，树枝一碰到河水，马上变成了两条鱼，一条公鱼，一条母鱼。兄妹二人看到了，只有听智桐瓦的话，结为夫妇，结婚的日子定在三天以后。

① 景江给坎：雷音寺。

394

到了结婚那天，就要开始举行结婚仪式了，但没有主婚人、媒人以及帮忙的人，他们就请黄梨树叶来搭新房，公巴①来做媒人，请挺拔的马尾松来做主婚人，用翠绿的姑公坡②叶子来做盆。

　　办喜事前，又请了木梨岛鸟来舂米，请鸽子来煮饭，请老鸹来挑水，小麻雀端饭，野鸽子唱歌。请公巴务杜鸟来做酒药，吴日鸟来熬酒，最后请美丽的孔雀来跳舞。

　　结婚后，两人的生活很幸福。妹妹在三年后怀孕，生下了个狗皮口袋。这个狗皮口袋在家里搁了整整三年才崩开来。原来袋子里有九个小孩，五男四女。四男四女自然形成了对，生儿育女去了。剩下的一个男的，没有伴，就到鬼家去做儿子，受尽了鬼的虐待，最后跑了出来，又累又饿，跌在一个坑里死了。所以景颇人至今还把未婚而死去的人乱丢出去。

　　智桐瓦又想回天上去了，但龙木格萨还是不同意，要她帮助人类寻找五谷，养育牲畜。

　　智桐瓦又帮人类去寻找五谷种子，找到以后，她先吃，然后选出不会中毒的种子撒在泥土里，让它们春天发芽、开花，秋天成熟。这些五谷有的种在天上，有的种在地下，年年丰收。有一天清晨，有几只野兽跑来偷吃谷子，人们设法逮住了它们，这就是现在的牛、羊、狗、猪。从此，人类就有了家畜。

　　那时，在天上偷吃长生不老药的一些动物也被龙木格萨赶到了地下，森林中就出现了更多的动物，它们的粪便中夹杂着从天上带下来的长生不老药的种子，长出来以后就成了现在的中草药。

　　智桐瓦最终没有回到天上，她死在了孕育着无穷生命的大地上。至今，景颇族的老人们仍然在深深地怀念着她。

---

① 公巴：一种草本植物。
② 姑公坡：一种木本植物，景颇人用来包饭。

# 景颇人创世纪

民族：景颇族
采录：岳志明、杨国治
流传地：云南省景颇族聚居地区

## 造天造地造万物

传说，造物主宁贯娃原来居住在高高的太阳山上。

很古很古以前，世间本来没有天，没有地，也没有万物，一片混混沌沌。宁贯娃要造天、造地、造万物。他花了很大气力先造好了天，接着又不辞劳苦地来造地。他手持一把大锤，东边打打，西边敲敲，有时打得重，有时打得轻，打得重的地方成了平坝，打得轻的地方成了高山。后来，他又在高山平坝中开辟了九条大江。大地造好了，但是大地上除了宁贯娃自己再没有别的人，也没有什么飞禽走兽，他感到非常寂寞。于是，他就照着自己的样子，用泥巴捏了很多很多的小泥人，有男的，也有女的。说来也怪，这些小泥人一放到地上就活了，而且很快就长得和他一般高，可把宁贯娃乐坏了。宁贯娃便高高兴兴地把他们一男一女地配成对、合成双，让他们一家一户地过日子。接着宁贯娃又捏了很多鸡、鸭、牛、马、猪、羊、猫、狗、兔、猴、鹿、麂、狮、象、虎、豹和鱼儿、飞鸟。从此，才有野兽在林间戏耍，鱼儿在水中戏游，小鸟在天空飞翔。大地才充满了生机。

但是宁贯娃万万没有想到，与他同时应运而生的还有一个凶恶的魔鬼高佐洛雷。他只喜欢混混沌沌，不喜欢天地分明，更不喜欢世间出现万物。宁贯娃造天造地造万物时，这个家伙不知躲在什么地方抱头酣睡。后来，人们的阵阵欢声笑语把他从睡梦中惊醒。他低头一看，不觉为天地万物的出现而暴跳起来。他一纵跳到大地上，大叫："谁竟敢如此大胆，把我的世界变成这个样子！"这时，他恰好碰上了宁贯娃。宁贯娃便说："哦，朋友，你问这个呀……"

"这天地是你造的吗？"

"是啊！你看，天地这么一分，蓝天白云，大地苍翠，一派生机勃勃，不是比原来那景象好得多吗？"

宁贯娃兴奋的话语、自豪的神态，使得高佐洛雷更加暴跳如雷："我要毁灭天地万物！"说着，就"嗖"地拔出长刀，扭转身子，微闪双眼，仗刀作起法来。

高佐洛雷的疯狂举动气得宁贯娃怒火万丈，钢牙咬碎。他岂能容忍恶魔肆虐，荼毒生灵，毁灭天地！"住手！"他大喝一声，举起长刀，狠狠向高佐洛雷劈去。高佐洛雷吓得忙举刀相迎。两人你来我往，吼声如雷，拼斗起来。整整斗了三天三夜，直斗得天昏地暗，日月无光。结果，宁贯娃被高佐洛雷砍伤了胸膛，只有用手堵住流血的伤口，登上云头，返回太阳山去了。高佐洛雷被宁贯娃劈去了半边身子，但是死到临头，这个害人精也没忘作恶。他虽精力不济，不能毁灭天地，却还能施法，使天河倒悬，大雨倾盆。于是，一瞬间，天水茫茫，大地被洪水淹没了，一切都被洪水冲走了。只有姐弟二人在高山上放牛，看见大水淹来，急忙杀了四条牛，用牛皮做了一个大鼓，两人躲进里面顺水漂流，才幸存下来。

### 姐弟成亲

皮鼓漂呀，漂呀，也不知漂了多少天，忽然停住不动了。姐弟俩揭开条缝一看，是水退了，高兴极了，赶忙扯开牛皮，爬出大鼓，辨着方向，踏着泥泞，朝自己的家乡走去。走呀走，不晓得走了多少个白天黑夜，一路上竟没有遇到一个人，路过之处尸骸遍野，荒凉可怖，两人感到十分孤单。一天黄昏，他们走得又累又饿，正想找个地方歇一歇，忽然看见前面山坡上有个石洞，一个拱该①正站在洞口向四下张望。两人欢喜不已，蹦蹦跳跳地跑上前去叫了一声"奶奶"，然后说："奶奶，我们在你家歇一晚上行吗？"这拱该原来是达目鬼，它有很长时间没吃到人肉了，现在正想得口涎流淌，一见姐弟俩，高兴得拉着他们就往洞里走，嘴里还不住地念叨："行啊！行啊！就住在我这里吧，我可喜欢小孩了。你们一定很饿了吧？我这就去背水来煮饭给你们吃，你们在家好好歇着。"说着，背起竹筒就朝山箐里走去了。

机灵的姐姐看出这个拱该像是喜欢他们又像是不怀好意，产生了警觉。因此达目鬼前脚刚出门，她就悄悄地跟在后面。一路上只听见拱该边走边情不自禁地哼道："去背水呀去背水，我要煮那两个小人吃！"姐姐听了吓了一大跳，急忙跑回来拉着弟弟就逃。等达目鬼把水背回来，两人已逃走了。

姐弟俩又辛辛苦苦地走了很多个日日夜夜，人走瘦了，脚走肿了，再也走不动了。这时，他们多么想能有一间房子来遮风避寒，好好睡上一觉，养养精神呀！特别是弟弟，更是不想再走了。说来也巧，前面山头上果真有间房子。两人一口气爬到山顶，叫开房门。出来开门的又是个拱该，她是治同鬼②。"奶奶！我们无家可归，你能收留我们姐弟俩吗？"姐弟俩同声哀求。见是两个累得筋疲力尽的孤儿，治同鬼十分同情，说："进来吧，可怜的孩子，奶奶一个人也很苦闷，你们就跟我在一起生活吧！"她把他们迎进屋，安顿好后，又说："你们在家歇着，我去背水来煮饭给你们吃。"她一出门，姐姐又悄悄地跟在后面观察动静。在接水的时候，听见治同鬼轻声唱道："水呀快

---

① 拱该：景颇语，老太婆。
② 治同鬼：景颇神话传说中管理山的鬼，即山神。

满，水呀快满，我要赶快回去煮饭给两个孤儿吃，他们饿坏了。"姐姐相信治同鬼不会伤害他们，于是和弟弟欢欢喜喜地跟着她一起生活。

日子过得真快，转眼间姐弟俩已长大成人了。治同鬼很为他们的婚事操心，总想给他们早日解决。但世界上，除了他们俩，再没有别的人可供选择，没法子，只得劝他俩结对成亲。姐弟俩怎么能够结婚呢？可是不成亲，不生育后代，等他们死后，人类不就绝种了吗？成亲也不好，不成亲也不好，尽管治同鬼多次劝说，姐弟俩仍犹豫不决，十分为难。

"我们还是来问问天吧，看看天是不是也同意你们成亲？你们俩一个在东山，一个在西山，同时往凹子里滚，如果天同意你们成亲，就让你们俩滚在一起；如果天不允许你们成亲，就不让你们滚在一起。"后来治同鬼出了这么个主意，姐弟俩没有别的办法，也就同意按天的意志办。他们拜了天，请天来做主，然后姐姐上东山，弟弟上西山，同时往下滚，一连滚了三次，三次都滚在了一起。天意如此，姐弟俩便高高兴兴地成了亲。

## 驾驭太阳的母亲

成亲后的日子过得很快乐，白天，姐弟俩一同下地劳动；晚上，弟弟弹起口弦，陪伴着姐姐在月光下织布缝衣。不久，他们生了个儿子，取名叫娃刚。娃刚生得眉清目秀，白白胖胖，很是逗人喜爱。不过这孩子有个爱哭的毛病，一哭起来，就要哭个够。哭不够，谁都哄不乖，你越哄，他越哭，简直叫人心烦意乱。

一天，姐弟俩下地去了，不知为什么娃刚又哭了起来。治同鬼背他抱他，他也不停，喂他他不吃，逗他玩他不玩，放在床上不理他，他哭得更凶。治同鬼气得火冒三丈，把他抱到九岔路口①，用

---

① 九岔路口：景颇族神话传说中的人、鬼世界的分界处。

刀劈成八块丢了。这一劈，哭声倒是没有了，但孩子也没有了。看着血淋淋的肉块，治同鬼后悔不已，内心深深自责，感到对不起姐弟俩，也不好意思再回家见他们，一个人远远地躲开了。想不到治同鬼刚离开岔路口后不久，八块肉体却变成了四男四女八个年轻人。他们的耳朵上都穿着洞，戴着银光闪闪的漂亮耳环，样子都长得和小娃刚一模一样。

那天傍晚，姐弟俩收工回来，见娃刚和治同鬼不在家，饭也没煮，火塘还是冷的，很惊讶："奶奶从来都不出去的呀，今天会去哪里呢，怎么到现在还不回来？"他们起初还以为是出外玩去了，等把饭做好，天也黑了，仍不见回来。姐弟俩这才焦急起来，赶忙分头四处找寻，可哪里还有治同鬼和小娃刚的踪影呀！当妈的急得像发了疯，她跌跌滚滚、哭哭叫叫地找了一夜。直到第二天红日东升时，才在九岔路口看见四对男女青年正互相依偎着谈情说爱。她赶忙上前去向他们打听小娃刚和治同鬼的下落，他们都回答说没看见。但是当她把他们上下仔细一打量，不禁惊叫起来："哎呀，你们一个个长得都和我的小娃刚一模一样嘛！"

"你是我们的妈妈？"看着这个年纪和他们差不多却自称是他们的妈妈的人，年轻人你看看我，我看看你，谁也不相信这是真的。"娘娘，我们都不叫娃刚，也不知道谁是我们的妈妈。"他们中的一个很难为情地对她说。

"什么，你们不是我的娃刚，难道是我眼花看不真？"她揉了揉眼睛，再一个个地细细打量，可是越打量越觉得他们像娃刚，那音容笑貌、一举一动都和娃刚一模一样。难道当妈的还能认不出自己的孩子？不，没错！"你们就是我的娃刚！"

"娘娘，我们不可能是你的娃刚。你想想，你的娃刚是一个刚会走路的小孩子，我们却是八个年轻人。一个小娃娃怎么能一夜间长成八个年轻人呢？"

"这、这叫我怎么说得清呢？可你们一个个都长得和我的小娃刚一模一样，能说不是我的娃刚吗？孩子们，我真的是你们的妈妈呀，走，快跟妈妈回家吧！"她紧紧拉着孩子们的手舍不得放下，眼泪又不住地滚落下来。

　　"娘娘，你说我们长得像你的小娃刚，可我们谁也没有见过小娃刚，不知道他长成什么样，单凭你说，还不能让我们相信我们就是你的娃刚。请问你还有什么别的证据来证明你真是我们的妈妈呢？"

　　孩子们的话使她张口结舌回答不出来。可也是呀，孩子们说的不是没有道理，如果没有足以使他们信服的证据，他们怎么会轻易相信呢？但是要叫她一下子拿出证据来，她无论如何也办不到。"要是治同奶奶在场就好了，可她……"她真的不晓得怎么办才好。

　　"娘娘，你看这样好不好？"一个小伙子从旁边的火堆里拣起一块熄灭的火炭递给她，对她说："你说是我们的妈妈，那就请你来洗这块炭吧，如果你能把它洗白，就说明你是我们的妈妈；如果洗不白，就说明你不是我们的妈妈。"

　　母亲认儿心切，既然孩子这么说，她也就毫不犹豫地接过火炭去小河里洗。洗呀洗，把河水都洗黑了，而炭却怎么也洗不白。孩子们见她不能把炭洗白，认为她不是他们的母亲，于是在她一心一意洗炭时，悄悄地离开了她，离开了九岔路口，走进定塔门①，来到定塔嘎②，在高高的蒙古利亚山③定居下来，开始了和睦友好、幸福美满的人类生活。传说，他们就是景颇族、德昂族、傈僳族、佤族等民族的祖先了。

---

① 定塔门：景颇族神话传说中人类世界的大门。传说在此之前，人类和鬼是共同生活在一个世界里。

② 定塔嘎：人类世界。

③ 蒙古利亚山：有的说是喜马拉雅山，有的说是天山，有的说是青藏高原一带，说法不一，无确凿考证。

当母亲发觉孩子们离开时，他们已经走得无影无踪了。她慌忙丢掉尚未洗白的火炭，也顾不得自己的丈夫，拔腿就追，谁知却追错了方向，来到了太阳门①外。但太阳门关着，无法进去。为了进太阳门寻找孩子，她就坐在太阳门前，边织统裙，边等着太阳门打开，哪儿也不去。据说美丽的彩虹，就是她织的统裙布。

再说，天上一日，地下十年。宁贯娃回到太阳山治疗养伤后，仍然挂念着他造的天地万物。当他俯首大地，满目荒凉，心里非常难过，后悔当初没能立即杀死高佐洛雷。当他再回到大地上，想修补山河、创造人类时，看到了娃刚奇变和母亲寻子的一切情况，他深深同情娃刚的母亲。于是他来到太阳门外，把事情的始末告诉了她，又带她回到大地上与孩子们相认。

回到大地上，经过宁贯娃的解释，娃刚的母亲与孩子相认了，乐得她笑容满面，热泪盈眶。可是，她马上又为应和谁在一起生活的事而苦恼，因为现在由娃刚变成的四对年轻人已成家分居，有了儿女。孩子们也为她应该和谁一起生活发生了争执，你说应该和你，我说一定得跟我，你争我夺，互不相让。还是宁贯娃把大家劝住，说："孩子们，听我说，你们不要争。你们的母亲确实是个慈母，完全值得你们大家热爱和尊敬。不过她不能跟你们在一起生活，因为太阳现在还没有人驾驭，我想请你们的母亲去驾驭太阳。这样，她既能让太阳更好地为大家造福，又能天天和大家见面，一举两得，你们说好不好呀？"

得以会见自己的孩子，对母亲来说已心满意足了。当看到自己的子孙得以繁衍，大家都能安居乐业，幸福、和睦地生活，她更感到无比欣慰。现在听宁贯娃这样安排，心想：是呀，我怎么能坐享孩子们的清福呢？应该为孩子们造福，使他们生活得更美满才好！于是她谢绝了孩子们的热情挽留，欣然接受了宁贯娃的封赐，跟着宁贯娃回到

---

① 太阳门：景颇神话传说中的天堂世界的大门。

了太阳上。

从此，她每天鸡叫起床，傍晚回归，终日驾驭着太阳在天空飞驰，让明亮的阳光普照着大地，温暖着自己的子孙。

# 柯尔克孜人的由来

民族：柯尔克孜族
讲述：居鲁斯（柯尔克孜族）
采录：《玛纳斯》工作组
翻译整理：朱玛拉依、张运隆
流传地：新疆阿合奇县

　　传说夏依克满苏尔圣人有个妹妹，名叫阿纳尔。夏依克满苏尔没有娶过妻子，他的妹妹阿纳尔也一直没有出嫁。当时，有些人私下议论说："夏依克满苏尔不结婚，他的妹妹也不出嫁，可能他们的关系不正常。"有的人甚至还说："我亲眼看见阿纳尔常半夜里一个人外出，可能同别人通奸。"

　　人们的议论渐渐传到夏依克满苏尔的耳朵里。他十分生气，同时也有些怀疑：阿纳尔真的常半夜一个人外出吗？她会到什么地方去，去干什么呢？他决定暗中察看自己妹妹的行止。

　　一天晚上，人们都入睡了，夏依克满苏尔发现妹妹果然一个人走出了自己的房门。他悄悄地跟在后面。不一会儿，阿纳尔走进了一个大山洞，夏依克满苏尔也跟着走了进去。进洞以后，他发现洞里有四十个陌生人。这四十个陌生人见了阿纳尔，立即向她围了上来，同时热情地对她说着什么。夏依克满苏尔看了好一阵，虽然听不清楚四十个陌生人说的是什么，但从他们和阿纳尔的神情举止上看，不像是有什么见不得人的事情。夏依克满苏尔放心了，准备出去。这时，阿纳尔发现了哥哥，叫住了他，走到他跟前，说："亲爱的哥哥，我来这里是同隐居深山的四十位圣人说说话，听听他们对我的教导。你做什么来了？"

夏依克满苏尔听了妹妹的话，相信自己的妹妹是纯洁的，一句话也没说就回去了。可是，不久又传出"夏依克和他妹妹结婚了"的谣言。夏依克满苏尔听了谣言，觉得十分可笑，没有理睬。谁知，谣言越传越奇，越传越远，竟然传到国王的耳朵里了。国王听到后大发雷霆，认为夏依克满苏尔兄妹做了伤风败俗的事，不容他们分辩，就下令把夏依克满苏尔处死。

夏依克满苏尔死后，从他的尸体里发出一个清晰的声音："阿纳尔是清白的，我也是清白的！"这个声音不仅清晰，而且传得很远，连深居王宫的国王也听得清清楚楚。

国王听了这声音后更加震怒，下令把夏依克满苏尔的尸体烧毁。谁知，夏依克满苏尔的尸体虽被烧毁了，但从他的骨灰里依然发出"阿纳尔是清白的，我也是清白的"的声音。这个声音仍像先前一样，不仅清晰，而且传得很远，国王退到后宫，也照样能够听见。

国王又下令把夏依克满苏尔的骨灰撒到大河里。河面上立即浮起一个个亮晶晶的水泡。从水泡里又发出"阿纳尔是清白的，我也是清白的"的声音。水泡顺水漂流，这种声音也就顺着水流传播开了。

缓缓的河水托着水泡，经过弯弯曲曲的渠道，流进了国王的花园。这时，正好国王的四十个女儿在花园里游玩。姑娘们听见渠水上闪亮的水泡里发出"阿纳尔是清白的，我也是清白的"的声音，非常好奇，一个个争着把水泡掬上来喝了。

不久，国王四十个女儿的肚子一天天大了起来。国王发现了女儿们身体的变化，十分惊奇，以为得了什么怪病，忙请医生给她们诊治。谁知道请来的无数名医都说姑娘们是有了身孕，要国王准备抱外孙。国王听说自己的女儿不婚而孕，万分恼怒，立即下令把她们全部绞死。幸亏王后和朝臣们苦苦哀求，国王才免去女儿们的死罪，但仍下令把她们撵进荒无人迹的深山里，不给她们衣食，由她们自生自灭。

四十个姑娘在茫茫的深山密林里生活，无衣无食，饿了靠采摘野果、追捕黄羊充饥，冷了靠搜捡枯枝、积攒树叶取暖。她扪睡山洞、盖茅草，历尽千辛万苦，勉强活了下来。不久，四十个姑娘生下了四十个孩子。四十个孩子恰巧有二十个男孩、二十个女孩。四十个孩子长大后结成二十对夫妇，又生下许多孩子。他们的子孙，以后就繁衍成柯尔克孜族。柯尔克孜就是四十个姑娘的意思，也就是说，我们的民族是由四十个姑娘传下来的。

# 卵生子与日月姑娘

民族：柯尔克孜族
采录：《玛纳斯》工作组
翻译：朱玛拉依
整理：张运隆
流传地：新疆

　　从前，有个汗王，因为长年和入侵的卡尔玛克人交战，整六十岁了还没有一个孩子。这年，与卡尔玛克人的战事稍有缓和，汗王想到自己没有孩子的事，决定把政事交给手下两个比官阿克加勒、科克加勒管理，自己亲自去马群里挑出一匹最好的白母马①，带上它到阿孜莱特②去向真主祈求子嗣。

　　路上，汗王碰见一个白发苍苍的老汉。老汉知道了汗王的愿望以后，对他说："你从这儿回去吧！"说着，从裆裤里取出一个鸡蛋给他，说："你把这个鸡蛋带回去给你老婆吃，明年库尔班节，你们就会有久盼的孩子了！"说完，老汉就不见了。

　　汗王手里拿着老汉给他的鸡蛋，半信半疑地回到家，把鸡蛋给老婆吃了。不久，汗王的老婆果然怀了孕。第二年库尔满节，汗王的老婆竟生了一对双生子。这两个孩子，一个头上长着金色的头发，一个头上长着银色的头发，一落地就闪着熠熠的光辉。汗王老年得子，而且一胎就生了这样两个神奇的男孩儿，心里格外高兴。他给两个孩子一个取名巴依西，一个取名江尼西，并为孩子的诞生举办了四十天隆

---

　　① 白母马：柯尔克孜族旧俗中，白母马为祭祀、祈求中最珍贵的牺牲。大型祭祀、祈求活动，常宰白母马以示隆重、虔诚。
　　② 阿孜莱特：人们幻想中的圣地。

重的典礼。

日子一天一天地过去了，转眼巴依西和江尼西一周岁了。一岁的巴依西、江尼西长得比三岁的孩子还要高大，而且聪明绝顶、膂力过人。汗王送孩子们学习经典，很快巴依西、江尼西的知识超过了毛拉。汗王让孩子们放鹰打猎，很快巴依西、江尼西就成了最好的猎手。

巴依西、江尼西的人品和英雄行为，深受人们的称赞，汗王更是喜爱万分。为了让孩子们能更好地成长，汗王决定亲自为他们寻求称心的姑娘。

汗王在各地辛苦跋涉了许多年。他骑的骏马已瘦得像羊一样，自己也瘦得像戈壁上的鹌鹑，却没有找到一个配得上巴依西和江尼西的姑娘。一天，他来到一个一望无际的彩色大湖前。这里，除去眼前一片明镜似的彩色湖水之外，一顶毡房也没有。汗王见附近没有人家，便决定在湖边休息。由于过分疲劳，汗王一躺下来就很快睡着了。第二天，汗王醒来，东方已经发白。他忙起来，准备到湖边洗手、净身做晨祷。刚一起身，忽然发现离自己不远的湖边坐着两个姑娘。一眨眼，忽然，那两个姑娘一个成了耀眼的太阳，一个成了闪光的月亮。汗王被眼前的奇景惊得像木桩一样呆立着，好半天才清醒过来，再仔细一看，原来还是两个姑娘坐在湖边。这时，他也忘了做晨祷了，忙走过去问她们："亲爱的孩子们，你们从哪儿来？为什么一清早来到这荒无人烟的湖边？"

姑娘没有回答汗王的问话，只对汗王说："尊敬的老人家，请你先不要问我们这些。我们已经四十天没有吃一点东西了，您先给我们一点吃的吧！"听了姑娘的话，汗王忙转身从马褡子里取出最后一块马肉给了她们。两个姑娘吃了汗王给她们的马肉，又从湖里掬出两捧水来喝了下去，然后对汗王说："谢谢您，老人家！看来您是一位值得我们尊敬的老人。您不是问我们的情况吗，我们愿意告诉您。在这个彩湖的那一边，有一个著名的先知。先知的老伴早就死了，唯一陪伴先知的人，就是他两个年幼的女儿。这两个姑娘是一对双生女。她们一个像月亮一样妩媚，名叫阿依乔尔潘；一个像太阳一样艳丽，名叫昆乔尔潘。在两个姑娘刚刚成年的时候，卡尔玛克人的大可汗谢木尔特侵占了彩湖，杀死了两个姑娘的父亲，抢走了两个姑娘，硬逼着两个姑娘与他成亲。姑娘不愿嫁给凶残的谢木尔特可汗。她们曾听父亲说过，彩湖这边有两个年青的英雄，一个叫巴依西，一个叫江尼西，就连夜逃了出来，想去找巴依西和江尼西。一路上，她们历尽千辛万苦，四十天没有吃一点东西，才流落到了这里。尊敬的老人家，您知道巴依西和江尼西在什么地方吗？"

汗王听了姑娘们的话，喜出望外，忙说："哎呀，孩子！如果我没有猜错，你们就是那位令人敬佩的先知的女儿阿依乔尔潘和昆乔尔潘！"两个姑娘没有说话，默默地望着眼前这位瘦得像枯树干一样但精神饱满、心地善良的老人。

汗王见她们不说话，又接着说："孩子，我就是你们要找的巴依西、江尼西的父亲。我正是为了寻找你们才来到这儿的……"随即告诉了她们自己离家的目的。两个姑娘听了汗王的话，就像见到自己亲父亲一样哭了起来，并跟汗王回到了家。到家后，汗王立即让巴依西、江尼西与阿依乔尔潘和昆乔尔潘成亲，并为他们的婚事举行了四十天的庆典。

# 天神造陆地

民族：土族
流传地：青海、甘肃一带

远古时候，没有陆地，到处是汪洋。有一个天神总想在水面上造一块陆地，可是没有能够落脚的地点，也找不到能够支撑陆地的东西。

有一天，天神忽然看到有一只金蛤蟆漂游在水面上，便从空中拿来一把土，放在金蛤蟆的背上。可是金蛤蟆立刻沉入水底，放在背上的那把土也被水冲得无影无踪。天神生气了，便取来弓箭，等金蛤蟆再浮上水面时，朝它射了一箭，把金蛤蟆射穿了。这时，天神又拿来一把土，放在金蛤蟆的背上。金蛤蟆翻过身来，抱住了这把土，再也没有沉下去。这就是后来的陆地。

# 土族人用黄牛耕地的故事

民族：土族

流传地：青海、甘肃等地

很古很古的时候，土族居住的地方还没人种庄稼。山上到处是葱茏的森林，河沿到处是荒芜的草滩。吃的是猎来的兽肉，穿的是兽身上剥下的皮子。后来，人们才慢慢知道，有些花草的果实可以吃，有些果实可以人工耕种出来。人们看中哪一片土地，就点火烧掉上面长的树木杂草，用木棍剜开土层，把种子放在土里；或者把种子撒到荒滩野坡，同野草灌木混合在一起。人们费了好大劲，也收获不了多少粮食。后来，人们发明了犁杖，用两根粗木棒做成一个"丫"形的架子，拴上绳索，人拉着开荒耕种。不知有多少男人拉断了脊骨，有多少女人拉折了腰。

后来，土民中出了个能干的尕（gǎ）娃，长得虎腰熊背、身高腿长，又聪明，又勇敢，龙蟒虎豹，什么都不怕。他暗自思谋：人世间什么动物力量最大、最勇猛呀？想来想去，应该是天空的青龙。它吼一声，整个天地都在颤抖，它能一手拔起千年古松，两手掰碎万年巨石；金睛喷火，吐海吞江。要是能把它抓住，套上犁杖耕地，人们不是可以不受那份罪了吗？

尕娃拿定了主意，决心去天空抓条青龙。他特意练了一百天功，觉得身板更硬了，臂力更大了，手劲更足了。在一个乌云翻滚、青龙将要吐水的下午，他跃进了苍茫的云层，觅着青龙吼声，从东半天追到西半天，从南半天钻到北半天，终于抓住了青龙。青龙力大无比，摇头摆尾，不听他驱使。他和青龙撕扯着，搏斗着。当给青龙套上金笼头时，已腰酸手痛；套上金鼻圈时，已精疲力竭。他驾起金犁在云天乱飞，抡起金鞭奋力抽打青龙。赶着赶着，青龙发脾气了，扬起龇牙咧嘴的巨头，甩动钢鞭般的长尾，挣脱了尕娃手中的金绳。"轰隆隆""咔哒哒"怒吼了三声，山崩峰裂，地陷天塌，震破了尕娃的耳膜，震落了他手中的金鞭。尕娃拖着鼻涕回到了地上。

尕娃并不灰心，那双黑眼珠骨碌碌转着，心想着再捉个什么兽物。想呀，想呀，最后想到要去捉一条野牛。

尕娃飞一般地来到了崇山峻岭间。他越涧涉河，攀崖登峰，终于碰到了一群野牛。他勇敢地冲进野牛群，奋力抓了一条大野牛。野牛的劲也不小，好不容易才给它拴上了银绳子，套上了银鼻圈，驾上了银犁。尕娃高兴地挥舞着银鞭驱赶野牛，在崇山峻岭间耕耘。

野牛的脾气暴、性子野，不听尕娃使唤，不是站着不动弹，就是猛力朝前冲，眼珠子瞪得像灯盏，鼻子出气像烟囱。尕娃生气了，抡起银鞭向野牛屁股上抽打。野牛一下子惊了，猛力向前一冲，"咔嚓"一声，犁尖碰到石头，绷断了。野牛"哞——哞——"地叫着，拖着犁杖银绳满山遍野乱蹦乱跳，甩掉了银绳、银鼻圈子，把犁杖甩到了沟底。

尕娃气得一屁股坐在青石上，"哇"的一声哭开了，眼泪顺着脸颊往下淌。

尕娃坐在青石上，托着腮帮子想"新花样"。想来想去，想出了办法："对，到滩里去捉条黄牛！"

于是，尕娃跑到半山上，砍了松木，做了一副犁杖；砍了柏木，做了一副牛鼻圈；拔了根柳条，当鞭杆；拾一团牛毛，搓成了拴牛的套绳。

尕娃从东滩奔到西滩，从南沟跑到北山，在一片水草丰盛、土地肥沃的草滩里，发现一群黄牛在低头吃草。有几只牛犊忽而狂蹦，忽而互相追逐，忽而跪在母牛肚子下吮奶。尕娃觉得十分有趣，跑上去与牛犊一起蹦，捉住牛犊的小角逗着玩……牛犊对尕娃很亲热，尕娃对尕牛也很喜欢。

尕娃玩了一会儿，顺手抓了头大黄牛。黄牛乖乖跟他走，用鼻子闻他的脸，用舌头舔他的手。他把柏木做的鼻圈穿进了牛的鼻子，用牛毛搓成缰绳，把犁杖给牛套上，挥舞着柳条，在河滩上耕起地来。

黄牛蹄儿不快不慢，拉着犁杖匀匀地往前走；松木的犁杖划破了地皮，黑油油的土被翻在了一边。

翻完了南滩又翻北滩，金黄的种子顺手儿撒进了犁沟里。过了半个月，尕娃到滩上去玩。呵唷唷，地面上冒出嫩嫩的芽尖，两片小叶儿像把剪刀，尕娃高兴得欢蹦乱跳。从此，他天天到滩上去看。种下的庄稼一天一个样：开花了，孕穗了，苞谷像长了胡子，小麦像怀了娃娃。

秋天，成熟的庄稼黄澄澄一片，乐坏了这个聪明勇敢的憨娃娃。他叫来庄上的土民们，看他用牛犁种的庄稼。土民们个个翘起大拇指赞扬他。

从此，土民就用温顺的黄牛耕地，世代相传，一直流传到今天。

# 黄花甸子

民族：达斡尔族
讲述：敖氏（达斡尔族）
采录：陈玉谦
流传地：东北嫩江县达斡尔族聚居地区

在嫩江下游东岸有片黄花甸子，那里有个古老的传说，一代代传下来，直到今天。

每当黄花菜打苞的季节，成群结队的达斡尔族妇女都到黄花甸子上来采黄花菜，她们边采黄花菜，边讲述起这个古老的传说。

瞎子敖尔哈和妻子沃花花住在甸子上，沃花花整天划着桦树皮船在江上捕鱼，养活瞎眼男人。一天，沃花花打鱼归来刚刚上岸，迎面跑来一只梅花鹿，用白嘴巴拱着沃花花的腿，沃花花低头一看，原来是一只怀了崽子的母鹿，后腿上扎着一支箭。鹿用恳求的目光瞧着她，不住地哀鸣着。沃花花想，这准是鄂尔斯那个坏人造的孽。她拔下箭头，给鹿洗净了伤口，采来草药捣烂敷在母鹿箭伤处。她怕鄂尔斯追到这里来，就把母鹿藏在一个山洞里，天天送嫩草喂它，给它洗伤口换药。不久，母鹿的箭伤好了，生了一头活蹦乱跳的小鹿。沃花花拍拍母鹿的头说："领着你的孩子走吧，走得远远的，躲开鄂尔斯这个坏人！"

母鹿领着它的鹿崽，一步一回头，恋恋不舍地走了。

一天夜里，正在熟睡的沃花花觉着有股热气喷在脸上，她睁开眼，见一片金灿灿的光在闪耀，原来是那头母鹿叼着金棒槌站在她的眼前。母鹿叫了两声，点了点头，放下金棒槌，带领鹿崽走了。瞎子敖尔哈被惊醒了，问他老婆出了什么事。沃花花高兴地说："那头受伤的母鹿来了，给我们送来一只金棒槌。"瞎子敖尔哈忙说："快让我摸一摸！"他接过了金棒槌，忽然觉得眼前一道金光闪过，他赶紧揉了揉眼睛，啊！眼前的景物全看清了，他的眼睛复明了，好了。

瞎子敖尔哈的眼睛好了，这事很快在达斡尔族父老中传开了。人们成群结队地来摸金棒槌，瞎子重见光明，哑巴会说话了，聋子能听到声音了。这件事也传进鄂尔斯的耳朵里，他带着打手们来抢金棒槌。

鄂尔斯骑在马上，美滋滋地摆弄着抢来的金棒槌。突然，"咻"的一声，金棒槌从他手中飞起来，在空中打了几个旋，就钻进泥土里。鄂尔斯命令打手们在地上挖，一直挖了七七四十九天，整个甸子被翻了个遍，也没找到金棒槌，他只好垂头丧气地走了。

第二年春天，甸子上长出一种植物，花骨苞就像一只只金棒槌，达斡尔族人们给它起名叫黄花菜。这种黄花菜既能做菜吃，也是珍贵的药材，黄花甸子也就因此得了名。

# 哲尔迪莫日根

民族：达斡尔族
采录：呼思乐、孟志东、赵永铣
流传地：内蒙古莫力达瓦达斡尔族自治旗

很早很早以前，有一个猎手，名叫哲尔迪莫日根。

有一次，他要到远处去打猎，临走前问三个妻子：

"当我回来的时候，你们打算拿什么礼物迎接我呀？"

大妻子说："我想给你缝一件有七十二颗扣子的貂皮袄。"

二妻子说："我准备给你做一双八楞靴子。"

正怀着孕的三妻子说："我想给你生一个金背银胸的男孩子！"

哲尔迪莫日根听了，再三嘱咐大妻子和二妻子，要她俩好好照顾三妻子。大妻子和二妻子见此情景，立刻产生了嫉妒心，怕她真生下个男孩子，会得到哲尔迪莫日根的加倍宠爱。因此，等哲尔迪莫日根走后，她俩说定，如果三妻子生下男孩，就把他弄死。

三妻子眼看要临产了，就问两位姐姐："生孩子的时候我应该怎么办？"

大妻子眨巴着眼说："哎呀！生孩子可不是那么简单的事，要用胶水粘住眼睛，用铅水灌堵耳孔……"

二妻子不等大妻子说完，便插上了嘴："生的时候，最好要到牛棚里去，这样就生得顺利！"

三妻子临产了，两个狠心的姐姐把她按倒在炕上，用胶水粘住了她的眼睛，用铅水灌堵了她的耳孔。接着，又把她拉到牛棚里去了。不一会儿，三妻子果真生了一个男孩子，腰背是金晃晃的，胸脯是银闪闪的。可是，孩子刚落地，两个泼妇就把他活活地掐死了。她俩怕孩子活过来，又把孩子的尸体放在锅里煮烂以后，倒在槽里，让一头乳牛连肉带汤吃喝得干干净净。

然后，她俩弄来一只狗崽子扔给三妻子说："给你，看你生了个什么？多丢人呐！"

三妻子一摸，是个狗崽子，她惊叫一声，昏倒在地。

过了些日子，哲尔迪莫日根回来了。大妻子和二妻子高高兴兴地拿出各自准备的礼物迎接他，可就是不见三妻子。

哲尔迪莫日根问道："她是不是生了金背银胸的男孩子，正在坐月子吧？"

大妻子和二妻子说："哼！她还能抱着金背银胸的男孩子接你？等她把生下的狗崽子抱来吧！"

哲尔迪莫日根听了这话，进屋一看，只见三妻子抱着一个狗崽子。哲尔迪莫日根大失所望，就把三妻子打发到厨房去住了。

没过多久，那头喝肉汤的乳牛生下了个金背银胸的小牛犊。哲尔迪莫日根有些奇怪，为什么这牛犊倒应了三妻子的话？他越看越觉得这牛犊很可爱，便把它当亲生的孩子一样看待。牛犊对他也十分亲热，不是用头往他身上顶着玩，便是用舌头舔他的手。大妻子和二妻子见了，心里很不痛快，知道这是乳牛吃喝了金背银胸孩子的肉汤后下的牛犊，天长日久，是个祸根。因此，她俩又想方设法杀掉这只牛犊。

一天，大妻子贿赂了一位叫达日贡达的巫师，装病躺在炕上哼哼。她将染红了的棉花含在嘴里，当着哲尔迪莫日根面吐出一口红水来，说是吐血了。哲尔迪莫日根没有办法，只得请来了达日贡达巫师。

达日贡达巫师看了看他的大妻子，对哲尔迪莫日根说：

"唉，她这病只有用金背银胸的牛犊祭神才能好！"

哲尔迪莫日根虽说舍不得牛犊，可是救命要紧呀，只得同意宰它来祭神。一切准备停当，屠夫拿着斧子奔向牛犊。正在这时，突然刮来了一阵黑旋风，刮得天昏地暗，屠夫也不得不跑进屋来。风停了，人们出去一看，牛犊却无影无踪了。

原来这阵风是白那查刮的。好心的白那查把牛犊卷到山里，让它变成了金背银胸的男孩子。这孩子很快就五六岁了，非常聪明。一天傍晚，白那查告诉他，住在山下的哲尔迪莫日根是他的父亲，又告诉了他被害的经过，然后对他说：

"孩子，现在我把你送到一个穷人家，不久你会遇见你父亲的。"

于是，白那查背着他，乘着一阵风就把他送下了山。金背银胸的孩子睁眼一看，自己正站在一户人家门前呢！他一看天快黑了，便敲门借宿。不一会儿，走出老两口，把他让进屋。老两口得知他是无家可归的孩子，就把他认作儿子收养下来。

有一天，哲尔迪莫日根出外打猎，因为天黑前赶不回家，就进老两口家住宿。他看老两口有个男孩子，一面逗着他玩，一面向他问这问那。这孩子对答如流，惹人喜欢。后来，哲尔迪莫日根让孩子讲个故事给他听听。

这孩子大眼珠一转，说："好吧，我就讲个故事给你听。这故事可长呢，只怕你听不下去。"

哲尔迪莫日根忙道："听得下去，听得下去！你讲吧！"

这男孩子就讲开了：

"前几年呀，有一个有名的猎手，他有三个妻子。他那大妻子和二妻子，心可坏啦。有一回，猎手上山去打猎……"

这孩子讲得娓娓动听。说到伤心处，便淌下眼泪；说到猎手的大妻子和二妻子的毒辣手段，就咬牙切齿。哲尔迪莫日根听着听着，心想：他讲的不正是我家里的事情吗？但他有好多事还不明白：我那三妻子真的生过一个金背银胸的男孩子？我那大妻子、二妻子，是不是蒙骗了我？

当他正听得入神的时候，小孩子不往下讲了。他又问：故事里的猎人叫什么名字？那金背银胸的孩子后来怎么样？现在在什么地方？可是这孩子只是摇摇头，不肯说。哲尔迪莫日根听了他这半截故事，一夜也没睡着。

第二天早上，哲尔迪莫日根想了个办法，说他很喜爱这孩子，求老两口让孩子到他家玩几天。老两口没有拒绝他的请求，满口答应了。

哲尔迪莫日根把孩子带回家里，晚上又让他讲昨晚讲的故事，让大妻子、二妻子也坐着听。这孩子好像懂得哲尔迪莫日根的意思一样，把故事讲得很传神。大妻子和二妻子听了半截，便心跳脸烧，手脚不知往哪儿放。

大妻子站起来，对哲尔迪莫日根说：

"快去睡吧，一个小孩子讲的故事有啥好听的？"

哲尔迪莫日根恼火了，眼一瞪，她只好又坐了下来。她俩硬装出这个故事与己无关的样子，耐着性子听下去。

小孩子一边讲，一边哭。他讲出了金背银胸孩子的遭遇，哭出了他妈妈的悲怨。哲尔迪莫日根听得心如刀剜，眼泪不住地往下淌。

哲尔迪莫日根实在听不下去了，连声问道：

"孩子，你的故事捣碎了我的心啊！你快给我说说，现在那个金背银胸的孩子在哪里？你是咋知道这些事情的？"

于是，这孩子说：

"现在你若脱掉我的上衣，你就全明白啦！"

哲尔迪莫日根急忙脱下孩子的上衣，满屋金光银辉，耀人眼目。大妻子和二妻子一见金背银胸的男孩子就在眼前，吓得面如土色，偷偷溜了出去。

哲尔迪莫日根全都明白了，把孩子抱在怀里说：

"我的孩子呀，都怨我，我是让黑布蒙住了眼睛，叫魔鬼迷住了心窍！"

说完，他将孩子领到厨房去见他的三妻子。孩子一看，妈妈耳聋眼睛，痴痴呆呆的。他不禁抱着妈妈的脖子，放声痛哭起来。哭呀哭呀，金背银胸孩子的眼泪洒在妈妈的眼睛上，妈妈慢慢睁开了眼睛，妈妈看得见了；淌在他妈妈的耳孔里，妈妈听得见了。她眼看着一个金背银胸的孩子站在面前！她不住地抚摸孩子的头发，半天才说出一句话：

"你是谁家的孩子？"

"妈，我就是你那金背银胸的儿子呀！"

"哦！你是我的孩子，你真的回来了！天呐！我的苦命的孩子……"

她抱着儿子，亲他的脸蛋，眼泪像泉水一样涌了出来。

于是，哲尔迪莫日根赶走了那两个妻子，又带着他金背银胸的儿子到那老两口家说明了前情。回来后，他同三妻子和金背银胸的儿子过上了团聚的生活。

# 稷子的来历

民族：达斡尔族
采录：陈玉谦
流传地：东北嫩江县达斡尔族聚居地区

从前，居住在诺尼江①两岸的达斡尔族以狩猎、打鱼、放牧为生。不管他们翻过几座山，穿过几道村，漂过几条河，都得回来向巴音②交地皮税。孤儿寡母的沃托卡就是因为交不上税，被巴音打了个半死，扔到了荒郊野外。沃托卡十三岁的儿子巴图为了给妈妈找点吃的，背起兽皮桶翻过八条沟，爬过四道岭，眼前出现一股清泉，清泉周围长满了金红色的小圆粒谷物。巴图饿极了，就捋了一把小圆粒放进嘴里嚼着，又香又甜。他捋哇捋哇，足足捋了一兽皮桶，拿回来给阿妈吃。从此，娘俩就年复一年地把这小圆粒谷物种进地里。有一天，巴图骑着梅花鹿回来，闻到一股扑鼻的香味。原来阿妈用吊锅把小圆粒煮熟了，又煮了一瓦罐鲫鱼汤，这顿饭真比吃手把肉还香。

接连三年大旱，诺尼江断流了，巴音天天抢夺人们的活命鱼，江边饿死的人白骨成堆。正在这时，巴图赶着鹿群，驮着金红色小圆粒来了，达斡尔族父老姐妹得救了。巴图又教会人们把金红色小圆粒撒进土地里。秋后丰收了，人们高兴地跳起罕伯舞③。巴音狼一样的鼻子闻到了香味，就带人来抢谷物，巴图不肯交出谷物，被巴音活活打

---

① 诺尼江：今嫩江
② 巴音：富人或少爷
③ 罕伯舞：达斡尔族民间舞蹈。

死了。人们哭着把巴图葬在泉边，把煮熟了的谷物放在他坟前，来祭奠达斡尔族的好儿子。为了永远纪念巴图，人们就给谷物起名叫"祭子"。后来，祭子传到了兄弟民族中，因达斡尔族没有文字，人们就在"祭"字左边加了个"禾"，成了"稷子"，就是现在黑龙江省的特产稷子米①。至今，达斡尔族还用稷子米饭和鲫鱼汤招待贵客，并把稷子米列为上品。

---

① 稷子米：跟黍子相似，但不黏，不脱皮时称红糜子，脱皮后称稷子米。

# 伏羲兄妹的传说

民族：仫佬族

讲述：包启宽、潘代球等（仫佬族）

采录：包玉堂等（仫佬族）

流传地：广西罗城仫佬族自治县

很早很早以前，山里居住着伏羲四兄妹和他们的老母亲。

伏羲和妹妹长得五官端正，心地善良；伏羲的两个哥哥一个独眼，一个跛脚，生性残暴凶恶，好吃懒做。

一天，伏羲的两个哥哥在一起谈论天下的美味，大哥说："老弟啊，世上什么肉我们都吃过了，就是天上的雷公肉还没有吃过。要是能吃一顿雷公肉，那就好了。"

"是呀，听说吃了雷公肉，能长生不老呢！可是，雷公在天上，我们怎能抓得到它呀！"老二吞着口水说。

老大讲："要吃雷公肉也不难，只要……包你能抓得雷公，美美地吃一顿。"老二听了直点头。

两人计议已定，于是从河里捞回几担滑溜溜的水藻，铺在房顶上，然后把老母亲捆起来，推到碓坎里，说要把老母亲舂死。

老母亲在碓坎里可怜巴巴地呼天喊地："救命呀！不孝的逆子要舂死我了，天上的雷公快来劈死他们呀……"

那时候，天上的雷公是专门劈打不要良心的恶人、坏人的。他听到伏羲老母亲的呼救声，赶忙从天而降，落到房顶上，不料一脚踩在滑溜溜的水藻上，摔倒滚了下来，被伏羲的两个哥哥趁机抓住，关在谷仓里。

两个哥哥抓得雷公以后，非常高兴，决定晚上劏（tāng）雷公吃。

他们交代伏羲和妹妹看好雷公，不要给雷公东西吃，说完就赶忙上街买配料去了。

雷公被关在谷仓里，肚饥口渴，筋疲力尽，见伏羲兄妹守在仓前，就说："好心的兄妹啊，给我一口水喝吧，我实在太干渴了。"伏羲兄妹说："不行啊！我们的哥哥交代过，不能给你吃东西。他们上街买配料去了，晚上要劏你吃肉呢！"雷公听了很着急，苦苦哀求说："好心的兄妹，不给我水喝，就拿个洗碗用的水瓜渣给我舔舔吧。"伏羲兄妹见雷公实在可怜，想洗碗的水瓜渣吃不得，就从碗柜上拿了一个丢进谷仓。雷公把水瓜渣放到嘴里，连水带渣一口吞了下去。俗话讲"动口三分力"，雷公吃下了水瓜渣，顿时身上增加了许多气力，用力一挣，挣破谷仓钻了出来。他从嘴里拔下了一颗门牙，交给伏羲兄妹，说："这是一颗葫芦瓜子，你们把它种在园里，见到人家挑粪下田就用粪壅它，等到结的瓜长大以后，你们就把里面挖空，把每天吃剩的锅巴饭装到葫芦里去，到时候自有用处。"说完就腾云驾雾走了。

伏羲的两个哥哥从街上买配料回到家里，不见了雷公，非常生气，把伏羲和妹妹毒打了一顿，赶出了家门，让他们住在门外的茅寮里。

伏羲兄妹被赶出来以后，按照雷公的吩咐，把那颗雷公牙种在后园中，天天浇水除虫，精心护理，秧苗长得茎壮藤粗，很快就结了一个很大很大的葫芦瓜。他们按照雷公的吩咐，把葫芦心掏空，装上了许多锅巴饭。

不久，天上连续下了三年零六个月的暴雨，山洪暴发，淹没了田地村寨，伏羲兄妹便躲到葫芦里，漂在水上。雨越下越大，水越涨越高，那葫芦在水面漂啊漂啊，不知漂了多久，也不知漂了多远，忽然"嘭"的一声，撞在了天门门槛上。响声惊动了玉皇大帝。玉帝知道大水淹到了天门，才急忙传令雷公关住天河闸门，停止下雨。

雨停了，水也退了，可是天下的人全部淹死了，只剩下伏羲兄妹二人。他们走啊走啊，要寻找有人烟的地方。天山脚下的一只金龟见了，对伏羲兄妹说："不要再找了，天下的人已经全给淹死啦，你们兄妹就结为夫妻生儿育女吧！"妹妹听了，羞得满脸通红，说："呸！不要脸的金龟莫乱讲，天下哪有兄妹做夫妻的道理，羞死了！"金龟又劝道："事到如今，你们兄妹不做夫妻，天下人就绝种了。"听了金龟的再三劝说，妹妹讲："好吧！但要依我一条。我绕着天山脚下跑，哥哥跟在后面追，什么时候从正面追上了我，我就什么时候嫁给哥哥。"说完，妹妹绕着天山就跑，伏羲在后面跟着追。跑啊跑啊，妹妹跑了四九三十六圈；追呀追呀，伏羲追了四九三十六道，就是不能从正面追上妹妹。金龟见了，就给伏羲出主意说："你掉转头迎着妹妹跑，不是很快从正面追上妹妹了吗？"伏羲恍然省悟，转身就往回跑，果然从正面追上了妹妹。这样，兄妹就结成了夫妻。

日月如梭，光阴似箭，不久妹妹怀了孕，结果生下的却是没有眼睛、没有鼻子耳朵也没有手脚的一团肉。伏羲气极了，用石头把肉团砸烂捶碎，撒在大地上。第二天早上起来一看，山峁里，平原上，处处冒起了炊烟，有了村寨人家。从那时候起，天下又有了人烟。

后来，为了纪念这两位人类的祖先——伏羲兄妹，仫佬人村村寨寨都立庙塑像，称他们为人伦神，世代祭祀。在伏羲兄妹像脚下，还有他们那两个独眼、跛脚的哥哥，世世代代受人咒骂呢！

# 侬达搬山

民族：仫佬族
讲述：潘代球（仫佬族）
采录：潘琦（仫佬族）
流传地：广西罗城仫佬族自治县东门镇一带

很早很早以前，仫佬乡到处是高高的山、深深的谷，人们生活在
云雾缭绕的群山之上，耕种着碗一块、瓢一块的石缝地。出门得爬山
过坳，东西都是肩挑背驮。人们走在高山险路上，手足并用，在悬崖
绝壁上一步一步地攀登。爬呀，爬呀，多少年，多少代，苦难的仫佬
人就是这样一步一滴汗、一步一滴泪、一步一个凄楚的脚印，一步步
走向苦难和死亡。

在一座很高很高的山头上，居住着单家独户的母子俩。阿妈已是
白发苍苍，儿子是个聪明精悍的伙商①，名叫侬达。侬达从小就给对
面山寨的寨佬打工，天天爬山过坳放牧牛群。侬达自幼吃尽了穷乡僻
壤的苦楚，石山把他的脚磨得像铁板，荆棘把他的手炼得像钢柱。他
每天放牧牛群，站在高高的山峰上，点数着连绵不断的群山。天哪，
这山比天上的星星还要多，比海边的沙子还要密，怎么也数不清。可
是，他向苍天发誓，不管这山有多高多密，有朝一日，他定要把群山
搬走，造出一块平川来，让祖祖辈辈受苦受难的仫佬人下山耕田种地，
过上好日子。

一天，侬达赶着牛群，翻过九十九座山，穿过九十九条谷，不知
不觉来到了一个九十九丈高的山头。这里是一块平展展的高山地，有清

---

① 伙商：仫佬语，青年人；侬伙商，好后生。

清的泉水、绿绿的野草、红彤彤的山花，中间还有一棵大榕树。一进到平地，牛群全活跃起来了，它们四处散开，美美地啃着青草，饮着清泉。依达心想：这莫不是仙境？可是连一个人影也没有，没法打听，他便坐在榕树下沉思起来。想着想着，不禁唱起自己编的仫佬歌来：

> 山里的仫佬人呵，
>
> 像小草一样可怜。
>
> 石山重重压在身，
>
> 云雾层层遮住眼。
>
> 群山何日能搬掉，
>
> 愁云哪时才驱散？
>
> 天公救救仫佬人呵！
>
> 搬走石山造平川。
>
> ……

　　歌声在群山中回荡。这时，迎面走来一个银须满面的格佬，他手执拐棍，笑眯眯地一步步走过来。依达连忙止了歌声，上前行了个礼，正要开口，格佬却说："伙商，不用讲了，你的事我全懂。你要搬山，是吗？"依达很惊讶，连声说："是的是的！"接着说："这数不尽的群山，望不到顶的山峰，走不完的山路，压得我们仫佬人祖祖辈辈抬不起头，挺不起腰，吃不饱肚子。有朝一日我要把它们统统搬掉！"格佬哈哈大笑说："小伙商，要搬掉这些山，难得很哩！我劝你还是死了这条心吧！"依达坚定地说："山高高不过双手，石硬硬不过决心。纵有千难万险，我也要立志把它搬走！"格佬连忙夸赞："依伙商，依伙商！"接着对依达说："你真的要搬山，我倒有个办法。""什么办法？您老快说！"格佬说："在很远很远的地方有一棵木棉树，你只要把它砍来做扁担，就可以挑走所有的山！"依达一听，高兴得跳了起来："真的？木棉树在哪里？"格佬说："我让一条黄狗为你带路，它会把你带到有木棉树的地方。小伙商，你有胆量去吗？""格佬，请您放心，就是上刀山下火海，我也敢去！"格佬笑着说："好！有志气！不过这件事千万不要让别人知道。"依达答应了。格佬顿时不见了，一条黄狗站在他面前，不停地摇着尾巴。依达抚摸着它的头，亲切地说："黄狗，请你现在就领我走吧！快快找到那木棉树，我要挑山啊！"

黄狗汪汪地叫了两声，便向前奔跑起来。依达紧紧跟着黄狗朝前走。一路上，披荆斩棘，翻山越岭，日夜不停。走呀走呀，他爬过九九八十一座高山，翻过九九八十一个峻岭，穿过九九八十一条深谷，攀登九九八十一道悬崖，送走了九九八十一个昼夜。一天，他正在翻越一座最大最高的石山。在高高的山峰上，云雾缭绕，挺立着一棵高大的木棉树，那树恰似生长在云雾之中。依达心里惊道："天哪，这真是一棵宝树！"他用尽最后的力气，向长着木棉树的山峰攀登。爬呀爬呀，终于爬上了顶峰。依达连一口气也没歇，便取下随身带着的柴刀砍起树来。砍呀砍呀，突然间，一阵狂风吹过，木棉树倒下了，随即一道光闪过，木棉树变成了一条金光闪闪的扁担。依达愣了一下，立刻抱起扁担，高兴极了。这时黄狗已跪倒在他的眼前，不停地摇着尾巴，不时用头贴着背，示意要依达骑着它。依达明白了，当他一骑上狗背，黄狗便一跃腾上天空，往回路飞去。

回到家里，老阿妈把儿子紧紧搂在怀里，抚摸着他的头，又看了他很久很久。见儿子变得又黑又瘦，她对儿子说："依儿啊，你到哪里去了呀，怎么变成这般模样？你是阿妈心头一块肉，是阿妈掌上一颗珠，千万不要再离开阿妈远去！"

依达安慰着阿妈："阿妈呀，我去的是个美丽的地方。那里有牛吃不完的青草、喝不尽的山泉，还有开不败的山花……"

没等依达说完，阿妈就抢着说："依儿，你不要骗我啦！世间哪有这样好的地方？"

"阿妈！有！真的有呀！"

"真的有，那明天你带我去看看！"

侬达说："阿妈，那是很远的地方，你老人家走不到呀！"

"很远很远的地方？"

"是的，阿妈，打明天起，我要把牛群赶到那里去。你每天把稀饭装在竹筒里，挂在黄狗的颈子上，它会送去给我的。"

老阿妈一听，连忙说："不行，不行。侬儿呀，你怎么能忍心丢开阿妈到很远很远的地方去啊！"

侬达安慰说："阿妈，为了乡亲们往后都能过上好日子，儿子还是要远去。等到山花盛开的日子，我会回来看望你的。"

不管侬达怎么说，阿妈总是听不进耳、动不了心，缠着儿子，不让他远去。她劝儿子说："侬儿呀，路上有凶狠的豺狼，山中有恶毒的魔鬼，它们随时都会害死你，阿妈就你这根独苗，千万不要去！"

侬达坚定地说："不怕，不怕，豺狼魔鬼我全不怕。为了让苦难的仫佬人过上好日子，刀山火海我也去！"说完就大步流星地走了。可怜的阿妈追上去，大声呼喊着："侬儿！侬儿！你不能去……"喊声在群山中回荡，但震不动侬达那搬山的决心。

从这一天起，侬达便用那木棉扁担挑山搬山。他戳通一个个山头，挑走一座座山峰。他从白天挑到黑夜，从春夏挑到秋冬，黄狗每天按时给他送饭。挑呀挑呀，不知挑了多少山头，也不知挑了多少日子，山地挑出了平坝地，汗水流成了溪河，脚板踩出了大路……

自从侬达走了以后，阿妈无时无刻不在盼望儿子早日回来。她每天都在屋前的山头上盼呀望呀，可是总不见儿子归来。她多么想去找他，只是不知道他在什么地方。老阿妈朝思暮想，一天，她终于想出了个办法。她到竹林里砍下一蔸最大的竹子，做了一个最大的竹筒，装上最白最细的石灰，然后在筒底打了个眼子，把竹筒挂在黄狗身上。

第二天，黄狗送饭去了，竹筒里的石灰沿路留下了一条白线，老阿妈就跟着白线走。

今天，侬达就要挑走最后两座山了。他先戳通了一个山头，正要串起另一个山头时，阿妈赶来了。她见儿子要挑山，吓得全身发抖，忙扯住扁担，大声惊叫："儿呀，你发疯了，这山怎么挑得动？快放下，赶快放下，当心大山把你压死！"老阿妈话音未落，只见一道闪光，扁担断了，"轰隆"一声，地动山摇，侬达和黄狗不见了，阿妈吓得变成了一块石头。

从此，重山叠嶂的仫佬乡有了平坝地，山里的仫佬人纷纷搬下山来，沿着山坝两边建起村村寨寨，安下了家。

人们为了纪念侬达搬山的功劳，在最后没有被挑走的那座山下建了个庙，奉他为山神，逢年过节，家家户户都要祭拜他，表示对他的崇敬。

# 谷雨节和牛

民族：仫佬族
讲述：黄冠文
采录：肖丁三、黄晓芳
流传地：广西宜山县矮山乡

很久以前，牛是在天上守仓库的。凡间的人每年都要把收获的大部分谷子抛到天空，让天神起风把谷子刮到天仓里。

有一年天大旱，农民们颗粒无收，第二年又遭水灾，农民连吃的都没有，更谈不上给天上献粮了。

守仓库的牛看见凡人两年没送粮了，觉得奇怪，就伸头往人间一看：哟，农民哭的哭、死的死，灾情惨重啊！它流下了同情的眼泪。水退了，可农民没有谷子下种，怎么办？正在为难之时，天上突然下了一场大雨，牛顿时想出了一个办法：把天仓里的谷子全部倒出来，夹在大雨中落到人间。凡人有了谷种下种，乐得又是唱又是跳。

因为这件事，牛犯了天规，玉皇大帝决定把它贬下人间。玉皇大帝不让牛从南天门舒服地飞下去，而是把它从西门摔下去。牛的门牙摔掉了，可是它不叫一声苦，不流一滴泪，还给农民辛勤地犁田耙地。

凡人为了世世代代不忘牛的恩情，便把每年农历三月十二日叫作"谷雨节"。

# 斗安珠和木姐珠

民族：羌族
讲述：袁祯棋（羌族）
采录：向世茂、郑文泽（羌族）
流传地：羌族聚居地区

相传，天神木比塔有三儿三女。大儿在泥罗山放神牛，二儿在黄猴坡放神马；大女儿许配给神宫，二女儿许配给龙宫；三儿和三女尚未婚配，在汶山牧羊。三姊妹中要数三女儿木姐珠最漂亮。她那双眼睛像清澈的秋水，动人的歌喉常常使百鸟停翅，忘记了归窝。每当她背着羊毛筐、手拿吊线杆去放羊时，群鸟便随她飞翔，鲜花为她铺路，群羊在她身前身后欢叫蹦跳，连路边的小树也用枝梢轻轻拂她那红扑扑的脸。

有一天，羌族勇敢的青年斗安珠来到前山的草场上采树果，忽然听到随风传来阵阵动人的歌声。他被歌声迷住了，顺着歌声寻去，没走多远，他看见草场中央的大石包上坐着一位美丽的牧羊姑娘。这就是木姐珠。木姐珠一边吊羊毛，一边对着云彩一样的羊群和秀丽如画的汶山草场歌唱。她一抬头，看到一个青年痴立面前，正注视着自己。斗安珠那英俊的面孔和高大矫健的身躯，使木姐珠心生爱慕。两人一见钟情，初恋的幸福像蜂蜜甜透了两颗欢跳的心。他们说啊唱啊，互相倾诉爱慕之心，一直到太阳落山。见面不易别更难，斗安珠和木姐珠恋恋不舍，木姐珠临别前解下腿上的漂白裹脚送给斗安珠。

每天天不亮，斗安珠就来到草场上等木姐珠。木姐珠也不等太阳出来，就赶着羊群踏着云彩降落在汶山上。他俩形影不离，相亲相爱，头上的木梳换着用，水桶换着背，一颗树果一人一口，一个石头两人坐。草场上回响着他们对唱的情歌，山泉里倒映着他们相爱的身影。山沟水涨了又消，月亮圆了又缺，晃眼到了九月二十九天神还愿日。这天，他们在草场上见面，木姐珠失去了往日的欢笑，脸上布满了愁云。她用颤抖的声音问斗安珠："安珠哥，你知道我是谁吗？"斗安珠憨厚地回答："寨里的对歌场上没有你的声音，熊熊的篝火旁不见你的身影，我访遍了山寨，每座寨楼都说不知道你的名字。你是不是天上的神女？"

"你可不知道，我就是天神木比塔的三女；你可不知道，过了明天天神还愿日，我就要回天庭，不再来汶山牧羊了！"木姐珠心急口快，一下道出了她的身份和忧愁的原因。

听了木姐珠的话，斗安珠不觉惊恐起来：天上有千佛万祖，木比塔为尊，他怎么会同意自己的女儿和凡人成亲？！但斗安珠想到他和木姐珠大海一样的深情、朝夕相处的甜蜜，便坚定了和木姐珠相爱的决心。斗安珠说："天神木比塔是万神之尊，他有众多的天兵和无边的法力，但我有一颗忠贞坚定的心。为了爱情，我敢上山打虎，下海擒龙。只要我俩真心相爱，一定能用智慧和勇气去争取你父王同意我们的亲事！"

"安珠哥！我的好情哥哥哟！"木姐珠把头贴在斗安珠的胸膛上，从头上剪下一缕青丝，双手捧给斗安珠；斗安珠也割下耳边的一缕黑发，送到木姐珠手里。木姐珠对斗安珠说："明天我们就去见父王，恳请他同意。"当晚，斗安珠趁着天门未关，混在木姐珠的羊群内，到了天庭。他躲在羊圈旁边，静待天明。

天鸡叫，日神出。天宫晨光灿烂，五彩缤纷。天神木比塔在会见诸神时，闻到了凡人气味，就询问回天宫探母的大女二女："你们可有带凡人到天宫？"两个女儿都称自己单身回来，未带凡人。木姐珠不待父王询问，就勇敢地把斗安珠带到了宫廷。木比塔看到木姐珠带来一个凡人，勃然大怒，不等木姐珠禀报，就大声喝问斗安珠："你是什么人？胆敢闯入天庭！"声音震得大殿嗡嗡直响。

斗安珠从容上前施了礼，神色不变地答道："尊敬的天神木比塔，我到天宫是要请你恩准我和你的三女儿木姐珠成亲。"

"什么？你想和我天神木比塔的女儿结婚？"木比塔大为诧异。但他看到斗安珠魁伟的身躯和毫不畏惧的神色，声音不由低了三分。他说："你既然敢来天宫求亲，想必很有本事。那好，明天天未亮、云没散的时候，你到凌冰槽下等我，我们比一比功夫。念你是凡人，我也不用神法仙力，只要你能接住我丢下来的东西，我就把三女儿许配给你。""好吧！"斗安珠毫不犹豫地同意了。

在一旁的木姐珠看到斗安珠答应了父王的条件，心中十分着急。等众神一散，她就对斗安珠说："安珠哥，你怎么能答应父王的条件？他要先放滚木，再放礌石，你接得住吗？"斗安珠抚摸着木姐珠乌黑的秀发说："姐珠妹，为了我们的幸福，纵然是刀山火海我也不怕，何惧这滚木礌石！"

木姐珠又一次深深地被斗安珠的真诚感动："哎，我的又聪明又傻的安珠哥呵，勇敢的人还要有智谋才行呵！"于是，她悄声向斗安珠说了一个好办法。

第二天一早，斗安珠按计行事，早早地躲在凌冰槽下。不一会，只听得一声巨响，一槽滚木滚了下来，打得槽下的石头飞上半空。紧接着，又是轰隆隆一阵巨响，大小石头顺槽而下，把凌冰槽上一尺多厚的凌冰砸得粉碎。斗安珠躲在槽下，一点没受伤。他一边吃着木姐珠送给他的干粮，一边注意听槽里的声响。他听到没有滚石声音了，就抬头走出来，恰好抱住了从槽上下来察看结果的木比塔。斗安珠说："尊敬的木比塔，你放下的木头和石头我都接住了，这下又接住了你。"木比塔傻了眼，但他还是不甘心，又生一计："这次算你胜了，你真有本事！如果你在一天内砍完九沟火地，我便满足你的愿望。"

九沟火地上大树参天，藤蔓缠绕，斗安珠就是有天大的本事，一天里也砍不完。这时，木姐珠又来到他的身旁，温柔地安慰他说："安珠哥，你别发愁，明天早上你带上钻灰粑①，背上弯刀，砍倒九沟火地四角的四棵树，就躲在大石头后面等待结果。虎啸狼嚎别露面，声音平息才抬头。"

这天天亮，木姐珠便在背水的路上祈祷九沟山神，请他们帮助斗安珠。这时，斗安珠已砍倒了火地四角的四棵树，躲在大石头后面。霎时间，地动山摇，狂风大作。随着风声，传来虎啸狼嚎和大树倒地、藤蔓断裂的声音。不一会儿，各种声音都消失了。他抬头一看，九沟火地成了一马平川。他完成了砍伐九沟火地的任务，高高兴兴地回到了木比塔面前。

木比塔十分惊讶，想到自己连一个凡人也治不了，岂不让诸神耻笑？于是，又出了一个难题："你既能一天砍完九沟火地的大树藤蔓，那就再用一天的时间把九沟火地烧完。"

"好吧，尊敬的木比塔，我就用一天！"斗安珠想到自己在人间曾和乡亲烧过火地，这事难不倒自己，就爽快地答应了。可他哪里知道，这天上连山接岭的大树藤蔓点火就着，他用白铁火镰打燃火草，丢进树堆，只听见"轰"的一声，大树燃了，藤蔓燃了，一股大火冲天而起。山风强劲，风助火势，烧得斗安珠无处藏身，最后晕倒在一块大石头旁边。漫天的大火被正在放羊的木姐珠看到了。她心如火焚，顾不得赶拢羊群，立即去请来龙宫的二姐夫水伯龙王施雨灭火。水伯来了，降下大雨，减小了火势。木姐珠冒着大雨，踏着余焰灼人的柴火堆，把斗安珠救了出来。只见斗安珠双眼紧闭，浑身皮焦肉烂。木姐珠一看就哭了，晶莹的泪珠掉在斗安珠满是燎泡的脸上。斗安珠苏醒了，他懊悔自己没有把这件事告诉木姐珠。木姐珠也后悔自己一早就去了草场，没有问斗安珠一声。她含着泪说："安珠哥，你快回人

---

① 钻灰粑：在火灰中烧熟了的面馍。

间吧！你一定要记住，在草场的三岔路口捡三个石头带回去，支一口锅，再用桃枝烧一锅水，把烧红的铁铧头伸进水里，用蒸汽熏身，再用开水沐浴，你的伤就会好的。"斗安珠回到汶山，照着木姐珠的话办了，烧伤果然好了。他又急急忙忙赶回了天宫。

这时，天宫里张灯结彩，鼓乐齐鸣，天神木比塔正在庆祝自己胜了斗安珠。他猛然间看见斗安珠又安然无恙地站在他面前，一时惊呆了。他仍不甘心失败，又一次推翻了自己的承诺，对斗安珠说："你既然把火地烧完了，那就帮我种上油菜吧！九斗九升九合油菜籽，必须在一天内种完。否则，就不要来见我！"

斗安珠对木比塔一次又一次的刁难非常气愤，但又不好发作，只好点头同意了。听到父王的话，木姐珠也很焦急。这时，正在天庭值日的八大金刚为他俩忠诚的爱情所感动，也为木比塔刁难这对青年人而气愤，就不顾天王的旨意，主动来帮助他们。

第二天一早，斗安珠按照八大金刚的吩咐，用九条牛皮口袋装上菜籽，一条沟放上一条，每块火地撒上一把，然后躲到大石头后面等候结果。八大金刚驱动飞禽走兽来到九沟火地，很快就把九斗九升九合油菜籽均匀地撒播完了。斗安珠谢过八大金刚，便去见天王。木比塔看见斗安珠上殿，大声喝问："怎么样？你按要求种完菜籽了吗？"斗安珠跨前一步，说："按照您的要求，我已种完了九沟火地。您应该把木姐珠许配给我了吧！"木比塔无言以对。

天神仍不罢休。他低头想了一阵，又狡猾地说："你真不愧是羌族中的好汉，我同意把木姐珠嫁给你。但我无陪嫁可送，就把那九斗九升九合菜籽送给你。你若能在一天内一粒不少地把菜籽收回来，我就为你们举行婚礼；如不能收回来，可别怪我无情！"

斗安珠想，一定要用智慧战胜木比塔。他把这件事告诉了木姐珠。木姐珠对父王的百般刁难十分愤怒，说："安珠哥，你为了妹妹吃尽了千辛万苦，我真不知怎样来感谢你对我的情意。这一次，父王也难不倒我们，我们去求山神菩萨帮助，一定要让父王的诡计落空！"说着，她和斗安珠手牵手找山神去了。

斗安珠走后，木比塔不禁哈哈大笑："好啊，斗安珠！你也不想一想，那九斗九升九合菜籽小如跳蚤，遍布九条沟谷，你纵有天大的本事也很难一粒不少地收回来。如少一粒，我斩你的头，叫你有口难辩……哈哈哈！"

殊不知，斗安珠有了山神的帮助，调动千鸟万禽，很快收回了菜籽。木比塔命人抬来斗、升、合和大秤，验收菜籽。斗安珠把九条牛皮口袋在大殿上一字排开，让木比塔亲自动手量斗、装升、过秤。一斗一斗量了，一升一升装了，木比塔的脸色越来越难看。突然，木比塔大叫一声："来人啊！"几个神兵忙上前跪下，木比塔拍拍手上沾着的灰尘，厉声说："把斗安珠速推午门斩首！""为什么？！"木姐珠和众神都大吃一惊。木比塔指指秤杆得意地说："嗨，不知天高地厚的小子，竟敢和我较量。大家看，这秤杆往下掉，还差菜籽。我已事先言明，菜籽不够当斩！"

"慢！"不待神兵动手，八大金刚中的值殿将军上前一步，对木比塔说："尊敬的木比塔，这菜籽撒下一天，虫吃鸟啄，差一点情有可原。应该再给斗安珠半天时间，寻回所差菜籽，如他寻不回，再斩不迟。"

"唔……"看到神将为斗安珠说情，木比塔恐犯众怒，只好说："好吧！看在众神面上，再给你半天时间。"说完，拂袖而去。

半天时间，要在九条沟九座岭找回所差的菜籽，真是太难了。但斗安珠没有被困难吓倒，他背上木姐珠为他准备的干粮，拿着强弓硬箭，精神抖擞地上路了。来到九沟火地，他一眼看到拖着长尾巴的野鸡，问道："美丽的野鸡，你们可曾这在火地上啄食过菜籽？"野鸡拍打了一下翅膀，回答说："聪明勇敢的斗安珠，我们刚从那个山头飞来，没有吃过你的菜籽！"斗安珠又朝前走，看见悬崖上有几只红嘴的老鸹，又大声问道："红嘴黑衣的老鸹，你们可曾吃过这块地上的菜籽啊？"红嘴老鸹呱呱叫了几声，回答说："聪明勇敢的斗安珠，我们没有吃过你的菜籽！"太阳离山头只有一皮索子高了，斗安珠十分焦急，又向更高的山头爬去。他翻过一座又一座山，越过一条又一条大沟，都没有找到菜籽的下落。来到第九个山头上，斗安珠看见一大群野鸽子在一块火地上东寻西啄。他赶过去，大声问："忙着寻食的野鸽子啊，你们可曾吃过九沟火地的菜籽？"听到斗安珠的问话，群鸽扑腾腾地飞了起来，边飞边说："九沟火地的菜籽我们吃了几粒！""好啊，你们害我找得好苦啊！"斗安珠举起了弓箭，要射下鸽子。但他转念一想：鸽子并不知道这件事，我怎么能伤害它们呢？！于是他放松了拉紧的弓弦，对野鸽大声说："这菜籽要全部收回足秤，请你们帮助我吧！"群鸽听了斗安珠的话，纷纷落在斗安珠身边，咕咕地说："聪明勇敢的斗安珠，你宽大仁慈，我们无比感激。我们会报答你的不杀之恩！"说完，几只吃了菜籽的野鸽子一齐向悬崖撞去，当即撞死了。斗安珠伤心地拾起死去的鸽子。旁边的鸽群围上来，鸽王说："尊敬的斗安珠，你不必难过，快动手剖开肚子取菜籽吧！不然时刻一到，你收不回菜籽，天王不让你们成亲，也辜负了我们的报恩之意！"斗安珠看见太阳已经落山，只好忍着悲痛，从腰下摸出猎刀，从死鸽的嗉袋里找出了菜籽……

秤平了，斗满了。斗安珠和木姐珠胜利了！木比塔无话可说，只好说："聪明勇敢的斗安珠，你胜利了。我的三女儿嫁给你，一定会得到幸福！"木比塔叫来天皇姥，召回众儿女，汇齐众天神，在大殿里议起亲事来。他对木姐珠说："三女啊，你不嫁龙宫，现在嫁给农家，就操持农业吧！"斗安珠和木姐珠幸福地笑了，众神也舒心展眉地笑了。

用勇敢和智慧换来的爱情是幸福的、甜蜜的。整个天宫张灯结彩，众天神都为这对情侣的结合而高兴。斗安珠和木姐珠的婚礼比其他姐姐哥哥的婚礼都隆重。木比塔和众神赠的礼物有各种粮食种子，如芥麦、青稞、玉米、小麦；各种树木种子，如柏木、杉木、黑刺；各种衣服，如龙凤八仙衣、五彩云绣鞋、麻布白长衫、白布包头帕；各种牲畜，如：牛、羊、猪、马、狗、兔，等等。临别时，木比塔叮嘱他俩：要听父母亲的话，勤劳耕作巧操家，初一十五把香焚，春祈秋报要洁净，为民谋福在人间，离了天宫别回头……

斗安珠和木姐珠带着丰厚的礼物和众天神的祝愿返回人间。一路上，他们唱啊跳啊，像欢快的小鸟你追我逐。在汶山草场，他们回忆起初恋的情景；在大石包上，他们记起了依偎细语的地方；在淙淙流淌的山泉旁，他们又看见了彼此相依的倒影；在三岔路口，他们想起了和木比塔斗智……一路说，一路唱，一路看，一路想，竟忘了临别时木比塔的嘱咐，回头望了一下云遮雾挡的天宫，不料跟在后面的禽兽都跑散了。所以，今天的草莽丛林中便有了野猪、野牛……

斗安珠和木姐珠把杉木种子撒在山顶，把柏木种子撒在山腰，把黑刺种子撒在山脚。顿时，山顶红杉长成翠绿的巨伞，山腰柏树绿绿葱葱，山脚刺荆成丛，护家防兽。他们和乡亲们一道，用勤劳的双手砍回红杉、柏木立房架，刺荆盖顶铺厚土，修起了高大的寨楼。在一块块火地上，撒上芥麦、麦稞、玉米和小麦种子，勤劳耕种。在寨楼旁的草场上，喂养了牛、羊、鸡、兔……从那以后，羌民们的日子就越来越好了。

# 人是癞疙宝变的

民族：羌族
讲述者：杨步山（羌族）
采录：昂旺斯丹珍
流传地：四川省理县桃坪乡一带

开天辟地时，只有一只癞疙宝。那时，常年天旱，没有吃的，只有原始森林。地下找不到吃的，它只好爬到树上去找。但是，癞疙宝的肚皮大，爬树很艰难，它只好一步步爬，爬呀爬，肚子渐渐小了，才爬到树顶。过两天，它饿了，又费了很大的劲爬到树顶。这次它没有先吃，而是摘了叶子扔到树下，然后吃饱了再下来。下地后，它把扔下的树叶搬到一个地洞里，那是个土盐洞，树叶沾了盐，味道不同了，吃了有盐的树叶，时间长了，它身上的毛慢慢脱落了，肚子也不大了。

那时野兽很多，癞疙宝想逮野兽吃，但逮不到，因为它的拇指和其他指头是连着的。后来，它找来石片，把拇指粘连的肉和皮磨开，手指就分开了。它又把石头磨成弹子、刀，用来打野兽。这时，它住在地窝里，冷了就晒太阳。有时用石头在树上磨，磨出火来，把林子烧了。它从树林里捡烧过的野兽来吃，觉得好吃。火可以烧吃的，又可以取暖，火熄了，吹吹便会重新燃起来。癞疙宝学会了煮食和烤火，时间长了，变成了猴子，这便是人类的祖先。

# 顾米亚

民族：布朗族
采录：朱嘉禄
流传地：云南省布朗族聚居地区

很多年以前，没有天，也没有地，更没有草木和人类，到处是一团团黑沉沉的、飘来飘去的云雾。神巨人顾米亚和他的十二个孩子，立志要开天辟地，创造万物。为了寻找建造天地的材料，他们一刻不停地奔波着。

那时候，有一只巨大的犀牛[①]，与云为友，和雾做伴，自由自在地漫游着。顾米亚见到后，就剥下它的皮做成天，用美丽的云粉给天做衣裳。挖下它的两只眼睛做成星星，让它们在天上闪闪发光。又把犀牛肉变成地，把犀牛骨变成石头，把犀牛血变成水，把犀牛毛变成各种花草树木。最后把犀牛的脑浆变成人，把犀牛的骨髓变成各种鸟兽虫鱼。

天没有东西支撑，倒下来怎么办呢？地没有东西倚托，翻过来怎么办呢？顾米亚想出一个办法：把犀牛的四条腿变成四根大柱子，竖在地的东南西北四角上，这就抵住了天；又抓来一条大鳌鱼，这就托住了地。鳌鱼不愿做这件事，随时都想逃跑，只要它的身子稍微一动，整个大地就会震荡起来。为了防止鳌鱼逃跑，顾米亚派了他最忠实的金鸡去看守。鳌鱼一动，金鸡就啄它的眼睛。有时候，金鸡太疲倦了，闭上眼睛歇息，鳌鱼就趁机动起来，便发生了地震，这时候，人们就

---

① 犀牛：这里把布朗语中的"立"译为犀牛。究竟"立"是不是犀牛，还不能肯定。

要赶快撒米，唤醒金鸡。

天稳当了，地也牢固了。天上布满了美丽的云彩，亮晶晶的一对星星①在眨眼，人们在地上劳动，小鸟在空中飞翔，蜜蜂在花丛中歌唱，黄麂在山坡上奔跑，鱼儿在水里游玩……这广阔的天地多么可爱啊！顾米亚和他的孩子笑了。

可是，不幸的事情来了！向来与顾米亚作对的太阳九姊妹和月亮十弟兄，不甘心顾米亚的成功，要破坏他开天辟地的业绩。他们一齐来到顾米亚开辟的天地间，放射出强烈的光，晒呀晒，想毁灭这大地上的一切。

美丽的云彩变了颜色，亮晶晶的星星失去了光彩，土地干得裂了缝，庄稼枯死了，花草树木萎谢了，石头也晒化了。螃蟹的头被晒掉了，鱼的舌头被晒掉了，蛇的脚被晒掉了，青蛙的尾巴也被晒掉了。所以现在螃蟹没有了头，鱼没有了舌头，蛇没有了脚，青蛙也没有了尾巴。

顾米亚要出门去，只得把蜡糊在篾帽上，戴着遮太阳。可是一走出门，蜡就被太阳晒化了，一滴一滴地淌在他的眼睛里，烫得他直跳。"不射掉你们，就不算开天辟地的好汉！"顾米亚恼怒了，他发誓要射掉日月。

顾米亚到森林里砍来西尼麻②做成弓，到冲子边取来阿卡解麻③搓成弦，又到竹林里砍来阿里麻④削成箭，再给箭头抹上有毒的龙潭水。

弓箭做好了，顾米亚踏着像炉火里的铁块一样的石头，游过像锅里沸腾的开水一样的江河，流着雨一样的汗水，历尽了千辛万苦，终于爬上了最高的一座山峰。

---

① 据说星星最初只有一对，后来才增多的。

② 西尼麻：树名，当地汉族称青皮树。

③ 阿卡解麻：野生的藤子，很坚韧，可作弦。

④ 阿里麻：箭竹。

442

太阳姊妹和月亮弟兄们正在得意地卖弄他们的本领，把夹带着火花的热气大量放射到地面来。顾米亚爬上山顶，心头充满了仇恨和愤怒，还来不及揩一把汗、喘一口气，就拉开弓，搭上箭，对准一个太阳射去。震天动地一声巨响，那个太阳被射中了，冒着火花滚到山坡底下去了。剩下的八个太阳和十个月亮见了，更加猖狂了，一齐向顾米亚喷热气，想把他烧死。第二箭、第三箭……"嗖嗖嗖"地向空中射去，太阳和月亮一个接一个被射死，满空血雨如注，地上渐渐凉了下来。不久，枯萎了的庄稼和草木又活起来了，花又开放了。太阳和月亮的血，落到土上，土染红了；落到树叶上，树叶染红了；落到花上，花染红了；落到白鹇的脚上，白鹇的脚也染红了。

天空只剩下一个太阳和一个月亮了。他俩看到自己的兄弟姊妹一个个被射死，害怕极了，连忙掉转头就跑。这时，顾米亚已经累得两臂无力了，但余怒未息，勉强把第十八支箭向最后一个月亮射去。一来是顾米亚没有力气了，二来是月亮跑得快，这一箭没有射中，正好从月亮身边擦过，吓得它出了一身冷汗，浑身都凉透了。从此，月亮就不会发热了。逃脱了的太阳和月亮，看到顾米亚的箭术很厉害，就乖乖躲起来，再也不敢露面了。

这样一来，天空没有了太阳和月亮，地上没有了光明和温暖，成了一个黑暗、寒冷的世界，白天、黑夜也不分了，河水也不动了，树枝也不摇了。人们去犁田时只好把灯挂在牛角上，出门一步，都要拄着金竹杖，不然就会摔倒。

黑暗又寒冷的日子要怎么过啊？顾米亚想，应该去把躲起来的太阳、月亮找出来，让他们照光送暖。于是他派燕子去打听太阳和月亮的下落。

过了些日子，燕子飞回来了，它向顾米亚报告："在东边天地的最边缘，有一个大石洞，太阳和月亮躲在里面呢。"

顾米亚召集百鸟和百兽，和大家商量去请太阳的事。大家都赞成顾米亚的主张，愿意不辞劳苦到遥远的地方去把太阳请来。只有阿堵麻①和亦鸡咪咕哩②没有去，阿堵麻染红了它的屁股，哼哼唧唧地哄大家："我生病，拉肚子。你们看，我的屁股都屙红了！我飞不动，不去了！"亦鸡咪咕哩染白了它的头，哭哭啼啼地对大家说："我爹妈都死了，你们看，我还包着孝布呢！我不能出远门，不去了！"从此，阿堵麻的红屁股和亦鸡咪咕哩的白头，永远成了自私、懒惰、怕吃苦的象征，被大家嘲笑和唾骂。

请太阳的队伍浩浩荡荡地出发了。燕子飞在前面引路，紧跟着的是一大群为大家照明的萤火虫。天上飞的，由声音洪亮、口才很好的公鸡率领；地上跑的，由勇猛强壮、力气很大的野猪率领。顾米亚没有去，因为太阳和月亮怕他。

这时，躲在石洞中的太阳和月亮已结为夫妻。它们日夜担心：日子长了，会闷死；没有东西吃，会饿死；要想出去，又怕被顾米亚的箭射死。他们没有办法，互相抱着痛哭。正在发愁之时，忽然听到外面一片吵吵嚷嚷的声音，他们更是害怕得挤在角落里，连气都不敢出。

请太阳的队伍到了洞门口，大家七嘴八舌地叫喊呀，恳求呀，可是石洞里一点动静都没有。公鸡请大家静下来，它抖了抖美丽的羽毛，伸长了脖子"喔喔喔"地叫道：

> 光明的太阳，
> 美丽的月亮，
> 快快出来吧，
> 给我们热和光！

---

① 阿堵麻：鸟名，当地汉族称为黑头鸪。
② 亦鸡咪咕哩：鸟名，当地汉族称为白头鸪。

公鸡的声音既恳切和善，又柔美动听，太阳和月亮放心一些了，他们答话了：

> 我们情愿在洞中闷死饿死，
> 不愿被顾米亚的箭射死！
> 再说，我们出来了，
> 也没有人拿东西给我们吃。

大家齐声说：

> 来请你们正是顾米亚的意思，
> 他再也不会把你们射死；
> 我们的顾米莎菲玛[①]，
> 会供给你们早晚的饮食！

太阳和月亮不相信顾米亚会饶恕他们，还是不敢出来。大家又说了很多好话，都没有用。最后，公鸡向太阳、月亮保证："以后我叫你们，你们才出来，我不叫，你们不用出来，这样就没有危险了。"为了不让他们怀疑，公鸡又砍了一个木疙瘩，一半丢进洞中给太阳、月亮，一半戴在自己头上。[②]所以现在公鸡头上才有一个大冠子。自那时起，公鸡便担负了每日叫起太阳的任务，如果有公鸡不尽责，人们就会把它杀死。而顾米莎菲玛则担负了喂养太阳、月亮的任务。她一日三变，早晨是一个美丽的小姑娘，晌午变成一个漂亮结实的媳妇，晚上又变成一个白发苍苍的老太婆。她一天不停地忙着拿金汁喂太阳，拿银汁喂月亮。

---

① 顾米莎菲玛：传说是顾米亚的女儿。
② 布朗族有习俗，双方议定一事后，砍一木疙瘩，各持一半，以示永不后悔。

最后，大家按照顾米亚的嘱咐，要求太阳和月亮一个白天出来，一个晚上出来，月初和月尾的晚上，让他们在石洞中相会。太阳是个年轻媳妇，胆子小，晚上害怕，让她白天出来。可是白天出来她又害羞，月亮就送给她一包绣花针，告诉她，谁看她的脸，就用针刺谁的眼睛。

一切都商量好了，太阳、月亮就要出来了，但有一块大石头把洞口盖得严严的，它们出不来。大家一齐动手，抬呀，掀呀，搬呀，石块却一动也不动。野猪摇了摇它的大耳朵，一边说："大家让开，让我来试试看。"它用力一拱，大石块就被掀翻在一边。

太阳、月亮出来了，日夜分明了，大地上有光明和温暖了！太阳照到山坡上，百兽出来奔跑了；太阳照到森林里，百鸟出来唱歌了；太阳照到河水里，鱼儿出来游泳了；太阳照着老大爹，老大爹出来修理犁耙了；太阳照着老大妈，老大妈出来纺线了；太阳照着小伙子，小伙子下田干活了；太阳照着小姑娘，小姑娘上山砍柴了；太阳照着小娃娃，小娃娃出来放牛了。晚上，亮堂堂的月亮出来了，月亮照着老年人，老年人高兴地讲起了故事；月亮照着小娃娃，小娃娃快乐地玩起了游戏；月亮照着年轻人，一对对年轻人吹起了动人的笛子，弹起了悦耳的双弦……

一切又都有了生命、欢乐和希望。这可爱的天地啊，更加可爱了！

# 稻谷是怎样来的

民族：布朗族
讲述：段二（布朗族）
采录：王国祥
流传地：云南省永德县布朗族聚居地区

早先，世间是不兴种植五谷的。人都生活在老林里，全靠摘果脑、打野味来充饥。后来，野菜野果都吃光了，飞禽走兽也猎不到了。人们找不到东西吃，只好躺在旷野里，眼睁睁地忍受着饥饿的煎熬。很快就有人饿死了。那情景真够惨啦。

大森林的尽头是一望无际的大海。在茫茫海洋的那一边，有一处地方，名叫勐木里木劳。勐木里木劳有三座很高很高的大山，大山里有一个白鼠国。

勐木里木劳的大山里长着一种叫作"贺克"的植物，就是我们现在的稻谷。白鼠国的白鼠们吃的就是这东西。吃不完的，就搬回家里攒起来，留到以后慢慢吃。白鼠王的王宫里有好多大仓库，仓库里收藏着很多稻谷。那些稻谷黄灿灿、饱绽绽的，堆成了山。

白鼠王有两个儿子，聪明善良，都长着九条尾巴，每条尾巴都有九庹长。两个儿子每天吃饱了，就到山上的树林里玩，到大海里游泳。有一天，哥俩又到了山上，忽然从海上隐隐约约地传来一种从来没有听到过的声音。兄弟俩竖起耳朵仔细一听，原来是人在呼喊、啼哭。哥俩爬上山顶，睁大眼睛往大海那边仔细瞭望，原来是饥饿的人们在对着大海这边呼叫。男的女的，一个个瘦得皮包骨头；母亲倒在地上，连叫喊的力气也没有；孩子们趴在她的怀里，眼睛都睁不开。他们只剩下最后一口气啦！

白鼠王子兄弟俩非常同情这些饥饿的人，商量着要怎样才能帮助他们。弟弟说："他们是缺吃的。要是人间也有稻谷就好了。有了稻谷，人就不会挨饿了。"哥哥拍拍手说："对啦！我们这的仓库里不是有很多稻谷吗？为什么不给人送些去，让他们学会种稻谷呢？"

两个小王子兴冲冲地跳回宫里，把他们的想法告诉了父亲："大海那边的人没东西吃，都快要饿死啦！父王，请让我们送些稻谷给他们吧。"白鼠王摇摇头，不肯答应。兄弟俩恳求父亲说："您不知道他们多么惨！父王，您到山上去瞧瞧就会明白的。"白鼠王拗不过两个儿子，跟着他们到山上看了一圈，也很同情受难的人们，对两个儿子说道："好吧，我答应你们。既然你们有这番好心肠，那就帮他们一回吧。来，我给你们两个大冬瓜，里头都装着谷种。你们俩给他们送去吧。路上可要小心。"

白鼠王派了一千白鼠兵给两个小王子，又砍了一张芭蕉叶，在上面画了些符号，交给两个儿子说："这是我亲自签发的文书，有了它，你们沿途就通行无阻了。"

两个王子带上文书，告别了白鼠王。一千个白鼠兵抬着两个大冬瓜，高高兴兴地上路了。

兄弟俩带着队伍游过大海，上了岸，来到了黄牛国。两位王子对那一千白鼠兵说："这里离人住的地方太远了，你们回去吧。"白鼠兵点了点头，跳进大海往回游去。兄弟俩看到他们游得无影无踪了，就各自用九条长尾巴卷起两只大冬瓜往前走。这冬瓜好沉啊，累得他俩满头大汗，他们也顾不上擦一擦。

他俩正吃力地拖着，遇到一群黄牛。牛群叫嚷着要吃掉它们。牛王来了，问他们：

"去哪里？干什么？"

"去人住的地方。人都要饿死了。我们是给人送谷种去的。"兄弟俩回答说，接着呈上白鼠王写的芭蕉叶文书。

牛王看了文书，对牛群说："嗯，他们是不可以吃的。人要饿死了，我们也应当帮助人。"于是牛王下了命令，派五百头黄牛护送白鼠王子把谷种送到人住的地方去。

送谷的队伍到了老虎国。一群老虎截住他们，又跳又吼，要吃掉他们。虎王来了，问他们：

"去哪里？干什么？"

"去人住的地方。人都要饿死了，我们是给人送谷种去的。"兄弟俩回答，接着呈上白鼠王写的芭蕉叶文书。

虎王看了文书，对虎群说："嗯，他们是不可以吃的。人要饿死了，我们也应该帮助人。"又下令派五百只老虎护送白鼠王子，给人送谷种去。

送谷的队伍到了白兔国。一群白兔拦住了白鼠兄弟，蹦蹦跳跳地要吃他们。白兔王来了，问他们：

"去哪里？干什么？"

"去人住的地方。人要饿死了，我们是给人送谷种去的。"兄弟俩回答说，接着呈上白鼠王写的芭蕉叶文书。

白兔王看了文书，对兔群说："嗯，他们是不可以吃的。人要饿死了，我们也应当帮助人。"又下令派五百只兔子护送白鼠王子，给人送谷种去。

就这样，经过龙国，龙王派了龙兵送；经过蛇国，蛇王派了蛇兵送；经过羊国，羊王派了羊兵送；经过猴国，猴王派了猴兵送；经过鸡国，鸡王派了鸡兵送；经过狗国，狗王派了狗兵送；到了猪国，除了猪兵，猪王还派了七头大象跟他们一道去。

浩浩荡荡的送谷队伍来到了人住的地方，人们兴高采烈地欢迎它们。人们填平了路，铺上白沙，在路边栽上芭蕉树，种上甘蔗；人们点起蜡条，敲起大铓，唱着跳着迎接它们。

白鼠王子把两只大冬瓜献给了人们。一位年老的妇女接过礼物，感激地说："好心的王子，应该感谢你们啊！"白鼠王子说："你们没有吃的，我们送来这点东西，表表我们父王的一点心意。冬瓜里装的是稻谷，可以吃的。"

老妇人剖了瓜，黄灿灿的稻谷撒满了一地。几个孩子抓起来就往嘴里塞："真好吃，真好吃，没有比这个更好吃的了！"

白鼠王子笑了，对人说："你们瞧，掉在地上的谷子会出芽哩。一粒谷子会变成九十九粒新的稻谷。让我们来种稻吧。种成了，就会世世代代吃不完、吃不尽了。"

人们的脸上笑开了花。

白鼠王子兄弟俩热心地教人种稻谷，同来的伙伴们也各自施展自己的绝技：

猪们用嘴拱地。它们拱呀拱，把地拱得又泡又松。实在累得拱不动了，它们才躺下来喘口气。

蛇呢，把它那长长的身躯横卧在地上，于是成了一条条埂。

龙躺在水中，便成了坝；它们的前爪往地上一扒，就成了沟，把水引进田里。

牛拉犁。它一声也不吭，一沟一沟地拉呀拉……

三月里，太阳热辣辣，龙热得难受，人们就给他泼水。清明一过，要栽插了，人们从河边挑来细沙，在佛寺前堆成塔，祝愿收获的谷子像沙子一样多。七月里，稻田里泛起杨梅绿，眼看丰收在望，布朗人有说不出的喜悦。他们不能忘记那些替他们送来谷子的善良的动物们，在每年举行尝新米仪式的时候，总要先端一碗香喷喷的新米饭喂牛、喂狗，然后才自己吃。

吃新米的时候为什么要喂狗？这里头可有点来由。当初大伙帮人种稻谷的时候，大家都很勤快，可就数狗懒。它见大伙都忙着，就觑空躲到树林里睡觉去了。睡醒了，才赶到地头，把猪拱开的土随便扒了扒，恰好叫人看见了。这时猪累了正在喘气，人们就以为猪懒狗勤快哩。以后呀，人就给狗吃饭，给猪吃糠。尝新米的时候，除了先给牛吃，还要喂狗。给牛吃是对的，牛劳苦功高；给狗先吃，那是人误会啦。

# 天、地、人的诞生

民族：撒拉族
采录：大漠、马英兰
流传地：青海省撒拉族聚居地区

## 吹出阿兰[①]

在早得没法计算的年代里，天地不分，到处是黑夜，没有白昼，黑乎乎的什么也看不见。一个创造宇宙万物的主——胡大[②]吹了一口气，这口气延续了六天六夜，比狂风还猛，比旋风还大，吹开了天地，天往上飘，晃晃悠悠，直到无法够着才停下来；地往下落，落呀落呀，直落到了底，河流现出来，这才慢慢停稳。从此才有了天地之分。现在我们看到的天地，就是胡大吹出来的。

## 泥捏阿丹[③]

天地吹出来后，奇大无比，胡大有些犯难：这么大的天地，由谁去使用它、掌管它呢？他想了好长时间，想出了造人的主意，就用泥土捏了个人形，取名叫阿丹，而后放在天堂门口。三百年后的一天，胡大打发身边的几个天仙说："我用泥土捏了阿丹，你们去看看怎么样了。"天仙们走出天堂，见阿丹是个没有灵魂、没有呼吸的泥娃娃，

---

① 阿兰：宇宙。
② 胡大：真主。
③ 阿丹：人类祖先。

他们好奇地拍了几下，回到天堂对胡大说："胡大呀，你造的什么人呀，肚子里空空的，躺在地上不动弹，连我们都不如。"胡大听了很不高兴，就罚他们变成乙比利斯①，并把他们赶出了天堂。

过了一段时间，胡大对着阿丹的躯体吹了口气，忽然，阿丹的泥身子变成了肉身子，阿丹急着想起身，胡大说："阿丹呀，你的腿还没变硬，你慌什么？"阿丹说："胡大呀，我要认我的主，做礼拜哩。"胡大听了很高兴，就把他带进了天堂。

## 犯禁落尘

天堂里的一切是那样的美好，到处是金砖银瓦盖的房子、玉石铺的地，真是金碧辉煌、透亮耀眼。果木花草比大地上还齐全，吃一口天堂里的果实，嘴里香六十天呢。阿丹在这么好的地方享受着胡大的恩赐。他随心所欲地生活了三百年，感觉有些苦闷和孤单了，吃无味，坐不稳。体察如镜的胡大看透了他的心事，过了些日子，便从他胁下取了根肋条，造了海娃，配给阿丹，让他们过夫妻生活。然后对他俩说："你们两口子在天堂过活，想吃什么随你们，唯独麦果不能吃。"他俩答应了胡大，一直不敢靠近麦果，小心地过活。

光阴一轮一轮过了几茬，禁他俩吃麦果的事让乙比利斯知道了。它们出于对阿丹的报复，存心想使他俩倒霉，于是，有个乙比利斯就变成一个老汉，来到天堂门口，设法进去。

天堂的门把守得很严，乙比利斯在门口转了一会，见一只孔雀从天堂里出来，便迎上去说："漂亮的孔雀，请你把我带进天堂吧，让我去看看里面的秀色。"孔雀一看把门的脸色不好，心想很难把它带进去，就没多说，摇了下头走了。乙比利斯很犯愁，正好又来了一条

---

① 乙比利斯：魔鬼。

蛇，它又迎上去，求蛇带它进去。蛇说："你这么大个活人，我咋带你进去？"说话间，乙比利斯已变化成一股风，藏进了蛇嘴。蛇正说话呢，忽地不见老汉了，心想怪事，也没多想，就进了天堂。

乙比利斯溜进了天堂，找到阿丹和海娃说："哎呀，天堂里最好的是麦果，既香又甜，你们咋不吃呀？"

阿丹说："胡大不让我们吃。"

乙比利斯说："你们这些呆子，吃了麦果就能长久地住在天堂。胡大是怕你们成为天堂里永久的人，才不让你们吃的。"

阿丹和海娃听了，还是不信它说的话。乙比利斯又想了个计策。它知道，天堂里的麦果，你只要对它产生一丝想吃的念头，它就会自动飞到你的嘴边，那时，再坚强的人也抵不住那芳香气味的诱惑。于是乙比利斯说："哎，你俩不吃麦果太亏了！你们想想，那麦果多好吃啊！香甜可口，色香无比……"经它这么一挑唆，阿丹和海娃不自觉地想：要真吃一个该有多美呀。不料，这下可坏了大事，麦果飞到了他俩的嘴边上，叫他俩给吃下去了。

乙比利斯的阴谋得逞了。这时，阿丹听见胡大说："阿丹，你不听我的劝告，两口子都吃了麦果，上了乙比利斯的当。你们离开天堂吧。"话音一落，一个霹雳闪电，阿丹夫妇永久地离开了天堂，落尘到了大地。


## 经受磨难

阿丹和海娃落地的时候，天上没有太阳和月亮，到处黑洞洞的，阿丹看不见海娃，海娃看不见阿丹，两人合抱在一起，不停地哭，哭呀，哭呀，眼泪在地上积成了潭，一棵棵树苗都靠他俩的眼泪长成了大树，他俩还在哭。他俩不停地向胡大求饶，乞求宽恕，乞求给予光明。有一天，胡大终于宽恕了他俩，一阵天动地摇的雷鸣，耀眼的电光在半空中炸开，一时间，天空变亮了，阿丹夫妇见到了光明。从此开始了人类的生活。

## 生养后人

那时，世上没有人烟，只有阿丹夫妇。他们先后生了四十胎共八十对儿女。可是，这些儿女都如何婚配呢？阿丹夫妇商量后，就把第一胎生的姑娘配给第二胎生的男孩，再把第二胎生的姑娘嫁给第一胎生的男孩，以此类推，解决了四十对儿女的婚配问题。从此，他们一代一代往下传，造就了世上的人烟。

## 残性的由来

阿丹和海娃为这些儿女婚配后，有的满意，有的不满意，于是就有了不和睦的关系。有个叫尕比列的儿子，觉得自己的妻子不如哥哥霞比利的妻子俊美，就对霞比利存了坏心。一次，他和霞比利玩耍时，拿起石头打死了霞比利。事后他又害怕了，不知道该把尸体扔哪儿。正好，远处有两只乌鸦在打架，其中一只被对方啄死了，那只得胜的乌鸦就刨出个坑把死者埋了。尕比列看后也照乌鸦做的埋了哥哥。回到家里，父母问尕比列他哥哥咋没回来。他说不知道。于是大家分头四处去找，结果发现了霞比利的血迹，这才知道他遭了尕比列的暗算。从此人类带上了残性，后世便有了杀人的事情。

## 掌管大地

世上的人多了，事情每天不断，胡大就想着让阿丹掌管大地。可是他身边的天仙们听到后很不服气，他们说："胡大呀，你派去的阿丹没本事，让他掌管大地，还不如让我们管。"胡大说："你们的本事真的比他大吗？"胡大把他们和阿丹叫到一起，随后把所有的动物和树木草类召集到一起说："天仙们哪，你们给这些物类一一起上名字。"天仙们说："我们只会你教给我们的，这些你都没教过呀。"胡大又说："阿丹哪，你给它们起个名字。"阿丹把所有的生物分了类，照它们各自的特点，一一起了名字。这会儿，天仙们才服了阿丹，阿丹掌管了大地。

## 洪水破天

大地上的人换了一茬又一茬，圣人奴海在世的光阴里，世人已布满了大地。这么多的人中势必有不少坏人，他们作恶多端，触怒了胡大，他降令给奴海，要他做一个八十米长的大船，在洪水破天的日子带上善良的人们和一对对家畜野禽，逃避这场灾害。

圣人奴海当即动手，和善人们修造大船。奴海对大家说："洪水就要淹没大地了，恶人们啊，多行善积德吧。"可是那些人不但听不进去，反说："你们这些傻子，在这么个干滩上造船，是要用牛拉呢，还是靠风吹着走呢？"就在他们的这些耻笑声像风刮在人们的耳边时，天上的水门打开了，洪水像决了堤似的冲来，地上的泉眼喷开了，泉水像水柱般往上冒，地上像开了锅一样混乱。那些不信奴海话的人一个一个被淹死了，唯独奴海夫妇和那些善人，还有那些家畜野禽，坐在船上，平安地漂流远去。他们漂呀漂呀，不知漂流了多少日子，一天，大船突然搁浅在一座山上。这时候，大地上的洪水退了。奴海一边打发人去找粮食，一边打发乌鸦去远处看水情。

乌鸦飞走后，一路上也饿得慌，碰见烂尸，便停下来吃人肉，时间一长便忘了自己的任务。奴海圣人不见乌鸦回来，又打发鸽子去。聪明的鸽子飞出去后见大水退尽，树木生绿，便落在泥里沾了一爪子泥，又飞到树上衔了一片绿叶，飞回来了。鸽子飞回来不久，去找粮食的人也回来了，他们找来了一把五谷。奴海圣人很高兴，把粮食中最好的豆子赏给了鸽子。这时，乌鸦也回来了，奴海圣人说："你不是饿得挨不住吗？去吃死肉好了。"乌鸦灰溜溜地走了。这天晚上，大家就用这把五谷熬了一锅粥，喝了个饱。从此，世上留下了五谷的种子，人们又开始了勤耕劳作的生活。

## 人类再起

洪水以后，只剩了一船的人，奴海圣人希望大家都能生养，使人类尽快地繁衍起来。可是，天意不随人。除奴海夫妇外，所有的人相继离世了，没有生养一个儿女。奴海夫妇也只生了四对儿女。奴海夫妇很伤心，他们叫来四对儿女，要他们各自挑选婚配，婚配成四对夫妻，然后对他们说："这么大的人间，大家都待在一起是不行的，要分开来治理四方。"儿女们也很明理，不久便各自东南西北地分开了。以后就一代一代，慢慢繁衍了今天的人类。

# 太阳和月亮

民族：撒拉族
讲述：须谊（撒拉族）
采录：王彰明
流传地：青海省黄南藏族自治州、海东市循化撒拉族自治县

很早很早以前，天上只生活着两个人，一个叫月亮，一个叫太阳。

月亮是个大姑娘，她长得很美丽，圆圆的脸儿像一面镜子，把大地照得亮亮堂堂。太阳是个男子汉，他的脸像个大金盘子，红光满面，把大地照得暖暖和和。

有一天，太阳对月亮说："尊贵的大姐，我向你求爱。如果我俩结合，有儿有女，快快乐乐该多好呀！我恳求你，我们马上就结婚吧！"月亮喜欢太阳行为大方，性格耿直，心像一团火，当即同意了。

他们是一对好夫妻，日日夜夜形影不离。他们一起生活了一万年，他们生了十万八千个孩子，每个孩子的小脸就像一朵小小的金花撒满天空。太阳和月亮有了这么多孩子，多得已记不清他们的名字，就干脆把他们全叫作星星。

有一年夏天，大地上发了洪水，花草和田苗全被淹了，地上的人们烧香磕头，求天神保佑。月亮闻到了香味，对太阳说："太阳公公，地上遭了水涝，请你想法搭救搭救他们吧。"太阳傲慢地说："我知道了，有本事你自己去搭救，用不着朝着我穷叨叨。"

月亮放出全部光亮，想把地上的水晒干，但是做不到。因为她只有光，没有热。太阳看了好笑，又对星星说："你们谁有本事谁就去搭救吧。"星星们施展出各种本领，但还是不行。地上的水越积越多，到处横流，泛滥成灾。

地上的香烟不断飘来，悲惨的呼救声不断传来，月亮再次请求太阳说："太阳公公，我的丈夫，难道你就这么残酷无情，见死不救吗？"太阳说："我想看看你们有多大本事。"月亮和星星齐声说："我们没有办法，才来求你，你有本领解救众人，我们全给你跪下。"说着，大家一起跪在太阳面前求情。

在大家的请求下，太阳面朝大地，放出了全身的光和热。不一会儿，大地就像点着了干柴一样烧成了个大火球，地面的水像开了锅一样，蒸腾的水汽遮住了天空。过了三天三夜，地上的水全蒸发干了。花草田禾得救了，受苦的人们高兴极了，大家感谢太阳的恩德。太阳看见地上有无数的人给他叩头，就问月亮："你看，我是不是救世主？"月亮说："你见义勇为，为众人做了件大好事。至于救世主，谁也不是。"太阳说："岂有此理！我上能管天，下也能管地，我就是主管天上人间的救世主，你们还不承认？"月亮说："我的丈夫，天地这么大，你是管不了的。"

太阳气极了，脸盘涨得通红，全身烫得像刚从火海里跳出来似的，大家都不敢接近他。月亮知道他一发怒，地上就要遭灾，就赶快用好话劝慰："啊，尊敬的丈夫，众人心中的太阳公公，我们承认你是神力无比的英雄，你千万别把怒火施向大地，让众人遭殃！"太阳不听，还是一个劲发怒，使大地变成了火海。刚从水里得救的受苦人，又遭了火灾。大家又烧高香，向天上求救。香烟飘到天上，月亮闻到了，她连忙劝阻太阳的无理行为。太阳说："我能救他们出深渊，我也能推他们进火坑。我要让大地上所有的人都知道，我就是主宰一切的神，我就是救世主！"

月亮说不服太阳，心里很难过。她看到刚刚逃离水灾的人们，又承受热的蒸烤，心里很痛苦，就离开太阳远走了。星星们也不愿跟着骄横无理的父亲过日子，都跟着善良的妈妈一起走了。

太阳见和自己相亲相爱生活了一万年的妻子走了，十万八千个儿女一个也没留下，知道自己错了，收起了怒火，去追赶自己的亲人。但是他的妻子和儿女——月亮和星星都不愿再看到他那暴怒的面孔，所以当太阳露面时，月亮和星星就赶快躲藏起来；当太阳从东到西，寻找他们一整天，带着疲倦和悔恨下山以后，月亮才带着她的儿女们出来，为众人送来光明。

虽说太阳也不愧是个聪明、勇于改过的男子汉，打那以后，他痛改前非，再也没给人间带来灾难，不断地给人间送来温暖。但是，只因那一时的糊涂，竟造成了千古大恨。从那以后，他就再也不能和自己的亲人见面，更谈不上和家人团聚了。

# 盘古的传说

民族：毛南族

讲述：覃启仁

采录：谭金田、蒋志雨

流传地：广西环江毛南族自治县

俗话说：盘古盘古，古不离盘，盘不离古。盘古的故事，要从土地和雷公打仗讲起。

远古的时候，管理大地的神叫土地，是一个善良的老公公。管理天上的神叫雷公，脾气很暴躁，有生命的东西都怕他。因此百草百木、百菜百果、百鸟百兽、百虫百鱼，统统逃到地上来了，使得地上万紫千红，热热闹闹；留在天上的只有云雾风雨，冷冷清清的。雷公责怪土地骗走了他的宝贝，要和土地打一仗，夺回这些东西。他带了十万天兵天将，个个手拿大铜锤，气势汹汹地杀来。土地也不示弱，他率领十万地兵，砍了树木做盾牌，奋勇迎战。头一仗，地兵的木盾牌经不起铜锤，被打碎了很多，土地大败。雷公把地上的灵芝、蟠桃、玉桂等仙草、仙果、仙树抢到了天上。之后，土地的十万兵将换上了牛皮盾牌，再打第二仗。双方交锋。雷公用了九牛二虎、三熊四蟒的力气，想一锤锤碎土地的盾，二锤砸烂土地的脑壳，不料牛皮盾牌越锤越板，打得雷公腰酸手麻，土地却越打越猛。雷公眼见要败，急忙喷出神火。土地用牛皮盾牌护身，不想牛毛纷纷着火烧掉了，土地只好退兵。雷公见土地手中还有盾牌，不敢穷追，也收了兵。第三仗是一场恶仗。雷公让一万天兵拿刀，一万天兵拿斧，一万天兵拿矛，一万天兵拿锤，一万天兵拿火，一万天兵吹风，一万天兵准备抢东西，剩下三万天兵做卫队。这三万卫队穿着和雷公一样的白衣白裤，用赤石粉染成像雷公一样的大红脸，让土地分不清谁是真雷公，这样，真雷公好在混战中乘机杀死土地。七路天兵，红橙黄绿青蓝紫，各拿一色旗，中央是卫队，拿着银旗。

土地探得雷公的战法，叫地兵全都穿上黑衣服，拿着黑旗，又叫他们每人刮一大包锅底灰藏好，单等打仗时用。天亮了，雷公带着天兵杀下来了，土地叫地兵统统埋伏在岩洞里。天兵横冲直闯，不见地兵。雷公大怒，以为地兵都藏在草丛树林里，就叫拿风的天兵猛刮风，想把草丛树木刮平。土地叫地兵趁风出洞撒锅底灰，十万包锅底灰被大风一吹，顿时天黑地暗，雷公卫队的银旗染成了黑旗，白衣白裤也全染黑了。七彩兵听到地兵的喊杀声，错把天兵卫队当黑衣黑旗的地兵来砍杀。天兵卫队在天黑地暗里只得拼命抵抗。雷公看到中了计，连忙唤来一阵大雨，冲洗卫队身上和旗上的黑锅灰。等雨过天晴，天兵早死了一大半。雨水也冲掉了天兵卫队脸上的赤石粉，只剩雷公一个是红脸了，土地忙叫地兵把雷公团团围住厮打。雷公丢了卫队，寡不敌众，被活捉了。

土地晓得雷公是条龙，得水生力，就把雷公绑在石头柱子上，让毒日头晒得他龙鳞脱落，浑身酥软，没有力气。雷公望见老树洞里有水，就向老树讨水喝，老树支支吾吾不答应。他又望见古庙旁有水池，就向古庙讨水喝，古庙默不作声。雷公气得记在心里：有朝一日得救上天，定要劈断老树，劈倒古庙。所以现在大树、古庙容易挨雷劈。雷公正在没法可想的时候，盘和古两个孩子走来了。雷公忙装出笑脸对他俩说："你看我的皮都晒裂了，口渴得要死，你们拿点水给我喝吧！"盘和古见他很可怜，就回家用葫芦瓢装了半瓢水，刚要递给雷公喝，忽然转身说："雷公公啊，土地爷爷交代过，谁给你喝水就要挨砍手的！我们怕呀！"

"如果真这样，我就不喝了。不过把水倒了多可惜！我晒得热死了，你们就喷几口水在我身上，让我凉快一些吧！给我喝水的才挨砍手，只喷几口水，土地爷爷是不砍手的。"

盘和古听了，觉得有道理，就你一口、我一口，轮流把水喷在雷公身上。一得水，雷公顿时浑身有了力气，挣断铁链就上了天。才升上几丈，他又落到盘和古身边，取下两颗被土地打松了的牙齿交给他们说："你们拿这两颗葫芦籽回家去种，种出来的葫芦可是个宝贝，遇到灾难，可以进去藏身。"说完就飞上天去了。

土地饮完庆功酒，大睡了三天，醒来时古妹对他说："爷爷，雷公公回家去了！"说完，手捧着雷公的两颗牙齿，递到土地面前说："雷公公还给我们两颗葫芦籽，说种下去会长出宝贝来。"土地一看是两颗雷公的牙齿，晓得大事不妙，吩咐盘古兄妹赶快拿葫芦籽去种，自己则立刻叫人们伐木造排，准备躲过灾难。

盘古兄妹种下的葫芦一天长三尺，三天长一丈，四天开银花，五天结了两个金葫芦。打败天兵、捆绑过雷公的人，却不信雷公还敢再来，没有一个听土地的话。土地一天一夜跑了一万里，进了百万家，都没有人肯去砍树扎木排。

不久变天了，大雨下了六十天，消水洞变成了出水洞，出水沟变成了进水沟，消纳江河的大海，向江河倒灌咸水。鱼龙虾鳌进了大街，猪马牛羊落进了水底。盘古兄妹想起雷公公的话，砍下一个金葫芦，装了很多糯米糍粑进去，藏在里面。土地爷爷游水过来，也砍下一个金葫芦，往里装满了金银珍宝，也藏在里面。洪水淹没了村庄，盘古兄妹坐的葫芦，不知漂到什么地方去了。洪水淹过高山顶，尖尖的岩石碰穿了土地坐的葫芦，葫芦进了水，慢慢下沉。土地忍痛把金银珍宝全都丢下水。所以后来土地变成了穷光蛋，没有大庙住；龙王成了大富翁，龙宫藏有千珍万宝，龙王笑得合不拢嘴。洪水把盘古兄妹坐的葫芦冲到了山尖尖，岩石刺破了葫芦底，古妹忙用糍粑补上。盘兄爬出葫芦口，扯来漂在水面上的金竹和白藤，破成细篾，给葫芦编了一个套子。这个方法一直传到现在，毛南人装东西的葫芦外面，总用竹篾编个套子来保护。

　　洪水整整淹了三百六十天才退去，盘和古走出葫芦，在大地上转呀转，看月亮圆了缺，缺了又圆，圆圆缺缺三十六次，可是一个人也没有碰见。一天他们碰到了土地爷爷，土地爷爷的衣服早已破破烂烂，胡子也垂到肚脐了。土地爷爷见盘兄生得腰圆膀粗，成了一个漂亮的后生哥，见古妹长得丰姿动人，成了一个大姑娘，就笑眯眯地说："现在天下都没有人了，你们就结为夫妻吧！"古妹羞得低下头，用力一推，把土地爷爷推进一个古树下的小石洞里。所以后来毛南人就把土地神放在古树下的小石洞里。

　　土地爷爷说："你不信我的话就去问松树吧！松树生在高山上，哪里有人没有人他都望得见。"古妹戴一顶雨帽遮羞，爬到高山去问松树。松树摇摇头，摆摆手说："世上没有别的人了，你们成亲吧！"古妹羞得满脸通红，抓住松树，把一片一片的叶子撕得像头发丝一样碎，又用刀边砍边诅咒："砍一蔸死绝一蔸！"松树痛得要命，挨一刀砍，流一行泪。古妹左砍右砍，震得松果纷纷落下，把古妹的雨帽打出许多密密麻麻的洞眼。所以现在松树砍一刀就流松脂，松脂就是泪呀；砍一蔸就死一蔸，不再发新枝；叶子也像头发一样，一条条的；用竹篾粽叶编雨帽，也编成一格一格的。

　　古妹走到大河边，碰见一只大乌龟，问道："我和盘兄能不能成亲？"乌龟晓得古妹怕羞，讲"能"会挨打，就说："你们各在我的面前烧一堆艾吧，如果火烟各不相干，就不能成亲；如果火烟相交，你们就应该成家。"盘古兄妹找来两捆湿艾，各烧一堆，一下子浓烟滚滚直升天上，风吹浓烟绕作一团。古妹一看，眼泪也急出来了，双手捂住脸跑上去，狠命把火堆吹燃，不让烟相交，可是烟还是打绕了，所以现在妇女恨透了烧湿草生柴，一见它冒烟，就要把火吹燃。古妹见乌龟慢慢爬走了，恨得追上去拿起石头就打，打得乌龟壳有了裂纹，直到现在还是这样。

古妹还是不肯和盘哥结婚，低头说："今天太阳好，我们去玩一会再讲吧。"盘哥只好跟着她走了一山又一山，爬上树去给她摘了很多好吃的野果，到崖边给她采了很多美丽的山花。古妹吃了甜果笑眯眯，拿了香花笑眯眯。盘哥唱道：

豆角开花朵朵鲜，
同枝共叶两相连。
盘古共根不成对，
芝麻开花脸背脸。

古妹放声答道：

豆角开花朵朵鲜，
同枝共叶两枝丫。
同枝共叶各结子，
豆子同根不共家。

这时，天上飞来了一对斑鸠，落在大树上"咕咕咕"，叫得好欢乐。盘哥心里一动，又唱道：

山上斑鸠叫咕咕，
一唱一答紧相连。
天生一窝配双对，
不修道来不成仙。

古妹没有歌答了，又走上山去，见有一盘石磨，说道："我们各自滚半副石磨，如果石磨在山下合起来，我们就结合。"说完一推，半副石磨骨碌碌滚下山脚，"嘭"的一声跌到河里去了。盘哥推另半副石磨，骨碌碌沿着旧路往下滚，"嘭"的一声也落到古妹那半副石磨落水的地方去了。

盘兄下了山，连忙脱了衣服跳到河里去捞，古妹站在岸边看。盘兄捞了很久，连石磨的踪影也找不着；乌龟游过来，叫盘兄把一个大蚌搬给古妹看。古妹见盘兄把大蚌左翻右滚也分不开，以为是石磨合在一起了，只好答应和盘兄结婚，但又提出不拜天地，同房不同床，不给天知地知。所以现在毛南人新房里要铺两张床。第二天，古妹到河边挑水，看见水里有一个大得像石磨一样的蚌，晓得盘兄左翻右翻叫她看的不是石磨，气得把大蚌丢到河滩上，撬开蚌来晒日头。传说河滩上的一些半边蚌壳就是古妹撬开的呢！

盘和古结婚三年还没有生娃，就用泥捏成人偶，叫乌鸦衔去丢。盘和古捏泥人，捏了七七四十九天，乌鸦衔泥人，却整整衔了十九年。从此，不论是峒场和村庄，还是山上和河边，又有了人烟。用黄泥、白泥、红泥和各种各样泥土捏成的人偶，就成了三百六十行各种各样的人，一代一代传到现在。

# 格射日月

民族：毛南族

口述：谭履宜（毛南族）

采录：谭金田（毛南族）、蒋志雨（壮族）

流传地：广西环江毛南族自治县下南乡波川村

相传还在很古的时候，大禹皇帝带领百姓降水妖，疏河开渠，把祸害人民的漫天洪水引到东海去了。曾被洪水淹没的山川原野又渐渐恢复了生机，乡镇和村寨又开始出现在大地上了。

可是就在大禹皇帝降妖治水的时候，有十八只水妖——九条乌龙、九只白熊逃到天庭去了。

禹皇死了以后，又过了九十九年，九头乌龙精在天庭里再也待不住了，就窜出云层，喷着烈火，曝晒人间。这样，天上就有了十个日头。空气变得火辣辣的，田里的水被晒得滚烫，不久就被晒干了，江河湖海也被晒得直冒白烟。众人忍受不了十个日头的曝晒，纷纷逃进深深的岩洞躲避。粮食不多了，就半夜出来挖蕨根打蕨粑度日。后来又想了个躲开日头曝晒的巧法子：上午躲在高山西边荫凉处开荒，下午躲到高山东边荫凉处耕作。这个法子一代传一代，一直保留到今天。

九条妖龙虽然把人害苦了，但它弄不绝人烟，又请来九只妖熊合谋。九只妖熊原来是九个冰精，它们浑身冰冷。九个冰精晚上混同月亮一起出山，天边就像挂了十面大镜子，寒气逼人。冰精在天上抖一下，抖落的绒毛落在地上，就是一场封山盖路的雪灾，地冻三尺，滴水成冰。众人披麻着棉，抵不住天寒地冻的折磨，就用百兽皮做成皮衣御寒。妖熊见冻得死禾苗冻不死人，又打了一个喷嚏，鼻涕飞出落到地上就是大冰雹，把人类挡风遮雨、躲寒避暑的房屋瓦片全砸碎了。

在外头耕作的人也被砸死砸伤大半。不久，众人又想了个法子，上山割来茅草，撬来青石片盖在房子上，出门耕作又戴了一项用细竹篾编成的帽子，挡风雨，遮毒日，防冰雹。没有粮食就打猎采野菜野果。

有一年，巴音山下来了游山打猎的父子二人。他们力大无穷，用的弓别人扛都扛不起。大家十分敬佩他们，拿出最好的东西招待他们。大家见老猎人把儿子叫作格，就按本地风俗亲热地称老猎人为爹格。爹格和格感激大家的热情，头天就上山打来一百头野猪、一百只虎、一百只狐狸作为报答。

爹格和格神箭的威名很快传遍四方，方圆百里的百姓扶老携幼登门请他们射掉日月。

爹格和格答应了。他们准备了三个月又九天，用二十苑大楠竹做成二十支神箭，箭头上涂了射虎杀熊的见血封喉药，带着二十个比牡牛还硬朗的后生哥，背了干粮和清水，爬上九千九百九十九丈高的巴音山顶。高山顶上没有草木，十个日像头十团火，晒得他们先是浑身冒汗，后是浑身起泡，大家干渴无比，疼痛难熬。爹格咬紧牙关，对准毒日连射十箭。眼看十支神箭飞近了，妖龙吓得胆战心惊，急忙往高处飞，这十支神箭渐渐无力，落回了地面。只听"轰隆""轰隆"十声巨响，犹如打了十个旱天炸雷。格听到神箭落地的声音，急得一步跳到父亲面前，接过老猎人手中的弓准备再射。不料老猎人说了声："没用！"就倒了下去。原来，他死盯着毒日放箭时，双眼被烧瞎了。无奈，格与众弟兄只好扶着爹格下山。

射不下日月不罢休！格下定了决心。他告别了父亲和众乡亲，出门求师学艺去了。

格走访三年，拜了上千个猎手和匠师，但没有一个人有办法造出能射日月的神箭。格不甘心，又走遍了千山百川，胡子也长出来了，还是两手空空。一次，他几天几夜没找到村寨，走得又累又饿，就倒在一棵古松下睡着了。渐渐地，他觉得有东西压在身上。他惊醒过来，一看，原来是一个又臭又脏的老头子。脏老头见他醒来了，就有气无力地说："孩子啊！你睡得真香，我快渴死了，等你醒来等了半天，你快去找碗水来给我喝吧！"说罢，塞给格一个脏碗。

格看着脏老头，他想，自己的爸爸也会像这样向别的兄弟要水喝的。于是他毫不犹豫接过脏碗，不顾饥肠辘辘、劳累难忍，就找水去了。水找来了，脏老头像三年没见过水一样，喝了一碗又一碗，格跑了一趟又一趟，一共给他捧来了九十九碗水。等格捧到第九十九碗水时，脏老头喝了一口说道："孩子呀，你给我捧来了九十九碗水，你自己却没先喝半口，想来你也渴了，剩下这半碗水你就喝了吧！"格刚喝下水，老头又说："这大林子里有很多鼯，你去射一只烤给我吃。"

格听了脏老头的话，又想：对呀，我爸爸要是饿了，也一定会这样向人要东西吃的。他拿起弓箭就往林里走。鼯可是个机灵乖巧的野物，格追了大半天，好不容易才射到一只，他把鼯递给脏老头时，脏老头却没有接，而是伸手抽出了格的一支没羽的光身箭杆，哈哈大笑着说："好孩子啊，你该明白了吧！鼯没有可以飞行的翅膀，靠张开四肢间的肉膜子，上腾虽不及一丈，下跳却可以飞翔千尺！"笑罢，还没等格弄明白是怎么回事，他就把没羽光身的箭往格怀里一推，转身朝林子深处走去。格忙去追，可是怎么也追不上。

格慢慢醒悟过来，他收拾起东西就往家里赶路。不知哪里来的力气，双腿像生风，山山水水在他跟前一闪即过，只一天工夫就回到了巴音山下，可爸爸早死了，格强忍着悲痛，和众弟兄造好了带羽的神箭，连夜攀上了九千九百九十九丈高的巴音山顶。

九条乌龙像往日一样，依次蹿出海面，喷着通红的火焰正要逞凶。"嗖"的一声，一支神箭直飞向妖龙，"轰"的一声，一条妖龙带着火团掉进海里，海水被烧得直冒热气。"嗖——嗖——嗖——"一支支神箭风驰电掣般飞出去，"轰——轰——轰——"八条妖龙带着八团大火落入海里，海水被烧得像一锅热粥，蒸汽飞腾，白茫茫一片。只有一个真日头趁格看不见，借着飘散的雾气逃上天顶。热气腾腾的雾气飞到天空，化作一场倾盆大雨。

九只妖熊不知死活，也出来逞凶，想把格冻死在山顶上。哪料刚一出海，"嗖——嗖——嗖——"，一阵神箭飞来，它们统统落进海里，弄得滚粥一样的海水立即结成了厚厚的冰。剩下的一个真月亮，刚露半边脸就吓得藏了起来。直到今天，月亮也改不了习惯，还是躲躲藏藏的总不敢夜夜出来给百姓照明。

格见只剩一个日头了，就留它给百姓驱寒照明，没有再射。但他担心掉到海里的妖怪没有全死，有一天还会出来行凶作恶，就一直守卫在高高的山上，没有再回人间。

# 阿仰兄妹制人烟

民族：仡佬族
讲述：赵云周等（仡佬族）
采录：李道、罗懿群等
流传地：贵州省黔西县、织金县

　　世间的万事万物都有个来历。人，也有人的先根先底①。听老辈人说，很古很古的时候，有一家人，大哥叫阿茹，二哥叫阿迭，三哥叫阿仰，还有一个妹妹。

　　大哥阿茹是个昏头昏脑的人，分不清五阴六阳，分不清好坏高低。他拿酒当水去打田，舂糍粑来糊田坎。该叫伯娘的，他喊婶娘；该叫婶娘的，他喊嫂嫂；该叫嫂嫂的，他喊姐姐；该叫姐姐的，他喊妹妹。大暑六月的热天，他说天气实在冷，穿起棉衣和鞋袜，跑到坡脚去烧火烤；寒冬腊月的冷天，他说天气实在热，爬到高山垭口跷脚坐，还要打伞来遮阴，摇扇来扇风。他领两个兄弟去开荒，从坡顶往下挖，结果挖一锄盖一锄，挖一幅盖一幅，弄得乱糟糟一片，种不成庄稼。

　　有一天，阿茹带着两个兄弟正在山上开荒，天神哲格变成个老头下凡来，劝告他们说："你们不要开荒刨草了，蚂蚁都在搬家，要涨洪水了，你们快去找条生路吧！"

　　阿茹和阿迭听说不要他们开荒刨草，立马火冒三丈，跳起脚来骂哲格："我们开我们的荒，我们刨我们的草，关你什么事？"

　　阿仰看这个善良的老公公说话很和气，来劝他们弟兄去躲洪水找生路，是一番好意，就连忙劝住两个哥哥好好向老人讨教。

---

① 先根先底：祖先的根底。

阿茹、阿迭掉转身，一同跟阿仰去找哲格讨教。哲格各教了他们三兄弟一种躲过洪水的办法。

　　他对阿茹说："你把花桑树砍来抠成船，洪水来了，你坐进船中，上面加个盖，外面用泥巴糊口，里面用牛屎糊缝。洪水涨齐天，你会漂上天；洪水消退下来，你会落回地，你的性命就保住了。"

　　他又对阿迭说："你把白栈树砍来抠成船，洪水来了，你坐进船中，上面加个盖，外面用石灰糊口，里面用泥巴糊缝。洪水涨齐天，你会漂上天；洪水消退下来，你会落回地，你的性命就保住了。"

　　最后他对阿仰说："你把杉树砍来做成个大大的木葫芦，外面涂漆。洪水来了，你拿两个鸡蛋夹在胛孔①里，带着你妹妹坐进葫芦里。洪水涨齐天，你们漂上天；洪水消退下来，你们落回地。等到你胛孔里的鸡蛋孵出小鸡时，你们从木葫芦里钻出来，性命就保住了。"

　　三弟兄果真都各自去照办了。哪晓得，花桑树和白栈树都是很重的木料，放到水面上根本漂不起来，所以阿茹和阿迭的木船都沉到水底去了。那些糊盖口的石灰、泥巴和牛屎，经水一浸泡就垮了，水漫进船里，淹死了老大和老二。只有阿仰和妹妹坐的木葫芦一直漂在水上，葫芦口高高翘起，水进不去；大浪朝东涌，他们漂到东，大浪朝西涌，他们漂到西……任随风浪打，他们都稳稳当当地坐在葫芦里头。

　　经过四七二十八天后，夹在阿仰胛孔的鸡蛋孵出了鸡崽，洪水真消退了。可是，阿仰他们坐的木葫芦，却被挂在一个大悬岩的树桩上。他们朝外一看，上下都是刀劈斧剁的万丈悬岩。他们上不沾天，下不着地，心里很着急。

　　后来，妹妹看见悬岩上边有棵树，树上有个岩鹰窝，窝里有三只岩鹰崽，它们扇着翅膀"嗷嗷"地叫，老岩鹰正飞进飞出地找食来喂岩鹰崽。妹妹对哥哥说："我们被挂在这个悬岩上，上又上不去，下

————————
① 胛孔：腋下。

472

也下不来。我们何不把岩鹰崽拴住，和老岩鹰交涉，要是它答应把我们背到山脚去，那就好啦！"

哥哥也觉得这是个好主意。妹妹就从自己头上扯下三九二十七根头发，用三根头发搓成一股，三股搓成一根索，一共搓了三根索，便轻轻地把三个岩鹰崽的脚拴住了。

日子一天一天地过去，岩鹰崽都长大了。可是，它们还不会飞出去找食、找水。老岩鹰着急了，就飞到天上去问天神哲格说："我的崽崽长大了，长得比我高、比我壮，为啥还不会飞出窝去找食？为啥还不会飞去找水？"

哲格默默算了算，回答说："你的窝脚有家人，你去找他们帮忙想想办法吧。"

老岩鹰连忙飞回来，绕着它的窝边飞来飞去，不见哪里有人家。它又飞来飞去看，才看见窝脚的树桩上挂着一个木葫芦，葫芦里坐着阿仰兄妹俩。老岩鹰急忙飞去找他们帮忙想法子。

阿仰兄妹有心要老岩鹰背他们到山脚去，又怕它背不动，为了试试它的气力，就对它说："你看，坡脚有三副磨子、三乘耙子、三张碓，你去抬开一样，就有一只岩鹰崽会飞。"

老岩鹰立马飞到坡脚去，照着阿仰兄妹说的去做。它用双脚紧紧抱住三副磨子，扑扑地使劲扇着翅膀，从东飞到西，把磨子搬到了另一个地方。阿仰兄妹看见老岩鹰搬走了磨子，就解开一根头发索，放走了一只岩鹰崽。

老岩鹰又飞回来，用爪子抓起三乘耙子，扑扑地使劲扇着翅膀，从东飞到西，把耙子搬到了另一个地方。阿仰兄妹看见老岩鹰搬走了耙子，又解开一根头发索，放走了一只岩鹰崽。

老岩鹰看见两只岩鹰崽飞出窝了，心头很高兴。它一个猛子扎回来，用爪子抓起三张碓，张开翅膀扇几扇，就把三张碓搬到另一个地方。阿仰兄妹看见老岩鹰搬走了碓，他们又解开一根头发索，放走了最后一只岩鹰崽。

三只岩鹰崽头一回飞上天，自由自在，心里说不出的高兴。老岩鹰见自己的崽崽会飞了，更是说不出的欢喜。它领着三个崽崽飞过来绕过去，又从矮处飞到高处，它们越飞越远，越绕越高。阿仰兄妹越看越着急，急得抱头大哭，哭得天摇地动。

老岩鹰听见阿仰兄妹在哭，就飞回来对他们讲："你们若是不再拴我的崽崽，我就背你们下山去！"

阿仰说："要是你背我们下山去，我们就不拴你的崽崽啦！"

交涉好了，老岩鹰就背着阿仰兄妹往下飞。可是，飞到半岩上就歇脚了。老鹰说："我的肚皮饿啦，我要吃你们的小鸡！"阿仰说："我的鸡崽要留来传种的，不能给你吃！"

老岩鹰说："我的肚皮饿了，不吃没力气，就背不动你们！"争过来争过去，阿仰无法，只好答应割身上的肉来给岩鹰吃。阿仰顺着脖颈割了一圈，又割了两个胛孔、两个胳膊肘、两个膝盖的肉喂岩鹰，还答应以后传下了鸡种，岩鹰可以来抓个把去吃。就这样，老岩鹰才把他们背到山脚。从那以后，人们的脖颈就有了凹陷，胛下就有了窝，胳膊肘和膝盖的肉也比别处的少了。后来，家里养了小鸡，有时岩鹰还来抓一两个去吃；如果是正月初一、初二、初三，看见岩鹰抓小鸡，还不能吼，只好随它抓哩！

洪水消退后，世上已没有房屋，没有吃的，也没有别的人了。阿仰兄妹来到山脚，见到处是稀泥烂凼，满眼荒凉。他们又冷又饿，怎么生活呢？兄妹二人都发起愁来。阿仰随手折了一枝泡木桠枝，拿在手头耍弄。泡木树是麻癞癞的，粗糙得很，三摇两耍，磨得阿仰的手板心发烫。阿仰想：既然能把手板磨热，是不是磨得出火呢？他到处去找来一些泡木桠，用各种办法摩擦，后来干脆压在石头上搓，七搓八搓，搓冒了烟，搓出了火。

有了火，阿仰兄妹心头的忧愁消去一大半。他们欢天喜地地去捞<sup>①</sup>干柴、干草来烧火，无意中又捞得灵芝草，也将它放到火中。灵芝草烧起来特别亮，冒出五颜六色的烟子，冲得特别高，很好看。

火烟冲到天上去，惊动了天上的神灵，天神哲格下凡来察看。他顺着火烟一路找来，看见是阿仰兄妹在烧火。哲格想：洪水消了，尘世上只剩下阿仰兄妹二人，往后他们怎么生活，又怎么传下人烟呢？他左思右想，最后想出一个法子，叫阿仰到天上去找三个仙女求婚，若其中有一个能答应，让阿仰把她带到人间来，就可以制下一曹<sup>②</sup>人烟了。哲格把这个想法告诉阿仰。阿仰也情愿去，就是不知道要怎样才能去到天上。

哲格说："你去选又粗又壮的麻秆来扎芦笙，朝着天上吹，就可以踩着麻花云上天去了。"

阿仰为了上天找仙女求婚，他跑遍了周围的大山，找来又粗又壮的麻秆，专心扎了九天九夜，扎成了一把式样最漂亮、声音最好听的麻秆芦笙。他带着芦笙爬到一座高高的山顶，朝着蓝蓝的天空吹奏起来。他边吹边跳，边跳边吹，不知吹了多少调，也不知跑了多少圈，只见西边天上飘来一朵朵白亮白亮的云彩，一朵接一朵，一大串一大串，又慢慢散开，就像一条又宽又长的石街路。阿仰抬脚踏上麻花云，吹着芦笙往前走，果真走到天上去了。

阿仰在天上找到哲格老人，也找到了三个仙女。一问，才晓得三个仙女是三姊妹。

阿仰吹着最好听的芦笙调，喜笑颜开地去向大姐求婚。大姐见了不高兴，鼓起眼睛跌脚跟。大姐不愿意。

阿仰不灰心，吹着最好听的芦笙调，又喜笑颜开地去向二姐求婚。二姐见了很生气，棱眉鼓眼还吐口水。二姐不愿意。

---

① 捞：搜捞。

② 曹：批或辈。

阿仰还是不灰心，吹着最好听的芦笙调，又喜笑颜开地去向三妹求婚。三妹好歹都不说，只是扬起脖子哈哈笑。三妹也不愿意。

　　哲格见三个仙女都不答应阿仰的要求，就对阿仰说："你是凡间人，还是回到凡间去求婚。"

　　这一来，阿仰却为难啦！他说："凡间遭了洪水大灾，没剩下别的人，我到哪里去求婚呢？"

　　哲格说："无路也要找路走呀，我陪你去想法子！"

　　哲格同阿仰来到凡间，他叫阿仰把妹妹找来，要他们兄妹成婚。阿仰和妹妹听了，说："我们是同父共母的兄妹，不能做夫妻，尘世间从来不兴这个规矩。"

　　哲格说："洪水淹了天下，世上再没有别的人啦！你们不成婚，哪个来传宗接代，哪个来接下人烟呢？！"

　　哲格左劝右说，妹妹心软同意了，哥哥还是不肯。哲格左思右想，想出一个办法。他说："你们各扛一扇磨子，一个爬上东坡，一个爬上西坡，一起往中间滚磨，要是磨子滚来相合，你们就应该成婚！"

　　阿仰心想：我要是往外面滚，磨子一定合不拢。于是答应照老人的办法去做。阿仰扛起一扇磨子爬上东坡，朝着外面滚。妹妹扛着一扇磨子爬上西坡，朝着山下滚。咳！说来也怪，阿仰滚的那扇磨子顺着坡腰绕了一圈，又和妹妹滚下的那一扇磨子合拢在一起了。

　　哲格说："这是天心和人意，你们应该成婚。不过，只是这一回，后辈儿孙就要分支分姓开亲啦！"

　　阿仰推脱不过，只好和妹妹成了婚。后来，他们生了九个儿子。可是，这些孩子都不会说话，不会找吃，不会找喝。没有办法啦，阿仰又吹着芦笙，上天去问哲格到底是怎么一回事。

　　哲格说："闷林竹子①长有九个节，你去拿来锯了放在火里烧。

---

① 闷林竹子：大竹林中后发的竹子，长不高，竹梢伸不出林，故名。

锯一节就烧一节，烧一节就爆一节，爆一节就有一个儿子会说话。"

阿仰回到凡间，找来闷林竹子，一节一节地锯来放在火里烧，果真九个儿子都会说话了。只是各人讲的不同，一个说来一个听不懂。

后来，九个儿子分开住，就形成了各个不同的民族。现在的苗族、彝族、仡佬族、布依族、侬家、蔡家，等等，就是从那时候分出来的。

# 竹王的传说

民族：仡佬族
采录者：魏绪文
流传地：贵州省毕节市黔西县大关镇、雨朵镇、金碧镇、协和镇、重新镇

很久很久以前，九九长冲大河边，有一个生得美如天仙的仡佬族姑娘，香名叫倡乳。她没有父母，也没有兄弟姐妹，一个人住在岩洞，开荒种粮，栽麻织布，勤快地过日子。

一天，倡乳到河边洗披袍①和桶裙。突然飞来一只叫不出名字的怪鸟，在她脑壳顶上盘旋，"笃筒笃筒"地叫个不停。不多一会儿，那怪鸟飞到水面上点水，溅起几丈高的水花，水花一落，怪鸟就被打进水里不见了。倡乳十分着急，两眼直盯着水面，一心巴不得它快飞出水面来，连声叫道：

"水呀，你千万不能把小鸟淹死啊！"

话音刚落，水里冒出一串串水珠，发出一道道刺眼的金光。接着不知是什么东西一下从水里蹦了出来，离水面好高好高才落下。倡乳仔细一看，原来是一节好粗好粗的竹筒，在水面上打着转，直往她的面前漂过来。

倡乳十分好奇，顺手用捶衣棒一捞，把竹筒拿上了岸。好怪！那竹筒里发出嫩娃娃的哭声。她把竹筒丢下就跑，又听见嫩娃娃的哭声越哭越大，才返回去把竹筒抱在怀里。这下，那娃娃不但不哭了，反

---

① 披袍：仡佬族的衣服。用布七尺许，缝中挖一圆孔，用花边镶好，从头上笼下，齐腰处扎一扎带，十分简易。

而哈哈笑起来。倡乳用捶衣棒轻轻地敲呀敲呀，刚把竹筒打开个裂口，那娃娃一下子就蹦了出来。哈呀，还是个又白又胖的男娃娃哩！她将身上披的袍取下来把娃娃包好，抱回洞里①好生抚养。

不到一年光景，那娃娃便会喊妈妈了。可是还没给他取名字哩。倡乳正在想取个啥名字，那只怪鸟又飞到洞前大树上"笃筒笃筒"地叫起来了。倡乳就依鸟叫的声音，给娃娃取名叫"笃筒②"。

笃筒长大成人后，拳大如斗碗，脚像两块拍土的地巴掌，双眼黑得发亮，两膀有千斤力气，又操练出一身好武艺。他每天上山打猎，下河捉鱼，对妈妈也十分孝敬。母子二人勤耕苦织，生活也很甜美。

有一天，笃筒上山打猎，没想到正在麻园种麻的妈妈却被老虎抓走了。笃筒得知后，悲痛万分。为了替妈妈报仇，他寻着血迹追找，终于在一个偏岩下找到那只老虎和妈妈的尸体。

笃筒气得哇哇大叫，一阵拳就把老虎打死并剥下了虎皮。他将妈妈的尸体包好，吊葬③在半岩树上，然后，烧起柴火，烤虎肉来祭奠妈妈。

不久，笃筒打虎的事传了出去。因为山大树林多，处处有猛虎吃人，四山八岭的人都跑来请笃筒去打虎除害。他打虎的威名越传越远，各处村寨的仡佬人都争着请他去当寨主。后来他管的寨子越来越多，就算骑起快马日夜奔跑，百把天也跑不完。于是，他就想出个好主意，并小寨为大寨，集十个以上的大寨为一个部分，挑选出精明能干的人来当头领，各部分又归笃筒统领。就这样，他叫各部分招兵买马，天天操练，在有精兵强将的基础上立了个国家，自称夜郎国，大家拥戴

---

① 洞里：以岩洞当房而得名。

② 笃筒：在流传中被有的人说成"多同"，因为竹王是从竹筒内出生，他的名字应该是带"竹"字头的。

③ 吊葬：即悬棺葬，仡佬族人特有的风俗，是让前人升天的意思。后来别的民族也有采用这种葬法的。

他当了国王。因为他是竹中所生，故人们又都称他叫竹王。

笃筒自从当了国王之后，更加思念他妈妈倡乳。于是，他将倡乳洗衣捞竹筒的九九长冲大河改名叫竹水。还在倡乳住的洞边修了座竹娘庙，将吊葬于岩树上的竹娘尸骨重新用棺木装好，吊葬于高高的石岩上。因为这片土地是竹王母子和仡佬族人开发的，所以，每当有丧葬队伍的棺木路过此地，他们都不用丢买路钱。抬棺木的人饿了，一路无论地中长什么，都可以任意吃。这后来成为仡佬族人世代相传的风俗，不管是不是出丧，凡是地中长的东西，特别是谷子，人人都可以勒①回家去舂米尝新。后来，外族人进来种的谷子，仡佬人照样可勒些去舂米尝新。

竹王死后，大家为了追念他打虎除害和建立国家的功劳，家家户户都在水缸边立一个竹筒，一头接个开孔的大葫芦，用它舀水，表示追念竹王。凡是儿子有事出门，妈妈都用竹筒葫芦舀水给儿子喝，喝了竹娘舀的水，一路保平安；儿子归家时，喝了竹娘舀的水，能除邪长寿。

①勒：方言，摘取。

# 老鼠、蛇、蚊子、燕子和人

民族：锡伯族
采录：彭德、忠录（锡伯族）
流传地：新疆察布查尔锡伯自治县

相传，在老早老早的混沌时代，洪水淹没了大地，生灵找不到一块立足之地。天王阿布凯厄真为了不使生灵绝种，造了一艘大船，从所有的生灵中选来公母各一，放到船上，想待洪水退后，再把它们放回大地繁衍生息。

老鼠在船上闲不住，东窜西钻地啃这咬那。一天，它竟把船底啃了一个洞，顿时水从洞口灌入舱内。在这十分危急的时刻，蛇挺身而出，用自己的身体堵住了洞口，才避免了沉船。

洪水退走后，阿布凯厄真发现船底板上有一个洞，便下达指令："从今以后，就让老鼠打洞过日子吧。众生灵要监督老鼠，别让它在光天化日之下乱闯乱跑！"

阿布凯厄真又想：船底既然有洞，为何没有沉没？就问是谁堵的洞。部下回答说："是蛇用自己的身体堵住了洞，才救了大家。"阿布凯厄真把蛇传来，要重赏它。便问蛇："你想要什么？"

蛇回答说："在凡间，我受尽各种生物的欺辱，就拿人来说吧，他们经常把我抓去捆草，我被折磨得无法活下去了。"

阿布凯厄真听了蛇的诉苦，赏给它一套毒牙。阿布凯厄真又向蛇问道："你喜欢吃什么肉？"蛇回答说："我见谁都害怕，什么肉都没有吃过，所以说不出来。"

阿布凯厄真听了这话，就派蚊子到凡间去品尝所有动物肉的味道，然后回来禀报。可是，过了三天，仍不见它的影子。阿布凯厄真等得不耐烦了，便派燕子下去把蚊子找来。

原来，蚊子到了凡间后，毫不怠慢地品尝各种肉的味道，因为动物多，费了三天三夜的工夫才完成任务。燕子问："什么肉最香？"蚊子回答说："人肉。"

燕子听了蚊子的话，一下愣住了。心里想：坏了！人是我的好朋友，如果蚊子回去向阿布凯厄真禀报人肉最香，那我的朋友就会遭殃，就会成为毒蛇的食物……这不行！

燕子想了一下，就问蚊子："你说人肉最香，有什么根据？要是你说谎，天王会严厉地惩罚你的！"蚊子不知道燕子和人是好朋友，就不假思索地说："我的舌头上还沾着人血呢，不信你亲自来品一品。"于是，蚊子伸出了舌头，让燕子尝尝人血。燕子眼明嘴快，一下把蚊子的舌头给咬断了。从此以后，蚊子就没有了舌头，不会说话了。

燕子带蚊子来见阿布凯厄真，阿布凯厄真问蚊子："什么肉最香？"蚊子只是"嗡嗡"地叫，阿布凯厄真听不懂蚊子说的啥，就问燕子："它说啥？"燕子说："它说青蛙肉最香。"于是，阿布凯厄真就下达指令："从今以后，蛇就吃青蛙肉吧！"

燕子受令陪蛇下凡间，让蛇吃青蛙肉。蛇第一次吃，吃着吃着恶心起来，觉得这肉不但没有香味，反而臭得要命，它这才知道，原来这是燕子搞的鬼！它气得两眼冒金星，张开嘴，猛向燕子扑去，要用阿布凯厄真赏给它的毒牙咬死燕子。说时迟，那时快，机灵的燕子见毒蛇猛扑过来，"嚯"地一下飞上天。然而，还是迟了半步，它的尾巴被蛇的毒牙咬下了一块。

# 天长与天短的故事

民族：锡伯族
讲述：佟党贞（锡伯族）
采录：绿野
流传地：新疆锡伯族聚居地区

在吉林扶余，早先闹过一次大灾荒。眼看人畜都要饿死，忽然老天爷下起了白面。人人有了饱饭吃，个个喜笑颜开。

一天，从外地来了一个喇嘛僧到村里讨斋饭。第一家出来个妇女，对他说："哎呀，早饭只剩下一张饼——早给孩子垫在屁股底下了，你再挪个大门吧。"喇嘛僧到了第二家门口，有个男人出来说："剩下的两张饼，孩子踩在脚底下玩呢！"喇嘛僧无奈又挪到第三家门口。这家只有母子二人，儿子名叫天长，吃完早饭放马去了。老母亲看喇嘛僧怪可怜的，让他进了屋，打了五张饼给他吃。喇嘛僧临走时对老大娘说："谢谢施主心善，我无以报答，给你做一条船吧。"说完他到院子里拾了些树枝、草茎，编了一条船，然后交给老大娘："今年六七月，你们这旮旯要发大水。涨水时你把这条船放在水里，它就能变大。你们娘俩上船时再带上两把笊篱，在大水中遇见狼虫虎豹、苍蝇蚊子什么的都救上来，心眼不好的人千万别救。"

到了七月，果然暴雨成灾，山里洪水下来了。大娘叫天长快把小船放在水上。这船一沾水，"呼啦"一下子就变成了一条足有五六丈长的大船。娘俩拿两把笊篱就上了船。娘俩见着蚂蚁、苍蝇、乌鸦、鸽子就捞上来，见着一只老虎就把它拽上船，见着一条长虫也用木桨把它挑上来。忙了半天，娘俩刚要喘口气，忽然听到"吱吱""哇哇"的惨叫声，原来从不远的河面上漂来两根圆木，其中一根圆木上有三只小猴，另一根圆木有个人扶着。那个人正拿树条用力抽打着小猴，天长忙高声喊："别把小猴打到水里去！"话音未落，只见那根木头在水中一打滚，三只小猴顿时不见了。天长急忙把船划过去，可连小猴的踪影也找不到了。

那人发现来船，忙喊救命。母亲心痛小猴子，对儿子说："那个人心不好，喇嘛僧说过，不能救他！"老大娘不让救，天长要救。那人因爬不上船，已经喝了几口水。天长心慈，还是把那个人拽上了船。

船在水里漂了好几天了，总不靠岸也不行啊！可哪里有陆地，哪里有吃的东西呀？天长想了个主意，他往东西两边各放出一对鸽子。到日头快压山时，鸽子都飞回来了。从西边回来的鸽子嗉子瘪瘪的，从东边飞回来的嗉子都鼓鼓的。他们就把船往东边划，果然找到了一座大山，母子俩和被救上来的那个人一块登上了山。

被救上来的小伙子叫闻佳。说来也巧，闻佳跟天长长得一模一样，像一对孪生子。闻佳已无家可归，就趴在地上给天长的母亲叩了三个响头，叫"娘"；他又给天长鞠了鞠躬，叫声"阿哥"，自己更名叫天短。从此，三口人住在山上，天长和天短靠狩猎、打柴供养老母亲。

天长对天短就像亲兄弟，大娘待天短跟亲儿子一样。三个人日子过得挺和美。

一天，天长自个儿正在山上砍柴，忽听背后有人叫了声"阿哥"。他回头一看，原来是条大蛇。只见蛇说："天长阿哥，别再砍柴啦，你快进京赶考去吧。"

天长为难地说："我不识字啊！"

"凭你的善良，会考中的！神保佑你。"蛇说完，脖子一伸，从嘴里吐出一大堆冰片。蛇又说："你把这些珍贵的药材换了钱，当盘缠吧。"

天长回家一说起，大娘高兴地说："你心好，神仙会帮助你的，去吧。"天短也说："阿哥你只管放心，我会好好侍候母亲的。"

天长背着包裹上路了。一天，他正走在旷野荒原上，突然从树林里窜出一伙强盗，他们把天长打倒在地，抢走了包裹。没钱怎么能赶到京城？天长忍着疼痛正在犯愁，忽然听到"嗷嗷"两声怪叫，只见那伙强盗鬼哭狼嚎地四处奔跑。不一会儿工夫，有一只斑斓大虎，从树林里蹿了出来，嘴里还叼件东西。老虎来到天长面前，把叼来的东西放在地上，原来正是天长被强盗抢走的包裹。老虎又趴在地上摇晃着尾巴，用嘴拽天长的衣袖。天长一见，明白了，他高兴地骑上了老虎。

天长伏在虎背上，闭着眼睛，听见耳边的风"呼呼呼"地响，也不知过了多长时间，停下了。天长睁眼一看，前边不远的地方出现一座城池，城门楼上，红、黄、绿琉璃瓦闪闪发光——京城到了。

天长进了考场，已精疲力竭，又不会写文章，坐一会儿就伏在桌案上睡着了。等他醒来一看，文章已经做好了。原来是一群蚂蚁、苍蝇用脚蘸墨汁给他写的。等皇榜贴出来，天长果然中了头名状元。

再说天短在家照顾老大娘，开头还大娘长大娘短地叫着，时间一长，人也懒了，嘴也馋了，天天东游西逛，跟别人斗鹌鹑赌起钱来了。大娘在家里是饥一顿、渴一顿，病了也没人侍候，有时天短还骂骂咧咧的。

一天，忽然从京城来人禀报，说天长中了头名状元，要回乡祭祖。天短一听，心里像吃了条蜈蚣似的不是滋味。他想：我跟天长长得一模一样，我若穿蟒袍、戴乌纱，就能冒充状元了，连母亲也难以分辨。思前想后，他就起了歹心。

这一天，天短早早就来到大道边上迎接状元哥哥。刚到午时，只见南边的大道上旗帜招展，金戈玉斧闪闪发光；前边鼓乐齐鸣，后随几百护兵。真是前呼后拥，好不威风。等大轿来到面前，天短慌忙跪倒在地，要见状元阿哥。只见随行官员一摆手，说："有事请到家里讲话。"大轿已经擦身而过。

天短在路边呆呆立了一会儿，正要转身回家，忽然肩上有人拍了一掌，说："天短弟弟，你站在这干什么呢？"天短回头一看，是个穿灰长衫的人。这人正是天长。原来，他要趁着回乡的机会对地方的官吏做一次明察暗访。

天短见天长是孤身一人，便计从心来。他领着天长边走边唠家常，拐弯抹角就到了天长家的祖坟坟地。天长一看"哎呀"一声，自言自语地说："怎么走到这儿来了？本打算先筹办祭品，选个好日子再来祭祖。既然来了，就先拜拜祖先吧。"说完他跪倒身下拜。天短一看时机已到，从身旁搬起一块大石头，高高举过头顶，用力往天长的脊背上砸去。这时，突然空中"隆隆隆"一阵巨响，"咔嚓"一声，天短头上的石头变成一座山，把天短压在了山下。天长扭头一看，只见山腰石崖上刻着两行朱红大字：

天长心善头顶官，
天短心恶头顶山。

# 遮帕麻与遮米麻

民族：阿昌族

讲述：赵安贤（阿昌族）

翻译：杨叶生

采录：智克

流传地：云南省梁河县阿昌族聚居地区

　　这是一个古老的故事，也是一个真实的故事，它告诉我们人类的始祖遮帕麻和遮米麻造天织地、创造人类的经历。这个故事是天公遮帕麻亲口告诉我们阿昌的"活袍"（巫师），再由活袍世世代代口传下来。

　　在远古的时候，既没有天，也没有地，只有混沌。混沌中无明无暗，无上无下，无依无托，无边无际，虚无缥缈。记不得是哪年哪月，混沌中忽然闪出一道白光。有了白光，也就有了黑暗；有了明暗，也就有了阴阳。阴阳相生，诞生了天公遮帕麻和地母遮米麻。明暗相间，产生了三十名神将、三十名神兵。

　　遮帕麻没有穿衣裳，腰上系着一根神奇的"赶山鞭"，胸前吊着两只山一样的大乳房。他挥动赶山鞭招来三十员神将、三十名神兵，还有三千六百只白鹤飞到他的身旁。他叫三十名神兵背来银色的沙子，叫三十员神将挑来金黄色的沙子，叫三千六百只白鹤鼓动雪白的翅膀，掀起阵阵狂风。有风就有雨，遮帕麻用雨水拌金沙造了一个太阳，用雨水拌银沙造了一个月亮。遮帕麻造的月亮，像泉水一样凉阴阴、清汪汪；遮帕麻造的太阳，像阿昌家的火塘一样火辣辣、亮堂堂的。太阳造好了，可惜没有窝；月亮造好了，可惜没有放的地方。遮帕麻用右手抓下左边的乳房，变成一座太阴山；他又用左手撕下右边的乳房，变成一座太阳山。两座山一样高，山高十万八千丈。遮帕麻舍去了自己的血肉，从此以后，男人没有了乳房。遮帕麻张开胳膊，右边夹起光闪闪的月亮，左边夹起火辣辣的太阳，迈开了巨人的步伐。他跨出一步，就留下一道彩虹。他走过的地方被踩出了一条银河，他喷出的气体变成了满天的白云，他流下的汗水化作无边的暴雨。遮帕麻来到山腰，举起月亮到太阴山顶上，让月亮有了歇脚的地方，举起太阳放到太阳山上，从此太阳有了归宿。遮帕麻在两山中间种了一棵梭罗树，让太阳和月亮绕着梭罗树转。太阳出来是白天，月亮出来是夜晚。遮帕麻又用珍珠造了东边的天，用玛瑙造了南边的天，用玉石造了西边的天，用翡翠造了北边的天。天造好了，遮帕麻派龙鹤早犸（máng）做东边的天神，派腊咢早列做南边的天神，派字劲早犸做西边的天神，派髦祢早犸做北边的天神。

就这样，遮帕麻创造了日月，定下了天的四极。他造的天像张开的幕布，他造的日月光芒四射，遮帕麻的名声也从此流传下来。.

在天公造天的同时，地母也开始织地。地母遮米麻刚诞生的时候，裸露着身体，头发和脸毛有八掌长，长长的脖子上长着一个比芒果还要大的喉头。遮米麻摘下喉头当梭子，拔下脸毛织大地，从此以后，女人没有了喉头，也没有了胡须。遮米麻拔下右边脸上的毛，织出了东边的大地；拔下左边脸上的毛，织出了西边的大地；拔下下颌的毛，织出了南边的大地；拔下额头的毛，织出了北边的大地。东、南、西、北都织好了，大地比簸箕还要平。遮米麻的脸上流下了鲜血，鲜血流成了大海，淹没了整个大地。遮米麻用她的肉托起了大地，使世界有了生机。遮米麻的功绩就像大地宽阔无际，像海水深不见底。

天公造完了天，地母织完了地，但是，天造小了，地织大了。天边罩不住地缘，狂风席卷着海面，波浪拍打着天空。遮帕麻拉住东边的天，西边大地露出来了；拉住南边的天，北边大地露出来了。苍天拉出阵阵炸雷，震撼着天涯海角。遮米麻连忙抽去三根地线，大地产生了强烈的地震。结果大地有的地方凸起，有的地方凹下，凸起的地方成了高山，凹下的地方成了平原、山箐。大地缩小了，天边盖住了地缘。从此，白天，太阳把大地照得通明透亮，夜晚，月亮洒下银色的光芒。青草把平原铺满，森林把高山遮住，鱼儿在水里嬉游，小鸟在空中歌唱。

天幕和大地合拢了，天公来到了大地上。"是什么样的巧手织出来的大地？是什么样的魔法使大地能伸能缩？"望着苍茫神奇的大地，遮帕麻百思不解。他带着神兵神将，提着赶山鞭，在大地的四周漫游，要把创造奇迹的地神寻找。

遮米麻把抽出的三根地线绕成线团收好，看着给大地投来光明的月亮，给大地送来温暖的太阳，和慢慢飘来浮去的朵朵白云，好似走入了一座迷宫。她拼命地奔跑起来，上高山，下深箐，要去找寻造天的神。肚子饿了，她爬到树上采下鲜嫩的枝尖，搞来山果野梨充饥；夜幕降临时，她就在石洞、树洞里藏身；天热时，她把芭蕉叶顶在头上；寒冷时，她把树叶、茅草披在身上。

在一个晴朗的早晨，四周一片宁静，没有丝毫声音，河水停止了流动，林木也垂下了枝叶，一切都在静静地等候着天公和地母的相遇。在大地的中央，在高高的无量山上，遮帕麻和遮米麻相遇了。他们相见，就像太阳和月亮第一次见面的情形一样。他们相见，就像星星盯着大地，永远不会满足。

遮帕麻赞扬遮米麻织的大地有巍峨的崇山峻岭，有辽阔的大草原，有肥美的河谷坝子，还有那宽阔的海洋。他说："我造的天就像一朵云彩随风飘，只因有了你织的大地，天才有了支撑，有了根底。"

遮米麻伤心地答道："山高没有人砍柴，林深没有人打猎，田野肥沃没有人去耕耘，海洋宽阔没有人去打鱼，大地有什么用？还得有支配世界的人啊！"

"你能织地，我会造天，让我们结合在一起来创造人类吧。"遮帕麻说道。

在那个古老的时候，大地上仅有遮帕麻和遮米麻这一对人类的始祖，无人为他们说媒，也没有人为他们定亲。他们想结合在一起来创造人类，又怕违背了上天的旨意，就决定分别到相距很远的两个山头上，各生一堆柴火，让腾起的火烟来代表天意。遮米麻用两块石头相碰找到了第一个火种。遮帕麻挥舞赶山鞭，抽出一串串火花，他只留下一朵火花点燃了自己的柴堆，其他火花飞到天上，变成了满天的星斗。两座山头上同时冒起两股浓烟，在高高的天空相交，合成了一股青烟，久久地在天上扭转盘旋。

遮帕麻和遮米麻结合了，他们就安身在大地的中央。过了九年，遮米麻生下了一颗葫芦籽，遮帕麻把这颗葫芦籽埋在土里。又过了九年，葫芦籽发出了嫩芽，葫芦藤长得有九十九庹长，可是，整根藤上只开了一朵花，只结了一个葫芦。葫芦越长越大，遮帕麻怕它撑破大地，就用大木棒打开了一个洞，葫芦里立即跳出来九个小娃娃。最初的人类就这样被创造出来了。但是，在很长的时期里，他们不知道该怎样发挥他们的四肢，也不知道怎样使用他们的大脑，他们既不会煮食，也不会建造房屋，他们如同鸟兽一样，被变幻莫测的大自然吓得躲进了深深的土洞里。后来，遮米麻教会了他们刻木记事，用占卜和咒语来驱赶疾病和灾难。遮帕麻教会了他们打猎、煮食和盖房子。

大风吹过树梢，带走树木的种子，撒满大地的每个角落，独木变成了森林；鲤鱼到浅滩上下籽，把鱼种下在沙粒上，海水卷走沙层，鲤鱼布满了大海；九兄妹互相交往，人类就慢慢地多起来了。而且，他们不像他们的父母那样愚昧无知，他们已经变得聪明能干，他们的生活一天比一天过得好。

这样的好日子不知过了多少年，突然，一个早晨，闪电劈倒大树，惊雷打落了窝里的小鸟，狂风吹开了天幕的四边，暴雨降落到大地上，洪水淹没了所有的村庄，大地又变成了一片汪洋。

天破了地母会补，遮米麻原来留下三根地线，一根地线缝一边，缝合了东边、西边和北边，只有南边的天地无线缝补。东边的天补好了，太阳和月亮又从那里升起。西边的天补好了，太阳和月亮到那里歇息。北边的天补好了，深夜里，北斗星挂在北边的天幕上。只有南边的天无线缝补，还在刮大风，下暴雨。

遮帕麻和遮米麻商议，决定在拉涅旦造一座南天门，来挡住从南边吹来的风雨。这天早晨，天还没有亮，遮帕麻就告别了遮米麻，带领着三十员神将和三十名神兵，挥动着赶山鞭向南方出发了。高山挡住去路，遮帕麻挥动赶山鞭，把它赶到一旁。河水拦道，遮帕麻把赶山鞭往河两岸一搭，就架起一座桥梁。走了不知多少日日夜夜，终于到达了拉涅旦。

拉涅旦的平地泡在水里，活下来的人和动物一起被困在山头上。洪水每天还在往山顶上涨。遮帕麻立即率领兵将用石头筑起了一道挡洪水的墙，用木头造了一扇挡风的门，这门就叫南天门。洪水被制服了，风雨被挡住了，动物又开始捕捉食物和繁殖后代了。人们又从山顶上回到了平地，重新建设他们的家园，恢复了和平和安宁的生活。

造南天门时，智慧而美丽的盐神来到了遮帕麻身边，心中燃起了对遮帕麻火焰一样的爱情。她除了像影子一样紧紧地跟随在遮帕麻的身后，还不时地用甜美的言语引诱挑逗遮帕麻。遮帕麻就要回中国了，桑姑尼苦苦哀求他留下，说："我来到这块土地上，不光是为了给你的后代子孙带来食盐，更是为了陪伴你，才在这里久久地等候。如果你真的要抛下我，我将会在痛苦中和我的食盐一同消失。"伟大的天公遮帕麻深深地陷入了桑姑尼的情网。

就在遮帕麻南行补天期间，狂风和闪电孕育了一个最大的火神和旱神腊訇降落到中国。这个魔王的本性就是骄横乱世，以毁灭幸福和制造灾难为乐。他看到人们白天男耕女织，晚上歌唱跳舞，日子幸福美满，便本性发作，造了个假太阳钉在天幕上，不升也不会降，使地面上只有白天，没有夜晚。绝对的光明，变成了绝对的灾难。天空像

491

一个大蒸笼，地面比烧红了的铁锅还要烫。水塘烤干了，草丛、树叶枯萎了，水牛的角被晒弯了，黄牛的背被烤黄了。腊訇还不罢休，他又把山族动物赶下水，把水族动物赶上山，强令树木倒着长。游鱼在山头打滚，走兽在水里漂荡，整个世界陷入了一片混乱。

受惊的羊群会呼唤主人，遭难的小鸟会寻找伙伴。看着魔王横行霸道，生灵遭受涂炭，听着动物痛苦的呻吟和人们求救的呼声，遮米麻的心急似火烧。可是她无力战胜魔王，只得日夜盼望着遮帕麻归来。

她想起遮帕麻南行之时，曾指着滚滚南流的河水说道："我顺河水去补天，大功告成水折头。我让河水传讯息，你在家里慢等候。"遮米麻便每天都跑出家门，来到河边，盼着河水早日折头。早晨跑三趟，下午跑三趟，晚上跑三趟，一天跑九趟，然而，河水仍然翻滚着向南流去。

遮米麻的心等焦了，眼望穿了，还是见不到遮帕麻的身影。望着浑黄的河水，遮米麻大声呼唤："遮帕麻啊，你在哪里？"浑黄的河水除了"哗哗"的流水声，再无别的反响。向着南边的天空，向着飘浮的白云，遮米麻大声呼唤："遮帕麻啊，你在哪里？"南边的天空空荡荡，听不到一丝回响，飘动的白云静悄悄。回答遮米麻的，只有山风的呼啸。

遮米麻急得原地直打转，忽然看见一黄一黑两只狗，夹着尾巴，正在水里游。遮米麻好像忽然见到了希望，两只眼睛亮了起来。她踮起脚尖，远远地向两只小狗招手："小狗呀小狗，踩着遮帕麻的脚印走。去到拉涅旦，叫回遮帕麻，回家把妖精收。"

两只小狗直摇头，黄狗伸长脖子开了口："汪汪！拉涅旦山高路难走，爬山过水几千里，不知跑到什么时候？"

黑狗抬起头，泪水往下流，开口就诉苦："汪汪！腊訇把我们赶下水，不许我们上岸走，天热地烫真难熬，背脊烤焦直流油。要我们送信收妖精，我们心里真高兴，只是拉涅旦路遥山坡陡，去找回遮帕麻，恐怕我们有心力不够。"

黄狗接过黑狗的话，边说边点头："汪汪！对了，路上饿了吃什么，碰上老虎命要丢。好奶奶呀，拉涅旦我们去不了，还是留在你身旁，为你把家守。"

听了狗的话，遮米麻冷汗直流，又踩脚又搓手，又叹气又摇头，心里在埋怨："狗东西呀狗东西，信不送到拉涅旦，妖精怎么收……"

遮米麻正在着急，又看见河里漂着两只鸡，忽上忽下，一起一落。它们浑身湿透，翅膀无力扇动，鸡头已经下垂，危在旦夕。遮米麻赶了过去，从滔滔的河水中，打捞起这两只鸡。

小鸡得救了，望着遮米麻，扇扇翅膀，抖落身上的水。水星子散开在酷热的阳光下，幻出斑斓的色彩，一会儿就消失了。它们连声向遮米麻道谢：

"好奶奶呀好奶奶，腊訇把我们赶下水，谢谢你搭救我们，你的情义深，我们怎样才能报答你？"

听了小鸡感激的话语，好似吹过一阵凉风，吹散了遮米麻脸上的忧愁。她走到小鸡的身旁，苦苦哀求：

"小鸡呀小鸡，你们踩着遮帕麻的脚印走，去到拉涅旦，找到遮帕麻，回来把妖收。"

一只小鸡直摇头：

"好奶奶呀好奶奶，太阳我能叫出山，远离中国的遮帕麻，我怎能把他叫回来？"

另一只小鸡更作难，遮米麻还没有开口，它就抢着说：

"腊訇把我们赶下水，不许我们把窝回，送信告诉遮帕麻，我们心里多高兴，只是可惜啊，我们空有翅膀不能飞。"

"路上饿了找不到吃的，碰上野猫更倒霉，不是我们推脱啊，拉涅旦山高路难走，明明做不到的事情，何必让我们再受罪？"

听了鸡的话，遮米麻急得流眼泪。信儿送不到，遮帕麻何时才能归？她沿着河岸，不知走了多少个来回。她左思右想，她焦急盼望，却找不到给遮帕麻送信的办法。不知是累，还是气的，她只感到浑身无力，只得坐在河岸上，两眼呆呆地看着河水，独自垂泪。

这时，河里出现了一只小獭猫。它一会儿白肚皮朝天，在水面打滚，一会儿又沉入水底，在水中潜游。它悠闲自得，随意沉浮，看那神气，虽然泡在水里，却比鱼还痛快，比在地上还自由。

小獭猫看见坐在河边的遮米麻，慢慢地朝岸边游了过来，爬到遮米麻身上。遮米麻抚摸着它。这只小獭猫虽然刚刚从水里出来，身上却不沾一滴水，它把头偎在遮米麻身上，像儿子躺在母亲的怀抱。这只可爱的小獭猫啊，看着好奶奶在河岸独自伤心流泪，它想亲亲热热，把遮米麻安慰一番。它不忧不愁，好像整个世界根本没有发生过什么灾难，还和过去一样平静安宁。腊訇把它赶到水里，它不害怕；腊訇把它赶到山上，找个山洞它照样安家。肚子饿了，在山上可以刨蚂蚁充饥，在水中可以逮鱼虾饱腹。它不怕冷，不怕热，饿不着，淹不死，世界上还有什么东西难得倒它呢？

它把毛茸茸的小脸紧贴在遮米麻挂满泪珠的脸上。它毛皮轻软柔和，像婴儿的细皮嫩肉。它轻声细语地安慰大地的母亲："好奶奶呀好奶奶，什么事情想不开？有了难处告诉我，有了差事把我派！"

遮米麻指着不会下落的假太阳，诅咒万恶的妖魔；望着遥远的拉涅旦，想念遮帕麻。她对小獭猫说："小獭猫啊小獭猫，快快踩着遮帕麻的脚印走，去到拉涅旦，找到遮帕麻，回来收妖精！小獭猫啊小獭猫，信一定要送到拉涅旦。万千生灵受熬煎，路上千万莫贪玩！"

小獭猫完全懂得遮米麻的意思，它点了点头，说话了："奶奶不用愁，山高水险我不怕，我立刻动身去找遮帕麻，信不送到拉涅旦，我就不回家。"

好一只小獭猫，睁大了双眼，朝着拉涅旦拼命地跑。

好一只小獭猫，专拣直路走。上山它比兔子跑得快，下山它比老虎跑得快，像离弦的飞箭，像骤起的疾风。它不知道转弯，碰到刺蓬，头一低就钻了过去，比地老鼠还麻利；碰到深沟，它一纵身就跳了过去，比鸟儿还飞得快；碰到大河，它一个猛子扎了进去，比梭鱼还游得快。

好一只小獭猫，它可以上山捉蚂蚁充饥，但它来不及去刨蚂蚁；它可以下水逮鱼虾充饥，但它舍不得花时间去捕鱼捉虾。它可以上山找洞子睡觉，也可以在水中闭上眼睛休息，但它不敢在山上停留，也不愿在水中游戏。它睁着大大的眼睛，一个劲儿朝着拉涅旦拼命地跑，不停地跑。

翻了九十九座山，过了九十九条河，肉跑掉了九斤，皮磨破了九层，小獭猫终于来到了拉涅旦。

小獭猫贴着遮帕麻的耳朵，悄悄地报告了中国遭遇的灾难。

激怒了的大象会把森林踏平，中国遭难的消息撕碎了遮帕麻的心。他心急如火，召齐兵将就要出发。拉涅旦的百姓知道了，纷纷前来挽留他："神圣的天公啊，南方的洪荒是你制住的，南方的好日子是你带来的，南方的人民也是你的后代儿孙，你怎能把我们丢下？"

桑姑尼听说遮帕麻就要离开她，眼中的泪水如雨下。她舍不得离开拉涅旦，舍不得共同生活的南方的兄弟姐妹。她苦苦地哀求遮帕麻，求他不要离开南方，求他不要离开她。

再坚实的大树，细雨也能把它动摇，百姓的眼泪深深地感动了遮帕麻。是归还是留，他难以决定。最后，他向百姓们宣布："你们对我的拥戴，我永远记在心头。我愿意长久地和你们住在一起。可是，中国的生灵正在遭受妖魔的折磨。天的意志是最公正的，就请他来决定我们的行动。现在让我们共同去狩猎，专门撵山老鼠，山老鼠的行踪可以代表天意。如果山老鼠从旧洞里出来进新洞，说明天意叫我留下来，我就长住在南方；如果山老鼠从新洞出来进旧洞，说明天意叫我归，我不能违背天的旨意，必须马上回去消灭腊匋魔王。"

百姓们都同意了，他们在遮帕麻引导下，载歌载舞，祭过了猎神，就一同到山林里去狩猎。众人吆喝，猎狗钻进树林里追踪。不一会，一只山老鼠从山林里跑出来，众人紧追，山老鼠从新洞跑出来，钻进了旧洞。遮帕麻在洞前祭过了神祇，感谢了天的旨意，带着他的兵将离开了拉捏旦。桑姑尼也跟随遮帕麻，把她的食盐带到了中国。 .

遮帕麻回到中国，他看到到处是干旱和饥荒。钉在天幕上的假太阳照得空中滚来一阵阵热风，地面蒸腾起一股股热气，大地裂开的大口连牛都能掉下去，山林冒着火烟，田野里的庄稼荡然无存。遮米麻又向遮帕麻诉说了腊旬桩桩件件的罪恶。

面对这被搅乱了的世界，遮帕麻愤怒了。他猛力地挥舞起赶山鞭，震动得山摇地动。但是，他尽力平息自己的怒火，把赶山鞭缠在腰杆上，坐下来和遮米麻商议除灭魔王的计策。遮帕麻想凭借自己的神威去和魔王硬战，遮米麻制止了他。他们想，两只猛虎打架会揉伤青草和树苗，他们害怕战争又会给百姓带来更大的损伤。遮帕麻又想把断肠的毒药撒在水里来毒死腊旬，又即时止住了，因为怕连累更多的生灵。最后他们决定先假装和腊旬交朋友，然后用魔术战胜他，再把他消灭。.

在阿公阿祖的时代，没有什么东西能比魔法更有用，魔法是战胜一切的法宝。

遮帕麻走进腊旬的家，魔王鼓圆了他的十二个眼球，鼻孔里喷出两股火焰，满脸杀气，不说一句话。遮帕麻却带着笑声说明他是来交朋友的。腊旬以为遮帕麻是害怕自己了，就提出交朋友可以，但必须以他为大，天地都归他管辖。遮帕麻立即向他提出，尊谁为大，要用比赛魔法来决定，谁的魔法大，谁就管天下。腊旬自以为魔法无比，就欣然答应了。

遮帕麻和腊旬走进了山林，山林里静悄悄的，一丝风都没有，万物都睁大了眼睛，想看看谁是魔法比赛的胜利者。腊旬走到一棵花桃树前，掐动手指，同时口里念着咒语，咒语刚念完，整棵花桃树的叶子全蔫了。腊旬得意地夸口说："谁的神通都比不过我，我掌握的是生杀大权！"遮帕麻回答说："杀死容易，复活难。真有本事就让枯枝再发芽。"遮帕麻对着蔫了的花桃树念起了咒语，又含了一口清泉水喷在花桃树上，顿时，花桃树伸开了树枝，抬起了叶子，并发出了新芽。

看了遮帕麻的魔法，腊旬就像枯黄了的花桃树，目瞪口呆地垂下了头。但他意识到自己将是失败者，又重新露出了凶相，要求再斗两次法，以最后的胜负定输赢，并提出比谁的梦做得好。

在人神同住的时代，大家都认为，梦表面看来虚幻，其实是最真实的，做梦不受任何限制，在梦中可以到任何自由王国。

第一次比赛，腊旬睡在山头上，遮帕麻睡在山脚下，并约定明日在山腰相见。

遮帕麻用松叶铺床，用石头当枕头，很快就进入了梦乡。他梦见自己造的太阳又从海里升起来了，被假太阳晒死了的树木都活过来了，小鸟又飞回了树林，鱼儿在水里游来游去，世界充满了欢乐。

腊旬却梦见自己的假太阳落地了，自己在黑暗中到处乱撞，直到真的撞在大树上，他才吓醒过来。

第一次比梦，腊旬失败了。

第二次比梦，遮帕麻上山顶，腊旬下山脚。这一次腊旬的梦更可怕，他梦见天塌下来了，地陷下去了，他自己也掉进万丈深渊。

三次斗法腊旬都失败了，他不得不同意和遮帕麻交了朋友。遮帕麻请腊旬吃饭时，用"鬼见愁"毒菌把他毒死了，并把这个魔王碎尸万段。

腊旬死了，遮帕麻砍来黄栗树做了一张千斤弓，砍来大龙竹做了一根九庹长的箭，射下了假太阳，挽救了中国。天上又出现了遮帕麻造的太阳和月亮，太阳会出也会落，月亮会升也会降，世界又恢复了阴阳，有了明暗。遮帕麻挥动赶山鞭，把倒插的树木扶正，把倒流的河水理清，把混乱了的天地又重新整顿好。他把泡在水里的山族动物放回山里，把困在山上的鱼类赶回河里，只有学会了打洞的穿山甲，从此留在山里了。

　　为了防止妖魔再来扰乱世界，遮帕麻派三十名神兵去把守山头，派三十员神将管理村寨，自己和遮米麻住在天山上，永远保护着所有的百姓。

# 帕米查列[1]

民族：普米族
采录整理：贺兴泽（普米族）、和学良（普米族）、
何顺明（普米族）、王震亚
流传地：云南省丽江市宁蒗彝族自治县拉伯乡、永宁乡、
翠玉傈僳族普米族自治乡

## 采金光

远古的时候，天上没有太阳的光，没有月亮的光，也没有星星的光；地上没有树，没有花，也没有草生长。天地死气沉沉，整个世间一片漆黑。时间在黑暗中一点一点地过去，岁月在无声中一天一天地过去，不知过了多少年。

有一年，遥远的东方突然出现微弱的闪光。那光芒瞬息一亮，眨眼又灭，原来那是东方汪洋大海边的一棵海螺树在开花。这神奇的海螺树，一万年开一次花，开花时闪一下光，花谢光灭，如此反复轮回。

不知过了多少万年，海螺花又开了，花一开，光点像星星那么大，一闪一闪的。这时，离海边很远的地方住着一户人家，他们有四个弟兄和一个妹妹。那时候的人还不知道穿衣服，四兄弟和妹妹全都赤身裸体，在黑暗中度日。海螺花开，闪亮的金光使五兄妹异常欢喜，他们远远地望着，看不出那光明从何方照来。聪明的妹妹说："我知道那金光是从东边来的，我要把它采来，照亮这黑暗的大地。"

四兄弟中的老四接着说："我愿意跟妹妹一起去，如果采着金光，也要给世间照明。"

---

[1] 帕米查列：普米人自称"帕米"，把系列故事称为"查列"。

大哥却冷冷地说："金光是神光，谁也别想采到。"

二哥说："那金光是阴光，谁采了谁就活不成！"

只有老三支持弟弟和妹妹的举动，说："你们勇敢地去采吧。要是真的采到金光，就让它永远在天上照明，我们三兄弟在地上辛勤劳动，世世代代侍候你们。"

兄妹二人得到三哥的鼓励，决心去采那一闪一闪的金光。他们在黑暗中爬行，在黑暗中寻找，不知忍受了多少艰难困苦，经历了多少时间，终于爬到一座大山之顶。兄妹俩还想继续摸索着向前爬行，可到处是悬崖绝壁，无法再前进了。两兄妹正在绝望的时候，一个满头白发的老奶奶出现在面前，她问道："你们兄妹两个来这里做什么？"

聪明的妹妹回答说："奶奶，我们兄妹二人要采寻那一闪一亮的金光照明大地，爬了很久才来到这里。"

白发奶奶听后说："要采金光照亮大地，可要日日月月、永生永世呀，你们受得了吗？"

妹妹说："奶奶呀，我们兄妹二人为采金光，吃了无数的苦，受了不少的罪，只要能采着金光，我们什么都能接受。"

哥哥也紧跟着说："只要能采着金光，我们死也不怕。"白发奶奶听了很高兴，她满意地说："如今天地一片漆黑，我正在寻找能给天下照明的人。你们兄妹二人愿意承担，万物都要感谢你们。从现在起，哥哥白天给大地照明，妹妹夜晚给大地照明……"

白发奶奶还没说完，妹妹忙说："奶奶呀，我夜晚出去害怕。"奶奶说："那你白天出去吧。"

"白天出去我害羞哇。"妹妹又回答。

奶奶说："我给你一包绣花针，谁要是敢看你，你就用针刺他的眼睛。"

说罢，白发奶奶给妹妹一把火，给哥哥一朵银白色的花。从此以后，妹妹当了金光闪闪的太阳，白天出来照明；直到现在，谁要直接看她，她还撒出那包绣花针，刺人家的眼睛。哥哥当了银光闪闪的月亮，到晚上才出来照明。

天上有了太阳和月亮，地上也就有了白天和夜晚。慢慢地有了树，有了花，有了草，有了动物。地上三个哥哥害怕在天上的妹妹和弟弟看见自己不穿衣服，他们就追猎捕兽，用兽皮做裤子穿。在打猎时，看见金色的鸟儿搭窝，三个哥哥也学着鸟儿，用树枝搭房子。有了房子居住，他们便砍林开荒，开始种庄稼了。


## 洪水潮天

三个兄弟一连三天砍林开荒，可是头天砍下树木、开出荒地，第二天又还原了。第二天砍下树木、开出荒地，第三天又还原了。三个兄弟商量说："我们白天辛辛苦苦干活，晚上是谁捣鬼呢？让我们躲起来看看。"

于是，他们又砍了树林、开出荒地。当天晚上，大哥拿着长矛，二哥拿着大刀，三哥拿着木棒，躲在老林里守候着。半夜三更的时候，跳出一只大青蛙。那大青蛙在砍下的树林旁边跳几跳，倒下的树木"刷"一下立了起来，全都复原了；它在开出的荒地上抓几抓，荒地也复原了。三个兄弟看得清清楚楚。大哥端起长矛冲出来，大声吼着："刺死它！"

二哥举起大刀跳出来，呼喊道："砍死它！"

三哥丢了木棒，连忙跑出来拦住两个哥哥说："杀不得，杀不得。它深更半夜干这种事，一定有来历。让我问一问。"

说话间，那大青蛙往地上一蹲，变成一个白胡子老头。三哥走上前去问道："老人家，我们三兄弟什么时候得罪了你，让你生这么大的气？"

老头说："我看你心地善良，是个老实人，就实话告诉你吧。三天以后，洪水要朝天啦，你们砍林开荒全白做！"

三兄弟一听都吓呆了，连忙问："老人家，我们该怎么逃脱呢？"

白胡子老头说："地上万物都无法逃脱，只有高大无朋的'巴杂甲初崩①'大树能够独存。老大用绳子把自己拴在'巴杂甲初崩'大树底下，老二用绳子把自己拴在'巴杂甲初崩'大树中间，老三用细针粗线缝个黑牛皮口袋，口袋里装上狗、猫、公鸡和三个石头、二十七个粑粑，然后爬上高高的'巴杂甲初崩'大树顶端，钻进皮口袋里，躲在树梢的'晓鸡穷②'大窝里，听见石头落地的声音就可以走出来了。"

三个兄弟按照白胡子老头的吩咐，做完了一切准备。

过了三天，凶猛的洪水黑天黑地冲来了。老三躲在高高的"晓鸡穷"窝里问："大哥，洪水到什么地方了？"

大哥的声音从很远的树底下传来："洪水从四面八方涌来，到脚底下了。"

过了一个时辰，老三又问："大哥，洪水到什么地方了？"大哥惊慌的声音从很远的树底传来："洪水涌到脖子上了！"再过一个时辰，老三又问，大哥没有回答——他已经被洪水淹死了。

第二天，老三又问二哥："二哥，洪水涨到什么地方了？"

二哥在大树中间回答说："洪水到脚底下了。"

过了一个时辰，老三又问："二哥，洪水涨到什么地方了？"二哥惊恐地回答说："洪水涨齐脖子了啊！"

二哥刚说完，只听得一阵巨浪轰响，二哥也被洪水淹没了。洪水涨呀涨，巨浪翻又翻，眼看就要涨到"巴杂甲初崩"大树尖尖了。汹涌的巨浪向"晓鸡穷"窝底撞击着，发出万雷震吼的响声！

---

① 巴杂甲初崩：普米族传说中的神树，长在大地正中，与天地同生。

② 晓鸡穷：神鸟，兼有凤凰和大鹏的特征。

老三躲在牛皮口袋里静静地听着。过了好些时辰，波浪逐渐消歇，他便取出黑石头丢下去，只听见"咚"的一声水响，洪水还没退走呢。又过了很长一段时间，老三丢下黄石头，远远地仍听见石头落水的声音，洪水还没退完。再过了很长时间，老三丢下白石头，这时，从很远的地方传来石头碰石头的响声，接着又传来石头落水的声音，它告诉老三，洪水快退完了。于是，老三把公鸡丢下去，公鸡落地马上伸长脖子"喔喔喔"地叫起来，洪水很快退走。接着，老三把狗丢下去，狗一落地就"汪汪"叫起来，被洪水泡软的大地，随着狗的叫声，马上出现坑坑洼洼的高山峡谷。最后，老三把猫了丢下去，猫一落地就"喵喵"地叫，那些还没有来得及变成高山峡谷的大地，随着猫儿的叫声，又全变成平平展展的土地。如今地上有高山、峡谷和平川坝子，就是这样来的。

　　老三丢下鸡、狗、猫后，从皮口袋里钻出来，睁眼望去，大地已经没有洪水了。他想回到地上，可是"巴杂甲初崩"大树那样高，他怎么下去呢？这时，窝里的"晓鸡穷"展翅欲飞，老三心里一亮，突然有了主意，他发现窝里有"晓鸡穷"吃剩下的马鹿骨头，便拿起两根腿骨，骑上巨大的"晓鸡穷"，用力敲打它的脊背。"晓鸡穷"被敲打得疼了，便展开遮天翅膀飞出窝去。那"晓鸡穷"展翅高飞，越飞越高，越飞越远，老三只得不停地敲打着它的翅膀。不知飞了多长时间，"晓鸡穷"慢慢落下来，老三这才回到大地上。


### 青蛙舅舅

　　洪水翻天后的大地，什么也没有。孤单单的老三四处张望，真伤心！他一个人在地上走呀走，一连几天，饭吃不着，肚子饿得很。

　　有一天，他走进阴森的峡谷，来到一个岩洞口，看见两个生不麻①对坐着递东西吃。生不麻都是独脚人样，上眼皮大得出奇，不仅遮住眼睛，还垂到地上盖着脚。老三饥饿难忍，便站在生不麻中间，把它们递送的东西接过来吃。过一阵，两个生不麻一齐说："我怎么没吃到你递来的东西？"

刚说完，又一齐回答："都递过来啦，你不是拿去了吗？"

男生不麻皱皱鼻子说："不对，我嗅着了人味，一定有生人来过这里！"

女生不麻说："大地上洪水翻天，人都淹死了，哪还有人！"说罢，伸出双手，从脚背上捧起眼皮一看，老三正狼吞虎咽地吃着东西呢。生不麻张开大嘴，一口就把老三吞进肚里。

这一切正好给生不麻推磨的青蛙看见了，它立即停下磨来，伤心地沉默着。两个生不麻听不到推磨的声音，便吼叫起来："什么时候了，还不赶快推磨，误了我们吃饭，你背罪不起！"青蛙悲哀地回答说："我有伤心的事呀，无心给你们推磨了。"

两个生不麻很奇怪，平时蹦蹦跳跳的青蛙，怎么有伤心事呢？便问："勤快的青蛙，你有什么伤心事，说给我们听听。"青蛙说："我的外甥来看我，面没见着，就被你们吞吃了，你们不吐出我的外甥，我再也不给你们干活。"

生不麻心想：好久没吃到人肉，刚吃下又吐出来怎么行？便说："你不干就走吧，还有蛇、乌鸦和喜鹊三个仆人呢。"

青蛙走了。生不麻叫蛇去推磨，蛇缠在磨把上，只会缠，不能使磨盘转动。生不麻又喊乌鸦去推，乌鸦用嘴壳衔着磨把，只会衔，也不能使磨盘转动。最后，它去请喜鹊推，喜鹊站在磨盘上"喳喳喳"地叫，只会叫，也无法使磨盘转动。蛇、乌鸦和喜鹊三个仆人都不会推磨，生不麻没东西吃了。她想了想只得再去请青蛙。青蛙说："你

---

① 生不麻：妖怪。

504

把我外甥吐出来，我才推。"

生不麻没办法，便说："你灌我三桶灶灰汤，用磨盘砸我的背，我就能吐出来。"

青蛙照着办了。老三果然被生不麻吐出来了。可一看，耳朵却不在了。青蛙说："你不吐出耳朵，我还是不推。"

生不麻又再让青蛙灌三桶灶灰汤，在背上猛砸磨盘，这样，老三的耳朵才被吐出来，可已经不是原来的样子了。生不麻用手捏捏扯扯以后，随便粘在老三的头两侧。如今我们人的耳朵成这个形状，就是那样来的。

老三死里逃生，青蛙把他送出岩洞，悄悄指点说："你不要再往深山峡谷里走啦，那是妖魔鬼怪住的地方，它们会吃掉你。你要往高山上冒烟的地方走，那里才是神仙居住的地方，他们会帮助你。"

老三很感激青蛙，说："世上最大不过舅舅，永远不得罪舅舅。"老三的后代从此也记住了青蛙的恩情。所以，普米人至今还叫青蛙"阿克巴底①"，见着青蛙要让路，遇着青蛙要把它请到上面，这个老规矩从那时一直传到现在。

## 和仙女成亲

老三按照青蛙的话，向着高山走呀走，走到一座大山顶上。远远的，有一缕青烟缭绕，他便径直向那青烟走去。走近了，却是一座房子。老三轻轻地推了门，里面没有人，只见桌上摆着三碗清水。老三口渴了，他就每碗喝了一口；走了这么多路，老三也累了，他就蜷在火铺下面休息。原来，那房子是天神木多丁巴的三个姑娘住的。天神木多丁巴看见地上洪水翻天后，人类都被淹死了，只有妖魔鬼怪活了

---

① 阿克巴底：普米语，青蛙舅舅。

下来，便派三个姑娘来到大地斩妖灭魔。三个仙女白天出去征讨妖魔，黄昏回来休息。桌上的三碗清水，便是三姊妹临走前凉下的神水。

黄昏时候，三个仙女回来了。她们一进门就齐声说："我碗里的水被谁喝了一口！"

大姐说："有生人气味，屋里一定有人进来过。"

二姐说："洪水翻天后，大地上人都绝灭了，怎么会有人呢？"

三妹说："是呀，人种都绝灭了，哪会有人呢？"

三个仙姑娘你一言我一语，个个都觉得奇怪。躲在火铺下面的老三听了，忍不住笑出声来。仙女们一听是人的声音，便齐声叫道："你是谁？快出来！"

在火铺下面的老三说："姑娘呵，我身上一丝不挂，没穿衣服没穿裤子呀，叫我怎么出来？"

大姐听完，丢下一匹麻布，用口一吹，麻布变成衣服了；二姐丢下一匹麻布，用口一吹，变成包头帕了；三妹丢下麻布，用口一吹，变成鞋子和绑腿了。然后，三个仙女齐声说："快穿上衣服出来吧！"

老三在火铺下穿好了衣服走出来。三姊妹一看，原来是个英俊高大的小伙子！她们很高兴，都说："我们以为大地上人都灭绝了，想不到你还活着，那就跟我们住下吧。"

于是，老三跟仙女们一起生活。

三个仙女每天练习射箭，老三闲着没事做。有一天，仙女们问老三："你会射箭吗？"

老三说："以前射过，可是手太笨。"

仙女们说："伸出手来让我们看看。"

老三伸出手，五个指头齐齐整整一般长，大拇指与其他四个指头粘在一起。仙女们看了后说："让我们给你修整修整。"

于是，大姐拿了把砍刀，把老三的手指砍得长短不一；二姐拿了把柴刀，把老三的大拇指与其他四指分开。人类的手变成现在这样子，就是当时仙女们修整的。

修好了手，三姊妹给老三一张弓、一壶箭，让他先射一箭看看。老三拿了弓箭，一只斑鸠正从空中飞过。他搭上箭，不慌不忙瞄准斑鸠射去。斑鸠应声落下。三姊妹争着去拣，最后，还是三妹拣着了。一看，老三的箭正正好好把斑鸠的下嘴壳和上嘴壳连着穿通了。从此，老三和三姊妹天天一起练习射箭。老三进步很快，箭术越练越精。为了再试老三的箭术，三姊妹拿来一根绣花针插在门槛上，叫老三一箭穿针眼。老三搭上箭，瞄准针眼射去。第一箭偏了，射断了针眼，第二箭不偏不斜，箭头正好穿过针眼飞出去。仙女们高兴地说："你的箭术很高。从今以后，你可以在地上和那些妖魔鬼怪打仗去了。"

于是，老三和三个仙女经常出去与妖魔征战。

有一次，三个仙女告诉老三，不远的西方有两个大海，一个海水像牛奶一样雪白，一个海水像锅烟一样漆黑。白色的海子是吉祥的征候，黑色的海子是邪恶的征候。吉祥与邪恶经常战斗，谁要是消灭了邪恶，天下生灵就安全了，世间就会感激他。老三听后问道："要怎样才能消灭那漆黑的邪恶呢？"

三个仙女说："你坐在两个大海交界处，白色海浪翻腾时，你心里默念'泽泽羊克侬①'。黑色海浪翻卷时，你就准备好弓箭，那巨大的黑色漩涡中会涌出一个骑着黑马的大汉，大汉胸前有个土蜂大的光点在飞快旋转，你只要射中那旋转的土蜂光点，就能够消灭邪恶。"

老三听后，决心消灭邪恶。他带上弓箭，往西方走了很久，来到黑白海子交界处。他按照仙女们的指点，坐在两个大海交界的中间，准备好弓箭等待着。不一会，黑色的海水动荡起来，接着掀起翻天黑浪。随着浪卷涛涌，一个骑着黑马的大汉出现在黑海中心。老三拉满弓，箭头精准地瞄准黑汉胸前那飞快旋转的土蜂光点，然后一松手，

---

① 泽泽羊克侬：普米语，吉祥如意。

只听得"当"的一声巨响，黑大汉从马上跌落下去，黑色海水飞快下落，四周的山谷发出动地震天的哀叫。白色海浪这时翻腾不息，老三不停地念着"泽泽羊克依"。

老三消灭了邪恶，背着弓箭往回走，三个仙女早已来到半路迎接。大姐说："我们过去天天和邪恶的魔鬼打仗，总是打不过，现在你消灭了它，天下的生灵安全了，我们的愿望实现了。为了感谢你，我们愿意做你的妻子。你站在高高的山丫口上，我们跑过来，你喜欢谁，只要碰一下就行。"

老三爬上山丫口，站在那里望着。不一会，一只老虎直奔山丫口，老三见虎来了，吓得往旁边一闪，不敢动。接着，一只豹子又飞奔过来，老三一看是豹子，也不敢动。最后，一条大蟒向山丫口爬来。老三想，再不碰，就没有机缘了，他慌慌忙忙用手里的弓碰了碰蟒尾，大蟒立即变成三姑娘。三妹对老三说："我大姐一棵麦子能够做九个粑粑，我二姐一棵麦子能够做七个粑粑，你都不要；我一棵麦子只能做三个粑粑，你却要了。你为啥不要那聪明能干的大姐和二姐，偏偏选我呢？"

老三高兴地拉着三妹说："你也聪明能干。一棵麦子能做三个粑粑，你一个，我一个，还剩下一个，够吃了。"

于是，人间的老三与天上的仙女三姑娘成了一家。


## 百鸟求种

老三和三姑娘成家后，三姑娘从父亲家里带来麦子、荞子等种子，他们一起生活，一起劳动，后来生了一个姑娘，取名索拉耳吉。索拉耳吉十三岁，要行成年礼啦，按规矩要去娘家报喜。可娘家在天上，凡人不能去，只有三姑娘才能去。老三依依不舍。临走时，三姑娘对老三说："我去了，你没有伴，我变一个人陪伴你吧。"

于是她抓了一把灶灰，捏了几下，吹口仙气，变出一个姑娘来。那灰姑娘陪伴着老三，尽心尽力侍候他。日子久了，灰姑娘也生了儿女。我们现在的人抓抓身子，会抓出灰，据说就是这么来的。

天上一天，地上三年。三姑娘在天上舅舅家玩了一天，大姐家玩了一天，又陪二姐玩了一天，又在娘家住了一天，这样，地上就过了十二年。老三与灰姑娘一起生活，渐渐把三姑娘忘了。十二年后那天，三姑娘要回来了，去接她的只有女儿索拉耳吉。那一天，索拉耳吉走了很远的路，走到高高的山顶时，看见白云滚滚，天光地明，三姑娘从娘家带着牛奶、吉祥的海螺花和种子瓜果等走回来。半途中，她看见自己的女儿来迎接，便拿出桃、梨等水果给女儿吃，可索拉耳吉没有吃，她把水果装在怀里。三姑娘问："你为啥不吃呢？"

索拉耳吉说："我要带回去给家里的灰弟灰妹吃。"

三姑娘马上停下脚步，她不走了。她明白，自己的丈夫已经跟灶灰姑娘成了一家。于是她对人间充满怨恨，决定回到天上去。折回之前，她要把自己带来的粮食全部带走。这时，跟在她周围的百鸟全都请求说："三姑娘，请你留点五谷粮食给我们吃吧，我们要生活哇。"

在百鸟的请求下，三姑娘每样粮食留了一点。苞谷原先每个节都长一包，头上的天花全长谷子，三姑娘把谷子收了，每棵苞谷只留一两包。现在苞谷只结一两包，天花上的谷子没有了，就是这个原因。小麦等作物原先从底到顶都长籽粒，三姑娘从下往上捋掉了所有的籽粒，只剩头顶上的一小点，留给百鸟吃。现在小麦等作物只是顶尖结一小点粮食，就是这个原因。三姑娘最后收的是花荞，由于每样作物都用手往上捋，手被作物秆割出了血。现在花荞秆上那些血红的斑点，就是当时三姑娘手上的血染的。瓜瓜和蔓蔓，三姑娘拿不走，她就诅咒说："你们背起来像石头一样，吃起来像水一样。"现在的瓜瓜蔓蔓背起来很重，吃进肚里却不经饿，就是这个原因。

## 狗找来了谷种

三姑娘一气之下，收完了所有的粮食。地上的人没有吃的了，只有跟雀子争粮吃，生活一天不如一天。

有一年，老三过不下去了，就烧了清香，向天神求种子，可仙女们不给。住在天上的太阳妹妹知道了，便主动向天神和仙女求情，最后，求到一小点青稞种和一条狗。老三想再要点谷种，便请太阳妹妹再去说情，太阳妹妹第二次去说情，却惹怒了天神，天神放出天狗去咬太阳妹妹。老三帮不了妹妹的忙，便回到家里赶紧敲锣打鼓放鞭炮，撵天狗。现在发生日食时，地上的人要敲锣打鼓放鞭炮的老规矩，就是这样来的。老三的弟弟月亮也被看管起来，每个月有好几个夜晚不能出来。

老三没办法从天上要到谷种，只得在地上寻找。他带着狗四处走啊走，走了一月又一月，走了一年又一年，忍饥挨饿，跋山涉水，都没找到谷种。不知是哪一年，老三和狗来到东方的汪洋大海边，在那里，他听说大海的对岸都居住着神仙，那里有谷子。老三望着一片汪洋，心里想着要怎么过去。他想呀想，没有办法，只好对狗说："大海那边有谷子，可我过不去。要是你能过去就好了。"

那条狗摇着尾巴，竟然神奇地说出话来："我能够游过去，你要我做什么？"

老三很高兴，忙说："你游过汪洋大海，上了岸，看见有人晒谷子，就在谷堆上滚几滚，把谷种带点回来。"

狗听了老三的吩咐，便跳下海向对岸游。狗游上岸后，身上的毛全湿了，它看见有人晒谷子，便跑到谷堆上打了几个滚，全身都粘满谷子，又游了回来。等在岸边的老三，把狗抱在怀里收谷种，可身上粘的谷子都被海水冲掉了，只有脊背毛里还留着一小把。老三高兴极了，他带着那小把谷子回到家，赶忙撒下地去，终于有了收获。他没

510

忘记狗的恩情，每逢收新谷以后，都要先给狗喂米饭，这个风俗就从那时兴起，直到现在都是这样。吃大米饭，要先喂给狗吃。

老三有了谷种，学会了种谷子，从此生活越来越好，子孙也越来越兴旺。

# 太阳、月亮和星星

民族：普米族
讲述：格若
记录：章渊
流传地：四川省木里藏族自治县、云南省右所镇等地

    远古时候，大地上没有亮光，漆黑一团，地上的万物真够苦的。

    老鼠和猫头鹰是好朋友，它俩决定去为万物寻找光明。左打听，右打听，终于打听到是云层隔开了天地，不让光明漏到地上来。老鼠和猫头鹰决心到天上去把光明找来。

    猫头鹰很能飞，它叫老鼠骑在它的背上，便向天上飞去。飞呀，飞呀，飞了九十九天，飞到天和地的分界处，被又厚又硬的云墙拦住了。云墙上有一条小缝，猫头鹰忙用爪子扒住，让老鼠看看如何下手。老鼠在猫头鹰背上左瞧瞧、右瞄瞄，瞧出了门道，想出了个办法，就对猫头鹰说："我在你背上从云缝那里下口，把它咬开一个洞。"猫头鹰很赞成老鼠的主意，用爪子紧紧抠住云缝，叫老鼠快打洞。

    老鼠骑在猫头鹰背上，伸出尖嘴，一刻不停地用牙齿狠咬云墙。咬呀，啃呀，云沫被老鼠的牙齿啃下来了。一点一点的云沫随风满天漂浮，有的会放光，就成了星星。星星没有根，东漂西浮的，所以，我们如今看到星星，总是一闪一闪的。老鼠啃了九十九天，终于在云墙上啃出一个盒大的洞。一道雪白的亮光立即从洞中漏出来，把地下照亮了。猫头鹰和老鼠想从洞中爬到天上，怎奈从云洞中漏出的白光实在太冷，冷得它俩浑身发抖，动弹不得，只好飞走另选地方。从那圆洞里漏出的光，据说就是今天的月亮。

    猫头鹰驮着老鼠一直向东方飞去，也不知飞了多久，却一头撞在

另一堵云墙上。这云墙可暖和哩，猫头鹰和老鼠周身都感到自在。它俩商量，决定在那儿打洞。左寻右找，看到云墙上有一条缝。猫头鹰忙用爪子抠住云缝，叫老鼠快用嘴咬用脚抓，赶快打洞。老鼠顾不得歇口气，对着云缝就啃起来。啃呀啃呀，啃了九十九天，又在云墙上啃出一个盒大的圆洞。圆洞啃通了，一道灼热的红光从云洞中漏出来，照得大地一片明亮。亮光照得猫头鹰睁不开眼，它想用翅膀去遮光，可爪子一松，就驮着老鼠跌了下来。从此，猫头鹰和老鼠白天不敢出来，地上也就有了太阳、月亮和星星，有了光明和温暖。

# 汉日天种

民族：塔吉克族
编写：谷德明

很早以前，西域波斯国王做了一个梦，梦见一位美丽的少女，她雍容华贵，一如天人，自说是来自东方太阳升起的国度。国王醒来，从此不忘梦中人，就派两名大臣，向着太阳升起的方向前去求亲。两名大臣行走万里，来到中国，见这里人们衣饰相貌正与梦中所见相同，于是他们就拜见中国皇帝，献上求亲书信。中国皇帝被远方国王的赤诚心意感动，就答应嫁公主，并派一批男女侍从跟随出国。两位波斯大臣护卫着公主，向西行进。到了帕米尔，不巧前方发生了战争，道路被阻。为了安全，两位大臣和侍从们就找了一座险峻异常的高山，筑起城堡宫室，将公主安顿在高山上，大臣侍从们就在山下守卫。过了几个月，战事平息，两位大臣请见公主，要继续西行，但他们发现公主已有了身孕。这可吓坏了两位大臣，于是召集所有侍卫，严刑讯问，却问不出个所以然。最后，问到公主最亲近的一个宫女，宫女说："公主住在高山上，警卫重重，凡人怎见得公主？只是每当正午，就有一位美丈夫从太阳上下来，与公主相会。你们就不要猜疑了。"两位大臣听了，商量道："虽是这样，但我们见了国王，仍是不好交代，难免有杀身之祸，不如暂时留居此地。"后来公主生了一个男孩，非常聪明英俊。大家就奉这个男孩为王，即揭盘陀国第一代国王。

## 原编写者说明

在帕米尔高原的塔什库尔干塔吉克自治县，勤劳勇敢的塔吉克族人民流传着一个美丽动人的神话传说——汉日天种。塔吉克人把这个神话传说视为本民族的骄傲，在民间代代相传了一千多年之久。在《大唐西域记》里的《揭盘陀国》中，记载了唐僧玄奘在去印度取经归来的途中，路过现在的塔什库尔干县（即当时的揭盘陀国）时，听当地的国王讲述了"汉日天种"的故事。可见，"汉日天种"神话早已在塔吉克人的口头传承中流传甚久了。

为便于研究，现将《大唐西域记》中《揭盘陀国》一节的有关部分摘录于此，以供参照。

今王淳质，敬重三宝，仪容闲雅，笃志好学。建国以来，多历年所。其自称云是至那提婆瞿呾罗（唐言汉日天种）。此国之先，葱岭中荒川也。昔波利剌斯国王娶妇汉土，迎归至此。时属兵乱，东西路绝，遂以王女置于孤峰，极危峻，梯崖而上，下设周卫，警昼巡夜。时经三月，寇贼方静，欲趋归路，女已有娠。使臣惶惧，谓徒属曰："王命迎妇，属斯寇乱，野次荒川，朝不谋夕。吾王德感，妖气已静。今将归国，王妃有娠。顾此为忧，不知死地。宜推首恶，或以后诛。"讯问喧哗，莫究其实。时彼侍儿谓使臣曰："勿相尤也，乃神会耳。每日正中，有一丈夫从日轮中乘马会此。"使臣曰："若然者，何以雪罪？归必见诛，留亦来讨，进退若是，何所宜行？"佥曰："斯事不细，谁就深诛？待罪境外，且推旦夕。"于是即石峰上筑宫起馆，周三百余步。环宫筑城，立女为主，建官垂宪。至期产男，容貌妍丽。母摄政事，子称尊号。飞行虚空，控驭风云，威德遐被，声教远洽，邻域异国，莫不称臣。其王寿终，葬在此城东南百余里大山岩石室中。其尸干腊，今犹不坏，状羸瘠人，俨然如睡，时易衣服，恒置香花。子孙奕世，以迄于今。以其先祖之世，母则汉土之人，父乃日天之种，故其自称汉日天种。

# 腊普和亚妞

民族：怒族

讲述：赛阿局（怒族）

采录翻译：光付益、吴广甲、陈荣祥

流传地：云南省怒族聚居地区

古时候洪水泛滥，人类全都被淹死了。天神看到大地荒无人烟，就派了还没有成年的腊普和亚妞兄妹俩来到人间，繁衍人类。哥哥腊普很有本事，他力大无穷，特别是善使一手弩弓，百发百中，飞禽走兽很难逃脱他的手。妹妹亚妞是个善良勤劳的姑娘。兄妹俩来到大地上没有房子，就住在岩洞里；没有吃的，就去采野果，猎禽兽。

日子一天天地过去，兄妹俩也长大成人了，因为大地上没有其他的人，兄妹俩无法同别人成亲。哥哥心里想：现在大地上只有我们兄妹俩，若不结为夫妻生儿育女，人类就要绝灭。为了繁衍后代，我们兄妹应该结为夫妻。腊普走到亚妞跟前不好意思地喊道："妹妹，你我都长大成人了，该成亲了，可是世上只有我们兄妹俩。我想，只有我们兄妹结为夫妻，生育下一代，人类才能繁衍。你说行不行？"

妹妹听了很是害羞，说："你是哥哥，我是妹妹，世上哪有兄妹结为夫妻的道理呢？"

"兄妹结为夫妻虽然不合情理，但你想一想，洪水把人类都淹死了，天神才派我们兄妹俩来到大地，为的是要我俩结为夫妻，生育下一代，使人类不致灭绝呀！"哥哥苦苦地劝说妹妹。

妹妹听了，心里在想：是呀，不然天神派我们兄妹俩到大地上来干什么呢？但是，我俩成亲，既无人证，又无物证，这可咋办？亚妞想了一阵，然后说："哥哥，我们兄妹俩能不能成亲，没有人告诉我们；就是要成亲，也没有东西为凭证。你拿弩弓射织布架的四棵桩，若箭箭都射中了，我俩就结为夫妻。"

腊普答应了，拉弩搭箭，"当"的一声，不偏不倚正中织架桩的中央，连射四箭，都是这样。腊普和亚妞兄妹俩就结成了夫妻。

几年过去了，腊普和亚妞生育了七个子女，这些孩子长大后，有的是兄妹结为夫妻，有的是跟会说话的蛇、蜂、鱼、虎交配，繁育下一代。后来人类逐步发展起来，就以一个始祖后裔作为一个氏族，与蛇所生的为蛇氏族，与蜂所生的为蜂氏族，与鱼所生的为鱼氏族，与虎所生的为虎氏族。每一个氏族都有自己的图腾崇拜，蛇氏族崇拜蛇，蜂氏族崇拜蜂，虎氏族崇拜虎。

再说腊普和亚妞兄妹俩来到大地后，没见过火，不懂得吃熟的，猎取到的野兽也是生吃。有一次山上起了大火，腊普和亚妞感到很奇怪，便前往观看。他们捡到一只被火烧过的野兽，吃起来很香，比生的好吃多了，这样他们才懂得了吃熟食。他们想找火种，但火已熄灭了，到哪里去找呢？兄妹俩苦思苦想了好些日子。一天，他们突然想到平时用竹子在石头上磨弩箭时，竹子会像在火上烤过一样热烘烘的。他们想，若把竹子放在石头上久久摩擦，一定会生出火来。于是兄妹俩找来竹子，两人轮流在石头上使劲地磨呀磨，磨到竹子发烫，他们还是不停地磨，磨了三天三夜，竹子终于燃起火来了。兄妹俩非常高兴，赶快找些柴棒烧起大火，把火种保存下来。从此，人们就不再吃生的动物肉了。

又过了好些年，腊普因年老死去了，亚妞用火把他烧掉。没过几年，亚妞也死了，她的子女也用火把亚妞葬了。怒族火葬的风俗，就是从腊普和亚妞开头的。

腊普和亚妞讲的是怒语。他们的子孙发展起来了，便往福贡、贡山等地迁徙，这些地方还有傈僳族，他们的人比怒族多，腊普和亚妞的子孙来到这些地方，光讲怒语行不通了，他们也就讲起傈僳语来。所以，怒话和傈僳语相差不多，而且怒族人都会讲傈僳语。

# 猎人与女猎神

民族：怒族

讲述：付加仁、谦付加

采录：木玉璋、禹尺

流传地：云南省怒族聚居地区

在离里吾底村一天路程的高黎贡山上有个大岩洞，叫米陆岩。一天，一个年轻的猎人上山去打猎，当他走到米陆岩的时候，太阳快落山了。他就在岩洞里生起火来，准备做饭吃。他在洞外的一个小山包上支起猎兽的扣子，打算弄点下晚饭的菜。

猎人蹲在岩洞里远远地看着他支的扣子，过了一两袋烟的工夫，他看见一只黄黄的麂子从灌木丛里蹿了出来，撞在他的扣子上被勒住了。猎人高兴极了，想今晚的下饭菜有了，便几步蹿出洞，跑上去捉麂子。不料，当他跑到扣子跟前时，眼睛一晃，麂子不见了，只剩下一副空空的扣子。猎人想，恐怕是天时晚了，眼睛花了，错把晃动的树叶当成麂子了。他把扣子重新支好，就回岩洞里吃了晚饭，躺在火塘边睡觉了。

第二天一清早，猎人醒来，睁开眼睛就往小山包上看。这一回他看得清清楚楚，扣子扣住了一只羚牛。猎得了这么大一只野物，他高兴极了，立即跑出洞去取。可是，当他跑到扣子旁边时，不知怎么的，羚牛也不见了，扣子上只扣着一撮羚牛毛。

猎人感到很奇怪，明明是一只大羚牛被扣住了，怎么又不见了呢？他想，这一定是有人在捣鬼，或者是跟我开玩笑，不然已经上了扣子的猎物怎么会逃得脱呢？他决心要察看清楚，不管是人是鬼，今天一定要把它逮住看一看。于是，猎人钻进一个灌木丛里隐蔽起来，严密地监视着扣子周围的动静。

果然，到了中午的时候，一只獐子跑了过来，撞在扣子上被扣住了。獐子拼命地挣扎，猎人高兴地正要起身上前去取，突然从林子里飞快地蹿出一个姑娘，把獐子从扣子上解下来，抱着獐子又飞快地跑进林子里去了。猎人的胆子是很大的，他也飞快地拔腿追了上去，他想不管是人是鬼，一定要抓住她，看个究竟。

他追呀追，那姑娘钻树林，他也钻树林；那姑娘攀悬崖，他也攀悬崖；那姑娘钻细竹林，他也钻细竹林；那姑娘蹚河过谷，他也蹚河过谷……最后，他们跑到一个高山顶上，那里有一棵几人合抱那么粗的古树，树根上有一个很大很大的洞，姑娘见猎人追得急，没地方躲，便一闪身钻进树洞里去了。勇敢的猎人也顾不得有什么危险，径直跟着往洞里钻。原来那树洞里面像个窝棚一样大，姑娘见猎人也闯了进来，就只好站在那里，一动也不动了。猎人见树洞里堆着许多麻皮和麻线，还放着绩麻的工具，知道这就是姑娘居住的地方了。姑娘的床上垫的全是羽毛，盖的也全是鸟的羽毛，各色各样的，又好看又稀奇。姑娘穿的裙子是麻织成的，衣裳也是麻织成的，那麻布织得又匀细又漂亮。姑娘的头上戴着品飘（头饰），身上挂着红红绿绿的珠子，梳的辫子长长的、黑亮黑亮的；姑娘的身材又匀称又结实，脸庞端端正正的，皮肤红润红润的；牙齿排得很整齐，雪白雪白的。猎人看着看着发起呆来，不知前进好还是后退好。那姑娘不但不怕他，还用含情的眼光看着他。他们两人你看着我的脸和眼睛，我看着你的脸和眼睛，也不消说什么话，就都知道是互相喜欢对方了。于是，两人讲起话来，互相问了问身世，渐渐地走拢在一起，肩靠肩坐在一起，手拉着手亲亲热热。后来他们就成亲了。

猎人在树洞里和姑娘共同生活了一段时间，就带着她回到了村子里。他俩砍来木料，割来茅草，盖起了一间新屋。他们一起砍柴，一起种地，生活过得很和睦。但因为是新立的家，他们还没有养鸡养猪，粮食也不充裕，还得精打细算地过日子。

有一天，来了一位客人。按照怒族的习惯，是要杀鸡杀猪，甚至杀牛羊来招待客人的。可是他们却没有养鸡养猪，更没有养牛羊，怎么办呢？猎人正想和妻子商量，只见妻子从院子里抽出一根剥了皮的麻秆子，递给猎人，说："你把它插到房子后面的地里去吧！"猎人拿着麻秆到了地里，想这么细的秆子，手轻轻一掰就会断，怎么能刺得死野兽呢？就回屋来问妻子。妻子说："你不用问了，尽管照我说的去做吧！"猎人是很相信妻子的话的，就按照妻子说的办法，把麻秆拿到屋后的地里插了起来。

第二天，公鸡叫第二遍的时候，妻子把猎人喊醒，说："你快起来，去拿猎物去，已经刺着一只麂子了！"猎人半信半疑地起来，到屋后的地里一看，果真刺着了一只大麂子！他高兴地扛着麂子回到屋里，这时，妻子已经把饭蒸好了。他们就剐了麂子肉招待客人。

从此，猎人就更加佩服自己的妻子了。

过了一些时日，又来了一位客人。晚上，猎人又同妻子商量招待客人的事。这一回妻子说："明天早上你在家做饭，招待客人的肉，我去找吧。"

第二天天还没亮，妻子就起床上山去了。猎人不明白妻子起这么早去做什么，他心里还想着招待客人的事呢。到公鸡叫第二遍的时候，只听见院门背后"噗"的一声响，猎人赶忙起床出去一看，原来是妻子扛了一只野猪回来，已经放在地上了。猎人还来不及问话，妻子就对他说："别站着啦！招待客人的肉我已经找回来了，你就拿刀把它剖开吧！"这一回，他们就用野猪肉招待了客人。

猎人和妻子就这样幸福愉快地生活了几年。妻子给他生了个儿子。当儿子会走路会说话的时候，妻子对他说："现在孩子会走路了，会吃饭了，也会说话了，家里的鸡猪牛羊也养起来了，没有我，你也能安稳地过下去了。可是山上的许多牲畜，却没有人照管，那样牲畜会受损失的，我得回去照管它们。我是不得不回去了！你要好好地抚养这个孩子，我每年都会来看望你们几次的，来的时候就给你们送些牲畜来。"妻子说完，抱起孩子亲亲，向丈夫望上一眼，就离开了家，离开了村子，回到山林里照看她的牲畜去了。

猎人无法留住妻子，心里很难过、很悲伤。只有当他看着、抱着孩子的时候，心情才会轻松些。他看着孩子，就像见到孩子的母亲；他细心抚养着孩子，天天盼望着妻子回家来。他想，妻子想念孩子的时候，她一定会回家的。可是，一个月过去了，两个月、三个月过去了，左盼右盼，总不见妻子回来。他就到山上去找，左找右找，跑遍了以前他遇见妻子的山崖树洞，始终见不到妻子的影子。但猎人总是不死心，每年夏秋之间，就是妻子离开村子的那个季节，他都要到山上去寻找妻子。他每次都见不到妻子，但每次都能遇上到泉边来饮水的羚牛群（羚牛喜欢成群结队地到泉边来饮水）。这样，猎人每次上山，都能猎获一两只羚牛带回家来。

据说，曾经与猎人一起生活过的那位姑娘就是猎神的化身。她教会了猎人许多捕猎山禽野兽的办法，教会了他驯养家畜家禽的办法，教会了村里的妇女们纺麻线、织麻布。她很爱自己的丈夫，她虽然离开了他，但仍然在暗中保护着他。青年猎人每次上山猎获到的羚牛，就是猎神姑娘送给他的礼品。她每次来看望孩子，猎人和孩子都见不到她，只是在羚牛群走过的地方，在羚牛的蹄印后边，有女人的足迹。猎人料想，这神秘的足迹一定是妻子的，就怀念起自己的妻子来。

后来，怒族的猎人就把这位猎人奉为自己的祖先。当人们上山打猎的时候，也不时地会在羚牛群走过的地方见到一行人的足迹。人们也就想起猎神姑娘来，怀念起善良的猎神姑娘，也希望她能赐给自己丰富的猎物。

# 开天辟地的传说

民族：鄂温克族
口述：杜忠寿（鄂温克族）
流传地：嫩江流域鄂温克族聚居地区

相传，在太阳出来的地方，有个白发老太太，她长着两个很大很大的乳房。她是世间头一个哺育万物的萨满①，人间的幼男幼女，就是吸吮她的奶水长大的。

起初，人只有肉身，由天上的北斗星赐给灵魂，由南斗星赐给寿命。正因为如此，后世的鄂温克人的风习里，留下了宰杀牲畜来祭祀北斗星的礼仪。

自从世上有了人，每隔不长时间就闹一回天塌地陷，鄂温克人的祖先把那样的灾难叫作"嘎拉吠由布楞"。大灾使世上只剩下一男一女，他们俩生儿育女，养育后代。

世间除了人以外，还有主宰风的风神、掌管下雨的雨神等，连霹雷闪电都由神来行使。老人们传说，在地球的边沿上，有一个老奶奶，她手里拿了个大簸箕似的东西，只要她一抖一摇，地面就会刮风。如果天空的月亮跟火星一打对脸，那个老奶奶就要抖簸箕，那就要起暴风了。从前有句古话，叫"没有雨，就没有水"，没了雨水，就什么也生长不出来。每年农历二月间，一旦天空出现火星和月亮挨近的天象，就知道要起暴风了。那时，常常会出现一种叫作"德洛勾②"的

---

① 萨满：鄂温克族的宗教巫师。

② 德洛勾，鄂温克语，獾子。

动物。它平常总躲在洞穴里睡觉，一刮暴风，就仓皇地往外跑。一见它出来，鄂温克先人就知道那主宰暴风的神就要降临了。

　　天空还有个老头，他手持一面鼓，只要他一敲鼓，半空里就轰轰隆隆地滚出雷鸣声。老人们说，雨是龙身上洒下的水。因为龙身上的每一页鳞片，都盛有一百担子水。龙身上的鳞片数也数不尽，当它一齐洒下来的时候，地面就烟雾弥漫，下起了暴雨。

# 用泥土造人和造万物的传说

民族：鄂温克族

口述：赛金苏龙（鄂温克族）

采录：马名超

流传地：内蒙古呼伦贝尔市陈巴尔虎旗鄂温克民族乡毕鲁图村

很久以前，有个名叫保鲁痕巴格西①的天神，他用地面上的泥土捏成一个个人和生灵万物的模样。从此，世间有了人类和万物。可是，捏着捏着，很快就把眼前的泥土全用光了。保鲁痕巴格西知道世间还有大堆的泥土，只是被压在一个名叫阿尔腾雨雅尔②的大龟的身子底下。阿尔腾雨雅尔是个很有法力的神物，天神都不敢去惊动它。保鲁痕巴格西更加不忍心，因为他生性慈和，从不肯轻易去伤害世间的任何一个生灵。

正当天神左右为难的时候，从东边出太阳的地方，跑来一位骑长鬃大马、背负弓箭的尼桑萨满。他俩一见面，尼桑萨满就问天神："你在做什么呢？"

"我正在造人和万物呢。可是，泥土都用尽了。还有大量有用的泥土被压在阿尔腾雨雅尔巨大的身躯底下，你能叫它挪动一下吗？"

尼桑萨满早有明察，便告诉天神："我有法子叫它离开，咱俩一起合力去造人和万物吧。我这里有宝弓神箭，再凶恶的邪魔都怕它，如果阿尔腾雨雅尔不肯离开，就把它杀掉！"可是，保鲁痕巴格西天神不光自己不杀生，也不忍别的神主这样做，就对尼桑萨满恳求说：

---

① 保鲁痕巴格西：鄂温克语，佛师。

② 阿尔腾雨雅尔：阿尔腾，鄂温克语，金子。全词意为金蛤蟆。

"只叫它动一下身子，别伤害他的性命吧！"尼桑萨满依从了慈祥的天神的嘱咐。

英武的尼桑萨满骑上闪电般的白马，奔到阿尔腾雨雅尔伏卧酣睡的地方，卸下雕弓，搭上一支羽箭，猛地向大龟射过去，这时，忽然一阵风声，连天地日月都颤抖起来，神箭飞过去，破了神龟的护身法力，深深射进了阿尔腾雨雅尔的后颈项。朦胧中猛挨一箭的神龟眨眼间就四脚朝天，一下昏过去了。这一来，保鲁痕巴格西天神就从神龟挪动过的身底的夹缝里，得到了像山一样堆积着的无尽泥土。尼桑萨满震慑了神龟，命它撑开四只脚擎住苍天，不准它动一动。于是，天神便又日夜不息地造人和万物了。

从那个时候起，人慢慢多了起来，世上的万物也越来越多、越造越全，人类的生活一天天变得和美。过了很久，阿尔腾雨雅尔擎天的四只脚渐渐变成了四根粗大的柱子，支撑着苍天。慢慢地，天和地分开了。只是，阿尔腾雨雅尔的脚柱，擎举茫茫无边的苍天也有吃不住劲的时候。有时它觉着太劳累了，就松动一下身子。没想，这一动可不得了。它身躯一动，天地都跟着剧烈地摇晃不已，有时还要烧起天火，溢出滔天洪水，这样，世间就出现了"地动"。

# 萨满神鼓的来历

民族：鄂温克族
口述：阿拉诺海（鄂温克族）
翻译：道尔吉（鄂温克族）
采录：马名超
流传地：东北鄂温克族聚居地区

听老年人讲，在人类还没有出现以前，世上只有一个地球，后来，又造出另一个地球。第一个地球，是一个叫腾格勒的尊神造的。起初，它很小，上面的山很低矮，河流又窄又细，水稀稀拉拉的没有多少。等第二个地球造好后，世间就出现了神通广大的萨满，他们用法力把地球变大，随之，山峰也增高了，河身也宽阔起来，河水也滚滚长流不息了。

不知又过了多少年，世上开始有了这样那样的教门，萨满神坐在一面大鼓上，腾云驾雾，四处游走，为世间万物降魔除灾，为人类造福。原来，萨满乘坐的神鼓，是个两面紧包着皮子的大皮鼓。自从人世间出现了喇嘛教，便跟萨满打起仗来，一打就是几年。萨满神人多势众，老占上风。可是，没隔多久，喇嘛教却反把众萨满击败，占了上风。有一回，两教教众又打仗了。喇嘛们飞起一种叫作"敖叟拉"的法器，降落下来，不偏不歪正好打中了萨满们乘坐的皮鼓，把鼓猛一下给打成两爿。发出的声音比悬空的劈雷还响，惊天动地，一下就把逞威的喇嘛们震服了。从此，萨满就用单面包皮的神鼓来召集神灵和降服邪魔了。

# 山神百纳查的传说

民族：鄂温克族
口述：涂景山（鄂温克族）
采录：倪笑春
流传地：东北鄂温克族聚居地区

在好多年以前，有一伙打猎的鄂温克人，他们在一个很密的山林里围猎了好多天，最后围住了一座三面靠水的小山。这时候，给靠列都阿楞①把大伙叫在一起问："谁能知道我们围住了多少野兽？"大伙你瞅瞅我，我看看你，谁也不吱声。因为围猎围了这么多天，跟前又是这么一座山，野兽都在树林子里，谁能估摸准围住多少？

就在这时候，旁边树林子里走来一个老头，个子不高，眉毛、胡子都很长，闪着黄亮亮的光；身上穿白色的狍皮袄和狍皮裤子，脚上穿着一双半新不旧的其格狨②。他不紧不慢地走到给靠列都阿楞跟前儿，用听起来舌头有些发硬的声音说："这有啥难的？我知道！一共围住了四十四只鹿、三十三只狍子、四头犴，还有两只熊。不信到时候你查，没个错儿。"

给靠列都阿楞仔细瞅瞅这老头儿，愣了好一阵子也没出声。他心里想，这么大个山林子，我们这些围猎的围了这么多天还都说不出来，他怎么能知道呢？老头见给靠列都阿楞半天没答话，知道他可能不信，于是就带着很不高兴的样子，跟大伙一块围猎去了。

又过去了两天。大伙把猎获的鹿、犴、狍子、熊之类的堆在一起，

---

① 给靠列都阿楞：鄂温克语，行猎长。
② 其格狨：鄂温克语，一种高腰软底靴子。

不多不少，正好和那老头说的一样，连一条腿都不差。大伙都吃了一惊，再找那老头，早已不见了。给靠列都阿楞觉得这老头不是凡人，就叫大伙分头去找。可是，直到天黑，方圆几十里都找遍了，连那个老头的影子也没有。这下，大伙都说，那老头一定是山神白纳查。打这以后，"山神白纳查"就在鄂温克猎人中传开了。每逢人们上山打猎，就在山上找一棵大粗树或者一块石头，在上面画一个山神白纳查，然后用各种兽肉祭祀，祈求山神保佑，能打到许多野物。

# 茶叶兄妹创世纪

民族：德昂族
采录整理：陈志鹏
流传地：云南省德宏傣族景颇族自治州德昂族聚居地区

很古很古的时候，大地上没有人。水和泥巴搅在一起，土和石头分不清楚。没有鱼虫虾蟹，没有豹子老虎，没有绿草青树，没有红花黄果，没有日月星辰，天空和大地一片混沌，只有雷吼风呼。

狂风吹啊吹，越吹越大，越吹越紧，不知吹了几万年，终于吹出了一团黑乎乎的东西。这团东西在天上转呀转，越转越黑，越转越紧，不知转了多少万年。有一天，风和雷碰到一起，风说："我力大无比。"雷说："我的力气谁也比不过。"它们一个不服另一个，就打了起来。风拼命吹，要把雷赶走。雷拼命打，要把风打死。他们从天上打到地下，从东打到西，从北打到南。有时风把雷赶走，但是雷很狡猾，悄悄躲到天的最高处，等到风歇气时，他又突然冲下来。他两个打打停停，停停打打，谁也不服输，不知打了几万年，一直到现在，只要雷声一响，风就大发脾气。

有一天，风正围着那团黑乎乎的东西转，越转越高兴。雷在天空看见了，恨得咬牙切齿，就吼叫着冲下来，争抢这团黑乎乎的东西。抢啊抢，谁也不让谁。最后他俩使出了全部力气，哗啦一声，黑乎乎的东西被撕成了两半，从中间掉出了一个人。这个人慢慢张开了嘴巴，一口一口地吸气，吸一口就大一点。不知过了多少年，他长成了大人。但是，他什么也看不见，分不清东西南北。雷神就与老婆商量，想让这个人看清世界。雷吼着，电婆哗啦一声，就在人的脸上凿开两个洞，装上两小粒火，就有了眼睛。风神看见雷神为人做了好事，很不服气。

他看到人会吸气，能看见东西，但是不会听，风神就在人的头两边撕开两道口子，吹开小洞，让人听到声音，这就是耳朵。接着，雷神又给人塑了鼻子，风神给人画了眉毛和头发。由于风神和雷神争着帮助人，人就有了眼、耳、鼻、眉和头发，他看得见、听得见，聪明无比，叫作"帕达然"。他就是最早的人，也是智慧的神。

帕达然天天靠吸气生活，一个人非常孤寂，就去请求风神和雷神归还衣袍，他还是要躲进衣袍里去。风神气得头发都立起来，雷神气得瞪圆了眼睛，把衣袍撕得粉碎，抛给了帕达然。说也奇怪，碎衣袍竟变成了一棵棵小树，这就是茶树。所以，德昂族都说茶树和人的生命是连在一起的。不同的是，古时候的茶树是会说话的，现在的茶树只有到夜静更深的时候才互相说悄悄话。

帕达然有茶树做伴，十分高兴。他摘了一叶茶挂在天上，变成月亮；又采了一个茶果挂在天上，变成了太阳；他把茶花揉成碎片，洒在蓝幽幽的天上，变成了星星。从此，太阳、月亮、星星与茶树给帕达然做伴。

帕达然有茶树做伴，和太阳、月亮、星星一起，时而四处出游，时而互相嬉戏，快快活活地生活。

不知过了多少万年，帕达然始终兴致勃勃，可是茶树却厌倦了，跟着帕达然出游的次数越来越少，一起玩的时候也老是提不起精神。有一天，帕达然问茶树："我们的天空四处明亮，走到什么地方脚下都有彩霞，你们为什么愁眉不展？"茶树都低下了头，谁也不敢开腔。

帕达然问了九遍，没有得到回答。他正转身要走时，突然一株最小的茶树开了腔："尊敬的帕达然啊，天空为什么五彩斑斓？大地为什么荒凉？您为什么只领我们在天上走？为什么不带我们到地上逛？"帕达然听了小茶树的话，大吃一惊。他细细地看了看小茶树，一字一句地说："这不是你们应该问的事，千万不要胡思乱想，一丝一毫的邪念也会带来万世难解的灾难。"

茶树都被吓住了。有的愁眉不展，有的发抖打战，有的下跪磕头，有的直淌冷汗，只有小茶树纹丝不动地挺直腰杆。它镇静地说："尊敬的帕达然啊，天上和地下为什么两样？我们为什么不能到地下生长？"帕达然发怒了，声音震动了天庭："天下一片黑暗，到处都是灾难，谁要想让地上繁华，他就要吃尽万般苦楚，永远也不要想再回到天上。"

帕达然的话像磐石压在每株茶树的心上，只有最小的茶树一点也不慌："尊敬的帕达然啊，只要地上能够像天上一样繁华，我愿意去受万般灾难。"帕达然吃了一惊，想不到一株焦黄的小茶树竟有这么大的胆量，于是他进一步试探："小茶树啊，你要仔细思量，地下有一万零一条冰河，会把你冷死；地下有一万零一座火山，会把你烧死；地下有一万零一种妖魔，会把你杀死。天上清吉安康你不要，为什么一定要下去尝苦水？"小茶树听了帕达然的话，一点也没有动摇。它拿定主意后说："尊敬的帕达然，请你开恩，请你帮忙，让我下去试一试……"

小茶树的话还没有说完，狂风吹得天昏地暗，紧接着雷鸣电闪。狂风撕碎了小茶树的身子，雷电把乌云凿开一道葫芦形的口子。小茶树身上的一百零二片茶叶飘出天门，忽忽悠悠地下降。

雷鸣电闪，狂风嘶吼，茶叶被吹得在空中打转，越转越快，转了三万年，化出了一百零二个人，单数叶变成五十一个精悍的小伙子，双数叶化成五十一个美丽的姑娘。所以，直到现在德昂族还流传着一首古老的歌谣："茶叶是德昂的命脉，有德昂的地方就有茶山。茶叶和德昂一样代代相传，德昂人的身上飘着茶叶的芳香。"

一百零二个青年男女，被风沙簇拥着在天空飘荡，睁着眼睛却什么也看不见，你碰我，我碰你，疼得没有办法。女的哭了，男的也哭了，他们的声音越哭越大，一直传到九天之上。正在嬉戏的日月星辰听见了，赶紧跑来帮忙。太阳搬出金钵，月亮端出银盘，星星射出光芒，把大地照得明明亮亮。

五十一对青年男女高兴得手舞足蹈，高兴得淌下了泪水。这些泪水落到地下汇成一股，变成一条小沟；一串眼泪汇成一条小河，一百零二串眼泪汇成了大江。泪水越来越多，聚成了大海。大海越涨越高，越来越大，使整个大地变成一片汪洋，到处白浪滔滔。

茶叶兄妹随着风走，走到哪里都没有落脚的地方。因为水神作怪，兄妹们走到东边，水神张开大嘴要吃人；兄妹们走到西边，水神举起寒光闪闪的宝剑要杀人；兄妹们走到南边，水神伸出黑茸茸的大手要抓人；兄妹们走到北边，水神拍拍肚皮说："我要吃人。"

兄妹们没有办法，飘了几万年还在天上荡悠。因为时间太长了，太阳疲劳得打起了瞌睡，月亮疲劳得呼呼大睡，星星疲劳得闭上了眼睛。这一来，天空又是一片黑暗，一百零二个兄妹跌跌撞撞，眼看就要掉进海洋里，急得大声呼喊："尊敬的帕达然啊，尊敬的日月星辰兄长，我们又在遭难，请快来帮忙！"

呼喊声传遍四面八方，星星吓得直眨眼，月亮吓得打转转，太阳吓得红了脸。他们醒来了，天空、大地又是一片明亮。

又过了几万年，太阳、月亮和星星又疲劳了，想睡又怕茶叶兄弟会遭难。他们想啊想，还是小星星最聪明，他想出了一个主意：太阳的胆子大，独自照一半时间，月亮和星星合着照一半时间。从此以后，人们就把太阳照耀的时间叫白天，把星星和月亮照耀的时间叫晚上。

地上的洪水仍然泛滥，兄妹们还是落不到地上。他们没有办法，急得大声呼喊。他们的呼声惊醒了万能的帕达然，他伸了个懒腰，打了个呵欠，一股气冲下天庭，把大地震出若干条裂缝，水就顺着裂缝流淌。帕达然又请来风神，带着天上积了几千万年的茶树叶下去帮忙。

狂风带着茶叶驱赶洪水。茶叶撵到的地方，洪水就逃跑，就现出了大地。眼看洪水就要被灭掉，帕达然突然出现在空中，他说："天要分东西南北，地要有河谷山川，四时要分寒热暖凉，人也要有个洗澡的地方。"听了帕达然的话，茶叶停住了脚步，折头返回了天上。

　　因为茶叶赶洪水赶了三万年，已经筋疲力尽，步子越来越慢。有力气的慢慢赶路，没有力气的就躺下来歇息。说也奇怪，茶叶只要停住脚步躺下歇息的，就再也站不起来，化作泥土铺在地上。没有力气的茶叶越来越多，大地越积越厚。原来，这是帕达然怕大地太冷，叫茶叶来保护。有的地方薄些，就是平展展的坝子；有的地方厚些，就是山丘；茶叶堆得最厚的地方，就是地上最高最大的山。一条条小河、大江是茶叶兄妹留下的眼泪，大海是帕达然洗澡的地方，大大小小的湖泊是茶叶兄妹照脸的镜子。这就是平坝、高山和江河湖海的来历。

　　洪水退去，天空明朗，茶叶兄妹高高兴兴地落到地上。

　　茶叶兄妹在地上玩得正高兴，突然白雾滚滚，填平了山洼，笼罩了坝子，茶叶兄妹什么也看不清楚。浓雾中夹着水珠，水珠滴在茶叶兄妹身上，长出一个疮，疮慢慢长大，痛得他们撕心裂肺。

　　茶叶兄妹痛得打滚，却见两个妖魔在那里狂笑。一个是雾妖，满身白毛，张着大嘴喷出一团团雾气；一个是毒妖，满身黄毛，张着大嘴喷出一股股毒气。雾妖说："大地是我们的世界，不准人来侵占。"毒妖说："想在地上生活的东西，我要叫他一个也活不成。"听了他们的话，茶叶兄妹分成两股，弟兄们在前面奋战，姐妹们在后面呐喊。可是，他们斗不过两个妖魔。眼看茶叶兄妹一个个快死去了，最小的妹妹亚楞突然想到天上的亲人，就赶忙跑回天庭。

　　听亚楞说了情况，太阳、月亮和星星都很气愤，帕达然请风神带着太阳去帮助茶叶兄妹。

　　亚楞领着风神和太阳来到地上，风神张开嘴喷出狂风，把雾妖吹得无影无踪；毒妖被太阳用金箭射得疼痛难忍，只好与雾妖一齐逃跑。

茶叶兄妹前来感谢风神和太阳时，想不到又有两个妖魔赶来，一个红头发、红胡子、红身子，张着血盆大口，一边喷出一团团烈火，一边怪叫："我是火妖，要为雾、毒二位兄妹报仇！"一个遍体漆黑，一边抛撒瘟疫，一边狂叫："我是瘟妖，要来收拾你们！"风神没有办法抵挡，只好让太阳去抵挡，又急忙跑回天上，请来了雷神、月亮和星星。

雷神打起了闪，星星用刺芒戳，月亮用弯弓射，双方打得天昏地暗。双方打了三千年，谁也不能取胜。雷神又去请了雨神来。雨神下起瓢泼大雨，一下就把火妖打倒。火妖被打死了，瘟妖看抵不住，正想逃跑，月亮的弓弩从他身前射进，星星的刺芒从他脊背插入。瘟妖倒在了地下。

茶叶兄妹把四个妖魔的身子劈成四块，剁成肉泥，深深地埋在地下。埋着火妖的地方，土变成红色；埋着雾妖的地方，土变成白色；埋着毒妖的地方，土变成黄色；埋着瘟妖的地方，土变成黑色。这就是土分红、白、黄、黑四种颜色的来历。


战胜四个妖魔以后，茶叶兄妹把风神等送回天上，就踩着云彩四处遨游，高兴时就唱歌跳舞，累了就在云上歇息。有一天，最小的弟弟达楞突然发问："天空的颜色会变幻七彩，可怜的大地却赤身露体，这究竟是什么道理？"他们都回答不出来，就回到天上问帕达然。帕达然说："只要你们舍得身子，大地就有衣裳。"

茶叶兄妹告别了帕达然，来到空中，各自撕碎自己的皮肉撒在地上。茶叶的皮肉一着地就长出一片新绿，大的变成树，小的变成草，筋肉变成一条条青藤，从此以后，大地郁郁葱葱。

大地有了草和树，茶叶兄妹的身子轻了，更加灵活，不论是飞到平坝还是高山，树木草藤都低头迎接，因为它们知道，茶叶兄妹是自己的生身父母。

鲜艳的百花开了就谢，一年只能开一回，不能传宗接代，只有素白的茶花开了就结果，茶果落地生出子孙。茶叶兄妹又请了太阳、月亮、风神和雨神来帮助，把茶果碾成粉末撒在百花上，凡是撒过茶果粉的花都结出了果子。世上从此有了各种果子，味道有酸有甜，只有茶果又苦又涩。所以，至今德昂族教训子女，都要叫他们像茶花一样纯洁，像茶果一样无私。有一句谚语说：吃着香甜的桃李菠萝，莫把结子的茶果遗忘。


茶叶兄妹的快活日子过了九万年，突然一股黑风卷起，把兄妹们吹散。姐妹被吹到天空，兄弟跌落在地上。

天上的姐妹望着地下，地下的兄弟望着天上，一百零二对眼睛泪水汪汪，谁也舍不得离开谁，互相呆呆地痴望着。帕达然走出天门对茶叶兄妹说："天地有九十九条路相通，懒惰的人再过九万年也不能团圆。"

听了帕达然的话，姐妹使劲按云彩，弟兄拼命往上纵，不知过了多少年，兄妹还是隔云相望。

姐妹又把云彩搓成线，要把兄弟拉上去，搓了九百九十九丈，黑风呼啦一声，线断了。弟兄们搬土筑高台，台子堆得九百丈，还是接不到天上。弟兄们又跑到高高的山上，爬到最高的大树上，朝天伸出龙竹，兄弟与姐妹的手还是隔着八百丈。

弟兄们耗尽了力气，只好在树林里歇息。小兄弟达楞最贪玩，扯得一根青藤扎成藤圈，丢到地上套住小草，向上抛去套住白云。他使劲往上丢，藤圈套着最小的妹妹亚楞，轻轻一拽，便将她带到了身旁。

达楞的办法提醒了哥哥们。他们每人都扯了一根青藤，扎成圈，五十个藤圈抛上天，二十五对姑娘被套下地。神奇的藤圈搭起了上天的路，拆散的骨肉又团圆，五十一对男女结成双。

茶叶兄妹结成五十一对夫妻后，慢慢地，就觉得光有人太单调，于是他们用泥巴捏了许多东西，吐上一口唾沫丢进水里，有的变成摇头摆尾的鱼，有的变成甲壳坚硬的蚌，有的变成举大钳子的螃蟹……水里有了各种动物，流水有了伙伴。

茶叶兄妹来到山林，花草树木对着他们哭诉："白天冷冷清清。"岩石来哭诉："夜晚实在凄凉。"它们都要求有亲密的伙伴。于是，茶叶兄妹又用泥巴捏了许多东西，吐上一口唾沫撒出去，姐妹们捏的撒在山林，变成了各种鸟，既会唱歌又会跳舞；兄弟们捏的撒在山洞，变成了各种野兽，既有温驯的金鹿，也有勇敢的狮子。从此以后，水里有鱼蚌虾蟹逐浪，山里有百兽跳舞，空中有百鸟欢唱。

茶叶兄妹见大地上有了一切，十分高兴。为了玩得更痛快，有的姐妹嫌腰上的藤箍碍事，就把它解下来摆着。有一天，大家跳舞跳得满头大汗，五十个姐妹解下了腰上的藤箍，只有最小的妹妹亚楞忙着与最小的弟弟达楞谈情，没有解下腰箍。突然一阵风吹来，五十个姐姐飘上了天空，只有亚楞留在地下。所以至今德昂族的姑娘腰上随时都系着腰箍，并流传着一句谚语：腰上没有藤圈的姑娘，心空靠不住。

五十个姐妹上了天，五十个弟兄悲痛地死去，只剩下亚楞和达楞，他们掩埋了哥哥们的尸体，凄凄怆怆地躲进岩洞度时光。太阳出了又落，月亮缺了又圆，亚楞和达楞生下了儿子和姑娘，一代又一代地生殖繁衍，人口一年比一年兴旺，小岩洞太挤，住进了大岩洞，过了一万年，天下的岩洞都被人住满。为了让子孙世代生存，亚楞和达楞仔细商量，他们按照岩洞的样子搭竹架，按照牛肋巴的样子编竹笆，按照芭蕉叶的样子扎草把，盖起了竹楼。从此，人类有了自己的住房。

亚楞和达楞活了三万年。为了让子孙的日子过得好，他们分别走进大山和海里。达楞走到高山上，一次牵回了牛，一次牵回了猪，一次牵回了羊。他还要去牵老虎豹子时，已经筋疲力尽，倒下去就再没爬起来，化作一座大山。人们都说，要是达楞再有一点力气，现在老虎豹子也不会在山林里乱跑了。

亚楞下到海洋，一次牵回了鱼，一次牵回了鹅，一次牵回了鸭。她还要去牵龙和乌龟，但是没有力气了。她倒在海里，每天叹息。她的身子躺在海里，明晃晃的。人们都说，要是亚楞再有一点力气，龙和乌龟也会被人养在家里。

达楞和亚楞的子孙想要传颂祖先的恩德，他们觉得光靠嘴巴还不能表达心意，想了一万年。东边山上有个人把园子边的葫芦摘下来，掏空了心，凿了个洞，吹出了呼呼呼的声音，又插了几根竹筒，就发出了悦耳的声音，这就是今天的葫芦笙；西边山上有个人砍了两节金竹，凿了个眼，拼在一起，吹出了悠扬的声音，这就是"吐良"；南边山上有个姑娘在剥竹篾时，嘴上含了薄薄的一小片，吹出了清雅的声音，这就是口弦；北边山上有个老人，把攀枝花的树心掏空，蒙上羊皮，做成了鼓，因为是仿照大象脚做的，所以叫象脚鼓；住在坝子的伙子把黄铜打扁，中间凸，可以提着打的叫作铓，中间凹，两只手抬着敲的叫作镲。各个山头的人都做出了乐器，大家吹吹打打，都是一个意思，就是要牢记祖先的恩情。因为这些乐器都是为了纪念达楞和亚楞的，所以，每逢吹打乐器时，高山都要答应，大海都要回响。

过了九万年，达楞和亚楞的子孙分成了不同的民族。现在世界上各个民族都喝茶，便是对达楞和亚楞的怀念。喝着苦甜的茶水，是要人们不要忘记祖先创世的艰辛，也不要忘记未来的日子还会有艰难。

# 火种

民族：裕固族
讲述：郭怀五（裕固族）
采录：钟福祖
流传地：甘肃省肃南裕固族自治县

从前，裕固族人没有火柴之类的引火品，为了保存火种，他们就捡取一块很大的牛粪，引燃后埋在灰中，当需要引火的时候，再把点着的牛粪拿出来。据说，要是失去了火种，就只能到一个妖精那里去央求，而这个妖精是靠吃人肉、喝人血生活的。

当时，有这么一对刚刚结婚不久的夫妇。有一天，男子要出门去打猎，便对心爱的妻子交代了家务：怎样看家，怎样做饭，怎样提防妖怪，等等。但是，他唯独忘记了交代绝不能把火种熄灭这一桩大事。交代完后，男子跨上高大的白马，背上最好的弓和箭，赶他的路去了。女人独自待在家里，第一次感到了孤独和寂寞，心里非常烦躁，早早煮了点饭，天还不黑就上炕睡觉了。睡到炕上，她细细回忆了丈夫临走前的叮咛，觉得全都办到了，心里很高兴。可是，第二天当她准备煮饭的时候，却发现火熄灭了，到处找也找不着一丁点火星子。这可怎么办呢？到别处去借火吧，四周又空旷无人。于是，只好凑合着吃了点肉干。傍晚时分，她忽然看见南山坡上有一股青烟往上冒着，顿时高兴得不得了。她拼命向冒烟的地方跑去，直到天黑才跑到一顶帐房前。只见一位白发苍苍的老奶奶端坐在帐房里，旁边卧着一只小花狗。老奶奶看见进来了一位漂亮的年轻女子，非常高兴，便亲昵地问道：

"孩子啊，天这么晚了，你怎么跑到这儿来啦？你从哪儿来的？

可能有什么急事吧？"

女子一看老奶奶这么亲热，流着泪说道：

"阿尼尕（奶奶），我男人出门打猎去了，我不小心把火种熄灭了，请您给我一点火吧！没有火，我可怎么办呢？"

"噢，孩子，我明白了。这样吧，来，把你的袍襟撑开，我给你把火放好。"

说完，她就在女子的袍襟上面先放了一层灰，然后放了一层羊粪，羊粪上放了一层火，最上面盖了一层灰。

"好啦，一路上当心点，以后可不能再熄灭火种哟！"老奶奶笑吟吟地说。

女子连忙道谢，告别老奶奶以后就往回赶路，一路上撒下了一道灰线。回家后，虽然只剩下很少的一点火，但她仍然非常高兴。可是，她万万没有想到，原来那个老奶奶正是人们常说的那个阴险、狠毒的妖精。

第二天，妖精骑着她那小花狗，沿着地上的灰线，找到了女子家里。女子一见妖精显了本相——长着三个头，龇牙咧嘴——吓得直打哆嗦，赶紧跪下来叩头请求饶命，妖精便开口说道：

"别害怕，孩子！我不是吃人的妖精。你把头伸过来让我看看。"

女子刚把头伸过去，妖精就一锥子扎进前额，用木碗接了半碗血，自己喝了个饱。又说道："唔，好！我看你有点病，把你的脚伸过来，让我看看。"

女子胆怯地把一只脚伸过去，妖精一锥子扎进她的脚心，接了半碗血，喂饱了她的小花狗。然后又说道：

"唔，很好！连我的狗崽子也笑着望你呢！让我再看看你的另一只脚。"

女子一看妖精的那副凶相，只好把另一只脚也伸了过去，妖精又是一锥子，接了半碗血，泼到地上，然后一句话也没说，骑着小花狗走了。此后，妖精每天如此，这个女子逐渐消瘦，奄奄待毙。男人从外面打猎回来后，见妻子没几天工夫变成了这个样子，非常奇怪，就追问她到底是怎么回事。妻子由于受妖精的威胁，起先支支吾吾不敢说，经过丈夫的耐心劝导和追问，这才把事情发生的前因后果一五一十地告诉了丈夫。丈夫一听，不由得愤恨极了，下决心要杀掉这个害人的妖精。

这天，丈夫假装又出门打猎，骑上马走了，没走多远便躲藏起来。妖精几天没有尝到血味了，看到男子出了门，就迫不及待地骑着她的小花狗，得意扬扬地跑来。男子一见此景，怒火万丈，大喝一声，一箭射落了妖精最中间的那个头，妖精惨叫一声，带着其余两个头仓皇逃走。过不多久，又拿着它的弓和箭，凶暴地反扑回来。经过一场血战，男子终于射中了妖精的那两个头，为裕固族人民除了一大害。但是，这个男子也因为受伤过重，不幸牺牲了。

从这时起，裕固族人民为了纪念这位勇敢的杀妖英雄，便在婚礼前举行这样一个仪式：当新娘及送行人马快要到达男方家时，新郎便举弓向着新娘方向连射三支箭。

# 天神变牛赎罪

民族：京族
口述：苏锡权（京族）
采录：陈麒、龙旦城
流传地：广西沥尾岛


一次，天神吃醉了酒，瞎发号施令，叫雷公劈了祝梅的房子，毁了祝梅的庄稼。天神酒醒之后，发现自己做错了事，心里很后悔。他禀告玉帝请求变成牛下凡，为祝梅耕田三年，为自己赎罪。玉帝大为赞许，要他三年当六年来耕，用加倍的收成来弥补祝梅的损失，赎完罪后再归天。

祝梅是个年过五十的单身汉，靠两亩薄田过活，日子本来就很难过，如今遭了意外的灾祸，生活更没有着落了，他扑在田埂上痛哭起来。这时来了一条牛，"哞哞哞哞"地向他叫着。祝梅听到牛叫声，起身走过去摸牛脖子。牛垂下头，眼里流出了泪水。祝梅心地善良，他怕失主找不到着急，就把牛牵到路旁一棵大树下拴好，让人来认领。十天过去了，不见人来认领，祝梅只好把它牵回家。牛有了家，主人给它起名叫哉生。

三年中，祝梅天天牵哉生去耕田耙地，拉车碾米。尽管牛累得汗流浃背，也从来不哼一声。夏天，牛露宿湿地，被蚊虫叮咬，默默不语；冬天，北风刺骨，熬受霜冻，它也甘心情愿。

这三年，祝梅年年都获得特别好的收成。

哉生要归天府了。就在归天的前一天，哉生正在田埂吃草，听见两个盗贼头目正商议今晚要去抢劫祝梅的财产。哉生赶紧跑回家，对祝梅说：

"主人，我有话对你说。我是天神，大前年我吃醉了酒叫雷公劈了你的家，为了赎过错，我变牛下凡。如今你将有祸临头，我不得不说话了。今晚有贼来抢劫你的家产，你也不用怕，我自有办法对付。"

　　傍晚，祝梅按照牛的吩咐离开了家。

　　深夜，一伙贼抄小路来了。他们摸近祝梅家时，只见门前吊着两个大灯笼，灯笼上分别写着"恭请""入室"四个大字。屋内明烛亮灯，桌上酒肉喷香。贼人看见主人有准备，一个个都不敢进去。这时，祝梅从外面回来了，请他们进屋，说："知道你们要来，特意备下酒菜恭候。请吧！"贼人头目问祝梅："是谁告诉你们今晚要来饮酒的？"祝梅说："是我家的牛说的。""牛怎能说人话？牵来看看，你要是撒谎，就把牛宰了。"祝梅把牛牵来了。哉生一进屋，便说道：

　　　　日日做贼也不得富，

　　　　月月待客也不会穷。

　　贼人听了瞠目结舌，呆如木鸡。哉生接着又说："我是天神。你们做尽伤天害理的事，我要叫雷公把你们剁成肉酱。今日有话在先，劝你们改邪归正，重新做人，倘若不听，莫怪我无情！"贼人一听这话更是魂飞魄散，吓破了胆，一齐跪下，表示痛改前非，重新做人。

　　第二天早上，哉生要归天府了，祝梅含着泪水依依不舍地送别了天神。

人死了应该用土埋。大家快去找肉找酒，对死去的人奠祭一番。"人们听了四脚蛇的话，急忙拿来了肉和酒，还找来了一件蓑衣给四脚蛇披上，让它背上布和男去埋葬。

自从布和男死了以后，人就会死了。老一辈人死了，新一辈又生出来。从布和男开始，人死了以后都要举行入葬仪式。因为人是用泥巴捏成的，所以人死了以后也要用土埋[①]。


## 大蚂蚁把天地分开

在古老的时代，天和地紧紧相连，连接天和地的是九道土台。那时，地上的人可以从土台上天。

相传在姆克姆达木[②]，住着一个名叫嘎姆朋的人，他经常到天上去。一天，嘎姆朋要到天上去造金银[③]，他踩着土台，一步步地朝天上走去。这时，突然来了一群大蚂蚁挡住了嘎姆朋的路，嚷着向嘎姆朋要绑腿。嘎姆朋看不起这些蚂蚁，骂道："你们身子小腿更细，要什么绑腿？快给我滚开！"蚂蚁听了，一起唱道："别看我们脚杆细，别看我们个子小，接天的土台虽然高，我们也能把它扒倒！"嘎姆朋不以为然，仍然"噔噔噔"地上天去了。等嘎姆朋上天以后，这群大蚂蚁一齐来到土台下，拼命把土台的土扒松。到了夜里，只听到"轰隆"一声巨响，九道土台全倒塌了。从此，天和地便分开了，天变得高高的，人再也上不去了。

正在天上造金银的嘎姆朋，见到天地突然分开，回到地上的路没有了，心里非常焦急。他连忙对地上的人说："你们赶快搭梯子，我

---

① 独龙族盛行土葬，只有非正常死亡者实行火葬或水葬。土葬时举行仪式，独龙语称为"举德希姆卡"。

② 姆克姆达木：独龙族神话中的地名。

③ 直到新中国成立前，独龙族尚未学会冶炼技术，但已从外族传入金银的概念。讲述者如此讲，整理时仍按原始资料的说法。

要下地来！"地上的人们听了，赶快搭梯子，可是怎么也接不到天上，嘎姆朋无法回到地上来。嘎姆朋又对地上的人说："赶快种起棕树来，我要拉着棕树下地来！"地上的人们听了，赶忙种起了棕树，可是棕树怎么长，也接不到天上，嘎姆朋无法回到地上来。嘎姆朋又对地上的人说："赶快种起藤条、竹子来，我要抓着藤条、竹子下地来！"地上的人们听了，又赶忙种起了藤条、竹子，可是，藤条、竹子怎么长也接不到天上，嘎姆朋无法回到地上来。嘎姆朋看到地上的人无法让他回到地上，就想用金银做成金绳银绳，将自己吊到地上来。可是，金绳银绳没有这么长，嘎姆朋还是回不到地上。

不知过了多少年，孤独的嘎姆朋变成了天鬼[①]。他整天对地上的人说："我没有吃的，也没有喝的，地上的人啊，天天有吃有喝，快送些吃的喝的给我吧！"地上的人们听了，就决定在每年过"卡雀哇"（年节）时，剽牛祭天鬼，送些吃的、喝的给嘎姆朋，以免嘎姆朋发怒，降灾祸给人间。[②]


## 猎人射太阳

古时候，天空有两个太阳，总是并排着出现在空中。火辣辣的阳光，照晒得大地像火塘一般炽热。地上草木枯槁，可怜的孩子一个个活活地被太阳烤死。人们在哀号，大地一片凄惨景象。

有一个猎人，是一个出色的射手。他看到天空的两个太阳给人们带来灾难，心中十分愤怒，决心用弩弓射落那可恶的太阳。他带上用岩桑做成的大弩，爬到了一座大山顶上，拉开弩弓，对准两个太阳中

---

① 新中国成立前独龙族盛行万物有灵观念，称鬼、精灵为"布兰"，认为"布兰"无所不在，随处皆有。这里的鬼并非指灵魂，而是某种自然力的化身，相当于神。

② 独龙族的"卡雀哇"即年节，时间在每年阴历正月，节期不定，一般三天左右。节日期间，要跳牛锅庄舞，剽牛祭天鬼，祈求天鬼的保佑。

的一个，"嗖"的一声射出了一箭。这一箭不偏不歪，正好射中了太阳。只听得"哗啦啦"一声响，那个被射中的太阳便滚落下山去了。原来，这两个太阳是一男一女，被猎人射中的是男太阳。女太阳见势不妙，便慌慌张张地逃到山背后躲藏起来。

刹那间，大地一片漆黑。人们出不了家，干不成活，还得担心遭到"布兰"的袭击。一连九天都是这样，人们感到无法生活了。到了第十天，东方呈现出一小点亮光，可是太阳还是不出来。人们想，没有太阳也不行，还是请太阳出来吧。人们商量了一阵子，便找来了一只雄鸡，让它去将太阳喊出来。雄鸡站在山岗上，朝着有亮光的方向说："太阳太阳，请你给我一个小耳环！"雄鸡的话音刚落，天上就掉下了一只绿色的小耳环。雄鸡戴上耳环后，又对着亮光处说："太阳太阳，谢谢你。以后我每天清晨啼三遍，等我啼罢你就出来。"接着，雄鸡清清嗓子，拍拍翅膀，昂起头大声啼叫了三遍。不一会，只见一轮红太阳从山那边慢慢地升起来了。

升起来的是女太阳。被猎人射落的男太阳，因被射瞎了眼睛，变成了月亮。从此，太阳和月亮便交替着在白天和夜晚出现。据说，射落男太阳的那个猎人，死后灵魂上了月亮。现在人们从月亮上看到的那个黑点，就是猎人在月亮上走动时留下的影子哩。

## 人与布兰争斗

在古老的力者木者时代，到处是人，"布兰"也很多。那时，人和"布兰"杂居在一起，人的孩子由"布兰"带，"布兰"的孩子由人带。人带"布兰"的孩子时很认真，"布兰"的孩子个个能长大；"布兰"帮人带孩子时，却千方百计把人的孩子吃掉。这样，"布兰"越来越多，人却越来越少。人们感到不能再同"布兰"一块了，就互相商量，决心把"布兰"赶走。人们拿着树枝，到处追着"布兰"打。

"布兰"虽被赶走，不能与人一块生活了，却不死心，总是伺机吃人。人们去砍柴，"布兰"躲在大树后；人们去背水，"布兰"躲在水边。弄得人们提心吊胆，担心被"布兰"暗算。

有一个名叫朋的青年，恨死了吃人的"布兰"，一直在琢磨怎样制服"布兰"，为人除害。朋很勇敢，射箭百发百中。一天，朋正在走路，不料被"布兰"王紧紧跟上了。朋走到哪里，"布兰"王也跟到哪里。朋见到了这可恶的"布兰"王，不禁满腔怒火，立即举起了弩弓，准备射"布兰"王。"布兰"王却张开大嘴哈哈大笑起来，傲慢地对朋说："你一箭射不死我，不信，你就试试看吧！"朋一听，心中想道：我如果一箭射不死他，事情就糟了，得寻个好机会，一箭射死他。朋对"布兰"王说："好，我只射一箭，如果射不死你，我就坐在这里给你吃。""布兰"王哈哈大笑着同意了，他自信人无论如何是射不死自己的。

这时，朋迅速跳到一棵大树上，趁着"布兰"王张开大嘴正在大笑的时候，对准他的喉咙，狠狠地一箭射去。这一箭不偏不歪，正好射中了"布兰"王的咽喉，他顿时倒地死了。自从"布兰"王被朋射死以后，"布兰"就害怕人，不敢轻易伤害人了。

## 洪水滔天

当"布兰"的王被猎人射死，尸体被抛入江中以后，奇怪的事发生了："布兰"王的尸体在江中突然发胀，越胀越大，竟将江水全给堵住了。这一来，江水暴涨了，滔天的洪水向四面八方倾泻，把地上的一切都给淹没了

洪水泛滥以后，"布兰"全给淹死了，人也被淹死了，只有一对名叫波和南的兄妹由于逃到了卡瓦卡鲁山尖上，才躲过一劫。同他俩一块逃到山上的，还有一对蛇。两兄妹见了蛇，想要把它打死。蛇对

他俩说："你们如果要打死我们，你们也活不成；如果放了我们，你们就能活下去。"两兄妹听了，也就不敢把蛇打死，所以蛇就传下种来，到处都是蛇了。

足足过了一代人的时间，洪水才被太阳晒干。兄妹俩各自带了一根木棒，四处去找人。可是，他俩走遍了天下，也找不到一个人。他俩走了不知多少天，最后又碰在一块了。他俩商量："现在只有我们俩，我们只好一块住。"晚上，男的睡左边，女的睡右边，两人中间放了一桶水、一堆柴隔开。等到天亮时，水和柴都不见了。一连几天，都是这样。两兄妹想：也许是天神要我俩开亲吧。两人便商量，哥哥到东山坡，妹妹到西山坡，双方同时向山下滚石头，如果两块石头滚拢在一起，两人就成亲。结果，两块石头滚拢了，兄妹成了夫妻。

波和南两兄妹结婚后，生了九男九女。在生孩子的那天，波和南在山头上倒了一桶水，这桶水流下去后成了九条江。九对兄妹长大后，大哥和大姐住到了东方的一条江边上，成了汉族；二哥和二姐住到怒江边上，成了怒族；三哥和三姐来到了独龙江畔，成了独龙族；其他兄弟姐妹住到了其他六条江边，分别成了其他六个民族。

在洪水滔天的时候，火被淹熄了，火种没有了，波和南的子孙们就只能吃生东西。一天，人们见一只苍蝇飞来吃东西时，用两只大腿在擦去擦来地搓痒，便想：用两根木棍摩擦也许会起火吧。人们找来了松明和藤篾杆用力磨擦，果然起火了。人们一高兴，哈哈大笑起来，不小心将火给吹熄了。但人们已懂得怎么取火了，又重新擦出了火来。从此，人有了火种，就再也不吃生东西啦。


## 彭根朋上天娶媳妇

洪水退去以后，人又逐步多了起来。可是地上没有五谷，也没有牲畜，只能靠野菜野果过日子。

在姆克姆达木这个地方，有一个叫彭根朋的小伙，他虽然已到了娶媳妇的年纪，却不知道如何去找姑娘。他力气大，很勤劳，天天在山上砍树。但头天砍倒的树，到第二天又长成原样了。彭根朋感到很奇怪，想把这件事弄个明白。晚上，彭根朋悄悄地躲在树林里看动静，只见远远走来一个老头，把砍倒的树扶起来接到树根上，树立刻就恢复原状了。彭根朋很生气，急忙跑过去将老头拦腰一抱，想狠狠地揍老头一顿。老头转过头来，笑嘻嘻地对彭根朋说："我是天神木崩格，今天我是来与你认亲戚的。"彭根朋听了，急忙放了天神，并问天神怎么认亲戚。天神木崩格说："如果你能办到我说的几件事，你就可以到天上来娶我的姑娘做媳妇。"接着，木崩格指着一棵参天大树，要彭根朋一口气爬到树梢，再爬下来。彭根朋机敏地爬到树上，很快爬上树梢，又迅速回到了地上。木崩格又叫来一只老虎，对彭根朋说："你跟着这只老虎走，如果能走到天边，就可以到天上来娶媳妇啦。"说罢，木崩格便飘然走了。

彭根朋跟着老虎上路了。一路上，老虎一会儿怒吼，一会儿狂奔，可是彭根朋一点也不害怕，一直紧紧地跟随着老虎。不知走了多少天，突然就走到了天边。老虎这才回过头来对彭根朋说："前边就是你要到的地方，快去吧，天神木崩格正在等你。"彭根朋抬头一看，只见前边是一片广阔的土地，地里长着各种庄稼，树林里到处是各种飞禽走兽。他没走多远，就见天神木崩格果真在这里等待他呢。

天神木崩格把彭根朋领进家里，并叫出了两个姑娘让彭根朋挑选。在这两个仙女中，有一个眼睛生得特别漂亮，但是不洗脸；另一个只有一只眼睛，脸却洗得干干净净。这个只有一只眼睛的仙女，名叫木美姬，她很喜欢彭根朋，愿意嫁给他做妻子；另一个仙女，却愿嫁给鱼。于是，天神木崩格就将木美姬嫁给了彭根朋，并让彭根朋将木美姬带回人间。人间兴讨媳妇、嫁姑娘，就是从他俩开始的。

当彭根朋和木美姬即将离开天上回人间时，天神木崩格送给他俩稗子、甜荞、苞谷和燕麦种子，各种飞禽走兽，以及一筒蜂种和一筒药酒。机灵的木美姬发现父亲没送稻谷种，便偷偷地抓了些稻谷种藏在指甲里，准备带到人间。他俩上路前，天神木崩格一再告诫他俩：在路上不论听到什么声音，都不能回头看。

彭根朋和木美姬带上天神给的东西，高高兴兴地从天上走回人间。走着走着，突然身后的各种禽兽大声吼叫起来。木美姬心里一惊，不禁回头看。这可糟了，跟在他俩身后的飞禽走兽一见木美姬回头，便叫喊着逃走了。他俩急了，立即去抓逃走的禽兽，可惜只抓到了牛、猪、羊、狗、鸡等少量几种，其余的都逃到深山老林去了，所以独龙族一直只饲养这几种牲畜。在忙乱之中，那筒蜜蜂也给放跑了，所以蜜蜂现在只在岩石上做窝。那筒药酒也给倒入水中去了，所以，独龙族过去没有治病的药，只会酿淡淡的酒。幸好五谷种子没有丢，他俩到了人间后，就开始种上稗子、甜荞、苞谷、燕麦和稻谷。从此，人才开始种庄稼。

木崩格见地上种出了各种庄稼，心里很高兴。但他想，如果地上粮食太多了，人就会变得懒惰。因此，他就从天上撒了许多杂草种到地上来，这样，只有当人们锄去杂草后，庄稼才会长得好。一天，木崩格突然发现地上长出了稻谷，感到很惊讶，心想准是被木美姬偷走了谷种。于是每当庄稼成熟时，他就叫天上的神将粮食收回一些到天上。那些空谷粒，就是被天神收回去的粮食。

据说，在彭根朋和木美姬离开天上时，天神木崩格还给过他俩一本书。这本书是用兽皮做的，上边写满了字。后来，彭根朋的子女却把书煮了吃进肚子去了，因此他们只用脑子记事，没有文字留下来。所以，独龙族过去没有文字，只会讲故事、唱调子。

# 逗雷神

民族：鄂伦春族

讲述：旃诛枚（鄂伦春族）

流传地：内蒙古呼伦贝尔市鄂伦春自治旗诺敏镇

在鄂伦春族姓关的氏族里，传说着一个"逗雷神"的故事。

雷神脾气非常暴，无论是天上还是地下，无论是神仙、人类还是动物，没有一个不怕雷神的，妖魔鬼怪就更不用说了。可是，唯有淘气又聪明的沙加（鱼鹰）和翁卡伊（飞鼠）不怕。不但不怕，还专爱和雷神逗趣儿玩儿呢！

一天，沙加迎着滂沱大雨，冒着交加的雷电，落在嶙峋耸削的岸石上，眨巴着眼睛学雷神打闪、轰鸣；雷神一看，讨厌死了，当即举起凿子、锤子向它身上打来。啼鸣悦耳的芦莺吓坏了，但是不必担忧，聪明灵巧的沙加早钻进深水中去了。雷神一看，他白白"轰隆隆、卡拉拉"了一阵，气得胡子直抖，实在是拿沙加毫无办法。

翁卡伊呢，更有意思。一天，它告诉雷神说："喂，雷神爷爷，我即使是住在最硬的松树上，你那凿子、锤子也没有法儿击着我！"雷神一听这话是向它的神威挑战，便气坏了，马上抢起凿子、锤子轰击它；可是，一如往常，老是击不着。因为翁卡伊实际上并不住在坚硬的松树上，而是住在像棉花一样软的朽木洞穴里，雷神再厉害也是击不碎朽木的。

# 欧伦神的传说

民族：鄂伦春族
讲述：旆诛枚（鄂伦春族）
采录：巴图宝音
流传地：内蒙古呼伦贝尔市鄂伦春自治旗

从前有夫妇二人，住在兴安岭腹地的森林里。丈夫老是虐待他的妻子，所以远远近近的人都管他叫"恶鬼"。

后来，那个女人被打得忍无可忍了，就骑着马、带着狗逃走了。路过欧伦（库房）的时候，她想拿点儿吃的，就登着梯子上去了。不料那"恶鬼"追来了，他疯狂地吼叫着，向她扑来。她一狠心就往下跳。可是，说也奇怪，她跳下去，不但没有往下掉，反而连欧伦、猎马、猎狗，都随着她飘了起来，一块升上天空。

那个男的一看急了，以为欧伦是个妖怪，就连连向飞到天空的欧伦射箭，结果只射歪了欧伦的一根柱子。相传天上原来没有北斗星，欧伦飞上去以后，才出现了北斗七星。北斗的四个角，就是欧伦的四根柱子，其余三颗，就是欧伦的梯子。四个角中有一颗星歪着，就是被"恶鬼"射歪的那根柱子。从那以后，鄂伦春人就把北斗星叫作"欧伦布日坎"，即欧伦神，而这位同欧伦一起升天的女人，后来也就成了保护仓库的女神，受到鄂伦春人的祭祀。

# 火神的传说

民族：鄂伦春族

讲述：辐肌诞（鄂伦春族）

采录：巴图宝音

流传地：内蒙古呼伦贝尔市鄂伦春自治旗

　　传说从前有个妇女，早晨起来在歇人柱（鄂伦春人定居以前住的简陋房舍）里围着篝火堆烤火。火星"叭"的一下蹦到她的身上，烧透了她的衣裳，烫痛了她的皮肉。她一生气，拔出猎刀，就把火堆乱刺乱捣了一阵，嘴里还一劲骂骂咧咧，直把火折腾灭，这才把家搬走。

　　当天晚上，她想在新的地方升篝火，却怎么也点不起来，急得只好去邻居家寻火种。走到半路，见一位老太太坐在树下哭，一只眼睛流着泪，一只眼睛流着血。她问老太太怎么了。老太太气冲冲地说："还不是你早上乱刺乱捣，把我的眼睛戳瞎了一只！"原来自己触怒了火神，她吓得慌忙跪在地上，哀求老太太饶恕。老太太严厉地告诫她说："以后再不许那样乱刺乱捣啦！这回念你早起晚睡，埋头干活，把喂马、熟皮子、扫尾子、升火、煮肉等所有事情都做得有条有理，就饶恕了你吧！"

　　从那以后，鄂伦春人对保护火种的女神非常崇敬。每次饮食前，都要向篝火里扔一些食物，或倾倒一杯酒，表示供奉。并严禁向火里倒水、吐唾沫，或烤肉时用刀子叉火。

# 射太阳

民族：赫哲族
讲述：龙树林、吴连贵
采录：龙志贤、黄任远
流传地：黑龙江省同江市赫哲族聚居地区

黑龙江江边，常常能从地底下挖出通红的石头和沙土。老人们说，这是早先天上太阳多烤红的。说起这件事，还流传着一个莫日根射太阳的故事。

早先，天上有三个日头。它们挂在天当中，毒辣辣的，像火盆一样。老百姓被坑苦了，晒得透不过气来，热得吃不下饭、睡不好觉。地里的禾苗刚冒芽，就被晒死了；江河里的水，全被晒干了；山上的树，晒得枯焦焦的，都死了；所有飞禽野兽，也都聚在海边，藏在洞里，白天不敢出来。

有老两口，养了一个儿子，长到十六岁时，膀大腰粗，臂力过人。他一使劲，能推倒一座大山；他一喝水，能喝干一条大河；他一蹬脚，能蹬出一个深潭。村里人都叫他莫日根①。

父亲看到自己的儿子长大了，对他说："儿呀！如今天下老百姓都在受苦受难。我看你的力气挺大，要好好练功，将来为老百姓做件好事，把天上的日头射掉两个，留一个照亮就行了！"

莫日根说："爸爸，那我明天就去射日头！"

父亲说："你的射箭功夫还不过硬，我看还得练上一阵子。"莫日根遵照父亲的话，天天练习弓箭。一晃一年过去了，莫日根拉断了

---

① 莫日根：赫哲族对勇敢和力大青年人的称呼，意为英雄青年。

九十九张弓，射飞了九万九千支箭，练出了射箭的硬功夫。弓弦一拉，大风呼呼，箭头碰处，无坚不摧。

莫日根跟父亲说："爸爸，让我去射日头吧！"父亲点头同意了。出发那天，村里的乡亲父老一直把莫日根送出村子十里多地。

莫日根大步朝东方走去。他爬过了九十九座高山，迈过了九十九条大河，穿过了九十九个峡谷，来到了东海边。他登上一座大山，山脚下就是茫茫的大海。

莫日根在山顶上等着。当三个日头刚刚在海边露头的时候，莫日根左右开弓，射出了两支神箭，顿时射落了两个日头。第三个日头吓得躲在云里，不敢露面了。

莫日根笑着说："你不用害怕！我不射你。不过你得答应为百姓做好事，白天出来照亮，晚上回去休息。"

第三个日头连连答应："好，好！我一定照办，决不偷懒！你啥时候叫我出来，我就啥时候出来！"

莫日根说："这样吧，以后每天早晨公鸡一叫，你就起来。"从此，每天早晨公鸡一叫，一个太阳就乖乖地从东边出来。不过每当天气不好要闹天头（变天）的时候，人们站在高处，还能够看到三个日头。一个挂在天上，另两个在东西两边，紧贴着地，真像天上那个日头的耳朵。老年人指着那两个日头会说："这就是当年莫日根射落的两个日头。它们还想重新飞到天上去，可是翅膀被莫日根射断了，想飞也飞不起来了。你们看，这会儿，它们变成了日耳，还在那里发脾气呢！"

# 天河

民族：赫哲族
讲述：吴连贵
采录：黄任远、马名超
流传地：黑龙江省同江市八岔赫哲族乡

从前，有一户人家，只有母子俩。儿子叫乌沙哈特①。一天，娥娘②起不来身了，儿子请萨满教士驱魔治病。萨满看完了病，对乌沙哈特说："你娥娘的病可真不轻哎！只有一样药能治好她的病，就怕你淘弄不到。"

乌沙哈特跪在地上，连着给萨满磕头，哀求说："快告诉我，就是登天入地，我都敢去哟！"

萨满见他心诚，就说："谁都知道你是个孝子，我告诉你个药方。只要你能抓来一条天河里的鱼，给你娥娘吃，她的病就会好的；要是抓不到，就没治了！"

乌沙哈特心眼儿跟桦木杆子一般直，像火一样热。他睁大眼睛，问萨满："那，得咋上天呢？""你坐上快马子③，闭上眼睛，我轻轻吹口法气，送你上天喽！"

乌沙哈特救母心切，就麻利地拎起鱼叉，坐上快马子，闭上眼睛说："快吹吧！""别着急，这就吹！"这时，他觉得耳根有谁呵了一口气，随后，刮起一阵风，快马子就载着他忽忽悠悠地上了天。

---

① 乌沙哈特：赫哲语，星星。
② 娥娘：赫哲语，母亲，也作额尼。
③ 快马子：北方沿江渔民驾驶的一种轻便、简易的渔舟。

约莫过了一顿饭的工夫，风停住了。乌沙哈特睁眼一看，早就来到蓝莹莹的天河边上了。天河沿站着个硬朗的白胡子老爷爷，眯缝着眼睛问他："乌沙哈特，大老远的，上这干啥来啦？"好怪呀，白胡子老爷爷怎么会知道我的名字呢？乌沙哈特赶紧回话说："老爷爷，我的娥娘病得要死，听说天河里的鱼能治病，我是特为抓鱼来的呀！"

老爷爷点点头，称赞他说："你真是个孝子。告诉你，朝北划，不远处有个小河汊，那场全是鱼，拿多拿少随你便。"

"谢谢老人家！"说完，乌沙哈特也不停歇，驾起快马子，三划两划就赶到了小河汊。只见天河里没有水流①，水面平平稳稳的，盖满一层瓦蓝瓦蓝的鱼脊梁骨。他举起鱼叉，朝河当中猛地一甩，随后捞着叉绳往上一提，就蹿上一条金翅金鳞、翻唇鼓鳃的大鲤子鱼来。他用狍皮口袋把活蹦乱跳的大鱼装好，也没多抓，就往回走。来到河沿上，老爷爷问他叉到鱼没有，他乐呵呵地回答说："抓着啦！谢谢老人家指点，叉到挺大一条哩！"说完，乌沙哈特倒犯愁了。上天不易，下地更难，要怎么回去呀？他正作难，白胡子老爷爷笑吟吟地说："小伙子，发啥愁？""我咋回去呀？！"

"你闭上眼睛吧，我送你回家！"

真的，他刚一闭眼，就觉得有人对他吹了股风，那风呜呜的，越刮越大，快马子也一上一下荡悠着。等风一停息，就听"巴嗒"一下，双脚落地了。睁眼瞧瞧，可不，真回到自家地窨子跟前了。他一手拎鱼，一手提叉，三步并作两步，闯进屋就喊："娥娘呀，快吃天河抓来的大鲤子鱼！"

说着，乌沙哈特就忙三迭四，又刮鳞，又杀鱼，洗巴洗巴，就架锅把鱼炖上了。不大工夫，鱼烂肉也香，娥娘把鱼吃得干干净净，病一下子就好了。

---

① 赫哲族神话中的江河都没有水流，不分流向，是一片平静的水。

一晃又过一年。有一天，娥娘的老病又复发了。她病势太急，还没容乌沙哈特去天河抓鱼，就过世了。乌沙哈特把老人葬好了，独自蹲在地窖子里发愁。他觉得总在江里摇船撒网，风急浪滚的，也囫囵不住衣食，莫不如再去天河里打鱼来得痛快。一条小河汊儿，就活像个掏不完的鱼囤！

这一天，乌沙哈特收拾收拾，背着狍皮卷拎着鱼叉，就去找萨满，求他把自己送上天去。萨满看他老实厚道，二话不说，满口答应，和上次一样，一口气就把他吹到了天河沿。

"小伙子，可把我等急了！早就盼你来，好替我掌管天河，这回，总算把你盼来啦！"

"我不会呀！"

"我来教你。"

老爷爷交代完毕，就让乌沙哈特看守那条无边无岸的天河。自己呢，骑着天鹅回深山养老去了。

如今，抬头能看见的那几颗排成尖头大肚的亮星，人们都说是乌沙哈特坐的那只小快马子。它旁边的小星星，就是划船的木桨。那颗顶亮顶亮的，就是守护天河的乌沙哈特。

# 镇压妖女

民族：门巴族
讲述：江白洛准
采录：于乃昌
流传地：西藏错那县斯木村

很早很早以前，人们把斯木这个地方称作"培域吉莫穹"（幸福之地）。这里高山耸立，森林密布。东面有觉卧贡拉孙山、觉卧拉结巴山和曲顿加淌结让群山，南面有冬日秋明加卡山，北面有帕牛党牦牛山、麻奔卡拉东欠山和才嘎错美结包山，西面有古巴山。山里瀑布飞泉，流水潺潺，有一股泉水还是咸的呢。所以，这里的人们从来都不需要到外地去买盐巴。人们喜爱这里，都到这里来居住，最多的时候有一百多户。

有一个妖女也看中了这块地方。她跑到这里来，仰天躺卧着，整天兴妖作怪，想赶走在这里幸福生活着的人们。

人们非常愁苦、焦急，想方设法要铲除这个妖女。于是，大伙儿便齐心协力，在妖女的脑门上建立了一座寺庙，名为"辛古寺"。又立了一根有十八个人高的旗杆，插在妖女的心脏上。还建起了四座高塔，分别压住了妖女的四肢。从此，妖女被镇压住了，再也不能兴妖作孽了。人们就把这里改名为"斯木淌丹拔巴"（即镇压妖女的地方）。

# 三兄弟河

民族：门巴族
讲述：江白洛准
采录：于乃昌
流传地：西藏错那县斯木村

在上门隅有三条河——娘江曲、达旺曲和普龙曲，他们是三兄弟。

一天，三兄弟从藏区出发，各自往南行走。行前，他们约好要在堵松（在不丹境内）会合，并且商定，谁先到了堵松，就认谁是大哥。

娘江曲离开了乃肯日嘎布（即额尔共拉山），一点儿也不着急。他慢慢吞吞、弯来折去地到处游逛着，向南行进。娘江曲走到了斯木这个地方，遇见了一个罗刹女。

"你怎么才走到这儿啊？"罗刹女对娘江曲说，"达旺曲和普龙曲早在三天前就到堵松了。"

娘江曲一听，急了，再也顾不上游逛了，直奔堵松，呼啸而去。他很快到达了堵松，一看，嘿，还不见达旺曲和普龙曲的面儿呢。

娘江曲在堵松等了三天，达旺曲和普龙曲才到达。于是，娘江曲成了三兄弟河中的大哥。

# 土地生的儿女们

民族：珞巴族
讲述：达牛、东娘、达农
流传地：西藏米林县

最初，天是光光的，地是秃秃的，天地间光秃秃的，什么也没有。

"这怎么行呢？"天和地商量着，"我们太孤单了，要造出一些东西来才是啊。"

于是，天和地结了婚。

天和地结婚以后，大地生了许多孩子，太阳月亮，树木花草，鸟兽虫鱼，都是大地的孩子。天地间热闹起来了。

"但是，没有人可怎么行啊？"天和地又商量着。

又过了一些时候，斯金金巴巴娜达明和金尼麦包——大地的女儿和儿子降生了。

姐弟俩降生以后，父母就再没有管他们了，既没有教他们做些什么，也没有教他们该怎样做，他们感到茫然。

这时候，从天上掉下来一个鸡蛋。达明和麦包赶快拾了起来，放到火上去烧。姐弟俩面对面张开腿坐在火边，看着放在火里的鸡蛋。鸡蛋烧裂迸开了，迸开的鸡蛋碎屑溅到了姐弟俩的下处，他们互相看到了，从此相爱了，成了夫妻。

姐弟俩初次交欢，金尼麦包觉得斯金金巴巴娜达明的下处像有牙齿在咬他一样，疼痛难忍，便不理达明，生气地跑走了。达明在后面紧紧追赶，追上了麦包，告诉他要想办法搞掉自己下处的牙齿。达明骑在一根倒掉的树干上，磨掉了自己下处的牙齿，她疼痛难忍，不想理麦包，生气地跑走了。金尼麦包又在后面紧紧地追赶，追上了达明，告诉她会想办法使她不再疼痛。麦包采来了百枯巴邦草，捣烂以后敷在达明下处，并向达明说了很多好话，他们又和好了。

他们光着身子多害羞呀！金尼麦包走遍了山山岭岭，采集来了各种各样的树叶和野草，给达明做了一件围身来遮羞。他还采集来了染巴草，给达明做了一副裹腿，挖来藤根给达明做了一副手镯。麦包对达明照顾得可周到了，为了不使达明被蚊咬虫叮，他又砍来竹子，里面放上香草，做了个烟熏筒，给达明挂在身上。金尼麦包问达明："这些东西好吗？"达明很高兴。他们更相爱了。

开始，他们既不会种庄稼，也不知道使用火，像野兽一样全靠采拾草实野果度日，生活十分艰难呀！

后来，斯金金巴巴娜达明请风魔涅龙也崩取来了火种，从此，他们知道用火了，再也不吃生冷的食物了。

冬去春来。秋天，草实落地，野果入土，经过寒冬，待到春天，又都萌生发芽了。达明是个细心人，她看在眼里，记在心上。以后，她也把采集来的野果收存了一些，播到地下，不久也发芽萌生了。夏去秋采，他们有收获了。就这样，他们学会了种庄稼，发明了农业。

劳动没有工具是不行的呀！起初，他们把猴子的上腭骨和下颚骨当作生产工具，耙地种庄稼。这样干活可真吃力呀！金尼麦包想啊想，一天，他忽然想到，地老鼠为什么能钻到地里呢？为什么能咬断树根呢？于是他仿照地老鼠的牙齿制作了木锄、木钩和木耒。从此，他们有了木制的生产工具。

他们的生活改善了。

他们在一起生活，繁衍子孙后代，他们就是珞巴族的祖先。

# 虎哥与人弟

民族：珞巴族
讲述：腊荣（珞巴族）
采录：明珠、杨毓骧
流传地：西藏察隅县珞巴族聚居地区

远古的时候，天地一片漆黑，什么也没有。天和地分开以后，人就从天上掉下来，生活在地上。过了很多年，大地遭受到强烈地震，有的人过不下去，就飞回天上。有的人因为良心不好，只飞到半空中，就摔下地来。

那时，世上有一个姑娘，和她的舅舅相依为命，过着贫苦的日子。姑娘到了成婚的年龄，但找不到人成亲，有个喇嘛佛爷，就叫姑娘和她的舅舅成亲。姑娘不肯，就躲到树上去。她刚刚爬上树，忽然感到受孕了，肚子痛如刀绞，赶忙爬下树来。她刚一落地，就生下一只虎崽，后来又生下一个人。老虎一生下地就会跳，人却动也不会动，他们就是虎哥和人弟。

这哥俩长大了，有一天，虎哥同人弟一起到森林里去打猎。虎哥毫不费力就捉到一只马鹿，人弟却连一只小兔也抓不着。虎哥十分生气，跑过去一把捏住弟弟的脖颈，骂他太无能了。

过了几天，虎哥又约人弟到山上去打猎。打到野兽以后，人弟拿两块石头使力摩擦，慢慢擦出火星来。他把兽肉拿到火塘上去烤，烤得香喷喷的，十分好吃。虎哥却用锋利的爪子把兽肉撕成几块，张开血盆大口，狼吞虎咽地嚼起来，边吃边对弟弟说："你这个笨蛋，等我把兽肉吃光了，就要吃你的肉了！"

人弟听了，吓得跑回家来，气喘吁吁地对妈妈说："妈妈，虎哥想吃我。"妈妈一听吓坏了，说："你大哥太可恶，赶紧把它除掉。"妈妈想出一个主意来，悄悄地告诉了人弟。

　　第二天，人弟假装约虎哥过江打猎。他带上弓弩，找来一只小虫，偷偷放在虎哥背上。走到江边，人弟先渡过溜索，躲在一棵大树背后，虎哥也跟着过溜索。过着过着，小虫咬得老虎脊背痒痒的，老虎忙用一只爪子来抓痒。人弟见虎哥吊在溜索上一晃一晃的，趁机取出弓弩，"咻"的一箭射在老虎身上。虎哥又痒又痛，抓不住溜索，"嗵"的一声跌落江心，被江水冲走了。

　　人弟高高兴兴地回到家中，告诉妈妈，妈妈也很欢喜。没有老虎来吃人，人才一代一代传下来。

# 阿巴达尼的四个儿子

民族：珞巴族
讲述：东娘
采录：于乃昌
流传地：西藏米林县

阿巴达尼有四个儿子，阿多东布、阿多嘎布、尼西和贡尼。

有一天，阿巴达尼把四个儿子叫到一起，对他们说："现在，你们也都大了，也该能够自己生活了。在大山①的南面，有一块好地方②，你们到那里去谋生吧。"

儿子们答应了。不久，阿多东布和阿多嘎布兄弟俩，告别了他们的阿爸，出巴嘎山谷③，到了多嘎④。在多嘎住了一些日子，又来到了帕宗邦加⑤。他们在帕宗邦加立了一块大石头做标志，表示从那里开始就要远离他们的故乡了。这块大石头叫"公觉嘎马邦波"，直到现在还巍然屹立在那里呢。

又过了一些时候，他们兄弟俩从帕宗邦加出发，沿着纳玉沟⑥向南行走，穿密林，跨深涧，来到东拉山⑦脚下。他们一直记着阿爸的话："在大山的南面，有一块好地方。"他们不肯停步，翻过东拉山，

---

① 大山：指喜马拉雅山。
② 好地方：指洛渝地区。
③ 巴嘎山谷：在今米林县城以东，雅鲁藏布江南岸。
④ 多嘎：在今米林县城以东约两公里，濒临雅鲁藏布江南岸。
⑤ 帕宗邦加：今米林县城以西约四公里，纳玉沟北端，濒临雅鲁藏布江南岸。
⑥ 纳玉沟：南抵东拉山，北衔雅鲁藏布江，是由米林通向洛渝的主要孔道。
⑦ 东拉山：在米林县南部，属喜马拉雅山脉，是米林县与洛渝地区的界山。

到了南山坡迭连班山腰平坝上。走得实在太累了，兄弟俩就坐在一块大石头上休息；肚子实在太饿了，便从腰里掏出从家乡带来的糌粑。可是，平坝上一滴水也找不到，这可怎么办呢？聪明机灵的嘎布就用自己的尿拌着糌粑吃。倔强、憨直的东布却不肯这样办，他坐在那里舔着干糌粑吃，一边吃还要一边说话，一下子被干糌粑噎住了，说不出话来，只是在那里"俄布俄布"地叫着。等休息完了，兄弟俩就继续往南走。他们终于到了阿爸所说的大山的南面。

兄弟俩不能总在一起呀，要划分一个地盘才是。他们俩商量着，来一场射箭比赛吧！谁的箭落到了什么地方，那里就是谁的属地。

射箭比赛开始了。阿多嘎布一箭射到了果洛松松①，所以果洛松松范围以内的东鸟、卡勒、达芒、协吉、卡若、崩英、海奥、热玛、凌要等地②，从此成了嘎布的领地。直到现在，生活在这里的人们都说自己是嘎布的子孙，称作博嘎尔人。阿多东布一箭射到了有蒂比东，所以，有蒂比东范围以内的邦斯冈底、凌布、雅布、百乐、达吉德古、斯贡克玛等地③，从此成了东布的领地。直到现在，生活在这里的人们都说自己是东布的子孙，称作是凌布人、百乐人等。东布的子孙说话，前面都带有"俄布俄布"的声音。

阿巴达尼的另外两个儿子尼西和尼贡，听了阿爸的嘱咐以后，没有和东布、嘎布同行，他们分头谋生去了。

尼西出巴嘎山谷，沿着大江向南行，一直走到嘎布停脚了，并在这里定居下来，这里成了尼西的领地，他的后代就是汉宫人。

尼贡出巴嘎山谷，溯着大江向西行，越过三安曲林和色日洛亚两

---

① 果洛松松：珞巴语地名，即现在的马尼岗。

② 均为珞巴语地名，在马尼岗至梅楚卡一带，藏语称作：德吉顿巴（东鸟）、达木顿（卡勒）、染木措（达芒）、约卡尔（卡若）、夏郎木（崩英）、巴珞（凌要）。协吉、海奥、热玛三地，其藏语名称不详。

③ 均为珞巴语地名，在马尼岗地区以南，其藏语名称不详。

座大山，一直走到达根，在那儿定居，他的后代就是达根人。

阿巴达尼的四个儿子，各占一地劳动生息，繁衍后代，这就是今天的珞巴族。

# 阿嫫腰白

民族：基诺族
讲述：白腊赛、标利、沙车（基诺族）
采录：陈平
流传地：云南省基诺族聚居山区

　　远古时候，宇宙是一片汪洋大海，阿嫫腰白第一个来到世上。她是一个力大无穷的巨人，一天要吃九甑饭，一甑饭有九十斤。她干起活来又快又多，一次可挑两座山。她在天空飞翔，看见地上到处都是茫茫大海，没有一个歇脚的地方，就两手一搓，搓出土来，让大海变成一片平地。她要试试大地牢不牢，就用手到处按按，按着的地方就凹下去，按不着的地方凸出来，这样，大地就有了平坝、深谷、高山。她又飞到空中向下一看，黄褐色的大地上一样生灵也没有，到处死气沉沉的，一片荒凉。阿嫫腰白又搓搓手，搓出一坨污垢，用它做成猪、马、牛、羊、马鹿、麂子、松鼠、鱼等陆上和水中的动物，又从各种动物身上掐下一点肉来，捏成大象（所以大象比什么动物都大），这样大地上就有了动物。但是老鼠造得太多，到处偷东西吃，阿嫫腰白又造了猫来制服老鼠。

　　动物造出来了，但是没有吃的。阿嫫腰白抓抓头，用指头上带下来的几根头发造了植物，动物就有吃的了。

　　阿嫫腰白又造了人①，但人和别的动物混在一起，会受动物们的

———————————
① 关于人类起源的传说，有不同的讲法。除文中记述的外，还有这样讲的：阿嫫腰白是天上的神仙，她托河边的绿莽草代她怀胎，生下三兄弟，老大叫太千，老二叫玉千，老三叫尚千。太千造天地，玉千造云雨，尚千造太阳。

欺负：大人外出劳动，小孩就被大象吃掉；大头蜂一群一群的，到处都是，一天可以把一个小娃娃的肉啃光，只剩下一架骨头；江里的蜥子①会把人裹起来吸血。人向阿嬷腰白告状说："阿嬷腰白，你是我们的祖先，我们是你造的，有你才有我们，现在我们的后代被大象、大头蜂、蜥子吃光了，怎么办啊？"

阿嬷腰白听了后，打了一个油榨送给人，教他们制服大象的办法。人们照着阿嬷腰白说的去做，大象来吃小娃的时候，人叫大象钻进油榨里去，说那里油最多，好吃得很，等大象钻进油榨以后，人用力一挤，大象痛得直叫："快放开，快放开！"人说："你答应以后不再吃我们的小娃娃，就放开你，不答应，就挤死你！"大象只好答应。从此，大象不再吃人了。

阿嬷腰白又来治大头蜂。原来一年不分四季，阿嬷腰白分出春夏秋冬来，冬天一来，大雪纷飞②，把大头蜂冻死了。

阿嬷腰白又教人用篾编成一种工具，放在水沟里，水一冲，会发出"嗒啦、嗒啦"的响声，蜥子听见，吓得不敢再来吸人血了。

人告了状，动物不服气，也来告状，说人把它们杀得太惨了，吃它们吃得太厉害了。斑鸠说人用弩射穿它们的胸膛；野猪、老熊说人用火枪、弯弓射死它们，又追捕它们；鱼说人用渔网罩住它们，它们被罩在网里，看得见天就是钻不出来。动物们纷纷要求阿膜腰白派雷劈死人，不然动物就要死光了。阿嬷腰白静静地听着动物们的话，一声不响。

这时，燕子说："你们说的都不对，人没有亏待动物。比方我，一向住在人们的房檐下过冬，人在下面烧火、睡觉，我睡在窝里暖和

---

① 蜥子：传说中一种草席般大小、专吸人和动物血的怪物。
② 基诺族现居住地属热带山区，无四季之分，只有干湿季之别，一年的平均温度在18～22℃之间，无霜期，更无大雪。

和的，人不打我、不杀我、不欺负我。斑鸠，你有翅膀，人抬起弓来射你，你为什么不飞？鱼，你为什么不想办法从网里钻出来？野猪、老熊，你们不吃人的庄稼，人怎么会伤害你们？"讲完，燕子飞回人的楼房上去了。

动物们议论纷纷，各说各的道理，一个不服一个，只好各自散了。

阿嬷腰白认为燕子的话有道理，但她也看出，人走路走得太快了，很容易就能捉住飞禽走兽，日子一久，禽兽就会被捕光，应该让人走慢点。人原来的腿是直的，没有膝盖骨，跑起来飞快，阿嬷腰白就在人腿上加了块膝盖骨，好叫他们走慢点，不要把动物杀得太多。阿嬷腰白没有派雷来劈人，她是最慈祥的人。

过了很久很久，天空中忽然升起七个太阳，晒得万物无法生存。泥土被晒焦了，铁刀木树被晒死了，有几千年寿命的大青树被晒干了，白花牛、花腰猪也被晒死了，人类也无法生存下去。人们就相约一起来追打太阳。七个太阳吓得退到天边躲起来。

没有太阳，天地变成一片漆黑，伸手不见五指。黑暗中人不能生活，万物不能生长，人只得又去求太阳："太阳，请你还是出来照亮大地吧。没有你的光亮，我们就不能种庄稼、打野兽，就不能生活啦！"太阳不理人，仍旧躲在天边。人们抬着许多酒、菜、糯米饭去求天神，请天神派太阳出来照亮大地，太阳还是不出来。

最后，人们去求阿嬷腰白。阿嬷腰白告诉他们，抱一无头的鸡放在木头上，教它"喔喔"地叫，太阳就出来了。人们照着她的话去做，鸡一叫，天边果然出来一个太阳。大地又被照得一片明亮，人们又能快乐地劳动生活了。后来，人们上新房剽牛的时候，要在牛背上放一只杀死的鸡，鸡头夹在翅膀底下，看起来好像是一只没头的鸡，这只鸡就是献给太阳神的。

阿嬷腰白造天地以后，把人们分成汉族、傣族和基诺族。她叫这几个民族来分天分地，基诺族住得远，没有去，大家等了他们七天七夜，还是不见他们来。阿嬷腰白亲自去请，但基诺族胆子小，左说右说还是不肯去。阿嬷腰白生气了，转过头就往回走，走到孔明山①的时候，她心肠一软，想到基诺族不去分天地，以后生活会苦的，就站在孔明山上，抓了一把茶籽，向后一撒，撒在曼卡和龙帕寨②的土地上，从此，曼卡和龙帕两个寨子的茶叶特别多。

分完天地，阿嬷腰白又叫汉族、傣族、基诺族来分工具。汉族拿了马笼头，所以他们以骑马做生意为主。傣族拿了挑东西的黄竹扁担，所以他们住在坝子里，拿黄竹扁担挑谷子。老老实实的基诺族拿了背东西的背篓和背板，所以他们至今还在山上背东西。

阿嬷腰白把人的生活安排好，规定人中间最大的是阿色兹摩③。四面八方来的人会集的地方，就是阿色兹摩居住的地方，四面八方来的人会集的日子，就是过节的日子。

从分工具那天起，阿嬷腰白指定糯米鼠一家住在山洞里，老鼠一家在地下打洞，松鼠一家在树上过日子。她又指定麂子、马鹿、野猪、老虎、刺猪这些野兽住在大山上，鸟类住在山林中，它们的食物是树上的果子、虫子。鱼一家只准在水中生活，白花开放的季节才能产卵，繁殖后代。


样样分好以后，阿嬷腰白又叫汉人去帮基诺族造字。汉人把字写在牛皮上，交给了基诺族。基诺族拿着牛皮过河的时候，牛皮被水浸湿了。基诺族一看，糟了，就把牛皮拿到火上去烤，烤着烤着，牛皮烤煳了，字也看不清了。基诺族灵机一动，心想，把字吃进肚里，不

---

① 孔明山：据说是基诺族传说中祖先居住的地方，基诺语称为"司杰卓米"。位于基诺区政府所在地东北部，海拔2000余米，山脚建有祭祀诸葛亮的寺庙，故称"孔明山"。
② 曼卡和龙帕是基诺山的两个寨子。
③ 阿色兹摩：基诺语，土司、头人。

是就记在心上了吗？就把牛皮吃下去。但是吃下去后，他连一个字也没记住，所以基诺族至今没有文字。

　　人的生活安定以后，阿嫫腰白又在澜沧江边挑土造水田。她从北方造到南方，基诺山外面的水田都造好了。这天，她挑着两座山准备进基诺山造田，这时，恨她的人在她的扁担上挖了个洞，在洞里放了一把尖刀。阿嫫腰白走到基诺山西边的小勐养时，扁担断了，两座山倒了。现在基诺族称这两座山为"俄杰"，意思是"阿嫫腰白造的山"。断了的扁担弹到澜沧江，在江心弯成一个弓一样的大弯滩。她的肩膀被尖刀一戳，鲜血像喷泉一样涌出来。

　　阿嫫腰白受伤以后就把各个民族叫到一起，交代后事。基诺族去得晚，第三天才赶到，别个民族的事情都吩咐完了。阿嫫腰白只剩最后一口气了，她告诉基诺族各种动植物的名字，教给他们用紫胶粘刀把的方法——把紫胶放在刀把里，把刀烧红后插进去，这样粘的刀把最牢实。说完这些话，她就死了。

　　阿嫫腰白死后，基诺族悼念了她十三天，现在的"祭竜"就是从那个时候流传下来的。祭竜这天，全寨人不得外出，寨子里不许唱歌跳舞，不许大声嬉闹，外寨人不得进寨来。违反了这些，就是对基诺始祖阿嫫腰白的不尊敬，就是违反了基诺族的礼俗。

# 后 记

一、本书按民族编排，以便使读者对我国各民族神话故事的风貌有一个比较清晰的了解。

二、本书选自全国各民族的神话故事选本、资料本和期刊，有一部分选自全国各地各民族的神话和民间故事集成。在编选时参考了陶阳、钟秀编《中国神话》（上海文艺出版社，1990年），李子贤编《云南少数民族神话选》（云南人民出版社，1990年）和谷德明编《中国少数民族神话》（上、下册，中国民间文艺出版社，1981年）等选本，在此特向诸位编者，各地民间故事集成的组织者、出版者、搜集者和故事家，以及为我提供资料的朋友们致以真诚的感谢。

三、由于资料不足，台湾少数民族部分只选了邹人、布农人等少数几篇，只好有待于来日。书中个别两三篇译自典籍或据书面记载编写。此外，东乡族、乌孜别克族、俄罗斯族、塔塔尔族、保安族等各族的神话故事亦有待于来日补充。

四、编者对有些同名的神话故事另拟了篇名，特此说明。

编者